小学館文庫

最終法廷

エリザベート・ヘルマン
浅井晶子 訳

小学館

主な登場人物

ユルゲン・フェッダー…………………………不動産投資家。〈フィデス〉創業者
ロージー（ロスヴィータ・マイスナー）……ショッピングカートの女
ハンス－ヨルク・ヘルマー……………………窃盗犯。ヨアヒムの依頼人
ヨアヒム・フェルナウ…………………………弁護士
ゼバスティアン・マークヴァート……………弁護士。ヨアヒムの友人
ザロメ・ノアック………………………………検事
アルタイ…………………………………………〈アーベントシュピーゲル〉司法記者
マルガレーテ・アルテンブルク………………ゲルリッツ在住の老女
マルクス・ハルトゥング………………………〈フィデス〉の調査員
マリー－ルイーゼ・ホフマン…………………ヨアヒムのパートナー弁護士
カールステン・ファーゼンブルク……………州警察刑事部犯罪捜査課警部
ルドルフ・ミュールマン………………………ドイツ連邦憲法裁判所判事。ザロメの夫
ペーター・ルートヴィヒ………………………ゲルリッツの聖書勉強会の牧師
シュタイン夫人…………………………………マルガレーテの友人
オトマー・コプリーン…………………………灰色の男
ケヴィン…………………………………………ヨアヒムの事務所の元アシスタント
フライターク夫人………………………………ヨアヒムの事務所アパートの住人
ルクレール………………………………………ヨアヒムの事務所アパートの住人
アルスラン・イルディリム……………………みかじめ料徴収人
ヒルデガルト・フェルナウ……………………ヨアヒムの母
インゲボルク・フート…………………………ヨアヒムの母の同居人
ジョージ・ウィザーズ…………………………フートとヨアヒムの母の同居人
メルセデス・ティファニー……………………マークヴァートの娘
ヤナ・ヴィットコヴスキ………………………〈アーベントシュピーゲル〉で実習中の高校生
マイク・アルテンブルク………………………マルガレーテの息子
トリクシー（ブリギッテ・フェッダー）……〈フィデス〉社長。ユルゲンの妻
アルベルト・ホーファー………………………自動車コンツェルンのトップ
ユーレ……………………………………………レストラン〈最終法廷〉のウェイトレス
イローナ・ヘルデゲン…………………………十七歳で亡くなった少女
カティア・ヘルデゲン…………………………イローナの母親
ヤツェク…………………………………………マリー－ルイーゼの元恋人
ミルコ・レーマン………………………………トラック運転手
マーゴット・ポール……………………………看護師
ザビーネ・クラコヴィアク……………………病院で亡くなった高齢者女性の娘
ルーペルト・シャルナーゲル…………………刺殺された女性の夫

最終法廷

シリンに

憲法に則(のっと)った秩序を守ること、弁護士としての職務を良心的に果たすことを、全知全能の神に誓います。神よ、力をお貸しください。

弁護士資格取得時の誓約
ドイツ連邦弁護士規則第十二条a

ベルリン環状高速道路十一号線、三月三日、十六時二十五分。

外気温摂氏一度、みぞれ。


ガスボンベ。

どういうわけか紐が緩んだに違いない。ツェーレンドルフ方面への出口手前、無数のトラック走行によってアスファルトがすり減ったあたりまで来たところで、ガタガタという音が聞こえてきた。バックミラーに視線を走らせる。シートは荷物をきっちりと覆っている。十六本のガスボンベを束にしたものが二つ。ボンベ一本につき三百バールのクリプトンが五十リットル。走行に伴い、風が入り込んでシートを膨らませ、かんしゃく玉が破裂したような大音響だ。ボンベがぶつかり合っている。

畜生なんてこったこのクソが。

四時半少し前だ。五時にはあのいまいましい建設現場に到着しなくてはならない。でないとまたしても、コンテナの閉ざされたドアの前に立ち尽くして、荷物をどうやって、いつ、どこへ持っていけばいいのかわからないという状況に陥る。たぶん、そうなったらどこにも持っていけない。現場監督のことはよく知っている。常に不機嫌で不愛想な男で、下請けや部下のことを、まるで自分が仕事場で嫌々過ごしてきた不愉快な歳月を埋め合わせるために存在しているかのように扱う。永遠の川を渡る船乗りが船に縛られているように、現場監督は否応(いやおう)なく現場に縛られている。

川を延々と渡らねばならない船乗り。行っては戻り、行っては戻り。これは冥界の川(ステュクス)だろうか？　それとも船乗りは、三本の金の髪を持つ悪魔のもとへ向かうのだろうか？　永遠の走行。行っては戻り。決して解放されない。永遠とはなにか、あの子に説明するのは難しい。やってみようとしたが、そのうち諦めた。永遠ってなに？——終わらないことだよ——どうして終わらないの？——果てしないからだよ——果てしないってなに？——空とか、海とか、とにかく終わりのないもののことだ——終わりがないとどうなるの？——知らんよ——どうして知らないの？——それは……畜生なんてこったクソ。

おまけに、雪まで降ってきた。雨と混じり合った嫌な雪の重い粒が、風でフロントガラスにベチャリと叩(たた)きつけられる。今年の三月は寒く、終わろうとしない冬のせいで道路はいまだに凍りついている。気を付けなければ。スピードを落とせ。ゆっくり行け、俺。ゆっくりだ。

後続車がクラクションを鳴らし、怒りのしるしにヘッドライトを上向きにする。クソッタレが。突っ込んでこいよ。そうすりゃ、ついに塗装を新しくできるってもんだ。それに後ろの壊れた錠も取り替えられる。去年はそんな余裕がなかった。今年はなんとかなるかもしれない。また建築作業が始まるから。ようやくだ。昔なら、いまごろは南へ向かう時期だ。今は一日十八時間労働の時期。ひどい寝不足だ。運転席でも、自分のベッドでも、まともに寝ていない。シュテフィがあんなに早起きするのは気に入らない。毎朝三時とは。雨が降ろうと、風が吹こうと、パンを配達してまわる。六時前に帰ってくることは滅多にない。だから子供が目を覚ますと、すべてが俺の肩にかかってくる。体を洗ってやり、服を着せてやり、朝食を作ってやり。子供の世話は俺の仕事じゃない。俺の子でもないのに。

　別のラジオ番組を探し、適当なところで手を止める。ブルース・スプリングスティーンの〈トンネル・オブ・ラブ〉。なんと、ずいぶんなつかしい曲だ。

　ワイパーが雪をフロントガラスに塗りたくる。透明な膜のせいで、目の前の赤と白のライトがちらちら踊る点に変わり、思わず目をしばたたく。時速八十キロ弱。渋滞がないといいが。四時半。建設現場。ガスボンベがガチャガチャぶつかり合っている。

　荷台の扉は自分で閉めた。つまり、なにかが落ちる心配はない。だが、このままあの音がやまないようなら、車を停めて、降りて、ベルトテンショナーを持って荷台によじ登り、どこに問題があるのか確かめなければならない。くそ、忌々しいベルトテンショナーはどこだ？　そもそも車内にあるんだろうか？

　右のほうへ体を傾けて、助手席の上を手探りしてみる。魔法瓶。クリップボード。エキスパンダー。市街地図。ベルトテンショナーはない。さらに深く屈みこんで床を探すうちに、ハンドルを切りそこねる。トラックがスリップし始める。白い側帯へと向かっていく。側帯を越え、車輪がアスファルトの凹凸でガタガタと音を立てるのを聞いて、アドレナリンが血管に放出されるのを感じる——落ち着け、いいか、落ち着け——、ハンドルを切り返し、不安定なままブレーキを踏む。ガスボンベがぶつかり合って大音響を立てる。側溝まであと五十センチもないというところで、なんとか制御を取り戻して、混み合った車線に戻る。流れる車の列は、文句ひとつ言わずに彼を再び受け入れる。

ほらみろ。身についた技は身についた技だ。二十年もやってるんだ。このトラックのことなら知り尽くしている。狙いの定めにくいふらふらしたハンドル、錆、イグニッションコイルの欠陥。馬とその騎手のように、俺たちは一心同体。四時半を回った。なのにまだ、やっと市の入口に来たところだ。

ベルリンのシンボルである熊のオブジェが後ろ肢で立ち、前肢を上げて挨拶しているが、そんなものには目もくれずに通り過ぎる。あまりにしょっちゅう通り過ぎる場所なので、かつては穂の冠のなかのハンマーとコンパスというシンボルのドイツ民主共和国（東ドイツ）国旗が国土の終わりを示して掲揚されていた、いまでは空っぽの旗竿と輪とを気に留めることもなければ、かつての入国順番待ちの長い列や、パスポートを載せたベルトコンベヤーや、獰猛な犬を連れた退屈顔の人民警察官を思い出すこともなく、まるで星々へ向かう銀河船の発射台のように、無線塔までグルーネヴァルトを一直線に突っ切る、明るく輝くアヴス（ベルリン郊外にかつて存在した自動車レース用サーキット）で再び無事にアクセルを踏むたびに感じた安堵の思いを追体験することもない。五時二十分前。ぎりぎりだ。ヤバいほどぎりぎりだ。

　落ち着いて運転すれば、荷台のガスボンベも落ち着いている。サイドミラーを見たが、なにも見えない。後続車のヘッドライトだけだ。ミラーが汚れていて、なにも映らないのだ。再び千六百リットルのクリプトン。三百バールが三十二本。この荷を降ろしてしまいたい。速度超過。危険物の運搬。そうなると免責事項は……いや、考えるな。ガスボンベが荷台の上でリズミカルなダンスを始める。飛び跳ね、揺れ、押し合いへし合い。サービスエリアは見当たらない。アウスから降りるしかない。ベルトテンショナーのクソッタレが。ガスボンベのクソッタレが。ストレスのクソッタレが。金のクソッタレが。

　ウィンカーを出して、ヒュッテンヴェークで高速を降りる。森が鈍い日の光を飲みこみ、地面から霧が這い上ってきて、狙い定めたように道路に白い息を吹きかける。最初の赤信号で、けたたましい音とともにブレーキを踏むと、ガスボンベがその動きに、音楽的とは言い難い大合唱でケチをつける。まるでタガの外れた鐘のような音。いますぐにでも荷台から転げ落ちそうだ。音でわかる。一本が転がれば、ほかも続くだろう。ボーリングのピンと同じ。この道路から出なければ。いま。いますぐ。即座に。右手に駐車場がある。ジョギングやスケートボードのあとで、足早に自分たちの車に戻っていく人たち、犬を散歩させている人たち、散歩している人たち、自転車に乗った家族連れなどを視界に収め、目を離さずにいる。

誰の口からも白い雲が立ち昇っている。凍える息。鞭（むち）のようにうなじに当たる寒気にせかされて、前へ前へと歩を進める人たち。街灯が瞬きながら点灯し、皆の頭に霧と光の後光が差す。青信号だ。

ウィンカーを出して、本能的にサイドミラーに目をやり、曲がる。すると、なにかにぶつかる。一度、二度。バックミラーを見る。ガスボンベはまだ荷台の上だ。アクセルを踏むと、ディーゼルエンジンがうなる音の奥から、誰かの叫び声が聞こえる。誰かが怒鳴っている。飼い犬を呼んでいるのだろうか。もう一度バックミラーを見る。すると、一台の自転車が見える。フレームが歪（ゆが）んでいる。その瞬間、三度目の衝撃を感じる。ブレーキを踏む。神経に氷を押しつけられたような気がする。なにも考えられない。車を停めて、降りる。ドアは開けたまま。トラックの後ろへ回る。右の後輪の横に、小さなゴム長靴が見える。

そのとき突然、永遠とはなにかがわかる。

六年後

一

二月十二日木曜日、十二時三十四分。

商業および住宅ビル〈タウベン・エッケ〉の起工式、ベルリン・ミッテ地区、グリンカ通り。

フェートン（フォルクスワーゲンの最高級車）は交差点を過ぎたところで右車線の端に寄ってスピードを落とした。サイドウィンドーと、黒ダイヤモンドのような車体に、風が雨粒を叩きつける。跳ね返った雨粒は集まって小さな流れを形作り、予測不能な動きで車体を縦横無尽に滴り落ちて、すでに水で溢（あふ）れかえった舗石と、道幅いっぱいにぽっかり空いた、足首まで埋まりそうな穴に流れこんでいく。

いまだに戦後みたいだな、と男は思った。

車の後部座席に乗っているその男は、五十歳をいくらか過ぎているが、驚くほど若々しい外見を保っていた。少なくとも、しょっちゅうそう言われたり、態度で示されたりするので、こんな日にもやはりそう信じていた。髪は数ミリの長さに刈り込まれている。実は念入りに手入れしている無精ひげも同じ長さで、それが皺（しわ）のないつるりとした顔に、どこか野性的な印象を与えている。服は優雅な要素と控えめな要素のバランスが取れるように選んでいる。

町のいかがわしいバーやナイトクラブでは、女たちの好奇心丸出しの視線を当然のものとして受け止める。同様に、妻が夫である自分に対して無関心なのも、当然のこととして受け止めている。妻がいまだに夫の仕事上の集まりに同伴することがあるのは、それでわずかなりと気が紛れるからか、または、少なくとも彼女にふさわしい――つまり夫と同様に金回りのいい――次の相手を見繕ういい機会だからだ。だがこの建設現場には、会社員、建設労働者、それにわずかばかりの野次馬しかおらず、ほんの数名の公務員も彼らに負けず劣らずの安月給とくるため、妻のトリクシーはハンブルクに残って、彼女と同類の、不満たらたらでありながらまだ離婚していない女友達と、〈アトランティック〉での五時のお茶に集まるほうを選んだ。

男は黒いカシミアコートの襟を立てると、土砂降りの雨を通して、ベニヤ板の囲いに目をやった。建設現場は、タウベン通りとグリンカ通りの交差点の北東一角全体に及ぶ。黄金の価値のある市街地に存在する最後の空白地帯であり、首都ベルリンの建設ブームの最後を飾るファンファーレだ。一年半後には空白地帯も埋まり、四百戸の事務所、一ダースほどの各種店舗、二軒のレストランに場所を提供することになる。最高水準のろ過装置。投資総額二千三百四十万ユーロ。最上階には二戸のフラット、一戸は百二十平米、もう一戸は二百平米。もちろんルーフテラス付きだ。二百平米のほうは男自身のものになる。

嵐にも似た暴風雨の攻撃にも負けずにすっくと立つ巨大な看板には、〈ドイツ連邦建設国土庁支援ドイツ連邦不動産〈公社〉と大きく書かれている。そしてそのすぐ下に、男の名前──プロジェクトマネージャー・フィデス不動産投資・ユルゲン・フェッダー。建設事業者・フィデス建設投資・ユルゲン・フェッダー。なんと、〈ドイツ連邦交通建設都市開発省〉の文字よりも上に書かれているのだ。騎士の称号を授けられたようなものだ。所有するポートフォリオに国の建築物があるとは。あたかも大臣の腕に個人的に抱きしめられたようなものだ。男は座席にもたれて、深く息を吸った。

目を閉じろ。思い出してみろ。すべてがどんなふうに始まったか。それに、どこで始まったか。そして、さあ、目を開けて、見てみろ、俺がどれほど遠くまで来たかを。

青い警告灯をつけた警察のバイクが二台、ゆっくり優雅に角を曲がってきた。通りのずっと先で通行止めをしているので、通り全体を独り占めだ。バイクに先導されて一台のリムジンがやってくると、建設現場への入口の真ん前で停まった。囲いに取り付けられたドアは大きく開いていて、民間の警備会社の警備員が四人、禁欲的なほど無関心な顔で、来客たちの招待状を確認している。その奥には、パーティー用の白いテント、即席の雨避けの付いた基礎溝、それに、暗い色の実用的な服を着て、ラジエートヒーターへと殺到する大勢の人間たちが見える。

リムジンの助手席からひとりの男が飛び出して、巨大な黒い傘を広げた。さらにふたりのボディガードがどこからともなく現れる。ふたりは制服ではなく、体にぴったりした仕立てのスーツに防水仕様のジャンパーといういでたちだ。ジャンパーはゆったりしていて、携帯している拳銃を余裕で隠すことができる。ボディガードたちは襟に装着したマイクロフォンになにかを囁(ささや)き、背中を滝のように流れ落ちているに違いない雨にはまったく構わない。

リムジンからベルリン市の都市開発大臣が降りた。助手に愛想よく頷(うなず)きかけ、その手から傘を受け取ると、用心深く二歩で水たまりを避ける。

大臣が頭をそらせて午後の暗い空を見上げるのを、フェッダーは見つめた。視線の先には、隣接する建物の盲壁にかぶせられた防火壁がある。漆喰(しっくい)が剝がれ落ちているが、壁に書かれた文字が読める箇所もある。

フェッダーは目を細めた。「ガン　織　　社」とある。「ガランタ織維会社」と頭のなかで自動的に文字を補足する。フェッダーは自分のそんな反射神経に微笑(ほほえ)んだ。それに、あの流麗な文字にこれまで気づかなかったことにも。とはいえ、この土地を実際に目にしたのは何回ほどだろう？　せいぜい一、二回だ。この土地を買った場所も、決断を下した場所もここではなく、会社や、さまざまな機関の経理部や、一流ホテルのレストランの小さな目立たないテーブルなどだった。〈キャピタル・クラブ〉にも二度行った。すでに締結済みの契約には不要だが、将来交わすことになるかもしれない諸々(もろもろ)の契約にとっては必要不可欠だったのだ。最後の署名をした場所は、自分の仕事机だった。新たな挑戦を悠々とやり遂げようとするたびに毎回抱く満足感が、いまもまた体のなかに広がっていった。

二か月後には、壁に残った文字は消えているだろう。鉄筋コンクリートと砂岩、高い壁とガラス製のエレベーターに覆い隠される。そうすれば〈ガランタ繊維会社〉も過去になる。誰ひとりその存在を記憶する者もいなくなるだろう。いや、〈ガランタ繊維会社〉の記憶を記憶する者、と言うべきか。公社はそもそもとうの昔に過去の存在だったのだから。風雨にさらされた多くの地下室への入り口やあちこちの壁に書かれていた〈石炭販売〉や〈青果店〉や〈シュコパウ製合板〉といった文字と同様。人間の記憶は柔軟で、〈いま〉と〈ここ〉に適応する。あと一、二年もすれば、誰もが、ベルリン市都市開発省はずっと昔からここにあったのだと主張するだろう。あっけないものだ。だいたい、大臣があんなに上のほうに書かれた文字に目を留めるのも、妙な話だ。ロマンチックな性格なのかもしれない。それとも東の出身なのか。フェッダーにとっては、いまではどちらも同じことだった。

凍える招待客たちの群れからひとりの男が抜け出してきて、急ぎ足で入口に向かった。それがベルリン市政府の建築局長であるのがわかって、フェッダーは満足を覚えた。四十代半ばの弁舌巧みな男で、考え方には少しお高く止まったところがあるかもしれない。なにしろ彼は、いまとなっては時代遅れの軒高(のきだか)と、中心街の街並みを均一にすべしという方針を、たったひとりで熱烈に推進しているのだ。新しいヴィジョンなどない。大胆な冒険もない。質素な建築構想を利益の出る物件に変えるために、建物の階数を二階分増やすことをあの男に承知させるのに、ありったけの説得力を使って苦労した。代わりに、砂岩と銅を使うことを余儀なくされた。古びた胴の青みと砂岩の黄土色とでもって、役所が堅持する市街地像が破壊されるのを防ぐためだ。だが少なくともガラスだけは、だいたいにおいて計画どおりに使うことを許可された。

フェッダーは条件を呑んだ。そして市政府の建築局長は自らの勝利に満足した。いまフェッダーは、建築局長が大臣とにこやかに握手するのを見つめる。一方がもう一方になにか囁きかけ、ふたりしてなにかを探すようにあたりを見回している。フェッダーがいないのをいぶかっているのだ。登場のときだ。

フェッダーは車のドアを開けると、右足を通りに下ろした。そのとき、背後からどんっという衝撃に襲われた。金属のぶつかり合う不快な音が意識に届いた次の瞬間、神経が膝から全身へと凄まじい痛みのファンファーレを送り込んだ。悲鳴。衝突。フェッダーの目の前で、まるで雨雲から落ちてきたかのように、ひとりの女がアスファルトにばたんと倒れた。女のショッピングカートが通りをさらに二メートル先まで滑っていき、ホームセンターの色鮮やかな広告チラシを濡れた車道にばらまいた後、空っぽの道路の真ん中で、いまだに前輪を回転させたまま止まった。

フェッダーは体を丸めた。女はまるでわざとのように、ショッピングカートを押してフェッダーを直撃したのだ。運転手がドアを開けて、急ぎ足で女に近づく。フェッダーは深く息を吸おうとした。女に怪我はないようで、ゆっくりと起き上がる。

「ちょっと、なに考えてんの？」

フェッダーは立ち上がると、感情を顔に出さないよう努めた。非難がましく腕を伸ばしてショッピングカートと水を吸ってふやけた広告を指す女を、歯を食いしばって見つめる。

「目にトマトでもくっついてんの？　いきなりドアを開けるってどういうことよ！」

膝がとんでもなく痛い。だがフェッダーはそれを顔に出さなかった。ただ目立たないように、そっと右脚を動かしてみた。折れてはいないが、おおいに腫れているようだ。入口にいたふたりの制服警備員が助けに駆け付けた。大臣と建築局長も車道を渡ってくる。小学校一年生のように事前に左、それから右、さらにもう一度左を確認してから。悪態をつく目の前の馬鹿女を殴りつけてやりたかった。物を満載したショッピングカートを押して時速三十キロにもなろうかというスピードで角を曲がってくるのが普通だとでも？

「これは、本当に申し訳ありません」フェッダーは言った。コートは無事だった。ズボンもだ。「大丈夫ですか？　お怪我は？」

「えっと……よくわかんない」

もちろん、わからないと言うに決まっている。女の視線が素早くフェッダーの車へと移動する。扉の内側の革に傷がついているのを除けば、無事だ。もちろんフェッダーの膝も除けば、だが。フェッダーは女に二十秒の猶予を与えた。あと二十秒で、女はきっと、自分はピアニストだとかいう話を始めるだろう。そして、自分の繊細な指が二度とショパンを弾けなくなったと訴えるだろう。もちろん、この女はフェートンもショパンも知らないに決まっている。それでもフェッダーの車は大きくてピカピカで、非常に高価なものだ。おそらく女はすでに頭のなかで、いくら引き出せるかを計算していることだろう。

運転手が倒れたショッピングカートを起こして、検分するように眺めた。何度かカートを前へ、後ろへと転がしてから、目の前の女を心配げな顔で見つめようと必死なフェッダーのところまで押してきた。

「壊れてませんよ」と運転手が言った。

女は疑わしげな顔で、物の運搬手段としては一風変わったカートを眺めた。本当に問題なく動くようだ。警備員のひとりが、濡れたチラシを拾い始めた。女は慎重に自分の腕をさすっている。まるで、すべてがまだ機能するかどうか、確かめるかのように。または、凍えているかのように。この女、いくつくらいだろう？　三十代の半ばか後半？　化粧っ気のない顔は、これといった特徴もなく、空虚だ。充血した疲れた目と、苦々しいへの字ロ。着ているジャンパーは、コート一着がビール一パックよりも安くなければ買わない連中が買い物するような安売り店のものに違いない。ボリュームのない髪は、今日のどこかの時点でポニーテールにしたのだろうが、すでにほつれた毛がこめかみにぺったりと貼りついている。フェッダーよりも頭ひとつ分小さく、おそらく体重は半分だろう。

「でもチラシが。どうしたらいいの？」

警備員がカートに押し込んでいる紙屑を見る女のうろたえようにはあまりに説得力があり、フェッダーは一瞬、彼女を信じたくなった。この女は、ピアニストの手の話を始めたりはしなかった。ただチラシのことだけ。よし、いいぞ。

「どうでしょう……」

そう言いかけたフェッダーを、やってきた大臣が遮った。

「救急車を呼んだほうがいいですか？　もしかして、ショック状態なのでは。検査を受けたほうがいい――フェッダーさん、怪我は？」

フェッダーは首を振った。できれば女には紙幣の一枚も握らせて、おしまいにしたかった。だが、事故が何十人もの目撃者の前で起こったことを考えると、自分もショックを受けているふりをするしかない。

「大丈夫です。なにか私にできることは？」

フェッダーの問いかけに、女は途方に暮れた顔で微笑んだ。「どうせ全部だめになっちゃったから。このまま家に帰る」

「それはいけない」フェッダーは抗議し、女の腕をつかんだ。「まずは一緒にいらして、体を温めてください。実はパーティーなんですよ。ちょうど私の目の前で倒れられたんですから、ここからはもう目を離しませんからね」

フェッダーは女に微笑んでみせた。最後にこの微笑みを使ったのは、年明けに、彼の所有する「タウンハウス」の「ドアマン」の手に百ユーロ札を押し付けたときだった。

「ここからは私が責任を持ちますからね」

周りの人々が満足しているのがわかった。彼らの頭のなかの思いが聞こえるような気さえする。見ろ、見ろ、あれがフェッダーだ。本当に誰のことも、どんなことも気にかける男だ。責任を引き受ける男。逃げ出したりしない男。確かに着飾った鳥みたいな見栄っ張りだが、少なくともチラシ配りの女と腕を組んで自分の主催するパーティーに出ることを、恥ずかしいとは思っていない。

「今日は起工式なんですよ。こういう行事をご覧になったことは？」

「ないけど」

女は空いたほうの手の甲で、顔にかかる雨をぬぐった。タイミングよく、運転手が広げた傘を持って駆けつけた。フェッダーは傘を受け取ると、女に腕を差し出して、彼女が風雨にさらされずに工事現場とパーティーのテントまで行き着けるよう気を配った。数歩で膝の痛みは和らぎ、通りを渡ったときには、ほとんど忘れていた。

テントは巨大なパヴィリオンとでも呼ぶべき代物で、二百人もの人がひしめいていた。フェッダーは大臣に先を譲った。

「ところで、お名前は？」

「ロージー。本当はロスヴィータっていうんだけど。縮めてロージー」

「ロージー」フェッダーは繰り返した。「ワインを一杯いかがですか？ それとも熱いコーヒーのほうが？ なにか召し上がりますか？ あそこ、奥のほうにビュッフェがあります。一緒に行きましょう」

ロージーは黙ったままうなずいた。フェッダーは、どういうわけか入ってすぐのところに固まっている客たちの群れを掻き分けて進んだ。彼らはフェッダーが誰かに気づいて、ようやく道をあけてくれる。

建築家ども。黒っぽい鼈甲縁の小さなメガネは間抜けに見えるだけだと、誰かが彼らに言ってやるべきだ。それに黒いハイネックセーターも。何百万人もいる場所でも、そのなかの誰が建築家なのか、自分ならすぐに見分けることができると、フェッダーは確信していた。自分のことを常にある種の芸術家だと思っている連中だ。

現場監督たち。ヘルメットに綿入りのジャケット、不恰好な靴。決定権を持つ市当局の人間も数人、秘書を伴ってやってきている。彼らは皆あまりに薄着で、工事現場では常に震えている。たとえ夏でも。それに、エンジニアたち。大工たち。馬鹿みたいなポニーテールに、口を真っ赤に塗りたくった建築家の妻たち。華やかな大学時代は過去のものとなり、とうに盛りを過ぎたかつての女子大生たちは、いまは二百平米の庭付きの郊外の家に囚われの身だ。彼女たちの何人かとは、ヤッたことがある。どの女も、彼女たちの家にあるドイツ規格協会認証のキッチンと同様の退屈な存在だった。彼女たちの前を通り過ぎる際、ひとりが顔をこちらに向けて、フェッダーが連れている女を驚いたように見つめるのが目に入った。

「ああ、ロージー」と、フェッダーは言った。「ロージー、ロージー、ロージー」

ビュッフェの前で、ふたりは立ち止まった。「グリーンピースのスープはいかがですか？それともまずは前菜のほうが？」

ロージーはいまだにフェッダーの腕につかまったままだ。フェッダーは彼女にとって、大波のなかに立つ確固たる岩なのだ。この場にいるような人間たちのことは、せいぜいちょうど一日のこれくらいの時間に黄色いカーテンの奥にある青いテレビ画面に映る、連続ドラマの誇張された場面でしか知らないのだろう。あまり賢そうには見えない。こんな天気の日にチラシ配りをして生活費を稼がなくてはならないのも、不思議ではない。

「もちろん、損失額はお支払いします。白ワインをふたつ頼む。白ワインはお飲みになるでしょう？」

ロージーは決めかねているといった顔をした。フェッダーは彼女の手にグラスを押しつけると、ビュッフェの近くに置かれた立食用のテーブルを指し示した。そこにはすでに、使用済みの小皿が何枚か積まれている。

「本来なら、食べるのは後なんですよ。仕事を終えてから。でも、いますぐなにかお腹(なか)に入れたほうがよさそうなお顔ですね。なにを召し上がりますか？」

「モッツァレラとトマト」と、ロージーは言った。

フェッダーは小さな球形のモッツァレラ五、六個と、チェリートマト二、三個を皿に取った。振り返ると、先ほど目にした建築家の妻が隣にいた。彼女の視線がロージーを追い、その背中で止まったと思うと、みすぼらしいジャンパーの汚れの跡と、雨でぐっしょり濡れた肩に移った。やがてロージーの痩せた姿が招待客グループの奥に隠れて見えなくなると、建築家の妻は皮肉な微笑みをたたえて、フェッダーに向き直った。

「新しい愛人？」

小声だ。フェッダーは必死で彼女の名前を思い出そうとした。ヨハンナ？　スザンナ？

「ショッピングカートを押して、車のドアにぶつかってきたんだ」アンナだったか？　ハンナ？　女が楽しそうに微笑む。

「それはいい手ね。覚えておこうっと」

女はそう言って、ワイングラスを持ち上げると一口飲んだ。彼女の鎖骨の上に鳥肌が立っているのを見て、フェッダーは欲情を感じた。このテントの裏にはトレーラーが三台ある。鍵を持ってこさせるだけでいい。ところが、女はフェッダーに軽くうなずきかけると、再び人混みのなかに消えていった。後にしよう。まずはあのロージーとかいう女を追い払って、より重要な客たちの相手をしなければ。まずは商売。セックスはその後だ。ひとつひとつ、順番に。

フェッダーはロージーのもとへ行くと、皿を彼女の目の前に置いた。大工たちが大挙して外に出ていく。大臣はどこかの次官と会話中だが、話しながらちらりと腕時計に目をやり、軽く頷いてその場を離れていった。

「ロージー、ロージー」

フェッダーはロージーのほうを見もせずに言った。「そろそろ失礼しなくては。大丈夫ですか？ 運転手に住所を伝えておいてください。損害をお支払いしますから」

「ねえ、あなた誰なの？」

フェッダーはちょうどきびすを返そうとしたところで、動きを止めた。「私をご存じない？」

ロージーが首を振る。

「ユルゲン・フェッダーです、投資家の。ここは全部、私が建てるんですよ」

相手が驚くだろうとは思っていた。感嘆するだろうと。だが、ロージーが突然目を大きく見開き、口をぽかんと開けて自分を見つめるだろうとまでは予想していなかった。

「フェッダー？」ロージーが訊く。「あのユルゲン・フェッダー？」

フェッダーは慌ただしく名刺を取り出すと、ロージーに手渡した。

「ここに会社の電話番号があります。お電話ください。今後のことを話し合いましょう」

「ユルゲン・フェッダー？」

眉間にしわを寄せて、ロージーは名刺を見つめている。

「なにか問題でも？」

ロージーは名刺を持った手を降ろすと、フェッダーを見つめた。灰色の目。この色を見ると、フェッダーはいつも苛立つ。灰色の目のことを考えると、優柔不断、世間知らず、無気力、といったイメージが思い浮かぶのだ。ホームセンターの広告チラシを配って歩く人間の目だ。ところが、突然その灰色の目が、鋼に変わったように見えた。

「ユルゲン・フェッダー」と、ロージーが言った。「ずっと建築畑にいたわけじゃないわよね」

「確かに。でも、とにかくもう失礼しなくては」

「昔、本当になにもないところから出発したでしょ。昔——東西統一の後」

目の端に、吹奏楽団が即席で作られた木の階段を基礎溝へと下りていくのが映った。そこにはすでに、学生相互扶助会からアルバイトとして派遣されてきた、小ざっぱりした服装の若い女性が三人いて、ささやかな屋根の下で雨をしのいでいる。起工式の縁起物である小箱、ひしゃく、石を、勲章のように赤いクッションに載せて捧げ持ちながら。時間だ。再びロージーのほうを向いたとき、彼女がちょうどなにかを大急ぎでジャンパーのポケットに突っ込んだことに気づいた。おそらく布ナプキンか、小さな塩入れといったところだろう。建築現場と起工式の場で、盗まれないものなどない。盗んでいくのはほとんどが、最もそんな必要のなさそうな人間たちだ。それがなんであれ、フェッダーはロージーの盗みを大目に見てやることにして、同時にこの瞬間、自分がこの女を気にかける義理もなくなったと判断した。

「なにもないところから出発した人は大勢いますよ。いい時代でした」

フェッダーは建築局長を探してあたりを見回したが、どこにも姿が見えなかった。例の建築家の妻がほんの数メートル先にいて、フェッダーを見つめていた。フェッダーは我慢できる限りその視線を受け止めながら、下半身に血が巡っていくのを感じた。すぐに建築管理部門の代表団がふたりのあいだに割って入ってきた。一団がついに出口へ向かってばらばらになったときには、彼女の姿は消えていた。フェッダーは半分堅くなったペニスを無視して、爪楊枝を一本手に取ると、まずはモッツァレラを、それからトマトを突き刺した。

「いつも言ってきたんですよ、九十年代に金を儲けなかった人間は、金が欲しくなかった人間だってね」

そう言って、急いでモッツァレラとトマトを口に放り込むと、紙ナプキンを取り、咀嚼しながら唇を拭った。

「失礼しなくては。またお会いしましょう」

口のなかのものを飲み込んだところで、硬直した。なにかが喉に詰まった。咳こむが、空気を吸えない。なすすべもなく喘ぎ、吐こうとしながら、まずは取り繕うように、それから混乱の笑みを浮かべる。突然、涙があふれて、顔が真っ赤になるのを感じた。同時に誰かが助けに駆け付けてくるのにも気づいた。建設作業員のひとりが、荒っぽく肩を叩いてくれる。

だがそれも役に立たず、フェッダーが地面に膝を突くと、作業員はさらに激しく叩き始めた。そしてなにか叫んだ。皆が駆けつけ、フェッダーの上にかがみこみ、彼の身体を揺さぶり、ネクタイを緩め、シャツをはだける。フェッダーは地面に倒れ込んだ。喉に当てた両手を震わせながら、肺に痛みを感じ、とどろくような心臓の鼓動を耳のなかに聴き、必死に空気を求めて喘いだ。舌が腫れてぱさぱさになり、全身が痙攣し、足をバタつかせる。そのあいだずっと、横にはロージーがいた。微動だにせず、黙ったまま。灰色の視線がフェッダーを突き通し、網膜に達する。夜の闇のなかを、燃えるような火の玉が踊る。遠くから叫び声が聞こえるが、もはやなにを言っているのかわからない。黒い紗幕が近づいてきて、意識を失う前にフェッダーは思った——なんという皮肉だろう、なんという信じられないほどの皮肉だろう、九十年代に金を儲けなかった人間は、金が欲しくなかった人間だというあの言葉が、このユルゲン・フェッダーの最期の言葉になるとは。もっとましな言葉がいくらでもあっただろうに。そのとき、心臓の鼓動がチベットの銅鑼のように鳴り響いた。何度も、何度も。いつまで続くのだろうと不思議に思っているうちに、最後の響きが消えて、静寂がやってきた。そして夜が、これまで一度も感じたことのない温かさで降り注ぎ、フェッダーを運んで行った。遠く、はるか遠くへと。

フェッダーは地面に横たわっていた。手足の力は抜け、空っぽの目は上を向いている。図らずもロージーは、テントの屋根をつたって落ちる雨のヴェール——まるでカーテンのようだ――の背後へと向かうフェッダーの最期の視線を追った。視線はそれから、木の板を渡した基礎溝、その後ろの防火壁、そこに書かれた、色あせた大きな文字――六十年代の東ドイツの広告だ――へと移った。フェッダーの目はあそこを見ていた。不思議だ。

誰かがぶつかってきた。ついさっきまでフェッダーを介抱していた人間たちが退いて、周りを取り囲む人たちを追いやる。まるで死んだ人間の身体には敬意と距離が必要であるかのように。ひとりの女が泣いていた。建設作業員たちはヘルメットを脱ぎ、あらゆる会話がやんだ。突然、テントのビニール屋根を叩く雨の音が聞こえるようになった。

ロージーはテントを出ると、荒削りの厚板の上を歩いて出口に向かった。大きな黒い車は、まだ先ほどの場所にあった。吹奏楽団が出番を待ち、警備員たちはいまだに、建設現場に取りつけられた人工照明に引き寄せられてきた野次馬たちを引き留めているが、出ていくロージーのことはあっけなく通してくれた。ベーレン通りに出ると、すっかりダメになったチラシの入ったショッピングカートがあった。ゆっくりとカートを押しながら、次の角まで歩いた。とある建物の玄関口で雨を避けられる場所を探すと、ロージーはかじかんだ手で携帯電話を取り出した。

用心深く、背後を確かめる。歩道には誰もいない。遠くから、フリードリヒ通りを疾走してくる救急車のけたたましいサイレンが聞こえてくる。でももう遅い、もう遅すぎる。電話番号を探すのに、時間はかからなかった。

なにもかも、昔のほうがよかった。

昔は、まだ本物の冬があった。トマトはトマトの味がしたし、ドイツマルクにはそれなりの価値があったし、それに僕、この僕は、刑事裁判や大きな訴訟の上告を抱えて、ここ州裁判所に頻繁に出入りしていた。今日のようにちっぽけで無意味な事件を扱っているだけなのに、シャルロッテンブルク地区裁判所の暖房がまたしても壊れたせいで州裁判所に避難してきただけの歓迎されざる客としてではなく。

巨大な階段の踊り場に立って、僕はほかの人間たちが忙しそうに急ぎ足で階段を上ったり下りたりしながら、互いにそっけなく挨拶を交わし、携帯電話と会話し、依頼人に最後の助言を囁きかけるのを眺めていた。偉大な刑事弁護士、黒いローブをまとった尊敬すべき判事たち、検事、陪審員、それどころか依頼人たちまでもが、ここでは地区裁判所とは違って見えて、切なくなった。僕はもうここの一員ではない。軽犯罪と地区裁判所の世界へと流されてしまった。自動販売機から小銭を盗む連中。家賃を払わずに転居を繰り返す輩。タコメーターの操作犯。僕はもうこの裁判所には無縁の身なのだ。

「とにかく一服したいな」

依頼人は今日のためにわざわざシャワーを浴びて、髭を剃っていた。どこかの地区の社会福祉事業の衣服部でもらったハワイアンシャツと色あせたジーンズ、それにぶかぶかの上着といういでたちだ。もしかして、昔はこの上着がぴったり合う体だったのかもしれない。だとしても何年も前のことに違いない。やはりすべてがいまよりよかった昔、まだクライスト公園にある朽ち果てたトイレの建物の横で、寝袋にくるまって寝る必要のなかったころ。依頼人はすでに二度、この寝場所で凍死しかけているところをキリスト教慈善団体の職員に発見されて、寒さをしのぐための巡回慈善バスで緊急簡易宿泊所に運ばれたことがあった。

依頼人の名はハンス-ヨルク・ヘルマー。三十二歳だが、五十歳に見える。元薬物依存症で、やたらと長いだけで無害な前科記録の持ち主だ。あまりに長いせいで、アシスタントのケヴィンにファイルを渡して、要点だけ短くまとめてくれと頼んだほどだ。ヘルマーは薬物欲しさの犯罪ならことごとく犯してきた男だった。かつて、ほかの連中がとうにヘロインを打ちまくっていたころ、ヘルマーは酒から始め、社会復帰プログラムや禁酒プログラムをすべてやめて、クソのような社会システムに完全に背を向けることを決意した。

数年はそれでうまく行った。クソのような社会システムが、ヘルマーに軽蔑されようとかまわず、しつこく彼の面倒を見続けたからだ。毎月十五日前後には金が尽きる。そうするとヘルマーは、支給された配給券を取り出す。安売りスーパーで食料品と引き換えにできる券だ。煙草(タバコ)はだめ。酒もだめ。食料品だけ。

その規則をヘルマーは守り、券を使ってミネラルウォーターを買う。樽(たる)が必要なほど大量に。とんでもない量を。そしてスーパーを出て次の角で、適当な側溝に中身を捨て、空になった瓶を持ってスーパーに戻る。瓶を返してデポジットの金を手に入れ、それで穀物蒸留酒〈リップシュテッター・ドッペルコーン〉を買う。この方法は非常にうまく行っていたが、ある日、彼を担当する社会福祉局の近くにある安売りスーパーを昼どきに訪れるという間違いを犯した。その時間、若いケースワーカーのひとりがその店で買い物をしていて、納税者の金がシュワシュワと泡立ちながら溝に吸い込まれて無駄になった挙句に、またしても水――とはいえ今度はアルコール度数五十パーセント超えの水――に変わる場面を、怒りを募らせながら見ていたのだ。

ヘルマーが最初の一口を飲みもしないうちに、ケースワーカーは酒を押収し、脅し文句を延々と吐き続け、酒に飢えたヘルマーは呆然(ぼうぜん)としたまま公園のベンチに取り残されることになった。蒸留酒を体のなかに常に一定量保つことに慣れていながら、それを多かれ少なかれ合法的に実現する可能性を奪われたヘルマーが、安売りスーパーに押し入り、ブランデーの瓶を開けて、近づいてくる店長を憎い社会システムの手先だと散々罵り、何本もの瓶をダウンジャケットの下に抱え込むまで、それほど時間はかからなかった。なんと、逃げ延びられると本気で信じていた。

ヘルマーはレジ係の女性の抵抗を計算に入れていなかった。それに、やせっぽちで小柄なヘルマーなど敵ではないとすぐに見抜いて、彼を棚から棚へと追い回した四人の買い物客の存在も。逃げる途中でブランデーの瓶が割れ、その週のお買い得商品だった百九十九ユーロのDVDレコーダー二台が壊れた。

そういうわけで、全部で五百ユーロ弱の損害が発生した。もちろん、ヘルマーには一生かけても払えない額だ。この点では裁判官もまったくの同意見だった。それでも、窃盗と器物破損は償われなければならない、というわけで、ヘルマーは二百時間の公共福祉作業を言い渡されて終わった。今年のどこかの時点で、木の駆虫作業によって落ちた葉を掃くといった作業をすれば済む。

それ以上をヘルマーから期待することはできない。それでも、自分で煙草を巻き、灰皿を探してきょろきょろする本人は、どこか嬉しくなさそうだった。

「ここは禁煙だ」と、僕は言った。

ヘルマーが眉間にしわを寄せた。「いつからだよ?」

ため息をつきながら、歪んだ手巻き煙草を煙草袋に戻す。僕は彼に善行を施してやろうと決意して、食事をおごることにした。

「裁判所の食堂の今日のメニューはサクランボ入りの粗挽き小麦のお粥だよ。一緒に食べないか?」

「どっちかって言えば喉が渇いてんだけどな。ビールもある?」

「もちろん」

　ほんの数歩先にエレベーターがあった。僕たちが黙ったまま待っていると、やがて重い金属製の扉が音もなく開き、僕はヘルマーに先を譲った。エレベーターはほぼ満員で、階数を示すボタンは食堂のある最上階まですべて赤く光っていた。僕たちは箱のなかに体をねじ込み、扉が閉じた。そのとき、背後で力強い声に呼びかけられた。

「フェルナウ！　嘘だろ！」

　僕はなんとか振り向いた。ベージュ色の絹のネクタイの上に、ゼバスティアン・マークヴァートのこんがり日焼けした陽気な顔があった。

「ここでなにしてるんだ？」

　エレベーターのなかの全員がこの問いに興味を持ったらしく、皆が一斉に僕をじっと見つめ、答えを待ち構えた。

「カフェテリアに行こうと思って」

　マークヴァートが笑った。歳月を経ても、この笑いは忘れなかったようだ。この腹の底から湧き上がるような温かな笑い。相手に信頼感を抱かせる、溢れんばかりの友情を示す野性的な笑い。彼のことを知らない人間なら、本当に相手のことを思った笑いなんだと信じてしまうだろう。だが実のところ、これはマークヴァート本人が勝手に楽しくなるための笑いに過ぎない。目の前の相手に笑いかけていようが、相手を嘲笑っていようが、まったく変わらないのだ。

「久しぶりだな。今日はここで仕事か？」

僕はうなずいた。エレベーターはすべての階に止まりながら昇っていく。

「ということは、大きな事件か？」

僕は黙っていた。

マークヴァートがにやりと笑った。六階に着いた。皆が押し合いへし合いしながら出ていく。ヘルマーの姿を見失うと同時に、彼女が目に入った。マルチビタミンジュースのちっぽけな瓶を手に持っている。

彼女は食堂と廊下を隔てるスウィングドアから急ぎ足で入ってきた。エレベーターの開いた扉に目をやると、「まだ乗れますか？」と呼びかけ、十センチのピンヒール付きパンプスでリノリウム張りの床を軽やかに駆けてきて、僕には礼儀正しい微笑みを、マークヴァートには魅惑的な微笑みを投げかけ、

彼女の姿に魅了されるあまり、自分が誰かも、どこへ行こうとしていたのかも忘れたらしいマークヴァートの前を通り過ぎた。彼が「開」ボタンから手を放した瞬間、僕はとっさに、ヘルマーのことは放っておいて、この別世界からやってきたような魅力的な生き物と一緒に下へ降りることに決めた。

僕は再びエレベーターに飛び乗った。

「ありがとう」と、彼女が言った。

「お安い御用」と、マークヴァートが答えた。

肩までの長さの輝く黒髪を優雅に払うと、彼女は手に持ったジュースの小瓶をバッグにしまい、壁の鏡で厳しい身だしなみチェックを始めた。まるでデミ・ムーアと白雪姫を混ぜたような外見の女性だ。細身に仕立てた上着とひざ丈のペンシルスカートから成る紺のスーツ姿で、そのスカートの想像上の皺を、素早い手つきで伸ばしている。それから横を向き、自分のシルエットを検分し始めたところで、鏡のなかの僕がずっと彼女を見つめているのに気付いた。彼女は眉間にしわを寄せて、振り返った。

「紹介しても？」とマークヴァートが訊いた。「こちらは検事のザロメ・ノアックさん。そしてこちらはヨアヒム・フェルナウ。弁護士だ」

ザロメは僕に手を差し出した。細くて冷たく力強いその手を、僕はできることなら二度と放したくなかった。

「どちらの事務所にお勤め？」

「フェルナウ・ホフマン弁護士事務所です」と、僕は答えた。

「知らないわ。あなたの界隈（かいわい）の人？」ザロメがマークヴァートに尋ねる。

マークヴァートは遺憾に堪えないといった表情で首を振った。マークヴァートに関することで僕が最後に耳にしたのは、彼が州立銀行の監査役会の代理人として、裁判を回避するという素晴らしい結果をもたらした話だった。残念なことにマークヴァートの依頼人は病気のため、たかだか二億ユーロというはした金の損失に対する責任からは解放される、という結論が出たのだ。被告人は、大勢の専門家によって自己愛性うつ症状と感傷的厭世感の混じったなにかであると曖昧に診断された定義の難しい病のために、今後の裁判に加わることは絶対に不可能である。それどころか、被告人の繊細な性質のため、勾留さえ憚られる。被告人が残ったわずかな力を振り絞って為した行動が、たとえばニューヨーク・マラソンに参加する準備であったという事実は、世間に公にすべき性質のものではない。なにより、その世間は泡と消えた二億ユーロを補てんする義務を担っており、そのため多くの幼稚園、夜間バス路線、図書館などが犠牲にならざるを得ないとあっては、なおさらである。

マークヴァートは依頼人の代理として完璧な説得力を発揮したため、依頼人は今日にいたるまでなんの責任も問われず、私有財産も手つかずのまま残っている。僕の依頼人であるヘルマーは、五百ユーロの損害のために二百時間、落ち葉を掃かねばならない。これを二億ユーロにそのまま当てはめれば、八千万時間の落ち葉掃きになる。一日二十四時間掃いたとしても、九千百年間。好意的に見積もっても百回の終身刑だ。

市民の名において、投資詐欺およびその結果引き起こされた罪——特にベルリン市州の破産によって十六万人の児童生徒が今後教科書を自費で購入せねばならないこと——により、被告を百回の終身落ち葉掃きの刑に処する。こんな判決を出す勇気のある裁判官など、もちろんいない。アメリカにさえ。金が絡むところでは、別の法が支配する。特にその金が八ヶタ以上となれば。

ザロメ・ノアックはマークヴァートが首を振ったのを合図に、それ以上僕には目もくれないことに決めたようだった。それでも僕はスーツのポケットに手を入れて、最後から二枚目の名刺を取り出すと、彼女に手渡した。

「もし本当に優秀な弁護士が必要でしたら、ご連絡ください」

ザロメは苛立った様子で名刺にちらりと目をやった。「ありがとうございます。覚えておきます」

「ぜひ」

「このフェルナウ君は、民事刑事法の分野ですごく優秀だったんだ」

マークヴァートは、「だった」をほんのわずかに強調して、僕に「お前はすごい大物になれたかもしれないのに」という親しげな笑みを向けた。そのとき、柔らかな鐘の音が響いて、エレベーターが一階に到着した。音もなく扉が開く。ザロメ・ノアックはブラウスの袖口をつまんで整えると、振り返ることなくエレベーターを降りた。マークヴァートが後を追う。

「今度一緒に食事に行こう」僕に向かって、そう呼びかける。「電話する！」

あっという間にザロメの後を追って角を曲がり、マークヴァートは姿を消した。くすくす笑い合う記録係の女性が三人、それになんとなく見覚えのある記録保管係の女性がエレベーターに乗り込んできて、僕を奥の鏡の前へと押しやった。再び六階まで昇っていく。床になにか白いものが落ちていた。僕の名刺だ。拾い上げて埃を吹いて払うと、残り一枚の名刺のもとに戻した。

食堂にはヘルマーの姿はなかった。腹が立った。せっかくホームレスに善行を施してやろうと思ったのに、当の本人がどこかへ行ってしまうとは。またしても一階に戻るためにエレベーターを待つあいだ、僕は窓から眼下のリッテン通りを眺めていた。

ザロメ・ノアックが速足で車道を渡っていた。たぶん近くにある居心地のいいレストランのどこかで待ち合わせがあるのだろう。マークヴァートは歩道に立ったままで、ザロメに最後の短い挨拶の言葉を投げかける。ザロメは心ここにあらずといった様子で軽く手を挙げて、それに応えた。マークヴァートは裁判所の裏にある駐車場のほうへと歩いていき、僕は彼の退場を喜んだ。

そのとき、ヘルマーの姿が見えた。州裁判所の建物から出てきて手巻き煙草に火をつけると、ライプツィガー通りのほうにあるソーセージ屋台へと歩いていく。たぶん屋台には〈リップシュテッター〉があるのだろう。老婦人がひとり、屋台の前に置かれた小さな立食用テーブルの前で、鞄のなかのなにかを探している。男がひとり、リードにつないだ犬を散歩させている。自転車に乗った配達人が通りを疾走していく。どこかの誰かが、裁判所の目の前で二重駐車の状態で車を止めて待つという許されざる間違いを犯している。

そのときエレベーターが来た。そちらへ歩き出した瞬間、銃撃音が耳をつんざいた。

三歩で窓際に戻った。

ヘルマーが両手を上げて、まるで通りに釘づけにされたかのように立ち尽くしていた。深刻な事態だ。先ほどの老婦人が手にピストルを持って再び狙いを定めると、撃った。悲鳴は僕のいる上階まで聞こえてきた。

エレベーターは行ってしまっていた。

僕は階段へと走り、五階分を一気に駆け下りた。裁判所の玄関口にはヒステリーに陥った群衆が集まっていて、武器を携帯した警官がふたり、ちょうど野次馬を掻き分けて外に出ていくところだった。人混みのなかにできた道が再び閉じる前に、僕もふたりに続いた。またしても銃撃音。

「どけ！」警官のひとりが僕を怒鳴りつけた。「下がれ！ みんな下がれ！」

警官はピストルを抜くと、身を守るために、玄関口の大きな円柱の後ろに隠れた。ヘルマーはふらふらと揺れている。

「なんだよ？」と言うヘルマーの声は、裏返っていた。「いったいなんだってんだよ？ なにするんだよ？」

老女が再び引き金を引いた。そして、反動でよろめいた。弾はヘルマーの二十センチ手前で地面にめり込んだ。弾を命中させるのは相手の一番の得意技ではなさそうだとようやく気付いたヘルマーは、ついに唯一の正しい行動に出た。逃げたのだ。

老女はヘルマーの後を追って、少し走った。そしてもう一度ピストルを持ち上げ、狙いを定めたところで、その場に倒れ込んだ。警官たちが全力疾走で通りを渡る。老女は武器を取り上げられ、手錠をかけられるあいだ、抵抗ひとつしなかった。警官たちが彼女を立たせようとした。だが、うまく行かなかった。どうやら気絶しているようだ。

僕は駆け出した。ちょうどソーセージ屋台の主人がカウンターの後ろから再び出てきたところだ。停めてある車の陰に隠れていた二、三人の客も、おそるおそる戻ってきた。ヘルマーの姿は影も形もない。

「もしもし？　もしもし！」

ふたりの警官のうち太ったほうが、老女の上にかがみこんだ。七十歳くらいだろうか、真っ白な髪をきっちりと巻き、ベージュのダスターコートを着て、見るからに健康によさそうな靴を履いている。老女にはどこか僕の母を思い出させるところがあった。僕が彼女の横にしゃがみ込んだのは、おそらくそれが理由だろう。老女のまぶたは震えていた。

「心臓が」と、老女はささやいた。「薬」

「鞄のなかですか？」

彼女の鞄をつかもうとした瞬間、警官にかすめとられた。

「触るな」そう言って、警官は厳しい目つきで鞄を開け、徹底的に中を漁(あさ)って、二丁目のピストルが入っていないことを確認した。そして小さなバティスト織りのハンカチを取り出すと、同僚に渡した。同僚がそれで慎重にピストルを包み、銃身の匂いをかいだ。

「空包じゃないぞ」

僕はピストルを一目見ようと頑張ったが、距離がありすぎて無理だった。マカロフかワルサーか、いずれにしても灰色で重い、無骨なピストルだ。それに、かなり扱いにくそうでもある。特にこんな華奢(きゃしゃ)で感じのいい老女には。

老女は弱々しく微笑もうとした。「この手錠、外してもらえません？　気分が悪くて。薬が必要なんです」

「聞こえたでしょう。こちらのご婦人には薬がいるんですよ」

鞄を手にした警官が、もったいなくも一瞬だけ注意をこちらに向けてくれた。「あんた、知り合い？」

「いや、でも……」

「お若いの。こちらのご婦人は逮捕されて、すぐに裁判所に出頭させられる。ごちゃごちゃ言うな。通りを渡って向こうに戻ってくれ」

優雅な婦人靴が小刻みにカツカツと歩道を叩く音が聞こえて、振り返ると、ザロメ・ノアックの姿が見えた。僕の鼓動は一瞬止まり、その後、止まった分を取り戻すかのようにいっそう激しくなった。

ザロメは僕たちのところまで来て、あたりを見まわした。老女はすでに目を閉じている。

ザロメが一瞬、老女のほうにかがみこんだ。そのとき、奇妙なことが起きた。ザロメが、まるで老女を起こそうとするかのように、その肩に触れたのだ。それはザロメにはまったく似つかわしくない仕草だった。突然、これまでの合理的できびきびした動きが、ほんの一瞬、深い衝撃のせいで彼女の身体から剝がれ落ちたばかりか、ザロメは僕がすぐ横に跪いていることにも、まったく気づいていないようだったからだ。けれど、ザロメはすぐにまた自分を取り戻した。そして素早く体を起こすと、警官たちに歩み寄った。

「なにがあったんですか？」

検事であるザロメとは明らかに知り合いらしく、警官は僕に対するよりもずっと協力的だった。

「この女が男性に向けて銃弾を四発撃ったんですよ。男性は逃げて、女は倒れました」

「男性……に向けて？　確かですか？　その人はどこに？」

僕はザロメの様子をじっと見ていた。彼女は僕たち皆と同じように、途方に暮れていた。

「逃げました。自分が彼でもそうしましたよ。この女が男性に話しかけて、それから撃ったんです。彼を狙って撃ったんですよ」

ザロメは軽く頷いた。すでにすべてを制御下に置いている。彼女自身のことも。そのときようやく、ザロメの視線が僕に向いた。彼女の目は青かった。なんてきれいなんだ、と僕は思った。黒髪で、これほど濃い紺碧の目を持つ人は多くない。ただ残念なことに、ザロメの視線には再会の喜びはこれっぽっちも見られなかった。

僕は立ち上がった。「このご婦人には医者が必要です」

「どちら様……ああ、あなたなの。ベルナウさん？」

「フェルナウです」

「この人の知り合いですか？ それとも、この人が撃ったという、逃げた男性の知り合い？」

その問いかけは冷たく、職業的だった。僕は老婦人に目をやった。顔は蒼白で呼吸は重く、混乱しているようだ。おまけにいまだに地面に横たわっていて、信じられないほど無害で庇護を必要としているように見える。答えの代わりに僕は上着を脱ぐと、丸めて老婦人の頭の下に差し入れた。そして彼女の額に手を当てた。冷や汗をかいている。目の端に、野次馬どもがゆっくりと裁判所の建物から出てくるのが映った。それに、マークヴァートが角を曲がってくるのも。

もし、いまここでヘルマーを知っていると正直に言えば、僕は即座に証人となり、この場を立ち去るしかなくなるだろう。もし正直に言わなければ……

この感じのいい老婦人は、僕にとってまたとないチャンスだ。なんの制限もない大きなゲームができるテーブルに戻るための。僕の刑事裁判。いつ以来だかもうわからないほど久しぶりの、本物の大きな魚。どれほどの可能性があることか！ 殺人未遂。脅迫。殺害予備。銃刀法違反……。

そして、目の前にはザロメがいる。僕の検事。ここに現れたという事実ひとつで、この事件に関して捜査の権利を含むあらゆる支配権をもぎ取り、おそらくは二度と手放さないであろう女性。

そして道路の向こうには、ビルの谷間にそびえ立つ州裁判所の建物。正義の最高法廷、司法の砦(とりで)、法の守備塔、大きな裁判の場。いまこの機会をつかまえないなら、僕は馬鹿だ。そして、事件はマークヴァートにさらわれることになるだろう。いまがそのときだ。ついにはっきりさせるときだ。僕の名刺は、あんなふうに捨てられていいものじゃない。

ザロメは苛々(いらいら)しながら僕の返事を待っている。とはいえ、こちらをきちんと見てはおらず、いつ到着してもおかしくない捜査員、鑑識、警察車を待ち構えて、遠くを見つめている。

「この人を病院に連れていかないと。いますぐ。でないと、死んでしまって、あなたの事件もふいになりますよ。あなたの名声にとっては致命的だ。違いますか?」

ザロメが再び僕に向き直った。紺碧の瞳が細められて、線になる。どれほど魅力的であろうと、この目つきには気を付けなくては。

「おっしゃる意味がわかりませんが」

そう言われて、僕は頭を軽く動かして野次馬たちを指した。

「誰も怪我をしていません。この女性は身柄を確保されています。そして医療措置を必要としている。この場は掌握されています。さて、考えてもみてください、無力な老婦人が裁判所の正面階段の前で、手錠をかけられたまま死ぬようなことがあったら、メディアがなんと書きたてるか」

ザロメは鷲の翼のような曲線を描く眉を持ち上げた。

「あなた、まさか私を……」

そのとき、マークヴァートがやってきた。

「アルタイが来たぞ」と彼が言ったとたん、その場の雰囲気ががらりと変わった。

ザロメが微笑んだ。砂糖菓子のように甘い声で、警官たちに向かって、救急車を呼ぶように、そしてご婦人の手錠を外すようにと頼む。まさにぎりぎりのタイミングだった。というのも、次の瞬間、何度もフラッシュが瞬いたからだ。ベルリンで最も名を知られた司法記者であるアルタイが現れて、その場の空気にも人格権にもおかまいなしに、二十枚以上の写真を撮りまくった。が、ついに警官たちに通りへと押し戻された。

「おおい！」アルタイが呼び掛けた。「ベルリン・メディア法第三条第三節！」

「第四条第三節第二、第三、第四項」ザロメが平然とやりかえした。「一九六五年八月一日付補足条項。ほかに質問は？」

ザロメはカメラを避けるように向きを変えた。一方のマークヴァートはその場に突っ立ったまま、まっすぐにカメラを見つめている。僕は老婦人の横に再びひざまずいた。

「もしもし！」と、囁きかける。「気を確かに。すぐに救急車が来ますから」

並んでくれませんか？」

「ノアック検事」アルタイが呼びかける声が聞こえた。「ちょっとマークヴァート氏の横に並んでくれませんか？」

「お断りします！」ザロメが言った。「すぐにこの場を離れてください！　アルタイさん、ここは犯行現場です。いま鑑識を待っているところです。まだ立ち入り禁止区域ではないとはいえ、そこは尊重していただかなくては！」

「じゃあ、そこのあなたは？」アルタイが言った。「あなた、誰なんです？」

僕は立ち上がった。アルタイは五十代前半の逞しい男だ。体に合わない服を着て、髪はもじゃもじゃ、顔は仕事のし過ぎと昼休みにワインを飲みすぎるせいで不自然に赤い。けれどその目は鋭く、声には真摯な関心が聞き取れた。アルタイは、まずは耳を傾けてから書くタイプの記者だ。彼の同業者の多くとは違って。アルタイが記事を書いている〈アーベントシュピーゲル〉紙は、信頼の置けるベルリンの新聞で、記事要約リストや政治家たちのあいだで好んで引用される。つまり、ついにアルタイにも僕のことを知ってもらうときが来たということだ。ザロメとマークヴァートに見つめられているのを感じたが、それに気づくそぶりをして、ふたりを喜ばせるようなことはしなかった。僕は深く息を吸うと、言った。

「こちらの女性の弁護士です」

老婦人はマルガレーテ・アルテンブルクという名で、七十一歳だった。ゲルリッツの「ペテロとパウロ」教区の聖書勉強会会員であり、ほかの四十四人の仔羊たちと羊飼いであるルートヴィヒ牧師とともに、コーヒーとケーキ付きのバス旅行でベルリンにやってきた。朝六時三十分にゲルリッツの町を出発して、十一時にベルリンのパリーザー広場に到着した。だがマルガレーテ・アルテンブルクは、ブランデンブルク門をくぐってその後ジャンダルメン広場とフランス大聖堂、そしてウィーン風カフェを訪れるかわりに、タクシーに乗ってリッテン通りへ向かった。そしてヘルマーが裁判所の建物から出てくるのを待ちかまえ、四発の銃弾を撃った。武器の出どころについても、犯行の動機についても、堅く口を閉ざしている。

「あの男性を知っていたんですか？」

僕は救急車のなかで、担架の傍らに座り、彼女の手を握っていた。マルガレーテ・アルテンブルクは、大儀そうに首を振った。いまにも死んでしまいそうな、ひどい様子だ。救急隊員がすでに彼女に酸素マスクをかぶせ、注射を打っていた。だがどちらも役に立ったようには見えなかった。

「でも、どうして知らない男に発砲したりしたんです？」

マルガレーテは目を閉じ、なにも言わない。

救急隊員が僕に、救急車から降りろと合図した。僕は、さっきザロメがエレベーターの床に捨てた名刺を取り出して、老婦人の手に押し付けた。

「昼でも夜でも、いつでもご連絡ください。聞こえていますか？　私はあなたの弁護士です。

助けになります」

マルガレーテはなにか言いたそうにした。僕は無数の細かい皺に覆われた細い唇のすぐ手前までかがみこんだ。

マルガレーテは酸素マスクを持ち上げると、こう囁いた。「あの、私……私、寝間着がいるわ」

途方にくれたまま、僕は救急車を降りて、彼女が走り去っていくのを見送った。

すでに鑑識が到着していて、歩道を赤と白のテープで封鎖し終えていた。白い防護服を着た鑑識科員が、弾丸と薬莢(やっきょう)を探して現場をしらみつぶしに這いまわっている。例のふたりの警官が、目撃した場面を記録に残すために証言している。ザロメは電話で誰かと話している。野次馬は野次馬をしている。

僕は、匂いから判断するにどうやら営業を再開したらしいソーセージ屋台のほうへ、さりげなく歩いていった。屋台の主人は衝撃から立ち直り、大勢の客に、自分が目にした――というより、目にしなかった――場面を語って聞かせているところだった。僕はカリーヴルストを注文し、そこなら一番目立たないだろうと踏んで、カウンターの端に陣取った。だが僕は、アルタイのことを計算に入れていなかった。

アルタイ記者は、ザロメの指示に従って、すでに犯行現場を離れていた。そしていま、僕と同様、ここでさらなる第一次目撃情報を得ようとしているところだった。

「とんでもないことになりましたね」そう言って、アルタイは僕の隣に立った。「で、あなたはあのご婦人の弁護士だと。抵抗できない状態の人を通りで拾い上げて依頼人にするのは、いつものことなんですか？　それとも今回は単なる偶然？」

「単なる偶然ですよ」

アルタイはうなずくと、油でぎとぎとしたフライドポテトを受け取った。屋台の主人はさらにその上に、二キロはあろうかというパプリカパウダーと何ポンドものマヨネーズをぶっかけていた。

「で、あなたの依頼人が撃とうとした男ですが。彼のことではなにをご存じです？」

僕はカリーヴルスト一切れを長々と咀嚼し続け、やがてアルタイはため息をついて、仕方なく自分のフライドポテトをつつき始めた。

「じゃあ、あなたのお名前は？　自分の名前はまだ憶(おぼ)えてますか？」

「フェルナウです」と、僕は答えた。

最後の一枚になった名刺を取り出して、アルタイに手渡した。彼はじっとそれをあらためた後、顔を上げて、僕に微笑みかけた。

「あなたのこと、憶えてますよ。ずいぶん久しぶりでしょ？」

そう言って、州裁判所を指す。どんな場合にも必ず湧いて出る救いがたい野次馬が数人、いまだに入口あたりをうろうろしながら、犯行現場に目を向けている。ザロメはいまだに

――それとも、またしても、だろうか――電話しており、証拠保存係は証拠を保存している。少し離れたところに、ちょうど警察の捜査車両が停まり、ふたりの男が飛び降りて足早に現場に向かった。僕も知っている犯罪捜査課の刑事たちだ。

「ベルリンで一番の腕利きだ」アルタイはペラペラのプラスティックの楊枝で捜査主任を指した。捜査主任は、まずはザロメ・ノアックに恭順の意を示しに行き、僕が受けたのとまったく同じぞんざいな扱いを受けていた。ザロメは彼に背を向けて、携帯に向かって話し続けたのだ。おそらく電話の相手は判事で、ザロメはいま、頭のネジの飛んだ老婦人がゲルリッツからベルリンへホームレス狩りにやって来たと説明せねばならないのだろう。それに、なぜその老婦人がいま快適な独房ではなく、聖ヘートヴィヒ病院へ向かっているのかも。

アルタイは紙ナプキンで指を拭くと、カメラを持ち上げて、再び立ち入り禁止区域のほうへと歩いて行った。

屋台の主人の独自の脚色を交えた事件語りはすでに三回目に突入していたが、僕はついに耳を傾けることができた。

「あのばあさんは、あそこであいつを待ってたんだ。あいつが出てきて、こっちに向かって歩き出した。そしたらばあさんが、あいつになにか訊くか、呼びかけるかしたんだな、とにかくあいつは振り返って、ばあさんを見た。そしたらばあさん、撃ちやがったんだ。変だろ」

「おばあさんはなにを訊いたんですか？　呼びかけたんだとしたら、なんて？」僕はそう訊いてみた。

「知らんよ。あいつの名前が知りたかったとかじゃないか。違うやつを撃っちまわないように」主人は肩をすくめると、冷凍フライドポテトを揚げ鍋に投げ入れた。「俺は二十年前からここで商売してんだ。そりゃあいろんな話を聞くさ。裁判所から出てくるやつらが、納得いかない判決を腹に落とすのに、とにかくまずは一杯やるしかないときなんかにな。もしかしたらあの男、ばあさんになにかしたのに、無罪放免になったのかもな」

「違う」と、客のひとりが言った。

紺色のウィンドブレーカーを着た、どこか郵便配達人のような雰囲気の男で、ほかの客たちとともに、氷のように冷たい三月の風のなかに震えながら立っている。「あの男がやらかしたのは、スーパーマーケットでの窃盗かなにかだ。俺は裁判の傍聴席にいたんだ。特に面白いところなんかない裁判だったよ。あいつ、ホームレスだぞ」

「じゃあ、ホームレスに恨みでもあったとか？」健胃薬草酒で体を温めながら、もうひとりの客が言った。

「そうかもしれんし、そうじゃないかもしれんな。とにかくあのばあさんは、裁判所のなかにはいなかった」

男はそう言って、まるで僕のいるほうから「異議あり」の声が聞こえてくるのを待ち構えるかのように、こちらを向いた。その裁判の場にいたひとりであることを見破られる前に、僕は慌ただしく頷くと、その場を離れた。アルタイとマークヴァートと捜査員とザロメには、これ以上近づかないことにした。魚はもう針にかかった。あとは網とすくい網とを準備するだけだ。

アレクサンダー広場にあるデパートの婦人下着売り場で買った寝間着の入ったビニール袋を小脇に抱えて、事務所のある建物の中庭に足を踏み入れると、またしてもそこに人がいた。どれほど寒くてもスーツ一枚と底がぺらぺらのイタリア製の靴で決して凍えないらしい男たちのひとりで、ここ最近、建物のなかや周りを目立たないようにうろうろしているのがやたらと目立つようになっていた。今日の男は、地下室から三階まで漆喰壁の上を這う電線にいたく感心しているようで、じっくりと観察しては小さなノートになにか書き込み、その後この違法な電力盗難装置の仕組みと配線とを追って、地下室の窓の前まで移動した。

「ここでなにをしていらっしゃるのか、うかがってもいいですか?」

そう声をかけると、男は飛び上がり、体を起こした。僕の外見はいまだに弁護士風だったので、男は居住まいを正し、極端に悪い印象を与えないよう頑張った。僕より頭半分ほど背が低く、華奢な体つきで、髭をつるつるに剃ったとても若い男だが、それ以上の特徴はない。男は己の個性の欠如をじゅうぶんに自覚しているようで、極度に保守的な服装を選ぶことでカバーしようとしていた。向き合う相手に、目の前にいるのはただの人ではなく、格を備えたひとかどの人物なのだと思わせたいようだ。僕は彼のことを、駆け出しの不動産業者か、市立ギャラリーに雇われたフリーランスの広告エージェントか、建築物保険勧誘員のいずれかだろうと踏んだ。

「マルクス・ハルトゥングといいます。投資家のグループがこの建物に興味を持っておりまして、私はそちらに雇われています。こちらを借りておられる方ですか？」

「そうです。パートナーと共同弁護士事務所を経営しています。家宅侵入罪の量刑について、よろしければご教示しますよ」

「弁護士事務所？　ということは、商業賃貸契約なんですか？　そんな話は聞いていませんね。住居の商業利用については、法的にきちんと届出済みですか？」

知らなかった。事務的なあれこれは、パートナーのマリー＝ルイーゼ名義で行われている。

「きちんとしていますよ。この建物の敷地を即座に立ち去ることをお願いする法的根拠と同様に。立ち去っていただけないのなら、訴えることになりますが」

男はことさら礼儀正しく頷くと、素晴らしい好人物だが慢性的に金欠のフランス人シャンソン歌手が住む、トイレが外にある狭い二部屋の住居の窓をもう一度見上げた。電線はその窓から住居のなかへと続き、台所のラジエーターに供給されている。息も絶え絶えのセントラルヒーティングシステムが、もはや壁のカビを消すだけの威力を発揮してくれないからだ。

「誰が誰を訴えることになるのか、見ものですね。お名前をうかがっても……」

「出口はあちらです」

男はきびすを返すと、中庭を立ち去った。僕は三階にあるマリー＝ルイーゼとの共同「弁護士事務所」まで急ぎ足で階段を上り、自分の部屋にいるマリー＝ルイーゼを見つけた。二枚の陸軍支給毛布にくるまって、難民庇護申請法に関するばらばらの書類を最新の状態に整理しなおしているところだった。周りにはくしゃくしゃに丸められた、とうに古くなった書類の山がいくつも積み上がっている。真にやりがいがあるとは言えない、ほかになにひとつすることがないときにようやく取り組む類の仕事だ。マリー＝ルイーゼは退屈そうに、分厚いファイルから新しい紙を抜き取ると、丸めて、いまの彼女の一番のお気に入りである被害者の写真めがけて投げつけた。それは「今年のベスト報道写真」のポスターで、八歳のイエメン人の少女と、その花婿である三十歳の男が写っている。紙つぶては男の写真には当たらず、マリー＝ルイーゼは海より深いため息をつくと、再び眉間にしわを寄せて強制送還前拘置法のさらなる変更点に取り組み始めた。

僕は書類の山のあいだをバランスを取りながら窓際へ行き、中庭を見下ろした。

「たったいま、あいつらのひとりを追い出してやった」

マリー＝ルイーゼが顔を上げて、読書用メガネをはずした。目撃者がいる場所では決してかけないメガネだ。僕は、ある日このメガネをかけている彼女を偶然目にしてしまったことで、いまだに恨まれている。だがマリー＝ルイーゼは、少なくともいまではもう老眼という弱点を隠そうとはしなくなった。

「また？」

お洒落なスーツを着た若い男たちのことは、何週間も前から、この建物の共用階段で交わされる住人たちのおしゃべりの話題だった。彼らは連絡もなしにいきなり現れて、建物の状態や家賃の滞納額などについて調査する。届け出なしの下宿人や、地下室の使用目的を外れた利用などについて驚くほど詳しく知っており、まるでこの建物がすでに彼らの所有物であるかのようにふるまう。だが現実には、この建物はいまだに複雑に枝分かれして救いようのない争いを繰り返す複数の相続人たちの持ち物であり、その結果として、もはや誰ひとり洗濯室の電球さえ取り換えようとしないが、その代わりに十年前から家賃も上がっていない。こうして、不自由は住人自身が自力で解決し、寝た子を起こさないようにするという暗黙の了解が出来上がっていた。だが、その「寝た子」がすでにオオカミに取り囲まれていること、オオカミたちがゆっくりと、だが確実に、僕らの中庭にまで入り込んでくるようになったことは、決していい兆候ではなかった。

マリー＝ルイーゼが毛布から這い出て、僕の隣に立った。ふたりで、みすぼらしい外壁と隙間風の入る小さな窓に囲まれた醜い中庭を見下ろす。錆びつくがままの自転車二台と一台の洗濯機が打ち捨てられている。洗濯機のなかでは、去年ツグミの夫婦が雛をかえした。僕たちは、彼らが今年も戻ってくるのをいまかいまかと待っている。ぼろぼろになった地面のアスファルトの隙間からは油菜が生えていて、春には花を咲かせる。ほんとうにいつか春が来ればの話だが。そして、ツグミが戻ってきてくれれば。

マリー＝ルイーゼが震えながら腕を抱えた。

「どこから来たのか言ってた？」

「いや。この建物に興味がある投資家グループだとさ。それ以上はなにも」

「投資家か。イナゴ。顔のないネズミ集団」

実のところ、僕はこの建物が高圧的に買い取られることにはそれほど否定的ではなかった。徐々に一種の都市ビオトープの様相を呈しつつあるとはいえ、この建物はやはり地域の汚点だ。ドゥンカー通りで醜態をさらしながら朽ち果てつつある。同年代に建てられた古い建物は皆、改装を施され、生まれ変わってその美を誇らしげに見せつけているというのに。美しいテラス付きアパートメント、緑溢れる壮麗な中庭、小さいけれどもお洒落な店やバーやカフェ。だがその美には、ひとつだけささいな欠点がある。僕たちには手が届かないという欠点が。アパートメントにせよ、カフェにせよ、いや、正確を期すなら、中庭さえ。

だが、それもいまだけの話だ。なにしろ一時間前に人生は変わったのだから。

「委任状をプリントアウトしてくれないか？　新しい依頼人ができたんだ」

「へえ」

マリー＝ルイーゼは戸惑ったように、窓の下に見える、東西ドイツ統一前から変わらない理想郷から目を上げた。「誰？」

「マルガレーテ・アルテンブルク、ゲルリッツ在住。裁判が終わった後にヘルマーを殺そうとしたんだ」

ヘルマーの窃盗事件のことは、マリー＝ルイーゼも知っていた。だが、続きがあったことは知らない。彼女は自分の机に戻ると、再び毛布にくるまって、コンピューターを立ち上げた。

「殺そうとした？　聞き間違いじゃないよね？」

「違うとも。謀殺未遂だ。いや、故殺未遂かな。どっちにしても、射撃の腕前はよくなかった。でなけりゃ命中してたよ」

「えっと……私たち、謀殺未遂事件を手に入れたの？」

「そうとも」

「で、その犯人があなたの依頼人？」

僕は勝ち誇った目でマリー＝ルイーゼを見つめた。するとその顔いっぱいに、輝くような笑みが広がった。おそらくマリー＝ルイーゼは、読書用メガネと同様、僕以外の誰に対してもこんな笑みは隠そうとしただろう。なにしろ、これほど重大な犯罪の話をしながら浮かべるには、あまりに不謹慎な笑みだから。ここ最近ますます深くなった眉間の皺が、すっと消えた。

「謀殺未遂！　素晴らしい！　詳しく聞かせて」

僕は、ことのあらましを短くまとめて話した。話し終えた後も、マリー＝ルイーゼはまだ満面の笑みだった。

「どうやるつもり？　精神科医の診断書？　それとも、認知症とかそっちで行く？　どっちにしても、依頼人は正常とは言えないでしょうね。マークヴァートは残念だったわね。最近そういう事件を専門にしたばっかりなのに」

「まずは依頼人と話をしないと。それに、寝間着を届けないと」

「ああ、これ、彼女に差し入れるの？」

マリー＝ルイーゼは僕が机の上に置いた袋を持ち上げて、なかを覗いた。「すごく素敵じゃない――捜査主任は誰？」

「たぶん、犯罪捜査課から直接ファーゼンブルクに行くと思う」

マリー＝ルイーゼは一瞬、眉を上げたが、なにも言わなかった。それでいい。過去、彼女とファーゼンブルクとのあいだになにがあったのか、そもそもなにかあったのか、僕は知らない。いずれにせよ、ふたりは親しい間柄だった。殺人課の警部と、どこにでもいそうな弁護士の間柄にしては親しすぎた。そしてそのことが、これまで僕とファーゼンブルクとのあいだの緊張感の緩和に役立ったとは言えなかった。ファーゼンブルクは弁護士という人種を信用していないようだった。それがマリー＝ルイーゼのせいなのか、それともファーゼンブルクにとって弁護士という職業が存在すること自体が根本的な問題なのかは、わからない。

「じゃ、すぐにファーゼンブルクに電話してみる。もしかして、担当検事が誰かも知ってるかも」

「ザロメ・ノアックだよ」

　マリー＝ルイーゼはなんとも解釈が難しい、場合によっては戸惑いとも取れる妙な声を出した。

「あのノアック？　それはおめでとう。覚悟しておくことね」

「どうして？」僕はそう尋ね、できる限り無垢な顔を保とうと努めた。

「ノアックにとっては、どんな裁判も梯子を一段上ることを意味するの。あと十年たてば、彼女の未来の元夫が今日いる場所にいるでしょうね」

「へえ、その場所っていうのは？」

「ドイツ連邦憲法裁判所。ルドルフ・ミュールマンって名前、聞いたことある？」

「いや」

「ザロメ・ノアックの三人目の夫。彼女より二十歳上で、交通法とヨーロッパ法の分野ではずば抜けてる。憲法裁判所の判事に任命されるまでは、州裁判所長だったの。その地位に就くには、もちろんザロメはまだ少し若すぎる。でも来年、副裁判所長になる可能性ならじゅうぶんある。で、これまでの彼女の結婚と離婚の法則を踏襲するなら、道をならしてもらったところで、彼女は夫を捨てるはず。気の毒なふたりの元夫と同じように。で、州の法曹界から連邦法曹界に乗り換えるでしょうね。乗り換えっていっても、もちろん下から上にね」

意地の悪い微笑みを浮かべて、マリー＝ルイーゼはそう付け加えた。

「彼女になにか恨みでも？」

「個人的にはなにも。ただ、男と寝ることで階段を上っていくやり方が気に入らないだけ。神様って不公平よね」

もじゃもじゃの髪を顔から払いのけて、マリー＝ルイーゼはますます深く毛布のなかにもぐりこんだ。その瞬間の彼女は、まるでコルヴィッツ市場のジャガイモ売りみたいに見えた。ものすごい美人だけれど髪がくしゃくしゃの、小柄なジャガイモ売りに。案山子と灰かぶり姫を足したようなその姿は、白雪姫とは七つの山と七つの谷で隔たれている。だからこそ、必死で白雪姫に毒りんごを投げ続けるのかもしれない。

「まあね、長くて厳しい冬のあいだ、私の衰えつつあるこの姿以外に特に見るものもなかったとあっちゃ、ザロメ・ノアックにある種の欲情をそそられるのもよくわかるわ。でもね、あなたが彼女をものにできる確率は、私がキリスト教民主同盟の党首をものにできる確率と同じくらい低いのは間違いないからね。もちろん、女なら誰でもそそられるとか散々言われる、権力が持つエロティックな魅力とやらが、私にはさっぱりわからないのは別にして」

「おい、どうして彼女が僕の欲情をそそるなんて思うんだ?」

「ちょっと、しらばっくれないでよ。横になった女を最後に見たのはいつ?」

「今日の午前中」

マリー＝ルイーゼは僕を同情のまなざしで長々と見つめた。

「そういえば、アルタイもいたよ」話題を替えるために、僕はそう言った。

マリー＝ルイーゼが感心したように口笛を吹いた。

「じゃあ、本当に第一級のイベントだったみたいね。ノアックに、ファーゼンブルクに、アルタイ——警察署長の新年パーティーの招待客リストみたい。おめでとう。ちゃんとやるのよ。結果を出しなさい。あなたにとってチャンスなんだから」

「僕たちにとってのチャンスだ」と、僕は言った。

マリー＝ルイーゼはコンピューターのモニターに向かって首を振った。

「魚を釣り上げたのはあなた。それに、その三人と闘うためにリングに上がるのもあなた。私にできるのは、闘いの後、血を流す傷に包帯を巻いてあげることだけ。でもひとつだけ、いい忠告をしてあげる。頭で向かっていくこと。心じゃなくて」

「最初からそのつもりだよ」

マリー＝ルイーゼは委任状を印刷すると、僕に差し出した。

「それなら、その決意を変えないこと」

僕は病院へ出発した。マルガレーテ・アルテンブルクがこの委任状に署名できるだけの正気をまだ保っていることを祈りながら。

グローセン・ハンブルガー通りにある聖ヘートヴィヒ病院は、普仏(ふふつ)戦争直後の時代の壮麗な建物群から成っている。黒いエナメル塗りのタイルを貼った堅牢なレンガ造りの建物は、生い茂る蔦(つた)でロマンティックに覆われ、壁龕(へきがん)には慰めを与えるマリア像が試練を経た魂との対話を辛抱強く待ち、十字架上のイエスがあらゆる壁から穏やかに挨拶を送ってくれる。そしてヨーゼフ一棟と名付けられた主病棟では、毛糸でできた小さな羊と色鮮やかな手塗りの卵という素晴らしい復活祭の飾りが僕を迎えてくれた。

卵は患者グループが作業療法で作ったもので、売り物だった。玄関口の受付に置かれたロザリオも同様だ。受付では堂々とした尼僧が、訪問者ひとりひとりに愛想よく、けれどしっかりと訪問目的を尋ねている。

マルガレーテ・アルテンブルクは第二病棟の二七三号室にいるということだった。

僕はロザリオをひとつ買った後、すぐに老婦人の病室にたどり着いた。警備のために警官がひとり廊下に陣取っていて、僕の身分証明書を確認すると、すんなり通してくれた。病室は煮込み料理と病気の匂いがした。

食事が手つかずのまま、小さなナイトテーブルに載っていた。マルガレーテ・アルテンブルクのベッドの脇にはひとりの女性が座っていて、僕を見ると立ち上がった。最初の一瞬、看護師だと思った。ワンピースの上にエプロンドレスを着ていたからだ。だが彼女は、椅子の背にかけてあったコートを手に取った。

「お見舞いですか？」僕は訊いた。

マルガレーテ・アルテンブルクは、病院支給の薄っぺらい寝間着を着ていた。人の尊厳を奪うその布きれ姿では、僕の記憶にあるよりもさらに惨めに見えた。僕のことを憶えていないようだ。それどころか、まるでなにかよからぬことをしていたところを見つかったかのように、毛布を少し引っ張り上げた。

「ヨアヒム・フェルナウといいます。あなたの弁護士です。憶えていらっしゃいますか？」僕は持ってきた寝間着を取り出して、掛布団の上に置いた。「もしよければ、外で待ちますが」

「いえ、そんな必要はありません」と、訪問者が言った。五十代半ばほどの女性で、似合うとは言えないエプロンドレスを着ている点を除けば、とてもいい身なりだ。「ちょうど帰るところでしたから」

女性はかがんで、マルガレーテ・アルテンブルクの両手を取った。

「私に全部任せておいて。じゃあ、さようなら」

僕に軽く頷きかけると、彼女は病室を出ていった。

「誰ですか？」と訊きながら、僕は椅子を少しベッドに寄せた。

「ベルリンの教会の人ですって。これ、私に？」

茶色い染みだらけの細い手が、寝間着を撫でた。

「フランネルね。助かるわ。ここ、すごく寒いんですもの。おいくらお支払いすれば？」

「結構ですよ」と、僕は言った。「ただ、この委任状に署名をいただきたいと思いまして。そうすればあなたの代理人として、私も事情聴取の場に同席することができます。弁護士を雇うのは大切なことですよ」

僕はクリップボードに挟んだ書類とボールペンを差し出した。ところが、マルガレーテ・アルテンブルクは弱々しく手を振って、それを退けた。

「いらないわ」

「アルテンブルクさん、あなたは人をひとり殺そうとしたんですよ。我が国の司法システムは、そういう行為をよしとしません。回復して事情聴取が可能になったら、すぐに罪に問われることになるんですよ」

「もう」と、彼女はため息をついた。「司法システムなんて。私は失敗した。自分を責めるとしたら、そのことだけよ」

「ということは、ヘルマー氏を本当に殺すつもりだったということですか？」

「もちろんよ」

「なぜです？　彼がいったいなにをしたというんです？」

マルガレーテ・アルテンブルクは、老いて疲れた目をぬぐった。その手は震えていた。

「なにも。悪いけど疲れているの。それに気分も悪いし。たぶん私、また捕まるんでしょうね。でも医者が言うには、もし手術をしなければ、私、もうすぐ親愛なる神様のもとに召されるんだそうよ。私を裁くのは神様だけ。ほかの誰でもなく」

マルガレーテ・アルテンブルクは僕に委任状を突き返したが、僕は意地になって腕を組み、受け取らなかった。

「そうなると、裁判所が公選弁護人を付けることになります。それがいい選択かどうかは疑わしいですよ」

彼女は委任状を掛布団の上に置くと、両手を組んだ。ベッドの上の壁に掛けられた十字架のイエス像は、頭を垂れたまま口を挟もうとしない。

「親戚の方に私から連絡しましょうか？　なにか必要なものはありますか？　なにか私で力になれることは？」

マルガレーテ・アルテンブルクは答えない。

彼女はぴかぴかに磨かれた窓ガラスの向こうの小ぬか雨を眺めていた。裸の木々の枝が、情け容赦ない風にしなっている。ときどきそのなかの一本が窓ガラスを叩く。その音は、どことなく苛立ちを表しているかのようだった。もちろん、くだらない妄想だ。

突然、マルガレーテ・アルテンブルクの目に涙があふれた。両手がせわしなく動く。僕は彼女のほうに身を乗り出して、そっとその手に触れた。

「本当に誰もいないんですか？」

涙が彼女の皺だらけの頬に落ち、年齢と人生によって彫り込まれた深い皺をつたって、二本の小さな流れになった。裸の木々から目をそらして、彼女は僕を見つめた。そして、両手を引っ込めた。

「ありがとうございます。でも、あなたにしていただけることはありません」

僕はクリップボードを受け取って、アタッシェケースにしまった。どうふるまえばいいのか、さっぱりわからなかった。無理強いすることはできない。けれどもマルガレーテ・アルテンブルクを諦めるのは辛かった。あまりにも辛かった。もちろん、被害者であるヘルマーに集中することもできるだろう。だが、あの男が再び姿を現すことがあるかどうか、そして自分から訴えを起こすかどうかは、まったく未知の領域だ。そもそも弁護士として、被害者と加害者の側をヨーヨーのごとく行ったり来たりするべきでないのは、言うまでもない。

僕はロザリオを掛布団の上に置いた。そして静かに立ち上がると、ドアに向かった。ノブに手をかけたとき、背後で彼女が言った。「ゲルリッツに行ってくださらないかしら？」

僕は振り向いた。彼女は再び目を閉じていたが、手がロザリオを見つけたようで、小さな木の珠をせわしなくいじっていた。

「え？」と、僕は訊いた。「ゲルリッツでなにをすれば？」

「書き物机の右の引き出しに入ってる葉巻の箱を持ってきてほしいの。中は見ないでください。個人的なものだから。なにも重要なものじゃないの、ただ個人的なもので。それと……着替えを少し。寝間着のまま死ぬのは嫌だから」

僕はベッド脇に戻った。するとマルガレーテ・アルテンブルクは即座に目を開けた。

「寝間着姿って本当にみっともないものね」

僕は思わず微笑んだ。突然、彼女も微笑んだ。

「素敵な紺色のニットアンサンブルを持っているの。寝室の洋服ダンスのなかに、ビニールの覆いをかけてしまってあるわ。一度しか着たことがないの。あれを持ってきてくださらないかしら？　服と、葉巻の箱。それに少し下着も？」

「もちろんです。喜んで」

「じゃあ、委任状をください」

僕は再びクリップボードを取り出し、マルガレーテ・アルテンブルクはそれに署名した。その後彼女は、ナイトテーブルの引き出しを指した。なかには鍵束と、レシートで破裂しそうなほど膨らんだ革の財布と、櫛（くし）とメガネケースが放り込んであった。

「シッファー小路十七番地。旧市街です。ペテロとパウロ教会の目の前。ゲルリッツの町はご存じ？」

僕は残念に思いながら、首を振った。

「私が住んでいるのは、昔ナイセ川にかかる歩行者用の橋があった場所なの。戦争前の話よ。フリードリヒ広場にサーカスが来たときには、向こう岸のラーベンベルクまで行ったものだわ。いい時代だった！」

マルガレーテ・アルテンブルクはマットレスを優しく叩いた。そこで僕は、彼女の隣に腰を下ろした。

「今日ではポーランド領になって、ズゴジェレッというの。もうほとんど誰も知らない。サンスーシ・ダンス酒場や、カフェ・ローラントのこと。カフェ・ローラントには、鏡張りのダンスホールがあったのよ。わかるかしら？　鏡張りよ！」

僕にウィンクしてみせた彼女は、突然、何十年も若返ったかに見えた。多くの老人と同様、彼女も思い出によって生かされているのだ。そして、現在によってゆっくりと死んでいく。

「主人とは、あそこで出会ったの。私は二十六歳で、ほとんど行き遅れだった。あの人はヴィンターフェルト兵営の兵隊で、週末には外出できたから、ふたりで踊りに行ったものよ」

マルガレーテは枕に沈み込んだ。「どうしてなの？」

「なにがです？」

「こんなに正確に思い出すなんて。急に細かいことがいろいろ蘇ってくるのよ。もう長いあいだ思い出さなかったことが。永遠に過ぎ去ってしまって、もう戻ってこないんだから、思い出したって悲しくなるだけなのに」

「ご主人はいまどこに？」僕は訊いたが、答えはすでに予測できた。

「もうずっと前に亡くなったわ」マルガレーテはまばたきすると、目をこすった。「主人のところに行くと思えば、悲しくもない」

いや、悲しいですよ、と僕は言いたかった。彼女のことが好きになっていた。正気を完全に保ったまま丸腰の男に向かって発砲した殺人未遂犯ではあっても。

「どうしてハンス＝ヨルク・ヘルマーを？」と、僕は尋ねた。

だが答えはなかった。

「あの男があなたになにをしたんですか？　無害なホームレスですよ。なにか理由があるはずです」

「見た目どおりの無害な人間なんていないわ」

「私が思うに、あなたはヘルマーのことを知らなかった」

僕は身を乗り出した。「なぜ撃ったんです？」

「それだけのことをしたからよ」

僕は彼女の顔に精神錯乱のしるしを読み取ろうとした。病のしるしを。なにかに取り憑かれているしるしを。だがそんなしるしは、どこにもなかった。

「なぜなんです？」僕は繰り返した。

「命……命の問題よ」

マルガレーテの呼吸は苦しそうだった。僕との会話が負担になっているのが見てとれた。彼女のほのめかしはあまりに謎めいているし、後悔する様子をみじんも見せないことも耐え難いとはいえ、いまここは問いただす時でも場所でもない。それでも、僕たちのどちらも、すべてが語り尽くされたと言い難いことはわかっていた。

「世界中のどこの法廷に立っても、そんな言い分は通用しませんよ」

「この世の法廷は、私の法廷じゃない」

僕の手のなかの鍵束に気づいて、マルガレーテは弱々しく微笑んだ。「ウンターマルクトをまっすぐに横切って、川まで行ったところよ。古い家。最近改装されたほかの建物みたいに綺麗(きれい)じゃないわ。すぐにわかるはず」

マルガレーテが頷き、僕は立ち上がった。

「きっと恋に落ちるわよ」

僕は驚いて、彼女をまじまじと見つめた。あまりに情熱的な口調で言うので、一瞬、僕の未来を予言しているのかと思った。

「町によ、もちろん」と、マルガレーテ・アルテンブルクは付け加えた。「町に」

〈ゲルリッツ観光〉と書かれたバスは、六月十七日通りに停まっていた。ドイツ国内と近隣諸国のいたるところからやってくるバスが停まる場所だ。ここならブランデンブルク門のすぐ近くなので、観光客たちが最悪の方向音痴でも、快適な座席で間違いなく故郷まで連れ帰ることができる。

ベルリンに遠足にやってきたゲルリッツの教区の信徒たちは、全員が午後四時に再びこの場所に集合した。マルガレーテ・アルテンブルクを除く全員が。

すでにマリー＝ルイーゼが牧師の電話番号を調べ出して、今日の午前中の事件をできるだけ穏便に伝え、僕の頼みに応えて、マルガレーテの座席を僕のために押さえてくれていた。マルガレーテ・アルテンブルクが認める裁判官が神のみだというのなら、僕は彼女の弁護士として、せめて彼女のこの世での生活について、できる限り多くを調べ出すつもりでいた。聖書勉強会の会員たちなら、いろいろ話してくれるかもしれない。それに、交通費が浮く。

牧師のペーター・ルートヴィヒは、迷える子羊マルガレーテの単独行動のことを、すでに同行者たちに伝えていた。だから一行は僕を、打ちひしがれ、途方に暮れた様子で迎えた。なにがあの優しい老婦人をそんな行動に駆り立てたのか、誰ひとりわからなかったからだ。

「医者はなんと言っているんですか？」ルートヴィヒ牧師は僕にそう訊いた。その様子から、「統合失調症」だとか「突発性の妄想」だとかいった言葉を彼がどれほど聞きたがっているかが、手に取るようにわかった。

「彼女は犯行現場で倒れました。以前、二度も卒中の発作を起こしたこともあり、循環器系の問題を抱えているせいかもしれません」

「犯行現場」という言葉が、バスの前方の座席に座っている人たちを震え上がらせたようだった。互いに囁きかわしたり、信じられないというように首を振ったり。後ろのほうの座席に座っている人たちは、最新の情報を少しでも手に入れようと懸命に首を伸ばしている。

「なんとも信じられない話です」牧師が言った。「こちらへどうぞ。私の隣にお座りになりますか？　シュタインさん、もしよければ……」

シュタインと呼ばれた女性は、マルガレーテとほぼ同じ年頃と思われるが、彼女とは逆に丈夫そうで、健康そのものといった様子だった。感じよく頷きながら席を立ち、狭い通路を横歩きで後ろの座席へと移動していく。ルートヴィヒ牧師が運転手に合図を送った。運転手がボタンを押すと、バスのドアがシューッと音を立てながら閉まった。僕は礼を言って、窓際の席に腰を下ろした。バスは数分後には勝利の塔の下のラウンドアバウトを回り、帰宅する労働者たちの車の列に加わって、都市高速道路へ向かった。

「誰にとっても衝撃的な話でしたよ。アルテンブルクさんは私たちの勉強会の皆に尊敬される方ですから。絶対的な信頼を置ける、会にとってなくてはならない人なんです。皆ショックを受けて、彼女のために祈りたいと思っています」

僕は頷いた。祈ってもらうことが不利に働いた事件は知らない。

「牧師様、よく考えてみていただけませんか。なにがアルテンブルクさんをあんな行為に駆り立てたのか、心当たりはありませんか？　なにか事件があったとか？　なんらかの出来事とか？」

「ありません」

「ずっと昔になにかあったということは？」

「ありません。本当にないんです。なにも思いつきません。アルテンブルクさんは、謙虚でおとなしい人でした。とても物静かで。とはいっても……ここ最近は、我々の聖書勉強会で一風変わった考え方を情熱的に主張していました」

「どんな考え方ですか？」

「いや、それについては、お話ししかねます」牧師はこっそりとあたりを見回した。だが、バスの乗客のほとんどは、大都市ベルリンにすっかり圧倒されたようで、出発直後に早々と眠りの世界に半ば沈み込んでいた。

「どうかご理解いただきたいのです。我々は信仰の問題について議論します。そんなときには信仰への献身と同時に疑念も表明されます。アルテンブルクさんご本人が、あなたとそれについて話したいと思えばそうするでしょう。私からはお話しできません」

　それはどうも。猊下(げいか)はご気分を損ねられたようだ。僕は思い切って牧師の傷ついた魂を癒すことで、彼との距離を縮めようとした。

「まさに正しいお答えですね。弁護士にも聖職者にも、他言してはならないことがたくさんありますから」

「ええ」

「アルテンブルクさんの親戚や友人で、こちらから連絡を取るべき人はいますか？」

ルートヴィヒ牧師は考え込んだ。下唇を突き出したと思うと、口のなかに吸い取り、その際、かすかにピチャッと音を立てた。

「いいえ、私の知る限りでは、いませんね。それにアルテンブルクさんの友人はみんな、このバスのなかにいます」

僕は首をねじって、聖書勉強会の会員とその配偶者たちをじっくりと眺めてみた。五十歳から八十歳までの、そろいもそろって感じがよくまともな人たちだ。一九六〇年代を懐かしむリヴァイヴァルパーティーで奇声を上げたりするタイプでないのは間違いない。そもそも僕は、集まって聖書を勉強しようという人たちをどういうタイプだと思っていたのか。ひょっとしてマルガレーテ・アルテンブルクは退屈な年金生活から逃れたかった？　金曜の夜にテレビでスリラーを見過ぎた？　晩年を刑務所で過ごすほうが、介護付き施設で暮らすより面白そうだと思った？

けれど彼女が殺したかったのはヘルマーだけだ。ほかの誰でもなく。

コットブスを過ぎたところにある休憩所の駐車場で、運転手が短い休憩を取った。ブレスラウまでほんの百二十キロ、ポーランド国境はすぐそこだ。バスの乗客のほとんどはこの機会を利用して、体をほぐすために少し歩いたり、トイレに行ったり、急いでコーヒーを飲むことにしたようだ。ちょうど僕もバスを降りようとしたところで、二列ほど後ろの座席にシュタイン夫人がいるのが見えた。曇ったバスの窓からじっと外を見つめる彼女の目は赤かった。僕が突然隣に現れたのに気付いて、彼女は驚いて顔を上げた。

「隣、よろしいですか？」

シュタイン夫人は軽く頷いた。

「アルテンブルクさんとは、いつからお知り合いですか？」

シュタイン夫人は鞄を開けると、ティッシュペーパーを探し出し、答える前に、それで目を拭った。

「四十年以上です」そうささやく。「不幸に次ぐ不幸」

「どういうことですか？」

シュタイン夫人は上品に鼻をかんだ。「言ったとおりの意味です。マルガレーテはあまり幸せな人じゃありませんでした。あらやだ、ありませんでした、なんて。なんだかもう死んでしまったみたいじゃないですか。ねえ？」

「ご心配なく。最高の環境で看護を受けています」

「でも、もう二度と会えないんでしょう」

「そうとは限りません。今後もあれほど体が弱ったままなら、裁判に耐えられないと判断される可能性はじゅうぶんにあります。そうなれば、皆さんが想像するよりずっと早くに勉強会に戻れますよ」

神様、お医者様、どうかそんなことになりませんように。でないと僕の出番がなくなります。

「本当ですか？　マルガレーテが刑務所で耐えられるとは思えません。散々辛い目に遭ってきたんですよ、ご存じですか？　まずはご主人でしょ、その後、息子さん、それに……」

そこでシュタイン夫人は言葉を切った。

なにかを話して楽になりたいと思っている人間には、世界共通の暗黙の取り決めがあるかのようだ。話してしまいたいが、その勇気がないときには、「それに」とか「でも」とか言って、続きを言わずに口を閉じるのだ。そういう相手からは、苦労して一語ずつ言葉を引き出すしかない。

「それに？」と、僕は訊いた。

「いえ、なんでもありません」と、シュタイン夫人が言った。

休憩所にいた乗客たちが徐々に戻ってきて、自分の席を探し始めた。彼らは僕が突然シュタイン夫人の隣に座っているのに気付いても、見て見ぬふりだった。

「牧師様は、アルテンブルクさんには親戚はいないとおっしゃっていましたが」

シュタイン夫人は、ふんっと鼻を鳴らした。「あら、珍しく当たってるわ。いえ、誤解しないでください。私たちみんな、牧師様は立派な方だと思っていますし、尊敬もしているんですよ。ただ、あの人は私たちの仲間じゃないんです。この教区は、東西ドイツ統一からしばらくたって、ようやく再編成されたんです。だからそれ以前のことは、あの方はなにもご存じないの」

「それ以前のこととは？」

シュタイン夫人は窓ガラスの水滴を拭った。だが、たいした効果はなかった。ぼんやりとした明かりの反射以外には、特に見えるものはない。

「たくさんの不幸」

そのとき、「すみません」と声がした。灰色のポリエステル製ジャンパーを着て愉快なハイキング帽をかぶった年配の男性が、僕の前に立って軽くお辞儀をした。

「そこは本当は私の席なんですがね」

「ああ、すみません」

僕は席を離れた。シュタイン夫人は、本来のお隣さんが現れたことでほっとしたようだった。だが僕は、最前列に戻る前にもうひとつ質問をした。

「最近の聖書勉強会では、どんなテーマを扱っていたんですか？」

男性が帽子を取り、荷物置きに丁寧にしまいこんだ。

「モーセ五書です。第二十章、二十一章と、エレミヤ書の三十一章二十九節の言葉との関係」

「それにパウロの『ローマの信徒への手紙』第四章二十五節」と、シュタイン夫人が付け加えた。

そこで、自分の言葉の意味を誰もがすぐに理解できるわけではないと気づいたらしく、シュタイン夫人は身を乗り出すと、地元の地理に不案内な人間に道を教えるように、丁寧に、親切に、こう言った。「罪と赦しの問題について、です」

ジャンパーの紳士が席につき、僕に軽蔑するような視線を向けた。

「紀元前十二世紀は、法と判決における大転換期なんだよ。目には目を、歯には歯を」

「まったく同じようなことを、アルテンブルクさんも言っていましたよ」僕は言った。「つまり、皆さんの勉強会のテーマは〈復讐〉だったということですか？」

遅れて戻ってきた乗客がふたり、僕たちのすぐ横をすり抜けて、後ろの座席へと向かった。すでにほぼ全員が揃っていた。ルートヴィヒ牧師は最前列の座席の前に立って、僕の姿を探している。

「違います」シュタイン夫人はそう言って、首を振った。「今日では、復讐という言葉の意味をちゃんと勉強しない人はたいていそう思っているみたいですけど。実際、残酷で古めかしい響きの言葉ですからね。この国では、法律に則って他人の目をくり抜くことなんてもうありませんし」

「確かに。今日では慰謝料で済ませるんだからね」

隣席の男性が、嘲笑するように鼻を鳴らした。「片手には千ユーロ。片足には二千ユーロ。車に轢かれて死んだ子供には千五百ユーロ。いまの時代、新聞を読んでいると、三千年前のほうが今日より進んでたんじゃないかと思うくらいだよ」

「実際に進んでたのよ。目には目を。焼印には焼印を——お前が奪われたものを取れ。だがそれ以上取ってはならない。それが血の復讐の時代の終わりで、西洋の法律の始まりだったの」

シュタイン夫人は期待に満ちた目で僕を見つめた。だが僕は、互いに目をくり抜きあう行為については別の意見を持っていた。シュタイン夫人の隣の男性は、僕が賛同しないのに気づいたようで、はっきりと伝道師的な口調になった。

「お宅はどうやら、山上の垂訓のほうに賛成のようですな。マタイによる福音書の五章は、法の執行を新たに定義しなおしている。慈悲と哀れみの心、赦し——希望と慰めは、神の正義に求められる」

「そこよ」シュタイン夫人も賛意を示す。その情熱的な口調は、彼らが長いあいだ活発な議論を交わしてきたことをうかがわせた。「新たに定義しなおした。でも誰が？　使徒パウロがローマ人への手紙に書いたみたいな、罪を赦すのに信仰さえあれば足りるっていう人たちでしょう。私たちは、自らの行いではなく、神への信仰によってのみ、正義であり得る。とんでもないわ！　よくもそんなことが言えたものね？　真の正義を実現できる法廷、正義の天秤を持つ法廷は、たったひとつ。傷には傷を。手には手を。命には命を。それが神の言葉よ。罪には重さがある。その重さは量れる」

それ以上、語るべきことはなかった。少なくとも彼女の側からは。僕はふたりのもとを離れると、座席に戻る人たちの流れに抗って最前列まで行った。ルートヴィヒ牧師が通路に出て、僕を窓際の席に座らせてくれた。

残りの道のりは、暗闇と沈黙のなかだった。

たくさんの不幸。夫、息子、そして、シュタイン夫人が言った「それに」。東西ドイツ統一前。その後すぐ。神の言葉。命には命を。罪には重さがあり、その重さは量れる。ベルナウ。ザロメ・ノアックがもう一度僕を「ベルナウ」と呼ぶことがあれば。

僕は眠り込み、バスがゲルリッツ市役所前に着くまで目を覚まさなかった。

「よければ途中までご一緒させてください」

ルートヴィヒ牧師は僕の答えも待たず、早速僕にぴったり付いて歩き始めた。同行者たちに別れの挨拶をする際の慌ただしさを見ても、僕から目を離すつもりはなさそうだ。

「アルテンブルクさんは本当に、自宅へ入る許可をくれたんですか？」

「ええ」と、僕は再度答えた。

牧師はしっかりした敏捷な足どりで僕を先導して旧市街の入り組んだ小路を歩きながら、ときどき「市役所の塔からはランデスクローネ（ゲルリッツ郊外にある標高四百二十メートルの山）が見えるんですよ」だの、「リーゼン山地への入口ですよ」といった短いコメントを差し挟んだ。ゲルリッツは魅惑的な町だった。愛情深く修復された旧市街では、小さなガス灯がユーゲントシュティール様式やバロック様式のファサードを照らしている。旧ゴシック様式の金の文字、丸みを帯びて盛り上がった敷石。切妻屋根の家々はあまりに古く、倒れてしまわないように、互いにぴったりとくっつき合っている。そのあいだにぽつぽつと、まるで完璧な歯列のなかの腐った歯のように、骨組みだけになり、屋根が崩れ落ち、窓に板を打ち付けた廃墟がある。

とはいえ、小路を歩く僕たちの歩みはあまりに速く、僕はなにひとつとしてじっくりと眺めることができなかった。塔の鐘が鳴った。平日の夜十一時に、ゲルリッツでは鐘が鳴るのか。僕たちを除けば、通りには誰ひとりいなかった。

「ほら。ここです」

通りの先に川がきらめいており、町をゲルリッツとポーランドのズゴジェレツとに区切っていた。川のこちら側では町は寝静まっているというのに、向こう側では「ナイトクラブ」や「テーブルダンス・バー」といった赤いネオンが輝き、「フリーショップ」なる店が煙草やビールを買えと誘っている。マルガレーテ・アルテンブルクにとっての「愛の橋」は、機能一辺倒の無味乾燥な灰色のコンクリート製歩行者橋に取って替わられていた。ナイセ川をはるかに見下ろす山の尾根には、陰気な鉄筋コンクリートの団地がうずくまっており、その醜い直線的な輪郭がなだらかで優しい山の稜線（りょうせん）を台無しにしていた。あの山が、マルガレーテの話していたラーベンベルクに違いない。黒くて暗い山。非現実的で異質な山。国境の駅の黄色い光が、ダムの手前で泡立つ水面に反射している。

ゲルリッツのシッファー小路十七番地の家は、広場に立つ壮麗なブルジョワ風建築物ほど美しくはなかった。いや、正直に言えば、かなりがっかりさせられる代物だった。それは灰色の漆喰を塗った平屋建ての小さな家で、冬枯れの寒々しい庭は、どちらかといえば様々な藪（やぶ）の集合体といったほうがふさわしかった。

僕はアタッシェケースから鍵束を取り出してあれこれ試し、ようやく鍵穴に合うものを見つけた。庭の門は、開けるとキーッと音がした。庭に足を踏み入れると、ルートヴィヒ牧師が続いて入ってくる前に門を閉めた。

「すみません」と、僕は言った。牧師の苦々しい顔は、幾千もの言葉を補って余りあった。

「ご存じのとおりです。聖職者も弁護士も。それぞれが自分の領分で守るものがありますから」

「まあ、そういうことなら、弁護士さんの領分で必要な物を無事に見つけられるよう祈っていますよ」

「見つけます」

僕は別れを告げようとしたが、牧師はそう簡単には引き下がらなかった。

「今夜はどちらに泊まられる予定ですか？　ベルリンへ帰る手段はもうありませんし。もしかして、アルテンブルクさんは自宅に泊まることも……」

「ええ、許可してくださいました」と僕は牧師を遮って答えた。「ご助力ありがとうございました」

「もしなにか用があれば――私は牧師館に住んでいますので。ロス広場です」

僕はもう一度、牧師に礼儀正しく頷きかけると、家へと向かった。コンクリートの階段が二段、小さな風除け室へと続いていた。電灯のスイッチを見つけたが、明かりはつかなかったので、暗闇のなかで長いあいだ鍵と格闘したすえに、ようやく玄関ドアを開けられた。

僕は家のなかに入った。ルートヴィヒ牧師がいまだに垣根の前にいた。その姿は暗い人影となって、ぴくりとも動かずに、こちらをじっと見つめていた。

家のなかは、外から見て想像したよりもさらに狭かった。幅の狭い廊下に、オレンジ色の天井灯がサイケデリックな光を振りまいている。右側の最初のドアは、小さな台所に続いていた。食事用のスペースには蠟引き布のテーブルクロスをかけたテーブル。薄黄色の作り付け棚、ブーンと音を立てる冷蔵庫、ガス調理台。なにもかもぴかぴかに掃除され、きっちり片付いている。

ふたつ目のドアの向こうは寝室だった。花模様のポリエステル製カバーがかかったダブルベッド。まるでマルガレーテがお別れのしるしにベッドの上からアイロンをあてたかのように、皺ひとつなくぴしりと整っている。壁には祈る聖母マリアを描いたありきたりの絵。ふたつのナイトテーブルはトネリコ材を模した安物だ。青い布製の傘の付いた天井灯。やはり模造トネリコ材の戸棚の右の扉は鏡張り。おそらくこの戸棚のなかに、例のニットの服があるのだろう。

僕はもう一度、廊下に出た。真鍮（しんちゅう）のコート掛けの横に、幅の狭い電話台があった。三番目のドアを開けた。またもや寝室だ。

僕は驚いて、部屋を見回した。同じベッド、同じナイトテーブル、同じ戸棚。ひとり暮らしの女性が、まったく同じ内装の寝室ふたつを、どう使うというのだろう？　僕は戸棚の一方の扉を開けてみた。空っぽだ。一番下の段に、靴の箱ほどの大きさの灰色の箱があるだけ。僕はかがんで、箱の蓋を持ち上げてみた。

赤ん坊の服が入っていた。小さな帽子、ロンパース、上着、すべてが淡いピンク色。どれほど古い品なのかは、よくわからなかった。一度も使われないまま、何十年間もこの戸棚のなかで、華々しい登場の瞬間を待っていたかのように見えた。なにかがかすかな音を立てて床に落ちた。洗礼用の指輪を通した金の鎖。僕はそれを拾い上げて、そっと箱に戻した。その紙の箱は分厚くて、クリップで留めてあった。こんな箱はもうずいぶん前から製作されていない。表面には「ゲルリッツ衣料品コンビナート人民公社」の文字があった。もうずいぶん昔、東ドイツ時代のものだ。

鏡が付いているほうの扉も開けてみたが、疑問の答えになるものはなかった。小学校の入学祝いのお菓子の袋、木製の足踏みスクーター。バーには服が三着かかっていた。洗礼用の服。お菓子の袋と同じ色の夏物の子供用スーツ。そしてレース飾りのついた、アイボリー色の堅信式用ワンピース。どれも新品同様だったが、いまの流行に照らせば少しばかりお行儀が良すぎて、かわいらしすぎた。女の子が誕生から十二歳までに着る服。つまりマルガレーテ・アルテンブルクには孫がいるのだ。そのことを彼女が病院でまったく話題にしなかったとは、驚きだ。

僕はそっと戸棚の扉を閉じた。そしてナイトテーブルの引き出しを開けてみた。左のナイトテーブルの引き出しにはなにもなかった。右のナイトテーブルのほうには新約聖書が一冊。彼女が最近取り組んでいたのは旧約聖書のモーセ五書だったことを考えると、孫の件よりも大きな驚きだ。

浴室を見つけた。ぴかぴかに磨き上げられてはいるものの、黄色いタイル張りの醜い空間だ。そして、最後のドアの向こうが居間だった。ブラインドはすべて下ろしてある。僕は電灯をつけると、部屋を見回した。

その小さな部屋は、堂々たるブラウン管テレビに占領されていた。テレビを取り囲むように、古臭い擦り切れた肘掛け椅子が三脚あった。左側の壁一面を、ガラス扉をはめ込んだ巨大な棚が覆っていて、そのなかには、どこの誰から守るためかは知らないが、リキュール用のカラフェやボウルが厳重に保管されていた。それに本。大量の本。

部屋の反対側の隅には、ライティングビューローがあった。僕はその手前に、アルテンブルク夫人に頼まれたものを入れるために持ってきた小さな旅行鞄を置いた。右側の引き出しを開けると、請求書の束の下に、アルテンブルク夫人に頼まれた葉巻の箱を見つけた。中身は見ずに、それをカウチテーブルに置いた。それから、マリアの絵がかかっている第一の寝室に行って、棚を開けて頼まれた服を探した。すぐに見つかった。さらにブラウスを二枚と快適そうなジャージのズボン、さらに引き出しから下着をいくらか取り出して、部屋を出た。

そのあいだじゅう、どうにも嫌な気分だった。なんだかルートヴィヒ牧師がいまだにそばにいて、ブラインドの隙間からなかを覗いているような気がした。

電話が鳴ったときには、死ぬほど驚いた。それほど家じゅうが静まり返っていたのだ。閉め切られた窓と、シェニール糸で織られた重いカーテンが、外のどんな音も飲みこんでしまう。電話の甲高いベルは鳴りやもうとしない。僕は廊下に出て、受話器を取った。

「もしもし？」

無言。

「こちらはアルテンブルクさんのお宅です。どちらさまですか？」

受話器の向こうでは、テレビがついているようだった。声と、かすかな音楽が聞こえてくる。〈シェルブールの雨傘〉。誰かが受話器のすぐ近くで呼吸している。

「アルテンブルクさんに替わってもらえますか？」

五十歳前後の男、訛り(なま)はなし。ふたつのダブルベッドの主としては若すぎる。

「いまお留守です。私でよければご用件をお伝えしましょうか？」

「どちらさまですか？」

「友人です。で、そちらは……」

電話をかけてきた男は、マルガレーテ・アルテンブルクの友人に対しては肯定的な意見を持っていないようで、電話が切れた。

僕はまた居間に戻って、肘掛け椅子に腰を下ろしてみた。ロスト・イン・ゲルリッツ。このちっぽけで貧相な家は、ひとりの人間の生活の中心だ。だが、テレビののっぺりした画面に映る自分の姿を見つめていると、なにかがおかしいという気がした。ここでは誰も生活などしていない。ここでは、誰かが生きたまま葬られていたのだ。

再び電話が甲高い音で鳴り響いた。マルガレーテ・アルテンブルクが次々と卒中の発作に見舞われたのも不思議ではない。僕は廊下に飛び出して、ベルの音量を下げる可能性はないかと、時代遅れの古臭い電話機をいじりまわした。なんとか音量を下げることに成功すると、受話器を取った。

「何度もすみません。私はオトマー・コプリーンといいます。さきほど電話した者です。あまりに驚いたので、つい切ってしまいまして」

「いまはもう驚いていらっしゃらない？」

「ちょうどいまルートヴィヒ牧師と話して、なにがあったかを聞いたところです。私は今日、ベルリンには行かなかったものですから。そちらはマルガレーテ・アルテンブルクさんの弁護士の先生だとか？」

「そうです」

「失礼ですが、なにをお探しか、うかがってもよろしいですか？」

「もちろん構いません。ですが、お答えはできかねます」

オトマー・コプリーンは、牧師ほど気を悪くした様子はなかった。

「すべて問題がないなら、私もなにも言いませんよ。でも、不思議に思っても無理はないでしょう？ マルガレーテはベルリン観光に出かけた。と思ったら、突然、人に向かって発砲して、おまけに彼女の家には知らない人間がいるというんだから。今夜はそこにお泊まりですか？」

「はい。ベルリン行きの次の列車は、明日の早朝ですから」

「じゃあ、これから一杯いかがです？ マルクト広場にイタリア料理店があります。あそこならまだ開いていますよ。それに、本当にいいワインを置いているんですよ。そこで落ち合って、一緒に一杯やりながら、なにがあったのかを話してもらえませんか？」

僕は腕時計を見た。十一時半。この町を出られるまで、あと七時間。そのうち一時間を、いいワインを飲んで潰すというのは、魅力的なアイディアだ。

僕は承知した。電話を切ると、居間に戻って電灯を消した。そのとき、葉巻の箱に目が行った。中身は見ないでおこうと誓っていたにもかかわらず、僕は蓋を開けた。

一番上に載っていた折りたたまれた紙は、死亡証明書だった。死亡したのはマイク・アルテンブルク。一九七一年九月十七日生まれ。一九九一年一月二日〇時四十八分、ゲルリッツ市シッファー小路十七番地にて死去。証明書の下には、新聞記事の切り抜きがいくつかあった。古いものも新しいものもある。箱の底には、結婚式の写真が一枚。

正確に言えば、それは結婚式の写真の左半分だった。とてつもなく醜い頬髯（ほおひげ）を生やし、今日では東欧の国々でしか見かけないデザインの眼鏡（めがね）をかけた若い男が、カメラに向かって満面の笑みを浮かべている。花嫁のベールが男の肩に触れている。男の腕に行儀よく絡めた花嫁の腕も見える。だが、それ以外の花嫁の痕跡は消えていた。誰かが写真を真ん中で破って、花嫁を消去したのだ。

僕は写真を裏返してみた。〈マイクと（ウント）〉と、鉛筆で書かれている。なるほど、「と」か。

だが、いったいどうして誰もかれもが、アルテンブルク夫人にはもう家族がいないと言ったのだろう? 少なくとも、孫ひとりのみならず、おそらくその孫と血のつながった義理の娘もいるではないか。彼女が死んでいるとは考えづらい。半分に破られた写真を見れば、むしろ離婚したと考えるのが普通だろう。

僕は写真を箱に戻した。

箱にはまだ、別のものが入っていた。小さな灰色の折り畳み式の小箱。ドミノの牌と変わらない大きさだ。中は空だった。箱に書かれた文字は解読できなかったとはいえ、そこにもともとなにが入っていたかはわかった。そして、この小さな箱を病院にいるアルテンブルク夫人に持っていくのが、いい考えとはいえないことも。なにしろ、病室の前にいる感じのいい監視の警官が、僕の持つ書類をざっと検査するだけで、見つけてしまう可能性もある。僕はその小箱を葉巻の箱からくすね取って、ポケットに入れた。普通の弁護士はそういうことをしないものだと、よくわかったうえで。そして、自分は決して普通の弁護士のひとりではないという堅い信念のもとに。

その瞬間、玄関の呼び鈴が鳴って、窓ガラスが震えた。地獄から響いてくるような耐えがたい音だ。もうあと一晩ここで過ごしたら、僕自身が心臓発作で病院に担ぎ込まれるだろう。葉巻の箱の奇妙な中身の残りを素早くもとに戻すと、僕は廊下に出て、玄関ドアを開けた。僕の目の前にいたのはルートヴィヒ牧師ではなく、灰色のダウンパーカを着て、ハインリヒ・フォン・プロイセン風の擦り切れた軍用帽をかぶった男で、ようやく呼び鈴から指を放したところだった。三流映画なら、この男は次の瞬間、東ドイツの国家保安省(シュタージ)の身分証明書を見せて、国家内政問題で僕に訊きたいことがあると述べるところだ。だが現実には、男は僕を射抜くような視線でじっと見つめただけだった。まるで、それだけでもう僕を自白に導くにはじゅうぶんだとでもいうかのように。

「弁護士先生？」

そう訊きながら、男は廊下を覗こうとした。

「それなら、なにか羽織って。遠くはないんだが、寒いからね」

つまりこの男はオトマー・コプリーンなのだ。電話で話したときには、いまよりずっと感じがよかった。僕はコートを取ってきて、家にしっかり鍵をかけると、おとなしく連行された。

マルクト広場まで、いくつかの通りを歩くあいだ、ふたりとも無言だった。重々しい石造りのアーチがある大きな建物の前で立ち止まったとき、ようやく男はまた口を開いた。

「お先にどうぞ」

僕は中庭に足を踏み入れた。郷土色豊かな品物を売る典型的な土産物(みやげ)屋がずらりと並んでいる。昼間には、手作りの陶器や編み細工や手作りアクセサリーなどが、かなり歪んだ郷土像を観光客たちに提供するのだろう。だが、イタリア料理店は信頼してよさそうだった。非常に古い丸天井の地下室にあるその店は、大衆の好みに迎合すべしという時代のあらゆる圧力に、勇敢に抗っていた。

内装はあっさりしていて、ほとんどエレガントとさえ言えた。そして思ったとおり、客はもうほとんどいなかった。だが最後に残ったウェイターが、コプリーンにまるで友人のように親しく挨拶したので、僕は彼の先ほどのつっけんどんな口調を許すことにした。こんな町で、こんな店に出入りする人間は、少なくとも中庭の陶器職人たちの仲間ではない。

コプリーンはまだ席にもつかないうちに、僕に尋ねもせずに注文を済ませた。そして地下室の奥のほうにあるテーブルに腰を下ろすと、向かいの席を僕に勧めた。

「どうぞ座って。嚙みついたりはしない」

コプリーンは滅多に新鮮な空気を吸わない人間のように見えた。顔色は青白く、目の下には深く青黒い隈がある。どことなく、会社経営者たちのためにエレベーターや駐車場前のバーを操作する人間のような雰囲気だった。無表情でのっぺりした無骨な顔は、これまでの一生ずっと、なにごとにも無関心を貫いてきた結果に見える。ところが、目だけは小さいものの生き生きしていた。その周りの深い皺は、ものごとを深く考えながらも、滅多にそれを他人に披露しないという珍しい才能の証拠だった。

僕はコートを脱いで、彼の向かいの席に座った。ウェイターがカラフェに入った赤ワインとグラスをふたつ運んできた。それからウェイターは立ち去り、控えめに店じまいの準備を始めた。

「ここにはしょっちゅう来るんだ」

コプリーンはそう言いながら、丁寧にワインを注いだ。それから味見をして、満足げにうなずいた。

「いろんな意見はあるが、このワインが飲めるだけで、東西再統一の甲斐があったな」

僕たちはグラスを合わせた。一口飲んで、驚いた。ビロードのようになめらかで、素晴らしく柔らかなバローロだったのだ。コプリーンが僕をじっと観察していた。

「素晴らしい」僕はそう言って、もう一度香りを吸い込んだ。

ベルリンでは、これほどのワインなら一本五十ユーロ以下では飲めない。僕はそっと手探りして、財布があることを確かめた。まだある。とはいえ、これが相手のおごりでないなら、僕はいまゲルリッツからベルリンまでの列車代を飲んでいることになり、明日はアウトバーンに立ってヒッチハイクする羽目になるだろう。だいたいコプリーンは、こんなワインの代金を本当に払えるほど金があるようには見えない。

「もちろん私のおごりだよ」コプリーンが言った。「このボトルは、今晩アルテンブルクさんを待っていたときに開けたものでね。ここで会う約束になっていたから。残念ながら、流れてしまったが。そういうわけで——このボトルも飲んでしまわないと」

コプリーンは一口飲んだ。

「よくあるんですか？　アルテンブルクさんと、こんな赤ワインを飲むことが？」

コプリーンは、僕が最初に見積もったよりも年上のようだ。それでもやはり、アルテンブルク夫人の相手としては似合わない。マルガレーテ・アルテンブルクは、愛すべき無害な老婦人だ。もちろん、あのちょっとした殺人未遂を数に入れなければ、だが。対してコプリーンは、態度が横柄で、打ち解けない。玉座を追われた王がだいたいそうであるように。

「ときどきふたりでチェスをするんだ。それだけだよ。でも、チェスを通しても相手の人となりはよくわかるものでね。マルガレーテはたいてい負けた。あの人の手は見え見えで、保守的なんでね。少なくとも、そう思っていたんだが」

コプリーンはカラフェを取って、僕と自分とにワインを注ぎ足した。「あの牧師から聞いた話を考えると、どうも私の思い違いだったようだ。それとも、犯人はやはりマルガレーテではなかったとか」

「いえ、彼女です。警察が確認済みです。疑いの余地はありません」

コプリーンはうなずいた。それから、ひしゃげた煙草の箱から一本取り出して、火をつけた。

「そんな目で見ないでくれ。私に吸うなという人間は、二度と私に会うことはない。ちょうどいま、年金の全額をここで飲んでいるところなんだ。だがその金で、少なくともポーランド人の皿洗いふたりの給料が出る。さもなければ、彼らは裕福な弁護士の車を盗むためにベルリンに行くしかないだろうな。ところで先生、なぜここに？」

コプリーンは多少なりとも礼儀正しく、煙を天井に向かって吐いた。

「いくつか個人的な物を取りに来ました」

「どんな物を？」

「個人的なものです」

「着替え？　書類？」

僕はグラスを持ち上げ、軽く揺らして、改めて香りを吸い込み、一口飲んだ。

「そういうものなら、私が持っていってあげることもできたんだが。見知らぬ人間を寄越（よこ）すとは、不思議なことだ」

僕がシッファー小路十七番地でなにを探しているのかに激しく興味を持つ人間がまたしても現れるとは、不思議なことだ。

「友人よりも他人のほうが適していることもありますよ」

「たとえばどんなことかな？」

「人を先入観なしに判断するとか」

「で、先生にはそれができると？　それともあの牧師に？　それともあのくそ忌々しい聖書勉強会に？」

コプリーンはどうやら、教会とその信者のことが大好きらしい。思うにゲルリッツではちょうど、『ドン・カミッロとペッポーネ』（フランス・イタリア合作による映画シリーズをミュージカル化した舞台作品。神父のドン・カミッロと共産主義者の村長ペッポーネのライバル関係を描いている）の非常に興味深いリメイク版が上演中のようだ。僕はそれをボックス席で鑑賞させてもらっているというわけだ。

「皆さん、とてもいい方々ですね」と、僕は言った。

コプリーンは鼻からふんっと息を吐き、顔をしかめた。僕は、もうじゅうぶん話した、今度はコプリーンの番だ、と思った。

「でも、それ以上の人づきあいは、アルテンブルクさんにはもうなかったようですね。もちろん、コプリーンさんとのチェスの夕べを別にすればですが。ご主人はどうなさったんですか？　それに息子さんは？」

「ご亭主は三十年前に、肺がぼろぼろになるまで咳をして死んだ。戦争から戻るのが遅くてね、たぶん捕虜収容所でなにか病気をもらったんだろう。それに、当時たくさんあった繊維工場で働いていた。クロム。水銀。リン酸塩。ほかにもいろいろ。あのころは誰も、自分がどんな空気を吸ってるかなんて気にしていなかった。みんなバタバタと倒れていったよ。マルガレーテは気の毒だった。息子さんは当時、十一、二歳だった。たぶん、始まりはあのころだったんだ」

コプリーンは毛糸編みの上着のファスナーを開けた。その下は紫色の縞模様のボタンダウンシャツに、灰色のTシャツだ。見たところ、すべての服が、本人がちょうどいま話した時代に作られた地元製品のようだ。

「マイクという名前だった。特別優秀な子じゃなかった。まあ、率直に言えば、なにひとつ秀でたところがなかった。でも、だからといって、必ずしも不幸な人生を送る必要はない。当時は、どんな分野においても最優秀というわけじゃない人間にも居場所があった。いずれにせよ、マイクはなんとか学校を卒業して、兵役に行って、戻ってきて、繊維工場に仕事を見つけた。巻き枠の取り換えだの管理だの、その程度の仕事だ。結婚もした。そこで東西統一だ」

そこでコプリーンは演説を中断して、「東西統一」というキーワードに僕が反応するかどうかを確かめた。僕はぬるくなる前にワインを飲みほし、話の続きを待った。

「まずは紡績工場が閉鎖された。それから繊維工場。そして裁断工場。信託公社（旧東独の資産を管理した公社）が一マルクで売り払った。真っ赤な嘘を平然とつける人間になら、誰にでも。機械がポーランドとチェコに捨て値で売り飛ばされ、従業員が解雇されて、おしまいだ。ここらで三年以上もった工場はなかったんじゃないか。でも、だからといって首を吊る理由にはならん。もしそうなら、いまごろあんたは、人っ子ひとりいない町にひとりきりでいるはずだ。マイクの心を折ったのは——というか、折れたのは首なわけだが——妻だった。カルメンだ」

コプリーンは、まるでこの名前には心当たりがあるだろうとでも言いたげに、こちらをじっと見つめた。僕が反応しないでいると、彼は続きを話し始めた。

「カルメンはマイクを捨てた。西側での幸せを約束してくれた最初の男と逃げたんだ。信託公社の犯罪者のひとり、あの卑劣な蛆虫(うじむし)どものひとりと。それでマイクは首を吊った。そういうことだったんだ。それと(ウント)……」

コプリーンはここで言葉を切った。

またしても「ウント」？ 最初は単純に見えたマルガレーテ・アルテンブルクの家族関係は、どんどん複雑になっていく。

「それと、なんです？」と、僕は訊いた。「ほかにも誰かいたんじゃないですか？ 子供とか？ 女の子なんじゃ？」

だがオトマー・コプリーンは、ゴシップはもうじゅうぶんだと判断したようで、肩をすくめて、どうしていいかわからないと曖昧に示した。

「それはマルガレーテに訊いてくれ。私は家族の一員じゃないんでね」

「あなたのお友達のマルガレーテさんは、謀殺未遂容疑で告訴されているんですよ。もしかして、さっきの〈それと〉は、事件となにか関係があるのでは？」

「それなら警察が調べればいい。そのために給料をもらってるのは彼らだ。私じゃない」

「なんとも親身なお友達ですね」

「親身な友達だと言った覚えはないね」

コプリーンは上着のファスナーを上げると、少し煙草をふかした。「夜中の三時三十八分発の列車もある。あと一、二時間寝たらどうかね」

「ワイン、ありがとうございました。それに、おとぎ話を聞かせてくださって」

コプリーンは右の眉を持ち上げたが、なにも言わなかった。

「あなたは、本当はアルテンブルクさんとチェスをしたことなどない」

あてずっぽうだったが、図星だったようだ。コプリーンは必要以上に強く煙草をもみ消すと、ワインの残りを一気に喉に流し込んだ。

「アルテンブルクさんになんの用だったんです？　または、アルテンブルクさんはあなたになんの用があったんですか？　どうして今夜、待ち合わせていたんですか？　真夜中に、ここで。こんなワイン酒場で、このレストランが所蔵するなかで一番高価なバローロを注文して。アルテンブルクさんがベルリンから帰ってきた晩に、どうしてもシシリアン・ディフェンス（チェスのオープニングのひとつ）を練習したかったとかいう言い訳はやめてくださいよ」

コプリーンはウェイターに手を振って、会計したいと合図を送った。それからカラフェの残りを、僕たちふたりのグラスに半分ずつ注いだ。そして自分のグラスを掲げると、僕の目を見つめた。

「我々が愛するものごとに乾杯。そして、我々が破壊すべきでないものごとに」そう言って、コプリーンは一口飲んだ。「それに、始めたことは終わらせねばならない。どんなゲームだろうと同じだ」

「ゲームなら、あなたは負けたわけですね」と、僕は言った。「クイーンを取られたわけですから。チェックメイトと変わりないのでは？」

「じゅうぶんなポーンが残っていれば、まだ負けではない。あんたはどうも、チェスから遠ざかって久しいようだね。今度、一局どうかな？」

コプリーンは手に持ったグラスを僕のほうへ近づけた。僕を巣穴からおびき出すのにちょうど足るだけのかすかな軽蔑の念を灰色の目にたたえて、こちらをしげしげと眺める。

僕はコプリーンとグラスを合わせた。「殺人を祝う予定だった、ゲルリッツのふたりの人間に」

僕はあの小さな折り畳み式の箱を取り出すと、コプリーンの目の前に叩きつけた。コプリーンはそれをつかもうと手を伸ばしたが、僕は素早く小箱をまた引っ込めた。

「薬莢が八発入る箱ですね。でも空っぽです。ロシア製。マカロフ。約二十年前のものだ。弾倉が十二発入りに拡大される以前の。かなり古い型ですね。当時、ソ連兵が撤退した後、闇市で安く買えた。ただ、どうしてあなたは彼女に汚れ仕事をさせたんです？　ほかのあらゆる点では昔気質（むかしかたぎ）の方のようですが」

コプリーンは、まだグラスを掲げたままだ。僕は彼から目をそらさなかった。彼のほうも、僕の視線を受け止め、持ちこたえた。

やがて、コプリーンは小声で言った。「あの人の汚れだったからだ。私のじゃなく」

僕たちは同時にグラスを口に持っていき、中身を飲み干した。ワインは重く、僕は朝からなにも食べていなかった。

「じゃあ、そのマルガレーテ・アルテンブルクの汚れについて聞かせてください」

「あんたがなにを話しているのか、さっぱりわからんな」コプリーンはそう言うと、声を潜めて続けた。「だが、話をするなら、なにを話すかに気を付けることだ。それから、誰に話すかにも」

「私を脅しても無駄ですよ」

「いやいや」コプリーンは疲れたような笑みを浮かべた。「いい忠告と脅迫の境界線は細いものだよ。だが私は一度も踏み越える必要に迫られたことがない」

僕たちは、引き分けに終わった決闘の後のふたりの紳士のように別れた。シッファー小路への帰り道を見つけるのは容易だった。だが、何度か失敗した末にようやく玄関ドアを開けたとき、それを感じた。

本能的、動物的な感覚。誰かがこの家のなかにいた、という。

匂いが変わっていた。まるでドアが長い時間開けっぱなしになっていたかのように、空気が新鮮になっている。僕は電灯をつけて、一部屋ずつ、慎重になかを覗いていった。だが、謎の訪問者はすでに去った後だった。僕はほっとして居間の肘掛け椅子に身を沈め、妄想だったのだと信じかけた。無理もない。なにしろもう夜中の一時近くで、今日は本当に長い一日だったのだから。おまけに酔っぱらっている。

　ところが、カウチテーブルをぼんやり眺めているうちに、葉巻の箱が消えているのに気付いた。

　僕はあちこちを探した。書き物机、旅行鞄。肘掛け椅子やテーブルをずらして、下を覗きもした。だが、箱はどこにもなかった。結局、自分がペテンにかけられたのだと認めざるを得なかった。

　僕は廊下へ走り出ると、ゲルリッツの電話帳をつかんだ。わざわざ調べる手間をかけなくても、同じことだったろう。オトマー・コプリーンという人間は存在しなかった。だが、ウンターマルクトのイタリア料理店は実在していた。

　誰かが電話に出るまでに、長い時間がかかった。

「コプリーンさんのことを憶えていますか？」

「コプリーン、ですか？　いえ。すみません、シニョーレ」

「バローロを注文した男性のことは？」

「バローロ？」受話器の向こうで、男が訊き返した。「ノー、ノー、そんなワインはうちには置いてません。うちは小さいリストランテなんですよ。ピザにパスタ。バローロなんてありませんよ」

「でも、我々はほんの三十分前まで、店の隅の席に座って赤ワインを飲んでいたんです。ボトル四十六ユーロ。僕と一緒にいた男性が支払いました。現金で。憶えていらっしゃるはずですよ。あの男は誰なんです？」

「シニョーレ、今日ご自分が誰と一緒に飲んだのかわからないんなら、深刻な問題を抱えていらっしゃるのは、あなたのほうでしょう。もう閉店時間を過ぎていますので。明日来てください。またワインをお飲みください。それにお食事もどうぞ。ピザにパスタ、いいワイン。でも……」

「バローロは置いてないんですね、どうも（グラーツィエ）」

僕は怒りに任せて受話器を叩きつけた。二台あるダブルベッドのどちらで寝る気にもなれないし、そもそも眠ることなど考えられない。そこで僕は、肘掛け椅子のまだ温かい窪（くぼ）みに戻って、できる限り快適な姿勢を取った。

いつの間にか眠り込んでいたらしい。六時少し前に、不穏でシュールな光景が織りなす夢から目覚めた。拷問の後のように痛む身体を起こしたときには、夢の中身はもう憶えていなかった。マルガレーテ・アルテンブルクの家の台所で、僕はコーヒーをいれ、完全に空っぽの冷蔵庫に、なんと封を切ったコンデンスミルクのパックを見つけた。家を出る前に廊下に立った僕は、マルガレーテ・アルテンブルクの言わんとすることを理解しようと試みた。

もしかしたら、私はもう戻らないかもしれない。

　そうだとしたら、冷蔵庫は空っぽにして、ゴミは出しておいたほうがいい。ベッドはきちんと整えなくては。棚も整理しなくては。殺す相手と私とのつながりが推測され得るものはすべて始末した。それなのに、あの葉巻の箱を忘れてしまった。病院で初めて、そのことに気づいた。あの折り畳み式の小箱を取っておいたのは、薬莢を全部使い切ることになるとは思っていなかったから。残りの薬莢は返すつもりだった。ピストルも。ピストルには私の指紋しか付いていない。でもあの薬莢の小箱は別だ。あの小箱のせいで、善良なオトマー・コプリーンを困った立場に追い込むかもしれないことを、失念していた。人はいつも、ささいなことを忘れるものだ。捨てておくべきだった。ほかの物と一緒に葉巻の箱に入れるんじゃなくて。馬鹿だった。おそらくは、誰もなんとも思わないだろうけれど、万一、あの小箱と、破られた結婚式の写真と、新聞記事の切り抜きをよくよく見る人間がいたとしたら、ちょっとしたストーリーを思いつくかもしれない。もしかしたら、警察が来る前にコプリーンが誰かを家にやって、箱を始末させるかもしれない。だが、させないかもしれない。念には念を。そうだ、この少し頭の弱そうな、事件が欲しくてハアハア喘いでいる弁護士に頼もう。この男なら、私のちょっとした秘密には、暖かい健康下着や流行遅れのニットアンサンブルと同程度の関心しか持たないに違いない。きっと、仕事をできる限り早く終わらせたがって、葉巻の箱の中身をよく見たりはしないだろう。好き好んで老女の家に入って、なかを嗅ぎまわったりする人間はいない。なにしろ、自分もいつかはこんな暮らしをするのだと、嫌でも想像するはめになるから。この男だって、そんな想像はしたくないはずだ。なぜなら彼も、ほかの誰もと同じように、自分の老後はこの女の老後とは違う、破られた記念写真も箱に入った赤ん坊の服も、マットレスのたわみが均等になるように六か月ごとに寝る側を換えるダブルベッドも、自分の老後には存在しないはずだと信じたいから。

僕は事実をまっすぐに見つめた。僕は彼女の声をしっかり聴いた。そして理解した。ヘルマーへの銃撃は、長い時間をかけて準備され、細部に至るまで練り上げられた殺人計画だったのだ。すべてに意味がある。マルガレーテ・アルテンブルクの健康状態にさえ。彼女の弁護士は僕ではない。彼女自身の弱い心臓なのだ。彼女を訴える者は誰もいない。おそらく彼女は一、二週間後には家に戻っているだろう。

ニットアンサンブルとわずかばかりの下着の入った旅行鞄を手に廊下の電灯を消したとき、僕は、冷酷な秘密を見事に隠しとおす、人の暮らしの匂いのしないこの家のみならず、僕が素晴らしい活躍を見せる、血沸き肉躍る、何か月にもおよぶ大きな裁判の夢にも別れを告げた。マスコミと警察と、そしてなによりあの検事の女性を魅了するはずだった裁判。たったいま、きらきら光るシャボン玉のようにはじけて消えた裁判。そして僕は、どうして運命はいつも僕に頼もしく手を伸ばしてくれるのに、次の瞬間にはその手を放して僕を奈落に突き落とすのだろうと自問した。

ところが、現実にはさらにひどい結末が待っていた。

列車はだいたい定刻通りに、きんきんに寒いベルリン中央駅に到着した。この冬、プラットフォームで凍り付いた兵馬俑（へいばよう）に変身する観光客グループがまだ出ていないのは奇跡と言えるだろう。ガラス張りの巨大な虫のようなこの駅は、現代の運輸兵站（へいたん）理論が最低限の人間的欲求に勝利した証（あかし）だ。ここには、シベリアから吹く風から身を守るための避難場所さえなく、風はなにものにも邪魔されずに、巨大な構内とすかすかのプラットフォームを吹き抜けていく。

　ところがその風に、マリー＝ルイーゼが立ちふさがっていた。大海原に立つ小さな岩のように。旅行者たちの波は、否応なく彼女の手前で二つに割れ、彼女の背後で再びひとつになる。頰を寒さで真っ赤にして、神経質な目で僕を探している彼女は、健康そうではあったが決して楽し気ではなかった。マリー＝ルイーゼが迎えに来るとは思っていなかった。なんといってもゲルリッツはアルマ・アタ（カザフスタン最大の都市アルマトイの旧称）ではないし、僕は何か月にも及ぶ戦闘から帰還したわけでもない。まだ時刻は正午にもなっておらず、もし彼女に呼びかけられて腕をつかまれなければ、僕は気づかずに通り過ぎるところだった。

「悪い知らせがあるの」と、マリー＝ルイーゼは言った。「すごく悪い知らせ」

　ずっと後になってからこの瞬間のことを思い出すと、まずまっさきに母の姿を思い浮かべたことが蘇る。そして、なにか本当にひどいことが起こったに違いないと思って、胸に刺すような痛みを覚えたことを。マリー＝ルイーゼが僕の腕をつかんで、急ぎ足の旅行者たちの流れから引っ張り出したとき、僕はそれ以外のことは考えていなかった。

「なにがあった？」と、僕は訊いた。

「マルガレーテ・アルテンブルクが、夜中に亡くなったの」

なにもわかっていない人間の傲慢なもの言いであることを承知で言えば、それは安らかな死だった。昨日の午後にはまだ病棟医が誰に対しても、患者はいかなる聴取にも耐えられる状態ではないと宣言していた。だがその晩にはもう、マルガレーテは少しだけ食べることができるようになった。彼女は誰にも電話をかけず、特になんの望みも口にしなかった。消灯前に、看護師がペパーミントティーを持っていった。午前四時二十六分、マルガレーテ・アルテンブルクは脳出血を起こした。蘇生措置は功を奏さなかった。

「私も一時間前に知ったばっかりなの」と、マリー＝ルイーゼは言って、自動車とはとても呼べない代物のギアを四速に入れた。排ガス量の減少を定めた新法が、まもなくこの代物への死の一撃となることを祈るばかりだ。僕たちがマリー＝ルイーゼのボルボを墓場へと送って以来、彼女は友人のヤツェクから、車検が切れるまで残り三か月というお化けのような車を数週間おきに手に入れては、彼女の運転スタイルによって止めを刺す、を繰り返していた。大都市ベルリンはちょうど、汚染をまき散らすもはや改修不可能な車に別れを告げようとしており、僕たちはそのおこぼれにあずかっているというわけだ。車がいつ道路で立ち往生するか、立ち往生した場合に再び動かすことができるかどうかは、神のみぞ知る。そういうわけで僕たちは、頑丈な旅行鞄に詰めたサバイバルセットを、必要不可欠な基本装備として車に積むようになった。中身はブースターケーブル、予備のイグニッションコイル、さまざまなヒューズ、ワイヤー製のコートハンガー、オクタン価もさまざまな燃料。そのときどきの車がそれぞれ必要とする燃料が常に手元にあるように、という配慮だ。ここ数日の僕たちは、左側のへこみを塗りこめたパテがはがれたオペル・カピテーンに乗っている。

「私から直接話そうと思ったの。ファーゼンブルクから電話で知らされて。検察は手続きを終わらせた」

「それはないだろう！　マルガレーテ・アルテンブルクは、ひとりでやったんじゃない。協力者がいたんだよ。もしその誰かがあらためてヘルマーを殺そうと思い立ったらどうするんだ？」

命には命を。これこそ、あのゲルリッツの不穏な聖書勉強会が熱狂的に議論していたテーマではなかったか？　マルガレーテ・アルテンブルクはヘルマーを殺すつもりだった。冷徹に、完全に正気を保ったまま。それが成功しなかったのは、ただただ彼女がしくじったからに過ぎない。旧約聖書に則れば、ヘルマーを殺しても、マルガレーテ・アルテンブルクは彼女の信じる神に許されたはずだ――もしもヘルマーもまた人殺しであったならば。けれど、ヘルマーは人殺しではない。絶対に。人生に打ちのめされ、運命に打ちひしがれたあの男には、蝿一匹さえ傷つけることはできない。

マリー＝ルイーゼは眉間にしわを寄せて、交通標識と、僕たちの前にいる緑の環境保護ステッカーに覆いつくされた、おそらく暖房付きの中型車のバンパーに注意を集中させている。

「ヘルマーのことは単なる偶然だったんじゃないかな。あのおばあさん、一度やってみたかったのよ。老人犯罪ってやつ。ちなみに、このテーマは不当に軽視されてるのよ。青少年犯罪のことはみんなが話す。でも、七十歳以上の世代の犯罪も同じ割合で増えてるのに、そこには誰も興味を持ってない」

「いや、小さな町からベルリンに出てきて誰かを狙い定めて殺そうとするなんて、普通じゃないだろう」

「どうして〈狙い定めて〉なわけ？　弾は当たらなかったんでしょ？」

僕はため息をついて、それ以上の議論はやめた。

事務所に着くと、僕は自分の部屋に立てこもった。そしてルートヴィヒ牧師に電話をした。牧師はすでに悲しい知らせを受け取っていて、僕に慰めの言葉をかけようとした。僕にとってマルガレーテ・アルテンブルクという個人を失ったことは、事件を失ったことに比べれば大した打撃ではないなどとは言えず、僕は彼の言葉をやり過ごした。それから僕は、マルガレーテの個人的な品をどうすればいいかを尋ねた。少なくとも、昨夜盗まれなかった品をどうすればいいか。牧師は、病院へ持っていって、故人とともに最後の旅に出してはどうかと提案した。遺体の移送と埋葬の手続きは、牧師がすでに済ませたという。

僕は礼を述べて、ひとつ質問をした。

「ルートヴィヒ牧師」と、切り出した。「オトマー・コプリーンという名前にお心当たりはありませんか？」

牧師は少し考えてから、言った。「いえ。なぜです？」

「六十代の半ばから後半の男性です。灰色の。髪も、服も、顔も、すべてが灰色なんです。いい赤ワインを飲んで、アルテンブルクさんとチェスをするのが好きだそうです」

「アルテンブルクさんはチェスはしませんでした。ナイン・メンズ・モリスや、チェッカーやハルマはしましたが、チェスはあの人には複雑すぎましたね」

複雑すぎた。僕は別れの挨拶をして、電話を切った。

検事局のザロメ・ノアックに二十分おきに電話をかけ続け、当初はまだ感じのよかった秘書を憤死寸前まで追い込んだ結果、午後になってから、僕は事件の手続きを終了したという確認のファックスを一枚受け取った。本件をさらに進めることは公益にかなわない、特に、被害者が今日にいたるまで名乗り出てもおらず、加害者の告発も行っていないのでなおさらである、とのことだった。

それを受けて、僕は電話で、思いつく限りのあらゆる避寒場所、男性用宿泊施設、町や駅でホームレスの世話をするキリスト教慈善団体、炊き出しボランティア、衣料品寄付所などに電話をかけ、捜索を開始した。だがヘルマーは忽然と姿を消していた。最後の可能性は社会福祉局だ。とはいえ、次の生活保護費の支払日まではあと十四日もある。ヘルマーにとってこの十四日間は、僕にとってと同様、長い日々になるだろう――それをいい気味だと思えることだけが、わずかな慰めだった。

やがて、電話をかける先をそれ以上思いつけなくなり、僕は諦めた。

夕方、マリー＝ルイーゼが勇気をふるって僕の部屋を訪れ、あろうことか、ティーカップを僕の目の前に置くという暴挙をやってのけた。そして、元アシスタントのケヴィンが置いていった椅子に腰かけ、彼女のような性格の人間が黙っていられる時間の限界まで黙っていた。とはいえ、その時間はそれほど長くはなかった。

「ケヴィンがいなくて寂しい」と、マリー＝ルイーゼは言った。

彼女がなにを言いたいのか、僕にはわかった。だが、ケヴィンのことだけではない。僕たちの手を離れていくものごとがある。こちらにはなすすべもないまま、有為転変を繰り返し、去っていく人生がある。

僕たちはケヴィンを実習生として受け入れ、第一次司法試験合格に導いた。彼が次に登らねばならない職業上の山は、司法修習だった。修習の場として、ケヴィンは世界中で活動する環境保護団体のベルリン支部にある法務部を選び、そこで初っ端から一日十二時間、とてつもない量の仕事に追われるというショック療法を受けた結果、ここドゥンカー通りの僕たちの事務所へごくたまに、半時間ほど立ち寄ることがあると、まるで産業革命以前にタイムスリップしたような気分を味わうようになった。現在仕事で関わる国際的な法律事務所の国際的な同僚たちについて話すケヴィンを見ていると、ときどき僕たちは、彼を奪われてしまったという感覚にとらわれる。ラップトップを手近なホットスポットに接続さえすれば、それだけで即座に彼の足元に跪く、国境のない世界とやらに。ケヴィンは目を輝かせ、早口でしゃべりまくる。そしてマリー＝ルイーゼと僕は、暗黙の了解で、ケヴィンがその素晴らしい同僚たちの誰ひとりとして、ロンドンやシンガポールやアデレードの国際的な法律事務所のどれひとつとして個人的に知ってはいないことを、本人に指摘せずにいる。

廊下の向こうのマリー＝ルイーゼの部屋から、メランコリックな音楽がかすかに聞こえてくる。ザ・スターズの「イン・アワー・ベッドルーム・アフター・ザ・ウォー」。ケヴィンがお別れに編集してくれたものだ。もしかしたら、ケヴィンがこの切ない音楽を好きなのは、それが彼の憧憬の念を、恒常的な生の感覚なのだと謳っているからかもしれない。それは治療可能な病の症状ではないのだと。

僕はお返しとして、僕が若いころに夢中になった曲を焼いたCDをケヴィンに送った。アン・クラーク、ジェーン、ザッパ、ジョン・デンヴァー。あてもない長いドライブや、眠れない夜、雨でびしょ濡れのオープンエア・コンサートでのキス、一緒にどこかのアパートの壁にペンキを塗った後のビール、秋のキャンプファイヤーで皆が急に「アイム・リーヴィング・オン・ア・ジェット・プレイン」を歌い出し、理由もわからないまま急に泣きたくなったときなどにぴったりの曲たち。泣きたくなるのは、いつかすべてが終わることを予感するからかもしれない。そして、横たわる人を失ったダブルベッドの片側から自分を救ってくれるのは、かつてやはりジョン・デンヴァーの曲で大泣きしたことがあって、それを自分に説明するのではなく、ただ自分を理解してくれる誰かしかいないのだと。

「もしもし？　大丈夫？」

「うん」と、僕は言った。「僕も寂しいよ」

二

ベルリン、ローゼンターラー通り、二月十三日金曜日、二十三時五十二分。
ハッケシャー・ヘーフェでのダンスイベント。

アルスラン──獅子という意味の名だ──は、両手をスーツのポケットに突っ込んで、退屈そうな顔で、レストラン〈オキシモロン〉前まで続く長い行列沿いにぶらぶら歩き、ふたりのいかついドアマンに頷きかけた。うやうやしく中に通され、〈ジニフ・クラブ〉に足を踏み入れる。背中に心地よい戦慄が走る。薄着で歯を鳴らしながら列に並び、彼の背中を見送る何十人ものお洒落な男女の羨望の眼差しのみが引き起こせる感覚。

ボディチェックは、背が低くて無口なふたりの男がした。形式的に軽くアルスランの体をぽんぽんと叩き、すぐに頷いて通す。アルスランはレジを通り抜けて、入口のチェック係と軽く言葉を交わすと、さらに数歩進んで、最高潮に達しようとしているダンスフロアの湿った暖気のなかに入っていった。タルカンの「デディコドゥ」がスピーカーから響いている。鋭いリズムに合わせて、何百もの体がうねり、しなる。超の付く高級服に身を包んだ若い女たちが、最新のヒップホップ・ビデオを彩る人間たちを模倣し、その周りを三百ユーロの細身のジーンズをはいた男たちが舞い踊る。ストロボスコープの稲妻が、彼らの動きをいくつもの引き裂かれた写真に変える。デカダンスとねっとりした欲望のシュールな群像、腕と脚と胴体の海、不遜な夜の誘惑。

ここにいる、襟ぐりの深いプラダやグッチやヴェルサーチを着た生き物たちには、肥満体の醜い女友達が少なくともふたり、全身を筋肉で覆った兄弟が少なくとも三人同伴しており、彼らが隅にあるバーの前にたむろして、誰が自分たちの金の鶏に近づくか、よくよく目を光らせていることを知っているアルスランは、フロアの隣の小部屋を通っていくことにした。そこではカップルになった男女が親交を深めたり、くすくす笑う女の子たちが集まって、一緒にダンスフロアに踊りにいく気にはなれない男たちのそれほど高価ではないズボンのポケットにおずおずと手を突っ込んだりしている。アルスランは、皆が自分を見つめていること、そしてすぐに視線をそらすことに気づいた。アルスランを挑発しているなどという疑いを持たれたい者はいない。誰もやっかいごとに巻き込まれたくはない。皆が、アルスランが誰かを知っているのだ。

アルスランは、〈プライベート〉と書かれたドアの前まで来た。黒い革ジャケットを着た肩幅の広い警備員が、ドアの前に立ちふさがっている。アルスランがやってくるのを見た警備員は、稲妻のような速さでズボンのポケットから携帯電話を取り出した。アルスランは警告もせずにそれを彼の手から叩き落とすと、勢いよくドアを開けた。

そこは殺風景な狭い部屋だった。飲み物の瓶が入った箱が壁際に積まれている。テーブルの前にいた四人の男が、驚いて顔を上げた。一番手前の男が反射的に自分のピストルに手を伸ばしたが、クラブの入口で預けたことを思い出したようだった。四人のうちひとりは、ほかよりも年長だった。こめかみの髪はすでに灰色で、アルスランをなだめるように両手を上げるその動きからは、これまでの人生で思いがけない出来事を数々潜(くぐ)り抜けてきたことがうかがえた。

「やあ(メルハバ)」と、男は挨拶した。

アルスランは部屋に入ると、外にいる警備員の鼻先でドアをバタンと閉めた。ダンスフロアの凄まじい騒音が、鈍い通奏低音に変わった。アルスランは誰も彼の脇をすり抜けて出ていけないよう、逃げ道を塞いで立った。男たちは互いに素早く視線を交わした。彼らの目の前のテーブルには、今晩のこれまでの売上である九千ユーロが載っている。くしゃくしゃな札、汗染みがついた札、銀行からおろしたての札、使い古された札、軽く支払われた札、身を切る思いで支払われた札。だがアルスランは、金には見向きもしなかった。

「ギュライはどこだ(ネルデ)？」

年長の男が、テーブルの周りの仲間に、落ち着くようにと身振りで示した。金の話ではない。ひとりの少女の話だ、と。男は椅子を引き寄せると、突然の訪問者に、座るようにと手招きした。

「ここにはいない」

男はドイツ語で答えた。だがアルスランは、男に迎合してやるつもりはなかった。

「ギュライ・ネルデ?」立ったまま、トルコ語で繰り返した。

年長の男はテーブルの上のライトを消すと、ゆっくりと立ち上がった。部屋の明かりはいまや天井からぶら下がる十五ワットの裸電球ひとつだ。その弱々しい光が男たちの顔と輪郭を拭い去り、部屋をそれ自身のダゲレオタイプに変えてしまった。ぼんやりとした光の島に、黒くにじんだ縁。中央には四人の男、端にひとりの男。答えを待ち、狙いを定め、張りつめている。テーブルの上には九千ユーロ。

年長の男は、アルスランとの距離を腕三本分以上縮めるのを避けていた。多額の金がある場所には、もめごとがあってはならない。

「ギュライは十八歳だ。つまり、なにをしようと自由だ」

「言ったはずだぞ、あいつがこの売春宿にいるところをもう一度見つけたら、店をタレ込んでやるって」

これまで黙って立っていた男たちのうちふたりが、ゆっくりとアルスランに近づいていった。年長の男がふたりに目くばせする。ふたりは招かれざる客の左右に立って、筋肉に覆われた腕を広い胸の前で組んだが、怒りの視線を交替で投げつける以上のことはしなかった。

アルスランは軽蔑するように鼻を鳴らした。

「薄汚いポン引き(セレフジズ・ペゼヴェンク)が。お前の飼い犬を俺が怖がるとでも思ってるのか？　さあ、ギュライがどこにいるのかとっとと言え。さもないと、貴様も貴様のこの豚小屋も吹っ飛ばす」

アルスランの左右のふたりが、彼に飛びかかった。一瞬で、屈強な体をアルスランに向かって投げ出し、彼をテーブルの上に引き倒した。小さなテーブルランプがけたたましい音を立てて床に落ち、電球が割れた。紙幣が宙を舞ったが、誰も注意を向けなかった。アルスランの頭は乱暴にテーブルに押さえつけられている。その腕を、誰かが背中でねじり上げた。別のひとりがアルスランのボディチェックを——先ほどの入口でのチェックより念入りに——してから、頷いた。アルスランを押さえつけていたふたりが、手を放した。

ゆっくりと、年長の男は椅子に戻った。割れた電球の破片が、男の靴の下でジャリジャリと音を立てる。男は椅子に腰を下ろし、アルスランは喘ぎながら起き上がった。

「俺に対する口の利き方を、まだ親父(おやじ)から教わってないのか？」

アルスランは唾を吐いた。目の前の男はどんな感情も見せまいと努力しているが、それでも、その目に怒りの光が宿るのがわかって、いい気味だと思った。

「親父は、妹に気を付けてやれと教えてくれた。妹が自分で気を付ける気がないならな。あいつはこんな場所にいていい女じゃない」

「だがお前は違うってか？」

アルスランは、わざわざ答えたりしなかった。女の種類はいろいろだが、男は同じだ。娼(しょう)

婦のように振る舞う女は、娼婦のように扱われても文句は言えない。ここにいる女はみんな娼婦だ。アルスランはすでに自分で試していた。ここの女たちには、どんなことでもさせられる。彼が誰かを知り、彼の車を目にし、なにより彼のペニスを目にすれば、女たちはあらゆる抑制をかなぐり捨てる。アルスランは天使ではない。誰でも知っていることだ。誰でも彼に尊敬の念を抱く。ところが、目の前のこのしょうもないポン引きだけは、店が繁盛して、トルコ人コミュニティの〈黄金の若者たち〉が突然甘い生活を発見し、それを謳歌しているというだけの理由で、自分に決まりは通用しないと考えているのだ。他人は好きにすればいい。ただ、妹だけはこんな場所から遠ざけておかねば。妹に関しては、別の計画がある。だが、ここの奴らはどうしてもそれがわからないようだ。

「いいか、アルスラン。ギュライはきちんとした優しい子だ。男と一緒にいるところなんか見たことがない。いつも女友達と一緒だ。少しくらい楽しませてやれ。どうせもうすぐ終わりなんだ。結婚はいつだ？　来月か？」

アルスランは頷いた。もしあいつがもう純潔でないことがわかったら、そのときは貴様、覚悟しろよ。アルスランはすでに二度、妹の髪をつかんでこの店から引きずり出していた。一度目は偶然で、妹が狂ったようにダンスフロアで踊りまくっているのを見たときには、幻覚だと思った。妹のほうも驚いていた。兄が夜になにをしているか、兄の金や車や首にかかった重い銀の鎖がどこから来るのか、妹はなにも知らないからだ。もしかしたら、あの晩初めて、妹の胸に疑念が生まれたのかもしれない。そして、だからこそアルスランはあれほど厳しい態度を取ったのかもしれない。妹には、ある種の考えは、たとえそれがふと頭をよぎっただけであろうと、できるだけ早く忘れてもらいたかったから。

二度目は偶然ではなかった。もう行かないという妹の誓いを信じず、店で見張っていたのだ。妹はもちろん見つかった。罰は一度目よりも厳しかった。二日後に妹の婚約者であるハルクが訪ねてきて、アルスランの父に、未来の花嫁の健康状態について苦情を言ったほどだった。だが、なぜギュライにお仕置きが必要だったかを聞いたハルクは、すぐに怒りを収めた。そしてアルスランに礼を言った。それもあって、アルスランはギュライから目を離すつもりはなかった。ハルクは重要な存在だ。ハルクとのつながりは、アルスランの未来だ。ハルクと血縁になるということは、コミュニティにおける確固たる地位と、多くの金、高級な車、そして美しい娼婦たちを意味する。

今晩、ギュライが兄の手をすり抜けたことが、彼の怒りに火をつけた。

「ああ。だから、妹を万全な状態でハルクに受け渡すつもりでいるんだ」

「ハルクか」年長の男は頷くと、なにやら考え込むように顎をかいた。「ハルクは昨日ここに来たぞ」

「だから？　それがなんだ？　あのな、ひとつだけはっきりさせておくぞ！　もしもう一度ここに来たら、ギュライを殺す！　あいつがハルクとここでばったり出くわすようなことがあったらなおさらだ」

「わかった。落ち着け。ドアマンに伝えておく。ギュライはもう店には入れない。それでいいか？　満足か？」

アルスランはしぶしぶ頷いた。男の協力的な態度のなにかが、不信感を呼び覚ます。素早く腕時計に目をやった。そろそろ時間だ。まだ訪問しなければならない店がいくつもある。

「それじゃあ。今日はまだ予定がある」

年長の男が、部下たちに合図を送った。男たちは紙幣を拾い集め、慌ただしくまとめてテーブルの上に戻した。

「今月はあまり良くなかった」

「店は満員じゃないか。五千だ」

「三千」年長の男が言った。「それ以上は無理だ。一番綺麗な女の子を家に帰さなきゃならないとなれば、なおさらな」

アルスランはこの挑発を黙って飲みこんだ。そうする技は身につけていた。刑務所で、そして通りで。落ち着きを失わないこと。大切なのは金だ。感情を露わにするのは適切ではない。

「五千の約束だ。だから俺は五千持ってここを出ていく。交渉したいならボスのところへ行け」

ボスはこんな小競り合いは三秒と我慢しないだろう。どうして誰も彼も、アルスランと話し合いができるなどと思うのだろう？　アルスランはただの使者だ。任務を果たしているだけだ。そしてその任務とは、五千持って帰るというものだ。それ以上ではないが、それ以下でもない。

「四千なら渡す。俺も従業員に給料を支払わなきゃならんのだ。それに買い入れ。賃貸料。ボスにそう伝えてくれ」

「自分で言え」

年長の男はため息をついた。そして部下のひとりを手招きすると、金を数えるよう命じた。かなりの時間がかかった。まず紙幣の皺を一枚ずつ伸ばして、札束を作り直さねばならなかったからだ。アルスランは身動きもせずに、その様子を見守った。

ようやく支払うべき金額がそろうと、年長の男は札束をアルスランのほうへ押しやった。

「ほら、数えろ」

「必要ない」

アルスランは金を革ジャケットの内ポケットに入れた。そしてきびすを返した。すでにドアノブをつかんだところで、ふと思いついた。

「もしギュライがもう一度ここに現れたら、ボスに報告するからな」

そう言って、アルスランはもはや振り返ることなく部屋を出た。いい退場の仕方だ。ちょっとやり過ぎたかもしれない。なにしろボスとはまだ親戚ではないのだ。外に出るまで、アルスランは胸に当たる札束を意識していた。五千ユーロ。この十分の一が彼の取り分だ。正直、仕事内容を考えれば少なすぎる。交渉しよう。それに、車であちこち回る仕事はいいかげんに卒業して、大きな商売をしたい。どれだけのことができるかは、もう証明してきた。ボスにもそこは認めてもらわなくては。だがアルスランは、話し合いは結婚式が終わるまで待つつもりだった。

妹のギュライのことを思い出して、未来への楽観的展望に水を差された気分になった。アルスランは怒りに震えながら、出口へと向かった。ようやく新鮮な空気のなかに出たときには、体中のあらゆる毛穴から湯気が立っているようだった。アルスランは急いで中庭を横切り、ローゼンターラー通りに出た。

金曜の夜、真夜中少し前。あとグリルレストラン二軒と、いくつものドネルケバブの屋台を回らねばならない。全部合わせて、今日の上がりは一万ユーロほどになるだろう。ピストルを持たずに回らねばならないのが腹立たしい。このことも一度ボスと話し合わなければ。外回りの際、店主たちの態度はどんどん攻撃的になっている。皆もううんざりしているのだ。いったいなんのために金を払うのかと、誰もが自問している。「みかじめ料」は、そもそももう時代遅れの商売だ。麻薬のほうがずっといい。ロシア人コミュニティは確かにたくさんの領土を勝ち取ったが、縄張りの分割については、まだ最終的な結論は出ていない。これはアルスランの闘いだった。こんなふうに馬鹿みたいに集金してまわり、あれこれ議論をふっかけられるのは、本来の仕事ではない。アルスランは、話すのは得意ではない。行動こそが彼の本分だ。そのことは一度ならず証明してきた。

路面電車の線路を横切って、酔っぱらったイギリス人の集団やフランス人の修学旅行生たちが、いちゃつくイタリア人や退屈そうに客を待つ売春婦や、北アイフェル地方から来たボウリング同好会員たちとすれ違うオラニエンブルガー通りに曲がった。歌を歌っているラインラント人の一団をぎりぎりのところで避ける。車は〈タヘレス〉の裏のゴミだらけの汚れた敷地に停めてある。凍えるように寒く、アルスランはジャケットの襟を立てて両手をポケットに突っ込んだ。一台の車が彼の後をついてくる。ゆっくりと。おそらくは、先ほどの彼と同じように、絶望的な気分で必死に駐車できる場所を探しているのだろう。

アルスランは、シナゴーグの前で警備に立つ警官たちに近づきすぎないよう、通りの反対側に渡った。いまのところ警察に目をつけられるようなことはなにもない。まだ執行猶予中だし、ドイツのパスポートを持っているから、トルコに強制送還されることもあり得ない。それでも、わざわざ藪をつつく必要はない。自分の外見は南国風だし、サツにはそれでじゅうぶんだ。特に、いまとなっては首相官邸より厳重に警備されるようになったシナゴーグの前を通るとなれば。アルスランは足を速めて、肩越しに振り返った。車はいまだに後をついてくる。

さらに足を速めて、本来は違法な駐車場所に着いた。車の前まで来ると、まずは助手席側のドアを開けて、グローブボックスに金をしまった。背後で音が聞こえて、ふと不安になった。体を起こす。敷地は真っ暗だ。取り壊されたデパートの巨大な廃墟である〈タヘレス〉から少しだけ光が漏れていて、剝がれ落ちた広告看板や、雑草や、ゴミや、泥水溜まり、そしてここに置かれたほかの車をかすかに照らしている。

直感で、アルスランはグローブボックスから折り畳み式ナイフを取り出した。そしてそれをズボンのポケットに入れると、車のドアを閉めた。耳を澄ます。

一台の車が、入口から入ってきた。先ほどからずっと後をついてきた、あの車だ。車が停まった。まずはライトが消え、それからエンジンが切れた。アルスランはナイフに手を伸ばし、ポケットから取り出すと、開いて刃を出した。そして、一歩ずつ用心深く自分の車を回りこんで、運転席のドアの前にたどり着いた。手を伸ばして、ドアを開けた。その瞬間、アルスランの頭は爆発した。

それは、駅でのあの戦慄の瞬間のせいだったに違いない。マリー＝ルイーゼが悪い知らせがあると言い、僕が即座に母のことを思い浮かべたあの瞬間。僕が自らすすんでムラック通りに足を踏み入れ、奇天烈なものには事欠かないミッテ地区でも群を抜いて奇妙な共同生活空間を訪問した理由は、ほかには考えられない。

ショイネンフィアテルにある小さな建物の中庭は、三月のここ数日の寒さで、最後に残ったなけなしの魅力までをも失ってしまっていた。夏にはきっと、ここに積まれた不良品のバスタブの山にヒエンソウの花が咲き、野ばらや西洋ノコギリソウが豊かに繁殖する名もなき雑草と平和的に共存するのかもしれない。だが、最近のような寒さのなかでは、貧相な茨の茂みが踏みつぶされた黄色い草の隣で肥料と化しつつあり、さらに石くずだらけの建設現場にも似た中庭には、バスタブたちが及ぼす魅力のせいで、カルキまみれのシャワーホースだとか、品質検査ではねられたのも納得の便器だとか、割れたタイルまでもが相当数集まってきていた。奥のほうに積まれた、ぱんぱんに膨らんだ青いゴミ袋のなかになにが入っているのかは、知りたくもなかった。ある意味でこの荒んだパティオは、母という人間の生活様式を屋外にまで延長したものに過ぎない。だから、巨大な道具置き場のごとき建物に足を踏み入れたとき、そこにありとあらゆるものが存在しながら人の住居だけがないのを見ても、僕は特に驚かなかった。

少なくとも、その「ロフト」――この生活空間を母は常々そう呼んでいる――には暖房が効いていた。手前の空間では――なんと、いつの間にか空間に仕切りができていたのだ――セメントの袋が互いにひしと身を寄せ合っていて、心ある人間ならとても引き離せない。その隣には、適当に包装されたタイルが積まれている。本来は床に敷くためのものだったが、いまのところ、道具や作業着や石膏まみれの靴や保存食の入った籠を置くための台として使われている。僕はツナ缶三キロ、トマトピューレ五十リットル、かつてのベルリン市政府が保存していた非常食の市民一人分の分量をゆうに三倍は上回るだろう量のスパゲッティを持ち上げ、運命によって僕に残された唯一の血縁者を探した。母はキッチンにいて、フートさんと一緒にホームセンターのカタログの上に屈みこんでいた。

「でもこういう蒸気シャワーって、水の節約になるんじゃない？」

「まさか」と、フートさんが鼻を鳴らす。「どんだけ電気代がかかるか考えてみなさいよ――あらっ」

ふたりが顔を上げた。僕は籠をふたりの前に置いた拍子に、昨日から洗っていない食器をテーブルの端ぎりぎりまで押しやってしまった。母は立ち上がり、僕を軽く抱きしめると、考えなしで効果もない片付けを反射的に試み始めた。僕が突然現れると、母が必ずやり始めることだ。

「あなたの事務所はもう見た？　手前の？」

手前の空間は僕の事務所になる計画だった。何か月も前に、母が思いついたのだ。実際のところ、僕も石膏ボードで間仕切り壁を作っている最中に、ときどき話がそっちの方向へ行っても異議を唱えたことはなかった。だが、この工事現場そのものの空間がいつか本当に人の住める場所になるのか——人というのはもちろん、住居の質に関して、ヘルマーが寝ている公園のベンチと紙一重というところまで要求値をぐっと下げた母とフートさんと同居人のウィザーズ以外の人間のことだ——つまり、いつの日か皆が力を合わせ、役所関係の書類全般もうまくさばいて、僕のみならずマリー＝ルイーゼもまた逃げ込める一種の世代を超えた居住と仕事と生活の共同体がここに生まれるのかどうかは、現状を見れば疑わしいと言わざるを得なかった。そのために必要なあれこれの金をいったい誰が払うのかは謎だし、母とひとつ屋根の下で働くというヴィジョンも実現に向けて努力すべき目標とは言いがたい。

「この人、全然気が付きゃしなかったじゃない」フートさんが、不当な要求をする人リストの最上位に返り咲いた。

「僕がなにに気が付かなかったと？」

「いらっしゃい」

母が僕の袖を引っ張って、キッチンから入口スペースへと戻った。そこの壁には、なんとなく三台の自転車を連想させるなにかが立てかけてあった。三台とも、ひどい事故で滅茶苦（めちゃく）

茶(ちゃ)に歪み、絡まりあってしまったように見える。

「これ、どう思う?」

　僕は損傷の具合をよく確かめてみた。誰かが破壊的な意思と溶接用バーナーで、絡まったチェーンと、ボコボコのへこみだらけの泥除けと、グロテスクに捻(ね)じ曲がったリムとを不可逆的にくっつけたようだ。

「私たちがやったの」

　そう言った母の声には、凄まじい誇らしさが詰まっていた。母が名ばかり家政婦であるフートさんと蒸気ローラーの助けを借りて、ショイネンフィアテルから自転車を一掃したのかもしれず、自転車のもとの持ち主たちはどうなったのかと質問することは、あえて控えた。

「ジョージがやり方を教えてくれたの。ほら、一番手前のやつよ。そこからは、私たちがやったの。最初は、まともなものなんて永遠にできないんじゃないかと思ったわ。だけど——ほら、私たちの初めてのインスタレーション(インスタラツィオン)!」

　この建物には、設置する(インスタラツィオン)べきもっと重要性の高いものがいくらでもある。だが、僕の母は七月で七十四歳だ。普通なら、今後の人生において「初めて」はどんどん稀(まれ)になっていく。ところがジョージ・ウィザーズと知り合ってからというもの、見通しのきく慎ましい老後を送るという考えを、母はすっかり捨ててしまったようだった。僕は友人のマークヴァートのこと、それにもう何日も思い出さなかったザロメ・ノアックのことを考えた。もし、髪を丁寧にセットして趣味のいい服を着た彼らの母親たちが、初めてのベルリン訪問で弾けまくったオランダの高校卒業生みたいな振る舞いを始めたら、彼らはいったいどうするだろう、と。だがどうやら、こんな転機を迎えた母親を持つのは、どこまで見渡しても僕ひとりのようだ。僕は、どうしていつも自分がこんな目に遭うのだろう、いったい自分はどう対処すればいいのだろうと自問した。

母の後ろにフートさんが現れた。こうなっては、どっちにしろこれ以上のコメントはできない。じゅうぶんな食料を携帯せずに十歩以上の長旅には出ないフートさんは、ジャムを塗ったトーストを手に持っていて、嬉しそうにかぶりついた。

「通りが逆襲する」

「は?」

「通りが逆襲する!」フートさんは口のなかにトーストを詰め込んだまま、繰り返した。

「そう名付けたの」

「それでね、私たちであといくつかこういうのを創り上げたら、ジョージの次のコンサートのときに、特別内覧会を開くの」

母は床に積まれたタイルの横に放り出してあった汚れた雑巾を取ると、破れて中身が飛び出たサドルから、工事のせいで積もった埃を払った。

「おめでとう」と、僕は言った。「ええと……すごいね」

母が満面の笑みを浮かべた。フートさんはばさばさの眉毛を持ち上げると、球形の体を再び台所へと退却させ始めた。僕たちはその後に続いた。

要するに、このふたりは元気でやっている。心配する必要はどこにもないというわけだ。ふたりの趣味が誰かの命を危険にさらしたりしない限り。母がやかんをガスコンロにかけた。

「たぶん、夏にはあんたたちの事務所をここに開設できるわよ」

僕はぐらぐらするテーブルの前に腰を下ろした。パンフレットの一部を破り取って折りたたむと、テーブルの脚の下に挟んで安定させることにした。いまが絶好の瞬間だ。深く息を吸って、できる限り母に衝撃を与えないようにしながら真実を告げるのだ。

僕はここに事務所を持ちたくはない。

僕が欲しいのは、塵ひとつない現代的で美しいデスクと、黒光りするモニターと、なかに高級万年筆が二、三本入った牛革のペン立てのある事務所だ。窓にはブラインドがかかっていて、それを開ければ、ウェーブ状に刈り込まれた柘植の木のある美しい緑の中庭が見える。そこにはテレビのスター料理人ザラ・ヴィーナーが、彼女のレストランの五十三番目の支店を開店するかもしれない。下に降りていけば、若くて才能のある起業家や、信じられないほど魅惑的な「新ドイツ的」——つまりドイツ以外にルーツを持つドイツ人——女優たちに出会う。僕は、デザイナーのヴィヴィアン・ウェストウッドの隣に腰を下ろす。彼女はちょうど魅力的な芸大生の男女を連れて、かつてやはり彼女のもとで勉強し、その後成功したデザイナーたちを訪ねたところだ。ときにはミュージシャンのジョー・ジャクソンも立ち寄って、僕に頷いて挨拶するかもしれない。口には、亡命先たるベルリンではまだ許されている煙草をくわえて。僕たちはみんな一緒に太陽の光のもとに座る。なぜなら、ついに忌々しい冬が終わったから——僕の想像のなかでは、どこか屋外でジョー・ジャクソンと並んで座っているときには、いつも太陽が輝いている——で、僕たちは彼の新しい曲のことを話す。彼は僕に、「スロー・ソング」はやっぱり「ラブ・ソング」というタイトルに変えたほうがいいだろうかと質問し、僕は答える。いや、変えちゃだめだ、君が歌ってるのは音楽のことで、愛のことじゃないんだから。もちろんみんながあの歌を聞きながらいちゃいちゃしたり、セックスしたりするわけだけど、でもあの曲はやっぱり、立ち止まること、ゆっくり考えること、そのための時間についての歌だろう？　すると彼は悠然と頷いて、次のコンサートのときには、こんな言葉で歌のタイトルを紹介するのだ——「この歌は友人のジャック・フェルナウに捧げるよ。彼は世界で一番刺激的な町の天才的な弁護士なんだ」。そして……

「お砂糖は？」

僕は頷くと、べたべたした砂糖壺から角砂糖をふたつつかみ取り、持ち手のないカップの底でぐりぐりとかき回しながら、ここに事務所を構えたとしたら依頼人たちに道をどう説明すればいいだろうと考えていた。ムラック通り十三番地、中庭の奥の棟、五十四個の古いバスタブと、ひしゃげた自転車三台のすぐ横です。一階です。地獄への待合室。ウィザーズのことと、彼があの怪物じみた楽器からどんな音を出すかを思い出して、訊いてみた。「あの自転車も音楽になるのかな？　災いを予言するアザラシとか、雌を求める交尾期のヒヒとか、そんな感じの？」

答えを待たずに、僕はテーブルの下に潜り込んだ。

「私たちのこと、真面目に受け取ってませんね？」

気分を害したフートさんは、僕が彼女の足もとでごそごそやるせいで両足を引っ込めた。その瞬間、僕の携帯が鳴った。僕はちょうど、テーブルを肩でわずかに持ち上げて、折りたたんだ紙を脚の下に置いたところだった。そこで母に、電話に出てくれるよう頼んだ。母が「ヘルマーって人よ」と言いながら、ビニール製のテーブルクロスの下に電話を差し出したとき、僕はあまりに急いで立ち上がったせいで、頭をテーブルの角にぶつけた。

「俺だけど」と、ヘルマーが言った。

「どこにいる？」

「ミッテの社会福祉局。担当職員が親切でさ、電話を使っていいって。だから、ちょっと連絡してみようかと思って」

僕はテーブルの下から這い出て後頭部を押さえた。射殺されかけた元依頼人とその愛すべき担当職員の、なんと親切なことか。特に関心もなかったが、一応尋ねた。「元気なのか？」

「元気、元気、どうも。なあ、ところであのときのばあさんさ、あの頭のおかしい――あれ、どうなった？」

「彼女は亡くなったよ。あの夜のうちに」

「それは気の毒に」

その声には、真に心を痛めている響きがあった。これで少し名誉挽回だ。自分を殺そうとした女に同情を示せる人間は、悪人ではあり得ない。そのとき、ヘルマーが深い深いため息をついた。

「なにか言ってたかな？　えっと、つまり、どうして俺に向けて撃ったのかって」

「いや、残念ながら。検察は事件の捜査を終了させたよ」

「そのほうがいいかもな」

その瞬間、やかんがけたたましく鳴り出した。ウィザーズの最新の交響曲の第二楽章にあったソロのような響き。僕はキッチンを出た。三台の自転車の横に立って、携帯を再び耳に当てたときようやく、ヘルマーがずっと話し続けていることに気づいた。

「なんだって？」と、僕は訊いた。「なんて言った？」

「誰かに追われてるんだ」

耳新しい話ではなかった。ヘルマーは常に追われている。警察に、公安局に、慈善バスで町を巡回し、たとえ一晩でもヘルマーを通りから救い出すことに情熱を傾けるどこかの熱心な修道士に。真剣に聞いてやるほどの話ではない。

「いまもそいつ、福祉局の入口前の通りの反対側にいて、俺が出てこないかずっと見張ってるんだ。いやさ、俺は誰かに危害を加えたりする気はないよ。でもあいつもピストル持ってたら、どうすりゃいい？」

「その相手の外見は？」

「そこなんだよ。なんとも言えない感じなんだ。灰色っていうか、なんとなく」

コプリーンだ。すべてを「灰色」のひとことで形容できる人間がこの世にいるとすれば、それはオトマー・コプリーン以外にない。

「黒っぽい帽子をかぶっている？」

「ああ。それにジャンパー。それからズボン」

靴もおそらく履いているだろう。この寒さだ。

「歳(とし)は？」

「なんとも言えない。でも今日、見かけるの、もう二回目なんだ。なんか気持ち悪いんだよ」

悪い予兆だ。ヘルマーは、なにも知らなくても、肌で感じることができる。彼ほど長いあいだ路上で暮らしていれば、新たな本能が発達するものだ。ヘルマーは悪意をもって近づいてくる人間を嗅ぎ分けることができる。危険が迫ればそれを感じとることができる。彼の防御本能と逃走本能は歳月とともに研ぎ澄まされてきた。路上で生き延びようと思う者は予感を確信と同様に重んじ、心の声を最も重要な会話相手にする。リッテン通りの裁判所前であんなことがあった後だけに、僕はヘルマーの不安を真剣に受け止めた。非常に真剣に。

「いいか、よく聞いてくれ。いまいる場所から動くんじゃない。これから僕がそこに迎えに行く。そして安全な場所に連れていく。それから君を追っている男にも僕が対処する。わかったか？　それでいいか？」

「ああ、センセイ」と、ヘルマーは答えた。

僕は電話を切ると、キッチンに戻った。そこではふたりのご婦人と湯気の立つティーポットが僕を待っていた。

「あんたも一杯どう？」母が訊いた。

「時間がないんだ」僕は答えた。「あ、それから、この家にお客さんが来るから」

ヘルマーはガラス張りの入口ホールの偽物くさいゴムの木の横にいた。守衛は、なにか尋ねる際には顎が載ってしまうほど凄まじく背の高い受付デスクの後ろにいる。これは攻撃を避けるためのものかもしれないが、僕はひたすらバカバカしいと思った。僕がヘルマーに歩み寄って彼を連れて出ようとすると、守衛は不機嫌な顔で自分の腕時計に目をやった。

「あいつ、俺がここで越冬するつもりだと思ってたんだよ」

そう言って、ヘルマーは油じみだらけのリュックサックを背負った。体臭が少しきつかったが、きっと母が初対面から三十分で、ベビーシャンプーの香りのするぴかぴかに磨きあげられた共同生活仲間に変身させてくれるだろうと、僕は確信していた。

「どこへ行くんだ？」

「安全で清潔で暖かい場所だよ」

「まさか刑務所じゃないよな？」

自分のジョークに自分で笑うヘルマーは、その言葉がどれほど真実に近いかを知らない。僕はもう一度、大きなガラス壁を通して通りに視線を向けた。外には二十人ほどが、ひとりで、または何人かで固まって煙草を吸い、シベリアから吹きつける風のなか、死への階段を上っている。なかには、本来の問題は生活費の援助ではなく、人生そのものであるように見える人間もいる。コプリーンの姿はどこにもなかった。

「その男はどこにいた？」

「あそこ。バス停のところだ」

「どれくらい？」

ヘルマーは肩をすくめた。「俺はここまで降りてきて、ずっとここにいたんだ。たぶん俺が誰かを待ってるって気が付いたんじゃないか。十五分くらい前にいなくなった」

僕は頷いた。ふたりで社会福祉局を出て、通りを渡った。ちょうどバスがやってきたところで、僕たちはなんなく乗り込んだ。最後列に座った。僕たち以外には、後ろのほうに座っている客はいなかった。

「以前にも見たことのある男だったか？　たとえば、裁判所の前とか？」

ヘルマーは首を振った。「今日が初めてだ。福祉局まであとをつけてきて、外で待ち構えてた」

「理由があるのか？」

「理由ってなんだよ？」

バスは全力をかき集めて、耳をつんざくような轟音(ごうおん)とともに動き出したが、あえなく十メートル先の信号で停止した。

「誰かが君の後をつける理由。誰かが君を殺そうとする理由」

ヘルマーは履いているくたくたになったスニーカーを見下ろした。考えに考えている。

「なあ、ヘルマー、僕には正直に話してもらわないと。そうでないと助けられない。告訴したほうがいい」

「サツに？　まさか」

「誰かが君の後をつけている。それには理由があるはずだ」

「へえ、俺が悪者だってわけか、え？　俺はなにもしてない。盗みはやったさ、確かに。でもそれだけだ。サツのとこなんか行ったら大笑いされるだけだ」

「そんなことはない。君に向かって発砲した人間がいるんだから」

「でもあのばあさんは死んだんだろ。なのにまた追われてますなんて言ったら、頭がどうかしてると思われるだけだ」

バスがまた走り出した。その瞬間、彼の姿が見えた。

酒場の窓際に座っている。社会福祉局の斜め向かいの店だ。通り全体を見渡せて、誰がいつ誰と建物から出てくるか、どのバスに乗るか、正確に観察できる場所だ。彼は急いではいない。自分の姿を隠そうとさえしていない。窓際に座って、煙草を吸っている。目の前にはワインが置かれている。きっとバローロではないだろう。

僕たちの視線は、バスが店の前を通り過ぎたちょうどその瞬間、交わった。彼は挨拶のしるしに軽く手を挙げてみせた。

彼にとってはまだチェックメイトではないのだ。むしろ逆だ。

ヘルマーの妄想ではない。彼は死んだも同然なのだ。

僕はヘルマーを母のもとに送り届けた。有難いことに、母は僕が「依頼人」だと紹介した男を目にしても、一切のコメントを差し控えるだけのたしなみを持ち合わせていた。フートさんがシャワーの、母が食べ物の用意をするあいだ、僕は犯罪捜査課のファーゼンブルク警部に連絡を取ろうと試みた。ファーゼンブルクは一時間後に戻ってくる予定だという。まあ想定の範囲内だ。

ヘルマーに別れを告げる前に、もう一度厳しく問い詰めてみた。だが彼はなにも知らず、なにも記憶になく、なにもかもわけがわからないと言うばかりだった。僕は肩を落として、州警察刑事部のあるカイト通りに向かった。

殺人捜査課ならどこもそうであるように、シェーネベルク地区のカイト通りにある捜査課もまた、通常は完遂したまたは意図があったと疑問の余地なく証明された謀殺または故殺を捜査する。だから、完遂してもいなければ予告があったわけでもない、総じて殺人になる恐れがあったというだけの単なるホームレスへの殺人未遂疑惑事件に関する僕の証言を聞かされて、ファーゼンブルクがどれほど喜ぶかは想像がついた。この疑念はヘルマーとは関係ない。ファーゼンブルクとの僕のこれまでの関わりから、加害者や被害者の出自が彼にとってなんの意味も持たないことはわかっている。だが僕に言わせれば、ファーゼンブルクは実際に起こった殺人と、挑戦したものの疑念の余地なく失敗した殺人との違いに、少々こだわりすぎるきらいがあった。

運よく僕はほどほどに無関心な年配女性に当たり、いくつもの内線電話の結果、四階へ行かせてもらえた。現在のところ、ファーゼンブルクの課には未解決の殺人事件はなく、彼は溜まっていた書類仕事を片付けているところだった。エレベーターを降りたところで僕を出迎え、窓のない廊下のすり減ったリノリウムの床を歩いて彼の部屋へ向かうあいだ、本人がそう説明してくれた。

そこは、何台もの警察車が停まっている四角い中庭を見下ろす小さな部屋だった。すっかり古くなったボイラーが大きな古い建物を暖めるときにしか出ないすさまじい音がする。窓台にはフォトフレームがふたつ置いてある。一方の写真では、三十代前半というベルリンの犯罪捜査課で最も若い刑事のひとりであるファーゼンブルクが、若くて美しい女性と腕を組んでいる。微笑み合うふたりの様子から親しい仲であることがうかがえる。もう一方の写真は、一枚目に写っている女性と幼い女の子のものだ。

大昔の型のプリンターと、十七インチの巨大モニターが、机のほぼ半分を占めている。残りのスペースを、分厚いファイルフォルダー、週間予定表、歌うような奇妙な音を立てるネオン管のデスクランプが分け合っている。壁際の古い書類棚は、まだ東西ドイツ統一前に赤十字の家具寄付所からもらってきたかのような代物だった。全体的にこの部屋は、くたびれ度合という点で、僕の事務所と驚くほどよく似ていた。

ファーゼンブルクは、机の横の座り心地の悪い椅子を僕に勧め、自分も腰を下ろした。机の上のファイルを閉じると、二本のペンをピクルスの空き瓶に入ったほかのペンのもとにきちんと戻し、短く刈った暗金髪をなでてから、両手を組み、僕をじっと見つめた。

「元気ですか？」

その質問に、僕は意表を突かれた。本気で訊いていることがわかったからだ。ふさわしい答えは思いつかなかった。僕たちが最後に顔を合わせたとき、僕はコートから血を滴らせて、救急車と非常灯を回す警察車とから成るダンテの地獄篇さながらの光景のなかにいた。救急ヘリが耳をつんざくような轟音とともに着陸し、覆面の特別出動コマンド部隊が疲れ切って隠れ場所から出てくるところだった。亜鉛の棺が三つ運ばれていき、それを見送りながら僕は泣いていた。

あの光景を自分のなかで消化できるようになるまで、長い時間がかかった。いまだに完全に消化しきれたとは言えない。この署で働くファーゼンブルクと七十三人の同僚が、僕よりもプロフェッショナルに死に対処できているならいいのだが。しかし、彼の角ばった顔、まだ若いにもかかわらず口の端に深く刻まれた皺を見れば、彼も僕と同様、忘れるのが得意ではないことがわかる。

「わからない」と、僕は言った。「本当にわからないんです。元気なときもあるし、そうじゃないときもある」

ファーゼンブルクは頷いた。「それでマリー……ホフマンさんは？」

「元気そのものです」

「また極左グループの会合に参加しているんですか？」

「どうしてそんなことを訊くんです？」

「写真に彼女が写っているのを見つけましてね」

「いつ？　どこで？」

「うちの写真じゃありません」

なるほど。「憲法擁護庁にマークされている組織の会合に参加したからといって、それはまだ犯罪行為ではありません。そもそも極左ってどういうことです？」

「私はただ彼女の私的な行動についてうかがっただけですよ」

そして僕に対して、マリー＝ルイーゼのプライベートはいつまでもプライベートのままではないと伝えたわけだ。マリー＝ルイーゼと話をしなくては。弁護士事務所での仕事が少なくなればなるほど、マリー＝ルイーゼは本来の意味での利他主義とは整合性の取れない行動にのめりこんでいく。おまけに、ここカイト通りの連中のほうが僕よりも彼女のことをよく知っており、明らかに僕が持っているものより素敵な写真まで手にしているのだから、気分が悪い。ファーゼンブルクは勇気づけるように僕に頷きかけた。自分がまさに図星を突いたことに気づいたのだ。

「ところでフェルナウさん、今日はどうしてここへ？」

「ハンス＝ヨルク・ヘルマーのことで。リッテン通りで銃撃された男です」

ファーゼンブルクはピクルスの瓶からまたペンを一本取り出した。

「州裁判所の前でしたね？　二週間前でしたっけ？」そう言って、ヘルマーの名前を書きつける。「どうしてこれほど時間がたってから、警察に届ける気になったんです？」

「今日までは姿を現すきっかけがなかったからです」

「ヘルマー氏は姿を隠していたんですか?」

ファーゼンブルクはメモを取り続ける。そのせいで、僕は落ち着かない気分になった。この会話が書類に残り、いつか、なんらかの取るに足らないきっかけで、ばんと得意げに目の前に突きつけられることになってはたまらない。僕は身を乗り出すと、彼の手からペンを取り上げて紙の上に置いた。ファーゼンブルクは抵抗しなかった。

「ヘルマー氏には住所がありません。それにマルガレーテ・アルテンブルクは亡くなりました。そういうわけで、ヘルマー氏は親切にもあなた方の書類仕事の手間を省いてくれたんですよ」

「それはありがたい。憶えておきますよ。確かあなたは、あの女性の弁護士だったのでは?」

僕は頷いた。

「それで、どうして今度はヘルマー氏と連絡を?」

僕は咳払いをした。「だいたいのところ、ある意味、ええと、言ってみれば、私はその、被害者の弁護士でもありまして」

ファーゼンブルクは眉を上げると、ペンを取って一瞬考え、再びペンを置いた。

「ふむ」とだけ言う。

「もともと知り合いだったんです」と、僕は続けた。「別件でヘルマー氏を弁護したので。

彼が今日、私に連絡してきたのは、それが理由でもあります。ヘルマー氏はまた脅威を感じています。そして、私が知っている事実を考慮に入れると、彼には脅威を感じるだけの正当な理由があります」

「あなたの知っている事実とは？」

「私はゲルリッツを訪れました。亡くなった加害者、アルテンブルクさんの故郷です。そこでとある男性と知り合いました。オトマー・コプリーン。アルテンブルクさんと親しいようでした。現在ベルリンに現れて、ヘルマー氏のあとをつけるほどにね。私の推測では、コプリーンはアルテンブルクさんが成し遂げられなかったことを終わらせようとしています」

「終わらせるというのは、ヘルマーに対する銃撃のことですか？」

「そうです。アルテンブルクさんのピストルも、おそらくコプリーンから手に入れたものです。彼の人となりを考えるに、おそらくピストルをきちんと扱えるのも彼のほうでしょう」

「ヘルマー氏の身に危険が及ぶだけの理由はあるんですか？」

「本人はないと言っています」

「で、あなたは？」

「私には説明がつきません」

ファーゼンブルクはため息をついた。それから電話をつかむと、番号を打ち込んだ。相手が出るのを待つあいだ、僕に説明する。「ミュンスターのヒルトループで、ゲルリッツの殺人課のボスと知り合いましてね。一緒に管理職講座を受けたんです。いい奴ですよ――あ、ゲオルクか？　カールステン・ファーゼンブルクだ。悪いんだが、オトマー・コプリーンという男について、そちらになにか情報があるか、調べてくれないか？」

ファーゼンブルクはしばらく待ち、やがて頷いた。

「ありがとう。奥さんは元気か？――ああ、伝えるよ。喜ぶよ、きっと」

ファーゼンブルクは電話を切った。「そういう名の男はゲルリッツにはいません。少なくとも警察の記録にはない」

「マルガレーテ・アルテンブルクだって、ありませんでしたよ」僕は苛立ちながら言った。

「いまはあるでしょう」ファーゼンブルクはそう答えて、にやりと笑った。それから真顔に戻って、続ける。「さて、我々になにをしろと？　対人保護？　新しい身分を作ってやる？　残念ですが、警察にできることがそれほどあるとは思えませんね。ヘルマー氏は告訴したいんですか？」

「いえ」

「本人をここに寄越してください。その上で話し合いましょう」

「ヘルマー氏は警察に出向く気はありません」

「それじゃあこちらにできることもない」

ファーゼンブルクは、申し訳ないと言うかのように両手を上げた。「あなたの依頼人がりッテン通りでどんな目に遭ったかを考えれば、神経が参ってしまうのも無理はないと思いますよ。検察から聞いたところでは動機もなかったとか。それどころか、加害者と被害者は互いを知りもしなかった。どう考えても人違いでしょう。それ以外には老婦人の頭のネジが吹っ飛んだという説明しかあり得ません。ヘルマー氏はいまショック状態にある。心理セラピーを受けるべきですね」

「それは少し単純化しすぎだ」

僕は身を乗り出して、ファーゼンブルクのデスクランプの光のなかに入り込んだ。

「私はアルテンブルクさんが亡くなる前に話をしたんです。彼女はヘルマーを殺すつもりだった。ほかの誰でもなく。彼女は、自分が銃で狙ったのが誰なのかちゃんとわかっていたんです。私は失敗した、死ぬ前に彼女はそう言ったんです。オトマー・コプリーンがベルリンに来たのは、アルテンブルクさんの仕事を終わらせるためです」

僕はさらに声を落とし、ほとんど囁き声で付け加えた。

「コプリーンはヘルマーを殺します」

ファーゼンブルクは黙っていた。

「コプリーンというのは、ものごとを最後までやり抜くタイプの男です。本当に好きにさせるつもりなんですか？」

「あなたはそのヘルマーという男のことが好きなんだ。違いますか？」

僕は深く息を吸って、また椅子の背にもたれた。「ヘルマーは私の依頼人だ。ある意味、私は依頼人全員のことが好きですよ。それに、彼らが早すぎる死を迎えるのは、なんとしても防ぎたい」

かすかな笑みが、ファーゼンブルクの口の端に浮かんだ。「その観点から言うと、最近のあなたはあまりツイていなかったようだ。ところで、ヘルマーの経歴はご存じなんですか?」

「薬物依存症で、通りで暮らすようになった。ときどき自分のものと人のものを取り違えることがある。ヘルマーは無害な人間です。誰かに狙われて殺されるいわれはない。誰にもそんないわれはない」

ファーゼンブルクはキーボードになにか打ち込んだ。それからモニターを半分僕のほうに向けた。

「この男ですか?」

違う。いや、そうだ。それはヘルマーだったが、同時にヘルマーではなかった。

その廃人のような男の写真にヘルマーの面影を見いだすには、二度見しなければならなかった。人物照会データベースの写真の男は、いまのヘルマーより若かった。ずっと。髪はほぼ肩に届く長さで、現在のように灰色でもなければ、ぼさぼさでもないが、黒くてべたついている。頬と首には、まだほとんど癒えていない醜い引っかき傷と、膿んだ潰瘍があった。目の下には濃い隈があり、顔はげっそりして、血の気がない。

「いつの写真ですか？」

「六年前です」

写真のヘルマーは、たったいま薬物依存症の最終段階に到達したかのような有様だった。この男がまだ生きているのは奇跡としか言いようがない。路上という場所は、健康に及ぼす影響という意味では最も厳しい環境のひとつだろう。それでも、いまのヘルマーはもうこの写真のようなひどい様子ではない。ホームレス生活は人をアウトローに変える。薬物は人をゾンビに変える。

「ヘルマーはどうして逮捕されたんですか？　薬物法違反？」

「それもあります。確かに。でも別の件で訴えられていたんです。おっと、裁判にまでなってますね。どうやら割と大きな事件だったようだ」

「なんだったんです？」

ファーゼンブルクは再びモニターを自分のほうに戻した。それから目をすがめ、キーボードになにか打ち込むと、ため息をついて、椅子の背にもたれた。

「お蔵入りしてます。刑事訴訟法第百七十条第二節。申し訳ない」

もちろん、申し訳ないなどと思ってはいないだろう。どうやらファーゼンブルクにとっては、僕が知らないどんな件でなぜヘルマーが訴訟を起こされたのかなど、どうでもいいようだ。ヘルマーのこれまでの犯罪はすべて、刑事訴訟法百五十三条のもとで処理されてきた。

つまり、警告、罰金、または最近のように公共福祉作業などで償うことのできる、ささいな法律違反だ。だが百七十条となると、話は別だ。

「で、そのコンピューターにはもうなにも残っていないんですか？　まったく？」

「記録は検察に戻されました」

「どの検事に？」

ファーゼンブルクは僕のために、少なくとも形式的に、少しばかりコンピューターで調べてくれた。

「依頼人からの全権委任状はお持ちなんですよね」

「もちろんです」

「そういうことなら、一番簡単なのはノアック検事に連絡を取ることです」ファーゼンブルクはそう言って、微笑んだ。「いや、簡単というのは冗談ですがね」

ノアック。ノアック。ノアック。

ザロメ・ノアック。

明日の朝一番に、ザロメ・ノアックのオフィスに襲撃をかけて、戒厳状態にしてやる。僕のトロイの木馬はヘルマーだ。ハンス－ヨルク・ヘルマー。

この上ない上機嫌で、僕はムラック通りに着いた。だが、そこに母とフートさんはいても僕の木馬がいないのを見て、その上機嫌はたちまちしぼんだ。ヘルマーはたっぷりとシャワーを浴び、服をすべて着替えて、卵七個分のスクランブルエッグとバターを塗ったパン四切れを食べた後、泊まっていけという誘いを断って出ていったという。

「バスタブのどれかで寝るのさえ嫌だって言うのよ」と、母が言った。「屋外で寝る方がいいっていうのはわかるのよ。でも、それなら中庭で寝ればいいじゃない、ねえ？　そうなったら、フートちゃんが宇宙飛行士大通りを準備してあげたのに」

「フートちゃん」は、聞こえていないふりで、五切れ目のパンにバターを塗っている。宇宙飛行士大通りというのは一九六〇年代のバスタブのことで、旧東ドイツの鉄筋コンクリート団地が改装された際に、ウィザーズのもとへやって来た。ウィザーズはそれを、社会主義時代の入浴文化の数少ない地上モニュメントのひとつとして、中庭の丸敷石の上にひっくり返らない程度の安定性で置いた。そのバスタブをベッドとしてヘルマーに提供しようというのはかなり珍妙なアイディアで、ウィザーズという人間を知らなければ理解できないだろう。それに、ちょうどいま、ひょっとしてあのバスタブから斬新きわまるホステルのアイディアを発展させられないかと話し合っている、この七十歳を超えたふたりのご婦人を知らなければ。

「ところで、ジョージはどこにいるんだよ？」

「ノイハルデンベルク。飛行機の旧格納庫」

「なにをするつもりなんだ？　シャワーブースとターボエンジンの交響曲でも作ってるの？」

これはウィザーズという人間を本当に知っていないと、とても理解できないことだ。

これまで僕も身をもって体験してきたことだが、ウィザーズは世界をリードする前衛作曲家のひとりで、実験的な音楽を作る傾向から離れることができなくなっていた。その当然の結果として世界中のあらゆるコンサートホールに別れを告げたウィザーズは、よりによってここベルリンのこの建物の中庭を自分の楽園に定め、ゴミや建築廃材を集めてきては互いになんの関係もない、ましてや響きが調和することなどあり得ない物どうしを組み合わせ、音を出す怪物たち——恐ろしいが可笑しみもある巨大な音楽機械——を生み出している。そんな機械のひとつに、いまでは飛行機の格納庫を必要とするようになったのだろう。

僕がそういう種類の音楽をどう思っているかを正確に見抜き、それゆえ十把一絡げに僕を「アンドレ・リュウ・ファン」のひとりと見なすフートちゃんは、次なる栄養摂取の準備を終えてうめきながら立ち上がると、バターを冷蔵庫に戻した。少なくともそれくらいは習い覚えたようだ。

「格納庫で指揮者と会ってるんだよ。イギリス人だよ。サーなんだ」

「サーなのよ！」母がフートちゃんの言葉を繰り返した。その声には、貴族階級にときどき新しい血を注入するアングロサクソン的やり方に対するかすかな憧憬の念が聞き取れた。僕たちの国にもそういった騎士への叙勲があれば、母がそれをどれほど歓迎するかは明らかだ。

確かに、サー・ジョージ・ウィザーズというのは、悪くない響きだ。だがいまの僕は、そういった社会階級とは物差しの対極にある問題で頭がいっぱいで、ウィザーズがどこで誰と付き合おうと、どうでもよかった。

「で、おふたりの新しい同居人がどこへ行ったのか、知ってる？　ヘルマー氏のことだけど？」

「ハーヨーのこと？」母がそう訊いた。

ハンス＝ヨルクでハーヨーとは。またずいぶん親し気な響きだ。

「まさにそのハーヨーのことだよ」

「明日また来るって。お昼ご飯に。約束してくれたわ」

「で、今日の夜は？」

母とフートちゃんは目を見合わせた。「知らない。あっという間に出ていっちゃったから——あなたまでもう行っちゃうんじゃないわよね？」

もちろん、行っちゃうつもりだった。外は暗くなりつつあるが、事務所に戻らなくては。宇宙飛行士大通りを断ったということは、ヘルマーはおそらくどこかの地下鉄の駅か、公園のベンチで快適に過ごしているのだろう。ヘルマーが好んで滞在する場所はシェーネベルク地区にある。僕が今夜これから向かうには遠すぎる。一晩中ヘルマーを探し歩く気にはとてもなれない。

だが事務所には、どこかに彼の記録があるはずだ。ヘルマーのこれまでの人生に僕の知らないどんな挫折があったのか、ヒントが見つかるかもしれない。それに事務所からなら電話をかけられる。誰にも邪魔されずに。

僕は母の頬に優しくキスをして、別れを告げた。フートちゃんには礼儀正しく頷きかけたが、彼女は腰まで冷蔵庫に突っ込んでいた。ここで誰かになにかを教え込もうなどという気を、僕はとうになくしている。たとえば、食料品の賞味期限。または、カビや、乳製品の凝固や、沈殿物に注意することなど。彼女たちが危険にさらしているのは、彼女たち自身の命だ。僕に唯一できるのは、このふたりが用意したものを決して食べないことだ。

「ヘルマーが戻ってきたら、すぐに電話してくれ。大切なことなんだ」

「あの人、なにかしたの?」母がそう訊きながら、僕を入口スペースまで送ってくれた。

「いや」と僕は答えた。「少なくとも、知られてる限りでは」

母はそれを聞いて安心したようだった。僕は安心できなかった。

ドゥンカー通りの事務所に着いたのは、六時少し前だった。かわいいフランス人ロック兼シャンソン歌手の住居に明かりがともっていた。彼女は台所の窓を開けて、その前に座り、煙草を吸っていた。そして、僕を見ると手を振った。

「フェルナウさん、手紙来ました?」三階から、中庭にいる僕に呼びかける。

「手紙って？」僕は訊き返した。

「今日来たの。私たち、出ていかないといけないの。全員」

彼女は悲しそうに僕の頭上に灰を落とした。

「あら、ごめんなさい。あんまり急だと思わない？　私たちみんなにどこへ行けっていうの？」

彼女はそう言って、中庭を取り囲むたくさんの窓を指した。いまではすっかり狂乱状態のこの地域に平凡なまま残ったこの建物のそれぞれの窓の向こうでは、平凡な日常生活が営まれている。ここには、核家族、母子家庭、失業中の夫婦、互いに犬猿の仲の同性愛者ふたり、一部屋のアパートに推定四十三匹の猫を飼っている——少なくとも僕が階段を上る途中でその住居のドアの前を通り過ぎるときには、そんな匂いがする——女性、フンボルト大学でドイツ語圏文学を専攻しているらしいが、まったく大学に通っておらず、全員がなんとなく未成年に見えるフラットシェアの大学生たち、それに、しょっちゅう伴奏者を取り換えるかわいらしいフランス人歌手、そして僕たち、つまりマリー＝ルイーゼと僕が入居している。いまのところは、まだ。

「フェルナウさん、なんとかできません？　やつら、改修工事をするつもりなのよ。いまどき改修なんてされたら、もう誰も家賃を払えなくなっちゃう。住居は商品じゃないでしょ。故郷なのに！」

三階と中庭とでマルクス主義の基本原則について議論するには、いまは寒すぎた。おまけに猫好きのご婦人が中庭で自分抜きの会話が進行していることに気づいたようで、やはり窓を開けると、身を乗り出して怒鳴った。

「ラウリーン？　ラウーリーン！　すみません、おふたりとも、どこかでうちのラウリーンを見ませんでした？」

「きっと若い男を探しているんですよ、フライタークさん」と、僕のほうにウィンクしながら、シャンソン歌手が答えた。

「春ですからね。猫たちがうろうろする季節！　気を付けないと、ラウリーンと一緒にたくさんの赤ちゃんが戻ってきちゃいますよ。毎晩、ラウリーンが呼ぶ声が聞こえますよ。彼はどこ、彼はどこって」

「あの子は去勢手術済みよ。それに、毎晩お宅から聞こえる音に比べたら、うちの猫たちなんて、歌手のエンリコ・カルーソーみたいなもんよ」

フライターク夫人は窓を叩きつけるように閉めた。かわいいシャンソン歌手が肩をすくめる。

「私、猫ちゃんの悪口なんて言ってないんだから、あの人も私の音楽の悪口言うべきじゃないわ。そうやってこれからもずっと一緒に暮らしていきたいものよね」

「いきたいね」と、僕は会話を締めくくった。

そして、すぐに郵便物をチェックすると約束して、合法性が怪しくなってきた僕たちの弁護士事務所へと急いだ。どうやら本当に事務所の寿命はいまやどこから見ても風前の灯火のようだ。

事務所の廊下に足を踏み入れたとき、声が聞こえた。互いに相手を圧倒しようとする大勢の怒りの大声。その合間に、エスカレートしていく争いをなんとか落ち着かせようとするマリー＝ルイーゼの声。だが、その努力は成果を上げていない。僕がコートを脱ぐやいなや、革ジャケットとクーフィーヤ姿の若い男がふたり、目の前を駆け抜けていった。僕は興味を覚えて、開いたドアから煙草の煙が渦巻くマリー＝ルイーゼの部屋を覗き込んだ。

「私は口を挟むつもりはない。ただ警告しておくから。もしなにかまずいことになったらそれがどういう結果をもたらすかは、知っておくことね」

そこまで言ったところで、マリー＝ルイーゼは顔を上げて僕に気づいた。「ああ、ヨアヒム。すぐに終わるから」

マリー＝ルイーゼの部屋には、さらに四人の奇妙な人間がいた。首に愉快な赤いスカーフを巻いた、かわいそうになるほど痩せ細った雑種犬が二匹、互いに絡まり合うように暖房の前で丸まっていたが、僕を見てさっと離れると、唸り始めた。

「静かに」金髪を短く刈った少女が言った。

犬たちは静かになった。

「ちょうど帰るところだったから。ありがと、マリー。きっとまたうまく行くわ」

「だといいけど。気を付けてね。馬鹿なことをするんじゃないのよ」

若者たちは、挨拶の定番である頰へのキスでマリー＝ルイーゼに別れを告げると、僕の脇をすり抜けるようにして事務所を出ていった。僕は彼らの後ろ姿を見送った。

「なんだったんだ？」と、訊いてみた。

マリー＝ルイーゼは机の上のメモを整理していた。つまり、何枚ものわら半紙を、机の上のそれぞれ高さの違う未決書類の山の上に分配していた。

「別に」と答える。「ただの無料法律相談」

無料だと。事務所の財政と、その財政に誰がどれほど貢献しているかに関する耳寄りな情報だ。

「あいつらは誰なんだ？」

「平和運動の活動家」

「クーフィーヤをかぶった平和運動活動家？　初めて見たよ」

「あなたは初めてかもね」マリー＝ルイーゼが答えた。

その声の調子からして、これ以上ひとつでも質問すれば喧嘩になることがわかった。僕は彼女の机の前のまだ温かい椅子に座って、彼女がほんのついさっきまで平和的な反イスラエル主義者たちに惜しみなく与えていた関心が、ほんの一部なりと僕に向くのを待った。やがて、ついにマリー＝ルイーゼは顔を上げた。

「なにかあったの？」

「ああ、ふたつ。まず、ファーゼンブルクが君の写真を見た」

マリー＝ルイーゼは、まるで僕が、ドイツ連邦軍の君のファンクラブから戸棚に飾るためのサイン入り写真を頼まれたとでも言ったかのように、微笑んだ。

「写真？」

「笑うところじゃない。極左グループの集会に参加してるのか？　さっきのあいつらみたいな人間の集まりに？」

マリー＝ルイーゼの微笑みが消えた。「ファーゼンブルクが、どこからそんな写真を？」

「どこからだと思うんだ。憲法擁護庁からだよ。過激派の一員になるのが弁護士にとってなにを意味するのか、僕が言うまでもないよな」

「ヨアヒム、どうかしてる。過激と極端の違いは私が説明するまでもないわよね」

「僕にはね。でも弁護士協会には説明が必要かもな」

「まさかそんな……信じられない。それって、つまり、私――と、彼ら――が監視されてるってこと？　ファーゼンブルクがそう言ったの？」

ここからは、そろそろ注意が必要だ。ファーゼンブルクはなにも言っていない。マリー＝ルイーゼが口から怒りの泡を吹いてカイト通りの警察署へ出向き、僕も実際には目にしていない写真をよこせと要求することだけは、なんとしても避けたかった。

「ファーゼンブルクはここだけの話ってことで、ヒントをくれた。ここだけの話だ、わかるか？　なんらかの写真に君が写っているのを見たと言ってた。だけど、憲法擁護庁って言葉は口にさえしてない。パニックに陥る理由はなにもない」

「うまいわね。私はただ、あの子たちが肥溜めに必要以上に深くはまりこまないように力を貸してるだけ。それなのに、あっという間にパチパチパチッと写真を撮られちゃうわけね。監視国家」

マリー＝ルイーゼは煙草に火をつけた。「でも、教えてくれてありがと。共犯者にも伝えておく」

「そうしろ」

「で、ふたつめの話は？」

「この建物の管理会社から手紙が来ているはずなんだ」

マリー＝ルイーゼは、まるで僕が一九九一年から一九九三年に買ったトイレットペーパーの領収書のことを尋ねたかのような目でこっちを見た。それも、付加価値税の証明付きの領収書だ。

「来てないけど。どうして？」

そう言って、マリー＝ルイーゼは適当に洗っただけのツナ缶に煙草を置くと、左の書類の山をかき回し始めた。山はぐらぐら揺れ始め、僕は救援のために椅子から飛び上がった。ふたりで力を合わせて、古い新聞やチラシやとうに時効になった案件から、手紙類をより分けることに成功した。山のなかには、「ハンス＝ヨルク・ヘルマー」と書かれたファイルもあった。

「なんでこの書類がここにあるんだ？」僕は訊いた。

マリー＝ルイーゼは手紙に次々と目を通していく。「ケヴィンがここに置いていったの。どこに置けばいいかわからなくて」

「そういうのはよくないな」

「なにが？」

「マリー＝ルイーゼ、これ以上こんなふうに続けていくわけにはいかない」

マリー＝ルイーゼは手紙の束を膝に降ろすと、初めて僕の顔をまっすぐに見つめた。

「どういう意味？」

僕はあたりのカオスを指し示していった。互いにちぐはぐな擦り切れた椅子たち。いまだに壁にかかっている去年のカレンダー。窓際に置かれた、すっかり干からびた誕生日の花束。頭を垂れた黄色いバラが三十八本。マリー＝ルイーゼは一度たりと水を替えなかった。

「花の扱いはどうも苦手で。それは知ってるでしょ」

「そういうことじゃない」

「じゃあどういうことよ？」

「こんなのは弁護士事務所とは言えないよ。これじゃ……」

マリー＝ルイーゼは再び煙草を手に取った。そして最後まで吸った。黙ったまま僕を素通りして、背後の壁のイエメン人の少女と歯のない男の写真を見つめていた。やがて煙草をもみ消すと、決然と言った。「じゃあ、出てけば」

「マリー＝ルイーゼ……」

「ここが気に入らないんなら、出ていって。ドアはあそこ。ちゃんとした契約もなしに握手ひとつでここに来たんだから、出ていくときもそれで大丈夫。あなたは私に対してなんの借りもない。どこか別の場所でなら幸せが見つかると思うんなら、探しにいきなさい。それとももう見つけたの？」

「幸せとかいう話じゃないんだ。秩序と信頼性の話だよ、それに最低限の……」

「……清潔さ、義務感と祖国愛。そうなの？　ゴミみたいなこと話すのはやめて。あなたにとってはうちのすべてが小さすぎるのよ。汚すぎる。混沌としすぎてる。うちの依頼人たちが毛皮じゃなくてパーカーを着てて、地下鉄の切符を買うお金さえ持ってないのが気に食わないのよ。ほらこれ。あなた向けの案件。悪名高き無賃乗車」

マリー＝ルイーゼは書類のファイルを投げてよこした。だが僕は手も触れなかった。

「へえ、これじゃあ物足りない？　それは悪かったわね、でもほかにはなにもないの。ただ少なくとも、私には依頼人が死んでふいになる事件はない」

卑怯（ひきょう）な言い草だ。それはマリー＝ルイーゼにもわかっている。彼女は少しばかり卑劣な攻撃をよく繰り出すが、致命傷を与えることは滅多にない。マルガレーテ・アルテンブルクの事件があれば、僕たちは財政的に立ち直れただろう。そういう意味では彼女の言い分にも一理ある。

僕は黙ったまま立ち上がると、廊下に出た。玄関の古い木製のドアには、膝の高さに手紙を投げ入れるための切り込みが入っている。この非常に快適な手紙配達サービスは、残念ながらもうずいぶん昔、郵便受けの設置とともに廃止された。それでも、やはり思ったとおりだった。例の手紙は、郵便で来たものではなかった。誰かが直接ドアから投げ入れたのだ。手紙はドアマットの横の薄暗がりに落ちていて、いくつもの靴跡が、白い紙を汚らしい茶色と灰色に変えてしまっていた。僕は手紙を拾い上げて、開いた。

「フィデス建築物管理・不動産投資」と、便箋の上端に印刷してあった。「ドゥンカー通り二七一番地の集合住宅の所有権がヴォルフガング・シュリューター遺産相続人からフィデス不動産グループへ移譲される件について」

いつの間にかマリー＝ルイーゼも少し落ち着いたようで、僕の後から廊下へ出てきて、僕の肩越しに手紙を覗き込んだ。

「部分的改装……居住価値を高め……古い賃貸契約の解消……ちょっと見せて！」

マリー＝ルイーゼは僕の手から手紙を奪い取った。「冗談じゃない！　そんな簡単に賃貸契約を解消なんてできない。すぐに……」

そこでふと、途方に暮れたように手紙を持った手を下ろした。「即時退去？」

再び僕が手紙を読む番が来た。「居住空間の目的外使用のため、弊社は貴殿とのドゥンカー通り二百七十一番地後翼三階右の住居の賃貸契約を即座に解消するものとします——目的外使用。てことは、最近あの男が言ってたことは正しかったのか？　この建物には商業目的での賃貸契約はないっていう？——ほかにもまだなにか書いてあるぞ。もし契約解消を受け入れるなら、賃貸料の追加請求はいたしません。おい、どういう意味なのか説明してもらえるかな？」

「クソ」マリー＝ルイーゼが言った。「クソっていう意味よ」

マリー＝ルイーゼは僕の部屋までとぼとぼと後をついてきた。僕の部屋が彼女の部屋より綺麗なわけではないが、少なくともあそこより片付いてはいる。僕は書類棚から空のファイルを取り出すと、そこに〈フィデス〉と見出しをつけて手紙を挟んだ。これで少なくとも手紙の保管場所は明白になった。ファイルを再び書類棚に戻す。

「統一の後には、訊いてくる人なんていなかった。廃墟に人が住んでくれれば、みんな大喜びだった」

「住んでくれれば」と、僕は繰り返した。

「住んだわよ！　ここは私の住居だったの。もともとは。マインツァー通りに引っ越す前の話。引っ越した後も二年間、また貸ししてた。その後、国家試験に合格したけど、最初は誰も雇ってくれなかった。みんな私の履歴書を見て、ほら見てみろ、公民（旧東独の学校の教科）で優、フンボルト大学法学部卒、東ドイツだって。東だったのは最初の三学期だけだってことには、誰も興味なかった。そのころにまた貸ししてた人が出ていって、ここがまた空いたの。それで、ここを使うのは昼間だけのほうが大家も喜ぶだろうって思って。そういうわけ」

理解を求める眼差しで、マリー＝ルイーゼは僕を見つめた。だが僕の意見は少し違ったので、彼女は少しのあいだため息を繰り返した後、これ見よがしに肩を落とした。

「で、その後はもう誰もなにも訊いてこなかった。十年近く。だから、まるで私がここでチェチェン人の売春宿でも経営してたみたいな目で見るのはやめて。ちなみにこの二年間は、あなただって安い家賃の恩恵を受けてきたんだからね」

僕は書類棚のドアを叩きつけて閉じた。心の目にはすでに、ガタのきた引っ越しトラックがこの建物の前まで来て、事務所をそっくりそのまま母が暮らすムラック通りの永遠に建築途上の建物まで運んでいく光景が映っていた。僕があそこで朽ち果てるのだけは嫌だと思っている、まさにその場所へ。もちろん、ここで朽ち果てるのも嫌だ。でも、なんの前触れもなく、突然家賃が払いきれないほど高騰した結果としてここから出ていくのも嫌だ。

「どうしてこれまで話してくれなかったんだよ？」

「一度も訊かれなかったから」

マリー＝ルイーゼは立ち上がった。「とにかく、私たち……じゃなくて、私、きっとなにか解決策を見つけるから。あなたはどっちにしても、出て行きたがってたじゃない。喜びなさいよ。こんなにいい機会、運命はもう当分提供してくれないから」

マリー＝ルイーゼは自分の部屋からヘルマーの書類を持ってきて僕の机の上に放り投げると、ドアを叩きつけて出ていった。

僕はため息をついて、書類を引き寄せるとぱらぱらとめくってみた。だが思ったとおり、なにも見つからなかった。窃盗、無銭飲食、無賃乗車などの犯歴は当然あるが、ヘルマーが犯した最悪の犯罪は本当にあのスーパーマーケットでの器物破損だった。ヘルマーが僕に黙っていた罪とは、いったいなんだろう？

腕時計に目をやる。ザロメ・ノアックの職場に電話をかけるには、もう遅すぎる。それでも試しにかけてみたら、驚いたことに、秘書が電話に出た。秘書はすぐに僕のことを思い出した。それは、彼女の上司であるザロメに近づくチャンスがぐっと小さくなったことを意味した。

「ノアック検事はもう退庁いたしました。ほかになにかご用がおありですか？」

それは純粋に形式上の問いでしかなかったが、僕はお言葉に甘えることにした。

「すぐに折り返し電話をくださるようにお伝えください。ハンス－ヨルク・ヘルマーの件です。検事のご存じない名前だと思いますので、キーワードとして、『マルガレーテ・アルテンブルク』と『リッテン通り』と付け加えていただけますか」

秘書はそれぞれの名前の綴りを尋ねた。そのおかげで、本当にメモしてくれているかもしれないという期待が膨らんだ。僕は彼女にふたつの電話番号を伝えた。この事務所のもの──明日までに強制退去にならなければ、だが──と、僕の携帯の番号だ。

「本当に緊急の用件なんです。そうお伝えいただけますか？」

「もちろんです」

秘書が電話を切った。僕の心の目には、彼女がメモした紙を丸めてゴミ箱に捨てる光景が見えていた。それ以上できることもないので、しばらくぼんやりと座っていた。だがやがて立ち上がると、即時契約解消を告げる手紙をさきほどしまいこんだばかりの書類棚に歩み寄った。そして、鍵のかかっていない小さな引き出しを抜き出した。そこには、封筒から切り抜いた消印の押されていない切手が保管されている。何度も繰り返し襲ってくる財政難の際に、紙からはがしてこちらから出す手紙に貼るためだ。引き出しの下敷きの下に、探しているものを見つけた。僕はすべてを机へ持っていって、レターオープナーをつかむと、それでキリル文字が書かれた灰色の小さな紙箱を持ち上げた。そして紙箱を封筒に入れ、封をして、上着のポケットに入れた。

その瞬間、携帯が鳴った。

「もしもし」

その声の響きに、鳥肌が立った。鳥肌は背中をつたって下りていき、すべてを忘れさせ、すべてを黙らせ、ただただもっと話してほしいという欲求のみをかきたてた。いつまでも、何時間でも、幾日でも幾晩でも、話し続けてほしい。

「私に話があるとうかがいましたが？」

そもそもどうして彼女に電話をかけたのだったか、わからなくなった。馬鹿の烙印(らくいん)を決定的に押される前に、少なくとも自分の名前は思い出した。

「そうです」僕はそう言って、ヘルマー関連の書類を引き寄せた。精神的にしがみつくことのできるなにかが必要だったからだ。

「マルガレーテ・アルテンブルクの名前を出されたとか？」

「そうです」

「それから……ヘルマーとかいう男性の？」

「そうです」

「それで？」

彼女の声には、かすかないら立ちが混じっていた。僕はなけなしの集中力をかき集めた。

「リッテン通りの件です。憶えておられるでしょう」

「もちろんです」おそらく彼女はいま腕時計を見て、驚いたのだろう。「どういう件なのか、そろそろ教えていただけますか？」

「はい、わかりました」と、僕は言った。おい、自分、どうしたんだ！　十七歳の高校生に変身中なのか？　僕は深く息を吸い込んだ。

「ヘルマー氏というのは、マルガレーテ・アルテンブルクがピストルで狙った相手です。あの件が人違いでもなければ、激情にかられた末の発作的な犯罪でもなかったと推察するに足る理由があります。ヘルマー氏はいまになって、ようやく私に連絡を取ってきました。というのも、再び追われていると感じているからです。私はヘルマー氏を追っている男を見ました。亡くなった加害者の友人で、オトマー・コプリーンという男です」

「コプリーン？」

「コプリーンは、好機を待ってヘルマー殺害を実行するつもりでいるように見えます。マルガレーテ・アルテンブルクが試みて、成功しなかった殺人を」

沈黙。受話器の向こうから彼女の呼吸音が聞こえて、嬉しくなった。ついに彼女を感心させることに成功した。それだけじゃない――彼女は言葉を失うほど驚いている。

「コプリーン氏もゲルリッツの出身です」と、僕は続けた。「私もゲルリッツで彼と知り合いました。アルテンブルクさんに頼まれて、彼女の持ち物を取りにいったときに。アルテンブルクさんにピストルと弾を渡したのはコプリーンであるとわかっています。そして、いまになって仕事の残りをやり遂げようとしている――もしもし？」

「はい、はい。聞いてます。ヘルマー氏は訴えたんですか？」

「まだです。ですが、この件は徐々にまた公が関心を持つべき種類のものになりつつあるという気がするんです。なんといっても、ひとりの市民の身に危険が迫っているわけですから。ヘルマー氏はすでに一度、命の危険にさらされています。いつまた同じことが起こっても不思議ではない」

「ええと……フェルナウさんでした？」

僕の名前！　彼女が僕の名前を正しく発音した！

「そうです」と、僕は言った。

「その件で、私になにをしろと？」

「ヘルマー氏は六年前に告訴されたことがあります。そのときの担当者はあなたでした。事件は結局、不起訴になったようです。ですが、どういう事件だったのか知っておきたいと思いまして。探して、教えてくださいませんか？」

「書類の閲覧がお望みなら、私ではお役に立てません。担当部署は……」

「当時、事件を担当したのはあなただったんですよ」

「お望みの件を書面にして、検察庁の担当部署に提出していただくしかありません。係の者が対応します。申し訳ありませんが、この後まだ予定があるので……」

「本当にもう憶えていないんですか？」

ついに、彼女はいら立ちを隠さなくなった。

「私が現在、いくつ事件を担当しているかご存じ？　公務員の予算縮小以来、職場がどんな有様かご存じ？　なのに、不起訴になった六年前の事件を私が憶えているなんて、本気で期待しているんですか？」

「コプリーンは、マルガレーテ・アルテンブルクと直接つながる唯一の人間なんです。あの件には、頭の混乱した老婦人がわけもわからず発砲した以上のなにかがあります。それはアルテンブルクの過去かもしれない。または、このヘルマーに対する訴訟かもしれない。そこはわかりません。でも、とにかく話し合う必要があるでしょう」

「必要があるかどうかは疑わしいけれど、どうせ簡単には諦めないんでしょう？」

「諦めそうに見えますか？」

彼女が机の上のなにかを探しているらしい音が聞こえた。

「ヴェストハーフェンにある資料室はもうとっくに閉まっています。本当に私にできることはなにもありません。今日のところは。でも、よく考えてみたら、私のほうからお願いしたいことがあるかも」

「私に？」嬉しい驚きだ。

「車のナビが壊れてしまって。今日、州立図書館長の誕生日のレセプションに招待されているんですが、残念ながら、場所はウンター・デン・リンデンの図書館ではなくて、ブリッツ城なんです。どうしてそんな場所でやるのかわからないんですが、どうやってそこまで行けばいいかさっぱりわかりません。そういうわけでタクシーに乗るしかないんですけど、もしかしたら、フェルナウさん、一時間後に私を拾って送り届けてくださいません？　そうすれば道々話ができるでしょう。実際にその件がどういうことなのか、そこでうかがいます」

思わず口から出かかった、地図を見てはどうかというアドヴァイスを押し殺して、僕はただこう訊いた。「一時間後ですか？」

「ええ」と、ザロメが答えた。

この状況で力になってくれる人間はただひとり。友人のヤツェクだ。僕は超音速で指を動かしてヤツェクの番号を打ち込み、不安を抱えて数秒待った。有難いことに、彼は電話に出てくれた。

「車か」ヤツェクはそう言った。僕が名を名乗り、ヤツェクがポーランドの蒸留酒密造人との交渉の真っ只中に邪魔を入れたのが誰か、それはなぜかを理解した後だ。

「でも、お前らにはカピテーンがあるだろ。あれはいい車だぞ。それともまた壊れたか？」

「本物の車がいるんだ。大きいやつ。黒いやつ。カッコいいやつ。オフロード車とか。リムジンとか。とにかくちゃんとした車だよ」

「いますぐ？」

「いますぐ」

「つまり、生き死にに関わる問題だってことか？」

「そうだ」と、僕は言った。

「五分後に電話する」

ヤツェクは電話を切った。

持つべきなのは、まさにこんな友だ。長々と説明や言い訳をして、こちらを宙ぶらりんの状態で生殺しにしたりせず、こちらが助けを必要としていること、時と場所をこちらが自分で選んだわけではないことをそのまま受け入れてくれる人間。

五分たつ前に、電話が鳴った。

「V七〇でいいか、二三八PS、六気筒、走行距離十八」

なんのことやらさっぱりだったが、走行距離十八はなかなかいい響きだった。

「最高だよ」

「まだ市場には出てない。土曜に売り出す。〈アウトハウス・ヴェディング〉の作業場にある。タデウシュがいま持ち出して細々（こまごま）したことを全部やってるところだ。試乗もタデウシュがやることになってる。代わりにお前がやれ。そうすれば奴も早く上がれる」

「ありがとう！」

「よく聞け。十八キロメートルだぞ。要するに、めちゃくちゃ新しいんだ。明日の朝には、どこにも行ったりしませんでしたって顔で店に戻ってないといけない。わかったか？」

「もちろん」

「じゃ、楽しめ。彼女の名前は？」

「誰の？」僕はそうとぼけて電話を切り、ヴェディング方面行きの次の地下鉄に乗るために、ドアから走り出た。

ヤツェクはあるとき、皆の驚きをよそに、自動車とはまったく分野の違う仕事を始めて、経営していた自動車整備工場を一時的に畳んでしまった。その後に従業員だったタデウシュが駆け込み、生活の糧を得るようになったのが、魅力的なポーランド女性を妻に持つ男が経営する新車販売店〈アウトハウス・ヴェディング〉だ。実はかつて、ドイツとポーランドの国境が開いたとき、ヤツェクはそれまでやっていたウォッカ密輸を見直して商売を少し拡張し、それまでよりも利潤の多い、なにより輸出入法および税法に抵触しない事業に変えることにした。ただ、蒸留酒の製造所はどこもあまり協力したがらなかった。密造酒を売り買いしている限りは、それで問題なかった。だが昨今、税関規則と領収書の問題で、製造者のみならず法的機関のほうからも、ヤツェクに対する要求は眩暈がするほど高くなった。苛立ったヤツェクは、またしてもポーランドのキュストリン郊外のど田舎に引っ込んで、何日も飲んだくれているというわけだ。週末までに戻らなければ、マリー＝ルイーゼと僕とで迎えにいくことになるだろう。僕たちは、滅多にない意見の一致で、そう決めていた。ヤツェクのために――そして、ローゼンターラー広場にあるヤツェクの自動車整備工場の門を叩きながら、自分たちの車に再会する日は来るのだろうかと途方に暮れるヤツェクの大勢の顧客たちのために。

三十分後、僕はガラス張りの自動車販売ホールに走り込んだ。タデウシュが控えめに挨拶してくれた。僕は壁にかかった時計を見た。七時二十分過ぎ。十五分後にトゥルム通りに着いていなければならないので、長々とした説明は省いた。

タデウシュが僕を外に連れ出した。アイロンのあたった清潔な作業服には店のロゴの刺繡が入っている。タデウシュは二十代前半、中肉中背のハンサムな若者で、髪は短く、肩は逞しい。タトラ山脈のふもとにあるゴラル人の村出身で、つまり石器時代にかなり近い環境で育ったと、本人が一度なにかの拍子に口が軽くなったとき話してくれたことがある。だがタデウシュはたいていの場合は無口で、壊れかかった排気管や穴のあいたショックアブソーバー、それに次々に交替するヤツェクの恋人の扱いがうまい。驚くべき思慮深さでヤツェクの女たちをより分け、互いにかち合わないように誘導して上司を厄介ごとから守っている。タデウシュがこの店での仕事をどうやって手に入れたのかはわからないが、僕たちはヤツェクと店主の妻とのかなり波乱に満ちた過去にまでさかのぼる関係にあるのではないかと推測していた。だが、タデウシュがこの仕事を僕のために危険にさらすつもりがないことは、彼が何度もあたりを見回して、中庭に僕たちふたりきりであることを確認してから放った最初の一言で明らかになった。

「傷をつけないで。塗装にも、リムにも。車内でなにか食べたり、煙草を吸ったり、そういうのもやめてくれ。ちなみに——ま、自分の目で見て」

タデウシュはアルミニウム製のドアを開けて、ついてくるようにと僕に頷きかけた。

実のところ、僕はもうボルボにはうんざりだった。僕ほどの苦しみを味わった者であれば、三十年ものの戦艦がスクラップになるときには、もはや果てしない安堵の思い以外は抱かないものだ。きっと底なしに不幸な結婚生活の後に離婚した人も、あんな気持ちになるのだろう。または償いと悔恨と内省の長い日々の後、刑務所から釈放された人の娑婆(しゃば)での最初の日にも。まさか自分が移動手段として再びボルボを考慮に入れることがあるとは、夢にも思わなかった。そういうわけで、タデウシュが巨大なビニールカバーをはぎとって、誇らしげに車を見せたとき、僕はしばらく不信の目でその場に突っ立っていた。

「どう？」

その車はステーションワゴンだった。僕が期待していたものとは少し違う。大型車と家族用自動車の中間のような車だ。果てしなく長く、黒々としていて、クロームが多用されており、いかつく、巷(ちまた)にありふれた車の一種であることは間違いなかった。とはいえ、なんといっても新車だ。まっさらで鏡のごとくぴかぴかの。まだ誰の手も触れていない。もちろん、タデウシュのダスターを別にすれば。

「六万ユーロだよ、この車」

「六万のボルボ？」僕は驚いて訊いた。ヨーグルトにしろチーズケーキにしろ車にしろ、いまだに値段をドイツマルクに換算する癖が抜けない。そんなことをすれば、わざわざ自分で原因を作り出してはまり込んだ鬱状態を加速させるだけだというのに。とにかく六万ユーロあれば、昔ならポルシェが買えた。

「もちろん、あれこれの特別装備を含めてだけど」

タデウシュは運転席のドアを開けて、この車のさまざまな長所の説明にかかった。もしも事務所を引き払う羽目になっても、引っ越しトラックを使う必要はなさそうだ。とはいえ、僕には時間がなかった。

「じゃ、いいかな？」

タデウシュはため息をつくと、僕にクロームメッキのマッチ箱みたいな見た目のキーを手渡した。だが、そのマッチ箱をどうすればいいのか、僕にはよくわからなかった。タデウシュが、キーをどこに挿してどのボタンを押せばいいのか、特に、オートマチック車のギアの位置に関してなにに注意すべきかを説明してくれて、ようやく怪物のエンジンが無事にかかった。その瞬間、僕はこの数年、自分がどれほどの技術の進歩を知らずにきたかを認めないわけにはいかなかった。特に車に関して。

タデウシュはまたため息をつくと、二十三年間の人生で溜め込んだ知識のすべてを詰めた頭を振り、ガレージの巻き上げドアを上げてくれた。僕はハンドブレーキを探したが見つからなかった。タデウシュがもう一度やってきて、車が中庭に出るまで助手席に座って、高級自動車の操作についてさらなる細々した説明をした後、最後にこう言った。

「全長四・二メートルだから。一応、憶えといて。扱えるかな？」

「もちろん。朝飯前だよ」

それから僕は、徐行で中庭を進んだ。あときっかり十分。

地区裁判所の前にたどり着いたものの、一度止めたら二度と動かなくなるかもしれないという不安から、僕はエンジンをかけっぱなしにしておいた。時間どおりに着いた。それは彼女も同様だった。

ザロメは黒っぽい色の長いコートを着ていた。前が大きく開いていて、彼女が階段を駆け下りてくると、裾が後ろにひらひらとはためき、観客のいないこんな登場の場面にさえ、どこかメロドラマのような雰囲気を与えた。ザロメは携帯を耳に当てたままあたりを見回し、数メートル先の道端に僕の姿を見つけた。普段なら、僕は車を降りるところだ。だが今日の僕は運転席に座ったまま、彼女が車までやってきて、自分でドアを開けるのを待った。

「来てくれてありがとう。アルトーブリッツまで行くんです。それがどこなのか知らないけれど」

ザロメは車に乗り込むと、携帯電話をアタッシェケースにしまい、それからさっと日よけを下ろして、照明付きの鏡で自分の顔を興味深そうに観察した。その動作のさりげなさ、無造作さは、六万ユーロの車に乗った豊富な経験があることをうかがわせた。この点でもやはりザロメは僕より明らかに優位に立っているというわけだ。

カーナビはまだ立ち上がっていなかったし、僕はこれまでの人生で、そんなものを使ったことは一度もなかった。ザロメが完璧なメイクのチェックを中断した。

「やり方、知らないとか？」

そう言うやいなや、ザロメはディスプレイ上をあちこちタップして、住所を打ち込んだ。すると、温かい声が、機会をとらえてUターンしてから四百メートル直進するようにとアドヴァイスをくれた。僕はゆっくりとアクセルを踏んで、慎重に車道に出た。

「もしかして、この車、そんなに長く乗っていないんじゃ？」

僕はただ短く頷くにとどめた。慣れないさまざまな操作に全神経を集中させなければならなかったからだ。しばらくのあいだ、僕たちは黙ったままでいた。やがて都市高速道路に入って、僕はようやく少し緊張を緩めることができた。

「ステーションワゴンとはね。もっとスポーティーな車に乗っているんだと思ってたわ」

僕はアクセルを踏み込んだ。反動でふたりとも座席の背に押し付けられた。時速百四十キロで、僕は目の前をのろのろ進むバン三台を追い越した。

「わかった、わかったってば」ザロメが笑った。

僕は再びスピードを緩めた。賢い車だ。いい奴だ。

「さて、フェルナウさん。時間を無駄にすることはない。マルガレーテ・アルテンブルクについて、なにをご存じなの？」

その質問に、僕は少しばかり戸惑った。だが結局、ザロメが知っておくべきことを説明した。いくつか省いたこともあった。たとえば、あの葉巻の箱と、そのなかに入っていたもののことだ。なんといっても、僕はあえなく出し抜かれて、あれを盗まれてしまったのだ。少なくともザロメに優しく接近しつつあるこの最初の段階では、そんな話を披露したくはなかった。残念ながら、僕が願っていたよりも早くノイケルン地区に着いてしまった。カーナビの親切な声が高速道路を降りるよう頼んできたとき、僕の話はようやくコプリーンにたどり着いたところだった。

「コプリーン」と、ザロメが繰り返した。「オトマー・コプリーン。電話帳にはその名前はなかったっていうのね？　でも、それには大した意味はない。携帯に完全に切り換えたのかもしれないし。どうしてファーゼンブルクはその件を扱ってくれないの？」

「ヘルマーが告訴する必要があるんですよ」

「で、どうしてヘルマーは告訴しないの？」

「これまで警察にあまりいい思い出がないからでしょう」

「ホームレスなのよね」

ザロメの座る助手席の窓の向こうを、慎ましい町はずれのアパート群と、工業地帯の始まりとが混ざり合った景色が流れていく。時間がない。もうすぐ着いてしまう。

「どうして、すべてに理由があるとそこまで確信できるのかしら？　ヘルマー氏は普通とはほど遠い環境で生きている人でしょう。もしかしたら、追われていると言って、自分に注意を引きつけようとしているだけかもしれない。それに、そのコプリーンとかいう男が酒場の窓の向こうにいるのを、あなたはバスのなかから見たと言う。それも、願望が見せただけかもしれない。あなた、弁護士でしょう。ひとつの犯行に対して、四人の証人が五つの異なる証言をすることもあるってご存じのはず。もしかして、あなたの見間違いじゃないかしら？　私には、推測があまりに多すぎて、証言はあまりに少なすぎるように思えるんだけど」

あれは見間違いではなかった。

「マルガレーテ・アルテンブルクとハンス＝ヨルク・ヘルマーのあいだには、なんらかの繋がりがあるはずです。直接ではなく、なにかを介した繋がりかもしれない。チェスで言えばナイト跳びのような。でもとにかく、繋がりは存在する。証拠があるんです。ここに」

僕は胸に手を当てた。紙の小箱が上着のポケットにしっかりしまわれている、その場所に。

けれど、なにも知らない人間にとっては、少しばかり大仰な、芝居がかった仕草に見えただろう。薄暗い車内では、ザロメの微笑みが面白がっているせいなのか、嘲っているせいなのかはわからなかった。だが少なくとも、ザロメは微笑んでいる。彼女を説得することはできなかったかもしれないが、少なくとも楽しませることはできたようだ。おとぎ話では、これはかなり重要な要素だ。つまり、王国の半分はすでに僕の手のなかにあるようなものだ。

「五十メートル先、左折です。その後、目的地に到着します」

そこは、まだ枯れたままの早春の木々がぎっしりと立ち並ぶ、まるで田舎道のような雰囲気の細い通りだった。道端の駐車場は、僕が借りたこの生まれたての車でさえかなり古く見えるほどの新車でいっぱいだった。僕は明るい照明の付いた進入口に乗り入れて、ブレーキを踏んだが、エンジンは切らなかった。

「ありがとう。でも、心のなかの証拠じゃどこにも進めないわよ」

ザロメはアタッシェケースをつかんで降りようとした。このまま行かせてしまえば、彼女はこの先、僕が死ぬまで、僕のことを出来損ないの運転手と見なすことになる。ザロメを行かせたくなかった。この暖かい高級車での短い十五分間の後では。ぴかぴかに輝く計器類と新しい革の苦みがかった匂いの世界で過ごした十五分の後では。僕たちふたりの周りに人工的な空間を創り上げ、残りの宇宙全体を、アルミニウムとワニスとガラスの薄い膜の向こうに追いやった繭で過ごした十五分の後では。なぜならここでは、ここでだけは、僕たちはふたりきりだったから。ふたりはともにいて、肩を並べていたから。そして僕は、いつもと違う人間だったから。この感覚を彼女の退場とともに簡単に手放したくはなかった。僕はザロメの腕をつかんだ。そんな行為を自分に許したのは、ひとえにふたりのあいだになにか特別なものがあることに、ザロメもまた気づき、理解してくれるだろうと期待したからだった。

「あなたが必要なんだ」と、僕は言った。

ザロメは戸惑ったように僕を見つめたが、腕を振りほどこうとはしなかった。もしかしたら、いまこそそのときかもしれない。身を乗り出して、彼女の首筋に優しく手を添え、彼女を僕のほうに引き寄せ、そしてキスをするときだ。血のように赤い唇、雪のように白い肌、黒檀（こくたん）のように黒い髪。

「正確には、私のなにが必要なの？」小声で、ザロメが訊いた。

まるで、彼女もまったく同じことを考えていて、どうして僕が実行に移さないのかといぶかっているかのような響きだった。すべてが、と、僕は言いたかった。君のすべてが欲しい。君が欲しい。

「ゲルリッツ検察の協力が」と、僕は答えた。

ザロメは戸惑ったように眉を上げ、なにか言おうと口を開いたが、そのとき誰かが僕の側の窓を叩いた。驚きのあまり僕の足はブレーキから離れ、車ががくんと前につんのめった。車体が二回弾んだところで、僕は制御を取り戻した。ザロメがどこかのボタンを押し、エンジンが切れた。すべてが切れた。僕たちのあいだの柔らかな熱と光も、この夜のドライブがふたりの見知らぬ人間のあいだに創り出してくれたかすかな親密感も、すべてがけたたましい笑い声とともに死んでしまった。ザロメはこれ以上なく楽しげに、シートベルトをはずして僕のほうへ身を乗り出した。あまりに近づいてくるので、彼女の肌の香りをかげるほどだった。長雨が突然やんだ後の土の匂いに似た香り。ザロメは僕にのしかからんばかりで、ほとんど彼女の体重が感じられるほどだった。けれど、それは結局「ほとんど」どまりだった。なぜなら彼女は運転席の肘置きで体を支えながら、なにやらどこかのボタンを押したに過ぎなかったからだ。僕がタデウシュの話をきちんと聞いていれば自分でも見つけられたに違いないボタンを。

窓が下りて、安全ベストを着た感じのいい男が僕たちのほうに身をかがめた。

「ここに停車されては困ります」

「わかりました」僕は言った。「すぐにどきます」

ザロメはくすくす笑ったまま、窓を再び上げて、助手席に座りなおした。そしてアタッシェケースを開けると、手すき紙の重い大型封筒を取り出した。招待状だ。夜会用の正装をした招待客たちのグループが、文句を言いながら僕たちの車を回りこんで、進入口から明るく輝く城へと上っていく。笑い声、呼び声、挨拶の声が聞こえる。

「マイク・アルテンブルク」と、僕は言った。

突如として、ザロメの上機嫌な笑いが消えた。「なに……今度は誰の話？」

「マルガレーテ・アルテンブルクの息子です。二十年ほど前に自殺しました。その件の書類を、ゲルリッツの検察から手にいれてもらえませんか？」

ザロメは封筒を持った手を下ろした。「だんだん私の権限の範疇を越えつつあるわ。それに正直言えば、私の良き意思の範疇も。二十年前の自殺が、現在追われていると主張しているホームレスとなんの関係があるの？　あなた、間違った方向に突っ走ってるんじゃないかしら」

ザロメの手がドアノブにかかった。

「書類があれば、関連性がわかるかもしれません」

「私には関連性なんて見えない。失礼」

ザロメはドアを開けた。

「子供の服があるんですよ」僕は言った。「それが頭から離れないんです。マルガレーテ・アルテンブルクの家で、使われた形跡のない子供服を見つけたんです。それに、半分が欠けた、古い結婚式の写真。花嫁が欠けているんです。その花嫁の現在の居所を、見つけられるかもしれない。その花嫁が、我々の役に立つヒントをくれるかもしれない」

ザロメはすでに片足を地面に降ろしていたが、そのまま助手席に座り続けていた。

「私の」と、僕は訂正した。「私の役に立つ、でした。失礼」

ザロメは顔をそむけた。こんな会話は、こんな公共の場で、駐車場の守衛の不愉快そうな目にさらされながら、やってくる招待客たちの流れの真っ只中でするようなものじゃない、と僕は思った。

「マイクの子供も見つかるかもしれない。マルガレーテの孫です。おそらく今は二十歳近いはずです」

ザロメはいまだに身動きもしない。両手で封筒をもてあそんでいたが、やがて僕のほうを振り向いた。

「遅れたくないの。車を出したほうがいい」

僕は頷くと、正しいボタンを探した。もちろん見つからなかった。ザロメがクロームメッキのマッチ箱を指して、言った。「触ってみて」

なんと。エンジンがかかった。

「もういい加減に進入口から出ないと」

僕はバックギアを探した。ザロメは車を降りたが、もう一度、開いたドアの向こうからこちらに屈みこんだ。

「あっちに空いている駐車場所があったわ。角を曲がってすぐのところ。夫はいまカールスルーエ（ドイツの最高裁にあたる連邦憲法裁判所がある）にいるんだけど、招待状はふたり用なのよ。一緒に来て。そうすれば話の続きができる」

さっぱりわけがわからなかった。「でも、こういう場にふさわしい服じゃない」そう言った瞬間、自分を平手打ちしたくなった。

ザロメが微笑んだ。「私と一緒なら、いつでもなんでもふさわしいわ」

彼女の言ったとおりだった。

ザロメ・ノアックと並んで、州立図書館長の誕生日レセプションに参加するとなれば、どんな普段着でも高貴な服へと変わる。あっという間に、匿名の存在から、皆の心理的なビームアンテナと望遠照準器で鋭く観察される対象物へと変わる。すべてが僕に向けてピントを合わせ、一ミリ単位で僕の体をスキャンしていく。男たちの、そしてなにより女たちの頭のなかでいまなにが起きているのか、目に見えるようだった。ザロメは、僕たちの登場によって浴びることになった注目を、当然の有名税だと受け取っていた。

ザロメは息を呑むほど美しかった。おそらく一日の仕事の後にオフィスで着替えたのだろう。体の線にぴったり沿ったミッドナイトブルーに輝くエテュイドレスは、検察局の廊下ではかなり目を引いただろうから。彼女はどことなく、ティファニーのショーウィンドーの前のホリー・ゴライトリー（トルーマン・カポーティーの小説『ティファニーで朝食を』の主人公。映画ではオードリー・ヘプバーンが演じた）を思わせた。それは彼女が、罪深いほど高価な、間違いなく本物の真珠のネックレスと、それに合うピアスをつけているからでもあった。つまり、すでにすべてを持っているから、手の届かない宝物を憧れの目で眺める必要がないのだ。この瞬間、僕は、はるか遠くカールスルーエにいるザロメの夫ミュールマン氏のことは、もう一瞬たりとも考えまいと決めた。今日だけは。今晩だけは。入口のクロークで、ザロメはすでにアタッシェケースからちっぽけな夜会用ハンドバッグと、肘までの長さのある輝くサテンの手袋を取り出していた。髪はあいかわらず結わずにほどいたままだ。このセンセーショナルな生き物を伴って、僕は華やかな明かりの灯る魅力的な小さな城の、陽気なざわめき溢れる人混みへと踏み出した。

たくさんの顔が、連邦裁判官の妻がなぜ僕と一緒に現れたのかという一般的な戸惑いと同時に、このプロトコル上微妙な現象にどう対処したものかという問いを浮かべるのが見えた。彼らの多くは裁判所で僕に会ったとしても、挨拶もしないだろう。だが、ベルリン州裁判所の長官が上着の裾をなびかせて、即座に僕たちの——正確に言えばザロメの——ところへやってきたおかげで、僕があらゆる方向に送る愛想のいい会釈に、誰もが寛大に応えてくれた。

「ノアックさん！　お会いできて嬉しいですよ」

長官は身を屈めて、ザロメの手にキスする身振りをした。

「私のほうこそ」そう答えたザロメの声には震える弦のような艶があり、僕は先日マリー-ルイーゼが事務所で言わんとしていたことを、徐々に理解し始めた。僕のクールな検事は喉をゴロゴロ鳴らす猫で、必要に応じて出したりしまったりできる剃刀のごとく鋭い爪を持っているのだ。そして目下のところは、州裁判所長官を一種の毛糸玉に変えてしまうことに決めたらしい。または、この男に合った正確な描写をするならば、喉を鳴らす太った雄猫に。そしてザロメはいま、比ゆ的に言えば、この雄猫の腹を撫でてやっているというわけだ。彼に微笑みかけ、自分の髪をもてあそび、天気について魅力的な短い会話を交わしながら、ザロメはふと、僕もまたこの場にいることを思い出したようだった。

「ご紹介してもよろしいですか？　弁護士をなさっているフェルナウ氏です。今日はご親切に、夫の代わりに私に同伴してくださいました」

たったいま僕たちが結婚を発表したかのような驚きようで、長官は僕に手を差し出し、僕は勇敢にもその手を握った。

「お会いできて光栄です」と、僕は言った。

長官はなかなか感じのいい六十代半ばの男で、大きな失敗を犯さないというそれだけで出世の階段を上ってきた結果、まだこの先何十年も階段を上り続けねばならない者たちを鷹揚に見下ろせる場所にたどり着いた高級官僚のオーラと魅力をまとっていた。来年には定年退職するはずだ。もしかして、ザロメの声の調子と魅力的な微笑みは、そのこととも関係があるのかもしれない。なんといっても、退職する長官はたいていの場合、自分の後継者についてある程度の発言権を持つものだろうから。

僕たちはどこかのけ者にされたような雰囲気で脇にいた長官の妻に挨拶し、その後、妻は黙って自分の雄猫をどこかへ引っ張っていった。そこで僕たちはホワイエの人混みをかきわけて、それほど広くない木目張りの広間に進んだ。そこでは今日の主役が謁見式の真っ最中だった。

「プレゼントを持ってきてないよ」目の前に並ぶ人の列を見て、僕はザロメに囁いた。

「彼もそんなもの期待していないから」ザロメが答えた。「図書館が保存している一八四八年から一八九一年の新聞を修復するための寄付を募っているの」

「平均でいくらくらい？」

僕たちの前で誕生日のお祝いを述べている人たちに視線を投げかけて、ザロメは答えた。

「あそこのあの男は、五百」

あそこのあの男とは、ベルリン州都市開発省の大臣だ。

「それから、あそこのあの男は五千」

「誰？」

「ロシア大使。修復すべき新聞っていうのは、去年モスクワから戻ってきたばかりなの。ちなみにひどい状態でね」

列に並んだ僕たちは、着々と前進した。できれば都市開発省の大臣に、プレンツラウアーベルク地区で投資家が賃貸住宅から住民を追い出す手法について一言言ってやりたかった。だが、彼の姿を見失ってしまった。僕たちの順番が来たからだ。ザロメがパーティーの主役に、魅力と温かい言葉とで祝意を伝えた。僕が傍にいることで間違った結論を導き出されることがないよう、控えめに夫からよろしくとの言葉も紛れ込ませて。

あらゆる状態と年代の本たちの王たる男は、妻の支配下にあった。少なくとも彼の二倍は体重がありそうな妻は、興奮のあまり手が汗まみれだった。

「いらしてくださって嬉しいわ！」ザロメが腕を広げて形式的に彼女を抱きしめ、キスをすると、妻はそう歓声を上げた。この溢れんばかりの感情の渦に巻き込まれて、僕も気づけば図書館長の妻の腕のなかにいた。妻は僕をぎゅっと抱きしめ、あまりに嬉しそうに歓迎の言葉をかけてくれたので、僕は一瞬、それが本心からのものだと信じかけた。複雑に枝分かれした大家族が、行方不明の子羊を再び家族の一員に迎え入れようとしているのかと思ったほどだ。

だが、夫である図書館長の目は、すでに僕たちの頭越しに、イライラしながら順番を待っている人たちのほうへとさまよっていた。僕たちの持ち時間は終わり、次の人たちが主役夫婦の広い胸に抱かれる番なのだ。庭園を臨む窓際にひとりの給仕がいて、シャンパンを配っていた。僕はグラスをふたつ受け取ると、ひとつをザロメに手渡した。ザロメはすでに別の知人たちを探しており、こちらに挨拶し、あちらに微笑み、幾人かのことは無視しながら、グラスを愛想よく受け取った。僕たちは乾杯した。

「この意外な夜に」と、僕は言った。

ザロメは答えなかった。一続きになった隣の部屋へとゆっくり歩いていく。そこもいまだにかなりの人だった。片隅に肘掛け椅子が二脚、空いているのを見つけた。僕たちはそこに腰を下ろした。すべてを視界に収めつつも、邪魔されずに話をすることができる場所だ。

「さて」と、ザロメが言った。「私になにを期待しているの？」

「マイク・アルテンブルクの死亡証明書を一目見たいだけだ。それに、ヘルマーに対する告訴状」

「一度に要求がふたつ」

僕を見つめるザロメの目が、かすかに細くなった。ほっそりした指がシャンパングラスの脚をもてあそんでいる。それは、意味こそわからないものの僕を非常に混乱させる、秘密の合図のように見えた。

「君の手間と時間を奪うことはわかってる。でも、引き受けてもらえればとても有難い」

「どうして知りたいの？」

「依頼人の命が懸かっているから」

「それはもうわかった。その住所不定の紳士に関するあなたの推測にはついていけないけど、とりあえず、この件でなにができるか見てみるわ。でもね、それより興味があるのは、あなたがどうして例の気の毒な老婦人の人生をほじくり返すようなことをするのか、よ。そんなことをしてなんになるの？　どうして彼女の息子の自殺がなんらかの意味を持っていると思うの？　これほど時間がたった後で？」

ザロメはいっときも目をそらさずに僕を見つめ続けた。僕の表情のわずかな動きも見逃すまいとしている。

「単なる勘だよ」

「なるほど」

ザロメは微笑み、シャンパンを一口飲んだ。「あなたにとって勘はすごく大事なようね」

そのとき、僕たちの上に影が落ちた。見上げると、笑っているゼバスティアン・マークヴァートの大きな顔が見えた。

「なんてこった！　ヨアヒム・フェルナウじゃないか！　こんなところでなにしてる？」

完璧なお辞儀でマークヴァートはザロメに挨拶すると、こちらが勧めるのも待たずにサテン張りの華奢な椅子を引き寄せ、息をつきながらどすんと腰を下ろした。

「元気か？　リッテン通りの件は散々だったな。ひどい話だ」マークヴァートは僕の膝を叩いた。どうやら同情と共感を表す仕草のつもりらしいが、痛いだけだった。

「ちょっと失礼してもいいかしら？」

ザロメが立ち上がり、僕は言いようのない怒りを感じた。というのも、彼女の細い背中が大勢の黒っぽい服を着た広い肩の向こうに消えていくのを見守りながら、まるでこれが今生の別れのような気がしたからだ。マークヴァートが空いた肘掛け椅子に移ったので、僕はこの男を平手打ちしてやりたくなった。半分空になったビアグラスを手に持っている。僕がどこを見ているかに気づいたマークヴァートは、そのグラスを僕のシャンパングラスと合わせた。

「期待はするなよ。俺も試してみたんだ。もう数えきれないほどな。でも彼女はクルップの鋼並みに堅固だ。といっても……まあ、な」

僕たちは互いの頭越しに、夜会の招待客たちが出たり入ったりする賑やかな様子を眺めていた。

「で、お前、元気なのか？　さっきも訊いたけどな。ちなみに真面目に訊いたんだぞ」

声が少しとろんとしている。おそらくビールを一、二杯飲みすぎたのだろう。

「まあまあだよ」と、僕は答えた。「厳しい時代だからな」

「ああ。うちも同じだ。仕事のし過ぎで死にそうだよ。新しい税法のせいで、もうくたくただ。リヒテンシュタインの件以来、忙しすぎてな。どいつもこいつも、自分たちの何百万って財産を持ってどこへ行けばいいのか知りたがってる。お前、ひょっとしてこっそりその分野に詳しくないか？」

「いまだに刑法一辺倒だよ」と、僕は言った。「食い逃げから殺人まで」

「ああ、それなら、うちにも何件かあるぞ……」

マークヴァートは一息にビールを飲みほした。

「今度、飯を食いに行こう。来週、連絡をくれ。一緒にできる仕事があるかもしれないしな」

僕に頷きかけると、よっこらしょといった風情で立ち上がり、マークヴァートは次のビールを探しに消えた。僕はぬるくなったシャンパンを見つめて、ここ数年の自分はいったいなにをしていたんだろうと考えた。単に適切なパーティーに出て、適切な人間に会いさえすれば、それだけであっという間にまた彼らの仲間入りだ。まるでドゥンカー通りの事務所など最初から存在していなかったかのように。まるでマリー＝ルイーゼとの共同事務所時代など、運命が僕にどこまで耐えられるかを知ろうとして与えた試練に過ぎないかのように。

そこまで考えたところで、僕は一番近い窓台にグラスを置き、外へ向かった。これは僕のパーティーじゃない。ここにいるのは僕の仲間じゃない。僕がいま辿っているのは、ジャングルを進むザロメの道だ。僕の道ではなく。

僕は私道を下りて、駐車場に向かった。これまで、なにをどれだけ与えられればマリー＝ルイーゼのもとを去る気になるのかと、自分に問いかけたことは一度もなかった。だがここ数日、そんな問いの存在を僕は実感していた。口には出さないし、最後まで考え抜いてさえいないとはいえ。問いへの答えは、時間による、または値段による、というものだ。そう気づいたことで、僕の気分が晴れたとは言い難かった。施錠された車の前まで来たのにどうやってドアを開けるのかわからずに突っ立っているという状況も、気分を上向きにしてくれたとは言えない。

その時、背後で足音が聞こえて、僕は振り向いた。ザロメがこちらへ悠然と歩いてくる。この寒さにもかかわらず、コートを腕にかけ、反対側の手にはアタッシェケースを持って、腰を振り、髪を風になびかせながら。豹のような足取りの美しき肉食獣。どの一歩も、どの身振りも、どの言葉も、じゅうぶんすぎるほど意識した獣。

ザロメは立ち止まり、尋ねた。「まさか、私をひとりにするつもりじゃないわよね？」

僕は言った。「いや。二度と離したくない」

すると、ザロメは僕にキスをした。

コートを腕にかけ、手にはアタッシェケースを持ったまま。彼女からはシャンパンと野生のベリーの香りがした。唇は冷たく、柔らかく、肩は細く、髪は僕たちを覆い隠すベールのようで、彼女のキスは、ほんの一瞬後には破られてもおかしくないひとつの約束だった。

僕たちのキスは、体感で五時間半ほど続いた。ザロメはまずアタッシェケースを落とし、それからコートを落とし、僕を抱きしめて、キスを続けた。こんな場面がまだ存在するなんて知らなかった。往来で、車のボンネットにのしかからんばかりの体勢で、すべてを忘れ、すべてを無視して——寒さも、暗闇も、通りの向こう側の笑い声も光も。陽気な人々の一団がパーティーを抜け出してきて、彼らの声がこちらまで聞こえてくると、ザロメはようやく僕から離れた。

「ああ、まずい。誰かに見られたら」

僕のほうは興奮で熱くなっていて、誰に見られようとかまわなかった。だがそこで、連邦判事ミュールマン氏のことが再び頭に浮かんだ。ちょうどいまカールスルーエの憲法裁判所でこの国の複雑な諸問題に立法機関を通して秩序を与えようと奮闘しているザロメの夫。とはいえ、良心の疚しさはかけらも感じなかった。

ザロメはコートと鞄を拾い上げると、慌ただしく髪をなでつけ、服と口を拭った。口紅がにじんでいる。おそらく半分は僕の顔に移動したのだろう。どこからどう見ても、なにをしていたかは丸わかりだった。彼女の不安そうな様子と、この状況にまったくそぐわない僕の落ち着きを別にしても。

僕はクロームのマッチ箱を探した。ザロメが僕の手からそれを取り上げて、どこかをいじると、車に付いたすべての明かりが灯って、僕たちがちょうどいまここで、髪を振り乱し、互いにぴったりとくっつき合って、できる限り目立たず助手席のドアを開けようとしている光景が、どれだけ鈍い人間の目にも留まる状態になった。

「ここから連れ出して。急いで」

ザロメは車に乗り込んだ。

僕は車の前を回りこみながら、彼女をどこへ連れていけばいいのかと途方に暮れた。僕のアパートは壊滅的な状態だ。事務所も同様。母とフートさんのところに連れていける人間は多いが、検事はダメだ。せいぜい家宅捜索のときくらいだろう。

だが、僕がシートベルトを締める前に、ザロメのほうで決断してくれた。

「私の家へ。ダーレムよ」

まだまだ真夜中になるずっと前だというのに、ダーレム地区は死に絶えたように静まり返っていた。きっとこの界隈ではツゲの茂みが新たなベルリンの壁の役割を果たしているからだろう——高くて、あらゆるものを遮断する。大使館、商業会館、数々の屋敷、新築の家々。すべてがカメラで監視され、背の高い生垣に囲まれている。

飾りのない簡素な灰色の門が音もたてず静かに開いた。車は滑るように、直結する明るい照明のついた地下ガレージへ入った。車四台分の広さがあるが、空っぽだった。ザロメがキスとキスの合間に、マッチ箱の機能を説明してくれた。それから僕たちは車を降りて、またすぐにぴったりと体を寄せ合った。ザロメがドアの解錠コードを打ち込み、僕たちは廊下を通って階段を上った。再びキスをしながら。これまでよりもさらに大胆に。僕の両手はもはや彼女の体の前で止まらず、彼女の体をまさぐり、ドレスをたくしあげ、彼女を壁に押し付けた。もう少しで地下室と一階のあいだの階段で即座にことに及ぶところだった——もし彼女が僕の腕からするりと抜け出して、先に立って階段を上がっていかなかったなら。僕はザロメを再びつかまえ、ザロメは笑って、僕のシャツの前をはだけた。ボタンが弾け飛び、階段を転がって暗闇に落ちていった。ザロメは舌で僕の胸をなめ、さらにベルトまで下がっていって、床に座り込むと、僕のベルトを外し、それからズボンを下ろした。僕のペニスが彼女の口の真ん前に飛び出し、彼女は口を開いてそれをくわえ、さらに手を伸ばしてさすった。僕は彼女の喉の奥めがけて突いた。彼女は二度、舌でペニスをなめると、頭をそらせて、白雪姫のような目で僕を見つめ、言った。「いって」

その後、僕は彼女をかかえて立ち上がらせた。ふたりともよろめいて、互いに支え合ったまま壁にぶつかり、そのあいだにもキスを続け、相手の目以外にはなにひとつ見ていなかったせいで、カウチテーブルを倒した。僕はザロメのドレスのファスナーを下ろし、ドレスが彼女の体を滑り落ち、僕は彼女の小さく引き締まった胸、平らな腹をなめ、ショーツを引き下ろして、ほとんど僕の正気を奪いそうな彼女の匂いの源泉を探した。苔（こけ）と伐採したばかりの木と、低い秋の太陽に照らされた土と落ち葉と静かな川の支流の匂い。洞窟と、鍾乳石（しょうにゅうせき）から滴る水でできた地下湖の香り。僕は彼女の香りのなかへと潜り込み、その呼吸を浴びた。やがてザロメがうめき、僕を引っ張って、ベッドがあるらしい暗い部屋へと連れていった。僕は残りの服を脱ぎ捨てて、ザロメに跳びかかると、彼女の脚のあいだの湿った熱い場所へと押し入った。その場所は、あまりに長いあいだサテュロスを待ちわびていたニンフのように僕を受け入れた。ポルキュスを待ちわびていたケートーのように、ペルセウスを待ちわびていたアンドロメダのように。僕たちのなかに住み、僕たちを通じて話し、叫び、荒ぶり、囁き、誘い、懇願する神々、ハルピュイアを生み、ネーレーイスを生む神々、欲望と泡とから生まれた伝説の妖精たち——僕たちがいま生み出しているのは、それほど非現実的なにかだった。それが怪物にせよ、天使にせよ、ただの窃盗であろうと、すでに愛であろうと。決闘するヘルメスとアフロディーテのように、勝敗はつかない。暴力、献身、欲望、より残酷に、より激しく、より速く、彼女は叩き、嚙みつき、引っかき、やがて僕は彼女の腕をつかんで、ほとんど無理やり折り曲げ、手のひらに口づけ、なめ、唾を全身にまき散らし、汗を肌にすり込み、彼女の体を転がして、その首をしっかりとつかんだ。彼女のうめき声が快楽の声になり、その背中が張り詰め、体が硬直し、痙攣した。そして僕は嵐の海で逆巻く波が泡立ちながら岩にぶつかって砕けるように、彼女の上で絶頂に達し、僕の王国を見つけた。汗まみれで、僕たちは互いから離れると、並んでベッドに倒れ込んだ。息が鎮まるまで、どちらも口をきかなかった。

天井を見上げた僕は、頭上の暗がりにふたりの人間の体が浮かんでいるのを見た。男と女、すべてが空っぽになるまで搾り取られ、吸い尽くされ、欲望によって投げ出され、打ち捨てられ。天井には巨大な鏡があって、そこに僕たちの姿が映っているのだった。この部屋のなかですら僕たちはふたりきりではいられないのだと理解するのに、一瞬かかった。

僕はベッドから落ちた重い絹の掛布団を引っ張り上げて、ふたりの体を覆った。ザロメは目を閉じている。リラックスしているが、少しばかり疲れているように見える。たっぷり二時間も愛し合ったのだから、無理もない。

「水」と、ザロメがつぶやいた。

「どこにある？」

「キッチン。一階の」

僕は立ち上がると、下着を身に着けた。裸足（はだし）のまま大理石の階段を下りていき、キッチンを探した。左手には、庭からそのまま続く桁違いに広い居間があった。現代的な家具が効果的に配置されていて、巨大なガラス窓からは空っぽの広い庭が見える。右手にキッチンがあった。棚に水差しとグラスを見つけて、水を汲み、冷蔵庫の扉の表面から出てくる氷をグラスに入れて、廊下に戻った。

不思議なことに、カウチテーブルが元通り、座面の低い重厚な肘掛け椅子の前に置かれていた。そしてその肘掛け椅子のひとつに、男が座っていた。ウィスキーが入っているらしいグラスを持った男は、僕の姿を認めると、そのグラスを持ち上げて、訊いた。

「終わったかな？」

三

三月十五日日曜日、十二時五十四分。曇り、小雨、最高気温六度、夜は氷点下。困窮者と路上生活者のための炊き出しおよび食料品配布ボランティア「ベルリンの食卓」。

町には小ぬか雨が降り、人々の目や耳やコートの襟へと侵入し、湿気が最初に溜まる髪や肩、それから隙間のある靴のなか、そしてゆっくりとしつこく骨や脚へと入り込む。嵐のような風は、ちょうどどこの通りの角に吹き溜まる。カラスたちが赤レンガの教会の塔の周りを飛んでいる。そのしわがれた鳴き声は、家々が立ち並ぶ狭い通りに反響し、壁に当たって何重にも増幅し、路面電車が線路をこする金属音と、ゼー通りを走る車の騒音と混ざり合う。やがて反響は小さくなり、カラスの群れは向きを変えて、シュプレー川とヴェストハーフェンの方角へと飛んでいく。どこへともなく飛んでいく影たちの黒い雲。ヘルマーは頭をのけぞらせて、鳥たちの姿を追った。それから再び首をすくめると、屋根の下に逃げ込んだ。通りから自分の姿が見えないように気を付けながら。あの灰色の影が怖かった。影は何度もヘルマーの意識の片隅に現れる。ところが、慌ててあたりを見回してその姿を探しても、すでに消えているのだった。

ヴェディング地区にあるカペナウム教会の通用口前に佇む少人数のグループは、群れの動物のように身を寄せ合っていた。ヘルマーは幸運なことに、幅の狭い屋根の下にいた。遅れてきた者たちは、ポプラの木の枝や張り出したレンガの狭間に溜まって額や頭頂部や肩や鼻を狙い撃つように落ちてくる水滴を、まともに食らっている。傘を持っている者などひとりもいない。町の端から端へと移動する際に、傘のような役に立たない代物を持ち歩く者などいない。

ハンス－ヨルク・ヘルマーは、すでに一時間近く、かつてのヴェランダの残骸である狭い張り出し部分に立っていた。いまではいわば屋外の待合室となったこの場所で、同じ運命に打ちひしがれた二十五人ほどの人間が、諦念と忍耐とでもって炊き出しと食料配布と衣料品配布が始まるのを待っていた。

「クソ寒い」と、ヴァインベルクのロッテが言い、コッフィが頷いた。

ロッテはこのお天気ニュースを、回復へのあらゆる希望を撃ち砕く口調で、二分おきに繰り返している。彼女が「ヴァインベルクのロッテ」と呼ばれているのは、フリードリヒスハイン地区にあるぶどう園公園を縄張りとしていて、そこを自分の領地と考えているからだ。コッフィがコッフィという名なのは、本名のカール－フリードリヒの頭文字を拾って「カーエフ」とすると、響きがなんとなく過剰にアメリカ的になるからであり、さらにコッフィという響きが、世界政治の舞台で有名だったどこかの誰かを思い出させるからでもあった。その誰かが実際になにをしたのかコッフィは知らなかったが、彼の知識のおよぶ限りでは、世界にそれほどの害悪はもたらさなかったはずだった。コッフィはヴァインベルク公園に足を踏み入れることを許された唯一の人間だった。地理的な意味でも、聖書的な意味でも。だがそれも夏だけの話だ。夏には、このふたりがよく一緒に「メルヘンの泉」に座っているところが目撃される。ときどき鳩に餌をやっている、誰の害にもならない少しくたびれた小汚いカップルというわけだ。それでも、このカップルの隣には誰も座ろうとしない。自転車に乗った若者たちはふたりを避けて大まわりする。誰もが知っているのに、誰も挨拶をしないカップル。子供が近づいていけば、母親が戻っていらっしゃいと呼びかける。犬に近づいちゃだめと言うときと同じ調子で。それでもふたりはいつもそこに座る。常に同じベンチに。一心同体のふたり——夏には。冬になるとふたりは別れる。ホームレス用の宿泊施設や緊急宿泊所には厳しい規則があるからだ。男は右、女は左——防空壕と同じだ。

「クソ寒い」

ロッテが足踏みをしながら、顔を歪めた。

「まだ良くならないのか?」と、コッフィが訊く。「ジェニーのところに行けよ」

「あんたが行けば」

ふたりはこんなふうに、年がら年じゅう言い合いをしている。ヘルマーにはなじみの口喧嘩だ。同じように、ここにいる人間たちの顔と、程度の差こそあれ波乱に満ちた彼らの経歴も、なじみのものだ。ここに来る人間たちのなかで、ホームレスはいまでは少数派だ。失業者と子供たちがどんどん増えている。特に子供たちに、ヘルマーは同情していた。ときどき母親たちも一緒にやってくる。どんなに友好的な視線を向けられても目をそむけ、子供たちに対して自分を恥じているのが丸わかりの寡黙な女たち。

恥じることなんてない、とヘルマーは思う。食べることを恥じる必要など誰にもない。

群れが動きを見せ、誰かがヘルマーを押した。

「いつになったら開くんだ？」

そう質問した男のほうを、数人が振り向いた。一般人の反応だ。ホームレスたちは、声を出した男になど誰ひとり興味がなかった。男は新入りに違いなかった。というのも、ここに立っている人間なら誰もがすでに忍耐を学んでいるからだ。忍耐は卑屈よりも先に来る。卑屈は、通りでの生活が人に与えるふたつ目の教えだ。その後にようやく、感謝が来る。感謝は第三の地位にあるに過ぎないのだが、一般人が最初に気づく感情でもある。ホームレスは感謝する。硬貨一枚に、バス停での寝場所に、他人が自分に気づいても、罵倒するのではなく単に無視することに決めて、通り過ぎてくれることに。つまり、通りのゴミや、グラフィティや、荒廃した建物や土地や、犬の糞や、人気のない通りや、プラスティック瓶か新聞紙を探してゴミタンクを覗く人間たちを人が無視するように。皆が雨を避けようと体を寄せ合うこの場所でさえ、一般人は路上に暮らす人間たちとの接触を避けようとする。

「クソ寒い」

かじかんだ指をさすっていたヴァインベルクのロッテが、突然、突き飛ばされた。誰もが嫌うタイプの人間だ。緑の髪、黒い服、落下傘部隊の履くブーツ。フリードリヒ通りのトレーネンパラスト（「涙の宮殿」の意。東西ドイツ分断時代にフリードリヒ通り駅にあった国境検問施設の通称。ここで東西ベルリン市民が涙を流して別れたことからこの名で呼ばれる）前や、動物園駅や、まだポーランド人やルーマニア人に占領されていないあらゆる通りの交差点にたむろする連中のひとりだ。通りを行く車を無理やり止めて、ボロ布でフロントガラスにくだらないスマイリーの絵を描き、抗議には耳も貸さず、金をねだり、脅し、連れている何匹もの犬と、怒りと傲慢な悪ふざけと冒険心の入り混じった不気味なオーラとで、歩行者を恐怖に陥れる。空になったビール瓶を粉々に割り、ゴミは放置し、煙草をせびり、しつこく、感じが悪く、なにをするか予測がつかない。感謝もせず、卑屈でもなく、もちろん忍耐力もない。路上で暮らすことを一種の選ばれし者の特権ととらえ、一、二か月耐えたところで、ママやパパや社会福祉や青少年局が広げた腕のなかへと帰っていく。すごい冒険をした、と満足して。そして二度と戻ってこない。あとには焼け野原だけが残る。彼らは、ヘルマーたちと同類の人間ではない。

若い男は上着のフードを目深にかぶっていた。開場時間が記された手描きの看板にちらりと目をやると、こぶしをドアに叩きつけた。

「開けろ！　おい。もう五分過ぎてるぞ！」

ヴァインベルクのロッテが男の腕をつかんだ。

「列に戻りな、坊や。ここでは暴れるんじゃない」

乱暴狼藉も、路上生活者がなんとしても避けることのひとつだ。悪魔が聖水を避けるように。

「触るな！」

若者は腕をもぎ離した。一瞬、若者の目が見えた。血走って、瞳孔が開いている。おそらくべろべろに酔っているのだろう。なにをするか予測がつかない。かつてのヘルマーがそうだったように。遠い遠い昔の話だ。

若者は、今度はブーツでドアを蹴り始めた。抗議のつぶやき声が湧きあがったが、誰も行動に出ようとはしなかった。

「おい！　こっちは外で凍えそうなんだぞ！　もうちょっと急げないのかよ？」

「列に戻れって言ってんだよ！」ヴァインベルクのロッテが若者の前に立ちはだかり、コッフィは怖がりのアライグマのように、彼女の背中に隠れて顔を覗かせた。「みんな並んでる、みんな待ってる。お前も並べ！」

若者が、ゆっくりとロッテのほうを振り向いた。真っ白なほっそりした顔には、産毛のような髭がうっすらと生えている。子供の顔だ。腕を広げて受け止めてやり、家に連れて帰って、ベッドに入れて毛布をかけてやるべき子供。ただ、その目だけは危険な光を宿している。

「お前ら、腹が減ってないってか？　あ？　どんなことをされても、おとなしく従うってか？　なんつうクソ野郎どもの集まりだよ」

ヘルマーはびくりと体を震わせた。思わず一歩あとずさる。ほかの者たちも皆あとずさった。それは本能的な反応だった。危険に近づきすぎることは、危険と対決せねばならないことを意味する。そもそも彼らの卑屈な態度は、理由なく生まれたものではない。あまりにも頻繁に負け犬になった経験から来ているのだ。

「クソだ、わかったか？　あ？　――開けろっつってんだよ！」

若者は再びドアを蹴った。待っている者たちのグループに動きが出た。後ろから押してくるせいで、前のほうが狭くなってきた。

「あいつ、いい加減にしないと！」コッフィが金切り声で言った。

ヴァインベルクのロッテがコッフィに怒りの視線を向ける。口先野郎が。誰も彼も、口先野郎ばっかり。

「いい加減にしな」ヴァインベルクのロッテは、それでもそう繰り返した。「みんな待ってる。早く開くときもあれば、遅いときもある。開けてもらえるだけで有難いと思いな」

「お前みたいな女にそんなこと言われる筋合いがあるかよ？」

若者がにやりと笑った。年齢の割には驚くほどぼろぼろの歯が見えた。ヘルマーは、まるで自分の鏡像を見ているようで不快になった。若者の次の攻撃が正確に予測できた。彼はいま挑発されたと感じていて、ここから極限まで先鋭化された罵り言葉を吐き、相手の不用意な一言、不用意な身振りを待ち構えるだろう。そして機会が来次第、それをとらえて攻撃を仕かける。自分の優位を保つために。こんな場所にもヒエラルキーはある。一番下位のポジションさえ、毎日、毎時間、闘って勝ち取らねばならない。

「坊主、いい加減にしろ」ヘルマーは言った。

全員がヘルマーのほうを見た。口を挟むのは、愚か極まりない行動なのだ。ふたりの人間が争っているなら、それはそのふたりにしか関係のないことだ。口を挟むということは、争いの当事者が三人になることを意味する。そして、口を挟まれたふたりは結束して三人目を攻撃することになり、ほとんどの場合は三人目が貧乏くじを引く。

「黙ってろ」と、コッフィが鋭く言った。

「落ち着きなって」ヴァインベルクのロッテが言った。

ふたりとも、そもそもヘルマーが口をきいたことに驚いているに違いなかった。なにしろヘルマーは傍観にかけては達人であり、動かざること山のごとしを地でいく男なのだ。ヘルマーが本当はいつも自分自身と対話していることなど、彼らは知らない。

「開けてもらえるだけ有難いと思えだと？　あ？　この女、そう言ったか？　言ったか？」

若者の神経質にまたたく目が、周りにひしめく人間たちの顔を順番にかすめていく。それから、若者はヘルマーに近づいた。あまりに近づくので、ヘルマーには若者の目が見えた。

「あんたもそう思うのか？」

「ああ」と、ヘルマーは言った。「開けてもらえるだけ有難いと思え」

稲妻のような速さで、若者がヘルマーの襟をつかんだ。抵抗しようとしたヘルマーは階段のほうへよろめき、バランスを崩した。だが若者は襟から手を放さず、ふたりは揃って階段を転がり落ちて、ほかの者たちの足元に倒れた。

若者は額を打ったようだった。血が顔を流れる。驚愕して傷を手探りした若者は、飛び上がった。

「このクソ野郎！」

若者が地面に倒れたままのヘルマーに跳びかかろうとしたとき、階段の上で鍵の回る音が聞こえた。重い木製のドアが開く。こざっぱりした服装の感じのいい女性が白いエプロン姿で出てきて、通りを見下ろした。

「どうしたの？」

なんとか立ち上がったヘルマーは、そこで硬直した。例の男が、通りの反対側のバス停に立って、時刻表を見ていたのだ。男はこちらを見てはいなかったが、それでもヘルマーは男が彼をしっかり視界に収めていることを知っていた。そして、まるで男が呼び寄せたかのように、カラスたちが戻ってきた。突然、黒い影たちの群れがはるか高く、教会の塔の上に現れて、しわがれた声で鳴きながら矢のように下降してくると、ヘルマーのすぐ近くをかすめいて飛び去った。鳥たちの翼が立てる風を感じられるほど近くを。再び恐怖が戻ってきた。いまここで、すぐに、守ってくれるものがほしいという本能的欲求が。そのとき衝撃を感じて、ヘルマーは二歩あとずさった。先ほどの若者が、悪意に満ちた顔でヘルマーに笑いかけると、人々の群れのなかに消えた。

「ハーヨー」と、白エプロンの女性が呼びかけた。

ヘルマーは振り向き、わけがわからないまま女性を見つめた。

「誰かと思ったら、よりによってあなたなの」

女性はがっかりした様子で首を振ると、ほかの者たちのほうに向きなおった。

「ごめんなさい。今日は配達が遅れたものだから、時間どおりに準備が整わなくて。ようこそいらっしゃいました！」

ヘルマーは再びバス停のほうを見た。灰色の男はいなくなっていた。目をこすり、車道によろめき出て、左右を見渡したが、男の姿はなかった。ヘルマーはゆっくりともとの場所に戻った。まるで足もとの敷石が信用できないかのように、用心深く、一歩ずつそろそろと歩いていく。いつ肩に手が置かれても不思議ではない、そんな気分で。だが、そこには誰もおらず、ヘルマーは再び階段を上った。そして最後のひとりとして教会に入った。

長いテーブルに席を見つけようと、皆が押し合いへし合いしていた。ヘルマーが暖かな空間に足を踏み入れたときには、ほぼすべての椅子が埋まっていた。たったひとつ空いているのは、よりによってあの若者の隣の席だった。

おずおずと、ヘルマーはその席に腰かけた。だが、隣に座った若者はレンズ豆のシチューをかきこむのに必死で、ヘルマーの存在に気づきもしない。四人のボランティアが配膳をしていた。ヘルマーは自分の分を受け取ると、小声で丁寧に礼を述べた。

若者がシチューの残りを皿からこそぎ取り、スプーンをなめた。そして立ち上がった。皿とスプーンをそのままにして、人でいっぱいの空間を、大きく粗野な動きで誰にぶつかるかなど構いもせずに、のしのしと歩いていく。ヘルマーはその姿を目で追った。あの若者は、二度と家に帰らないタイプの人間だ。二度と帰らない――もしヘルマーに起きたのと同じことが彼にも起きれば別だが。いや、やめろ。教会の神様の前なのだから、そんなことは考えるだけでも罪だ。

若者が残していった空っぽの皿の上に、影が落ちた。

誰かが若者の席に座った。

何日も着たきりの濡れた服と、料理の匂いと、効きすぎた暖房との混ざり合った、むせかえるような湿った暖気にもかかわらず、ヘルマーは突然、寒気を感じた。寒気は背中を這い上がり、暖かさも寛いだ気分も、すべてをかき消した。恐怖が再び襲ってきた。この恐怖を感じられる人間は、自分を除いて誰ひとりいない。いま起こっていることに気付ける人間は誰ひとりいない。誰もが皆、自分の皿と、湯気を立てる熱いお茶の入ったグラスに集中している。ヘルマーの隣にたったいま誰が座ったかに、気づく者はいない。いや、もしかしたら、この男の姿は誰の目にも見えないのかもしれない。なぜなら、彼は現実ではないから。きっとすぐにまた消えるだろう。そちらに目を向けさえすればいい。しっかり見さえすればいい。ヘルマーは突然、震え始めた。顔を上げる勇気がなかった。灰色の男だ。灰色の男がいる。

灰色の男は汚れた皿をどけて、腕をテーブルに載せた。それから、あたりを見回した。ゆっくりと、慌てずに。こちらに注意を向けている者はいない。だが、ヘルマーがいま立ち上がって、皿の中身を半分残したまま出ていけば、皆の目を引くことになるだろう。

「どうも、ヘルマーさん」

ヘルマーは、シチューに沈み込むほど深く頭を垂れた。レンズ豆とベーコンの匂いがあまりに強烈で、気分が悪くなった。

「このあいだは驚かせてしまったね。申し訳なかった。ちょっと話がしたかっただけなんだがね」

ヘルマーはさらに縮こまった。隣に座る男のズボンと靴が視界に入る。灰色。快適。実用的。新しくはないが、古くもない。この男は、この場所に用があるような人間ではない。こんな場所には無縁の人間だ。つまり、今回もやはり偶然ではないのだ。それに、幻想でもない。ヘルマーの勘は裏切らなかった。その勘が、彼に告げていた——逃げろ。手遅れになる前に、逃げろ。

だがそうはせずに、ヘルマーはただ、皿のなかのオレンジ色のニンジンを脇に寄せて、数を数えるふりをした。

「私の言うこと、わかってもらえたかな？　聞いているかね？　話がしたいんだよ。ただ話したいだけなんだ」

「どうして？」

「リッテン通りでの件のことで。このあいだ君と一緒にいたあの弁護士だがね、君にどんな話をした？」

「フェルナウのことか？　なにも。なにも話さなかったよ。ただ迎えにきてくれただけで」

男はゆったりと頷いた。そして、先ほどの若者が残していったスープ皿を引き寄せた。そうすると、まるでたったいま温かなおいしい料理を食べたばかりで、食後に少しおしゃべりを楽しんでいるだけの人間に見える。

「で、君のほうはあの弁護士になにを話した？」

「俺がなにを話すっていうんだよ？」

「たとえば、リッテン通りのあの女性が君になにを言ったか、とか」

「なにも言わなかった。俺の名前を呼んで、すぐにぶっ放した。それだけだよ。それ以上は知らない」

ヘルマーは今度はレンズ豆をニンジンのほうへと寄せ始めた。ひとつひとつ。平均的なシチューには、いくつのレンズ豆が入っているものだろう？　これまで誰かが数えたことがあるだろうか？　ヘルマーは、レンズ豆をふたつ一組にして、並べ始めた。そうすればこの会話が終わるのではないかという不条理な期待をしながら。だが灰色の男はしつこく、椅子に粘り続けた。そして、まるでヘルマーを慰めようとでもするかのように、ほとんど偶然かのように、ヘルマーの腕に手を置いた。男は革手袋をはめていた。色は黒だ。この男の全身で唯一灰色でない部分だった。

「君の命を狙ったあの女性は、自分のしていることがよくわかっていなかったんだ。いまはもう亡くなっている。私は彼女のことがすごく好きだったんでね、あの件にはけりをつけておきたくてね」

灰色の男は手をどけた。ヘルマーはようやく勇気を出すと、男の顔に視線を向けた。これまでのいつかに誰かを好きになったことがあるようには、とても見えなかった。男が顔を歪めて、微笑んだ。

「誰もあの人のことを呪ったりしないように。いまあの人がどこにいるかを考えればね」

「呪ったりしてない」ヘルマーは慌てて言った。「少し頭のネジが緩んでたくらい、どうってことない。俺にとっては」

ヘルマーは、殺風景な広い部屋の正面壁にかかった十字架を指さした。「それに、あのばあさんが天国でなにを話そうと、どうでもいい。俺は死ななかったんだし」

「ああ」と、灰色の男が答えた。「君は死ななかった」

ヘルマーは黙っていた。それから、レンズ豆とニンジンを一緒くたに皿に戻すと、茶色いシチューをスプーンですくい、口に持っていったところで、また皿に戻した。食欲はすっかり失せてしまっていた。

灰色の男は、まるでヘルマーがいまにも泣き出すのではないかと恐れているかのように、同情心のこもった小声で話し続けた。

「じゃあ、私の謝罪を受け入れてくれるかね？ 私にとってはとても重要なことなんだ」

「ああ、もちろん。全然問題ない」

「それなら、君にあげたいものがある」

男は床に置かれたビニール袋を、足でヘルマーのほうへ押しやった。その音を聞いただけで、ヘルマーの体をアドレナリンが駆け巡った。袋を開けるまでもない。なにが入っているかはわかる。

「そんなこと、してくれなくても。本当に！」

「いやいや」と、灰色の男が答えた。「どうか受け取ってくれ。お詫びのしるしに。彼女のために、一杯飲んでやってくれ」

男は立ち上がり、去っていった。ヘルマーは、男が入口でふいっと宙に消えてしまうほうに賭けてもいいと思った。視界から消えるやいなや忘れ去られる、灰色の影。テーブルについているほかの者たちを見回してみた。誰ひとり、なにかに気づいた様子はない。あたかも、あの男との邂逅（かいこう）などなかったかのようだ。ただ、足元の袋だけは本物だった。そして、自分があの男に嘘をつき、その瞬間、気づかれていると感じたときのあの恐怖感も。俺が嘘をついたことにあいつは気づいている。あのばあさんは、通りで引き金を引く前に、本当はなにか言っていた。あの男はそれを知っている。それどころか、なにを言ったかさえ知っている。それが、この件の最も不気味な点だった。

だがヘルマーは、本当に久しぶりに、自分の内なる声を無視して事実だけを見ることに決めた。そして、そっと屈みこんで袋のなかを覗いた。〈リップシュテッター・ドッペルコーン〉まるまる一瓶。

事後の翌朝は、唯一無二だ。

目が覚めて、白昼夢のなかを漂いながら、思い出を反芻し、さまざまな光景、言葉、愛撫の記憶を蘇らせる。僕は永遠に寝転んだまま、思い出の昨日に浸っていたかった。昨夜を自分の肌の匂いに感じ、筋肉に感じ、感情を思い出し、心で触れ、あらゆる身振り、あらゆる言葉を色鮮やかなビー玉のように取り出してはしみじみと眺め、彼女の息に耳を澄ませ、彼女の体に手を滑らせ、彼女の名前を囁き、自分の妄想に酔いしれていた――ところが、やがて現実が容赦なく襲いかかってきて、あらゆる夢は粉々に砕け散った。

ミュールマン。

自分がどうやって二階の寝室まで戻ったか、もう憶えていない。ザロメにも夫の声が聞こえたに違いない。それとも、誰が階下に巨大な影のように座って、僕たちが正気を取り戻すのを待っているのか、予感したのかもしれない。いずれにせよ、ザロメはバスルームに続く開いたドアの前に立っていた。体にバスタオルを巻き付け、髪にブラシを当てていた。

「帰って」ザロメはただ一言、そう言った。

それだけだ。彼女は僕に背を向け、しばらくするとシャワーの音が聞こえてきた。僕は服を着ると、忍び足で階段を降りた。居間のほうを見る勇気はなかった。そこには、いまだにミュールマン氏がグラスを手に、妻が二階で別の男といることを知りながら、座っているに違いない。意外なことに僕はなんとか無事に地下駐車場へと辿りつき、車を通りに出したものの道がわからず、迷子になった挙句、いつしか都市高速道路に辿りついて、北へ向かった。車を作業場の前に停めると、鍵を郵便受けに放り込んで、始発の地下鉄に乗り、よろめきながら家に帰って、ザロメの腕のなかにいる夢を見ながら眠り、ザロメの腕のなかで目覚め、ザロメなしの最初の一日を生き延びた。なんとか。

そして、待つ日々が訪れた。

ザロメからの電話を、自分のほうから電話するための勇気を。風呂にも、トイレにも、新聞を買いに行くにも携帯を持ち歩いた。コーヒーを淹れるときには携帯をコンロの横に置き、寝るときには枕の下に入れた。だが、ザロメは電話してこなかった。長い長い、いつまでも終わらない呪われた週末のあいだ、一度も。

日曜から月曜にかけては、まともに眠れない三度目の夜だった。夜明けごろにようやく、少しうとうとした。昼の少し前に目が覚めて、夢心地の最後のかけらと、底なしの憂鬱とのあいだのどこかをさまよったまま、事務所に向かった。マリー＝ルイーゼはキッチンにいた。ティーカップの残骸と呼ぶべきなにかを手にして。

「ブリッツ城のパーティーは今朝まで続く酒池肉林だったとか？」

流しへ向かったマリー＝ルイーゼは、僕の前を通り過ぎるとき、かすかに鼻に皺を寄せた。

僕はいまだに金曜日の晩のスーツを着ていた。馬鹿馬鹿しいのはわかっていたが、ザロメが触れた服を脱ぎたくなかったのだ。

「ブリッツ城のこと、どうして知ってるんだよ?」

「アルタイもいたのよ」

マリー＝ルイーゼはカップを流しに置くと、僕に背を向けた。そして、僕に顔を見られないように、給湯ボイラーに向かって続きを話した。

「アルタイが、あなたたちを見たの。ちょっと、ヨアヒム。あの女はなにを企んでるの? あなたからなにを手に入れたいの?」

それから僕のほうを振り向いて、マリー＝ルイーゼは、まるで沈みゆく船を見送るかのように首を振った。

「ザロメ・ノアックは連邦判事の妻なのよ。破産寸前の弁護士と付き合うなんて、本気で思ってるの? あなたのためにザロメが自分のキャリアを棒に振らなきゃならない理由があるとしたら、言ってみなさいよ」

「僕はいつから人のキャリアを台無しにするようになったんだ?」

「私がなにを言いたいか、わかってるでしょ。ヨアヒム、あの女はあなたをもてあそんでるの。自分の姿を鏡でよく見てみなさいよ。あなたと付き合って、彼女になんの得があるっていうの?」

「別に得をしたいわけじゃないのかもしれないだろ。もしかして、たまには気分を変えて、自分の気持ちに素直になってみることにしたのかも」

「気持ち！」マリー＝ルイーゼは、まるで僕がカジモドの幽霊でもあるかのような目でこちらを見た。「まさかあなたへの気持ちって意味じゃないわよね？」

それは、僕のマリー＝ルイーゼに対する友情が真に厳しい試練を迎えた瞬間だった。適切な答えを返してやろうと口を開きかけたが、その瞬間、呼び鈴が鳴った。

僕は深呼吸して、尋ねた。「誰かが来ることになってるのか？」

「ううん。そっちは？」

僕たちは廊下に出て、再び常識人のように振る舞おうと努力した。ドアを開けて微笑んだ僕の視線の先に、マルクス・ハルトゥングのこわばった顔があった。

「ホフマンさんとお話ししたいのですが」

マリー＝ルイーゼは僕の広い肩の後ろに隠れた。僕はできる限りハルトゥングの前に立ちふさがって、行く手を阻んだ。

「どんなご用件でしょう？」

「玄関先では話したくありません。入ってもいいでしょうか？　住居の目的外使用の件と、強制立ち退きの恐れがある件で」

「なんですって？」僕の背中から、声が轟いた。怒れるマリー＝ルイーゼが、僕を押しのけた。

「強制立ち退き?」

僕はハルトゥング氏を僕の部屋へ案内して、椅子を勧めた。ハルトゥングはしばらくアタッシェケースのなかをかき回すと、クリップボードを取り出した。挟んである書類をぱらぱらとめくった後、探していたものを見つけたようだった。マリー＝ルイーゼは静かな怒りをたぎらせながら突っ立っている。

「マリー＝ルイーゼ・ホフマンさんですね? 一九九二年にこの賃貸契約書に署名なさった。しかしここ数年、この住居を営利目的で使用していらっしゃる。ここは弁護士事務所なんですよね? それとも私の勘違いでしょうか?」

わざとらしく興味津々といった様子で、ハルトゥングは部屋を見回した。

「ここは私の仕事部屋です」マリー＝ルイーゼが言った。「隣は寝室。ですから、お見せするわけにはいきません。そもそも、あなた誰?」

「ハルトゥングと申します。〈フィデス建築物管理および不動産投資〉で働いています。弊社は先日こちらの敷地を買い取りまして、建物の根本的な改修と改装を予定しています」

「フィデス。なるほどね、それでわかった」

嘲るように鼻で笑うと、マリー＝ルイーゼはズボンのポケットから煙草の箱を取り出した。なんと、本気で僕の部屋で煙草に火をつけるつもりだ。

「お宅はどうせベルリンの町全部を買い占めるまでは満足しないんでしょ、違う？」

マリー＝ルイーゼは、あらかじめ巻いて常備している手巻き煙草の一本をくわえて、火をつけた。即座に乾燥させた牛糞の悪臭が広がる。ハルトゥング氏もどうやら非喫煙者らしく、空咳をすると、クリップボードでわずかに空気をあおいだ。

「これは通常の手続きです、ホフマンさん。遅かれ早かれ、こんな廃墟はすべて……」

「あのフェッダーが、死んだ後にまで一等地の建物を全部解体しまくることの、どこか普通なのよ」

「ちょっと待った」と、僕は言った。「フェッダーってなんだ？　っていうか、誰？」

マリー＝ルイーゼは僕の小さな空のインク壺を勝手に取って、灰皿に変身させた。

「フェッダーっていうのは、フィデスって会社そのものなの。ユルゲン・フェッダー。正確に言うと、そのものだった、かな。もう生きてないから。どの新聞にも載ってたでしょ。憶えてないの？」

そうだった。どこかの棟上げ式だか起工式だかでの出来事。当時、僕はさっと読み飛ばして、さっと忘れた。だが、空の建物を占拠して暮らす人間たちにも廃墟にもシンパシーを抱くマリー＝ルイーゼは、当然この世界とその建築物の状態に対して異なる見解を持つ人間のことはよく知っていた。正確に言えば、異なる見解を持っていた人間、か。

「公式には心臓麻痺（まひ）ってことになってる。ベルリン史上最大の投資家、建築主、建築企画者。

省の建物だとか有名建築とかの大きな仕事もするけど、住宅や商業ビルも手がけた。州上級裁判所が禁止したにもかかわらず、違法にハーフェル三角地帯に建築を続けた。バベルの塔みたいに、どんどん高いところへ昇りたがる人間だった。神経が細やかな優しい男とは言えない――あら、失礼」

ハルトゥングが、歯が痛むかのように顔を歪めていた。

「ハーフェル三角地帯に関しては、二十九メートル以下の建築物をたてる許可を取っています。全部ちゃんと法律に則ってやっていますよ。建築許可もありますし、その内容に従っているんです」

「建築許可よりも優先されるべきものもある。たとえば裁判所の判決とか。でもフェッダー氏はそんなものには興味を示したことがなかった」

この種の議論を続けることに対するハルトゥング氏の興味もどうやらゼロに近いようで、アタッシェケースから封筒を取り出すと、僕の書き物机の上に置いた。

「二通目の警告書です。我々としては、立ち退き権原（けんげん）を主張して、法執行官によって執行してもらうつもりです。もし我々が同意に至らないとすれば、私に提供できる唯一の妥協点は、ホフマンさんがご自分で引っ越しトラックを手配なさるのを許可することくらいです。そうすれば家財道具を処分する費用が節約できますよ。ただし、我々の弁護士の費用は節約できませんね。すべて非常に高価になるでしょうね。もちろん、ホフマンさんが自由意志で立ち退きされるならば、話は別です。我々は今月末まで時間を差し上げます」

「我々ね」マリー＝ルイーゼはそう繰り返して、煙草の煙をハルトゥング氏のほうへ吐き出した。「ここには〈我々〉なんて見当たらないけど。あなたひとりじゃないの。悪い知らせを持ってくるときには、いつもその〈我々〉っていう巨大なものの陰に隠れるの？　ここに住んでる家族にも同じことをするわけ？　高齢のフライタークさんとたくさんの猫たちにも？　改修の後で値上がりした家賃は払えないだろう学生や若い芸術家たちにも？」

もし僕がこんなことを言われたら、胸が潰れそうになっただろう。だがハルトゥング氏は違うようだった。

「こちらに受け取りの署名をいただけますか？」

「お断りします」

「そうですか、それでは失礼します。月末にまたお会いしましょう」

ハルトゥング氏はアタッシェケースから取り出したあれこれをしまうと、忘れ物はないかともう一度部屋を見回してから、僕たちの見送りなしで出ていった。「はんっ」という怒りの声とともに、マリー＝ルイーゼがまだ燃えている煙草をインク壺に投げ込み、蓋を閉めて、再び僕の机に置いた。

「フェッダーとはね。あの男の冷たい手が墓から伸びてきて、私たちにつかみかかるとは思ってなかった。ちなみに、フェッダーはモッツァレラで喉を詰まらせて死んだのよ。嚥下障害だか、反射性心停止だか知らないけど。大学時代のローロフ先生に言わせれば、いわゆるベルリン風茹(ボックヴルスト)でソーセージ死。これが非公式の死因。変だと思わない？ 一生のあいだがつがつ貪欲に喉に詰め込みまくった人間が、ちっぽけなチーズのかけらで死ぬなんて」

果てしなく悲しげな様子でマリー＝ルイーゼは両手を上げると、額にかかった髪をかきあげた。

「とにかくいま、フェッダーは私たちにまで手を伸ばしてきたってこと」と、続ける。「どうしろっていうの？ 曲がりなりにも家賃が払えそうな物件なんて見つからない。どこもかしこも改修、改装済みで、ヤッピーどもの巣窟になっちゃって。私みたいな人間の居場所はどこにもない」

僕は封筒を手に取って、あらゆる角度から注意深く眺めてみた。

「この破産寸前で、人のキャリアを台無しにする、使用済みのティーバッグ並みの魅力しかない弁護士に相談してみたらどうかな？」

「あなたのこと？」

あまりに自然にそう言われて、僕は自分の申し出を後悔しそうになった。だが、「しそうになった」だけだ。マリー＝ルイーゼの目に希望の火が灯り、えくぼとともにかすかな微笑みが現れるのを見た僕は、カジモドの見せ場がやってきたことを知った。立ち上がると、フィデスからの前回の手紙を収納したファイルに封筒をしまった。

「じゃあ、話し合わなきゃな、マリー＝ルイーゼ」

「そうね」とマリー＝ルイーゼは言って、ドアへ向かった。「話し合わなきゃ」

クーダム大通りへ向かうバスのなかで、僕はずっと、ザロメに連絡するべきかどうか悩んでいた。三日間。金曜から月曜まで。いずれにせよ、一夜の情事が未来ある関係に発展するかどうかを決める期限ではないだろうか。結局ありったけの勇気をかき集めて、僕はザロメの職場に電話をした。ザロメは会議中だった。その後は予定が入っているという。さらにその後のことを訊くと、明日かけなおしてみてくれと言われた。

僕は秘書に礼を言って、次の国際女性デーには彼女に毒を塗ったカーネーションを送ろうと決めた。それからいくらもしないうちに、僕はクーダムとシュリューター通りの角でバスを降りて、ハリケーンもかくやという暴風に煽られながら通りを渡った。化粧漆喰装飾を施した建物がバルト海沿岸風の白さに輝く場所へ、ぴかぴかに磨かれた真鍮のプレートがユーゲントシュティールのブロンズ製ドアの横で輝いている場所へ、分厚い毛布にくるまれた人たちがストーブの置かれたカフェのテラス席に座って、宝石店や靴店やブティックやオーダーメイドの服飾店へと急ぐ人々を眺めている場所へ、大理石のホールに水晶のシャンデリアが輝き、オーク材の寄木細工の床に赤い絨毯が敷かれている場所へ、暖炉の上に天井まで届く金縁の鏡がかけられていて、一階の案内板にこう書かれている場所へ――マークヴァート・ヒンメルフォルト・ゼーリガー法律事務所、四階。それを見て、僕は突然、この場所を離れたことなど一度もなかったかのような感覚を抱いた。

錬鉄製のエレベーターに乗り込み、スローモーション並みの速度で上に向かった。折り畳み式の格子戸が音もなく開くと、目の前にはガラスドアがあり、その向こうは歴史ある古い建物につきものの巨大な入口ホールだった。どっしりした受付エリアの奥に妖精のような生き物が座っていて、フランス語で電話をしていた。しばらくすると、その生き物は顔を上げて、通話を中断し、僕に尋ねた。

「ご用件を承ります」

「マークヴァートさんに会いたいのですが」

「ご予約はおありですか?」

「いえ。友人です」

受話器に向かって手短になにか囁くと、彼女は電話を切った。そして、輝くような笑顔を僕に向けた。二十歳にも満たないに違いない。歯にほとんど目立たない矯正ブリッジを付けている。

「それはきっと喜びます。実はちょうどいまゴルフをしに行くところなんです。私、マークヴァートの娘で、メルセデス・ティファニーといいます」

その美しい子供はカウンターから出てきて、ついてくるようにと僕に言った。古い寄木張りの床が、サイザル繊維の絨毯の下できしむ。芸術的な彫刻を施した乳白ガラスの嵌まったドアの前で彼女は立ち止まり、共犯者の微笑みを浮かべて、唇に人差し指を立てて見せてから、ドアを開け、叫んだ。

「じゃじゃーん！」

有難いことに、マークヴァートはパンツ一丁で立っていたりはしなかった。ちょうど柔らかなピンク色のポロシャツをズボンにたくしこんでいた彼は、不意を突かれてかなり驚いたようだった。メルセデス・ティファニーがくすくす笑った。矯正ブリッジを隠すために、片手を口に当てて。

「ティフィ！　ノックだ、わかったか？　ノック！」

「でも、この人が友達だって言うから」

「ああ、友達だ」

マークヴァートは恥ずかしがる様子もなくズボンのファスナーを上げると、僕たちのほうへ近づいてきた。

「例外だぞ」そう言って、僕の肩を叩く。「普通なら予約なしでこの部屋に入ってこられるのは法執行官くらいだからな。で？」

「よーやーく、がなによ」愛らしさ、優雅さ、純真さをすべて備えたマークヴァートの娘は、父をそうからかってから引っ込んだ。マークヴァートはドアを閉め、ゴルフバッグを探し始めた。

「わざわざ来てくれたのはどういうわけだ？　助けが必要か？　逮捕状が出たか？　家宅捜索か？　税務調査か？」

そう言って、笑い声を轟かせる。

「強制立ち退きだ」

「うわあ、それはまた」

ゴルフバッグを見つけたマークヴァートは、それを肩にかつぎ、足早に僕に近づいた。

「ゴルフはやるか？」

「いや」

「じゃあ、今日習うんだな」

いくらもしないうちに、僕たちはアヴスをヴァンゼー方面に向かって車で走っていた。ゴルフクラブはベルリンの南西にあり、マークヴァートは都心から近いこととそれほど高価でない年会費のことを声高に褒めたたえ続けた。出口が見えてくると、マークヴァートはギアを一段階落として要点に移った。

「どこが立ち退きを強制されるって？」

「うちの事務所だよ。パートナーが東西統一のすぐ後に賃貸契約を結んだんだけど、そのうち独立して、そこを事務所にしたんだ。もとの大家には知らせなかった。ところが最近、大家が新しくなってね。今月末までに出ていけと言われてる」

「そうは問屋が卸さない」マークヴァートは限りなく赤に近い黄信号でアクセルを踏み込み、まるで特別出動コマンドの三部隊に追われているかのような勢いで交差点を突っ切った。

「即座に異議申し立てして、立ち退き猶予を勝ち取るんだ。大家が新しくなったからって、規則まで新しくなるわけじゃない。どうしてお前が自分でやらない？」

「いまのところ、パートナーはごまかして切り抜けようとしてるんだ。ここは私的な住居だって言い張って。だから僕が、その同じ住所に事務所を持つ弁護士として出ていくわけにはいかない」

「そのパートナーってのは誰なんだ？」

「マリー＝ルイーゼ・ホフマン」

「嘘だろ！」マークヴァートが叫んだ。「メアリー＝ルー？　まだ生きてるのか？」

マークヴァートの輝く瞳を見れば、彼のマリー＝ルイーゼに関する記憶がこれ以上なく素晴らしいものであることに疑いの余地がなかった。驚いたことに、同じような男たちに僕はこれまで何人も出会ってきた。いったいどうしてなのかぜひとも知りたいところだ。おそらく彼らは皆、僕ほどはマリー＝ルイーゼと深く付き合わなかったのだろう。

「ああ、もうずいぶん昔の話だなあ。フンボルト大学の、外国およびヨーロッパにおける私法と手続き法。あのよれよれのフッタージいさんの講義だったよな。そんなことってあるのか！——ヨアヒム、俺たちも歳を取ったなあ」

取った歳にふさわしい振る舞いを見せようともせず、マークヴァートは今度はフェラーリでも運転しているかのように、ニコラスゼー地区を突っ切った。周囲の邸宅と、冬にも強い植物の植わった前庭が飛ぶように通り過ぎていき、やがてアスファルト道路は不規則な敷石の道に変わって、車はガタガタと揺れ始めた。

「お前たちのためなら、もちろん力になるよ。問題ない。でも、ごまかすのはやめろと彼女に伝えてくれ。慣習法のもとで認められた住居使用と契約形式の自由で行こう。契約は書面で締結される必要はない。ところで、建物の新しい所有者って誰なんだ？」

「フィデスだよ」

マークヴァートの勝利への確信は、たちどころに消えた。

「フィデス？　なんと。うちはアルント＆シュペングラーと緊密に仕事をしてるんだ。フィデスグループのお抱え弁護士事務所みたいなところだよ。ということは、俺は自分の足に小便をひっかけることになるな」

「わかったよ。別に僕たちのために……」

「馬鹿を言うな。お前らの案件なんて蠅の糞みたいなもんだ。あの弁護士事務所が相手にするか。俺はやるぞ、もちろん。マリー＝ルイーゼのためにな、言うまでもないが。それに、古き良き時代のために」

ここでマークヴァートは、再びなにかを思い出すような笑顔になった。その微笑みには、昔のマークヴァートの面影が少しばかり滲み出ていた。幾度もともに夜を徹して語り合い、酒と情熱的な色で描き出した未来の自分像とにともに酔った、若き理想主義者の面影が。いまのマークヴァートは目抜き通りクーダムの落ち着いたベージュ色、そして僕はプレンツラウアーベルク地区の気が滅入る泥水色だ。ただひとり今日まで変わらないのが、マリーールイーゼだった。彼女だけはいまだに絵を描き続けている。燃えるような革命の赤で、明るく燃え上がる正義の黄色で、優しく繊細な空の青で。マリーールイーゼの絵の具は決して尽きることがないかのようだ。もしかしたら、マークヴァートの微笑みには切なさも混じっているのかもしれない。僕は、窓に反射する自分の顔を観察して、自分もやはり同じ切なさを、顔に、心に宿していないか、確かめようとした。

「フィデスなあ」マークヴァートが言った。「フェッダーが死んだいきさつは知ってるか？ひどい話だよな。創造力の絶頂期に、突然——ころっと死んだもんな。ゲルリッツであった葬式には、俺も花輪を送ったよ。正直言うと、ゲルリッツはちょっと遠かったからな。そんなに親しかったわけでもないし。でもカミさんは向こうの奥さんとロータリー・クラブで親しくしててな。トリクシーっていうんだ。たぶん、彼女が全部相続したんだろうな。ちゃんとした人間を周りに置いてるといいんだが。なにしろ、フィデスは最後にはもう立派な帝国になってたからな」

「ゲルリッツ?」と、僕は訊いた。あの町は驚嘆に値する息子たちや娘たちを輩出しているようだ。「フェッダーはハンブルク出身だと思ってたよ」

「何世代も前は、確かにハンブルクだったんだ。でも生まれたのはニーダーシュレジエンだ。両親が織維工場を所有してたんだが、東ドイツ時代に国有化された。両親は、ベルリンの壁が建設される前に息子を連れて西に移住したんだが、ずっと恨みは残してたようだな。フェッダーはアカを憎んでた。正真正銘の反共産主義者だった。統一の後に、フェッダーの時代が来た。東へ進出した最初の人間のひとりだよ。国有企業を民営化して、利益の出そうなものを投資家向けに探した。そのうち自分でも投資するようになった」

マークヴァートはウィンカーを出して、細い並木道へと曲がった。

「本物のセルフメイド・マンってやつだ」

「その後ベルリンに進出して、町の半分を買い取ったってわけか」

「改修した、だろ、友よ。いろんな建築企画を立てた、もある。買い取ったとは違う。ベルリンの町のために、いろいろやったんだよ。建築物を救済したし、文化財保護規則はちゃんと守った。伝統に対する意識はきちんと持った男だったんだ。それに未来に対する意識も。だがベルリンってところは、そういう人間を引き留めておく方法を知らないんだ。本当なら赤絨毯を敷いて歓迎するべきだったのに、実際にはどうなったと思う? 凡庸な連中のなかでも最下層が政治を仕切ってるんだからな。規則ずくめの法律家と事務官僚どもは、とにかく機会を見つけては人の足を引っ張ることしか考えてない。建物の不法占拠、陳情書、抗議、判決、建築中止だ。悲劇だよ。最近じゃ、頭の沸いた自然保護活動家どもがハーフェル三角地帯で騒いだ。スベイモリがあそこで産卵するからってだけの理由で、町で一番興味深い土地がビオトープになっちまったんだぞ。イモリなんか、テンペルホーフの住宅地に移住させとけよ。フェッダーはそういう状況を二年間目の当たりにして、結局ハンブルクに戻ったんだ」

そしていま故人は、死後に僕たちからの異議申し立てまで受け取ることになるわけだ。僕は、死者をせめてわずかなりと尊重しようと、あえて黙っていた。

「イェーガー通りのプロジェクトは、ベルリンでのフェッダーの最後の大きな仕事だった。なんとも妙だったんだぞ、フェッダーの死に方は。あそこの弁護士のシュペングラーから聞いたんだ。彼もあの場にいたから。なにかで喉を詰まらせたっていうんだ。パンかもしれない。誰もあまり大騒ぎはしなかった。わかるか？」

僕は共感を示すように頷いた。

「その直前に、ある女がフェッダーにぶつかってきたんだそうだ。スーパーのワゴンで突っ込んできたらしいぞ。想像してみろよ。突然どこからともなく飛び出してきて、みんなが見ている前で、フェッダーを転ばせた。ところが、心優しいフェッダーはその女をなんとパーティーに連れていった。そこからずっと、女はフェッダーの側(そば)にいたらしい。フェッダーが死んだときも。で、その後、どこへともなく消えた」

マークヴァートは速度を落として、コブだらけの古い木々が立ち並ぶ、田園地帯風の雰囲気のある並木道へと曲がった。道の先には大きな駐車場があり、三、四台の車が停まっていた。

「確かに妙な話だな」

「いや、お前が考えてるようなことじゃないんだ。本当に目立たない、地味な女だったらしい。生活保護で暮らしてる冴(さ)えない女だ」

「その件に捜査は入ったのか？」

「なにを考えてるんだ。死んだものは死んだんだ。その点、フェッダーの奥さんのトリクシーは現実的な人でね。捜査したからって、なんになる？　その女は消えたし、騒ぎ立てたら周りもあれこれ噂(うわさ)するだろう。もちろん、死亡証明書に書かれた死因は、新聞に載ったのとは違うさ。だが、正確な死因を知ってるのは、トリクシーとフェッダー本人と、親切な医者だけだ」

マークヴァートは腕時計に目をやって、満足げに頷いた。

「素晴らしい。今日はすいてるぞ。準備はいいか？」

僕の携帯が鳴った。マークヴァートはゴルフバッグを取るために車を降りた。電話の向こうから聞こえてきたのは、マリー＝ルイーゼの声だった。

「電話があった、あなたのザロメから」

「なんて言ってた？」僕は訊いた。心臓がばくばくする。呼吸が止まる。

「また連絡するって」

「こっちから連絡のつく番号を残してくれただろう」

「ううん。私も訊かなかったし。だって、あなたたちの関係はもっと進んでるんだと思ってたから」

沈黙。

「ねえ、飲みに行きましょうよ」マリー＝ルイーゼが言った。「今日の晩、空いてる？」

僕はあたりを見回した。目の前には魅力的な田舎風の木組みの家があり、その後ろには、広々とした、無限に退屈な緑の景色が広がっていた。ずっと向こうに、何人かの姿が見える。吹く風にもめげずに、ちょうど丘を登っていくところだ。後ろにゴルフのキャディたちを引き連れており、あまり楽しそうには見えない。僕は、マークヴァートとともに白いボールを棒で殴りつける楽しみと、マリー＝ルイーゼと一緒に陰気な酒盛りをする楽しみとを天秤にかけて、決断した。

そして「うん」と言った。

車を降りて、マークヴァートに重要な用件ができたから帰ると告げた。マークヴァートは気にしなかった。

「じゃ、また今度な。シュペングラーを紹介してやろうと思ったんだが。彼もここに来てるんだ」マークヴァートはシルバーグレーのリムジンを指した。

「明日ファックスする。マリー＝ルイーゼによろしくな！」

もちろん、そうするつもりだった。少なくとも、マリー＝ルイーゼが僕を誘い出した場所を目にするまでは。

マリー＝ルイーゼとはミュンツ通りのとある建物の玄関ホールで待ち合わせた。ミッテ地区の商業用賃貸物件は不足するようになっていた。少なくとも、賃貸料を払える物件は。バー〈黒海〉が閉店してからというもの――その後に〈ここに三ルームまたは四ルームの分譲住宅が八戸誕生します〉の広告が来た――僕たちは故郷を失った流浪の民だった。ベラルーシのドブルシュ出身のメランコリックな〈黒海〉店主アレクセイは、まだ新しい物件を見つけられず、そういうわけで僕たちはアジア料理の屋台やヴェトナム料理店、ごくたまにバーなどを転々としていた。今日の待ち合わせ場所は、とある建物の窓のない玄関ホールを、誰かが飲酒文化に対する革命的な感覚でもってあらゆる世俗の信仰形式を展示する博物館へと変身させたような場所だった。正面には反米的信条をプリントした麻のTシャツ、棚には環境、テロ、世界的陰謀に関する現在の研究状況が一目でわかるさまざまな本、そしてベニヤ板で作られたバーカウンターの奥の保温プレートの上ではサパティスモ的コーヒーが炭と化しつつあった。店内にはマリー＝ルイーゼのほかには誰もいなかったが、色とりどりのビニール紐でできたカーテンの奥から食器を扱う音が聞こえていた。マリー＝ルイーゼの前のテーブルにはビール瓶が一本と、すでに吸い殻が何本か入った灰皿が置かれていた。

「で、なんて言ってた？」

「あなたの新しい彼女が？　特になにも。あなたと話したいからまた連絡するって」

ザロメは僕に連絡をつけられなかった。僕は、再会のためのドアがほんの一ミリ開いたそのわずかな一瞬を逃してしまったのだ。マリー＝ルイーゼはもちろんそれに気づいていて、熟練の猟師が仕留めたばかりの鹿の内臓を取り出すように、僕の胸から不安を取り出して見せた。

「もし連絡してこないんなら、それだけの女だったたってことよ」

「わかってる、わかってるよ」

「ビールは冷蔵庫。ここでは自分で取りにいって、お金をあそこに入れるの」

マリー＝ルイーゼはほぼ空っぽのガラス瓶を指した。底のほうに小銭が数枚落ちているだけだ。ここの経営者の羽振りも僕たち同様だろう。僕はカウンターの奥へ行って、ビールを一本取り出すと、マリー＝ルイーゼの隣のぐらぐらするバースツールに腰かけた。しばらくのあいだ、僕たちはあり得ないほどへたくそな木彫り彫刻をぼんやり見つめていた。チェ・

ゲバラに似せたなにかだ。

「さて」と、マリー＝ルイーゼが切り出した。「出ていくつもり？」

「いや。ただ、今後も状況がなにも変わらないなら、だよ」

「なにが変わるべきだっていうの？」

　お前のだらしないところだよ、と言いたいところだった。整理整頓のやり方。ごまかし。無料の法律相談。お前のグレーゾーンのない過激な世界観。お前の煙草の種類。キッチンの棚の扉を開けるといつも落ちてくる、あのチャクラ・ティーとかいうアホみたいなお茶のティーバッグ。躾（しつけ）の悪い犬を連れた連中やクーフィーヤをかぶった連中がいつも飲んでしまうせいで事務所にコーヒーがあったためしがないこと。法廷に行く用がないときのお前の服装。とにかく、なにもかもが変わらなきゃならない。だが僕は、なにも言わなかった。マリー＝ルイーゼはビールを一口飲むと、僕のほうを見ずに、バースツールの上でなんだかもぞもぞしていた。

「それって、例の彼女のせい？」

「違う」

「でも、あれ以来あなた変わった。これまでずっと、私たちうまく行ってたじゃない。あなたはあなたの、私は私のやり方でやるってことで。それが突然、なんなのよ？」

　僕は広々とした明るくて綺麗な事務所を見てしまったんだ。輝く木製のデスクや、そこに敷かれた革製のマットを。塵ひとつない棚や、グラブを振るゴルフプレイヤーをかたどった万年筆立てを。そんなものが必要なわけではない。だがそれは逆に、その不要さのあまりまた別の意味を持つ。マークヴァートとマリー＝ルイーゼと僕は大学の同期だ。だが、決して止まることのない時の流れが、僕たちを別々の岸へと打ち上げた。そして僕は自分が今日、それをあれほどはっきりと目の前に突きつけられたことに不満を持っていた。

「あの女に惚れたんでしょ。認めなさいよ」

今度はそれか。いい加減にザロメをこの話に巻き込むのはやめてほしかった。ザロメは僕のものだ。少なくとも、ザロメの思い出は。僕はそれを誰とも分かち合うつもりはなかった。過激な弁護士とも、噂好きの司法ジャーナリストとも。

「でも今日で四日目よね。少なくとも彼女のほうは、それほどあなたが恋しいとは思ってないみたい」

それはどうも。数なら自分で数えられる。

「ヨアヒム、あの女は芝居をしてるの。ザロメ・ノアックは頭が切れて、感情のない、とにかくなにもかも計算ずくの人間なのよ。以前は裁判官だったんだけど、そのころの仕事ぶりは、あまり人から好かれるようなものじゃなかった。あの人は徹底した一匹狼（おおかみ）よ。目的を達成するためでなければ、人とはつながらない。それでうまく行ってるのは、どっちの側も相手からなにを得られるかを正確に理解してるからよ。そういうわけだから私の質問に答えて——彼女はあなたからなにを得られるの？」

「悪いけど、僕が知り合った彼女は違った。ユーモアがあって、心の温かい女性だよ。見た目が良すぎて君のお眼鏡にはかなわないかもしれないけどね」

「私のお眼鏡にかなう必要なんて、彼女にはない。彼女が必要としてるのは、別のものよ」

「それを僕があげられるかもしれない」

ここでマリー＝ルイーゼはもう耐えられなくなったようで、スツールから飛び上がるとうろうろ歩き始めた。

「ザロメ・ノアックはあなたに興味を持ってはいない。じゃあなにに興味を持っているのか？」

「もうそれ以上聞く気はないぞ」

僕は保存瓶の底の小銭の上に二ユーロ硬貨を一枚放った。ところが、まさにその瞬間、運命がついに微笑んでくれた。僕の携帯が鳴ったのだ。仕事場の電話番号。彼女の仕事場の電話番号だ。

「フェルナウさん？」

ザロメだ。彼女の声だ。ついに、ついに、つながった。

「ザロメ？」

僕はスツールから飛び上がり、マリー＝ルイーゼを押しのけて建物を出ると、玄関ドアのいでくれ。すべて終わったことだ、忘れてくれ、とは言わないでくれ。マリー＝ルイーゼが正しかったなんてことにはなりませんように。どうか……

「本当にすみません。こんな知らせのために電話するのは本意ではないんですが。大変残念です」

「やめてくれ」と、僕は言った。自分の声が裏返るんじゃないかと不安だった。「謝る必要なんてないじゃないか」

「いえ。ハンス＝ヨルク・ヘルマーが死んだんです。今朝、ヴェストハーフェンの近くのノルトウーファーで遺体が発見されました。凍死です。おふたりが親しかったのは知っていますので、私が直接お知らせしようと思いまして」

いい加減に敬語を使うのはやめてほしかった。それに、僕を死んだホームレスの親友にするのも。僕は彼の友達ではない。彼の弁護士だ。いや、弁護士だった。いまでは、僕はヘルマーの弁護士でさえないのだ。ヘルマーが死んだ。一瞬かかって、その認識が怒りと絶望の壁を突き破り、僕は再びはっきりと思考できるようになった。

「いったいなにがあった？」

「あらゆる状況に鑑みて、自然死だと思われます」

ザロメはここで黙り、僕も黙っていた。

「大変残念です」ザロメはもう一度、小声でそう繰り返した。

「ザロメ?」

受話器の向こうがあまりに静かなので、彼女はもう電話を切ったのではないかと不安になった。

「元気か?」

「なにをおっしゃっているのかわかりません」

ここで、ついに本当に電話が切れた。

僕は寒さのなかに立ちすくんだまま、携帯を見つめていた。やがてディスプレイの照明が消えると、携帯をしまって深呼吸し、マリー＝ルイーゼのもとに戻った。

「彼女だった?」

「ヘルマーが死んだ」僕が言ったのは、それだけだった。それ以上はなにも言えなかった。

死体安置の担当部署にはすぐに電話がつながった。だが、通話の相手として出てきたのは犯罪捜査課の刑事で、僕は延々としつこく彼を説得して、ようやく案件番号を聞き出した。そして、翌朝の八時過ぎ、闘志満々でシェーネベルク地区の殺人課へ、より正確に言うならファーゼンブルク警部の部屋へ行き、長々とした儀礼的な挨拶は省略して、すぐに本題に入った。昨夜眠れなかったことがまだ尾を引いていた。僕が皇太子から馬丁へと降格されたことは、僕の姿を見れば誰の目にも明らかだろう。僕のやつれ具合の真の理由を知らないファーゼンブルクはすぐに椅子を勧めてくれたうえに、コーヒーを淹れてくれた。僕は彼に案件番号を告げて、とにかく警察の内部情報システムである〈ポリクス〉で検索してくれと頼んだ。それほど時間もかからず、すぐにヘルマーの件の全容が画面に現れた。

まず、僕たちは写真を見ていった。うつぶせに倒れたヘルマーの写真。この状態で発見された。それから、仰向けにされたヘルマーの写真。目は閉じており、まるで死の瞬間になにかを思い出そうとしているかのような、考え込んでいる表情だ。だが、なんらかの意味があるとは限らない。彼のこんな表情を、僕はこれまでにもよく見てきた。ヘルマーはどんどん物忘れが激しくなっていた。単語、途中まで話した文章の終わり、名前。写真のヘルマーの口はわずかに開いていて、髪はぼさぼさだったが、それも僕のよく知る彼の姿だった。土のかけらが少し頬にくっついていた。死ぬ直前に嘔吐したに違いなかった。

全景写真には、遺体と番号札とが写っていた。特に目についた事象として、しなびた古いニンジン一本、煙草の吸殻二本、それに、数歩離れたところに落ちていたヘルマーのリュックサックが記載されていた。僕はすべての写真をもう一度じっくりと見ていった。公園のベンチはどこにも見当たらない。

死亡証明書を書いた医師は、通報センターから六時五十七分に連絡をもらっていた。死因は低体温症。さらに、朝食のパンを買いにいく途中の六時半少し過ぎにヘルマーの死体を発見した地元住民による短い目撃証言があった。

四時間後、現場の封鎖が解かれた。暴力犯罪の疑いなし。遺体は法医学局の車で搬送された。

ファーゼンブルクは考え込みながら髭を剃ったばかりの顎をなでていた。たっぷり睡眠をとり、シャワーも浴びてきたように見える。健康そうだ。きっと定期的にスポーツをして、充実した私生活を送り、自身の銀行口座の動きと出世の見込みを完全に把握しているに違いない。要するに、僕が持っていないものをすべて持っているというわけだ。僕は突然、彼のことが羨ましくなった。特に、窓際に置かれた美しい女性と朗らかそうな子供の写真が。それに、夜にちゃんと眠れているであろうことも。自分の人生はどうしてこうもうまく行かないのだろうと、悶々とすることなどないのだろう。

「今年初の凍死です」と、ファーゼンブルクは言った。「だいたい、三月半ばなんですから。早朝の気温は零度をわずかに超えるくらいで、そこにアルコールが加われば、こうなりますよ」

「凍死じゃありません」

僕は怒っていた。ファーゼンブルクに、ザロメに、それどころかヘルマーにまで。どうしてヘルマーは、母のところに留まらなかった？　どうして連絡してこなかった？　どうしてファーゼンブルクは、まだ間に合ううちに手を打たなかった？　いま、ヘルマーは死んだ。

それなのに、この髭をつるつるに剃り上げた警部の頭のなかには、凍死だとして事件を矮小化することしかない。

僕はコンピューター画面の前から立ち上がり、机を回って反対側に戻った。ファーゼンブルクがため息をついた。

「犯罪対策第一課の同僚たちは、現場でなにひとつ、本当になにひとつ見つけられませんでした。ヘルマーはおそらく酔っていたんでしょう。少なくとも、体からは死後もまだアルコールの匂いがしていました」

「ヘルマーは絶対に地面に寝たりはしません。ここにはベンチが見当たらない。新聞紙もない。どこを見ても、寝床にできるような場所がまったくない。路上生活者は公共の場所で飲んだりしません。少なくともほとんどの路上生活者は。ヘルマーの〈我が家〉はクライスト公園で、死体が見つかったヴェストハーフェンじゃありません」

説得力のある論点とは言えなかったが、それはどちらの側も同じだった。ヘルマーの死は、僕にはあまりにも単純化されているように思われた。ファーゼンブルクがあまりにも単純化しすぎているのだ。

「おかしいじゃないですか」僕は、せめて少しでも目が覚めるようにと、コーヒーを一口飲んだ。「ヘルマーはまず、銃で殺されそうになった。その後、あとをつけられた。そして結局、川岸で死体になって発見された。これまでのすべてを考えると、僕なら出動準備を整えますね」

ファーゼンブルクは出動準備という言葉を、コンピューターの電源を落とすことだと理解したようだった。ハンス＝ヨルク・ヘルマーは、これまでも、これからも、すでに終わった事件なのだ。

「これ以上の捜査をする理由が見当たらないんですよ。検察は……」

「検察官はノアックさんですか？」

ファーゼンブルクは無言だった。

「それなら、検視を要求します」

いまこそ、ファーゼンブルクがミュンスター・ヒルトループの管理職講座で事態の鎮静化についてなにを習ったかが明らかになるときだ。だが講座で最優秀の三人にはおそらく入っていなかったのだろう、ファーゼンブルクはイライラと指でテーブルを叩くばかりだった。

「あなたが我々になにをすべきか、なにをすべきでないか、指示できるとは思えません。検視にはそれ相応の理由が必要です。法医学局の人員がかなりぎりぎりなのはご存じでしょう」

「つまり、ヘルマーの検視が行われないのはそちらに人が足りないからなんですか？　それともヘルマーがただのホームレスだから？」

それを聞いたファーゼンブルクは、帰ってくれと言いたそうな表情になった。僕は謝罪のしるしに両手を上げた。

「申し訳ない。でも、どうか私の言葉を真剣に受け取ってほしいんです。私はこの件は暴力犯罪だと考えます。検視をしてほしい。だから、必ず検視を勝ち取ります。たとえ警察庁長官のところまで行くことになっても」

「長官は立派な方だ。彼女、本当にどれだけのゴタゴタに耐えねばならないことか。フェルナウさん、私に圧力をかけても無駄です。でも、あなたの混乱した思考のなかに、ごく稀に考慮に値するものがあることも私は知っているんでね。それに賭けて、なんとかやってみます。なにも約束はできませんが、とにかくやってみます。それでいいですか？」

「だめです」と、僕は答えた。

ファーゼンブルクは呆れたように天井を仰いだ。

「このうえ、なんだっていうんです？」

「私は、六年前になにがあったのかを知る必要があります。もし警部がこれから殺人容疑で捜査を始めるのであれば、ヘルマーの当時の書類を要求することができますよね」

「捜査なんかしませんよ。私がするのはせいぜい、残念ながら毎年一、二件は起きる普通の凍死事件を、あなたのしつこさに免じて、あらゆる理性と医師の診断に反して詳細に調べてみることだけです。万一、いいですか、万一にもその調査の結果、なんらかの行動が必要ということになれば、その時点で次の手順を踏みます。そもそも、その書類を見てどうしようっていうんです？」

書類は僕をザロメのもとへと導いてくれるだろう。それは間違いなく重要な理由のひとつだ。だがふたつ目の理由は、僕が知り合って以来、ヘルマーがずっと被害者だったことだった。忍耐強く、人当たりがよく、謙虚な男。彼に、死んだ後にまで被害者のままでいてほしくなかった。ヘルマーには、自分の身に起きたことを解明してもらう権利がある。本当に凍死したのなら、僕もおとなしく引き下がる。だが、もしも別の理由があるのなら、全力でその解明をするのが、犯罪捜査課の刑事と検察官と、それに依頼人のいない、時間を持て余した弁護士の義務ではないか。

「六年前の出来事に、動機があると考えているからです」

「動機って、なんの？」

「殺人のです」

まだ始まったばかりの一日の最初の勝利だった。そして、さらなる勝利が続くことになった。地下鉄の駅に向かう途中、写真よりも文字のほうが多い種類の新聞各紙をごっそり買って、四ページ目、または五ページ目、六ページ目にある地元欄になにが載っているかを調べることに時間を費やした。警察からメディアに向けた知らせは、夕方早めに出たに違いなかった。ほとんどの新聞が、同じソースを引用していた。一紙はベルリン州内務大臣に太いパイプを持っていて、社会福祉費用の削減について、彼を質問攻めにしていた。大臣はあらゆる局面で使われる単純であいまいな計算でもって、路上生活者全員に割り当てられるだけのベッド数があると反論していた。〈アーベントシュピーゲル〉紙は、ヘルマーの死を契機に、クリスマス時期の市民の慈善心の津波が引いた後、現在かなりの寄付不足に苦しんでいる炊き出しと緊急避難所に目を向けていた。市民はすでに義務を遂行し終えてしまった。いまではほとんど食べ物もなく、衣料品もなく、救世軍にはすでにじゅうぶんなパンさえない。その記事の末尾には、altt という署名があった。

アルタイだ。

僕は地下鉄を乗り換え、すぐにディズニーワールドにも似たフリードリヒ通りに着いた。かつての東西ベルリンの検問所であるチェックポイント・チャーリーで、観光客たちが、本物にしか見えない東ドイツ人民警察官と笑いながら写真を撮っている。引率の教師によって一番近いマクドナルドではなく、ペーター・フェヒター記念碑（ベルリンの壁を越えようとして銃撃を受け死亡した東ドイツ市民ペーター・フェヒターをしのぶ記念碑）に連れていかれるせいで不満たらたらの修学旅行生の一団が、危うく僕を踏みつぶしそうになった。記念碑はすぐそこにあるのだが、誰ひとり興味を持っていない。だが自称「ベルリンの壁博物館」にあるハリウッド顔負けの逃亡シーンの展示のほうは、どこかのボーリングクラブ会員たちを引き寄せていた。彼らは恐ろしい場面に少しばかり戦慄して楽しむ一方、なぜベルリンは壁のあった町としての自身の歴史をこんな学校の壁新聞レベルの展示にして貶めてしまうのだろうと訝っている。

デンマークからの観光バスに轢かれる前に僕は通りを渡り切り、〈アーベントシュピーゲル〉紙の社屋に足を踏み入れた。それから二分とたたずに四階にたどり着いた。司法記者アルタイがエレベーターの前まで迎えにきてくれていた。そして、イライラした様子で壁にかかった大きな時計を指した。

「二十分後に出掛けなきゃなりません。モアビートで犬を絞め殺した男の事件で。緊急のご用件なんですね？」

犬扼殺事件は、僕もぜひ担当したいような案件だった。一匹のロットワイラーが公園で遊んでいる男の子たちの一団に突っ込んでいったときに、とある勇敢なフィットネストレーナーが助けに駆け付けた。犬は途方に暮れた飼い主の呼び声にも、トレーナーが勇敢に繰り出した蹴りにも反応せず、八歳の男の子の肉を食いちぎり続けたので、フィットネストレーナーはついに犬に跳びかかり、なんと素手で犬を絞め殺した。それから二日間、彼はベルリンの英雄だった。ところが、飼い主の女性が出てきて、彼を器物破損で訴えた。少年は生き延びたが、彼女のロットワイラーは死んでしまったというわけだ。女性に終身リード装着と口輪義務を課すことはできず、裁判所は彼女の訴えを取り扱わねばならないことになった。今日は公判日で、メディアの数も凄まじいことになるだろう。

アルタイはコピー機やウォーターサーバーの置かれた長い廊下を急ぎ足で歩き、いくつもの大部屋の前を通り過ぎて、ウォークインクローゼット程度の広さの部屋へと僕を案内した。三人入れば檻で飼育される鶏の気分になるだろう。

「狭いけど一人部屋。どうぞ、座って。コーヒーは？」

「結構です。飲んできたところなんで」

アルタイは僕の脇をむりやり通り抜け、机の前に座った。そこからはフリードリヒ通りと、のろのろとしか進まない車の列が見下ろせる。アルタイは五十代前半の中肉中背の男で、生き生きした明るい目と、薄くなりつつある髪の持ち主だ。はいているズボンはワンサイズ大きすぎ、シャツはワンサイズ小さすぎる。意図的なのか酔狂なのか、いずれにせよ、なにひとつサイズが合っていない。しかも開いた襟元からは灰色の巻き毛が溢れ出していて、ボタン穴の上で綿菓子のように渦を巻いていた。

「で、ご用件は？」

「ふたつあります。まず、私的なパーティーの片隅で目にされたことは黙っていていただきたいのですが」

驚いたように、アルタイは眉間にしわを寄せて、まん丸な目で僕を見つめた。

「ブリッツ城のことです。先週の。憶えておられますか？」

「ああ、あれか。内務省担当の同僚に寄ってみろと言われましてね。州政府の建築局長がシャンパンを飲んでるところを撮れればよかったんだが。ただ残念ながら、撮ったとしても資料室行きですがね。政治家どもは、仲のよかったとある人物が急に亡くなって以来、州のプロジェクトの回し方を少々変えつつあってね。州政府寄りに。スベイモリが敵よりかなり長生きすることになりそうだってわけで」

「どうして？」

「もともとはユルゲン・フェッダーについての記事になるはずだったんです。でも記事が公になる前に、当人が亡くなった。うちは、フェッダーのすぐ近くにいた人間で、少しばかりしゃべってくれそうなのを見つけたんですがね。どうしてフェッダーが常にほんの数セントの違いで競争相手たちに入札で勝つことができたのか。ところが、とりあえずは全部お蔵入りですよ。死者への哀悼の意からね。おまけにあのパーティーでは、州政府建築局長は一晩中トマトジュースを飲んでいた。それだとどうも絵にならない。だから写真は撮らなかった。そう、確かにあれはブリッツ城でしたね」

アルタイは残念そうに首を振ると、コーヒーカップを持ち上げて中身の匂いを嗅ぎ、軽く顔をしかめて、カップを元に戻した。

「ホフマンさんに、とある検事と私が一緒にパーティーを抜け出したと話しましたよね。どうかこのことは公にしないでいただきたい。我々のあいだにはなにもありませんから」

「そうだとしたら、そりゃかなりおおっぴらな〈なにもない〉ですな。実はあなたの車、私の車の目の前に停まってたんでね。どうしてもいろいろ目に入っちゃって」

「あなたの担当分野ではないと思いますが」

「ふむ。なるほど、担当分野ね」

アルタイは腹の前で手を組むと、親指をくるくる回し始めた。そして、窓から道の向かい側の建物を眺めた。

「ホフマンさんのことが私は好きでね。私が知る中で最も腕の悪い弁護士のひとりだ。あまりにも心に血が通いすぎていて。あまりにも熱心で。それにときどき、その場にそぐわない話し方をする。でもね、ご存じですか？　毎回、そんなときこそが最終弁論の真骨頂なんですよ」

そんなつもりはなかったのに、思わず微笑まずにはいられなかった。アルタイの話していることが、僕には正確にわかった。アルタイが再び僕のほうを向く。

「私はね、ホフマンさんが参加している裁判では、まだ一度も居眠りしたことがない。それはなかなかのことですよ。彼女のことをいろいろ言う人もいるが、私は彼女が間違った側についたところを、一度も見たことがない。彼女のことが好きです。ときどき一緒にコーヒーを飲む仲なんですよ」

「それはまったく構いませんよ。でも、私の私生活に首を突っ込む理由にはならないでしょう。ホフマンさんと私は、共同で事務所を経営しています。それだけです。それ以上じゃありません」

「そのことは、ホフマンさんも知っている？」

もちろんだ。だいたい、僕はこれまで何度も彼女を人生のややこしい状況から救い出す救世主になってきた。マリー－ルイーゼの恋愛関係のすべて、恋の悩みのすべてを生々しく聞かされてきたのだ。何トンものティッシュペーパーが僕のゴミ箱に詰め込まれてきた。あれこれの男の美点を何時間にもわたって延々と聞かされた後、数日後には彼らの耐え難い醜悪な面が細々とあげつらわれるのに付き合った。ここ二年間、彼女は一ダースほどのもとは頑健な恋人たちを消耗させてきた。彼女の話を聞くだけで、まるで彼らが僕の恋人でもあるかのようによく知るようになった男たち。マリー－ルイーゼと僕はパートナーだ。友人とも言えるかもしれない。だけどそれ以上ではない。もちろん、決してそれ以下でもない。

「もちろんです」と、僕は言った。

「それなら、この件は私にとっては終わりだ。で、ふたつめの用件というのは？」

アルタイは腕時計に目をやった。犬扼殺裁判に早めに到着できなければ、いい席は見つからないだろう。僕は話を短くまとめた。

「ハンス－ヨルク・ヘルマーの件です。ノルトウーファーで死体で発見された路上生活者。たったいまファーゼンブルクのところで検視を申請してきました」

アルタイは即座に、先ほどのファーゼンブルクと同じ反応を示した。鉛筆と紙をつかんだのだ。

「なぜ？」

「ヘルマーの死にはなにかがあると考えているからです。それを見つけ出すためにあなたの助けが必要なんです。六年前、ヘルマーに対するなんらかの訴えが起こされたんですが、その後不起訴になりました。おたくの資料室に、この件に関してなにかないでしょうか。事件書類は検察にあって、いまのところ私には手が届かないので」

アルタイは鉛筆で後頭部を軽くかくと、その鉛筆を置いて、コンピューターの画面に向き合った。

「ヘルマー、ハンス－ヨルク」と、名前を入力する。「なにかが引っかかるな。でも思い出せない。告訴。なにもなし。もしかしたらイニシャルで〈H－ピリオド〉の項目かな。〈H－ピリオド〉、〈J－ピリオド〉、〈H－ピリオド〉。だめだ。――申し訳ない。うちのデータバンクのカバー範囲はそこまで広くなくて。ほかになにかとっかかりになる言葉は？」

「薬物」と、僕は言った。「クスリ欲しさの犯罪かもしれません。押し入り。窃盗」

アルタイはキーボードにあれこれ打ち込んだ後、首を振った。

「ダメだ。こうなったら資料室で肺を病むまで埃を吸ってもらうしかないですね。裁判にならなかったなら見通しは暗いが。あるとしたら〈その他警察関係〉のどこかですかね。六年前でしたっけ？　正確にはいつ？」

「わかりません」

「三百六十日分の新聞か。まあ頑張れ」

いい気味だと思っているのが丸わかりの顔で、アルタイは僕に手を差し伸べるさらなる努力とともに、キーボードをうんと遠くに押しやった。

「ちょっと待ってください。もし私がなにか見つけたら、あなたに最初にお知らせします」と、僕は言った。「あれは殺人だったんです。あのリッテン通りの事件がもし成功していれば殺人になったのと同じで」

「ええと、あのとことん馬鹿げた、気合いの感じられない、まともな準備もない適当な謀殺未遂が、ヘルマーとなんらかの関係があったと考えているんですか？」

「狙われたのはヘルマーだったんですよ」

アルタイは歯のあいだから、小さな口笛を吹いた。

「本当になにか見つかったら、おっしゃることを信じます。それでいいですか？」

僕は頷いた。アルタイは立ち上がり、再び僕の横をなんとかすり抜けてドアを開けると、怒鳴った。「ヴィットコヴスキ嬢！」

僕のほうを振り向いて、アルタイは言った。「実習中の高校生ですよ。十六歳。三週間押し付けられましてね」

いくらもたたないうちに、ヴィットコヴスキ嬢が僕らの前に現れた。これまで十六歳がはいているのを見たなかで最も短いスカート姿で、まるで放課後は毎日ディスカウント・ドラッグストアの化粧品コーナーに置かれた鏡の前で過ごしているかのように見える。

「こちらはフェルナウさん。弁護士だ。いまちょうど一緒に非常に重要な事件の調査を手がけていてね、君の協力が必要なんだが」

「喜んで」ヴィットコヴスキ嬢はさえずるような声で言った。

「六年前に、とあるホームレスに関する事件があった」

「薬物中毒者です」と、僕は訂正した。「ホームレスになったのはその後です」

「わかった、じゃあホームレスの薬物中毒者でもなんでもいい。名前はハンス＝ヨルク・ヘルマー。ただ、うちのほうで人身保護の観点から名前を省略した可能性もある。ハンス＝ヨルク・〈Hピリオド〉とか、Hピリオド＝Jピリオド・Hピリオドとか」

「H……ピリオド？」

「書いてあげるから」

アルタイはメモ用紙に素早く書き込むと、彼女に手渡した。

「それで？」と、ヴィットコヴスキ嬢が訊いた。

「もしこの男を見つけたら、知らせてほしい。わかったかな？」

「わかった。見つける」

ヴィットコヴスキ嬢は、マスカラをべっとりつけた目を手の中のメモ用紙に落とした。

「じゃあ、幸運を」

ヴィットコヴスキ嬢は部屋を出ていった。

「これであの子の姿を見ることは二度とないだろうな」

アルタイはもう一度、僕のほうを振り向いた。「その点ではフェルナウさんに心から感謝しなくては。とはいえ、この集中的調査の結果にはあまり期待できませんよ。もしなにかわかれば連絡します。同じことをそちらにも期待してますよ」

僕は立ち上がった。

「もう一度、彼女と話してください」アルタイが言った。

「ヴィットコヴスキ嬢と？」

「いや」アルタイが答えた。「ホフマンさんと」

エレベーターの前で、ヴィットコヴスキ嬢に再会した。紙に書かれた文字を何度も何度も読み返す彼女は、死ぬほど不幸そうだった。

「一年分の新聞なんて。絶対無理。普段は一か月に一回しか読まないのに。でも私がこの実習を辞めさせられたら、お父さんに殺されちゃう」

「顔を上げて」と、僕は言った。「誰でも最初は下積みから始めるんだよ。ジャーナリストになりたいんだろう？　それなら、調査も仕事のひとつだ」

「ジャーナリスト？　まさか。絶対いや。でも、どうしてかわかんないけど、私、いっつも当たりくじを引いちゃうんだよね」

「この実習のポストはくじ引きだったの？　自分の興味とか志望に合わせて決めるんだと思ってたけど」

ヴィットコヴスキ嬢は、腹立たし気に鼻から息を吐き出した。

「そうよ。親の希望に合わせて決まったの。お父さんがここの郵便配達部署で働いてて、この実習の席を用意したの。私には事務仕事に就いてほしいって」

「で、君は？　君自身はなにがしたいの？」

「ネイルデザイナーになりたいの」

エレベーターが来て、僕たちは一緒に乗り込んだ。僕は一階のボタンを、ヴィットコヴスキ嬢は地階のボタンを押した。ドアがゆっくりと閉まる。会話がすっかり途切れてはと思って、僕は訊いた。「つまり、機械工学？」

「ううん。指の爪(ネイル)。いろんな模様の入った付け爪とか。すっごくクリエイティブなのよ。それにいま、めちゃくちゃ人気あるんだから。それか、日焼けサロンの専門技師」

「そういう仕事を学べる場所があるの？　それは正式の仕事なの？」

ヴィットコヴスキ嬢は頷いた。どうやら僕に信頼感を抱いたようだが、それは決して相方向の信頼に基づくものではなかった。僕は徐々に、アルタイがこの少女を即座に彼の広い胸に受け入れなかった理由を理解し始めた。

「フェルナウさん、ちょっと訊いてもいい？」

「もちろん、なんなりと」

「新聞ってどうやって読むの？」

僕は、こう答えたい衝動に駆られた——左から右へ。けれど、自分を律した。

「ベルリンの地元欄のところだけでいい。雑記、各地区の警察署の報告。見出しだけをざっと見ていって、もし探していることに関係がありそうだったら、記事を読む」

「無理そうだったら電話してもいい？」

僕は時間がありそうに見えるのだろうか？　アルタイさんはいつも時間がなくて」

僕は時間がありそうに見えるのだろうか？　だが、ヴィットコヴスキ嬢はすでに紙を差し出していた。

「もちろん」

僕は紙に素早く携帯番号を書いた。僕たちの短い旅はそこで終わり、僕はエレベーターを降りた。ビルの出口で、もう一度振り返ってみた。エレベーターのドアがちょうど閉まるところで、ヴィットコヴスキ嬢はまるで二度と戻ってこられない炭鉱へと降りていくかのような顔で、消えていった。

僕は外に出て、目をしばたたいた。太陽がほんの一瞬、雲の後ろから顔を出し、僕はついに日の光に再会できたことを喜んだ。それに、その光が日焼けサロンのものではなく、本物であることを。

　アパートの階段に敷かれた絨毯の大きな長所のひとつは、音をよく吸収することだ。人間を単なる地上の生物以上のものに押し上げるのが文化だとすれば、絨毯は文明の重要な獲得物と言えよう。世界平和と多民族、多文化共存における絨毯の意義は、総じて過小評価されている。もし絨毯がなければどんなことになるかは、どれほど強調しても足りないくらいだ。階段を上がるこちらの一歩一歩が、住居のドアの向こうで注意深く息を殺す人間の耳に入る。足音が聞こえる時間と、こちらの心身の状態までもが記憶される。そして、中世の包囲攻撃さながら、敵はこちらが疲労の最初の兆候を見せ、わずかに立ち止まるまで待ち構えていて、その瞬間に襲い掛かってくるのだ。

　僕の場合、敵とはフライタ－ク夫人だ。

「あら、フェルナウさん、お会い出来てよかった」

　夫人はドアをわずかに開けていたので、階段での僕たちの「偶然の」出会いの邪魔をするものは、小さなドアチェーン一本だった。フライタ－ク夫人の足もとを二匹の猫が歩いていて、一匹が問いかけるような鳴き声とともに二歩前に出てくると、逃げ道を探してあたりを見回した。

「あのフィデスって会社、お宅のことも脅してきました？」

　ファーゼンブルクとアルタイ、どちらともうまく話を進められたことで心が浮き立ち、僕は地下鉄の駅からここまで、ほとんど走ってきた。そしてフライタ―ク宅のドアの前を通り過ぎ、すでに次の踊り場まで階段を上ったところで容赦なく呼び止められたのだった。僕は荒い息のまま立ち止まった。

「うちもって、どういうことです？　フライタ―クさんのことも追い出したがってるんですか？」

「そうなの。じゃなくて、そうじゃないの。ここに住み続けることはできるのよ、ただ……」

フライタ―ク夫人はエプロンのポケットをごそごそやって、一枚の紙を取り出した。一目見て、この建物の新管理会社からの手紙だとわかった。正確に言えば、手紙の残骸だ。おそらくフライタ―ク夫人は、この手紙で猫用トイレの掃除をしたか、フライパンでも拭いたのだろう。嫌々ながら僕は階段を降りて、彼女の前に立った。

「でもね、いろいろ替えるっていうのよ。暖房も、窓も、床も。キッチンを新しくして、バスル―ムも改装するって。このあいだ、感じのいい男の人が来てね、全部説明してくれたの」

奇妙な匂いが漂ってきた。腐った猫の餌とアンモニアの混ざった匂い。もう一匹の猫がほかの猫たちを押しのけるように前に出てきた。黒くて、目が片方しかない。

「でもね、うちの子たちを手放さなきゃならないって言うのよ。アパ―トが改装されたらペットは禁止だって」

僕はできるだけ呼吸を浅くするよう心がけた。片目の獣が僕に忍び寄ってきて、靴の先の匂いを嗅ぐ。僕は決して猫好きではない。犬も特に好きではないし、インコなどもってのほかだ。僕の意見では、動物は住居のなかにいるべき存在ではない。鍋とオーブンのなかは別にして。しかし、僕の足もとにいるこの獣は、そんな僕の意見にはまったく興味がなさそうで、僕のズボンの裾のまわりをのっそり回った後、喉をゴロゴロ鳴らしながら僕の足首に頭をこすりつけ始めた。

「猫、何匹飼ってるんですか？」

「うーん、その時々ね」

僕はなるべく目立たないように獣を足で追いやった。

「いまは十四匹」

「十四匹？」

まるでその言葉が合図だったかのように、さらなる毛玉たちが湧いて出て、飼い主の足もとをすり抜けてきた。一匹は足が三本しかなかった。もう一匹のオレンジと白の毛がもつれた怪物は、片方の耳がなかった。

「それは、アパートで飼うには少し多すぎませんか。動物保護施設に行かれたことは？」

「もちろんありますよ。この子たちみんな、そこからもらってきたんだから。この可哀そうな子たち、ほかには誰ももらってくれないから」

フライターク夫人は、ドアをばたんと閉じた。締め出された猫たちは注意深く頭を上げて、文字通り朝の空気をかぎ取った（好機到来を感じるの意）。フライターク夫人との会話が意外にも唐突に終わったことを喜ぶ間もなく、ドアチェーンが外れる音が聞こえた。黒猫はいまでは尻尾で僕の膝を撫でている。どうやら僕のことがとても好きらしい。

「入って、入って」

フライターク夫人が再びドアを開けて、細い人差し指で僕を誘った。僕は覚悟を決めて、一歩近づいた。

「六か月後にはみんな消えちゃうの。別の施設に移されたっていうんだけど、本当はガスで殺されるのよ。ミンクみたいにね。ねえ、あなた毛皮は着ないわよね」

舌打ちのような音で、フライターク夫人は猫の群れを住居のなかに呼び戻した。太ったオレンジと白の猫と片目の黒猫だけが、廊下に残った。

「ええ、毛皮は着ません。フライタークさん、残念ながらあまり時間がないんですが」

さらなる猫たちがフライターク夫人の後ろにずらりと連なっている。住居のなかは薄暗いながら、古い壁紙とすり減ったリノリウムの床が見えた。家具はひとつもない。猛獣の檻のなかのような匂いがする。

「一度よく考えてみるのもいいんじゃないですか。猫の数が減れば、仕事も減るわけですし」

それに匂いも。

フライターク夫人は痩せて筋張った人で、眼光は鋭く、髭が生えているのは見間違いようがなかった。白髪は頭頂できつく束ねられている。洗いすぎで色あせたエプロンと、履き古したスリッパ姿は、ヴィルヘルム・ブッシュ（ドイツの詩人、風刺画家。一八三二年―一九〇八年）の描いた人物を思い出させる。

「この子たちにどこへ行けっていうの？　私以外には誰もいないのよ。うちの猫たちを手放すつもりはありません。それに、猫はネズミを狩ってくれるじゃない。ヴォーヴェライトなんて、ドブネズミまで捕まえるんだから」

「ヴォーヴェライト（元ベルリン市長。任期は二〇〇一年から二〇一四年まで）？」

「そう」と言って、フライターク夫人は片耳のないオレンジと白の猫を指した。「それから、この子はディープゲン（一九八四年から一九八九年までの西ベルリン市長、東西ドイツ統一後一九九一年から二〇〇一年までベルリン市長）っていうの。どれくらい長くうちにいるか、それでわかるってもんでしょ」

黒猫が、興味深そうに僕の靴紐から顔を上げた。

「じゃあ……シュトッベ（一九七七年から一九八一年までのベルリン市長）は？　ヴァイツゼッカー（元ドイツ大統領。一九八一年から一九八四年まで西ベルリン市長を務めた）は？」

「もう死んだわ。この子はラウリーン（ハナ－レナーテ・ラウリーン。一九二八年―二〇一〇年。ドイツの女性政治家）。ベルリンの政界には、重要な女性が少なすぎて困るわ」

ラウリーンは見た感じ八キロほど体重過剰で、しかもその過剰な脂肪は付くべきでないところに付いていた。後ろ肢で座った姿はまるでトイレブラシだ。この醜い獣に、ベルリンの町の繁栄のために力を尽くし、僕が知る限り常にきちんとした服装と髪型だったあの女性の名前を付けるとは、冒瀆もはなはだしい。

「フライタークさん。なにか僕にできることはありますか？　助けが必要ですか？　社会福祉局に問い合わせて、誰か……」

フライターク夫人は、僕の鼻先でドアをバタンと閉じた。ヴォーヴェライトが驚いて窓枠に飛び乗り、ディープゲンは縮み上がって、ますます強く僕に体を押し付けた。僕は苛立ちながらしつこい猫を追い払い、事務所に向かって階段を上り始めた。

マリーールイーゼは自分の部屋にいた。机に両足を、膝に書類を載せて、耳には受話器をはさみ、口には煙草をくわえて、どこかの誰かとなんらかのビラの責任条項について議論している。僕の姿を認めると、ファックスを指した。

「すぐにかけなおす」

そう言って電話を切ると、マリーールイーゼはファックス用紙をつかんで、僕の鼻先で振った。

「これ、どういうことなのか説明できる？」

僕は彼女の手から紙を受け取った。マークヴァートが約束どおり、フィデス社の賃貸解約予告に対する回答を長々と綴っていた。

「どうしてゼバスティアン・マークヴァートが、私の代理人としてフィデスとやり合うことになるわけ？　あなたの仕業？　私が陥ってるクソみたいな状況をあちこちに言いふらすのが、あなたなりの助力ってわけ？」

「マリー＝ルイーゼ、ほかに方法がなかったんだよ、なにしろ時間が……」

「それも、よりによってマークヴァートって！　あのクーダムの弁護士！　こういうのは嫌！　これは私の信頼に対する裏切りよ！　私があなたに心配事を話したら、あっという間に弁護士協会の半分が大笑いしてるなんて。ホフマン弁護士、強制立ち退きさせられたってさ、なんて。そしてフェルナウ弁護士のほうは、これでもう半分ハイソサエティに戻ったも同然ってわけ。あんた最低、ヨアヒム。最低最悪！」

怒りに任せて、マリー＝ルイーゼは煙草をツナ缶でもみ消した。

「誰の助けも借りないつもりなのか？」

「借りる。でもこんなふうにじゃない。これは私の問題なの。だから解決のために誰の力を借りるかは、私が決める」

「首まで水に浸かってる人間にしちゃあ、偉そうな意見だな」

「沈むときだって、上るときと同じで、どれだけ偉そうにしたってしすぎることはないわ。

特に上るときに関しては、あなたも私の意見に賛成してくれるでしょ」

呼び鈴が鳴った。マリー＝ルイーゼは眉間にしわを寄せて腕時計を見た。そして廊下に出ていった。

僕は内容にざっと目を通し、形式上のささいな間違いを二か所見つけた。

「もし誰かがディープゲンとヴォーヴェライトを探してるんなら、ここにはいないと言ってくれ！」僕はマリー＝ルイーゼの背中に呼びかけた。

「ディープゲンとヴォーヴェライト？」

僕は驚愕して、手に持っていた紙を下ろした。心臓の鼓動が不規則になり、速まったと思うと、止まった。途方に暮れてあたりを見回した——マリー＝ルイーゼの部屋はせいぜい片目猫と片耳猫なら受け入れ可能ではあるが、本物の現職市長にも、現役の検察官にも入ってもらえる状態ではない。

彼女は左右非対称なデザインの薄緑色のブークレ生地のコートを着て、手にしたアタッシェケースとまったく同じ色のベージュの皮手袋をはめていた。しばらく場所を探してきょろきょろした後、彼女はそのアタッシェケースを一脚きりの空いている椅子の上に置いた。髪は後頭部でバレリーナのようなお団子にまとめていて、それがすらりとした長い首を強調し、青白い顔にさらに繊細さと透明感とを与えていた。

「ディープゲンとヴォーヴェライトにここで会えるとは、期待していないわよ」

彼女は僕に微笑み、僕の心に太陽が昇った。彼女の後ろからマリー＝ルイーゼが現れて戸口にもたれかかり、退屈そうに梳かしていない髪の先端を嚙み始めた。

「紹介するよ。こちらは事務所のパートナー、ホフマン弁護士」

マリー＝ルイーゼはわざとらしいほど余裕しゃくしゃくの様子でドア枠から体を離すと、ザロメに歩み寄った。そして手を差し出し、握手を終えた後も、普段の習慣よりも僕に近い位置に立ったまま、そこから動こうとしなかった。僕はファックス用紙を机に置いたが、遅すぎた。ザロメはすでに、用紙の上端にある名前を目にしていた。

「あら、マークヴァートさんね。ご一緒に仕事を？」

「いえ」と、マリー＝ルイーゼが答えた。

そして、アムネスティ・インターナショナルのパンフレットをファックス用紙の上に置いた。

「どんなご用件でしょう？」

「できれば、しばらくフェルナウさんとふたりで話したいんですが」

「もちろん」と、僕は言った。「僕の部屋に行きましょう」

ザロメは書類ファイルを手に取って、マリー＝ルイーゼにもう一度軽く会釈した。

「お知り合いになれて、大変嬉しく思います」

僕のパートナーはなにかよくわからないことをもごもごとつぶやくと、自分の机の向こうに逃げた。僕はザロメとともに廊下を歩いて、部屋に入ると、ドアを閉めた。

「なにか飲むかい？　お茶とか？」

コーヒーはまたしても切れている。だがザロメは首を振って、アタッシェケースを開いた。そして薄いファイルを取り出すと、僕に差し出した。

「ゲルリッツの同僚たちが送ってくれたのは、これで全部。それほど多くはない。でも、私が努力したのはわかってくれるでしょ」

「マイク・アルテンブルク」と、ファイルの表紙にはあった。僕はファイルを机の上に置くと、ザロメに椅子を勧めた。けれど、ザロメは座ろうとしなかった。

「あまり時間がないの。昨日の晩の、あの電話……私、まだ職場にいたのよ。秘書がすぐ隣にいたの。だから、少し冷たく聞こえたかもしれないけど」

ザロメは本棚のほうへ歩いていって、絶望的に古びた判例集のファイルに目を走らせた。

「夫とは合意があるの。どちらも自分の人生を生きる、でも互いに相手を傷つけたりはしない。このあいだの夜、夫が戻ってきたのは予定外だった。ブリュッセルに行っていたから。欧州理事会の委員会の顧問で、ブリュッセルではたいてい一泊してくるの。でもこのあいだの金曜日は委員会が早く終わったんですって。予定外だったのよ。あなたのことも、夫のことも。夫を絶対に傷つけたくなかったし、ちゃんと説明したの。夫は受け入れてくれた」

「なにを」と、僕は訊いた。「なにを受け入れてくれたんだ？」

「あれは一度きり、ちょっと足を踏み外しただけだってこと」

炎のように熱かった僕の心臓が凍りつき、氷の塊になった。ちょっと足を踏み外したとは、なんと素晴らしい。泥や犬の糞のことを話しているかのようだ。靴についた汚れを嫌々ながらふき取る話のようだ。ほんのはずみで、よろめいて、滑って転んだというわけか。バランスを、平衡感覚を、制御を失って。僕には人をこんな言葉で振った記憶はついぞなかった。怒りのあまり言葉が出ず、ただ黙っていた。この言葉をましななにかに変えることのできるものなど、なにひとつ思いつかなかった。

「ごめんなさい。あの夜は素晴らしかった。本当よ。でも、しばらくのあいだは会わないほうがいい」

僕は自分の机に行って、椅子に腰かけ、とにかくなにかを手に取ろうと、マイク・アルテンブルクの書類を引き寄せた。

「どうしても会わざるを得ないことになるだろうな。ハンス－ヨルク・ヘルマーの検視を請求したから」

「なにを請求したですって？」

僕は目を上げた。ザロメは呆然と僕を見ていた。こんな様子の彼女を見るのは初めてで、わずかとはいえ自信が戻ってきた。少なくとも僕は、いまだに彼女のペースを乱すことができるのだ。

「ヘルマーが凍死したわけじゃないのは確実だ」

「それならアルコール中毒症でしょう。または、嘔吐物で窒息死したか。そうだとしても、結局同じことよ」

「どうかな？」僕はそう訊いて、書類ファイルの表紙をめくった。「凍死なのか、窒息死なのか、それとも毒殺されたのか？」

ぼんやりした白黒写真のコピーが、役所が発行した公式書類にクリップで留められていた。死亡報告書。出生証明書。学校時代と、人民軍で兵役についていた時代と、〈ゲルリッツ繊維人民公社〉でのいくつもの勤務評価書。すべてざっと見ただけで読み飛ばしていった。まったく集中できず、ただただ、僕のことをこんなふうに扱うなんて許されないことを彼女にわからせてやりたいという燃えるような欲求しか感じなかったからだ。私的になら許されるかもしれない。それは仕方のないことだ。けれど、仕事の上で、目の前にいるのが昨日今日始めたばかりの駆け出しだと思ってもらっては困る。

「僕はヘルマーが死んだ理由を知りたいんだ。君の立場ならこの件の解明に少なくともわずかな関心くらいはあるものだと思っていたんだが」

僕はファイルを閉じた。ザロメは、まるで水をぶっかけられたプードルのようにそこに立っていた。

「ちょっと、ヘルマーの身になにかがあったと考えてるの？　なにがあったっていうのよ？」

「死だよ。それが彼の身に起こったことだ。ヘルマーはまだ死ぬはずの人間じゃなかった。誰かが彼を死に追いやって、自然死に見せかけたんだ。ホームレスがその冬最後の寒い夜に凍死したと見えるように。アルコール、孤独、誰も彼のことなど尋ねない。だがその誰かは勘違いをしていた。というのも、僕が尋ねるからだ。それも、答えを得るまで尋ね続ける」

ザロメは書類を指した。

「それがこれと関係あるの？」

「絶対にあるはずだ。たとえば、マイク・アルテンブルクの結婚証明書はどこだ？　僕が関心を持っているのは、まさにそれだよ。マイクの妻は誰だったのか？　ふたりのあいだの子供はどこにいるのか？　いまでは死者は三人になった。マルガレーテ、マイク、そしてヘルマー。この三人を結びつけるなにかがあるはずだ。それがなんだったのかを僕は見つけ出す」

ザロメは僕を見つめていた。バハマの島の周囲に広がる海のように青い、飛び込んで溺れたいと僕に思わせるあの目で。

「だから検視をしてもらうんだ。殺人犯がいるはずだ」

ザロメは僕に近づいてきて、手袋を外すと、僕の頭と首筋とを撫でた。

「やめろ」僕はそう言って、彼女の手を払いのけた。

「あなたの髪に恋してるのよ、ヨハナーン」

ザロメは僕に覆いかぶさってきて、僕の耳のすぐそばに口を近づけた。そして小声で話した。一語一語が小さな銀色の蛇のように僕の心臓に這い進み、氷の塊を溶かしていった。

「杉のよう、ライオンたちが木陰で休むレバノンの杉の大木。月が隠れて、星が寂しがる長くて暗い夜も、あなたの髪ほど黒くはない」

ザロメは僕に口づけた。僕は顔をそらした。

「あなたの唇が欲しいの、ヨハナーン」ザロメが囁く。「テュロスの庭のザクロはバラより燃えるように赤いけれど、あなたの唇ほど赤くはない。敵をおののかせる王たちの到来を告げる血に塗れたトランペットのファンファーレも、あなたの赤い唇ほど赤くはない」

ザロメは一語一語を、僕の額に、頬に、首筋に落としていく。抗う術もなく、僕は彼女を腕に抱いた。

「モアブの鉱山の辰砂も、夜明けの海の珊瑚も、世界中のなにひとつ、あなたの唇ほど赤くはない」

ザロメの髪がほどけて、まるでベールのように僕に垂れかかってきた。僕はそのベールを払いのけて、ザロメに口づけ、ヘロデ王がサロメを欲したこと、欲するあまり、洗礼者ヨハネの首を斬って与えたことを考えていた（オスカー・ワイルド『サロメ』より。ヘロデ王がサロメに望みのものを尋ね、サロメは洗礼者ヨハネの首を求めた）。そして、このバビロンの娘ザロメに僕はどんな犠牲を捧げるのだろうと考えた。僕の首、僕の心臓、僕の魂、僕の王国——そのとき、建物中に凄まじい重低音が響き渡り、壁が震え出した。僕たちは驚きのあまり体を離した。僕は跳び上がって、マリー＝ルイーゼの部屋へと走った。

「どういうつもりだ？」僕は怒鳴った。

マリー＝ルイーゼは反応しない。僕はコンピューターからスピーカーのケーブルを引っこ抜いた。突然、死のような静寂が訪れた。マリー＝ルイーゼが驚いて顔を上げた。

「あの人、ラムシュタイン（メンバー全員が東ドイツ出身のロックバンド）は嫌い？　ところで、口紅があちこちに付きまくってるけど」

僕は答えなかった。マリー＝ルイーゼは落ち着き払って、引き出しからヘッドフォンを取り出すと、コンピューターにつないだ。僕はザロメのもとに戻ったが、彼女はすでにコートのボタンを留め終わり、ちょうどコンパクトを開けて剝げた化粧を直し始めたところだった。

「ごめん。ここ最近の彼女、いったいどうしたのか、少しおかしいんだ」

ザロメは口紅を塗りなおすと、上下の唇を一瞬重ね合わせて、鏡で点検した。

「あなたたち、付き合ってるの？　つまり、この事務所の外でも関係があるの？」と、ザロメが訊いた。

「いや」

肩をすくめると、ザロメはコンパクトをアタッシェケースにしまった。

「この事務所は出たほうがいい。あなたのためにならない」

僕はザロメに近づいて、彼女を腕に抱いた。ザロメは三十秒間そのままでいた後、僕の腕から逃れ出た。

「今日の晩、マジェスティック・グリルに来て。九時ごろ。偶然立ち寄ったふりで」

「行くとなにがある？」

「さあね」ザロメは微笑んだ。「未来が私たちになにをもたらしてくれるかは、わからない」

ザロメは部屋を出ていった。一度も振り返らず、マリー＝ルイーゼに挨拶もせず。だが、ザロメの一部は部屋のなかに残っていて、すべてを照らし、輝かせていた。たった一語が、すべてを変えてくれたから——私たち。


それからいくらもしないうちに、彼女が初めて電話をかけてきた。

最初に、ザー、プツ、という音がして、それから、どこかのがらんとした長い廊下らしき場所に響く足音が聞こえた。反響音は短く、天井の低い地下室からのようだった。息の音。

「もしもし？」と、僕は言った。

「も……もしもし？」

「ザロメ？」

「ヤナだけど」

僕は長期にわたる記憶を漁ってヤナという名前の女性の知り合いを探したが、見つからなかった。

「ヤナ・ヴィットコヴスキ。資料室の。フェルナウさん？　そこにいる？　私、ちょっと新鮮な空気を吸わないと。煙草も吸いたいし」

彼女が階段を上がる足音が聞こえた。

「フェルナウさんが具体的にどういう記事を探してるのか訊こうと思って。新聞をいくつか読んだんだけど、言われたようなテーマですごくいろんな記事があるから」

ヤナは玄関ホールを横切って守衛の前を通り過ぎたようだ。短い挨拶の言葉が聞こえ、その後ヤナは回転ドアを通って外に出て、数百人のブラジル人に取り囲まれた。または、観戦に向かうヘルタ（ベルリンのサッカーチーム）のサポーターの大群に。

「えっと、たとえば薬物摂取施設（薬物を摂取するための政府公認施設。危険を最小限に留め、救急措置を可能にするのが目的）のこととか。そういう施設ができたっていう話。重要？」

「いや。それは公式の日程だね。見てほしいのは警察からの発表だけなんだ」

「じゃあ、この社会ふ……ふっきおよびたい……」

練習、練習、練習あるのみだ。

「社会復帰及び対策規則及びその実施、とかそういうやつ」

「それもいらない。故殺、謀殺、襲撃、家宅侵入、所有権侵犯、窃盗、重傷害、等々だけでいいんだ」

「ふうん、わかった。で、H－ピリオド－J－ピリオドの出てくるやつね」

「そのとおり」

「わかった。見つける」

僕はヤナを煙草休憩に行かせ、より重要な仕事に取りかかった。まずはマークヴァートに連絡を取ろうとした。だが、たどり着けたのは可愛らしいメルセデス・ティファニーまでだった。彼女は心から辛そうな声で、父は昼ごろにならないと戻ってこないと言った。僕はほんの一瞬、「社会復帰措置」と五回言ってみてくれないかと頼みそうになったが、結局やめて、ファックスを返送するのでマークヴァートに手渡してほしいと頼むに留めた。

マークヴァートの送ってきた文章のなかで事実関係の点から必要な箇所を訂正した。それからマリー＝ルイーゼの部屋に行って、無賃乗車犯の書類をもらってきた。マリー＝ルイーゼはヘッドフォンをつけたままで、僕の和平提案には乗ってこなかった。いまは彼女と将来の見通しについて――より正確に言えば、将来の見通しが立たないことについて――話すのに適した瞬間とは言えない。

その後、スピードコースのあるクリーニング店を探して、シャツとスーツとネクタイを待つあいだに、〈カット・アンド・ゴー〉美容室で頭髪を剪定してもらった。夜、フリードリヒ通りをシュプレー川へと歩いていく僕は、まるでブラジル人経営の売春宿に向かうフォルクスワーゲン社の経営協議委員のようだった。まったくもってなにもかもがそぐわないという意味で。特に、しょっちゅうベルリンのダウンタウンなどと呼ばれる世慣れたシックな人間たちが集まる場所には。

〈マジェスティック・グリル〉は、ここ最近のベルリンで最も重要なレストランのひとつだ。その理由は、受付とクロークの女の子たちが全員、マークヴァートの娘が通ったのと同じスイスの寄宿学校出身のように見えるからというだけではない。巨大なガラス窓の向こうにある厨房(ちゅうぼう)に立つ料理人たちもまた、落ちぶれた株式仲買人が白いコック服を着ているような雰囲気だ。もちろんウェイターたちは言わずもがな。二週間前に予約しない限り、テーブルにつくチャンスはない。僕のように。

メルセデス・ティファニーのクローン人間のひとりが、輝くような魅惑的な微笑みで僕をバーの立食席に案内した。コーヒー色の長いバーカウンターの前にはすでに何人もの負け犬たちが立っていて、自分たちより後から来たにもかかわらず待ち時間なしでテーブルに案内される人間たちのことを、怨嗟(えんさ)に満ちた目でにらみつけていた。ヴァカンス客用のパンフレットにある美辞麗句を借りれば、店はシュプレー川沿いの、岸辺の細い遊歩道を一本挟んだ場所にある。壁の一面全体が一枚ガラスの窓になっていて、川と、水面に反射する街の明かりと、急ぎ足で通り過ぎる人たちの姿がよく見える。たしかに胸躍る眺めだが、より魅惑的なのは、何センチもの厚みのあるガラス窓の内側で繰り広げられる光景だ。

店は中程度の大きさの教会と同じくらいの広さがあり、天井の高さも教会と同程度だった。

レトロ趣味の照明と近未来的な生け花とがそれぞれのテーブルのあいだに配されているおかげで、客はこの巨大な空間にいても、多少なりともプライベートを保てるような感覚を抱く。現代美術とバロック装飾とがパリの市場とニューヨークのティールームを足して二で割ったような雰囲気を醸し出している。客たちは、どちらの雰囲気にも呑まれたりしない人間たちに見える。それに、メニューにも。一方の僕は、退屈しのぎにメニューを開いて、ショックのあまり即座にカウンターに戻してしまった。

「フェルナウ！　またか！　なんとも信じられんな！」

ゼバスティアン・マークヴァートが、十メートル四方にいる人全員が彼の驚きを分かち合えるような発声をしようと、火のついていない葉巻を口から抜き取って、怒鳴った。

「ここでなにしてる？」

こういう質問が、いまでは快感になってきた。この快楽教の礼拝に参加するための出自もコネも高級クレジットカードも持ち合わせないながら、どういうわけか常にパスワードをハッキングして入り込んでくる僕のような人間に対する戸惑いを表す質問が。

残念ながら、バーキーパーもついに僕に気づき、なにを所望かと尋ねてきた。僕はエスプレッソを注文した。再び振り返ると、似合わないピンク色の服を着たむっちりした女性がマークヴァートの隣にいて、パシュミナをいじっていた。

「マリオン、憶えてるか、ヨアヒム・フェルナウだよ」

マリオンが目を見開いた。「ヨー？　あなたなの？　全然わからなかった。ちょっと太った？」

　この女性は、大学時代から既製服五サイズ分は膨張したはずだ。素朴なポニーテールで、アイロンのあたったブラウスを着て、ヒールのないサンダルをはいた可憐な女子学生のことを、僕は思い出した。いま目の前にいるのは、サイズが小さすぎるものの高価であることは間違いない服に詰め込まれたソーセージだ。

「マリオンと俺、結婚したんだ」マークヴァートが言った。

　マリオンは誇らしげに微笑んだ。マークヴァートとの結婚は、彼女の人生最大の成果なのだろう。その成果にケチをつける理由は、僕にはまったくなかった。マリオンは僕たちの学年で最も出来の悪い学生のひとりだった。司法の懐に抱かれるよりは、結婚という港にいたほうがよほど生産的というものだ。

「誰かを待ってるのか？」

　僕はあたりを見回したが、ザロメの姿はどこにもなかった。

「いや、ちょっと温まりに寄っただけだよ。暖房費の節約に」

　これはウケた。マークヴァートは再び壁が震えるほど豪快に笑った。

「じゃあアップグレードして、俺たちのテーブルに来いよ。暖炉のすぐ近くだ。服を脱いで乾かせるかもしれんぞ」そう言った後、マークヴァートは僕を少し脇へ引っ張っていった。

「俺たちのファックス交換のことは話すな」

「もちろん」僕はそう請け合って、彼を安心させた。

エスプレッソのカップのバランスを取りつつ、僕は二百人はいそうな客たちの非難の視線を浴びながら、巨大な空間を端から端へと横切った。僕の水先案内人が八人掛けの長いテーブルにたどり着く前に、彼女の姿が見えた。金髪の女性の隣に座っている彼女は、マークヴァートが僕をテーブルのメンバーに簡潔に紹介し、自分の隣の壁際の席に押し込んだとき、軽く顔を上げた。僕は腰を下ろした。

「こちらはヴォルフガングとクルト、どちらかといえば、苗字のアルントとシュペングラーのほうが有名だが」と、マークヴァートは僕たちのすぐ隣に座るふたりを紹介した。

「それから、ブリギッテ・フェッダーとザロメ・ノアック。ああ、ザロメとはもう知り合いだったよな」

ザロメが微笑んだ。

ほかにも、マークヴァートの事務所のパートナーであるイェンス・ヒンメルフォルトとフォルカー・ゼーリガーがいた。どちらも僕よりやや年上で、四十代後半か五十代前半というところだろうが、実年齢よりもずっと若々しかった。一方、アルントとシュペングラーのほうは、法廷から直接駆けつけて、店のクロークに法服を引っかけてテーブルについたばかりといった雰囲気だった。この場が幸せな人間たちの集まる池だとするなら、ふたりはまるでそこに投げ込まれた小石のようだ。そして、この無理のあるたとえに更なるこじつけを加えるならば、ザロメ・ノアックとブリギッテ・フェッダー（通称トリクシー）は、その池に住む鯉だった。

トリクシーは、加齢に対する闘いに、何度かの段階的勝利を収めていた。本来の年齢は、おそらく五十代後半だろう。間違いなく魅力的な女性だが、醸し出そうとしている余裕に真の説得力がないのは、あまりに外見に重きを置きすぎているせいかもしれない。彼女の隣にいると、ザロメはまるでティーンエイジャーのようだった。真っ白な顔に輝く青い瞳、今夜は結わずに流している肩まである黒い髪は、惚れ惚れするほど美しい。

僕はエスプレッソに三キロほど砂糖を入れて、そこからの数分間、懸命にかき混ぜ続けた。そのあいだに、テーブルでは会話の続きが始まった。とはいえ、僕が現れる前にはもっと自由であけすけな会話が交わされていたようだと、僕は気づいた。マークヴァートがミネラルウォーターの瓶をつかんで、ひとりひとりのグラスに注いでいった。

「心配するなよ、トリクシー。まさにそういう用件のために弁護士がいるんだ。すぐに片づけてくれるさ」

トリクシーが頷く。「気が変になりそうなのは、あれこれの細々したことなのよ。みんな、死者に対する畏敬の念ってものがないのよ。ユルゲンが埋葬されてからまだ四週間しかたってないっていうのに、突然みんな好き勝手なことを始めて。陳情だの、苦情だの、仮処分を申し立てるっていう脅しだの。私じゃそんなにすぐになにもかもに手が回らないわ」

アルントとシュペングラーは、トリクシーの文句を無表情で聞いていた。そこに突然ザロメが割って入った。

「あなた、借家法を扱った経験があるんじゃない?」

全員が僕を見つめた。

「うん……」僕はためらいがちに答えた。

迫りくる立ち退きの脅威を別にしても、僕たちはこれまで賃貸料減額に関するケースをいくつか扱ったことがあった。マリー＝ルイーゼはこの分野に詳しく、暴利をむさぼる大家、住居のカビ、責任放棄といったケースと、衰えることなき情熱をもって闘っていた。だがここに集った人たちはそういった細かい話を聞きたいわけではないだろう。だから僕は少しばかり曖昧な答えでお茶を濁すことにした。

「確かに、うちはその分野に強いよ」

「じゃあ、フェルナウさんに何件か引き受けてもらうのはどう? フリー契約で。あなたたちはいまのところほかの件で手一杯でしょう」

ザロメの言葉にアルントとシュペングラーは互いに顔を見合わせたが、無表情のままだった。最終的にシュペングラーのほうが僕に話しかけた。

「借家法の最近の改正には、どの程度通じていますか?」

「連邦裁判所における過去三年間の判例と、営業法規、租税法、強制競売法、住宅所有法、依頼人に応じた問題解決……」

「などなど」マークヴァートが僕を遮って言った。

「あら、やっぱりあなたたち一緒に仕事してるのね」

ザロメがワイングラスを持ち上げて、一口飲んだ。そして僕の目をじっと見つめた。彼女の目つきを見れば、このテーブルについている誰もがひとり残らず、僕たちふたりのあいだになにかがあることに気づくに違いないと思った。ところが、誰ひとり僕たちのことなど気に留めていなかった。

「ときどきね」僕はなんとか言葉を絞り出した。

マークヴァートは、僕に対する周りの関心が衰えつつあるのに気付いたらしく、テコ入れを始めた。

「俺たち、知り合ってもう長いんだよ。大学時代からだから。ヨアヒムはフンボルト大学でいくつかゼミを取って、ときどき俺を連れていってくれるようになったんだ。それに、同期のなかで一番イカす女をゲットした。我らが女赤軍兵をね。ウシ・オーバーマイヤー（一九四六年生まれ、西ドイツ出身の元モデル。一九六八年世代の性解放運動において中心的役割を果たした）の東ドイツ版ってとこかな」

「マリー＝ルイーゼ・ホフマンね」マークヴァートの妻マリオンが付け加えた。なにか酸っぱい物でも食べたかのようなその顔から推察するに、マリー＝ルイーゼに関して夫とは異なる記憶があるようだ。

「私はあの人のこと、嫌でたまらなかった。いつまでも東ドイツの価値観にしがみつく時代遅れ。いつもコサック兵みたいな恰好でうろついて。あなたたちみんながあの人のどこにそんなに惹かれたのか、昔から謎でしかなかったわ」

マリオンは僕に向かって話していた。皆が、僕が自分の嗜好の間違いを弁明するのを待ち構えている。だがこの場にはザロメもいて、こんなくだらない話題には興味がないというふりをしているため、僕は黙ったままでいた。マークヴァートもやはりこの話題を少しばかり気まずく感じたようだった。妻の好みよりやや大げさにマリー＝ルイーゼのことを褒めてしまったからばかりではない。いまになってやっと、先ほどマークヴァートがバーで言ったことの意味を僕は理解した。

ところが、マリオンは話をやめようとしなかった。マリー＝ルイーゼはどうやら彼女に強烈な印象を残したらしい。二十年近くたったいまになってもこき下ろすのをやめられないほどに。

「あの人、本当に弁護士になったの？　それともアンダーグラウンドの世界で生きてるのかしら？　ずっと思ってたのよ、ああいう人がそもそも司法試験を受けるのを許されるなんて、どういうことなのかしらって」

僕の鼓動は乱れた。今朝のことをまだ憶えているはずのザロメは、我関せずという顔でナプキンを畳んでいる。ザロメに話をさせちゃだめだ、と僕は思った。それから、こう思い直した——自分でなにか言え。口を開いて、ここにいる皆に、マリー＝ルイーゼという人間には〈アルント&シュペングラー〉事務所が十軒束になってもかなわないほどの価値があるのだとわからせてやれ。だがそんな言葉は口に出せず、僕はますます惨めな気分になった。ザロメは布ナプキンを目の前に置くと、片手で撫でつけて丁寧に皺を伸ばし、僕の視線を避けながら口を開いた。

「彼女はプレンツラウアーベルクで事務所を経営してる」と、ザロメは言った。「いまだにとても熱心な弁護士よ。私は悪いことじゃないと思うけど。そういう人間もいてくれないと」

「ああ」と、とにかくさっさと話題を替えたいマークヴァートが言って、再び僕のほうへ向き直った。「でも俺たちはその後、お前をマリー＝ルイーゼの側から引き抜いて、ブルジョワの側に入れちまったんだ。まあ、誰にでも熱い青春時代はあるもんだ。キルシュ（サクランボの蒸留酒）にするか？」

全員が頷き、さっきからずっと僕たちの注意を引こうとテーブルの周りをうろうろしていたウェイターが、急ぎ足でキルシュを取りに去った。

「確かお前、あのグルーネヴァルト地区の事務所で働いてたよな？　不動産、税金、そういった関係の。あそこの事務所、以前、土地返還に関するすごい事件を扱ったんじゃ？」

今日は僕が黙っていたいことがすべて話題にならずにはすまない日らしい。僕は頷くと、ついに口を開いた。

「その件の後に、独立したんだ」

この言葉で、僕の業績と信用に関してはじゅうぶんと判断されたようだった。アルントが銀の名刺入れから名刺を取り出すと、テーブル越しに僕に手渡した。

「電話してください。フェッダー氏の遺産の処理を急いで進めなくてはならないんですが、同時に日常業務のほうもおろそかにはできないので」

そのとき、会話が中断された。僕の知らない男がテーブルにやってきて、全方向に陽気に挨拶すると、ザロメの両頰にキスをした。

マークヴァートが僕のほうに体を寄せて、囁いた。「ドイツの〈ジェネラルCE〉の社長だよ。年間最優秀マネージャーに二度も選ばれてる。ちょうど、輸送車分野でドイツと中国の初のジョイントベンチャーを実現させたところだ。ザロメの夫のミュールマンとはいい友達で、毎年五月と九月にサルディニア島のヨットに招待するんだ」

そこまで言うと、マークヴァートはきびきびと立ち上がった。男が今度はひとりひとりに握手の手を差し出しながら、二言、三言、親しげな言葉を交わし始めたからだ。僕の番が来ると、ザロメが簡潔に紹介してくれた。

「こちらヨアヒム・フェルナウさん。やっぱり弁護士よ」

「初めまして」

男は力強く握手しながら、僕に一瞬微笑みかけた。「アルベルト・ホーファーです。車を売っています」

一同がどっと笑った。

「これ以上お邪魔せずに帰りますよ。今度の週末、会えるかな？」

最後の質問はザロメに対するものだった。ザロメは、僕から見ると少しばかり煽情的なしぐさで髪を耳にかけると、やはり心がこもり過ぎの微笑みをホーファーに向けた。

「もちろん」

「ルドルフによろしく。それじゃあ皆さん、よい晩を！」

僕にとっては、その晩は台無しだった。サルディニア島のヨットにはかなわない。それに、もちろん僕は「年間最優秀弁護士」ではないし、いつの日か気軽な調子で「ルドルフによろしく」などと言えるようになるとはとても思えない。僕はウェイターからキルシュを受け取ると一息に喉に流し込み、嫉妬する暇があったらこの時間を有効に使おうと決意した。

「明日さっそく事務所にいらっしゃいませんか」

トリクシーは、この場でただひとり、僕とザロメとの目に見えないつながりを感じ取ったようだ。おそらくそのせいで、決然とこの話に割り込むことにしたのだろう。

「十一時ではどう？　ねえ、この方にドゥンカー通りの物件を引き受けてもらったらどうかしら？ あのぞっとする細かい仕事」

トリクシーと違って、アルントとシュペングラーはより慎重だった。彼らにとって、第三者を仲間に引き入れる話は、性急に進みすぎのようだ。

「まずはゆっくりと話し合いの場を設けたほうが」

「でも私、あの件はとっとと片付けたいのよ」トリクシーが言った。「できれば建物ごと売り払いたいの。あんな廃墟同然の建物。おまけに住人は反抗的で、手に負えなくて、問題しか起こさない。ユルゲンがどうしても欲しいと思うほどのなにがあの建物にあったのかしら？」

「立地ですよ」シュペングラーが言った。

それから、ちらりと腕時計に目をやった。「いまの時代、すべては立地なんです。サウジアラビア人やアジア人が手を出す前に押さえておかないと。ほんの一、二年で、あの廃墟にだって黄金の価値が出ますよ。ベルリンは、ヨーロッパで唯一、まだ買う場所がある大都市なんですよ。それにインフラもある。さて、皆さん、私はこのあたりで失礼します」

「私もそろそろ」

アルントがシュペングラーとともに立ち上がり、ふたりはそろって立ち去った。マークヴァートは憧憬の眼差しで自分の葉巻を眺めている。マークヴァートのパートナーたちもまた、どこかそわそわしているようだ。

「行っていいわよ」トリクシーが言った。

ザロメもまた、勇気づけるように一同に微笑みかけた。マークヴァートが立ち上がった。

「喫煙ラウンジへ行って」ザロメが言った。「親切なことに、このレストランは、三百ユーロの食事をした客を食後に通りへ追い出したりはしないのよ――私も二分間だけ失礼していいかしら？」

「あ、私も行く！」

マリオンが立ち上がり、ザロメとともに化粧室へ向かった。ふたりのちぐはぐな背中を、トリクシーと僕は黙って見送った。やがて彼らは遠ざかり、僕たちはふたりきりでテーブルに取り残された。

「あなた方、いつからお知り合いなのかしら？」

トリクシーはそう訊いて、ウェイターに合図を送った。ウェイターは即座に新しいワイングラスを僕の前に置き、ふたりにワインを注いだ。僕はワインの香りをかいだ。バローロだ。僕はグラスをテーブルに戻して、目の前から押しやった。トリクシーはわずかに眉を上げただけで、自分の分を一口飲んだ。

「あなた方、本来許される以上の深い仲なんじゃありません？」

「ご質問の意味がわかりません」

トリクシーは手入れの行き届いた手を僕の手に重ねた。ひんやりしたすべすべの手だった。

その仕草に、僕は即座に肉体的な嫌悪感を催した。

「ザロメはこれまで、誰かに仕事をあっせんしたことなんて一度もないんですよ。誰かのために口をきくなんて、あの人のまったく新しい一面を見た気がするわ」

トリクシーは手を引っ込めると、わずかに前かがみになったので、僕の視線は自然とその胸元に向けられた。彼女の豊かな胸は少しばかり寄せ方がきつすぎて、圧迫された部分の皮膚に皺が入っていた。黒い服を着ているが、それは喪に服すための黒ではなく、みだらな黒だった。

「そのあたりの判断がつくほど、親しくはないんです」と、僕は言った。

だがトリクシーは、僕の言葉を信じていなかった。ビジネスのことはわからないのかもしれないが、性的な関係が醸し出す空気の揺れに関しては、まさに地震計なみの感度を持ち合わせているようだ。

「好きになるのに、お互いをよく知る必要はないわ」

「確かに」

「ご結婚は？」

「していません」

「恋人は？　婚約者は？　決まったお相手は？」

「いるかもしれませんし、いないかもしれません」

トリクシーは小さなハンドバッグを開けて、口紅と鏡を取り出すと、化粧直しを始めた。僕はこのテーブルでの出来事を考えて、戸惑った。僕はマリー＝ルイーゼを否定し、自分の感情を否定し、見知らぬ女性と同席して、彼女が他人には一切かかわりのないことを根ほり葉ほり訊くのを許している。本当なら、いますぐ席を立って、ここを立ち去るべきだ。だが、決意が固まる前に、トリクシーが化粧直しを終えて、再びビジネスウーマンのストレスフルな表情を作った。

「じゃあ、十一時でいいですね？　明日の。ライヒピーチューウーファーにある本社にいらしてください。建物はご存じでしょう」

誰でも知っている。屋根に輝く〈フィデス財団〉のネオンサインは、帝国議事堂からも見えるほどだ。

ザロメとマリオンが戻ってきた。マリオンは僕の隣に座った。

「ふたりで有益な話ができた？」

「素晴らしかったよ」僕は答えた。

「今度うちに食事に来て。来週とか」

マリオンの夫マークヴァートと同僚たちが、ひとり、またひとりと戻ってきたので、幸いマリオンのあいまいな脅迫が確固とした計画にまで熟す時間はなかった。ウェイターがキルシュの瓶を持って再び現れたとき、僕は一同に別れを告げた。誰ひとり、僕が自分のエスプレッソの代金を支払うのを許してはくれなかった。

外に出ると、店の入口前には氷のような冷たい風が吹きつけていた。ガラス張りのドアの横にひとりのホームレスが立って、手に持った新聞を誰かが買ってくれるのを待っていた。レストランには背を向けている。まるでなかの眺めが退屈だとでもいうかのように。または、テーブルでレンガ並みの大きさのフィレステーキを食べている陽気な人たちのことなら、かつてもう十分すぎるほど見たことがあるというかのように。

僕はそのホームレスにエスプレッソ代分の小銭をやった。新聞は遠慮したが、彼は熱心に勧めながら階段まで僕にくっついてきたので、結局僕は新聞を受け取って、都市鉄道の駅へ向かった。

「凍死」と、第一面にあった。僕の携帯が震えた。

「幸運を」というメッセージが来ていた。「ザロメより」

ザロメの携帯番号が手に入った。ザロメの携帯番号が手に入った！

「ありがとう」僕はそう返信した。

一秒後、携帯が鳴った。

「もしもし？」僕は息を詰めた。

「フェルナウさん、ヤナだけど。ヤナ・ヴィットコヴスキ。家に帰ってもいい？」

僕は時計を見た。もうすぐ十一時だ。「だめだ」と言いたい強烈な誘惑にかられた。だが、自分を抑えた。

「どうしてとっくにベッドに入ってないんだ?」

「なにか見つかるまで探せって言ったじゃない。でもまだなにも見つからないんだもん。でも、ほかにいろいろ、信じられないひどいニュース見つけたの。もしかしてフェルナウさんの役に立つかも。ホームレスの話の代わりにどう? ハーケンフェルデの湖水浴場の殺人事件とか、介護施設でお年寄りを窒息させた女の話とか。その女はね……」

「ヤナ?」

「なに?」

「寝ろ」

新聞は、最初に見つけたゴミ箱に捨てた。

四

三月九日火曜日、十時五十四分。曇りときどき雨、日中最高気温八度。
ベルリン・ライニケンドルフ地区、ゼンフテンベルガー・リンクの改修工事

彼女はバルコニーで煙草を吸っていた。震えながら、薄い上着を胸元でかき合わせ、五階下の地上にあるショッピングセンター前の広場で、毎週火曜日と金曜日の午前八時から午後二時まで繰り広げられる光景をじっと見つめていた。ここメルキッシェス・フィアテル界隈に立つ市だ。もの売り、露店商人、皆がやってくる。ソーセージ売り、パン屋、安もののガラクタを売るベトナム人、正体不明の器械を大声で宣伝しながら、何トンもありそうなキュウリ、赤キャベツ、ニンジンを、その器械で棒状、波状、渦状に切り刻み、山積みにしていく売り子。呼吸と時間と食材の無駄。あの奇跡の器械を買う人間など、ここにはいない。なにしろ、同じ野菜が入った色とりどりの缶がずっと安く買えるのだから。缶なら開けて温めるだけでいい。缶切りはよく売れる。そっけない決まり文句が印刷された薄っぺらいイースター用のカードも。軽くて色鮮やかなプラスティック製のイースターエッグは、そよ風が吹いただけで、紙製の鳥の巣から転がり出てしまいそうだ。靴のフェルト製中敷き、樽から直

売りのザワークラウト、角質取りクリーム。すべてが売れる。鶏の丸焼き半羽を買っておけば、子供たちが学校から帰ってきたあと、料理と後片付けの手間が省ける。

鉛のような灰色の雲が空を覆っていた。冬はとうに賞味期限を過ぎているというのに、しつこく、ふてぶてしく居座り続けている。飼い主の墓の前の飼い犬や、長居をする客や、忘れ去られたトランクや、打ち上げられた船の残骸のように。嵐にも負けず、命を失って茶色くなってもなおブナの木から落ちずに、カサカサと音を立て続ける秋の木の葉のようだ――あのときの。冬はあまりに早く、怒濤のようにやってきて、古代ローマの皇帝のようにすべてを支配下に置いたものの、いまでは支配に倦み、亜寒帯低気圧の絶え間ない襲来に疲れ、自らが生み出した寒さと雪と風に生気を奪い尽くされている。道のりの終盤で力尽き、立ち上がる気にもなれずに、目的地に到達して次の人間にバトンタッチする直前に諦め、倒れたまま動かなくなる旅人のように。

春が来たという嘘は、花売りの黒いバケツのなかで、色とりどりの花束の形を取っている。チューリップ、ヒヤシンス、咲き初めのケシ。その隣には、冬の飲み物であるグリューワイン。だが売れ行きは良くない。あんな甘ったるい飲み物は、もう誰も飲みたくない。皆が望んでいるのは太陽であり、柔らかな蕾であり、新緑であり、クロッカスだ。

彼女は煙草の灰を、バルコニーに置いた植木鉢の砂混じりの土に落とした。黄ばんだ草の茎、枯れてくしゃくしゃになったゼラニウムとパンジーの残りは、彼女が毎年のように胸に抱く昔からの目標を思い出させた。今年こそはバルコニーに花を植えよう。絶対に。

湿気が室内履きの薄っぺらな底から這い上ってくる。彼女はそわそわと足踏みをした。市場はいつものようには賑わっていない。この天気のせいだ。しとしと雨が降るこんな日には、誰も家から出ようとはしない。たとえエレベーターからショッピングセンターまでほんの一、二分しかかからなくても。それこそがこの高層団地の最大の長所だ——なにもかもが玄関からすぐのところにあることが。スーパー、ブティック、映画館、カフェ。どこへでもすぐに行ける。ただエレベーターに向かうだけ。エレベーターで六階から、または十一階から、または十八階から降りるだけ。団地の建物はそれぞれ高さが違うので、見分けるのは簡単だ。よそ者は最初はなかなか馴染(なじ)めない。隙間風の入る薄汚れた玄関ホールに文句を言う。半ば焦げた表札の前で探している名前が見つからず、十分間立ち尽くすこともある。建物番号の表示板が充実しておらず、それぞれの私道がどの建物に続くのかわからない。団地の規模が大きすぎて、住民の顔が見えない。建物間の空間が殺風景。ゴミのコンテナと地下ガレージのあいだで午後の時間をつぶす子供たち。彼らは、本当はここがどれほど素晴らしい場所であるかにまったく気づいていない。ここにはすべてがある。病院、美容院、パン屋。屋内プール。ペットもいる。三階にはペディキュア師も。

彼女は煙草をゼラニウムの死骸のなかでもみ消すと、暖かい部屋に戻った。十一時五分前。彼は十一時に来ることになっている。着替えるつもりはなかった。彼はどうせ長く居座るわけではない。コーヒー一杯くらいなら出してあげてもいい。

狭くて暗い廊下を通って台所へ行くと、ポットに水を入れてコーヒーメーカーのタンクに注いだ。壁に取り付けられた戸棚からコーヒーフィルターを取り出し、古いフィルターをコーヒーメーカーから取り出した。古くてもろくなった紙が破れて、四分の一ポンドの茶色く湿ったコーヒーかすが床に落ちた。そのとき、呼び鈴が鳴った。彼女は心を決めかねて、足元のかすを見つめた。まあいい、コーヒーはなしだ。

少なくとも彼は時間通りに来た。彼女は訪問者が誰かを確かめもせずに、解錠ブザーを押すと、コート掛けの横の鏡に素早く目をやった。ややぽっちゃりした、少しばかりだらしない服装の女。金色に染めた髪は急いで適当にまとめられ、目つきは厳しく、感じが悪い。微笑んでみると、顔の暗い雰囲気が消えた。気を付けなければ。あと一、二年で、彼女が来たら犬さえ通りの反対側に移るようになってしまうだろう。口角を上げろと常に自分に言い聞かせている。それなのに、彼女の微笑みは常に、整えられていないベッドのような皺だらけの顔に埋もれてしまう。ブラシをつかんで急いで髪を梳かした。すると、生え際が白くなっているのが見えた。彼女は腹を立てて、額に前髪をいくらか下ろした。

住居の入口ドアの向こうでエレベーターが動き出し、下に降りていく音が聞こえた。彼女は迷った――急いで着替えるべきだろうか？　結局、寝室へ駆けていって、室内履きを脱いで部屋の隅に放り出すと、室内着を脱ぎ捨てた。そして慌ただしく手持ちの服に目をやった。

灰色、紺色、黒、茶色のパンツスーツ。何枚ものスカート。どれもふさわしくない。スーツを着て作業員を出迎える人間などいるだろうか？　白いブラウスが十枚以上。白いTシャツ、白いジーンズ、白衣。もうずいぶん前から必要なくなった仕事着だ。ジョギングパンツ、スウェットシャツ。これは家で着るためのもの。

結局ジーンズに決めて、急いで穿いたが、前が閉まらなくなっていた。ベッドに横になって、もう一度挑戦した。クソ忌々しいボタンめ。呪われたファスナーめ。閉まらないなんてあり得ない。また太ったんだろうか？　腹を引っ込め、ジーンズのウェストをうんと引っ張り上げたら、ようやくなんとかなった。茶色いセーターを頭からかぶったところで、エレベーターが到着する音が聞こえた。ドアが開き、足音がする。右へ、間違えた、左へ、最初のドア、違う、二番目のドア、呼び鈴。

彼女はもう一度、手で髪を整えた。突然、ドキドキしてきた。最後にこの家に男が足を踏み入れたのは、いつだったろう？　電話で話した感じでは好感の持てる男だった。親切そうだった。年寄りでないことは間違いない。

彼女はドアを開けた。

男がそこに立っていた。青い作業着姿で、アルミ製の梯子と道具箱を持って。彼女より頭ひとつ分背が高く、三十代半ばごろ、茶色い髪は短く、真面目そうな痩せた顔。粗野な労働者風の男ではない。

「ポールさん？」

そう声をかけられて、彼女は即座に、あと五キロ痩せていて、あと十歳若ければよかったのに、と思った。

「はい」と答える。「どうぞ、お入りください」

男は丁寧に靴拭きマットで靴底を拭くと、彼女の脇を通り過ぎて、廊下に足を踏み入れた。そして梯子をコート掛けの手前の壁に立てかけ、右手の作業用手袋を外すと、彼女に手を差し出した。

「電話でお話しした者です。午前中にお時間をいただけてよかった」

作業員がとうに先に立って居間へと行った後も、握手の感触はまだ残っていた。あたりを見回していた作業員は、バルコニーへ続くドアを見つけると、アルミ製の窓枠を点検した。それから再び手袋をはめて、壁とドアのあいだの隙間をそっと指でなぞった。

「ここは大丈夫ですね。とりあえずはなにもしなくても」

作業員はそれからバルコニーに一歩出て、屋根を見上げた。彼女も続いた。男の作業着は新しかった。それに、履いている作業用の靴も。

「このあたりでお仕事なさるようになって、まだあまり長くないんじゃないですか？」

「どうして？」

「一度も見かけたことがないから」

作業員は壁の隙間から目を離して、あたりの高層建築物に視線を漂わせた。

「建物メンテナンス業界は入れ替わりが激しいんですよ。来る人も、出て行く人も多い。まさかこのあたりで仕事してる人間を全員ご存じなわけじゃありませんよね」

彼女は戸惑って、自分の足元に目を落とした。靴を履いていない。このうえ、こんな失敗まで。少なくとも靴下に穴は開いていない。でも、安物の古い靴下だ。市場のベトナム人から買ったもので、すぐにずり落ちて、足首を囲む毛羽立った輪にしか見えなくなってしまう。

「そうですね」と、彼女は答えた。「実を言うと、知ってる人なんてほとんどいないんです。ここに越してきてからまだそれほどたってなくて。コーヒーはいかが？」

作業員は腕時計に目をやり、一瞬考えてから頷いた。台所へ向かう彼女のあとを彼もついてきたが、それは単に玄関口に置いた梯子を取りにいくためだった。

「ブラックで」と、作業員は彼女に声をかけた。「砂糖なし、ミルクなしでお願いします！」

彼女は床のコーヒーかすと、破れたコーヒーフィルターを掃き取り、コーヒーメーカーの準備をした。お湯がゴボゴボと音を立てながらフィルターに落ち始めると、戸棚からカップをふたつ取り出して、しばらく壁にもたれ、耳を澄ませた。聞こえてくる音で、作業員が梯子をバルコニーに置いて上り、しばらくそこにいてから、下りて、道具箱を取りに行き、開けるのがわかった。鉄や鋼がぶつかりあう音。作業員は必要な道具を探し、見つけて、再び外に出て、壁を軽く叩く。作業の音は、ここにふたりで暮らしているんだという憧れの混じった妄想を呼び起こした。彼は外で、彼女はなかで、どちらも自分の仕事をこなしている。その後ふたりでコーヒーを飲んで、それから……もしかして、彼はもう少しここにいようと思ってくれるかもしれない。肩幅の広い人だ。力強い腕。彼女の好みのど真ん中。右手に指輪はなかった（ドイツでは結婚指輪は右手薬指にはめる）。残念ながら年下だけど。それに、私とは釣り合わないイケメン。でも、カーテンを閉めて、ろうそくを灯せば、私だってまだ見られる。少なくとも、最後に男と寝たときはそうだった。あの男もやっぱり年下だった。でも、いまバルコニーにいるあの人ほどイケメンでも、逞しくもなかったし、なによりあんなに落ち着いた人じゃなかった。最後に男と寝たのは、もうずいぶん昔のことだ。楽しいことは全部、ずいぶん昔のことだ。

引き出しからクッキーのパッケージを取り出した。盆をテーブルに載せたとき、置きっぱなしになっていた管理会社からの手紙が目に入った。

「住民の皆様へ
点検作業のため、来週水曜日の午前七時から午後三時までのあいだ、作業員がバルコニーへ出られるようにしておいてください」

管理会社の社員に典型的な厚かましさだ。住民が八時間ものあいだ家にいて、ほかのことはなにもせず、ひたすら作業員を待つのが当然だと思っている。

もちろん、彼女は八時間ずっと家にいる。けれどそれは誰にもかかわりのないことだ。その時間になにか予定が入っていたって不思議ではなかった。医者に行くとか、美容院に行くとか、ペディキュアに行くとか。弁護士のところへ行くとか。しかも、管理会社に電話をしてみたら、自動音声の返答だった。彼女は手紙を手に取ると、バルコニーにいる作業員のもとへ向かった。作業員はちょうどハンマーを手にしていた。

「どうして、嵐でバルコニーに損傷が出たの、うちだけだったんですか？」

作業員はハンマーを下ろした。「知りませんよ。僕は天井からなにか漏れてきてないか見てこいって言われただけなんで。それだけです」

「リューデッケさんのところには手紙が来なかったんですよ」

リューデッケ夫人は隣人だ。この階で彼女が名前を知っていて、ときどきエレベーターのなかで言葉を交わす唯一の人だった。

「じゃあ、そのリューデッケさんって人のところは嵐の被害を受けなかったんでしょうね」

「それと、どうしてお宅の会社、いつ電話しても誰も出ないんですか？」

作業員は彼女の手から手紙を取って、ざっと目を通した。それからそれを畳むと、作業着の胸ポケットに入れた。

「電話会社を替えたんですよ。そうしたらもう滅茶苦茶になっちゃって。だからこちらからお電話したんです」

彼女はうなずいた。台所に戻る彼女のあとを、作業員がついてきた。いまだに手にハンマーを握っている。彼女はコーヒーポットを保温プレートから持ち上げて、カップに注いだ。その際、偶然を装って、彼の背中に手を触れてみる。その接触で腕の皮膚にピリリと電流が走り、産毛が逆立つのを感じた。作業員はハンマーをテーブルに置くと、慎重にカップを持ち上げた。

「手袋、脱いだらどう？」

「ダメなんです。手袋を脱ぐと、そのあいだは仕事をしてないってことになるんで」

彼女は微笑み、コーヒーを飲みながら、カップの縁ごしに作業員を見つめ、ぶかぶかの作業着の下の体格を見定めた。肉体労働をする男の体だ。おそらく筋肉質で、腰は細く、一グラムのぜい肉もないのだろう。

もし彼に他人の心が読めたなら、彼女は赤恥をかくことになる。

「ごちそうさまでした。作業の続きをしないと。ちょっとだけ一緒にバルコニーに来てくれませんか？　電流を調べないといけないんで」

バルコニーで、作業員は梯子を手すりに立てかけた。そして、天井の真ん中のプラスティック製のソケットにねじこまれている電球を指さした。

「あれ、まだつきます？」

「たぶん」

彼女がスイッチを押すと、電球はまたたきながら点灯した。

「じゃあ、あっちのコンセントは？」

「さあ。使ったことがないんで」

作業員はハンマーを植木鉢のなかに置くと、道具箱をかき回し始めた。そしてネジ回しを手にして、立ち上がった。

「悪いんですが、ちょっと梯子に上ってもらえませんか？」

「私が？　どうして？」

「心配しないで。ちゃんと支えてますから。同時に電圧を確かめないといけないんですよ。ソケットとコンセント、両方に電気が来てると、場合によっては危険なんで」

不審に思って、彼女は天井の電球を見つめた。

「で、私は梯子の上でなにをするんですか？」

「電球を外すだけです。明かりが消えるところまででいいんです。そうしたら、僕は下のコンセントを調べられるんで」

「よくわからない」

気に入らなかった。バルコニーに置かれた梯子を上るなんて。しかもここは六階だ。住居での事故を防ぐためのあらゆる指針に反する。

「わかりました、大丈夫です。嫌ならやめときましょう。僕のほうでもうひとり応援を呼べばいいことですから」

作業員はズボンのポケットから携帯電話を取り出すと、番号を打ち込んだ。だが、誰も出ないようだった。ため息をついて、彼は再び携帯電話をしまった。

「話し中でした。まあ、あと少し待つしかないな。そうなると、また昼休み返上だ。ここの作業が早く終われば、奥さんをお昼ご飯にお誘いしようかと思ってたんですけどね。別にたいしたもんじゃないですよ。下の中華料理店。人は温かいものを食べなきゃだめだっていうのが、僕の持論なんです。少なくとも一日一回は温かいものじゃないと」

微笑みを浮かべて、作業員はネジ回しを道具箱に戻した。彼女は階下の市場と生花スタンドとにちらりと視線を向け、それから天井を見上げた。下の中華料理店には、まだ一度も入ったことがない。ひとりでは入る勇気がなかった。

「やるわ」

「助かります。どうぞ、こっちへ。手を貸しますから」

彼女は用心深く梯子を上った。肩に作業員が手を添えてくれる。彼女が上るにつれて、その手は腿に、膝に、足首にと移動していく。彼の手の感触が、彼女のなかに欲望の渦を巻き起こした。彼女は深呼吸して、少しよろめきながらも、ついに最上段の台になった場所に立った。

「じゃあ、電球をお願いします。気を付けて回してください。そうそう」

危うく手をやけどしそうになった。一瞬びくりと手を引っ込め、指に息を吹きかけると、彼女は電球を慎重に緩め始めた。電球は一瞬またたいて、消えた。

「そのままでいてください。その調子」

作業員は彼女の足から手を放すと、一歩下がった。上から見ると、彼はずいぶん小さく見えた。すべてが小さく見えた。作業員が彼女を見上げて、微笑みかけた。

「あんたはこれから死ぬ」作業員がそう言った。

「え？」

聞き間違いだと思った。慌てて電球から手を放してしまい、危うくバランスを崩しかけた。すんでのところで、なんとか梯子の手すりの上部をつかんで、踏みとどまった。

「あんたに再会したら喜ぶ人が三人いる。あっちに」

作業員がそう言って、鉛色の空を指した。彼女の体中から血の気が引いた。全身が震え出した。きっと冗談だ。それとも頭がおかしいのか。

「それか、地獄のほうかもな。あんたがなにを信じてるかによるな。そもそも、なにかを信じてれば の話だけど」

「もう下りたいんだけど」

「三人だぞ」

眩暈に襲われた。それに、名づけようのない恐怖にも。梯子の手すりにしがみついたまま、階下に目をやった。吐き気がこみあげてきた。

彼女は慎重に、片足を一段下に移動させようとした。すると作業員が梯子を押した。彼女はよろめいたが、今度もなんとか踏みとどまった。

「やめて」と囁く。「お願い、やめて。ここから下ろして。私はなにもやってない。いったいあなた、なにがしたいの。お願い。見逃して。お願い」

「どうだった?」

「お願い」彼女はすすり泣いた。「お願い、お願い。私じゃないの。私じゃないの!」

作業員は、まるで割れた水差しの横に呆然と立つ子供を見るような顔で、首を振った。彼女の両手はこわばり、全身の震えが止まらなくなった。作業員が梯子を押した。先ほどより強く。梯子はぐらついて倒れはじめ、彼女は悲鳴を上げた。悲鳴を上げて落ちるあいだ、植木鉢と、建物の正面壁にこびりついた黒い雨の跡、バルコニーの壁、虚空をつかむ自分の両手が見えた。その両手が枕に載っている光景が脳裏に浮かんだ。あの枕は壁と同様に白く、雲のように柔らかかった。彼女は風のなかに落ちていった。目の前を高層住宅の窓が飛び過ぎていく。建物が頭上で躍る。衝撃とともに、暗闇が降りてきた。

生花スタンドの花売りは、鈍い衝撃音とともに空からオウムチューリップの海に落ちてきたなにかを、目を見開いて凝視していた。その直後、ほんの半メートル先で、けたたましい音とともにアルミ製の梯子が落ちてきて、彼のスタンドの屋根に穴を開けた。

ユルゲン・フェッダー。

これから一時間もしないうちに未亡人と対面するのだから、少しばかり背景となる情報を得ておくのも悪くない。

フェッダーの名前をグーグルに打ち込むと、六十万件以上のヒットがあった。もちろんこの結果は、地球上にいるユルゲン・フェッダーという名の全員に関わるものだ。だが、「ゲルリッツ」と「建築主」というキーワードを足しても、なんと八万六千件のヒットだった。僕は最も有望そうな記事をいくつか印刷してから、静かすぎて逆に怪しいので、まずはマリー＝ルイーゼの部屋を覗き、それからキッチンへ行った。

マリー＝ルイーゼは消えていた。車の鍵も同様だ。キッチンの流しにメモがあった。「キュストリンに行ってくる」

マリー＝ルイーゼの不機嫌を耐え忍ぶ役割をヤツェクが引き受けてくれるだろうことに安堵して、僕はメモをくしゃくしゃに丸めると、ざっと郵便物をあらためた。ちょうど警告の赤色がこれ以上濃くなりようがない段階に達した何通もの請求書とともに、〈フィデス〉からの新たな手紙が一通来ていた。手紙の文面はすでに礼儀正しさをかなぐり捨て、かなり厚かましくなりつつあった。貴殿の拒絶には相応の結果がなんたらかんたら、期限が過ぎた後には法的処置がどうたらこうたら。要するに、即座に対処しなければならない手紙ではない。フェッダーについての記事をアタッシェケースにしまって、僕は〈フィデス〉に向かった。ポツダム広場からリュッツォウ広場に向かうバスのなかで記事を取り出すと、ざっと斜め読みした。

最初に目に飛び込んできたのは、写真だった。

フェッダーが〈マーシュタル・カレー〉の新しい所有者たちに、意匠を凝らしてはいるものの、どちらかといえば象徴的な意味しか持たない鍵を手渡している写真だ。全員が素晴らしい鍵に喜び、嬉しそうにカメラを見ている。〈マーシュタル・カレー〉の前身はニコライ・フィアテルの端にある古い建物だが、改修後に残ったのは正面壁のみだった。新しいビルの中に入ると、噴水と日よけのある広大な中庭に出る。その中庭を囲んで、ガラス張りの事務所や広間が立ち並ぶ。もとの建物の高さを維持する義務があったにもかかわらず、フェッダーはビルに新たな天井を差し入れて、堂々の九階建てを作り出すことに成功していた。ここで働く人たちが首をすくめながら歩いているかどうかはわからない。僕はこのビルを記憶していた。ここに新しい土地登記所が入ったからだ。役所は改装にかなりの出費をしたが、それはその出費を迅速に回収するためだった。

フェッダーは、かなり感じのいい男だった。逞しく、精力的に仕事をするタイプに見える。笑顔は明るく、どちらの側にも収益の多かった仕事が成功裏に終わったことに対する満足感に溢れている。ふさふさの黒い髪には最初の銀髪が混じり、のっぺりとしたどこか無骨な顔に、驚くほど繊細な、ほとんど鷹のような鼻がついている。樹木みたいな男ね――僕の母ならそう言うだろう。全体的に写真の男が醸し出す雰囲気はこうだ――俺は成功者のひとりだ。

この写真の二か月後、フェッダーは死んだ。

その事実が、こういった記事を読むたびに僕に忍び寄ってくるかすかな嫉妬心を、芽のうちに摘み取ってくれた。

ユルゲン・フェッダーは、五十六年前にゲルリッツで生まれた。両親は小規模ながら成功した繊維企業の所有者だったが、第二次大戦中、企業はナチスによって接収され、工場では制服用の生地が作られた。フェッダーの父親は、ナチスからも制服からも距離を置いた。それを知って、僕はなんとなく彼に好感を持った。戦後、会社を取り戻し、民間企業としてある程度再建したところで、今度は共産主義者たちがドアを叩いた。フェッダーの父親にとっては、彼らも我慢ならない存在だった。彼は一九六〇年代の初頭まで、会社の国有化になんとか抵抗し続けた。だが、バウッツェン第二刑務所での二度の服役で、抵抗心は砕かれた。会社は国有化され、プラウエン・コンビナートの一部になった。ベルリンの壁が築かれる直前の一九六一年夏、フェッダー一家は西ドイツのハンブルクに移住した。心を折られた父親は、それからいくらもたたずに亡くなった。息子のほうは、編み物にも手仕事にも興味がなかった。建築現場で修業を積み、さらに専門学校を出て、最後には大学に進んで建築学と都市計画を学び、そのうえ数学期にわたって経営学も学んだ。一九六八年の学生運動からは距離を置き、代わりにキリスト教民主主義学生連盟に入って、大きな企画会社に雇われ、ハンブルクのアルトナ地区において夜陰に乗じた建物の取り壊しに関わったが、そのせいで即座に業界内に悪評が広まった。政治的には特に野心はなかったものの、一貫してブルジョワ陣営に与(くみ)していたが、東ドイツの民主化運動における「我らはひとつの人民だ」のスローガンによって目を覚ました。

そしてフェッダーは東に向かった。

故郷のニーダーラウジッツ地方へ戻って、まずはコンサルタントとして、その後、信託公社の清算人として働いた。そして、まるで秘密の使命でも帯びているかのように、ザクセン州の繊維事業を絶滅させ始めた。ビルギット・ブロイエル（ドイツの政治家。一九三七年生まれ）のモットーである「民営化は最善の再建である」に忠実に、フェッダーはコンビナートを次々に潰していった。当事者たちが驚いて瞬(まばた)きする間もないほどのスピードで。フェッダーは、丸腰の国に侵攻して、「再建」という希望に満ちた言葉とともに彼の手に委ねられたすべてを焼き払う、無軌道な騎士だった。ほんの三年間で、フェッダーは百以上の事業を閉鎖させ、六万人もの人間を通りに放り出した。最初の妻となる女性に出会い、一九九一年に結婚して、彼女をハンブルクへ連れていった。結婚生活はそれからいくらもたたずに破綻したが、フェッダーはその後も変わらず、行くところすべてを焼け野原にし続けた。もはやほとんど切れかけていた古い親戚関係に助けられたのか、それとも単に腐敗した事業と生き残るだけの力のある事業との区別もせずにひとまとめに潰すことにかけて、ひとかどの才能があったのかについて、記事の筆者は行間にたっぷり含みを持たせつつも沈黙していた。結局のところ、当時民営化の主導者たちは、一九九一年まであらゆる個人的な責任を免除されており、それが賭博師たちに大きく門戸を開くことになった。だが、フェッダーが大きな成功の足掛かりをつかんだのは、ゲルリッツ郊外でいくつもの繊維工場を潰した後に立ち位置を替えたときだった。フェッダーは清算人から投資家へと変身した。そのための資本を、彼はよりによってかつての雇い主から——つまり信託公社から借り入れた。メディアは大騒ぎをしたが、フェッダーにも、彼が設立した不動産会社にも、明白な不正は証明されなかった。こうしてフェッダーは土地を買い、買った土地を怪しげな不動産会社に転売していった。そこから出た決して少なくない利益は、自らの会社に投資した。そして会社は、せいぜいドレスデンがロシアの都市ではないことくらいしか知らない西側からの貪欲な小投資家から金を巻き上げ、夢のような利益が出ると約束した。なにしろ東では住宅が不足しており、荒れ果てた町はずれに建築予定の高層アパートは、絶対安全な船舶への投資と並んで、バラ色の未来への唯一無二の投資である、もちろん節税にもなる、と。

フェッダーは、この分野でも抜け目のないビジネスマンであることを自ら証明した。高層アパート建設のために土地にシャベルが入れられる前から——ちなみにこの建築工事は、フエッダーが会社を畳んだため結局行われなかった——、フェッダーの目はすでに次の目標をとらえていた。自らの資本を引き揚げて、半ば違法の税金トリックを駆使する危うい業界を去り、ザクセンに背を向けて、堅実なプロジェクトを手掛け始めたのだ。フェッダーの成功は、もはや誰にも止められない勢いだった。

僕は記事のコピーから目を上げると、バスの窓越しに、新ナショナルギャラリーと、その入口前の広場を眺めた。水たまりが集まって湖のようになり、風が水面にさざ波を立てている。

マイク・アルテンブルクは繊維工場で働いていた。東西ドイツ統一直後に工場は閉鎖された。もしかしたら、フェッダーがサインひとつでこの閉鎖をもたらしたのかもしれない。六万人が職を失った。僕は夢想家ではない。東西統一後、東側のほとんどの事業が潰れるのは時間の問題だったことはわかっている。なぜ生き残った企業がほとんどなかったのか、なぜひとつの国を意図的にあそこまで徹底的に破壊する必要があったのか——マリー＝ルイーゼなら、きっとそんな問いに対する適切な答えをいくつも持ち合わせているだろう。いずれにせよ、フェッダーはまるでターミネーターのように登場した。彼にとって、それぞれの事業の従業員たちはなんの意味も持たなかった。ただ面倒なだけの存在だった。

マイク・アルテンブルクとフェッダーとは、知り合いだったのだろうか？　繊維工場で巻き枠の管理をしていた、自分の結婚式でさえ肩を丸めて立っていた生活能力に欠ける二十歳の若者と、当時四十歳で、世間の荒波にもまれてきた西側の男。かつて自分の家族が受けた仕打ちに対する復讐の機会を見いだした男。ふたりは出会うことがあったのだろうか？ それともフェッダーには当時からすでに、個人的な責任を負わずにすむよう「我々」という言葉を盾のように掲げた、アタッシェケースを持った雇い人がいたのだろうか？

次のバス停で降りるために、僕は荷物をまとめた。フェッダーとアルテンブルクになにか関係があるなどと推測するのは、ナンセンスだ。もしフェッダーが殺されたのだとすれば――殺されたと考える根拠はなにひとつ、本当になにひとつない――、もし彼が、マイク・アルテンブルクの死となんらかのかかわりがあったせいで死んだのだとすれば、そんな推測にもある程度の信憑性が出るかもしれない。だがそこに、ヘルマーがどう関わってくるというのだろう？ ホームレスの元ジャンキーで、僕が知る限り一度もベルリンの外で暮らしたことのなかった男が。

バスのドアが開いて、僕は通りに降り立った。

ヘルマーがかつてなにをしでかしたのかを、知らねばならない。もしフェッダーやアルテンブルクとなにか関連があるなら、それはヘルマーのかつての生活のなかに見つかるはずだ。僕は歩きながらザロメに電話をかけたが、留守番電話につながったので、折り返し電話が欲しいとメッセージを残した。いまのところ、それ以上できることはなかった。目的地に着いたからだ。

目の前に、フィデス帝国がそびえたっていた。近代的かつ美しい巨大な建築物は、一九三〇年代前半の気鋭の建築家にしか創り出せない芸術品だ。波形にうねるトラバーチン張りのファッサードを持つ近未来風のビジネスビルで、当時の建築物が持つ自由精神への生き生きしたオマージュだ。だがその自由精神は、その後すぐにナチス集団の均一性によって潰されることになった。このビルには海軍の司令部が入り、戦後はベルリンの電力会社、その後はガス会社が入った後、最後にフェッダーが買い取った。

フィデス社が使っているのはビルの一番奥の側翼のみだったが、文化遺産に指定されているこの建物の屋根には堂々と〈フィデス〉の看板が掲げられているので、まるでフィデス社が全体を使っているかのような印象を与える。少しばかり見栄を感じずにはいられないが、そこがまさにフェッダーという人間にはぴったりだ。

オニキスの壁が鏡のようにピカピカ光る巨大な受付ホールに入ると、僕は受付カウンターに行って、トリクシーに取り次いでもらった。長くは待たずに、五台あるエレベーターのひとつで十一階へ行くよう言われた。エレベーターを降りると、非常に忙しそうに見える男に迎えられ、秘書たちの愛想のよい挨拶を受けながら、いくつもの部屋を通り抜けて、広々とした社長室に案内された。男は僕を置いて部屋を出た。ドアが閉まると、僕は部屋のなかにトリクシーの姿を探した。

「ここよ」

トリクシーは、巨大な革椅子の背にほぼすっぽりと隠れていた。その椅子をぐるりと回して、僕に姿が見えるよう、こちらを向いた。僕は歩いていって、手を差し出した。

「素晴らしい眺めですね」

デスクの背後の大きな窓からは、各国の大使館が立ち並ぶ界隈を越えて、文化フォーラムとポツダム広場までが見渡せた。その向こうの街並みは、こぬか雨と霧に沈んでいる。

「天気がよければ夢のような眺めよ。コーヒーはいかが？」

僕は有難くいただくことにした。トリクシーは立ち上がると、僕を会議用のテーブルへと連れていった。八人掛けのテーブルの上には、何冊かの分厚い書類ファイルが置いてあった。

「こういう書類仕事で、気が変になりそうなのよ。プロジェクトマネージャーはできれば今日すぐにでも仕事を始めたがっているんだけど、いまのところうちのオファーを受け入れたのは、十二世帯の賃貸人のうち五世帯だけなのよ」

トリクシーはサイドボードから銀色の保温ポットを持ち上げると、すでに用意してあったカップにコーヒーを注いだ。

「うちのオファーはすごく寛大だっていうのに。改装中は代わりの住居を用意するし、引っ越し費用だって全部もつんだから。それも代わりの住居に引っ越す費用と、改装後にもとの住居に戻る費用の両方。ほんとにもう、わけがわからない人たちだわ。どうしてあんな穴倉みたいな場所に留まりたいの？　ミルクは？　お砂糖は？」

「ミルクをお願いします」

トリクシーは僕のほうにミルクポットを押しやってから、テーブルの上座についた。今朝の彼女は、黒いパンツスーツに半透明の白いバティスト織ブラウスといういで立ちだ。真面目な印象を与えるし、彼女の年齢にもふさわしい。おかげで彼女とのやりとりが、ぐっと楽になった。

「たぶん、改修後に家賃が上がって、払えなくなるのを恐れているんじゃないでしょうか」

「ちょっとフェルナウさん、やめてよ。建物を腐らせておくわけにはいかないでしょう。あそこなんて、まだトイレが共用廊下にしかない住居まであるんだから。戦前のレベルよ。だからもちろん家賃も戦前のレベルなの。ああいうところに住んでいる人たちの要求って、とても理解できないわ。宮殿に住みたいけれど、ボロ小屋用の家賃しか払いたくないって。そういうわけにはいかないでしょう。うちのプロジェクトマネージャーは、六週間以内に改修工事を始めたいって言うの。それまでに出ていってもらわないと。全員に」

僕はテーブルの上に置かれたファイルを一冊、引き寄せた。フライタータ、ルクレール、ホフマン、という名前が目に入った。

「この建物、ご自分でご覧になったことはありますか？」

トリクシーは自分のカップにもコーヒーを注ぐと、答えた。

「ないわ。でもハルトゥングが見に行った。うちで一番有能な外回りの社員のひとり。それに〈アルント&シュペングラー〉弁護士事務所も、行ったことがあるはず。購入価格を決める前に。なにも特別な点はないって聞いているけど。文化財指定もされていないし、その他の条件もなし。ただ、家賃収入は壊滅的ね。だからこそあんなに安く買えたんでしょうね。八十万ユーロよ。それでも、改装なしでは百年たっても資金は回収できない」

トリクシーは椅子の背もたれに寄りかかって、天井を見つめた。

「私は嫌なのよ。個人的には建物ごとこのまま別の誰かに売ってくれたってかまわないくらい。ほかにもグリンカ通りの建築工事だとか、ユルゲンが亡くなる前に始めたいろいろなプロジェクトがたくさんあるんだから。もちろん、全部放り出すつもりはないのよ。でも、どうやって続けていけばいいのかわからない」

ここでトリクシーは黙り込んだ。僕は書類をめくっていき、マークヴァートからの返信ファックスがすでにファイルに綴じられているのを見て、嬉しくなった。だが、紙の端に手書きで記されたメモを読んで、その喜びは消えた。「直ちに追い出すこと。反抗的、強情。ハルトゥング」。僕はさらにめくっていって、フライターク夫人のページを見つけ出した。「猫を理由に無期限で賃貸契約解消のこと。ゴミ屋敷。ハルトゥング」

「とにかく、なんとか住人を追い出してほしいの。嫌がらせをするとか、お金を積むとか、引っ越しの支援とか、脅すとか、とにかくなんでもいいから。いろいろな……方法があるでしょう。あなたの報酬は、一時間おいくら?」

フェッダーは当時、信託公社で時給二百五十マルクを稼いでいた。それも、ほぼ二十年前に。ユーロとマルクの変換レートは紙の上では一対二だが、現実社会ではとうに一対一になっていることを考えて、僕は少しばかり上乗せすることにした。さらに、あのハルトゥングという男と働くからには汚れ仕事に対する追加手当が必要であるという理由で、またもや少し上乗せ。そして、住人を住居から追い出すという仕事は、本来僕が決して手を染める類のものではないため、またしても少し増額。

「四百ユーロです」

トリクシーが驚いたように顔を上げた。「四百？　日給ということ？」

「いいえ、時給です」

トリクシーは眉を上げようとしたが、完全な成功には至らず、額の上半分にわずかに皺が寄っただけだった。

「それは、ちょっと周りと相談してみないと。うちの社がそれほどの額を払えるかどうか、わからないわ」

「人は支払った分にふさわしいものを受け取る（ユー・ゲット・ホワット・ユー・ペイ・フォー）、と言いますよ」

僕はファイルをテーブルの中央に戻した。「反抗的、強情」「追い出すこと」という言葉は、「害虫、燻（いぶ）し出すこと」と同じ響きだ。自分が実際のところなにをしているのか、トリクシー・フェッダーにはわかっていないのだろうか。だが、たとえわかっていないとしても、言い訳にはならない。

「ザロメが推薦してくれたから、あなたにお願いしようと思ったんだけど、そんなに高給を取る大物だなんて……うちが探しているのは、細々した仕事をしてくれる人なのよ。手紙を書いたり、電話をかけたり、住人を訪問して少しばかり圧力をかけたり、法執行官と打ち合わせしたり、そういったこと」

つまり、アルントとシュペングラーが、そのためにハンドメイドのブダペスト製革靴を汚したくないと思う仕事のすべて、というわけだ。僕は遺憾に堪えないという表情を作り、肩をすくめて見せた。

「残念ですが、私がするべき仕事ではないようです。ですが、それでも私の協力を必要とされることがあれば、喜んでお力になります」

トリクシーは唇を突き出して、コーヒーを一口飲んだ。この顔合わせだけですでにいくら払うことになるのだろうと、頭のなかで計算しているのかもしれない。僕は部屋を見回した。とてつもなく広い、よく片付いた空間で、個人的なものはほとんどない。書き物机の上に、鉄製の彫刻のようなものがあった。どこか僕の母の創造力の爆発を思わせる。やがて、トリクシーはカップを置いた。決断したようだ。

「それはご親切に。では、またご連絡します」

トリクシーは立ち上がり、もはや先刻ほどは親しみのこもっていない顔で僕にうなずきかけると、ゆっくりと窓際の革椅子のほうへと歩いていった。そして、椅子の一歩手前で立ち止まり、指先で軽く背もたれを撫でた。

「この椅子、私には大きすぎるのかしら？」

　僕もやはり立ち上がった。

「少し時間をかけるべきですよ。きっとすぐに、ぴったりの大きさになります」

「全部売ってしまうべきかもしれないわね。購入の打診が二件来てるのよ。どうも、私は建築業界には向いていないみたい。厳しい世界だもの。業界が必要とするのは勝者なの。ユルゲンは勝者だった」

「これ、なんですか？」僕は、どこか独楽（こま）を思わせる、古めかしい奇妙な鉄製の物体を指して訊いた。

　トリクシーはそれを持ち上げると、重さを量るかのように軽く揺らした。

「紡績機の一部よ。ユルゲンは文鎮として使ってたわ。彼の父親の会社にあったものなの。ほら、文字が見える？」

　僕はそれを受け取って、よく見てみた。下部に、少し盛り上がった判読しがたい文字で「ガランタ繊維会社」とある。突然、文字が頭に浮かんだ。流れるように優雅な、古めかしい、どこか寂れた雰囲気の文字が。僕は、その文字をどこで目にしたのか思い出そうとしたが、できなかった。

紡績機の一部だというそれをトリクシーに返すと、彼女は机の塗装に傷をつけないよう、そっともとの場所に戻した。

「ご主人は、どうして？」

「突然だったの。本当に、すごく突然。人生の盛りだったのに。いまだに信じられないわ。あれからまだほんの数週間よ。だからいまも、ドアが開く音がするたびに、あの人がいまにも部屋に入ってくるような気がする。留守番電話には、まだあの人の声が残ってるの。私の携帯の留守電に、メッセージが入ってるのよ。最後に電話してきたのは、あの起工式が始まる直前だった。いつかは、あのメッセージも消さなきゃならないんでしょうね」

そう言って、トリクシーはようやく椅子に腰を下ろした。突然、とてつもなく老けて見えた。ふっくらした唇も、すべすべの額も、その印象を変える役には立っていない。不自然に若い顔が、縮んでしまったかのような前かがみの細い体の上に載っているだけだ。

「本当に心臓麻痺だったんですか？」

「もちろんよ。どうしてそんなことを訊くの？」

「ご主人が亡くなったとき、そばに見知らぬ人間がいたと聞いたことがあるんです」

トリクシーの疲れた目が細められた。

「ゴシップね。あなたがほのめかしているようなことは、なにもなかった」

「じゃあ、なにがあったんです？」

「個人的な話よ。あなたに教えなきゃならないとは思えない」

「あの場には三百人ほどの人がいたんですよ。個人的な話というには、やや無理があるのでは。私がこの話に関心があるのは、依頼人のひとりがその直後に死んだからです。やはり突然で、やはり思いがけない死でした。それに、その依頼人の死の直前にも、やはり彼の知らない人間がそばにいたんです。依頼人はハンス＝ヨルク・ヘルマーというんですが、この名前にお心当たりはありませんか？」

トリクシーの顔から不信感が消えた。じっと考え込んだ後、残念そうに首を振った。

「ないわ。まったく」

「その見知らぬ女性というのは、誰だったんです？」

「知らないのよ。霧のなかから現れて、また霧のなかに消えていったの。あのね、フェルナウさん、あなたが主人にどんな濡れ衣を着せたいのかは知りませんけど、世間の噂には本当になんの根拠もないのよ。まったく——少なくとも、あの噂には」トリクシーはわずかに皮肉な微笑みを浮かべて、付け加えた。そして受話器を手に取ると、番号を押した。

「十五分以内に車を回して」

そう言って、電話を切った。

「〈チャイナ・クラブ〉で、レディースランチなの。あそこの〈エビのワサビ天ぷら〉は一級品よ。わざわざ来てくださって、ありがとう」

僕は別れの挨拶をして、ドアに向かった。だが、ドアノブに手をかける前に、もう一度振り向くと、会議用テーブルの上のファイルを指した。

「私の見解ですが、その建物の改修工事は問題ありません。ただし、賃貸人の了解を得た後に限ります。そして、改修後の家賃は、あの地域における一般的な賃貸料を一セントたりとも超えてはなりません。それから、これまで見逃されてきた住居の目的外使用は、無条件で認めるべきです。脅しも、強制退去もなし。手続きには相応の配慮を。そうでなければ、この件は何年も長引き、最後にはあなた方の負けになるでしょう。これは無料の法的助言です。シュペングラー弁護士が誠実な方なら、私の見解に同意してくれるはずです。あ、それから、あのキャンキャン吠(ほ)えたてる犬——ハルトゥングでしたっけ——は呼び戻してください」

トリクシーは言葉もなく、唖然(あぜん)と僕を見つめていた。巨大な革椅子のなかで、その姿は本当に小さく見えた。と思うと、トリクシーは床を蹴って椅子を回した。椅子はゆっくりと窓の方を向き、背の高い黒い背もたれの後ろに彼女の姿を隠した。

ビルを出ると、地下駐車場への入口前に、巨大な黒いフェートンが停まっていた。開いた運転席のドアにスーツとネクタイ姿の男がもたれて、煙草を吸っている。頭で考える前に、僕は男に歩み寄っていた。

「失礼ですが、フェッダー氏の運転手をなさっていた方ですか？」

男は一瞬、答えるべきかどうか考えて、結局軽く頷くことに決めたようだった。

「私は弁護士です。少しうかがいたいことがあるんですが」

「法務部へ行ってくれ」

「たったいま、フェッダー夫人と一対一でお会いしてきたところです。あのことがあったとき、運転手さんもその場にいらしたんですよね？」

「事故の現場にはいたけど、そこだけだよ」

「正確にはなにがあったんですか？」

運転手は煙草を吸い、懸命に考えなければならないというふりをした。

「例の女性の話です」と、僕は助け舟を出した。「重要なことかもしれないんです。なにか特に気づかれたことはありませんか？」

「特に馬鹿な女だったことには気づいたよ」

そう言って、運転手はにやりと笑った。「目にトマトでもくっついてんのか、とかなんとか言ってたな。すごい勢いで角を曲がってきて、フェッダーさんにぶつかったんだ。スーパーのワゴンで突き飛ばした。なにかの広告を配ってたとか、そんな話だった。なのにフェッダーさんは、起工式に女を連れていった。それ以上は知らない。俺は外で待ってたから」

「名前は耳にしませんでしたか？　どんな見た目の女性でした？　フェッダー氏になにか要求しましたか？」

運転手は煙草を地面に投げ捨て、足で踏んで消した。

「まったく、なんにも。俺の印象では、あの女は別にパーティーに出たかったわけでもなさそうだった。ああいう場にふさわしい恰好じゃなかったし。なんていうか……よれよれって感じだったんだよ。古いTシャツとか、着古した上着みたいな。嫌な言い方だよな、わかってる。でも、社長がどうしてあの女をパーティーに連れていったのか不思議に思ったから。たぶん、自分は貧乏人にも温かい心で接する人間なんだって、周りのみんなに見せるためだったんだろうな」

「社長は実際そういう人だったんですか？」

運転手は、まるで僕が運転免許の点数を尋ねたかのような顔をした。

「俺にはいつも誠実に接してくれたよ。悪いな、もう行かないと」

運転手は車に乗り込んだ。彼がドアを閉める前に、僕は運転席にかがみこんだ。

「ほかになにか気づいたことはありませんか？　なにか細かいことでも。ちょっとしたことでいいんです」

運転手はシートベルトを引っ張って、締めた。そのあいだじゅう、フロントガラス越しに前をにらんでいた。まるで、はるかかなたのどこか一点に目の焦点を合わせようとするかのように。

「電話してた。あの後。土砂降りだったから、俺は車のなかにいたんだ。そしたら、あの女がやってきた。通りに出てきて、近場の建物の玄関前で電話をかけてた。社長が死んだ直後だったはずだ」

僕はため息をついて、一歩下がった。なにも特別なことはなさそうだ。目の前で、この国で最も有力な施工会社の社長がモッツァレラを喉に詰まらせて息絶えたら、僕だって即座にマリー＝ルイーゼに知らせたいと思うだろう。

「ありがとうございました」僕は言った。

だが、運転手の話はまだ終わっていなかった。

「笑ってたんだ」ゆっくりとそう言うと、運転手は僕を見上げた。「あの女、笑ってたんだ」

残念なことに、マリー＝ルイーゼは僕が必要とするときに限って連絡がつかない。彼女と話したかった。昔のように。かつては、僕らのうち一方が抱えている事件で行き詰まると、もう一方がまったく新しい視点をもたらすことができた。そんな関係がなくなったのが辛かった。それも、もうずいぶん前から。僕たちの友情は、どこかで歯車がずれてしまった。けれど僕は、もしかして僕たちはもういい友人などではないのかもしれないという邪悪で陰険な考えが頭のなかに忍び寄るのを、断固として拒絶していた。

もしかして僕たちはもう、ただのいい同僚に過ぎないのだろうか。

そもそも最初からそりの合わないふたりだったんだろうか。

僕はザロメに電話してみたが、またもや留守番電話にしかつながらず、メッセージは残さずに電話を切った。

それから、ケヴィンに連絡してみた。だが、どこかの異常者が抗議のためにまたもや有毒廃棄物のタンクに自分の体を鎖でつないで、凄まじい額の罰金を払わされそうだという理由で、時間がないと言われた。その事件が起こったのはここではなく、インド南部なのだそうだ。この国には充分な有毒廃棄物がないとでもいうのだろうか。

結局、あの後ヤナが静かすぎて怪しいことに気づいた僕は、アルタイに連絡してみた。少なくとも彼には電話がつながったが、地下の資料室の女の子はどうなったと尋ねると、返ってきたのは海より深いため息のみだった。

「フェルナウさん、ずいぶんなことをしてくれたもんですね。あの子は一日に十回はここへやってきて、なにかの事件の記事を私に突きつけるんですよ。恐ろしく不公正な裁判があったってね。罪を犯した人間が、証拠が足りない、状況証拠が弱いって理由で無罪になった事件。どの事件のこともすぐに調べて記事にしろって迫るんですからね。ただ、我々が探している男の記事だけは、まだ見つからないんですがね」

ヤナによろしく伝えてくれと僕が言うと、アルタイは怒りの唸り声を発した。

「で、そちらは？」と訊かれた。「なにか新しいことは？」

僕は鉛色の空を見上げた。天気予報では、亜寒帯からの寒気が新たに襲ってくるらしい。

まるでいまの寒さではまだ不充分だとでもいうかのように。

「すべてはフェッダーにつながっているような気がします」

「気がする？　それとも、それ以上のなにかがある？」

「わかりません」

頭の毛または胸毛をかきむしっているらしい音が聞こえた。

「今日、もうなにか食べましたか？」

「いえ」

「〈気がする〉を具体的に突き詰めるには、満腹状態がいいんです。二時に〈最終法廷〉で会いましょう。あの店のことはご存じですよね。裁判所のすぐ近くです。あそこのアイスバイン（塩漬けにした豚の脚）のゼリー寄せは最高ですよ」

最高のアイスバインのゼリー寄せには、抵抗などできない。


レストラン〈最終法廷〉に足を踏み入れたとたん、子供時代になじんだ懐かしい香りが鼻をくすぐった。日曜日のご馳走（ちそう）だったローストの匂いだ。付け合わせの赤キャベツ。塩ゆでジャガイモ。ソース。それに、ディル入りキュウリサラダの香りもかすかに漂っている。アルタイはまだ来ていなかったので、僕は小さな窓の前のテーブルについて、メニューを眺めた。

それぞれの料理には、〈弁護士の朝食〉（キノコ入りクグロフとちりめんキャベツのクリームソース煮）、〈侮辱罪訴訟〉（カワカマス団子のシュプレーヴァルト風ソースがけ）、〈目撃者証言〉（アイスバイン）、〈仮処分〉（豚すね肉グリルだが、大きさも重量もすさまじいため、僕なら即座に〈凶器〉と改名するところだ）といった名前がついている。どれも飾り気はないが堅実な家庭料理だ。僕は店内に目を走らせた。昼食時の混雑が、ちょうど過ぎ去ったところだった。給仕係は大忙しでテーブルを片付け、常連客たちに別れの挨拶をしている。温かな言葉のやりとり、食器がぶつかる音、暖かさ。それに、いい香り。我が家にいるような寛いだ気持ちになるのに、これ以上なにが必要だろうか。

もちろん店主は、この店の立地と歴史に相応の敬意を表していた。もはやほとんど読み取れない古い判決文の数々が、壁一面を飾っている。目隠しをした正義の女神像がレジカウンターを見張っている。そのすぐ隣には、深緑色の非常に古いマジョリカ焼きのストーブ。ここには昔からあらゆる人間が集った。罪ある者、罪なき者。判事、死刑執行人。検察官、弁護士。それに、永遠に決着のつかない闘いにおいて、あるときは一方の、あるときはもう一方の側に立つ野次馬たち。

「早いですね」

アルタイが目の前に立って、アノラックを脱ごうと身をよじっていた。外ではまたしても雪が降り始めていた。美しく優しい雪ではなく、湿った氷の球で、アルタイのくしゃくしゃの髪から、まるで発泡スチロールのようにぱらぱらと落ちてくる。アルタイが犬のようにブルブルと体を震わせたので、僕は防御姿勢を取った。

「すみません。それにしても、クソみたいな天気だ。もうすぐ三月も後半だっていうのに。うちの庭の植物、全部凍ってダメになりそうですよ」

アルタイは熊のような巨大な手で顔をぬぐうとメニューをつかんだが、結局、開きもせずに脇へとおしやった。美しいウェイトレスが、急ぎ足できびきびと僕たちのテーブルにやってきた。

「アルタイさん！　今朝、犬扼殺犯の記事を読んで、アルタイさんのことを考えてたんですよ。昨日あの人、ちょうどいまアルタイさんがお座りになってる席でお祝いしたんですよ」

犬扼殺犯は無罪を勝ち取り、支持者の肩に担がれて法廷を出ても不思議ではなかったほどの英雄となった。ウェイトレスは僕たちのほうに身をかがめて、囁いた。

「で、あっちの隅には動物愛護団体がいたんです。最初、これはまずいぞって思ったんですけど、結局どっちも相手を避けてくれました」

「ここではいつも、いろいろあるんだよな」と、アルタイが言った。「ユーレ、アイスバインのゼリー寄せを頼む。それにヘレス（ビールの種類）の小。フェルナウさん、どうします？――あ、こちらはヨアヒム・フェルナウ氏。弁護士だ」

「よろしく」

ユーレは心のこもった笑顔を僕に向けると、エプロンのポケットからメモ用紙とボールペンを取り出した。

「同じものを」と、僕は言った。

ユーレは満足げにうなずくと、注文をメモして厨房のほうへ姿を消した。アルタイがあたりを見回した。

「人生ってそういうものだ。公正も正義もない。あそこのあの女神はもちろんいない」アルタイはそう言って、正義の女神像を指した。「法廷ではすべてがまだ文明的に進む。でもその後、判決が出たら、みんなよりによってここに集って、酒を飲んで、互いにつかみかかるんですよ。そういうことは、いくらでもありました。ただ、逆の場合もあるんですよ。蒸留酒三杯で突然、敵どうしが抱き合うこともね。百年前のやり方はそれほどまずくもなかったんでしょうね。村の酒場に役人を呼びだして、みんなの意見が一致するまで酒を飲むっていうのも」

ユーレがレストランの空間を横切ってやってきて、通り過ぎざまに矢のような勢いで一滴もこぼすことなく小さなビールグラスを僕たちの前に置くと、そのまま去っていった。僕たちは乾杯した。

「今日はなにがあったんですか?」と、僕は訊いてみた。

「青少年犯罪です。ガソリンスタンドに強盗に入った。常習犯ですよ。裁判はきっと延々と続いて、なにひとつ得るものがないまま終わるでしょうね。犯人は十六歳。でも、あまりに犯罪に深入りしている。あの子をあの世界から救い出すのは、もう無理でしょう。未成年用の刑務所を作れって叫ぶ素人集団を見ると、もう笑うしかありません。ああいう連中は、そもそも刑務所に入ってはじめて、犯罪者として最後の磨きをかけられるんですから」

そのとき、入口のドアが開いて、大勢の客が大声で議論しながら入ってきた。アルタイが一瞬振り向いた後、うんざりした顔で首を振った。

「ほら来た。傍聴席の最後列グループです。なかには二十年来の知り合いどうしもいるんですよ。暖房の効いた傍聴席に座って法廷劇を鑑賞した後、みんなでわいわい話し合う。もちろん自分たちは誰よりも賢いと自負している」

何人かがこちらに向かって挨拶した。アルタイは、今度は振り返ることなく、彼らのほうにビールのグラスを掲げて見せた。

法廷傍聴人たちは八人掛けのテーブルにつき、ユーレがなんとかまともに注文を取ろうと奮闘した後、急ぎ足でスウィングドアの向こうに消えた。と思うと、すぐに大きな盆を持って僕たちのテーブルにやってきた。アイスバインのゼリー寄せのお袋風ソースがけと炒めジャガイモは、僕が想像していたとおりの見た目だった。そして、味もやはり想像どおりだった。この世のあらゆる芸術の中で最も過小評価されている食という芸術に、ふたりとも黙ったまま没頭し、僕は合間に暖炉の横の八人掛けテーブルのほうに目をやった。だいたい四十歳から六十歳のあいだの、ほとんどが目立たない地味な人たちだ。ひとりの女性が、ちょうど編みかけのセーターを取り出して、続きを始めた。間違いなく無数の裁判を傍聴する過程で生み出されたセーターだろう。彼らはお互いによく知った間柄のようだった。遅れてもうひとりが店にやってくると、ほかのメンバーに温かく迎えられた。全員が椅子を少しずつ移動させてスペースを空け、挨拶の言葉をかける。ここに昼食に集い、意見を交わしているのは、一般市民だ。関係者ではなく、親戚でも友人でも家族でもなく、ただ好奇心から定期的に法廷に集まる人々。法廷は暖房が効いているからかもしれない。または、何年ものあいだに互いに親しくなったからかもしれない。または、彼ら全員が、他人の不幸が一番の楽しみだという覗き見趣味の人間なのかもしれない。

「で、そちらのヘルマーの件はどうなりました?」アルタイが、食べ物を口に入れる合間にもごもごと尋ねた。「それに、フェッダーでしたっけ。なにかつながりがあるんですか?」

「さっきも言ったとおり、そんな気がするだけです。フェッダーが死ぬ直前、すぐそばに見知らぬ人間がいました。地味な女性で、フェッダーはそれまで一度も会ったことがなかった。チラシ配りの女性です。彼女はフェッダーにぶつかってきて、そのおかげで起工式に同伴させてもらえた」

「うまい手だ」

「違うんです。彼女はフェッダーの好みのタイプではなかった。なんというか……よれよれだったそうです。少なくとも、フェッダーの運転手の記憶では」

「よれよれ、ね」アルタイはフォークにジャガイモを山盛りにして、口に運んだ。「女性を形容するにしては、妙な表現ですね」

「その女性を探すという手もあるかもしれません。それほど難しくはないでしょう」

僕はアルタイを見つめた。だがアルタイのほうは、最初、意味がわからなかったようだ。ようやくジャガイモを飲みこむと、すすぎにビールを流し込んだ。

「実習中の高校生の手持ちはもうないんでね。手持ちだったひとりは、あなたの依頼した仕事で行方不明ですから。そんなクソみたいな仕事、いったい誰にやらせればいいんです？」

僕はあたりを見回したが、アルタイに推薦できそうな人物は見当たらなかった。アルタイはサラダの皿からキュウリのピクルスをフォークに突き刺し、派手な音を立てて嚙み砕いた。

「新聞販売店ですね」やがて、アルタイは言った。「彼らなら知っているはずだ。新聞配達人は、チラシ配達人でもある。訊いてみますよ」

「素晴らしい」

ふたりとも食べ終わった。ユーレがテーブルを片付け、コーヒーを二杯持ってきた。そのとき、八人掛けテーブルからひとりの男が立ち上がり、まっすぐに僕たちのほうへやってきた。ちょうどコーヒーフレッシュのパックの蓋を開けようと悪戦苦闘していたアルタイが、驚いたように顔を上げた。

「ああ、ヴァインマイスターさんか。調子はどうです？」

ヴァインマイスター氏は、調子などという私的なことがらを僕たちに明かすつもりはないようだった。テーブルの空いている椅子に、勧められもしないのに勝手に腰かけると、もったいぶって背筋を伸ばし、深く息を吸い込んだ。

「そろそろちゃんと書いてくれないと。外国人の問題、このままじゃいけない。どうしてあいつらは刑務所に閉じ込められないんだ？」

「そう簡単な話じゃないからですよ」

「あの少年は前科五十四犯なんだぞ。この先どうなると思うんだ？　どっちにしたって刑務所行きだろう。それならどうしていますぐ刑務所に放り込まない？　またひとり殺しちまう前に」

「我が国には予防拘禁の制度はないんですよ」

「ああ」と、ヴァインマイスター氏が言った。「残念なことにな」

この男には、どこかで見覚えがあった。紺色のウィンドブレーカーを着ていて、どこか……そうだ、どこか郵便配達人のように見える。

「銃撃事件のとき、あの場にいらっしゃいましたね」僕は言った。

ヴァインマイスター氏は角ばった頭をこちらへ向けると、初めて僕のことをまともに見た。

「どこかでお会いしましたかね？」

「私はハンス－ヨルク・ヘルマーの弁護士を務めていました。このあいだ銃で狙われた男性です。ほら、このすぐ近くで」

「ああ、憶えてるよ。スーパーマーケットの泥棒だ。被害額五百ユーロ、公共福祉作業二百時間。公正で適切な判決だった。ところがあんたは無罪放免を要求した」

ヴァインマイスター氏は、まるで心の目でメモを読んでいるかのように、すらすらと事実を並べた。

「記憶力がいいんですね」

「よく画像記憶だって言われるよ。全部ここにあるんだ、頭のなかに」

そう言って、彼は長くて細い人差し指でこめかみをつついた。あまりに得意げなので、何十年ものあいだ血と汗と涙を流してクロスワードパズルを解き続けた結果、ようやく獲得した才能なのかと思えるほどだった。

「それなら、あのヘルマー氏は裁判所では無名の存在ではなかったことを、もちろんご存じでしょう」

「もちろん、もちろん」ヴァインマイスターは認めた。「だが、あの男は社会復帰させることもできたはずなんだ。この社会がいい加減に、本当に必要としている人間に手を貸しさえすればな。ヘルマー氏は道を踏み外した。だが、しっかりした規則と厳格な措置とで社会復帰させて、役に立つ人間に戻してやることもできたはずなのに」

ヴァインマイスター氏が思い描く厳格な措置とはどんなものなのか、さっぱり想像がつかない。

「いったいどうして、ヘルマー氏は道を踏み外したんですか？」

「あんた、知らないのかい？」

僕が思わず疚しさを感じるほどの驚きようで、ヴァインマイスター氏はこちらをまじまじと見つめた。それから、あたかもカウンターの正義の女神像までがブロンズ製の耳をこちらへとそばだてているのではないかというようにあたりを見回すと、僕のほうへ椅子ごと近づいてきた。

「クスリだよ」と、ヴァインマイスター氏は言った。「あの悪魔の道具だ。だが、ヘルマーはディーラーじゃなかった。ただ消費するだけ。言ってみれば、食物連鎖の末端さ」

「ヘルマー氏の薬物依存症のことは知っています」僕は答えた。

ヴァインマイスターは、口を開けばしょうもないことしか言わないようだ。アルタイと軽く視線を交わすと、彼もまったく同じことを考えているのがわかった。ところがそこで、僕はいまの意見を即座に翻すことになった。

「だが、女の子のことは知らんだろう」

少女の名前はイローナといった。

十七歳の少女だけが持つ美しさを持っていた。明るく澄んだきらきらした瞳、ミルクと蜂蜜でできているような肌、柔らかでふっくらした唇、そして優しい丸い顔。髪は肩までの長さの明るい色で、笑うと頬にえくぼができた。

彼女は死んだ。

僕たちは〈アーベントシュピーゲル〉紙の社屋の地下室にいた。蛍光灯の光に照らされた窓のない部屋は、まともに立つこともできないほど狭い。天井まで届く棚、巨大な通気管、古い紙とインクの匂いのせいで、ますます狭く感じられる。大きな木製の机に、過去の新聞を綴じて本の体裁にしたものが山積みになっている。僕たちが電話をするまでにヤナが調べ終わっていた二月半ばまでの分だ。だがいまこの瞬間、ヤナの目の前にあるのは七月分の本だった。プレヒテルという名の、灰色の上っ張りを着た青白い顔の物静かな資料係は、ランプの位置を調整してから、部屋を出ていった。

「ほら、ここ」

ヤナが虹色に塗った人差し指の爪で、開いたページの中ほどにある記事をつついた。先ほどアルタイがヤナに電話をして、新しいキーワードを伝えたのだった――「イローナ」。それから「夏」。それは夏の出来事だったのだと、ヴァインマイスターは語った。そして、それは世間の耳目を集めた出来事だった。僕でさえ、なんとなく記憶しているほどに。

イローナはベルリンのリヒターフェルデ地区の裕福な家庭で大切に育てられた。母カティ

ア と父ヴェルナーのヘルデゲン夫妻は、リヒターフェルデに一九二〇年代のサマーハウス風の小ぢんまりした美しい邸宅を所有していた。父ヴェルナーは家業を継ぎ、堅実に経営していた。シュテーグリッツ地区にある、古い時計を専門とする小規模だが名の通ったオークションハウスだ。ヴェルナーは巨万の富を築いたわけではなかったが、いくつかの逸品を自分で買い取り、歳月とともに、やがて価値ある時計コレクションを所有するようになった。

イローナは十二歳で拒食症になった。両親は娘を救うことに成功した。ところが、少女の心のどこかは修復されないままだった。イローナは十四歳で薬物を摂取するようになり、十五歳で売春を始め、十六歳でヘルマーと知り合った。それは激しい恋で、ふたりは坂道を転がり落ちていった。溺れる者どうしのように互いにしがみつき、互いをどんどん悲惨な境遇へと引きずり下ろしていった。

夜中にイローナの両親の家に忍び込んで時計のコレクションを盗むというのがどちらのアイディアだったのかは、後の捜査でも明らかにならなかった。ヘルマーが見張り役を務めたのかもしれないが、本人は最後までそれを認めることはなかった。家に侵入したのはイローナだった。父親が物音を聞きつけ、装塡済みのピストルを持って一階の居間へ行ったが、殴り倒された。そして、自分が見たところ犯人は男だったと証言した。だが、父親がなんとか立ち上がったときには、逃げていく黒い人影が見えただけだった。父親は発砲した。少女はその場で息絶えた。

その直後、ヘルマーは薬物で前後不覚になっているところを逮捕された。警察は、その夜のうちにヘルマーからわずかなりと有益な証言を得ようと試みた。ヘルマーはなにも知らないと言い張ったが、薬がようやく体から抜けた後にイローナの死を知らされると、泣き崩れた。それでもヘルマーは自説を曲げなかった。イローナのことは知っていたが、あの夜は会わなかったと言い張った。

イローナの父親も自説を曲げず、犯行現場でヘルマーを見たと言い張った。さらに、高価な時計がひとつ、なくなっていた。イローナの死体からは、その時計は発見されなかった。だが、ヘルマーの周辺からも発見されなかった。

「もう、ひどすぎる！」ヤナが首を振った。「かわいそうなお父さん！」

彼らの邸宅前に停まる法医学局の車の写真があった。他人に顔を見られないように、上着を頭からかぶった両親の写真。輸送車に乗せられるイローナの棺の写真。そして、ヘルマーの写真。異常者、薬物依存症患者。

それは、僕がファーゼンブルク警部の部屋で見たのと同じ写真だったが、目は黒い線で隠してあった。ハンス－ヨルク－H. とある。

アルタイが広告部から戻ってきた。そして記事にちらりと目をやると、さらにページをめくって、ヤナが小さな黄色い付箋を貼った箇所を開いていった。この悲劇的事件は、長期にわたって記事になっていた。

たよ」

「ひどい話だな」と、アルタイはつぶやいた。「当時、警察担当の記者もショックを受けて

それから本を閉じると、それをヤナの腹に押し付けた。

「全部コピーしてくれ。ありがとう、よくやってくれた」

「でも言っておくと、誤審とか、野放しになってる犯人とか、そういう不公正な話を探してるんなら、ここにほかにいくらでも載ってるよ」

そう言って、ヤナは横に積んである本の山を指した。アルタイがうなずいた。そして一年分の新聞をまとめた一冊を引き寄せると、適当なページを開いた。

「ときどき、人生全部がひとつの間違いなんじゃないかと思うことがある。ほらここ、最初の数ページだけでも読んでみろ。六年前に政治家どもがどんな発言をしてたか。あの戦争を終わらせなきゃいけない。この戦争は決して始めない。貧しい人にはこれを与える、金持ちにはあれを禁じる。あいつらが選挙運動のときになにを約束して、その後結局、反故にしてきたか。六年なんてたいした時間じゃないと思うだろう。全部、最近の話だって。だがね、昨日の新聞がもう忘れ去られているなら、六年前のことを掘り出すのは考古学と同じだ」

アルタイは本の表紙から軽く埃を払った。

「資料室は新聞の記憶だ。もうすぐ存在しなくなるのは残念だな」

青白い顔のプレヒテル氏が、まるで呼ばれたかのようにタイミングよく顔を覗かせた。ア

ルタイは彼に軽く挨拶した。

「プレヒテルさん、もちろんあんたの時代には、そんなことにはならんでしょうね。でも、ここにいるヴィットコヴスキ嬢は、きっとほんの数年後には、この地下室になにがあったか憶えてもいないでしょう。インターネットしか使わずに、他人が保存に値すると考えたものだけを与えられて満足するようになる。さ、コピーに行ってくれ」

ヤナはどこか途方に暮れたように頷いた。アルタイの突然のノスタルジーは、普段の彼の皮肉な態度とは相容れなかった。爪を傷つけないよう慎重に、ヤナは重い本を持ち上げた。そこで、「そういう大きい政治の話じゃないんだけど」と、もう一度訴えかけた。「そういうのにはあんまり興味ないし。ここに載ってるのは、ベルリンで起きた事件の話なの。いろんな不公正の話」

「人生はいつも公正とは限らないんだよ、お嬢ちゃん」

ヤナは呆れたように天井を仰ぐと、本を持って姿を消した。すぐに、コピー機が起動する音が、蛍光灯のかすかなうなりに混ざり合った。

「で？」と、僕は訊いた。「広告部でなにかわかりましたか？」

アルタイは先ほど、ふたつ目の痕跡の始まりだけでも追おうと、僕とヤナを残して〈アーベントシュピーゲル〉の広告部を訪ねていた。広告部は、グリンカ通り周辺の地域にどの広告会社が配達人を派遣しているかを把握していたという。だが、アルタイは煙草に火をつけると、憂鬱そうな顔の周りに煙を吐き出しながら、報告した。

「その広告会社が、うちと話そうとしてくれないんですよ。なんとも素敵な話だ。やつらのしょうもない広告を配るのに新聞を必要としてはいるが、難しい話になると急に尻尾を巻いて、新聞社がとんでもない変態的な要求をしてきたみたいな態度に出るんだから。広告会社はフェッダーと女性がぶつかった事故のことは把握してるんですよ。でもその女性が誰なのかは教えようとしない。これじゃあどん詰まりだ」

ヤナが本とコピーを抱えて戻ってきた。アルタイはもう一度記事に目を通すと、なにやらぶつぶつつぶやきながら細部の記憶を新たにした後、記事を再び埃っぽい地下資料室の巨大な机に戻した。

「なるほど」と、アルタイは言った。それも、何回も。「なるほど、なるほどねえ。さてフェルナウさん、我々はこれで、少しは先に進めますかね?」

僕は記事に目を通した。ヘルマーに関して、検察はそれ以上の捜査をしなかった。イローナの父親の裁判は半年後に始まり、被告の無罪で終わった。

「罪人はいない」と、僕は言った。「少女がひとり死んだのに」

アルタイから煙草を一本もらい、彼とともに禁煙表示板の真下で地下室を煙まみれにしていたヤナが、僕の肩越しに記事を覗き込んだ。

「でもさ、私がそのお父さんだったら、ヘルマーって男に怒り狂ってると思う。だって、娘が家に盗みに入るのを止めようとしなかったわけでしょ。もしかしたら、盗んでこいってけしかけたのかもしれないし。あの女の子の写真、よく見てみてよ。泥棒に入るような子じゃないよ」

「ヴィットコヴスキさんの言うとおりだ。イローナの両親と話をしてみるべきですね」

そう言って、僕はアルタイを見つめたが、彼は激しく首を振った。

「誰かをこの話に当たらせるなら、その前にもう少し有望な情報がないと」

「でも、私は面白いと思うけどな」

そう言ったヤナに、アルタイはどこか上の空で微笑みかけた。きざしかけた好奇心のかすかな芽を、すぐに踏みつぶしてしまいたくはなかったのだろう。

「ま、とにかく、ここでの私の仕事はもう終わりでしょ。それなら地上に戻ってもいいんだよね」

果てしない安堵の表情で、ヤナは僕たちのほうを見つめた。子犬のような信頼の視線が、アルタイのところで止まる。アルタイは嫌な予感に襲われたようだった。

「ダメだ。私の部屋は狭すぎる」

そう言った瞬間、アルタイの頭にアイディアがひらめいた。丸い顔が満面の笑みで輝くのを見ると、それは僕のアイディアと同じらしかった。

「でも、君にぴったりの仕事がある。重要な仕事だ。資料室から出て、実人生に飛び込むんだ。隠密調査だ。警察ばりに捜査するんだ。どうだ、やる気はあるか?」

「もちろん!」目を輝かせて、ヤナは言った。「なにをすればいいの?」

「チラシ配りだよ」僕は答えた。


この使命の重要性をヤナに納得させるのにしばらくかかったが、結局僕たちはヤナをアルタイの部屋へ連れていき、広告会社に電話をさせた。この求職の電話の形式、深み、内容を考えると、ヤナは生まれながらのチラシ配りだといえた。アルタイと僕は、彼女のことをとても誇りに思った。通話しながら、ヤナは自分の爪を見つめていた。虹色の爪のせいで、ヤナはますます〈びっくりタマゴチョコレート〉から飛び出してきたオマケのおもちゃを思わせた。だが、広告会社との通話では、そのオマケおもちゃのアヒルみたいにギャーギャーうるさい十六歳の女の子の雰囲気を出そうと、真剣に努力してくれた。

「えー、新聞はいや。だって早起きしないといけないでしょ。午後にもできる仕事ないですかあ? 三時くらいからがいいんだけどお」

受話器の向こうでは、どうやら彼女の意見を変えようと必死の努力がなされているようだった。だがヤナには通用しない。

「そりゃあ、クラブに行って、帰りが朝四時になることはあるけどお。でも、その後に新聞かついで出かけたいとは思わないって。こんな天気だもん、ますますやだあ」

アルタイが屈んで、軽くヤナの肩を叩いた。ヤナが送話口を手で押さえた。

「新聞配達でもいいから。もらえる仕事をもらえ」

「やだ！　新聞配達はやらない！　朝早すぎるもん！　――あ、いまのはパパ」ヤナは再び受話器に向かって言った。「パパにお小遣い減らされたの。まあ、どうしてもっていうなら……」

そこで、ヤナは耳を澄ませた。

「オーケイ。じゃ、あとで」

そう言って、電話を切った。

「直接会いたいって。身分証明書を見たりとか、いろいろ。それが済んだら、早速明日の朝四時から仕事だよ。ほんとにやらなきゃだめ？」

アルタイが頷いた。

「五週間前、フェッダーが死んだ日に、グリンカ通り周辺でチラシ配りをしていたのが誰なのか、知る必要があるんだ。名前だけでいい。あとは我々が引き受けるから。きっと君は素晴らしい仕事をするよ、間違いない。まさに君のためにあるような仕事だ」

ヤナは不信感のこもった目つきで、マッチ棒のように細い眉を寄せた。

「いや、もちろん、調査のことを言ってるんだよ」

こうしてヤナは面接へと出発し、アルタイはドアが閉まるまで無言で待った後、僕のほうを向いた。

「ヘルデゲン家の事件のことは、いまでもよく憶えてますよ。本物の悲劇だった。イローナの死が、一家を破壊しました。父親は二年後に自殺しましたよ。娘を失ったことと折り合いをつけられなかったんでしょうね」

「で、母親は？　いまいくつくらいですか？」

アルタイは首を振った。「フェルナウさんの考えるような、復讐の天使がヘルマーを殺したっていうシナリオはあり得ませんよ。イローナの母親とは何度か顔を合わせたことがあるんです。感じのいいお洒落な女性で、いつもいい服を着て、髪もきっちり整えてました。教会でボランティアをしています。彼女なりの乗り越え方なんでしょうね。それほど悪い乗り越え方でもないでしょう。信仰を持つ人間にとっては」

アルタイはボールペンを手に取ると、ぼんやりしたまま、それで何度もデスクマットを叩いた。これまで仕事で見聞きしてきたたくさんの裁判のことを考えているのかもしれない。飢えた子供たちのこと。殴り殺された女性たちのこと。自分の人生を生きたいと望んだために殺された少女たちのこと。強欲、サディズム、無関心のこと。手を差し伸べなかった人々の罪、見て見ぬふりをした人々の罪。新聞の大見出しを飾ることのなかった人々のこと。事実を捻じ曲げる嘘や言い訳を聞かされねばならなかった人々のこと。もしかしたら、そんな捻じ曲げや嘘の手助けをした弁護士たちのことも、考えているのかもしれない。それに、どんな判決も事態をもとに戻すことはできないとわかって、無力感にさいなまれながら法廷を後にしてきた人たちのことも、きっと。

「でもね、フェルナウさん、この話、あなたの新しいお友達ならあっという間に教えてくれたでしょうに」

「誰のことですか?」物思いから引きはがされた僕は、尋ねた。

「ザロメ・ノアック氏ですよ。あれは彼女が検察官として手掛けた最初の事件のひとつでした。ヘルマーっていう名前を聞いた瞬間に、ピンときたはずだ。イローナの父親は、一年近く警察と検察に延々と足を運び続けたんですからね。新聞社にも——ここにも——来ましたよ。もう一度全部ちゃんと調べて記事にしてくれって」

「どうしてそうしなかったんです?」

僕の口調は、思ったより攻撃的になってしまった。おそらく、アルタイがたったいま僕に突きつけた事実を直視したくなかったからだろう。アルタイは、すまなそうに両手を挙げた。

「あの男は、思い込みに囚われてしまってました。なにもかもをヘルマーのせいだと考えていたんです。そして、全員がグルだと主張しました。メディアも含めてね。彼がこの部屋を破壊し始める前に追い出すしかなかった。それから四週間もたたずに、彼は自殺しました。もちろん防ぐことはできなかったんだろうかと、さんざん自問しましたよ」

「で?」

「防げたとは思えない」

アルタイは鉛筆を再び手に取ると、端を噛み始めた。と思うと突然、その鉛筆を壁に投げつけた。

「畜生！　わからん！　ねえ、私の心が痛まなかったとでも思うんですか？」

くしゃくしゃになった煙草の箱を探し出して一本に火をつけると、アルタイは申し訳なさそうに窓を開けた。氷のように冷たい風が吹き込んできた。

僕は立ち上がった。この狭い部屋で、閉所恐怖症を克服するためになにかしなくてはと思い、さっきアルタイが投げた鉛筆を探した。それはデスクの下に転がっていって、見えなくなっていた。いや、実のところ僕は、単にアルタイに落ち着きを取り戻すだけの時間をやりたかっただけなのかもしれない。イローナの事件は、新聞の第三面に載る通常の法廷記事のどれとも違って、アルタイ個人の心に重くのしかかったのだろう。そして、彼にできることの限界を容赦なく突きつけたのだ。

「さてと」と言ったときには、アルタイはすでに自制心をほぼ取り戻していた。「そちらはどうしたいんですか？　どんな事実を握ってますか？　それが導く結論は？」

僕は鉛筆を見つけて拾うと、再び腰を下ろした。

「仮に、ヘルマーとフェッダーは殺されたんだとしましょう。その場合、ふたりの死を特に喜ぶであろう人間たちのグループがふたつあります。イローナの両親であるヘルデゲン家周辺の人間たちと、アルテンブルク家周辺の人間たちです。とはいえ、彼らを犯行と結びつけるものはなにひとつない。ただし、一種の〈ミッシング・リンク〉が存在すれば話は別です。そして、もし存在するならば、それは例のチラシ配りの女性のはずです」

アルタイは煙草をふかしながら、その大きな丸い目で興味深そうに僕を眺めていた。僕は紙が置かれた棚から一枚取ると、アルタイが端を噛んだ鉛筆で、フェッダー、ヘルマーという名前を上下に並べて書いた。そして、その右横に、アルテンブルク、ヘルデゲン、〈よれよれ女〉と書いた。

「ヘルマーはアルテンブルク家とつながりのある何者かによって殺された」

僕はふたつの名前を線でつないだ。

「フェッダーはよれよれ女に殺された」

再びふたつの名前を線でつなぐ。

「ヘルデゲン夫妻には動機がある。だが、ヘルマーを殺してはいない」

長いあいだ、僕たちは紙をにらんでいた。やがてアルタイが僕の手から鉛筆を取り上げると、フェッダーとヘルマーの名前の下に、大きな疑問符を書き入れた。そして、ヘルデゲンの名前とその疑問符とを線でつないだ。

「殺人がもうひとつ？　もしかしたら、ヘルデゲン家はいまこの瞬間にも、お返しとして、よれよれ女の敵を消してやっている？　もしよれよれ女に敵がいるのなら」

アルタイの言うとおりだ。もし彼の説が正しければ、かなり不気味な殺人計画だ。いわゆるプロが計画して遂行したものではない。ごく普通の目立たない人たち、共通の経験を持つ人たちの計画だ——司法に失望させられた経験を持つ人たちの。こうなったら自らの手で決着をつけるしかないと考えた人たちの。各々にひとつの動機がある。そして、犯罪が証明されることを防ぐために、彼らはいわば互いを苦境から救い合うことにして、それぞれ他人の敵を殺していた。

アルタイが小さく口笛を吹くと、疑問符をぐるりと丸で囲んだ。

「素晴らしい。天才的だ。とてもじゃないが三行でまとめられる話じゃない。こんなからくりに気づく人間はなかなかいないぞ！」

アルタイは腕時計を見た。

「さて、残念ながらそろそろ失礼しなくては。もう一日も終わりかけてるっていうのに、締め切りまでに、例の青少年犯罪についてまだ記事を書かなきゃならないんでね」

「えっ？」僕は言った。「この件はもうこれ以上調べないんですか？　まだ解明されてない疑問がたくさんあるっていうのに。彼らはどこで知り合ったのか。彼らをつなぐものはなにか。いつ、どうやって会って……」

「まさにそこから、辻褄（つじつま）が合わなくなっていくんですよ。あなたは大変面白い思考ゲームを披露してくれた。だが、証拠がない。フェッダーとヘルマーが殺されたという証拠さえないんですよ。もしこうだったら、なんていう仮説を基に記事を書いたりはできません」

「アルタイさん、頼みますよ！　たったいま自分で、よれよれ女には敵がいるって言ったばかりじゃないですか！」

「よれよれ女の敵の話は、うちの新聞の見出しを飾るテーマじゃないんです」

「じゃあ、ヤナはどうなるんです？　どうしてあの子は、明日の朝四時から新聞配達をしなきゃならないんですか？」

アルタイは煙草をもみ消すと、窓を閉めた。

「そうすれば午前十時には疲れ切って、自主的に家に帰ってくれるかもしれないからですよ」

「どうもありがとうございました」僕は言った。「わざわざ私のために時間を割いてくれて」

僕は怒りにまかせて、持ち物を鞄に放り込んでいった。変節漢がまたひとり。勇気を出すのが怖い、無知無能きわまりない人間が。ほんの二分前には、絶望した男のこと、その男を自分が拒絶したことを思い出して、目を潤ませていたくせに。

「そう怒りなさんな。この話がまったくものにならないと言ってるわけじゃないんですよ。ただ、もう少しまともな証拠をつかまないと」

「そちらには立派な資料室があるじゃないですか」

アルタイはため息をついた。

「いいですか、フェルナウさん。資料室だけじゃあ、脳みその代わりにはならないんですよ」

アルタイはコンピューターに向かった。僕は再び腰を下ろして、夜が明けるまで待ってもよかった。だが、ここを立ち去って、なぜザロメが僕に嘘をついたのかを探る手もある。それに、なぜ生きている人間が、死者にこれほど関心を持たないのかを。

フリードリヒ通りに足を踏み出しもしないうちに、僕はザロメの秘書を電話でつかまえ、怒りのメッセージを口述した。ヘルマーとヘルデゲンの名前を出して、至急折り返しの電話をくれるよう伝えた。

「至急です」と、僕は命令口調で念を押した。

「かしこまりました、フェルナウさん」と、秘書は従順に返事をした。

秘書たちとそのボスの検察官という人種には、普通とは違う態度で臨まなければならないのかもしれない。礼儀正しくではなく、ビシバシと、いますぐでなければだめだ、もし要求が通らなかったら問題が起きるぞ、それも本当に大きい問題が、とやるべきなのかもしれない。

ザロメはヘルマーを知っていたはずだ。あんな事件を忘れられるはずがない。いったいなぜ、情報をあんなふうに出し惜しみしたり、知らないふりをしたり、書類を手渡すのをあれほど渋り、引き延ばしたりしたのだろう？　ヘルデゲン一家の事件は、ザロメが手掛けた初めての大きな事件のひとつだったという。父親は無罪になった。だが、どれほどの惨めな代償を支払ったことか。検察はヘルマーの責任を追及することすらなかった。おそらく誰もが、ヘルマーを裁判にかけても空騒ぎに終わり、有罪にできないことがわかっていて、最初から失敗を避けたのだろう。

だが、ヘルマーはどう思っていたのだろう？　彼は本当に罪を犯したのだろうか？　ヘルマーは事件にショックを受けるあまり、即座に薬物依存を断ち切った。だが、ごく普通の生活を送ることは、もはや不可能だった。六年間、心の休まる間もないまま、路上で生活した。自身の過去から逃げ続けた。自分の意思で路上生活を選ぶ者などいない。誰もが、なんらかの理由で市民的な生活を送ることができなくなった人たちだ。ほとんどの場合、人生という階段が険しい傾斜路に変わってしまい、もはや支えになる場所がなくなってしまったためだ。ヘルマーがイローナを愛していたのなら、彼にはどのような形であれ、イローナの死の責任の一端がある。なぜなら、イローナを転落させたのはヘルマーだから。

裁判が開かれたとしても、それがなんらかの結果をもたらしたかどうかは疑わしい。だが、少なくとも父親には仇（かたき）を討ったという満足感を、そしてヘルマーには後悔と贖罪（しょくざい）の機会をもたらしたことだろう。そして、どちらも罪という重荷を少しずつ下ろしていくことができたはずだ。だが、その機会は訪れなかった。だから、ヘルマーはひとりきりで後悔し続けた。

そしてイローナの父親は、ひとりきりで絶望し続けた。

〈アーベントシュピーゲル〉の社屋を出たのは六時少し前だったが、いまだに外がずいぶん明るいのに驚かされた。どうやらゆっくりと、季節は春へと向かっているようだ。はるか向こうの西の空で、ちょうど太陽が地平線に触れ、数分のあいだ、ヨーロッパ大陸特有の分厚い雲の天井と地上とのあいだの隙間に留まっていた。すぐに地平線の向こうに消えていくことになる太陽の燃えるような赤い光が空に反射するさまは、感動的な光景だった。重い雲が下から光に浸されて、まるで大きな手で適当に積まれた袋のように見える。雪混じりの雨、あられ、激しい北風がぱんぱんに詰め込まれた袋だ。沈みゆく太陽の最後の光とともに、気温も数度落ちた。まるで煙のような白い息を吐きながら地下鉄の駅へ向かう道のりで、僕は冬の雲と灰色の石膏の袋は驚くほど似ていると考えていた。母を訪ねなければ。近いうちに。母はヘルマーが死んだことをまだ知らないかもしれない。いまだに、冷めてしまった目玉焼きを前に、ヘルマーが約束通り戻ってくるのを待っているかもしれない。

近いうちに、じゃない。いますぐだ。

僕が訪ねたとき、母とフートさんのふたりは、ちょうどウィザーズの作業場のガラクタの山のなかにいた。僕が捻じ曲がったブリキ板をどけて近づこうとすると、早速フートさんに、〈インスタレーション〉を壊したと非難された。

「これがインスタレーション？」

三台の自転車が、バスタブのなかに倒れていた。どれほど善意の努力をしても、それ以上の形容はできない。だが、ヨーゼフ・ボイス（ドイツの現代美術家。一九二一年—一九八六年）が油脂とフェルトとで不滅の名声を築いたことを考えれば、母とフートさんがブリキとバスルームとで名声を築けない理由があるだろうか。

「そう。これはジョージへのオマージュなの。彼と私たちの、それぞれの若いころの体験を結びつける作品なのよ。彼は昔、バスタブ恐怖症だったの。お母さんのうっかりのせいで、バスタブで溺れそうになったことがあるから」

汚れのこびりついたサロペットと古いパール編みのセーター姿で、白髪にスカーフを巻いた母が、彼女のこれまでの創造物の最高峰たる作品のまわりをぐるぐると回りながら言った。だが僕は、このガラクタを母ほどロマンティックな目では見られなかった。

「で、母さんは？　母さんは自転車になんの恨みがあるわけ？」

「私たち、車を持ってなかったでしょう。憶えてないの？」

もちろん憶えている。なにしろ僕は大学にさえ自転車で通ったのだ。運転免許を取ったのはずっと後になってからだ。

「これ、私たちの自転車よ」

僕は作品に近づいてみた。本当だ。よくよく見るとようやく、この三台の自転車が、男性用、女性用、子供用だとわかった。僕の子供用自転車。突然、こみあげてくるものがあった。母がこんなに古い自転車をこれほど長いあいだ取っておいたことに、胸を打たれた。僕の脳裏に、常に幸せだったとは言い難い小さな家族の光景が蘇ってきた。週末にピクニック用の籠を持って、ティアガルテンまで自転車をこいでいった家族。

「せめて私たちのものくらいは、いつも一緒にいられるように」

母は、ちょうどフートさんが手をぬぐったばかりで油まみれの布を手に取ると、赤錆だらけの自転車のハンドルを磨き始めた。もしその顔を——歳月とともに老いはしたものの、僕が生まれた瞬間から親しんできた顔を——見なければ、ここにいるのは見知らぬ女性だと思ったかもしれない。作業着を着て、つま先が金属強化された埃まみれの靴を履き、生き生きと輝く瞳と皺だらけの手を持つ針金のように痩せた老女が、厳しい目つきで自身の作品を検分し、見るからに満足そうにうなずいている。母はこれまで、一度も肉体労働をしたことがなかった。もちろん、家事は別だ。家事だって大変な仕事には違いないし、いつも楽なことばかりではなかっただろう。それでも、防護用のゴーグルをかけて、溶接用バーナーを使う、いまのような作業とは比較にならない。母はどんどん変わり者になっていく。僕がそれに苛立つのは、彼女のこの不思議な趣味や服装のせいではなく、母が頑なに、まっすぐに新しい人生を構築し、これまでは考えたこともなかったようなことがらに価値を見いだしていくせいだった。そこにフートさんがどんな役割を果たしているのかは、まだ見極められていない。

彼女はかつて母の家政婦だったのだが、母の新しい人生においても、身体的な活動という面で主導的な役割を果たしているとは言い難かった。いつの間にか、目がちかちかするほど色鮮やかなターバンとカフタンを驚くほどたくさん所有していて、まるで七十歳で体型が正方形になったエルヴィラ・バッハ（ドイツの芸術家、一九五一年生まれ）のように見える。たいていは作業場の隅に座って、作業を眺めながら、訊かれもしないのに、あらゆる人やことがらについて辛辣な意見を述べる。僕ができれば母とふたりきりで話し合いたいようなことがらに対しても。

たとえば僕は、なぜ父が亡くなってから二十年以上たっているのに、母がいまだに彼のことを想っているのか知りたかった。それに、僕の自転車が父のそれと溶接されてひとつの粗大ゴミの塊になり、もはや互いに離れることができなくなるのを了承できるかどうか、事前に尋ねてほしかった。だが、もし尋ねられた場合、僕の反論がふたりの耳にどんなふうに聞こえるかを想像して、すぐにそんな思いを振り払った。

「ハンス－ヨルク・ヘルマーのこと、もう知ってる？」

僕がそう訊くと、母は布を持った手を下ろして、フートさんとさっと視線を交わした。

「新聞に載ってたわ。どこに埋葬されることになるの？」昔から墓地には特別な思い入れのある母が、そう訊いた。「花輪を送りたいんだけど」

「知らないよ」と、僕は答えた。

フートさんが母に視線を送った。「ほら、やっぱりね」という意味がこめられた視線だ。

「たぶん、骨壺に骨が収められるんだと思う。匿名で。それか、どこかの野原の共同墓地に埋められるか。母さんもそんなふうに埋葬されたいって言ってたよね。花輪を送っても、住所不詳で送り返されるだけだよ」

「私はそういう意味で望んだんじゃないのよ」母が抗議した。「ただ、誰にも私のお墓の面倒を見る義務を感じてほしくないだけ」

「でも、ヘルマーに花輪を送るなんてさ。いくらするか知ってるの？　それだけのお金、本人だってきっと生きてるあいだにもらいたかっただろうさ」

「でも、亡くなった人にはそうするのが礼儀ってものでしょう——でもハーヨー、本当に凍死だったの？」

僕は肩をすくめた。すると、母は勝ち誇った顔で布を放り出し、フートさんから紙やすりを受け取った。

「やっぱり違うのね。最初からおかしいと思ってたのよ。ハーヨーみたいな人が凍死なんてするわけないもの。ねえ、あのこと、やっぱりヨアヒムに話したほうがいいんじゃない」

「ダメ、話さないほうがいい」と、フートさんが言った。

「僕になにを話すって？」

母が指先で軽く紙やすりをなでた。それからかつての自転車の塊の上にかがみこんだ。どうやら、爆弾を使わなくても落とせる錆を探しているようだ。

「なんでもないの」母は、まるでなんの話だったかもう忘れてしまったかのように、さりげない口調で言った。そして、ハンドルを紙やすりで磨きはじめた。ウィザーズの〈ターボプロップエンジン・ソナタ〉の一楽章であっても不思議ではない凄まじく不快な音がして、僕はもう少しで携帯の着信音を聞き逃すところだった。ぎりぎりの瞬間になんとか通話ボタンを押すことができた。

「なにがそんなに緊急なの？」

その声は、切り裂くように鋭かった。だが、僕は少しもひるまなかった。母とフートさんにうなずきかけると、僕はセメントの袋が積んである隣の部屋に移動した。とはいえ、数歩歩いたくらいでは、高まる鼓動を抑えることはできなかった。それに、怒りも。

「イローナ・ヘルデゲンのこと、どうして僕に黙ってた？」

ザロメは、驚いたふりをして僕を満足させる程度の歩み寄りは見せた。

「それ、誰？」

「リヒターフェルデで、父親が娘を射殺した。そして、現場には絶対にヘルマーがいたと主張した。六年前の話だ。君の検事としての最初の事件のひとつだったそうじゃないか。どうして話してくれなかった？」

「忘れていたから」

「あんな事件を？　あれだけメディアの見出しを飾ったのに？　しかも、娘が死んだ後には父親の悲劇まであったのに？　忘れていたって？」

「ヨアヒム、私は毎日のようにそういう類の事件を扱ってるの。全部憶えてなんていられない、本当に。で、それがどうかしたの？　あなたが連絡してきた唯一の理由がそれなの？」

僕は黙っていた。

「わかった。そっちになにも言うことがなくても、私にはある。イペカクアンハ、略してイペカク」

「新しい罵り言葉かなにかか？」

「だとしたら、あなたにふさわしい響きね。でも違う。イペカクっていうのは強い催吐剤の原料になる植物の根の名前。ハンスーヨルク・ヘルマーの血液中には、この成分があった。でも、彼の胃の中には過剰な睡眠薬も腐った魚もなかったから、どうして死ぬ直前に強い催吐剤を摂取したのかと疑問に思っているのは法医学局だけじゃない」

「催吐剤？」

もうわけがわからない。ザロメは自分の言葉が確実に僕に届いたと確信できるまで待ってから、先を続けた。

「つまり、どうやらあなたにお祝いを言わなきゃならないのは確実だってこと。悔しいけど。特に、さっきみたいに根拠のない非難を受けた後ではね。でも、あなたの言うとおりだったのよ」

「なにが？」僕は恐る恐る尋ねた。

「ハンス－ヨルク・ヘルマーは、どう見ても、我々が当初考えていたほど自然な死に方をしたわけじゃないってこと。すぐにファーゼンブルク警部が電話してくることになってる。そうすればもっといろいろわかるかも。今晩、あいてる？」

「うん」と、僕は言った。

「じゃあ、あなたの家に行くわ」

再び母とフートさんのもとに戻った後も、僕は冷静さを保つのに苦労した。その理由のひとつは、僕の推測が正しかったからだ。ヘルマーの死にはどこかおかしなところがあった。そして、ついに誰かがその件を調べようとしているようだ。もうひとつの理由は、ザロメが僕の家に来たいと言っているからだ。そういう類の訪問に対する準備などなにひとつ整っていないというのに。

「誰からの電話だったの？」母が訊いた。

「誰でもないよ」

母は微笑みながらうなずくと、紙やすりの作業を続けた。

「それで、僕になにを話したほうがいいって？」

母とフートさんは、陰謀を企んでいるかのような視線を交わした。このふたりのあいだでは、こういった種類の非言語コミュニケーションがほぼ完璧な水準に達している。僕はときどき、このふたりがそもそもまだ言葉を交わしていて、すべてをテレパシーで済ませてはいないことを不思議に思うくらいだ。

「で?」

「ヴェディング地区の炊き出しに行ったこと、ある? ゼー通りの教会の」

「どうして?」

「ハーヨーがいつもそこに行ってたからよ。お昼ご飯を食べに。ときどき食料品をもらってくることもあったの。もちろん料理しなくても食べられるものだけね。前日のパンだとか、腐りかけの果物だとか。ほかの人がもう必要としないもの」

「それがどうかしたの?」

「ちょっと思っただけよ」と、母が言った。

「お母さんの思い付きですからね」と、フートさんが言った。

「だから、どんな思い付き?」

母は一瞬、動きを止めた。

「その教会は、ヴェストハーフェンから」と、母は言った。「つまり、ハーヨーの死体が発見された場所から、すごく近いのよ」

あのふたりが、なにかをごまかしているのは間違いない。僕に話したくなかったことがなにかあるはずだ。母との付き合いは、僕のほうがフートさんより何十年も長いのだ。とはいえ、地下鉄のなかでベルリンの市街地図を見たら、少なくとも死体発見場所に関しては母の言うとおりであることがわかった。だが、いまはそんなことに構っている場合ではない。あと二時間で、ザロメが僕の家にやってくる。かつての自分がクローゼットの奥のどこかに清潔なシーツをしまっておいたことを祈るしかなかった。

家に着くやいなや、僕は窓を引きむしらんばかりに開けていった。それから掃除マラソンを始め、一時間のあいだに、リビングの窓から始めて、バスルームを経由して廊下の一番端までを巡った。キッチンの棚に置いてあるあらゆる洗剤と道具を使って、拭き、吸い取り、磨いた。シャワーブースのタイルにこびりついたカルキと、洗面台にこびりついた乾いたシェービングクリームの塊と、どこか芸術作品のように見えなくもない、剃り落とされた髭の絨毯をこそぎ落とした。キッチンでは、まるで個人的侮辱を受けたかのような勢いで、コンロとオーブンをどつきまわした。冷蔵庫の前まで来てようやく、僕は動きを止めた。このなかまで掃除する時間は、どう考えてもない。

家に帰る途中で近くのスーパーに寄って、シャンパンを一瓶買ってきていた。約束の時刻のせいで、僕はとめどない混乱に陥っていた。夜の八時半に人が家に訪ねてくる場合、食事を用意しておくべきなのだろうか？　もしそうなら、なにを？　自分がすでに四分以上、瓶入り酢漬け野菜にするか、ソーセージとハムの盛り合わせにするかを決めかねて立ち尽くしていることに気づいて、僕は結局どちらの案も捨て、近隣のピザ屋とスシ・バーのメニューが載ったチラシの束を信じることにした。どの店もデリバリーをやっている。

最後の三十分間は、ぴかぴかに磨き上げたバスルームのなかで、僕自身のことをできる限り磨き上げることに費やした。それから濡れたタイルを拭いて、バスマットをバスタブと並行に敷き、トイレットペーパーをきちんと巻きなおして端を折りたたみ、寝室の枕を振り、ナイトテーブルの引き出しからコンドームを三個取り出してカフスボタン用の皿に入れ、すでに四度目になるが、掛け布団のしわを伸ばし、コンドームをカフスボタン用の皿から取り出して枕の下に隠し、その枕を叩いて真ん中にくぼみを作り、やはりもとに戻し、洗剤の跡もなくぴかぴかに輝くガラスのカウチテーブルの前の、埃をはらった革製の肘掛け椅子に座って、待った。

八時半になる二分前から、僕は通りを走るすべての車の音に耳を澄ませた。八時半の一分前には、歩道から響く足音はすべて彼女のものだと考えた。だが違った。誰かが通りに車を停めてドアを閉める音がするたびに、脈拍が上がった。八時半を二分過ぎたところで呼び鈴が鳴ると、僕は心臓麻痺の一歩手前の状態になった。汗でじっとり濡れた指先で、解錠ボタンを押した。

誰かが建物に足を踏み入れた。彼女だ。誰かがエレベーターを呼んだ。彼女だ。誰かが四階に到着した。彼女だ。誰かがエレベーターを降りて僕の住居の玄関ドアまで来ると、軽くノックした。彼女だ。僕は二秒待ってドアを開け、目の前にいるケヴィンの顔を見つめた。

「ケヴィン？」

「電話しようと五十回くらい思ったんだけど」

混乱したまま、僕はキッチンのほうを振り返った。流し台の横に、僕の携帯電話がおとなしく鎮座している。

「で、どうして電話しなかった？」

「直接話したほうがいいと思ったから。マリー＝ルイーゼが事故に遭った」

再び呼び鈴が鳴った。僕は改めて解錠ボタンを押してから、一歩下がった。

「入れよ」

エレベーターが一階へと下りていった。僕は住居のドアを半開きにしたまま、ケヴィンに続いてリビングに入った。

「掃除した？　このあいだ来たときには、ここでキノコでも栽培してるのかと思ったけど」

「事故ってどんな？」

「あんたたちのポンコツ車のどれかが事故ったんだよ。僕はいつかこういうことになると思ってた。たぶん、ブレーキを踏もうとしたけど、その前にブレーキに『よろしくお願いします』って丁寧に頼むのを忘れたんじゃないの」

「マリー＝ルイーゼは無事なのか!?」

ケヴィンは革製の肘掛け椅子にどさりと座りこむと、片手で目をこすった。

「わからない。キュストリンの病院にいて、ヤッェクが付き添ってる」

「素面（しらふ）なのか？」

「あの話し方から考えると、素面のわけはなさそうだよ」

「で、これからどうする？」

「ふたりであっちに行かないと」

ヒールの高い靴を履いた誰かが、ちょうどアパートの共用廊下を歩いてきて、僕の住居の前でためらいがちに立ち止まるのがわかった。

「僕は行けない」

ケヴィンが顔を上げた。その視線が僕の背後に向けられたと思うと、ケヴィンは驚きで目を大きく見開いた。ザロメがリビングに入ってきた。片手にアタッシェケースを、もう一方の手には〈ギャラリー・ラファイエット〉デパートの紙袋を持っている。袋からは二本のバゲットが顔を覗かせている。

「こんばんは。三人で会うだなんて、知らなかった」

「ずっと三人じゃないよ」

僕はザロメに歩み寄って、頬に軽くキスをした。

「紹介するよ。こちらはケヴィン、以前うちの事務所の実習生だった。悪い知らせを持ってきたんだ」

ケヴィンが立ち上がり、ザロメに手を差し出し、軽くお辞儀をした。こういった挨拶の仕方を古いアメリカの映画で見たのか、それとも、好戦的な環境保護活動家ケヴィンにさえ怖れを抱かせるオーラがザロメにはあるのか。ケヴィンは一言も言葉を発しないまま、頰を赤らめた挙句、いつ膝まで落ちてきても不思議ではないぶかぶかのズボンで湿った掌をぬぐった。

「それは大変」とザロメが言って、ケヴィンに微笑みかけた。

ケヴィンは咳払いをすると、戸惑ったように、中途半端に伸びた髪をなでつけた。

「じゃ、これ以上お邪魔しちゃ悪いから、そろそろ」

「ケヴィン……」

「大丈夫」ケヴィンはザロメからむりやり目をそむけると、いつもの生意気な口調に戻った。「マリー＝ルイーゼには僕からよろしく言っとくよ。ポーランドの集中治療室で、きっと喜んでくれるよ。じゃ、いい晩を」

「なにがあったの？」

ザロメは首に巻いた絹のスカーフを取ると、アタッシェケースとデパートの紙袋とともに、肘掛け椅子の上に置いた。

「パートナーが事故に遭ったんだ」

ケヴィンはすでに玄関口にいた。一瞬、僕の決意が変わるのを待っているかのように見えた。だがすぐに片手を上げると、出ていった。

僕はケヴィンのあとを追った。

「ケヴィン、どこに行くんだ？」

「キュストリンだよ」

「夜なんだぞ。明日の朝、一緒に行こう」

「一時間で着く。マリー＝ルイーゼになにがあったのか知りたいんだ」

「今日はもう電車がないだろう」

「タデウシュが下にいる」

ケヴィンがエレベーターに向かう。僕も一緒に行きたかった。でも、ザロメがいる。ここに、僕の家に、現在の状態にするために二時間の重労働を要したアパートに。僕が彼女と一緒にまたぐちゃぐちゃに乱すつもりだったアパートに。途方に暮れて、僕は一度振り返った。そして、決意を固めた。そんな決意をした自分を、平手打ちしたいくらいだった。マリー＝ルイーゼもろともだ。力いっぱい平手打ちをしても耐えられるほどに、彼女が快復したら。

「待ってくれ！」

ケヴィンが立ち止まった。

「僕も行くよ。五分くれ」

「オーケイ」

僕はリビングに戻った。再びアタッシェケースを手にしたザロメが、僕のほうに紙袋を差し出した。

「これ。トリュフ入りアヒルのレバーペースト、セヴルーガキャビアの小瓶、それにジュニパーベリー風味の鹿肉ロースト四枚。あと、ラデュレのピスタチオ・マカロン。途中でお腹がすくかもしれないでしょ」

僕はザロメを抱きしめた。やがて彼女が笑いながら体を離すまで、ずっと。

「話はまた今度にしましょう」

「なにか新しいことがわかったのか?」

「ええ。ハンス-ヨルク・ヘルマーは窒息死したの」

「そのイペカクってやつで？　おいおい、人を殺すのに催吐剤を使おうなんて人間がどこにいるんだ?」

ザロメは肘掛け椅子からスカーフを取って、肩に巻き付けた。

「イペカクアンハは、非常に巧妙に仕掛けられたトラップなのよ。たぶん犯人は、天気予報をあまり信頼してなかったのね。ヘルマーには嘔吐してもらわなければならなかった。酔っぱらった挙句に自分の胃の内容物で窒息したと見えるように。ほら、これ」

ザロメはアタッシェケースを開けて、ファイルを取り出した。

れながらもやはり非常に優秀な検察官なのかが、理解できた。


「現場の写真。どこかに酒瓶が見える？」

すべての写真に目を通すまでもなかった。突然、なぜザロメ・ノアックが、あれこれ言われながらもやはり非常に優秀な検察官なのかが、理解できた。

「ヘルマーの死体は、発見されたときにもまだアルコールの匂いを発していた。でも、血中にはイペカクアンハのほかに、アルコール濃度は〇・二四パーミルしかなかった。だいたいドッペルコーン二杯分の濃度」

「つまり、ヘルマーは酔っていなかった」

ザロメはうなずいた。

「酔っていなかった。凍死かもしれない。窒息したのかもしれない。誰かが手を下したのか、そうでないのかは、まだなんとも言えない。正確な報告書は四十八時間後に受け取ることになってるから。それまでは、この死亡報告書を書いた救急医を締め上げることもできないの。でも、検視の結果とはまったく別に、疑問がひとつ残る」

僕はザロメに写真を返した。彼女はそれをファイルに戻した。

「ああ、そうだな」

僕はザロメと一緒に一階に下りて、彼女を車まで送っていった。

「うちで待っててくれる気はないかな？」と訊いてみた。「真夜中ごろには戻ってくるから。

家に帰ってきて、君がいてくれたら嬉しいよ」

「そんなに時間がないの。夫が今晩戻ってくるから」

ザロメはそれを、まるで世界中で最もありふれた言い訳であるかのように口にした。ランドローバーのドアを開けて運転席に乗り込みながら、まるで当たり前のように。

「それに、あなたはパートナーのところに行かなくちゃ」

ザロメは僕の唇に軽くキスをした。ほとんど友情の証とさえ言えそうなキスで、ロマンティックなところはまったくなく、ただただ、遅くならないうちに家に帰りたいという焦りだけが伝わってきた。

「ルドルフによろしく」と、僕は言ってみた。

ザロメが眉を上げた。

「冗談だよ。ごめん」

ザロメは黙ったままエンジンをかけて出発した。僕は車が角を曲がって消えるまで見送った。そのとき背後でクラクションが鳴り、ケヴィンが呼びかけてきた。

「道に足が貼り付いちゃったとか?」

タデウシュは、以前僕が使わせてもらったボルボを再び引っ張り出していた。僕が後部座席に乗り込むと、タデウシュは軽く挨拶して車を出した。ケヴィンが僕のほうを振り向いた。

「あのすごいイケてるお姉さん、誰?」

「ザロメ・ノアック。検察官」

ケヴィンは唇を引き結んで、感心したようにうなずいた。

「で？　真剣な関係になりそうなわけ？」

「いや、お前に毎回邪魔されるんじゃ無理だな」

「へえ、今日が最初のおうちデートだったとか？　それはほんとに申し訳ない。マリールイーゼは、このこと知ってるの？」

タデウシュがバックミラーで僕のことをじっと見つめている。

「まだ公式発表はしてないよ。そういう意味で言ってるなら。今日はノアックさんと仕事の打ち合わせの予定だったんだ」

ケヴィンがその種の打ち合わせを、インドの有毒廃棄物が有機肥料に変わるという話と同程度にしか信用していないのは明らかだった。話題を替えるためと、タデウシュの居眠りを防止するために、僕はベルリン市を出るまでずっと、ヘルマーの短い一生について僕が知っている部分を詳しく話して聞かせた。ポーランド方面に向かう道すがら、話しながら僕は、自分がいかにヘルマーのことを知らなかったかを痛感していた。ヘルマーがどんな子供時代を送ったかを、僕が知ることは決してないだろう。なぜ彼が薬物依存症になったのかも。それに、イローナの存在がヘルマーにとって救いだったのか、破滅だったのかも。

まだ十時にもならないというのに、胆汁のように黄色い街灯の明かりがともるベルリン郊外は、まるで死に絶えたようだった。ときどき、ブラインドを下ろしたり、カーテンを引いたりした窓の向こうに、明かりが見える。ファストフードの屋台も、キッチンカーも、とうに閉まっている。ときどき、ずっと遠くにある料理店の看板が現れる。郊外の小さな町は村になり、村は集落になり、最後には、おんぼろの農家の前を通り過ぎる際にも、タデウシュはほとんどスピードを緩めなくなった。月が、星の輝く夜空の高いところにあった。広々とした畑の上で、凍った雪が鈍い光を放っている。僕の話はもうとうに終わっていて、しばらくのあいだ三人とも黙っていた。

「要するに、正確なことはなにもわからないんだね」やがて、ザロメがさっき別れる直前に僕に話したことがらを、ケヴィンが自分なりに解釈して、言った。「で、どこにも酒瓶がないと。もしかしてヘルマーの仲間の誰かが見つけて、ショックのあまりあっという間に飲み干しちゃったとか？」

「あり得そうもない」僕はそう返した。「まず、ヘルマーは嘔吐することなしに遠くまでは行けなかったはずだ。第二に、ヘルマーの死体は、まるでアルコールの風呂に浸かってたみたいに酒臭かった。誰かが死体に酒をぶちまけたんだ。死人か、死にそうになってる人間に、お前ならそんなことをするか？」

タデウシュは黙ったままだったが、バックミラーで何度も僕のほうをちらちら見ているのがわかった。

「死は神聖なものだ。誰もそんな真似はしない」ケヴィンが言った。

「いや、する。もしお前が殺人犯で、すべてをそれらしく見せかけたいんだとしたら。それに、酒瓶にお前の指紋がついてるとしたら」

タデウシュが眉間にしわを寄せて、なにか言おうとしたが、その瞬間、僕たちの車は「キュストリン－キーッ」という表示板の横を通り過ぎた。賑わいという点では二月の屋外プールといい勝負の通りを進んで、老朽化してボロボロになった昔の兵舎の前を通り過ぎた。そのすぐ先が、オーダー川にかかる橋だった。岸辺には、ドイツとの国境を示すポールのすぐ横に、無人の小さな木の小屋がぽつんとあった。タデウシュは本能的にスピードを緩めたが、見渡す限り人影はなかった。

橋はひとつの島に続いていた。車道と並行して電車の線路も走っており、ゆったりとした川の流れが月光に黒々と輝いている。水は岸に溢れ、岸辺の木々にまで到達していた。浸水した谷の、水につかった森。橋を渡ると、新たな支流が現れた。ずっと向こうのほうで、ヴァルテ川がオーダー川に流れ込んでいる。幅の広い川から、巨大な大洋蒸気船の黒い船首のように、古い奇岩の先が突き出ている。その先端には背の高いオベリスクがあり、ブロンズ製のハンマーと鎌が、ロシア軍とドイツ軍の戦闘を思い起こさせる。小さな大砲は、親切なことに西側にあるものすべてに直接照準を合わせてある。ということは、これがキュストリン要塞か。二百年前、ひとりの若い男が、自身の父親によって命じられた親友の処刑を目にした場所だ（一七三〇年、後にプロイセン国王になるフリードリヒ王子が、親友とともにイギリスへ逃亡を企てて捕らえられ、父王によって、親友の処刑を見ているよう命じられた）。僕は要塞を通り過ぎるあいだ、峻厳（しゅんげん）な壁と、「旧市街へお越しください」とドイツ語で書かれた色鮮やかな手描き看板を眺めていた。おそらく旧市街に行く時間はないだろう。

道案内版の入り組んだ表示を解読して、タデウシュが〈病院〉へと続く道を選び出した。ガソリンスタンド、〈トラベル・フリー・ショップ〉、スーパーマーケット、両替所などの立ちならぶ、異様に商売熱心らしい郊外を後にして、僕たちは一九五〇年代の東ヨーロッパ独特の魅力にあふれた、眠れる小さな町に入った。病院よりは倉庫を連想させる背の低い建物の前でタデウシュが停車し、僕たちは車を降りた。

ベルリンよりもさらに数度、気温が低かった。僕たちは急ぎ足で青白い蛍光灯の光に照らされた小さな玄関口に駆け込んだ。年配の男がひとりガラス板の向こうに座り、僕たちのほうを見ないふりをしていた。タデウシュがガラスをノックすると、ようやく男は封筒ほどの大きさの小窓を開けて、なんの用かと尋ねた。

「ホフマン」「マリー-ルイーゼ」という言葉は聞き取れたが、それ以外はさっぱりだった。だがそのうち、なにかがおかしいことに気づいた。男は眼鏡をかけると、手元のリストを延々と調べ、あちこちに電話をかけ、タデウシュとあれこれ議論していたが、最後には質問の嵐にうんざりしたようで、一言もなく小窓を閉じてしまった。

「どうしたんだ？」と、僕は訊いた。

「彼女はここにはいない」

「ここにはいないって、どういう意味だよ？　どこかに移された？　別の病院に？」

「違う」

「じゃあ、どこにいるんだよ？」

タデウシュは軽くうなずいて、彼と一緒に車まで戻るよう、僕たちをうながした。そして、受付の男から声が聞こえない距離まで来ると、言った。「彼女は退院した。あの刺青だらけの変人と一緒の手に負えない赤毛の女のことなら、ホテル〈バスティオン〉で訊けだって。旧市街にあるホテルらしい」

タデウシュはしょんぼりとズボンのポケットから車のキーを取り出すと、解錠した。僕たちは黙ったまま車に乗り込み、黙ったままもと来た道を、ドイツとの国境の手前にある大きな交差点まで戻った。

ホテル〈バスティオン〉は、スウビツェに向かう道路沿いに建つ比較的新しい無機質な建物だったが、少なくとも工夫は凝らしてあった。要塞の小型イミテーション、「ドリンク・バー」、コンパニオン斡旋所、美容院、歯科クリニック、そして最寄りには四軒ものガソリンスタンドがあり、おそらくはほとんどが男性の、忙しい客たちのあらゆる需要に応えることができる。今晩のホテルのバーは、ほぼ無人だった。退屈そうに座っていた化粧の濃い女がふたり、僕たちが入ってくるのを見て興味深そうに顔を上げたが、僕たちがふたりの横を素通りして隅のテーブルに向かうと、がっかりした顔で半ば空になったマティーニグラスに視線を戻した。マリー‐ルイーゼとヤツェクは、それぞれビールを前にして座っていた。どちらの顔を見ても、それが一杯目でないのは明らかだった。

「こんばんは（ドブリィ・ヴィエチョル）」マリー‐ルイーゼがそう言って、グラスを掲げた。

額にできた巨大なコブを別にすれば、健康そのものに見える。ヤツェクがゆっくりと振り向いた。ぼんやりした視線が僕たちの輪郭のほうへとさまよってきて、真ん中に立っている僕のところで止まった。

「ヨアヒム！　ケヴィン！　タデウシュ、兄弟（ムイ・ブラト）、ボ……ボヘミア人（チェーフ）よ」

僕は椅子を引き寄せて、座った。

「どういうわけで、こんなにあっさり回復した？」

ケヴィンが上着を脱いで、やはり隣に腰かけた。タデウシュも倣った。

「マリー‐ルイーゼはぐちゃぐちゃだって言ってなかった？」ケヴィンが訊いた。

「俺が？　ぐちゃぐちゃだって？」

「それに、もう手の施しようがないとも言ったよね？」

ヤツェクはビールグラスを手に取ると、四口で飲み干した。

「シャーシのことだ」と答える。「マリー‐ルイーゼじゃなくて」

僕は前かがみになって、事故を起こしたふたりを、この状況下で可能な限り穏やかに見つめた。

「要するに、僕たちがこの天気のなか、ベルリンからキュストリンまで百キロ近く車を走らせてきたのは……フェンダーがへこんだせいだってことか？」

「そういうことだな」

ヤツェクは手で口を拭うと、カウンターのほうへ体をねじった。先ほどのふたりのご婦人を除けば、誰もいない。ヤツェクはしょんぼりと僕のほうに向き直った。

「でも、来てくれて嬉しいよ。俺たちふたりとも、もう運転できないから。でもお前らのカピテーンは俺がちゃんと修理した」

「どういう意味だよ？」

マリー＝ルイーゼが自分のビールを半分、ヤツェクの空のグラスに移した。

「あんたたちが私たちを家まで乗せてってくれたら、とっても助かるって意味よ。ね、みんなもなんか飲む？」

「嘘だろう！」

僕は勢いよく立ち上がった。椅子が倒れて、その音がバーの店員を起こしたようだった。若い男がカウンターの奥のカーテンから顔を覗かせた。

「ケヴィン！　このこと、知ってたのか？」

「知ってたわけないだろ！　そう怒鳴るなよ。ヤツェクが電話してきて、事故があった、マリーｰルイーゼが病院にいる、車はスクラップだって言ったんだ。どう解釈しろっていうんだよ？」

「スクラップじゃない」ヤツェクが反論した。「また走るようになった。お前が乗ってけ。マリーｰルイーゼも一緒に。俺はタデウシュと帰る。どっちにしてもベルリンに戻りたかったんだ。ケヴィン、行こうか？」

ヤツェクはふらつきながら立ち上がると、グラスのビールを飲みほした。すぐに床に伸びてしまわないよう、その体をケヴィンが支えた。

「お前が払っといてくれよ、兄弟。マリーｰルイーゼ。愛してる（ヤ・チエ・コハム）。頭の傷、お大事にな」

ヤツェクは前かがみになって、マリーｰルイーゼの額のコブに音を立ててキスをした。痛みにうめき声をあげて、マリーｰルイーゼが飛びのいた。

「おい！　どこ行くんだよ？」

ヤツェクとケヴィンとタデウシュは、すでに出口に向かっていた。

「先に行ってるよ」ケヴィンが僕たちにそう声をかけると、なんとも怪しい急ぎ足で姿を消した。

カウンターの若い男が眉間にしわを寄せて料金を計算し始め、やがて挑戦的な目で、数字を書いた紙をカウンターに置いた。少なくとも、ポーランドではビールは高くない。僕は代金を払って、マリーｰルイーゼのほうを振り向いた。ところが、彼女は消えていた。

マリーｰルイーゼは駐車場にいた。オペル・カピテーンの無様にへこんだフェンダーにもたれて、かじかんだ指で煙草を巻こうとしている。

「なんか気持ち悪い」

そう言うと、マリーｰルイーゼは少しふらついた。たいしたことはない、わずかなふらつきだったが、それでも僕から距離を取るにはじゅうぶんだった。

楽しいことになりそうだ。今夜のハイライトはゲロまみれの車か。マリーｰルイーゼは煙草を巻く紙の端を舐めると、頭でホテルの向こうの暗闇を指した。

「少し歩かない？　そうすれば気分もよくなるから」

僕はもう一度あたりを見回したが、ここまでの旅の道連れたちの姿はどこにもなかった。あの三人が、これほど素早く姿を消したことはなかった。僕の意識の奥深くで、わざとここに置き去りにされたのではないかという疑いが首をもたげつつあった。もしかして彼らは、僕たちふたりが一度落ち着いてじっくり話し合うべきだと考えたのではないか。もちろん、ある程度まともなドイツ語圏の文明の地から車で二時間離れた場所にある、ガソリンスタンドが四軒あるだけの無人の交差点で、酔っぱらってぼんやりした人間とどこまでじっくり話し合えるものかは別として。おまけに、トリュフ入りアヒルのレバーペースト、セヴルーガキャビアの小瓶、ピスタチオ・マカロン、ジュニパーベリー風味の鹿肉ロースト四枚は、ちょうど僕抜きで、シートヒーター付きのボルボに乗ってベルリンへの帰路についたところだ。

どうかヤツェクがあの紙袋の上に腰を下ろす前に、中身に目をやってくれますように。

オペル・カピテーンは、五百メートル先の国境にさえたどり着けそうもない有様だった。僕はコートのボタンを襟元まですべて留めて、冷えた手をポケットに突っ込んだ。最悪の場合、このホテルに部屋を取ることになるだろう。頭にコブを作ったマリー＝ルイーゼの代わりに、今夜の僕にどんな選択肢があったかを想像すると——いや、考えてはいけない。

夫が今晩戻ってくるから。

選択の余地はなかった。マリー＝ルイーゼの代わりになる選択肢も、おそらくあり得なかった。

マリー＝ルイーゼは煙草に火をつけて、歩き出した。僕も後に続いた。ほんの百メートル先になにが待ち受けているかを、知る由もなく。

しばらく、僕たちは黙ったままだった。マリー＝ルイーゼは川のほうへと歩いていく。彼女の煙草の煙と、湿った土の匂いがした。鉄製の欄干の付いた小さな橋の前で立ち止まると、彼女は向こう岸を指した。古い要塞の巨大な壁が、月光に照らされた夜空に黒々とそびえていた。壁の一か所がぶち抜かれていて、新しいレンガで作られた門がはめこまれていた。新しい継ぎ目と直線的な輪郭のその門は、周囲で目に入るただひとつの新しいものだった。残りはすべて古く、もはや使われていないものばかりだ。壁沿いに藪が繁茂している。壁の隙間から背の高い木々が伸びている。マリー＝ルイーゼは門まで行くと、立ち止まり、街を取り囲む壁の向こうの、何ヘクタールもある空っぽの土地を指さした。

「キュストリンへようこそ」

家は一軒もなかった。だが、かつてはここに家々があったのだ。通りもなかったが、かつては通りがあった。目の前に広がるそこは、空っぽの広々した土地で、石畳の細い道が縦横無尽に横切っていた。御影石の歩道、家の玄関に続く苔むした階段。だが、ドアはどこにもなく、壁もなく、かつては居間だったはずの場所には、茨がはびこっていた。かつての店舗や、堂々たるブルジョワの邸宅や、小さな農家の間取りは、まだそここの地面に残る手のひら幅のかつての壁の残骸で、かろうじて推測できるのみだった。

「素敵な町でしょ？　ちなみに、あなたがいま立っているのはバーダー小路」

僕は足元の敷石と歩道を見下ろした。それに、瓦礫が詰まったかつての地下室への入口を。虚無へと続く階段を。この町の廃墟は、発掘されたローマ帝国時代のものだとしてもおかしくなかった。ただ、ここは六十年前にはまだ存在していた町だ。僕は本通りに戻った。ここにはまだ、かつての家の壁の一部が残っていた。ぼろぼろの化粧漆喰がレンガに貼り付いている。円柱かピラスターの残骸だろうか。壮麗なブルジョワ邸宅の表玄関によく見られる装飾だ。

「ここがキュストリン……だった、のか？」

マリー＝ルイーゼはうなずくと、歩道の上で煙草を踏み消した。そして、平らにならされた瓦礫の山を指した。夜空を背景に、巨大な木製の十字架のシルエットが見えた。

「あそこにあるのが聖マリア教会。来て！」

彼女は僕を引っ張って進んでいく。僕たちは腕を組む恰好で、廃墟の街を歩き回った。狼男が現れそうな月。霊廟（れいびょう）のなかのような寒さ。遮るものがなにもないせいで、風が遠慮なく吹き付ける。この街の最後の残骸は、まるで未完成のスケッチのように見えた。取り掛かったものの投げ出された試作のように。

「キュストリン全体が、要塞の壁のなかにあったの。戦争で、なにもかも破壊された。その後、廃墟の石はワルシャワ再建のために運ばれていってしまった。ポーランド領になったいまのキュストリン、ていうか、ポーランド語でコストシンの街は、要塞の壁の外の、かつての新市街にできたものなの」

マリー＝ルイーゼは立ち止まった。

「ここに、私の祖父母の家があった。クラッハ通り十四番地」

マリー＝ルイーゼは石の山――破壊されたなにかの記念碑の台座だったのかもしれない――の上に腰を下ろして、冬の野原の切れ端を眺めた。

「戦闘は二か月間続いた。二万人が命を落とした。キュストリンは一九四五年三月に陥落した。ハインツ・ライネファールトっていう武装親衛隊の中将がいてね。ワルシャワの死刑執行人って呼ばれてた。ワルシャワのゲットー蜂起を鎮圧した後に、ヒトラーの命令でここに配置された。そのライネファールトが、要塞をなかにいる人間や動物ごと破壊したの。ヴァルタ川を渡って逃げようとした最後の千人くらいの住民のうち、六百人が射殺された。川は血で赤く染まったんだって。でも、ライネファールトは逃げおおせた。戦後、ズィルトの市長になったのよ」

マリー＝ルイーゼはぼろぼろのレンガをひとつ拾い上げると、汚れを拭った。すると、猫の足跡が現れた。この猫がまだ固まっていない粘土の上を歩いたのは、いつのことだろう。百年前？　五百年前？　僕はマリー＝ルイーゼの隣に腰を下ろして、焼け焦げてヒビの入ったレンガを眺めた。

「私の祖父母は、二度とここへは戻らなかった。まあ、そのほうがよかったのかも。思い出は何百年も生き続ける。ときどき、どんなに長く生きても、それを悟れないこともある」

「君の家族がキュストリン出身だとは知らなかったよ」

「あなたの知らないことはたくさんある」

マリー＝ルイーゼはレンガを地面に戻すと、立ち上がった。そして僕たちは、やはり虚空へと続く別の階段まで行った。幅が広く、角が丸くなった、永遠に残る御影石の階段だ。マリー＝ルイーゼはその階段を上っていき、僕があとに続くのを待った。階段の先には、一段高くなった広い空間があった。彼女は靴で地面をこすった。

「ここには城塞があったの。ほら、寄木細工の床の残骸があるでしょ」

風で運ばれた砂や土にほぼ覆いつくされてはいたが、古くてぼろぼろになった床が見えた。

マリー＝ルイーゼは両手を広げて、その場でくるりと一回転した。

「閣下、一曲お相手願えますか？」

そう言って、彼女は僕の腕を取った。そして目を閉じると、ワルツのメロディーを口ずさみ始めた。チャイコフスキーのピアノコンチェルト一番だ。というより、むしろ彼女がピアノコンチェルト一番から即興で編み出した曲。つまずかないように慎重に、僕たちはいくつかのダンスステップを試してみた。月が広々した空っぽの空間を照らしていた。かつては化粧漆喰の天井に守られ、輝くシャンデリアと絹の壁紙のあった部屋を。燃える蠟燭（ろうそく）、鏡のように磨き上げられた床、金箔で装飾されたドア。ダンスホールだったのか、バンケットルームだったのか、盛大な祝い事のための広間は、いまでは影も形もない。僕たちは、幻想と記憶から成る幽霊屋敷で、幻影のカテドラルのなかで、踊った。マリー＝ルイーゼが僕の肩に頭を載せて、最後の一音を口ずさむ。僕たちは動きを止めた。

マリー＝ルイーゼが目を開けて、僕を見つめた。

そして、僕がなにも言わないでいると、彼女は僕から離れて、一段高くなった部分の縁のほうへ歩いていった。

「ここに立っていたはず」

「誰が？」

「フリードリヒ王子。親友のカッテが首をはねられたとき」

僕は彼女の背後に立って、その肩に手を載せた。

「たった十八歳だったのよ。なのに、処刑が終わるまで、城塞の窓辺に立っていなくちゃならなかった。それでも、フリードリヒはいい王様になった」

そう言うと、マリー＝ルイーゼはまたもや少しふらついた。そして、手で目をこすると、額のコブにそっと触れた。

「お祖父さんとお祖母さんは、どうやって心の整理をしたんだろう？」

「起きたことは起きたこと。そう言ってた」

マリー＝ルイーゼは肩をすくめ、体を震わせた。ほかのときなら、間違いなく彼女を抱きしめていただろう。状況が違えば、彼女にキスをするのがまさに正しい行動だっただろう。こういう場所でのこういう言葉のあとでは、そうするものだから。だが僕は、ザロメのことを考えた。そして、古い要塞の壁と、徹底的に破壊された何百年もの歴史ある町の残骸、意味を失った通りや広場、雑草がはびこる瓦礫の山が目に入ると、突然、僕の心は血を流し始めた。ザロメがここにいてくれたら、いま別の女性がいるこの場所にいてくれたらどんなにいいかと思い、滅びた街を見下ろす冷たい月光のなかでしかできないキスを、ザロメにするところを想像した。息絶える最期の瞬間にも思い出すようなキスを――いや、この際、離婚のときや、三人目の子供が生まれたときに思い出すキスでもいい。僕のザロメへの思いはあまりに強く、マリー＝ルイーゼさえそれを感じ取ったようだった。

「罪は時効になって、消える」唐突に、彼女は言った。「でも痛みは消えない」

僕は彼女の肩から手を離すと、「いや」と言った。自分の言葉に、信じられないほど強い確信があった。「いつかは、痛みも消えるよ」

車に戻ったときには、真夜中近くになっていた。驚いたことに、エンジンはなんの抵抗もなくすんなりとかかった。きっと車も家に帰りたかったのだろう。マリー＝ルイーゼをフリードリヒスハイン地区の自宅の前で降ろしたのは、朝の二時だった。僕が家に帰ったのは二時半。ぴかぴかに磨き上げられた鏡の前で歯を磨き、埃ひとつない床を裸足で歩いて、よく冷えたシャンパンを開けたが、一口も飲まずにまた冷蔵庫に戻し、結局、シーツを取り換えたばかりのベッドにもぐりこんで、ようやくザロメに思いを馳せようとした。ところが、眠りに落ちる前に脳裏に浮かぶのは、この凍える夜に、とうに消えうせた家のドアをもう一度ノックするマリー＝ルイーゼの姿ばかりだった。別に彼女にキスをする必要はなかった。でも、せめて手くらいは握ってやればよかったかもしれない。だがそれさえ、いまとなってはもう遅すぎた。

一時間後、朝の四時十五分、携帯の呼び出し音に起こされた。

「フェルナウさん？　もう起きてた？」

この声。若者らしい興奮状態と、子犬のキャンキャン鳴く声のあいだのどこかに分類される、キンキンした金切り声。

「何時なのか、わかってるのか？」

「ちょうど四時十七分。私いま、新聞配達センターにいるんだけど、担当の女の人が、私がどこを受け持つことになるかわからないって。それで、ちょっと確認に出てったの。でね、ここの壁に年間計画表が貼ってあるの。色分けされてて、青は第四地区。フリードリヒ通り、ウンター・デン・リンデン、それにもちろんグリンカ通り。私は黄色でね、ライプツィガー通りあたり、フィッシャーインゼル全体と、メルキッシェス博物館とケルニッシャー公園まで」

「それはよかった。もっとなにかわかったら、また連絡してくれ」

「探してた人の名前ね、ロスヴィータっていうの。ロスヴィータ・マイスナー。マイスナーの〈ス〉はSふたつ」

なんと。僕はナイトランプのスイッチをひねると、ベッドを出て、キッチンに行った。カトラリーの引き出しに、ボールペンとスシの出前用の注文用紙がしまってある。僕はその用紙にいま聞いた名前を書いた。

「住所は見つけたか？」

「ううん。デスクには近寄りたくないから。あの人、いつ戻ってくるかわからないし。ねえ、フェルナウさん、これで私、もう帰ってもいいよね？　気分が悪いとかなんとか言って」

そんなことになったら、僕がアルタイに殺される。

「新聞配達をしながら、よく耳を澄ませておくんだ。もしかしたら、今日のうちにもそのロスヴィータに会えるかもしれない」

「でも寒いし、眠いし、それに私、もう全部調べ出したじゃん！」

「なあ、ヤナ、君とハンス＝ヨルク・ヘルマーの違いはなんだと思う？」

沈黙。

「君はやりかけたことを最後までやる。わかったかな？　終わったらまた連絡してくれ」

僕は電話を切ると、暖かくて柔らかいベッドに再びもぐりこんだ。ヤナがおとなしく新聞を配達してまわっているあいだ——手近な古新聞用コンテナに全部捨てたりしないことを祈るばかりだ——僕はもう一度寝返りを打ち、眠り込んだ。目覚ましが鳴り、良心に一点の曇りもなく朝と呼べる時間が来るまで。八時少し過ぎ、僕は事務所に行く途中で、カイト通りにある殺人課に寄り道をした。ファーゼンブルク警部に事態の進展状況を訊くために——そして、僕の手に入れた最新情報を彼に突きつけるために。

ファーゼンブルクは髭を剃りたての顔で、控えめな芳香を漂わせながら、僕を自室で出迎えた。片手にはコーヒーカップを持ち、唇には満足げな笑みを浮かべて。

「ノアック検事から連絡がありましたか？」

僕はうなずいた。ファーゼンブルクは僕に椅子を勧めると、即座にデスク上の書類をあらため始めた。

「イペカクアンハ。中毒症状のある患者を素早く嘔吐させるために、救急車のなかや緊急外来で使われるものですね」

ファーゼンブルクが顔を上げた。「ハンス－ヨルク・ヘルマーの血中に、なぜこの薬物があったんだと思いますか？」

「酒のなかに入っていたんじゃないでしょうか。自分からすすんで催吐剤を飲むような人間はいません。酒瓶に入っていたんだと思います。ヘルマーは嘔吐した。殺されたんです。死んだ後で自分の体に蒸留酒を振りかけたはずはありませんから。ちなみに――その酒瓶が見当たらないことに、誰も気づかなかったんですか？　犯行現場にいて、酒瓶を回収した人間がいるんですよ。それだけじゃなくて、ヘルマーが凍死または窒息死するには時間がかかりすぎるとわかって、手を下した可能性さえある」

ファーゼンブルクは書類をデスクに戻したが、なにも言わなかった。

「これで捜査を始めてもらえますか？」

「もう始めていますよ」

「それで、フェッダーのほうは？」

ファーゼンブルクがため息をついた。「そう慌てないで。あなたのご指摘を真剣に受け止めていないわけじゃないんです。もう一度報告書を取り寄せて、読んでみたくらいですよ。でも、フェッダー氏は自然死でした。三百人の招待客が目撃者です。救急医は電話があってから八分後に到着しています。そして心停止を確認した。フェッダー氏は誤嚥で死亡した。それだけですよ。そのせいで墓から死体を掘り出して解剖しろって言うんですか？」

その種の許可をもらうためには重大な理由が必要であることはわかっていた。だが、殺人疑惑は重大な理由のひとつだ。少なくとも、僕はいま、ひとりのホームレスの自然死に大きな疑問を投げかけることに成功したところだ。その僕からの更なる指摘なのだから、適当にあしらう以上の扱いをしてくれてもよさそうなものだ。

「ロスヴィータ・マイスナーというのが、ユルゲン・フェッダーが起工式に連れていった女性の名前です。新聞配達と広告配りをしています。偶然か意図的にかはわかりませんが、彼女は起工式の直前にフェッダーにぶつかり、フェッダーは彼女を式に連れていきました。フェッダーが死ぬ瞬間まで彼女がずっとそばにいたことは、数多くの人間が目撃しています」

「なるほどね」

ファーゼンブルクはデスクの上を少し片づけるふりを始め、それとなく、帰ってほしい、もっと重要な仕事に取り掛かりたい、という意思表示をした。

「ロスヴィータ・マイスナーという名前が警察の書類にあるかどうか、調べてもらうことくらいはできませんか？　彼女に対する訴えがあるとか？　なんらかの事件に関わりを持ったことがあるとか？」

ファーゼンブルクは答えない。そこで僕は、スシ・レストランの注文票を彼の鼻先に突きつけた。ファーゼンブルクはそれにちらりと目をやると、もう一度ため息をついて、キーボードを引き寄せ、名前を打ち込んだ。そして眉間にしわを寄せて、さらになにか打ち込んだ。僕はデスクの反対側に座っていたので、彼がなにをしているのかは見えなかった。彼がなにかを検索し、スクロールして、目を細めて画面をにらむ時間が長くなればなるほど、いら立ちが募った。

「どうですか？」

「申し訳ない」

そう言って、ファーゼンブルクはきっぱりとキーボードを押しやった。

「いまなにか見つけたでしょう！」

「警察にだって、データ保護とか職務規定といったものがあるんですよ。ちなみに、マイスナーの事件はハンス－ヨルク・ヘルマーともユルゲン・フェッダーとも関係ありません」

ファーゼンブルクは、それ以上僕との議論に付き合うつもりはなさそうに見えた。立ち上がり、コーヒーカップを手に取ると、中を覗き込んで、僕に「フェルナウさんもいかがですか?」と訊いた。

最初は意味がわからなかった。だが、すぐに気づいた。

「大変ご親切なお申し出をありがとうございます。ご厚意に甘えさせていただいてよろしいのなら」僕は答えた。

「もちろん、喜んで」

ファーゼンブルクが部屋を出て行った。僕はさっとデスクを回り込んで、コンピューターの画面に素早く目をやった。そして、いったん腰を下ろす必要があることを悟った。

ロスヴィータ・マイスナーは、六年前、自動車事故で子供を失った。ロスヴィータと夫のウーヴェは、事故の現場に居合わせた。加害者であるトラック運転手に対する裁判で、ロスヴィータと夫は、歩行者用の信号が青だったこと、にもかかわらずトラック運転手がブレーキもかけずに曲がってきたことを証言した。運転手は、バックミラーに目をやっていたが少女の姿は見えなかったと証言した。運転手は工事現場に物資を運ぶ下請けの小事業主で、急いでいたということだった。名前はミルコ。ミルコ・レーマン、当時四十一歳。

六年前。州裁判所。ザロメ。アルタイ。〈最終法廷〉。裁判傍聴が趣味のヴァインマイスター。フィッシャーインゼル。リッテン通り。アルテンブルク。コプリーン。さまざまな名前や言葉が、一秒にも満たない時間に、僕の頭のなかを駆け巡った。

廊下から足音が聞こえてきたので、もとの場所にダッシュで戻った。腰を下ろすか下ろさないかというところで、ファーゼンブルクが戻ってきた。そして僕にプラスティックのカップに入ったコーヒーを差し出した。

「ブラックです。ミルクとコーヒーは残念ながら切れてたんで。ほかになにかお力になれることは？」

僕は危うく手をやけどしそうになって、急いでカップを置いた。

「はい。ひとつお願いが。フェッダー氏はすでに亡くなっていますし、おまけに公に名前を知られた人物でしたから、きっと個人データ保護の問題なしに教えていただけるんじゃないかと。六年前に、フェッダー氏の名前が州裁判所の記録に載るようなことがありましたか」

ファーゼンブルクは注意深く耳を傾けていた。そしてデスクの引き出しを開けると、ボールペンの乾いたインクがこびりついた角砂糖をひとつ取り出して、まずは僕に勧め、僕が断ると、自分のコーヒーに入れた。

「ひとつ言ってもいいですか」

レターオープナーをピクルスの瓶から取り出して、ぼんやりとコーヒーをかき混ぜながら、彼は言った。

「広報室に行ったほうが早いですよ。または、フェッダー氏の後継者のところに。または……裁判所の資料室とか。フィデス社に問い合わせる、インターネットで調べるという手もある。ネット環境はあるんでしょう？　もしないなら、ここのすぐ近くにある小さなインターネットカフェをお勧めします。三十分で一ユーロ。とにかく、なんでもいいからいまは私に自分の仕事をさせてください。言っておきますが、こちらにも仕事はじゅうぶんすぎるほどあるんですよ――ところで、そのスシ・レストランはお勧めですか？」

ファーゼンブルクは僕の注文票を指した。僕はコーヒーを手に、彼の部屋を出た。

当時、州裁判所でほかになにがあったのだろう。ロスヴィータ・マイスナーは裁判所で、加害者であるトラック運転手が千五百ユーロの罰金刑を言い渡されただけで家に帰るのを見た。ヘルデゲン夫妻は、ヘルマーの起訴が取り下げられるという経験をした。マルガレーテ・アルテンブルクもきっと、あの裁判所に足を踏み入れたことがあるに違いない。マカロフを手に戻ってきてヘルマーを殺そうとするよりずっと前に。それに「灰色の男」コプリーン。彼にもまた、まだ晴らしていない恨みがある。フェッダーに対する恨みだ。ゆっくりと、非常にゆっくりと、彼ら全員をつなぐものの正体が、僕の目に見え始めた。間違った秤(はかり)で量られた罪の重さ。新約聖書の言葉などクソくらえというわけだ。

殺人者のほの暗い輪。償われなかった犯罪。無力感、怒り、絶望。彼らはどこで出会った？　州裁判所で？　レストラン〈最終法廷〉で？　自分たちが共通の苦しみを抱えていることに、いつ気づいた？　それぞれが他者の苦しみに対して復讐するというアイディアは、ない。

誰が思いついた？　彼らは互いを知っているはずだ。これほど多くの偶然など、あるはずが

事務所に着くと、僕はすぐに自分の部屋のコンピューターの前に腰を下ろした。そしても
う一度、フェッダーについて、問題となる期間の出来事で調べ出せることをすべて調べてみ
た。六年前といえば、フェッダーはちょうどベルリンに移って、この街を根底からひっくり
返し始めたころだった。ビジネスビル〈トレプトアー門〉を建設した。それに、アイスヴェ
ルダー島のプロジェクトへの応募者のひとりだった。だがこのプロジェクトは頓挫した。裁
判もなかったし、贈賄の疑いもなく、産卵を妨害されたスベイモリもいなかった。フェッダ
ーが裁判にかけられるようなことは、なにひとつなかった。少なくとも、新聞記事になるよ
うなことは。だが、だからといって、なにもなかったとは限らない。

僕は〈フィデス〉に電話をかけて、トリクシーにつないでもらった。なんとも驚いたこと
に、彼女はすぐに電話に出てくれた。

「シュペングラーさんと、あなたが請求する報酬額のことで話したの。残念ながらとてもお
支払いできる額ではないということで、意見が一致したわ」

まあ、そうだろうとは思っていた。

「それはそちらのお決めになることですから。ただ、ドゥンカー通りの不動産の件で、ちょ
っと思いついたことがありまして。ちなみに、無料です。おうかがいしたいんですが、ご主

人は以前にも、所有している不動産の賃借者とのあいだにトラブルを抱えたことがありましたか？」

「トラブルのない不動産なんてあるのかしら？」

トリクシーは急速に仕事を覚えつつあるようだ。僕の唐突きわまりない問いにも答えてくれるのではないかという期待が膨らんだ。

「実は六年前に、州裁判所で訴訟を担当したことがあったのを思い出したんですよ」と、僕はあてずっぽうに言ってみた。

「主人はいつも訴訟を抱えていたわ。下請け業者が突然破産したとか、仕事が雑だったとか、そういう理由で。派遣法だとか、最低賃金だとか、期間労働請負会社だとか――そういった諸々よ。もちろん、賃借者との問題もあった。面倒くさいけれど、日常の一部だったのよ。そういうことのために〈アルント＆シュペングラー〉事務所を雇ったの。そういう問題の少なくとも一部を引き受けてもらうために」

「つまり、ご主人は州裁判所によく出入りしていたということですか？」

「言ってみれば、彼の第二の仕事部屋みたいなものだったわ。少なくとも、ここで暮らしていた二年間は。だからこそ、いくつかのプロジェクトの担当法廷はいまだにベルリンになってるのよ」

「では、〈最終法廷〉はどうですか？　ご存じですか？」

「あの居心地のいい小さなレストランのこと？　私たち、しょっちゅう行ってたわ。ときどきザロメ・ノアックと一緒に行くこともあったわよ。ユルゲンとザロメは、もう大昔からの知り合いなの。ユルゲンが私と結婚するずっと前からよ。でもそれがドゥンカー通りの物件の話と、どんな関係があるの？」

「関係ありません」と、僕は真実を告げ、「それでは失礼します」と言って電話を切った。

そのとき、ドアが開いて、マリー＝ルイーゼがキッチュな絵のついたティーカップを手に、そろそろと部屋に入ってきた。額のコブは虹色に輝いている。赤毛をポニーテールにしている。あとは眼帯と三角帽と髭があれば、すぐにでも海賊船に乗せてもらえそうだ。マリー＝ルイーゼは無言のまま、かつてケヴィンが使っていた椅子に腰を下ろすと、ちびちびとお茶を飲んだ。沈黙が長くなりすぎて他愛ない会話ができなくなる前に、僕は口火を切ることにした。

「調子は？」

「見た目どおり。昨日の夜、私、しょうもないことをしゃべり過ぎた？」

「いつもどおりだったよ」

「つまり、しゃべり過ぎたのね」

マリー＝ルイーゼは不機嫌そうにティーカップを眺めていたと思うと、気色悪いものでも見るかのように顔をしかめて、それを僕のデスクに置いた。

「ケヴィンが言ってたんだけど、昨日、お客様がいたそうね。ごめんなさい、あなたの私生活を滅茶苦茶にしちゃって。わざわざ来てくれなくてもよかったのに。ひとりでも大丈夫だから」

僕は思わず笑みを浮かべずにはいられなかった。「それは見ればわかる」

「あなたたち、付き合ってるの？　あなたと……ザロメ？」

「いや」と、僕は答えた。

それは、いつの日か「たぶんね」になるかもしれないと心の底から堅く信じている人間の放つ「いや」だった。口にするたびに胸に痛みが走る「いや」だ。なにしろ、一回そう答えるごとに、それが「たぶんね」に変わる可能性はしぼんでいくのだから。マリー＝ルイーゼは僕の顔をじっと見て、うなずくと、言った。「でも、あなたのほうは付き合いたいと思ってる。そうでしょ？　本当に、心の底から気の毒に思うわ。ザロメのことも——ま、少しだけど。あの人は、自分が逃すものの重大さをわかってないのよ」

僕はその話はしたくなかった。ひとこと言うごとに、ザロメとはうまくいかないだろうという予感がますます心の奥深くに根を下ろしていくからだ。たとえマリー＝ルイーゼがいなくても、僕は最後に残ったわずかな希望を捨てかけているところだった。いつの日か、ダーレム地区の邸宅や、憲法裁判所に勤める夫や、眩暈がするほどの出世だけでは足りないと彼女が思う日が来たら、奇跡が起こるのではないかという希望。なにかが足りないと彼女が気づき、奇跡を求め、それを分かち合える誰かにそばにいてほしいと思う日が来たら。

「ああもう、ヨアヒム。あなたの表情、わかりやすすぎる。まだ希望を持ってるんでしょ。そういうあなたを見ると、腹が立ってくる。ぽしゃりかけの恋愛以外に、なにか新しい話はないの？」

「あるよ」と、僕は言った。「殺人が三件」

「いきなり三件も？」

「そして僕は、犯人たちを突き止められる唯一の人間なんだ」

「なるほど」マリー＝ルイーゼはうなずいた。「当ててみようか。犯人は、ザロメの夫のミュールマンと、ザロメ本人と、あとは……私とか？」

「冗談じゃないんだ。僕には被害者がわかってる。それに加害者もわかってる。ただ、ちょっとだけ問題がある。彼らはお互いになんのつながりもないんだ。加害者は被害者と、被害者は加害者と、まったくつながっていない」

「へえ。それはなんともわかりやすくて説得力のある話ね。で、あなたは誰の弁護を引き受けたの？　加害者の？　被害者の？」

僕はなにも言わずにいた。するとマリー＝ルイーゼはティーカップをつかんで、立ち上がった。

「その殺人論からは完全に手を引くべきかもよ。だいたい、これまであなたが力を貸そうとした人間はみんな死んでるんだから。私だったら、少し考えちゃうな」

「僕だって考えてるよ。実は、この話のスケールはもっと大きいと思うんだ」

「大きいって？」

「三件以上あるはずだ。僕たちはちょうどいま、連続殺人の真っ只中にいるんだ。〈作業進行中〉ってやつだよ。なんとかして止めないと」

マリー＝ルイーゼは黙ったまま、じっと考え込んでいた。辛辣なコメントを吐いて僕の考察のすべてを一蹴する気だろうと僕が心構えをしたころ、彼女はようやく口を開いた。

「で、どこから始める？」

「ヤナから」僕は答えた。


ヤナ・ヴィットコヴスキ嬢は、一時間の予定の配達に倍の時間を要し、その後、力尽きて自宅に引きこもっていた。母親は、繊細な娘がこれ以上酷使されることを拒み、実習生に本来の範疇を超えた仕事をさせたとして、僕に苦情を言った。僕はおっしゃるとおりと全面的に認めて下手に出たが、母親はそれでもヤナを電話に出そうとはしてくれなかった。そこで僕たちはその晩、ミュンツ通りの建物の玄関ホールにあるバーで、まずいコーヒー二杯とビール三本を前に話し合うことにした。コーヒーはヤナと僕用、ビールはマリー＝ルイーゼとヤツェクとケヴィン用だ。今回も僕たち以外に客はいなかった。僕はだんだん、ここに店主が来るのは、保存瓶に客が入れた代金を回収して、ビールの空き瓶を片付け、先週淹れたコーヒーが保温プレートの上ですでに蒸発してしまったかどうかを確かめるときだけなのではないかと勘ぐり始めていた。それも、そもそも店主というのが本当に存在するとして、そしてそれが、この店のなかで忘れ去られた芸術作品の残骸のどれかではなく、人間だとしての話だ。

ヤナが店に入ってきた瞬間、寝不足らしくそれまで口数の少なかったケヴィンとヤツェクが、同時に目を覚ました。ケヴィンはヤナにバースツールを勧め、ヤツェクは彼女の上着を受け取り、マリー＝ルイーゼは鋭い目で、まるでこれまで存在を知られていなかったニューギニアの原住民部族の女を見るかのように、十六歳の少女の全身を詳細にスキャンにかけた。ヤナは、三サイズは小さすぎるぴちぴちのピンク色のTシャツに、きらきら光る石が無数に縫い付けられたジーンズ、それに塔のごとく高いヒールのついた、かつては白かったブーツといういで立ちだった。彼女は心配げな顔で自分の右の人差し指を検分した後、訴えるようにこちらに突き出した。

「バスに乗ると、しょっちゅうこうなるんだよ。ぽきっと折れちゃうの。三百キロの重さに耐えられるって話なのに」

マリー＝ルイーゼが興味深そうに、ヤナの手の上に屈みこんだ。

「これ、好きでやってるの？」

「デザインも自分でやるんだよ。大変な仕事なんだから。それにすごく高いし」

マリー＝ルイーゼは頷いた。ヤナは、僕が差し出したコーヒーをわけがわからないという顔で見つめ、カップをカウンターに置いた。

「もう大変だったんだからね。もう一度やれって言われても絶対いや。あの風と雨のなか四時間だよ。もうくたくた。でもロージーのことはうまくやったでしょ？」

ヤナが僕を見つめ、僕はうなずいた。

「ロスヴィータは、みんなにロージーって呼ばれてるの。ロージーのこと知ってる人はみんなって意味だけど。だってあそこ、新入りも多いし、辞める人も多いんだよ。私だってもう二度と行かないしね」

ケヴィンから嬉しそうにビール瓶を受け取って、ヤナはがぶりと一口飲んだ。

「そのロージーのこと、もう少し調べられないかな？」と、僕は訊いた。「電話帳には載ってないんだ」

ヤナは、爪が折れていない左手をジーンズの尻ポケットに持っていった後、諦めて下ろした。

「誰か手伝ってくれない？」

ヤツェクとケヴィンが同時に椅子から跳び上がったが、勝ったのはヤツェクだった。ヤツェクが笑いながら身をよじるヤナの尻をまさぐるあいだ、マリー＝ルイーゼと僕は意味深長な視線を交わしただけで黙っていた。

「そういえばケルスティーはどうした？」

ケルスティーというのはケヴィンの恋人だ。もうずいぶん姿を見ていないので、そろそろふたりの関係が本気で心配になってきていた。

「何日かタリンに行ってて、戻ってきたところだよ。今日は顔を見せるって言ってたんだけどな」

ケヴィンの目に憧憬の光が灯った。それでも、少しばかり羨ましそうにヤナとヤツェクを見つめている。ヤツェクはついに、ヤナの尻ポケットから何重にも折りたたまれたメモ用紙を引っ張り出して、開くところだった。

「返して！」ヤナがくすくす笑いながら言う。

ヤツェクは紙を頭上高くに持ち上げた。そして「返さないって言ったら……？」と訊いた。

ふたりがやっているのは世界最古の遊びだ。だがヤナは、こんなふうにヤツェクとじゃれ合うことがどんな結果を招くかを理解していない。ヤツェクはヤナの少なくとも倍の年齢で、車と女のエンジンをかけるという点においては、他人の及びもつかない経験値を持っている。息の根を止めるほうも得意なのだが、車にしても女にしても、それを悟るのはヤツェクにハンドルを預けた後のことだ。冬には髪を伸ばすので、いまでは黒い巻き毛が肩で波打っている。筋肉質の広い背中、細くて黒い目、誰にでも効果抜群の微笑み。もし女性とデートしていて彼女を無事に家まで送っていきたければ、ヤツェクの姿を見た瞬間に通りを反対側に渡る必要がある。僕の知る限り、この身勝手な男を自分の港に引き寄せることに成功した女は、これまでマリー＝ルイーゼただひとりだ。そのマリー＝ルイーゼさえ、そのうち彼を再び出港させるほうが賢明であることを悟った。ヤツェクはその類まれな魅力で女と綺麗に別れることができるため、その後も僕たちにとって運搬係であり、技術者であり、共用の危険なおんぼろ車の調達係であり、なにより友人であり続けている。とはいえ、いまこの瞬間の僕は、ヤナの幸せを守る一種の保護者代理だと自認していた。だから、ここに割って入るのは僕の義務だった。

「ヤツェク、この子は十六歳なんだぞ」

「おっと」

ヤツェクは少しばかりがっかりしたように、ヤナから一歩離れた。

「だからなに？」と、ヤナが訊いた。「私、年上に見えるもん」

「それが問題なんだよ」僕は答えた。「で、その紙にはなにが書いてあるんだ？」

ヤツェクは僕に紙を渡すと、カウンターに積んである持ち帰り自由の手作りＤＶＤをあためはじめた。すべて、アメリカ合衆国政府の邪悪な行為の数々を告発したものだ。チェ・ゲバラの隣には、今日はダライ・ラマの写真が掲げられている。ヤナはふくれっ面でバースツールに腰を下ろした。僕はメモ用紙を開いた。「ロスヴィータ・マイスナー、ヤコビーナー通り三十四番地」。

「これ、どうやって手に入れた？」

「パウレ」

「パウレ？」

「パウレは新聞配達人で、シフバウアーダムらへんを担当してるの。ロージーのことを知ってた。六週間前から病気だって言ってたよ。あの起工式の事件の後からだって」

「パウレはほかにもなにか言ってたか？」

ヤナはケヴィンのビールのほうを横目で見た。ケヴィンが瓶をヤナのほうへ押しやった。

「なにも」一口飲んでからヤナはそう言って、瓶をケヴィンに返した。「そのままもう来なくなっちゃったんだって。そういうことってよくあるみたい。まあ、あんな仕事だから、不思議じゃないけどね。有給休暇も傷病手当もなしで、おまけにあんな安い給料でさ。誰があんなクソみたいな仕事したいって思う？」

「学校でちゃんと勉強しなかった人みんなよ」と、マリー－ルイーゼが言った。「あなたはどうなの？」

「大丈夫だよ。卒業したら化粧品業界に行くんだ」

「実習先はもう決まってるの？」

「応募はしたけど、まだ決まってない。でも最悪の場合はジャーナリストになるから」

僕はコーヒーを飲みそこなって、むせた。ヤナはクレオパトラのような化粧を施した目から、不思議そうな視線を僕に投げかけた。

「大丈夫？」

「うん、ありがとう。ところで、新聞社の資料室で、いくつか記事を見つけてたよね。どれも六年前の、ほぼ同時期に起きた事件。どういう話だったかまだ憶えてるかな？」

ヤナはじっと考え込んだ。

「えっとね、たとえば看護師の事件があった。患者を何人も殺したっていう。少なくとも、患者が死んだのは、いつもその看護師の勤務中だった。でも証拠がなくて、無罪になった。目撃者がひとりいたのに。それに、ハーケンフェルデ地区の事件もあった」

「ハーケンフェルデ？」マリー＝ルイーゼが口を挟んだ。

「湖水浴場で殺人があったの。四人の少年が酔っぱらって喧嘩して、あたりにゴミをまき散らした。そこに男の人が割って入ってゴミを片付けろって言った。そうしたら、少年のひとりがナイフを抜いた。男の人の奥さんが割って入ったんだけど、そのクソガキに刺されて死んだ。裁判は白熱したんだって。そのナイフで刺した馬鹿は以前にもかなりヤバいことをいろいろやらかしてたのと、事件のとき酔っぱらってたから。でも結局、少年犯罪者向けの刑になった。二年だったか、それくらい。執行猶予付きで」

「ほかにもなにか見つけたか？」

ヤナは再びケヴィンのビールを飲んだ。

「ツェーレンドルフ地区の子供の話」いまではヤツェクさえも、置いてあるアジビラをかき回すのをやめて、ヤナの話にじっと耳を傾けていた。

「子供がトラックに轢かれたの。全部、そのトラックにちゃんとしたバックミラーが付いてなかったせいで。それが、えっと、あの……ほら、一番上の判決を出したり、なんか法律がなんとかっていう裁判所で、ほら、ここじゃなくて、どっか別の町にある、その裁判所での判決と関係があってとか……なんかよくわかんないけど」

「その別の町っていうのは、カールスルーエ?」僕は訊いた。

「わかんないけど、違うと思う。確かブリュッセル（欧州理事会が置かれている）だった。もしそこで違う判決が出てたら、毎年四百人もの人が車の右折に巻き込まれて亡くならずに済むだろうって、記事には書いてあった。それに、その子供を轢いた運転手への判決も違ってただろうって。記事には、自動車業界のロビーがまたしても勝利したとか書いてあった。このバックミラーの法律、いまは改正されてるのかな？」

「いや」と、ケヴィンが答えた。「本質的には変わってない。新しく登録された自動車にしか適用されないんだ」

だが僕の耳には、ほとんどなにも入ってこなかった。これだ。僕たちはたったいま、赤い糸の一方の先端をつかんだのだ。よりによって、ヤナが見つけてくれた。

「民事訴訟はなかったのかな？」クヴィンが訊いた。

ヤナは肩をすくめた。彼女には荷の重い質問だ。どの記事も飛ばし読みしただけなのだから。それでも彼女は、それらの記事に目を留め、これまで何度も何度も、僕らの目をそちらへ向けようとしていた。ただ僕たちのほうが耳を貸そうとしなかっただけで、答えはずっと、これほど近くにあったのだ。僕は数え上げた。

「看護師。トラックの運転手。薬物依存症患者。未成年の多重犯罪者。冷酷な投資家——加害者が五人。五人とも後に被害者になったか、このまま僕らが手をこまねいていれば、これからなる」

マリー＝ルイーゼは、商業使用される建築物玄関口における喫煙の可否をめぐる法的な曖昧さにうんざりしたらしく、煙草を巻き始めた。

「それはあなたの説でしょ。いまのところあなたの手札は、モッツァレラを喉に詰まらせた強欲な建築業者と、酒を一瓶喉に流し込んだ挙句、酒の匂いが嫌いな恋人に泊めてもらえなくて凍死したホームレスだけ。ひねくれた描写のしかたよね、それはわかってる。それに正確でもない。でも、もしザロメがあなたの主張を担当することになったら、そういう話にされて終わる」

「ザロメって誰？」ヤナが訊いた。

マリー＝ルイーゼは煙草に火をつけて、深々と吸い込んだ。「なんにでも首を突っ込む悪い女の子」

「当時、君がいま話してくれた事件を担当した検察官だよ」と、僕は説明した。「少なくとも、事件のうち何件かを」

ケヴィンが再び口を挟んだ。

「でも、上訴審はどうだったんだろう？　判事は誰だった？　陪審員は？　検察側が司法修習生に代理をさせたケースはあった？　いい加減な仕事ぶりだった？　判決を判決たらしめるのは、判事の宣告だよね。それに法律。そして、法律を作る人間。ヨアヒム、きりがないよ。頭のなかでひねくりまわしただけのバカバカしい妄想だよ」

「みんな、わかってないんだ」僕は言った。「これは私的制裁の話なんだよ！　被害者の一団が加害者になったんだ。『白い輪』（犯罪被害者支援グループ）じゃなくて、真っ黒な輪なんだよ。法も規範も無視して、勝手に死刑を再導入した人間たちなんだ」

「そんなこともちろんみんなわかってる」マリー＝ルイーゼが言った。「でもあなたは、ひどい目に遭った人たちを、もう一度判事の前に引きずり出そうとしてる。ザロメを感心させたいっていうそれだけの理由で。ちょっと言ってもいい？」

僕は湧きあがる怒りを抑えるために、深く息を吸い込んだ。

「言えよ」うなるように、そう言った。

「その人たちのことは放っておきなさい」

「なんだって？　まさか本気じゃないだろう？」

「放っておきなさい。彼らにはみんなそれだけの理由がある。気持ちはよくわかるわ」

「私も」と、ヤナが言った。お前には訊いてない。だいたい、もうとうにベッドに入っているべき時間だろう。明日の朝四時にまた元気に新聞配達に行って、世界中のほかの人間の邪魔にならないように、朝十時にはくたくたになってろ。

「俺もだ」ヤツェクがボソッと言った。お前にいたっては、なにひとつ事情をわかっていないじゃないか。きっとまたマリー＝ルイーゼにゴマをすって言い寄りたいだけだ。

僕はケヴィンを見た。全員がケヴィンを見た。

自分が私的制裁をよしとするような人間たちに囲まれているとは、いまだに信じたくなかった。あらゆる倫理に、あらゆる道徳に反する行為だ。基本法にも、あらゆる弁護士が資格取得時に立てる誓いにも反している。ケヴィンだって、いつか国家試験の二次に合格して、弁護士として働く許可を得たいなら、立てることになる誓いだ。僕にとってあの誓いは大きな意味を持っていた。弁護士なら誰でも、ときどきあの誓いを思い出すべきだ。「放っておけ」などという無関心な考えが、そもそも浮かぶことさえないように。

ケヴィンが咳払いをした。「僕は関わりたくない。どっちにしても、古いヒッチコック映画を思い出させるような話だしね。パトリシア・ハイスミスの小説を読んでみなよ。エーコの『フーコーの振り子』の陰謀論でもいい。妄想まみれで、まともな検証もされてない。ヨアヒム、変な方向に行っちゃってるよ」

「だからそう言ってるじゃない」マリー＝ルイーゼが言い放った。「あのザロメって女にあざ笑われるだけよ。まあそれはいいとしても、私たちがここであれこれ推測してる理屈によれば、ザロメは全部の事件の裁判に関わってるわけよね。まさか自分の仕事を否定するようなこと、あの人が許すわけない。違う？」

マリー＝ルイーゼはビール瓶を口元に持っていったが、視線は僕から外さなかった。彼女は僕を挑発しようとしている。僕に自分の立ち位置を表明させようとしている。ザロメの味方につくのか、敵になるのか。それはマリー＝ルイーゼの目には、彼女の敵になるのか味方につくのかを意味しているのだ。

ケヴィンが、コーヒーメーカーの隣の写真に目を留めた。だが、ダライ・ラマとチェ・ゲバラというふたりの聖人の柔らかな笑顔も、ケヴィンの言葉から鋭い皮肉の響きを奪うことはなかった。

「あの話は本当なのかな？」

「なにが？」

「ヨアヒムがクーダムにあるマークヴァートの事務所に行くって話」

沈黙。

「誰がそんなことを言った？」僕はついにそう訊いた。

ケヴィンはチェ・ゲバラとダライ・ラマと、マリー＝ルイーゼは手の中の煙草と、ヤツェクはDVDと、ヤナは自分の爪と、視線を合わせたままだ。

「みんなの協力と多大な支援に感謝するよ」と、僕は言った。「こんないい友人たちを持てるなんて、僕は本当に恵まれてるよ」

「ねえ、フェルナウさん、どうしたの？」ヤナが皆に訊いた。

だが、誰も答えなかった。マリー＝ルイーゼは煙草を吸い、ヤツェクは後頭部を掻き、ケヴィンはビールを飲み、僕は外へ出た。もうこんなところに用はない。

僕をなにより怒らせたのは、マークヴァートの件だった。彼らはいつも、僕を裏切り者だと見なそうとする。彼らにとって侵すべからざる大切なものごとを踏みにじる変節者だと。

僕はもうそんな役まわりにはうんざりだった。うんざりしすぎて、いっそのこと友情も連帯も、僕が尊重していないと彼らが考えるほかのすべても、ぽんと投げ出してしまったらどんな気分だろうという考えを、本気でもてあそび始めるほどだった。一等地クーダムの事務所で働き、受付のメルセデス・ティファニーと、三人の引く手あまたの裕福な弁護士が傍にいて、木曜日には一緒にゴルフに、金曜日には〈マジェスティック・グリル〉に行き、そこでたまたまザロメやアルベルトやルドルフやトリクシーといった人間たちと顔を合わせ、週末にちょっとローマやパリやサルディニア島へ飛んで新しい靴を買うのにじゅうぶんな金が月末になっても口座に残っている。

そう、僕はそんなことを考えたのだ。そしていま、寒空の下に突っ立って、湿気が靴底の穴から靴のなかへと入り込んでくるのを感じながら、再び同じことを考えていた。考えることは罪ではないはずだ。その考えを実行に移したとしたって、罪ではない。いま、アレクサンダー広場から遠からぬこの場所に立って、テレビ塔とその周りに集まる重く湿った雲を眺めながら、決して終わらない亜寒帯の雨期に生きているような感覚を抱き始めたこの瞬間に、もしマークヴァートが電話をかけてきたとしたら、僕はきっと明日そちらに移ってもいいだろうかと訊いたことだろう。少なくともあそこならしっかり暖房が効いている。

つまり、玄関口のバーにいる彼らの言うとおりなのだった。彼らの言ったことは、全部正しい。けれど、僕が言うことだって、やはり正しい。ただ誰もそれを理解していないだけで。

僕はザロメに電話した。僕がまだすがることのできる唯一の人間は、一番手の届かない人間だ。僕は彼女に会いたくて、おまけに孤独を感じていた。おまけに僕は、一度ならず彼女に嘘をつかれていながら、いまだに愛とは信頼をも意味すると信じている馬鹿だった。

「もしもし?」

なにかに追い立てられ、息を切らしたような早口だった。

「フェルナウだよ。ヨアヒム。僕だよ」

「ああ」

素晴らしい響きだ。なんとも言えない情熱を感じる。

まるでこんなふうに聞こえる——誰からでも驚かなかった。私を後継者に推薦する憲法裁判所の裁判長からでも。誕生日のプレゼントのご用意ができていますっていうティファニー（マークヴァートの娘じゃなくて、宝石店よ）からでも。〈エビのワサビ天ぷら〉デートの日程を確認するトリクシーの秘書からでも。

誰からでも驚かなかった。でもまさかあなただとはね。

「話があるんだ。いますぐ。どこにいる？」

「まだ職場。でもいま話すのは無理。これからすぐ……」

「五分でそっちに行く」

ザロメに反論する時間を与えず、僕は電話を切った。八時半になるところだ。僕は手を挙げてタクシーを止めると、検察局のある州裁判所へ向かった。

ザロメは裁判所の階段の前をイライラと行ったり来たりしていた。僕がタクシーを降りるのを目にすると、非難がましい目つきで腕時計を見て、こちらへやってきた。

「なんなのよ？　ルドルフがすぐに迎えにくることになってるんだから」

ルドルフがなにをすることになっていようと、僕にはどうでもよかった。ザロメの夫には興味がない。あまりにどうでもよすぎて、ザロメでさえそれを感じ取ったようだった。だから僕は、ザロメを通りから引き戻すことに成功し、彼女を引っ張って階段を上り、古い裁判所の建物の入口ホールへ入った。守衛がちらりと顔を上げた。眼鏡のレンズに小さなデスク用ランプの光が反射している。僕が検察官を同伴していること、僕たちがこれ以上奥まで入るつもりがないことを見てとると、守衛は再び新聞に目を戻した。僕はザロメを引き寄せた。少し近づきすぎたようで、彼女の髪のダイコンドラと花々の香りをまたしても吸い込むことになった。ザロメはヒールのない靴を履いていて、僕たちふたりが裸で向き合った最初で最後のあのときと同じくらいの背の高さだった。僕は彼女の目を覗き込み、彼女に口づけようと決めた。

だが、ザロメは僕から離れた。

「どうかしちゃったの？」と囁きかける。「あなたが後腐れなく別れられない男のひとりだって知ってたら……」

僕は一歩退いて、両手を挙げた。ガラス張りの小部屋のなかの守衛が、再びちらりと目を上げた。ザロメは素早く守衛に背中を向けた。

「そのために来たんじゃないんだ」

「じゃあなんのためよ？」

「ヘルマーとフェッダーがどうして殺されたか、わかったんだ。それに、ほかにも少なくとも三人の人間が命の危険にさらされている理由も」

「三人って、誰？」

「看護師と、犯罪を繰り返す未成年と、トラック運転手」

「名前は？」

「わからない。いまはまだ」

　ザロメは眉を上げて、最高度の軽蔑を表す傲慢な視線を僕に投げかけた。僕の言うことを信じていないのだ。僕のことを、終わりどきを――もしくはそもそも始まってもいなかったことを――理解しない頭のおかしいストーカーだと思っているのだ。ザロメの冷たい視線は僕の胸のなかの、これまで「たぶんね」が「いや」の前に立ちはだかって守っていた場所を直撃した。

「名前もわからない、ただの推測なわけね。まさか、あの六年前の古い事件の話じゃないでしょうね？」

　僕は口を開きかけて、また閉じた。どうせ無意味だ。疲れた守衛の前では。一分たつたびに長針が大きな音を立てる頭上の時計が、いつ夫が現れてもおかしくないとザロメに語りかけるこの場所では。

「その話だ」結局、僕はそう言った。なにか言わなければ、ザロメにここに置き去りにされるかもしれないと心配になったからだ。「あの古い事件の話だよ。それに、ほかにもいくつか事件があるんだ。徹底的に調べないと」

ザロメは天を仰いで、首を振った。そんな話には興味がないし、僕を信じてもいないのだ。僕にとってどちらがより辛いかは、自分でもよくわからなかった。怒りと底なしの失望のあまり、もう囁き声しか出なかった。

「ヘルマーの身になにがあったのか、探り出してみせるからな。フェッダーを死後解剖してもらうつもりだ。マルガレーテ・アルテンブルクがどうしてベルリンへやって来たのかわかるまでは、絶対に諦めない。それが鍵なんだ。見つけてみせる。ここでか、ゲルリッツでかはわからない。でも、とにかく見つけるからな」

僕の声は非常に小さかった。守衛はもう僕たちを気にかけていなかった。だがザロメは一言一句にいたるまで理解した。「つまり……あなたは、私のことでここに来たわけじゃないってこと？」

いったい今度はなんなんだ？　ザロメの目つきが変わった。視線は柔らかく、優しくなり、その大きな目に突然、果てしない悲しみが広がった。その視線が、僕の心臓のど真ん中を射抜いた。怒りも失望も煙になって消えていった。自分を抑えられず、思わず彼女に歩み寄って、その顔を両手で挟んだ。

「ダメ」と、ザロメが囁いた。「いまはダメ、ここでは」

僕は手を離した。

「じゃあ、いつならいいんだ？」

そのとき、ドアが勢いよく開いて、僕たちは驚いて互いから飛びすさった。じめじめしたこぬか雨の降る外から、ひとりの男が玄関ホールに入ってきた。そして、僕たちの姿を見ると立ち止まり、雨粒がしたたる傘をゆっくり畳んだ。

「ルドルフ……」

ザロメは途方に暮れたように、振り向いて夫を見た。

ルドルフ・ミュールマンは、中肉中背の男だ。年齢はおそらく五十代後半か六十代前半、ぴんと伸びた背筋、冷たい灰色に輝く短い髪、常に規律を優先してきた人間特有の顔。抑制という芸術を完璧なまでに極めた男だ。それは、選び抜かれた高級品でありながら簡素に見える服のみならず、僕に対する態度にもよく表れていた。というのも、ルドルフは僕に歩み寄ると、握手のために手を差し出したのだ。僕たちが一度出くわしたことなど、おくびにも出さずに。

「ミュールマンです」彼は簡潔にそう言った。

「フェルナウです」

ザロメは黙っていた。そして再び腕時計に目をやった。ちょうど僕たちの頭上の時計が大きなカチリという音を立てて九時十五分前を知らせたところだったから、時計を見る必要などまったくなかったにもかかわらず。

「遅れるぞ」

そう言ったルドルフ・ミュールマンの声は、僕の記憶のなかの声とは違っていた。無理もない。いまのミュールマンは、ダブルのウィスキーを手にしてもいなければ、ちょうど妻が別の男と寝ていることに気づいたところでもないのだから。あのとき、あの暗いリビングルームでは、ミュールマンの声はかすれていて、頼りなげな響きだった。いまは明晰で、簡潔で、きっぱりしている。

「仕事の話をしてたの」ザロメはそう言って、僕のほうを見ると、続けた。

「フェルナウさん、いまはこれ以上お力になれません。名前と証拠がなければ。フェルナウさんの仮説を補強するなんらかの具体的な証拠です。でなければ、私にはなにもできません。ファーゼンブルク警部とお話しになってはどうでしょう。彼には私とは違う権限がありますから」

「アルベルトが待ってる。パーティーはもう三十分以上前に始まってるんだよ。そろそろ失礼できないかな？」

ミュールマンは僕に会釈すると、再び外に出ていった。守衛がその背中を見送った。ザロメは僕に手を差し出した。

「明日の夜」と囁く。「アルベルトとは、このあいだ〈マジェスティック・グリル〉で知り合ったでしょ。私と夫の親しい友人なの。これ以上ルドルフを待たせるわけにはいかない。明日ね、いい？　あなたの家でいい？　夕食を持っていく？　それとも手ぶらで行く？」

ザロメは僕に微笑みかけると、僕の手から手を引き抜いて、僕の答えを待たずに夫のあとを追って出ていった。僕は、その細い体にコートをきつく巻きつける彼女の後ろ姿を見送った。ザロメは重いドアを半ば体当たりで開けた。長い髪が風にふわりと舞った。ザロメは振り返らず、彼女の背後でドアがゆっくりと閉じた。

「あいつももう、誰にも挨拶しやがらない」

守衛が新聞を畳みながら、そう言った。その顔には、不愉快だ、と書かれているかのようだった。

「ミュールマンのことですか?」僕は訊いた。

守衛がうなずく。

「判事だったころは、少なくともまだ礼儀はわきまえてたんだがな。いったん出世したら、もう感じよくするいわれもないってわけだ」

「ミュールマン氏は、ここの判事だったんですか?」

守衛がうなずいた。「そりゃ、憲法裁判所で仕事しようと思ったら、多少の法律の予備知識くらいいいるわな」

そう言って、守衛は今度は微笑んだ。「でも、もうずっと昔の話だよ」

僕は彼に、よい晩を、と挨拶して、州裁判所を後にした。通りのずっと向こうで、白のランドローバーが角を曲がって消えた。都会で白いオフロード車に乗るのは、煙突掃除に白いズボンをはくのと同じくらい実用的だ。だが、実用的かどうかはおそらく重要ではないのだろう。ふたりの社会的成功者が、重要な友人のところへ向かう途中で、僕にテールランプをちらりと見せてやる、といったところか。僕はバス停へ向かおうと、通りを渡った。そのとき突然、虚無から湧いて出たかのように、一台の黒い車が現れた。僕はぎりぎりのところで脇に飛びのいて、危うく僕を轢きつぶすところだった車を怒りの形相で見送った。その車はヘッドライトをつけておらず、凄まじいスピードで角を曲がるときにも、ウィンカーを出さなかった。

ついさっき、白のランドローバーが曲がった角。

あの車は、ザロメとミュールマンを待っていたのだろうか？　ザロメに電話しようと、僕は携帯をつかんだ。だがそこで、同じ車のなか、すぐ隣に守ってくれる騎士がいる状況で聞いたら、僕の話はどれほど陳腐に響くだろうと想像して気が変わった。ザロメは僕を必要としていない。

けれど、僕はザロメを必要としている。

明日の晩までに、彼女は証拠を欲しがっている。マルガレーテ・アルテンブルクの家で見つけた薬莢の小箱を除けば、僕にはなにもない。コプリーンの指紋がそこに付着しているとしても、コプリーン本人をつかまえない限り、なんの意味もない。おまけに、たとえつかまえたとしても、コプリーンはなにも話さないだろう。誰か別の人間を探さなくては。コプリーンより弱い人間を。

次の日、僕はロスヴィータ・マイスナーに電話をした。留守番電話につながったので八十六回ほどメッセージを残したが、結局そのうち、留守電が応答するたびにさっさと電話を切るようになった。カティア・ヘルデゲンは、どこにも見つからなかった。電話帳にも載っていないし、番号案内にかけても不明だった。これでは先に進めない。袋小路にはまってしまった僕は、苛立ち、怒りっぽくなった。なにしろ、まだ昼にもならないというのに、すでに今日の残りの時間になにを期待していいのかわからない有様なのだ。ましてや今日の晩のことなど、予測もつかない。僕は少しだけ「賃貸契約における猫」というテーマに取り組み、玄関口のバーで夜を過ごして僕と同じくらい不機嫌なマリー＝ルイーゼを無視することに力を尽くした。

その後、ついに僕は、六年前の裁判の被告たちについて調べ始めた。

看護師。

トラック運転手。

未成年犯罪者。

インターネットで検索すると、すぐに見つかった。看護師の名前はマーゴット・Pで、逮捕時には四十六歳、すべてなにかの間違いだと主張していた。その主張を法廷も認め、彼女に無罪の判決を出した。あらゆる種類のゴミと同等の好感度を持ち合わせる未成年犯罪者の名前はアルスラン・イルディリムで、犯行時に酒に酔っていたことと、深い後悔の念を示したことが考慮され、リッテン通りの州裁判所を無実の男としてあとにした。ファーゼンブルク警部のコンピューターで見つかったトラック運転手ミルコ・レーマンは、小さな運送会社を営んでいて、常に金と時間の不足に苦しんでいた。事故のあった日は天気が悪く、視界が狭かったのに加え、レーマンはきちんとバックミラーを確認していた。そのうえ特筆すべきことに、レーマンは事故の後、心理セラピーを受けていた。

この三人とは違って、被告席に座ることはなかったものの、旧約聖書における正義の概念に照らせば有罪なのがフェッダーとヘルマーだった。

僕は一枚の紙に、アルタイの部屋でしたように、名前を書き連ねていった。五人の加害者。五つの犯罪。マーゴット・Pとアルスラン・Yの名前の横には、疑問符を書き入れた。そしてその紙をアルタイにファックスした。二分後、電話があった。

「このリストはなんです？」

「我々の探す黒い輪ですよ。というか、六年前に州裁判所にいた人間たち。裁判は全部、だいたい同時期に行われました」

「で、このマーゴットとアルスランってのは誰です？　どうして彼らにたどり着いたんです？」

「ヤナのおかげで」僕は答えた。「あの子が昔の裁判の記事に目を留めてくれたんです。どれも胸が苦しくなるような話だったから」

「なるほどね」

アルタイは黙り込んだ。もしアルタイにまで全部無理やりひねり出した戯言だと言われたら、僕は諦めるつもりだった。

「どうです？」沈黙に耐えられなくなって、僕は訊いた。「なにかヒントになりますか？新しい足がかりとか？　なにかありませんか？」

「ありますとも」アルタイはゆっくりと、考え込むように言った。「マーゴットとアルスランは死にました」

最初、聞き間違えたのだと思った。ここ最近、屈辱的な経験が続いた後だっただけに、突然のようにやはり僕のあらゆる推測が正しかったと証明されるなど、とてもあり得ないような気がした。しかも、その証明が人間ふたりの命を代償にして得られたものだとは。

「……死んだ？　いまそう言いました？　いつです？」

「アルスランはつい先月、トルコ・マフィアに殺されました。マーゴットはそのしばらく後に、バルコニーから落ちて死にました。フェルナウさん、事件事故のベタ記事、もっとちゃんと読んだほうがいいですよ。文化欄ばっかりじゃなくてね」

僕は目をこすった。だが、夢ではない。僕は間違いなく目を覚ましている。いま僕は、

〈アーベントシュピーゲル〉紙の法廷記者と電話で話している。そしてその記者は、さらなる死者がふたりいると、僕に告げているのだ。

「じゃあ、トラック運転手は」と、僕は言った。「どうなったかがまだわからないのは、彼だけです。ロスヴィータ・マイスナーには娘がいて、車に轢かれたんでしたよね」

聞こえてくる音によれば、アルタイはなにやらブツブツと独り言をつぶやきながら、コンピューターで検索しているようだった。

「レーマンでしたっけ？」

「ミルコ・レーマンです」

見つからないでくれ、と僕は願った。悪天候での追突事故も、高速道路の怪しいサービスエリアでの魚フライ中毒も、線路を横切る際のブレーキの故障も、貸し菜園にある小屋で焼け焦げた死体が見つかったという話も、ヴァン湖で頭部を切断された身元不明の死体が上がったという話も、どうか見つかりませんように。

「なにもない」アルタイが言った。「たぶん、この男はまだ生きてますよ」

アルタイと〈最終法廷〉で会うために出発する前に、僕はマリー＝ルイーゼの部屋に顔を出した。彼女はちょうど書類棚の埃を拭いているところだった。フートさんが食器を洗っているのと同じくらい珍しい光景なので、僕は思わずドアの横に立ってマリー＝ルイーゼをまじまじと眺め続けた。やがてマリー＝ルイーゼは、振り向いた拍子に僕の姿を発見して跳び上がった。

「びっくりさせないでよ！」

「三月二十日金曜日、十時四十三分、ホフマン氏、自室を掃除する」

マリー＝ルイーゼは僕に雑巾を投げつけ、僕はなんとかそれを受け止めた。それから彼女はズボンで手を拭うと、乱雑に積まれた書類とくしゃくしゃになった古紙とを棚から取り出した。そして内容を確かめもせずに、すでに似たような運命をたどった書類たちで溢れんばかりになっている屑籠に突っ込んだ。

「なにを捨ててるんだよ？」

「十五年以上前のもの全部。ていうか、そう見えるもの全部」

僕は不審に思って近づき、より分けられた書類の山をよくよく眺めてみた。

「でもこのなかに重要なものがあったら？　たとえばここの賃貸契約書とか。または君の弁護士資格証明書とか。たしか、もう大昔から探してたじゃないか」

「そこにあるものは全部もう時効になって用済みのものだけ」

マリー＝ルイーゼは洗剤のボトルをつかむと、棚に吹き付けた。僕は彼女に雑巾を差し出した。

「わかったんだ」

せっせと棚を拭きながら、実際には汚れを均等に広げているだけのマリー＝ルイーゼは、無関心にもほどがある口調で「なにが？」と訊いた。

「リッテン通りで出会った人たちが誰なのか、わかったんだ」

マリー＝ルイーゼは真っ黒になった雑巾を見つめ、それを裏返して再び拭き始めた。

「彼らはすごく巧妙に仕組んだ。殺人を事故に偽装したり、別の人間のせいにしたり。グループのリーダーは、オトマー・コプリーンだ。彼が頭脳で、作戦立案者なんだ。きっと医学的知識があるに違いないよ。殺人を自然死に見せかけるやり方を知ってるからね。それに、コプリーンは清掃人でもあるんだ。つまり、誰かがヘマをしたら、痕跡を消したり証拠を隠滅したりする。コプリーンは誰かに指示して、マルガレーテ・アルテンブルクの自宅から葉巻の箱を持ち出させた。おい！　聞いてるのか？」

マリー＝ルイーゼは雑巾を屑籠に放った。

「葉巻の箱ってなに？」

「新聞の切り抜きが入ってた箱だよ。それに薬莢の小箱と、マルガレーテの息子のマイク・アルテンブルクの写真。写真は結婚式のものだけど、花嫁は写っていなかった。誰かが写真を半分に切り裂いたからだ。その箱が、マルガレーテの家から盗まれた。だから僕は、新聞の切り抜きになにが書いてあったのか、もう調べることができないんだ。あれがあれば、どうしてマルガレーテが六年前にベルリンの州裁判所を訪れたのかとうにわかっているはずなのに。全員があそこにいたんだよ。ヘルデゲン夫妻はハンス＝ヨルク・ヘルマーを訴えた。でも彼が家に侵入したことは立証されなかった。ロスヴィータとウーヴェのマイスナー夫妻の娘は、ミルコ・レーマンが運転するトラックに轢かれて死んだ。あと、アルスランが刺殺した女性の夫。看護師が殺した高齢者ふたりの親族。それに、息子がユルゲン・フェッダーのせいで死に追いやられたマルガレーテ・アルテンブルク」

「看護師に、アルスランとやらに、フェッダー？」

「そうだよ！　その三人とも死んだんだ。聞いてるか？　死んだんだよ！」

「怒鳴らなくても聞こえてるって。で、あなたのザロメはなんて言ってるの？」

「彼女はマイク・アルテンブルクの書類を手配して、僕に渡してくれた」

「ああ、あれか」マリー＝ルイーゼはあざ笑うかのように、額に渦巻く一房の髪を息で吹き払った。そして、壁に立てかけてあった箒をつかむと、天井を掃き始めた。

「あれを書類って呼べるの？　あんなの、ゲルリッツ検察全体に対する侮辱よ。それに、ついでに言えば、もうとっくに潰れた悪評高い人民警察（旧東ドイツの警察）に対するさらなる平手打ちみたいなもんよ。ひとりの人間が自殺して、二十年後に残っているのがあれだけだっていうなら、ノアック氏もうまくごまかしたものね」

「あの書類を見たのか？」

「あなたの机の上にずっと置きっぱなしだったから」

マリー＝ルイーゼは蜘蛛が生涯かけて造った家を破壊し終わると、満足げに箒を部屋の隅に戻して、くしゃくしゃになった煙草の箱をズボンのポケットから取り出した。そして、曲がった煙草に火をつけた。

「わからないの？　あの書類は完全じゃない。証明書だとか、判定書だとか、捜査書類だとかが抜けてる」

僕はマリー＝ルイーゼのデスクを回りこんで、彼女の椅子に腰かけた。

「完全じゃないと思うのか？」

「思う。誰かが、あなたの手に渡ってはならないものを抜き取ったのよ」

「結婚証明書もなかった」

「そんなものまで？　そのマイクって子、本当に結婚してたの？」

僕はうなずいた。だが、ザロメが書類ファイルからなにかを抜き取ったとはとても信じられなかった。僕の疑念を、マリー＝ルイーゼも見て取ったに違いない。僕たちのこの会話を掃除を休憩する言い訳として歓迎することにしたようで、いそいそとデスクの上、僕のすぐ横に腰かけた。

「結婚証明書なんて、そう簡単になくなるものじゃない。ずっと残るの。誰かが取っていくまではね。もしあの書類ファイルがあの状態でゲルリッツから届いたんなら、絶対に〈結婚証明書が欠けています〉とか注意書きが添付されてたはず。でもそんなものはない。私の勘ではね、書類は完全な形でノアック氏のところに届いたと思う。でも彼女は、あたりさわりのないものだけをあなたに手渡した。たとえば、遺書はあった？　彼の遺体の第一発見者は誰？　彼の自殺を調べたのは、警察のどの部署だった？　とにかく穴だらけだってこと、あなたも気づいたはずよ」

「一九九一年一月二日だぞ。東西ドイツ統一の混乱の真っ只中だ。混沌の時代だったんだから、そういうこともあったかも……」

「まさか。あんたたち西ドイツ人はいつもそう。あのね、あの大混乱のなかで、当時の警察はしっかり機能してた唯一の組織だったの。もしあの頃、珍しく政治的背景のない自殺事件があったんなら、絶対に完璧な記録が取られたはず。本当に自殺だったんならね。だいたい自殺だっていう捜査書類までもが、どうして紛失するわけ？」

マリー＝ルイーゼは灰を屑籠のなかの雑巾に落とした。

「あなたが披露してくれた話には信憑性があると思う。でもあなたが、ザロメと一緒に取り組んだほうがザロメ抜きで取り組むより見込みがあるっていう意見でいる限り、私は協力できない」

「協力なんて、最初から全然する気がないだろ」

「それはそっちの解釈よ。私の見方を言ってもいい？　あなたは、どんどん私から距離を置くようになった。ふたり共同のプロジェクトはもうひとつもない。あなたは、なにもかもがで、口をつぐむ。どうしたのかって私が訊くと、なんにでも文句をつける。どうしたのかって私が訊くと、口をつぐむ。で、代わりに、私がせいぜい法廷で敵側として顔を合わせることしかないような人間たちとつるむ。そして私の一番知られたくない個人的な問題を、私には一言の相談もなく、マークヴァートに持ち込む。あなたには誠実さってものがないのよ。ザロメ・ノアックと知り合ってから、あなたは不誠実になった。もし私とのパートナーシップを解消したいんなら、はっきりそう言いなさいよ」

「いや」

「なに？」

「君とのパートナーシップを解消するつもりはない」

マリー＝ルイーゼは本当かどうか見極めるかのように、僕の目をじっと覗き込んだ。僕はその視線をひるまず受け止めた。結局、マリー＝ルイーゼは嫌々ながらも軽くうなずいた。彼女がうなずくのにどれほどの葛藤を乗り越えねばならなかったかは、見れば明らかだった。

「彼女を愛してるんだ」と、僕は言った。

これまでの人生で、この言葉がいまほどするりと口から出てきたことはなかった。この短いながら崇高な言葉。僕は彼女を愛している。彼女がなにをしようと。彼女が夜に誰と家に帰ろうと。彼女が僕に嘘をつこうと、書類をごまかそうと。なにがあろうと関係ない——僕は彼女を愛している。

「こんなこと、もう長いあいだなかったんだ。最後にこんな気持ちになったのは……」

ここで僕は口をつぐんだ。かすかな微笑みが、マリー＝ルイーゼの唇に浮かんだ。

「言わないで」

そう言ってマリー＝ルイーゼは、まるで僕の髪を撫でようとするかのように手を上げたが、すぐに下ろした。それが、僕たちふたりのことを——何年もたったというのにどうやらまだきちんとけりがついていないらしい、僕たちの別れのことを——あまりに露骨に表す仕草だからだろうか。

「愛してるんならしょうがない」小声で、マリー＝ルイーゼは言った。「愛で身を滅ぼすっていうのは、愛するのをやめることじゃないもんね。でもまあ、今回の場合、あなたは粉々に砕け散って終わる。そうなったら、破片を集めてつなぎ合わせるのを手伝う人間が必要になる。そのときは私がいるから。憶えておいてね」

「そうなるとは限らないだろ」

マリー＝ルイーゼは最後の一口を吸うと、煙草を灰皿代わりのツナ缶で押し潰した。

「そうね。もちろん」

そう言って立ち上がると、彼女は台所へ行った。しばらくのあいだ流しの下の棚をかき回す音が聞こえていたが、やがてマリー＝ルイーゼは新しい雑巾を手に戻ってきた。

「なに突っ立ってんの？　手伝うの、手伝わないの？」

「悪いけど」

僕は素早く、マリー＝ルイーゼに殴られずに済む距離を取った。

「どこ行くの？」

「アルタイと〈最終法廷〉で待ち合わせなんだ。一番最近の死者ふたりのことを詳しく聞かせてくれるかもしれない。それに、トラック運転手のことも」

「なにか手伝おうか？」

僕はマリー＝ルイーゼににやりと笑いかけた。「頼むよ」

「じゃあ、ここが終わったら行くわ」

「いや、レストランで三か月も過ごすつもりはないんだけど」

マリー＝ルイーゼがガラス洗剤を吹き付けてきたので、僕は玄関口へと疾走した。幸いにも洗剤は浴びずにすんだ。共用廊下に出ると、僕は一瞬、立ち止まった。突然、すべてが変わった。僕たちはまた友達に戻った。また、お互いを頼りにできるようになった。僕はザロメを愛していると打ち明けた。おかげで、曖昧だった感情が確信に変わった。だからといって、「いや」が「たぶんね」に変わるわけではない。けれどそれは、この気持ちを、心の痛みに見合うだけの価値あるものに変えてくれた。

だが僕は思ったほどすんなりと建物から出られたわけではなかった。一階下の階で、フランス人のロック兼シャンソン歌手であるルクレール嬢が、フライターク夫人の玄関ドアの前に立ち、聞き耳を立てていたからだ。彼女の足元では、猫のディープゲンがうろうろしながら大きな唸り声をあげていた。

「フライタークさん？」

ルクレール嬢が呼び鈴を鳴らした。そして、階段を下りてくる僕の姿を見て、不安げに微笑みかけてきた。

「猫がお腹すかせてる」

「え？」

ディープゲンが彼女の凄まじいフランス語なまりのドイツ語を、訴えかけるような、嘆きの長い鳴き声に翻訳した。

「お腹すいてる。食べ物なくて」

僕はディープゲンを見て、何日か餌なしで過ごすのも悪くないんじゃないかと思った。

「それにフライタークさん、呼んでも出てこないし。なにかあったのかしら？」

僕は彼女の隣に立って、耳を澄ませた。ドアの向こうは静まり返っている。

「なにかあったんなら、ほかの猫たちが騒ぐはずだよ。最後にフライタークさんを見たのはいつ？」

マドモアゼルは眉間にしわを寄せて考えた。「私、この棟に住んでないし。ここ、フェルナウさんの棟でしょ。フェルナウさんが知ってないと」

「僕は住んでるわけじゃないから」

そう言ったが、もちろんそんなのは言い訳にならない。正直言って、僕は毎回この監視塔の前をフライターク監視員に気づかれずに通ることができるたびに、胸をなでおろしている。フライターク夫人が本人が不在のときにまで僕を引き留めるとなると、さすがに行き過ぎだ。

僕はドアをノックした。返ってきた反応はといえば、ドアの向こうでなにかがぶつかる小さな音と、リノリウムの床を引っかくかすかな足音だった。おそらく歴代のベルリン市長たちが、いま音もなくドアの向こうに集まり、万一僕らがドアを開けたら即座に飛びかかる準備をしているのだろう。ディープゲンが、今度は僕の足元をぐるぐる回り始めた。そしてバカバカしいほどの大音量で喉を鳴らした。

「フライタークさんの郵便受け、覗いてみたら」

僕たちは一緒に階段を下りて、中庭を横切り、主翼に入って、何度も壊されたせいでボコボコになった郵便受けの列を確かめた。フライターク夫人の郵便受けは空っぽだった。ここには毎日さまざまなチラシが放り込まれることを考えれば、きっと今日、郵便受けを開けて中を空にしたに違いない。

「じゃあ、大丈夫ね」

ルクレール嬢は安心したようで、無理やりずらした郵便受けの扉を慎重にもとに戻した。

「ほんとに心配だったの。賃貸契約を解消するっていう通知は、フライタークさんにとってすごい災難だから。もう若くないもん。私やフェルナウさんみたいに闘うことなんてできない。そうそう、マリー＝ルイーゼからもう聞きました？　私たちのこれからの計画」

「いや。どんな計画？」

僕たちの背後で、誰かが建物の玄関ドアを開けた。

「あら、なにしてるんです？」

尋ね人が僕たちの目の前にいた。片手には重そうなショッピングネット、もう一方の手には散歩用のステッキを持っていて、そのステッキを脅すように振り上げ、僕たちのほうへ向けた。

「ボンジュール！」フランス人歌手が呼びかけた。「心配してたんですよ！　どこに行ってたんですか？」

フライターク夫人はステッキを下ろした。僕は彼女に一歩近づいてショッピングネットを持ってやろうとしたが、彼女は勢いよく首を振った。

「まだひとりで大丈夫ですよ。心配していただかなくて結構」

「いつも猫たちのご飯ばっかり買ってたらダメですよ。ご自分もご飯を食べないと！」

そう言われてみると、ショッピングネットの中身はキャットフードばかりだった。フライターク夫人は決まりが悪かったようで、僕たちの横を素通りして急ぎ足で中庭へ去っていった。

「待ってください！」僕は呼びかけた。「フィデス社からなにか言ってきましたか？」

フライターク夫人は答えず、振り向きさえしなかった。僕はマドモアゼル・ルクレールのほうを向いた。

「そちらはどうかな？　なにか新しいことは？」

ロック兼シャンソン歌手ルクレール嬢は、この機会を利用して自身の郵便受けも覗き、一通の白い封筒を取り出すと、眉間にしわを寄せて差出人の名前を読んだ。

「噂をすれば……」

ルクレール嬢は封筒を開けると、中の書面にざっと目を通した。そしてその紙を僕に手渡した。それは月末で賃貸契約を解消するというそっけない手紙だった。

「そうはいかない」僕は言った。「抗議を申し入れるよ。君にはここに住み続ける権利がある。少なくとも、いまの賃貸契約の期限が切れるまでは」

「ふふ、そんなのどうでもいいの。だって、引き払わなきゃならないような家財道具もないんだし。その会社の人たちも来れば、きっと楽しいパーティーになるわね。マリー＝ルイーゼが友達に声をかけて、私たちみんなでこの建物を占拠するの。バリケードを作って。引っ越していく人はいっぱいいるから、たくさん部屋が空くでしょ、だからそこでコンサートとか展示会とか、いろんな催しを一日二十四時間、ぶっ通しでやるの。

ブルジョワたちの度肝を抜いてやれ（エパテ・ラ・ブルジョワジー）！」

　彼女の瞳はきらきらと輝いていた。おそらく、強制退去というのが今日（こんにち）ではどんなふうに行われるか知らないのだろう。僕はもう一度トリクシーに連絡を取ろうと決意した。僕自身のためでもある。一日二十四時間ぶっ通しの催しとやらほど回避したいものはない。もちろん、ジョー・ジャクソンが参加するなら話は別だが。だが、ジョーの噂ももう長いこと聞かない。おそらくジョーはベルリンの喧騒にうんざりしたか、または禁煙法のせいでオーストリアまで流されていったのだろう。

　僕が欲しいのは、家賃が支払い可能な、静かで落ち着いた事務所だ。もしこの建物の住民全員が一丸となるのなら、マークヴァートの言うとおり、勝てる見込みはあるかもしれない。

「でも、フライタークさん」と、ルクレール嬢が言った。「フライタークさんも、きっとこの手紙を受け取ったよね。あの人が私たちの作戦に参加してくれるとは思えないな」

　彼女の言うとおりだ。フライターク夫人は、生まれながらの建物不法占拠者には見えない。

「ラウリーン！」中庭からフライターク夫人が呼ぶ声が聞こえた。「ラウーリーン！」

　ルクレール嬢が首を振った。僕は時計に目をやった。今日目にした唯一の食べ物がキャットフードだったという結末を避けるためには、そろそろ行かなくては。ルクレール嬢が手紙をズボンのポケットに突っ込んだ。それから中庭を覗き、再び玄関口に戻ってきて、誰にも聞かれないように境のドアを閉めた。

「フライタークさん、言ってたの。もし猫を手放さなきゃならなくなったら、こっちにも覚悟があるって」

「なにをするつもりなのかな？」

「自殺するって」小柄なルクレール嬢は、片手で喉を掻き切る仕草をした。「私にそう言ったの。本気だと思う？」

「いや」と、僕は答えた。「そんなことをしたら、猫たちはどうなる？」

「猫たちも死ぬの。みんな一緒に死ぬの。恐ろしいのはそこよ。動物保護センターに、空きがないか訊いてみてくれない？」

「フライタークさんのために？」

「やっぱり忘れて。ちょっと思いついただけだから。まずいアイディアだった。でも、なにもアイディアがないよりマシでしょ。じゃ、よい一日（ボンジュール）を」

ルクレール嬢は僕を置き去りにして立ち去った。彼女の言うとおりだ。母にこの問題を相談してみるべきかもしれない。母なら猫たちをどうすればいいかわかるかもしれない。たとえば一匹ずつ樹脂で型を取って積み上げるとか。まずいどころじゃない、最悪のアイディアだ。それなら、なにもアイディアがないほうがマシだ。僕は、フライターク夫人の猫のことをきちんと考えてみることにした。そのときが来たら。きっと。絶対だ。誓う。でも、そのときが来たら、だ。

〈最終法廷〉に着いたときには、まだアイスバインのゼリー寄せと炒めジャガイモには時間が早すぎるとわかっていたが、同時に、それでも注文すれば出てくるだろうと心の底から確信していた。店はどちらかといえば空いていた。開店は午前十一時で、僕が店に入って、暖炉脇の角の席に、見知った顔と、隣で楽しそうに冗談を交わすユーレの姿を見つけたのは、十一時半だった。店内には、床磨き用ワックスと昨日のロースト肉の匂いがかすかに漂っていた。それに、精がつきそうな肉のブイヨンの、期待をそそる香りも。

アルタイが僕に椅子を勧め、ユーレは僕たちをふたりきりにしてくれた。

「驚きですよ」と、アルタイは言った。「ここまで偶然が重なると、さすがにおかしい。どこから始めます？」

僕はここへ来る途中、繰り返し頭に浮かんでくるフライタータ夫人の猫殺しの場面を必死に押し殺して、真に重要なことがらに集中しようとしてきた。つまり、なるべく早く包括的な情報を手に入れて、具体的な名前を知ることだ。今夜ザロメに披露することができる名前を。彼女がついに僕の言うことを信じ、僕のことを一度くらい、いつものフェルナウだと――つまり他人の住居やカーナビやペットの問題を解決する以外に能のない大間抜けだと――見なさなくなるように。

「看護師と、未成年の刺殺犯から始めましょう。このふたりのことは、まだよく知らないので。彼らはどんな犯罪を犯したんです？」

アルタイはうなずくと、なにか独り言をぶつぶつぶつぶやいた後、説明を始めた。

「看護師の名前はマーゴット・ポールで、ブーフ病院の高齢者病棟で働いていました。忙しい仕事でした。忙しすぎた。まあ、おなじみのやつです——過労、個人的な悩み、金欠、人から認められることのない仕事。おまけに、相当難しい患者たち。ポールは二度、正気を失ったみたいです。寝たきりの男性患者のひとりが、彼女が患者たちを怒鳴り、殴るところを見たと証言しています。一度、高齢の女性の顔に枕を押し付けたそうです。その女性は、翌朝死体で発見されました。目撃者の老人が男性看護師に打ち明けて、その看護師が病院の上層部に伝えた。そして捜査が行われ、ポールは訴えられました。そうしたら、目撃者の老人が死んだんです。そしてマーゴット・ポールは無罪になった。目撃者がいなくなったので。患者たちは全員、自然死だったことになりました。まあ、病院で死ぬのを自然死というのなら、ですが」

「付帯訴訟の原告は？」

「亡くなった女性の娘です。ちょっと待って」

アルタイはメモ帳を引っ張り出して、丁寧にめくっていった。

「名前は、ザビーネ・クラコヴィアク」

僕が軽く手を振ると、普仏戦争時代に作られた巨大なカウンターの奥でグラスを磨いていたユーレが即座にメモ用紙と鉛筆を持ってやってきて、それらをテーブルの僕の目の前に置き、「ビール、すぐにお持ちします」と言って、素早く去っていった。

僕はメモ用紙に名前をメモした。クラコヴィアク、ザビーネ。

「オーケイ。これで話の一方はわかりました。で、その看護師の身になにがあったんですか？」

「バルコニーの電球を取り替えようとして、死にました」

「目撃者は？」

「花屋のスタンドの販売員です。マーゴット・ポールに危うく殺されるところだった。というか、正確には梯子に」

「感電ですかね？」

アルタイがメモ帳を閉じた。「マーゴットは六階から落ちたんです。それに、梯子も。チューリップの上に」

まるでチューリップに個人的な恨みでもあるかのような満足げな目で、アルタイは僕を見つめた。

「フェルナウさんの説が正しいなら、これは殺人だったことになる。彼女を六階から突き落としたのが誰であれ、ザビーネ・クラコヴィアクの依頼でやったわけだ」

ユーレがビールのグラスをふたつ、僕たちの前に置いた。

「厨房もいま開きました。いつもので？」

ユーレは僕たちの答えを待とうともしなかった。というのも、そのときドアが開いて、新たな客の一団が入ってきたからだ。アルタイが腕時計を見た。

「もうすぐ十二時。ということは、あの連中は十時三十分の裁判からの帰りだ」

彼らはあからさまに上機嫌だった。中心にいるのは禿げ頭の丸っこい男で、コートを脱いでマフラーを取りながら、店の客全員にビールを奢ると宣言した。

「はは、どう思います、フェルナウさん？　無罪判決か、懲役か？」

僕は陽気な一団に目をこらした。彼らはすっかりお祝い気分だ。ということは、相手側の訴えが退けられたか、または彼らの訴えが認められたかだ。いずれにせよ、中心にいる気前のいい男がこれから刑務所に行くようには見えない。

「無罪ですね。または執行猶予」

ユーレが僕たちのナイフとフォークを持ってきた。テーブル上に場所を空けるためにメニュー立てを脇へ寄せながら、ユーレはアルタイに共犯者めいたウィンクを送った。

「たぶんあれ、シュパンダウ地区で、頭がどうかなりそうだから真夜中以降クリスマスの電飾を切れって隣人を訴えた人ですよ」

首を振りながらユーレは立ち去ろうとしたが、アルタイが腕をつかんで引き留めた。

「ユーレ、俺のユーレちゃん。ちょっとここに座ってくれないか」

そう言って、自分の隣の空いている椅子へとユーレを引っ張り下ろす。ユーレは嫌々ながら腰を下ろした。

「アルタイさん、ダメですよ。お客様がいるんだから」

「これをちょっと見てくれないか。この人たち、知ってるか？　見たことがあるかな？」

アルタイはアタッシェケースから、資料室でコピーした新聞記事一式を取り出して、ユーレの前に広げた。ユーレは屈みこんで、次から次へと目を通した後、記事を脇へ押しやって、うなずいた。

「このなかには、ここに来たことのある人もいます」

「いつだい、ユーレ？」

落ち着かないそぶりで、ユーレは厨房のほうを振り返った。まるでいまにもシェフが怒りの言葉を吐きながら出てくるにちがいないとでもいうように。先ほどやってきた客たちはすでに窓際の席について、辛抱強く待っている。

「ときどき」と、ユーレは答えた。

「定期的に来た？　彼らはお互いに知り合いだった？」

「かもね」

「知り合いだったのか、違ったのか、どっちなんだ？」

ユーレは立ち上がると、椅子をテーブルの下に戻した。

「知り合いでしたよ。ときどきここで待ち合わせてました。二階の小さい個室で。誰にも邪魔されないように。でもねアルタイさん、私がこんな話をしたって新聞に載ったりすると困るんです」

ユーレの両手は、落ち着かない様子で椅子の背を撫でている。

「ユーレちゃん。ちょっと」

ユーレはアルタイのほうへ身を屈めた。

「彼ら、なんの話をしてた?」

ユーレは眉を上げて、美しい丸い顔に戸惑いの表情を浮かべた。その表情はあまりに見事で、耳が聞こえにくいんだと言われても、僕は即座に信じただろう。

「アルタイさん！　私、盗み聞きしたりしませんって！」

「おおい、注文」

反クリスマス電飾の闘士が、半ば椅子から立ち上がってこちらのほうを見ながら、ユーレを呼んだ。

「いい子ですよ」アルタイに微笑みかけると、立ち去った。

僕は彼の視線を追った。アルタイが言った。

「そういえば、ご結婚されてるんですか?」そして、「彼女、アルタイさんに好意を持ってますよ」と言った。

「昔ね。でもこのクソみたいな仕事がね。私生活なんてあったもんじゃない。それに、夜には犯罪者と一緒に家に帰るんですから。いや、もちろん比ゆ的な意味でね。とにかく、そのうちそんな生活に付き合ってくれる女なんていなくなる。彼女たちが映画館や劇場に行きたがるから、一緒に行くでしょう。そうすると、彼女の隣で私が思い浮かべるのは、まったく普通でないことをしでかした、ごく普通の人間たちの顔なんです。ああいう感覚、わかりますか？　法廷に行くときには、みんなちゃんと髪に櫛を入れて、ちゃんとした服装で、普通のいい人に見える。性犯罪者。殺人犯。小児性犯罪者。薬物ディーラー。刺殺犯。みんな、見た目は私やあなたと同じだ。ときには子供みたいに見えることもある。ほら、たとえばこいつです」

アルタイは僕のテーブルマットの上に、さらなるコピー紙を置いた。二十歳くらいの若い男の写真だった。南欧風の顔と黒い巻き毛の美しい青年だ。

「アルスラン・イルディリム。子供のころから暴力沙汰の連続で、あらゆるためらいをなくした男。ハーケンフェルデ地区での刺殺事件の判決は、少年刑でした。粉々に割れたビール瓶の破片を集めろと言われたからって理由で、ナイフを振り回して人を殺しておいて、たった十八か月で刑務所から出たんですよ。そしてコソ泥や軽犯罪者のグループに温かく迎えられた。彼はトルコ系マフィアの使い走りをしていたんです。五週間前に駐車場で撲殺されました。鍵のかかっていない彼の車のなかから、五千ユーロが発見されました。つまり、盗みが目的ではなかった。じゃあ、なにが目的だったのか?」

「第四の殺人ですか?」

アルタイはうなずいた。「刺殺された女性の夫は、ルーペルト・シャルナーゲルといいます。妻は彼の腕のなかで失血死しました。そんなとき、人はなにを考えるものでしょうね」

アルタイはここで口を閉じた。それからもう一度、アルスランの写真を指した。「さて? こういう人間が死んで、残念だと思いますか? 正直に答えてください」

やめてくれ。アルタイまでもがこんなことを言い出すなんて。

もうずいぶん昔、まだ若く、理想で胸を膨らませていたころに立てた誓いのことを思い出した。正義と法は共同体の要塞であり、僕はそれを騎士のごとく果敢に守るつもりだった。だがいまでは、その要塞にはヒビが入っている。正面壁は崩れつつある。裏口は腐っている。塁壁はボロボロ。抜け穴がいくらでもあるし、怪しげな秘密の通路だらけ。守衛は賄賂を取っているし、戦士も買収がきく。石造りの要塞は基礎から崩壊しつつあり、その流れはもはや止められない。だから僕は、選ばねばならない。退路を断たれたまま、それでもここに立ち続けるか、それとも、こっそりと目立たないように内的逃避を始めるか。

「思います」僕は答えた。こう口に出すのは辛かったが、法律の条文によって解決が可能であると我々が信じることがらに、代わるものなどない。「この男が死んだことも、残念だと思います」

アルタイは目を細めると、ちょうどメニューを集めてカウンターのほうへ運んでいくユーレのほうを見た。

僕を見ることなしに、アルタイは訊いた。「どうして？」

「命には命を、はもう通用しません。我々はその時代から三千年先にいるんです。ちなみに、神もそうです」

その表情から推測するに、アルタイは神の学習能力を信じてはいないようだった。眉間にしわを寄せて、新しく入ってきた客の一団を見ている。レストランは徐々に満席になりつつあった。ユーレはあちらからこちらへと飛び回り、その合間に僕たちにアイスバインのゼリー寄せを運んできた。料理は今回も、この世界のあらゆる悪のことを忘れさせるほどおいしかった。世界にはこれほどの良きものも存在するのだ。

「で、ミルコ・レーマンは？」僕は訊いた。「トラック運転手の。彼のことはなにかわかりましたか？　彼に警告するべきかもしれない。まだ生き残っているのは彼だけですからね。ファーゼンブルクにも伝えないと」

口のなかを食べ物でいっぱいにしたまま、アルタイは激しく首を振った。

「いまはまだダメです。これは私のストーリーになるんだから。いや、もちろん、我々の、です。でもとにかく、犯罪捜査課のかしこぶった男に台無しになんてさせませんよ。いま警察が捜査を始めたら、こちらは自由に動けなくなる。だが、我々はもっと多くを探り出したい。違いますか?」

僕はフォークを皿に置いた。

「でも、我々がなにより望むのは、人がもうひとり死ぬのを防ぐことですよね。事件の加害者は、無罪判決が出たからといって、なにごともなかったようにもとの生活に戻るわけじゃない。少なくとも全員がそうではない。たとえばヘルマーは、恋人のイローナを犯罪に引っ張り込んだ罪を、死ぬ前にとうに償っていましたよ。ミルコ・レーマンは心理セラピーを受けていたんですよね。彼を見つけないと。できるだけ早く。そして警告しないと」

「わかりました」アルタイは僕を安心させるようにうなずいた。「私にはフェルナウさんとは別の手段がある。警察にはこちらに借りのある人間がいくらでもいるのでね。レーマンは私が見つけますよ。安心してください。だが、見つけるまでにこちらで積極的にいろいろ調べ始めたい」

アルタイはビールを飲み干すと、口をぬぐった。

「どういう意味です?」

「彼らと話したいという意味です。カティア・ヘルデゲン、ザビーネ・クラコヴィアク、ルーペルト・シャルナーゲル、〈よれよれ女〉ロスヴィータ。それにオトマー・コプリーンとも」

「ロスヴィータ・マイスナーの住所ならわかりますよ」

「素晴らしい。それに私のほうは、リヒターフェルデ地区にあるヘルデゲン邸の住所をまだ持っています。ふたりで分担しましょう。私はヘルデゲン、フェルナウさんはマイスナー。コプリーンとシャルナーゲルはふたり一緒に当たりましょう。さて、彼らがなにを話してくれるか——ユーレちゃん？」

アルタイは手を振ってユーレに合図を送り、コーヒーを二杯注文した。

「いよいよ手に入るんだ。復讐を遂げるために歩きだす人間たちのグループの、正真正銘、本物のストーリーが」

アルタイは取り出した紙を集めて、アタッシェケースに戻した。

「で、ファーゼンブルク警部には？」と、僕はしつこく食い下がった。

アルタイはアタッシェケースの蓋を閉めて、テーブルの下に戻した。

「もちろん、彼にも知らせましょう。でも私が写真を撮るまで待ってもらわないと。それに、ストーリーを手に入れるまで」

僕の携帯が小さな音で鳴って、ショートメッセージを受信した。ザロメからだ。「今晩そっちに行く」彼女はそう書いてきた。僕の心臓がどくんと跳ね上がった。

僕の表情にも変化があったらしい。

「なにかいいことでも？」と、アルタイが訊いた。

「ノアック検事からです。今日、後から打ち合わせをすることになってるんです」

「我々のこの件で？」

アルタイは僕の件を早速我々の件にしてしまった。気を付けていないと、すぐにすべてが彼の件になってしまいかねない。アルタイはいまだに、我々の使命が大スクープをものにすることではないのを理解していない。我々がしなければならないのは、さらなる悲劇が起きた後にそれについて書くことではなく、それを未然に防ぐことだ。

「いや」と、僕は答えた。「別件です」

「ノアック検事には、我々の調査のことは言わないでくださいよ」

ユーレが二杯のコーヒーを僕たちの前に放り投げるように置くと、急ぎ足で離れていった。

「いまはまだ話しちゃだめだ」アルタイは勝ち誇ったようにコーヒーに砂糖を入れてかき混ぜ、スプーンをなめると、カップから一口飲んだ。そんな彼の顔は、すでにいまから第一面のレイアウトと、そこに載る彼の名前の大きさを思い描いているかのように、期待で輝いていた。あとじっくり考えねばならないのは、見出しだけだ。

けれど僕は、アルタイの自信と確信を共有する気にはなれなかった。なにしろ彼はまだコプリーンを知らない。

改装工事を試みた形跡はあった。コンクリートの外壁には新しいペンキが塗られ、窓も新しくなっており、玄関前の照明も明るかった。それでもその建物は、相変わらず賃貸団地のままだった。巨大な四角い箱のようなそれは、建築熱に取りつかれていた一九六〇年代の東ドイツに典型的な天を突くほど高い建物で、手早く住居スペースを増やす目的で机上で描かれた製図のみをもとに建てられていた。個人を均一化する社会主義社会に対して現在の視点から少しばかりケチをつける役にさえ立たない。なにしろこういった建物は、壁崩壊前のものだろうと後のものだろうと、同じように醜いのだから。

ヤコビーナー通り。マイスナー。八階。

僕はその名前の書かれた表札横の呼び鈴を押して、待った。返答がなかったので、歩道まで数歩下がって、頭をのけぞらせ、そもそも八階に人がいるのか確かめようとした。八階には明かりのついた窓も暗い窓もあり、どれがどの表札に対応しているのかはわからなかった。

もう一度、呼び鈴を押してみた。三度目で横にある小さなスピーカーからパチパチという音がして、それから女性の声が聞こえてきた。

「はい？」

「マイスナーさんですか？」

沈黙。僕は大きく息を吸い込むと、これまですでに五百回は留守番電話に吹き込んできた言葉をもう一度繰り返した。

「オトマー・コプリーンのことで、お話ししたいことがあります」

「誰ですって？」

「コプリーン。ゲルリッツのオトマー・コプリーンです」

心臓が二回打つあいだ、なにも起こらなかった。ロスヴィータ・マイスナーの声を聞くことは二度とないだろうと思い始めたとき、ドアが内側から開いた。ふたりの少年が走り出てきて、危うく僕を突き飛ばしそうになった。

「上に行きます」僕はインターホンに向かって言った。ロスヴィータがまだ聞いているかどうかはわからなかったので、しばらく待ったが、ドアが再び閉まる前に僕は建物のなかに入った。

それから永遠にも思えるほど長い時間を経て——エレベーターがまだ建築当時の時代のものだったのだ——僕は八階の暗い共用廊下に降り立ち、必死で電灯のスイッチを探したが見つからなかった。ずっと奥のほうで、住居のドアが開いた。隙間から玄関口の照明の光が細い筋状になって、共用廊下のリノリウムの床に落ちた。直後に、人影がその光を遮った。

「マイスナーさん？」

ロスヴィータ・マイスナーは、ドアにチェーンをかけたまま細く開けていた。フライタータ夫人と同じだ。だが、僕の猫好きの隣人よりは若く、どうやらペットも飼っていないようだ。僕より頭ひとつ分小さく、年齢はおそらく僕と同じくらいだろう。フェッダーの運転手が彼女を描写するために選んだ奇妙な言葉が、僕の頭に浮かんだ。「よれよれって感じ」。やつれた冴えない女性。ロスヴィータ・マイスナーは、そのとおりの女性だった。白髪がたくさん混じった髪は、ブラシを当てられることもないまま肩にかかっている。痩せていて、少し猫背で、顔には深い皺が刻まれ、僕を見る目には不信と警戒がある。

「なんの用ですか？」

「お話しさせていただきたくて来ました。お邪魔してもいいですか？」

「なんの話ですか？」

「コプリーン氏と、ほかのお友達の話です。リッテン通りのお友達の」

「友達なんていません。それにコプリーンなんて人も知りません。なにかの間違いじゃないですか」

ロスヴィータ・マイスナーがドアを閉めようとしたので、僕は隙間に足を入れた。

「ただお話ししたいだけです。私はマルガレーテ・アルテンブルクの弁護士でした。アルテンブルクさんのことは、マイスナーさんもご存じでしょう。最近、亡くなりました。憶えておられますか？」

「いいえ、なんの話かさっぱりわかりません」

僕たちの声は、空っぽの長い共用廊下に響いていた。僕はあたりを見回した。エレベーターのドアがちょうど閉まるところだった。

「どうかなかに入れてください。なにもしませんから」

ロスヴィータは僕をじっと見つめた。その目は灰色だった。空っぽの灰色の目に、僕の姿が映っていた。小柄な女性の住居に無理やり押し入ろうとしている大柄な男。僕は足をどけた。

「警察へ行ってもいいんですよ。検察局でも」

僕がそう言うと、ロスヴィータはあざ笑うように鼻を鳴らした。意外だった。

「ちょっと、本気で怖いんですけど。なんなんですか？　酔っぱらってるの？　私のことは放っておいてください。明日、朝早いんで」

稲妻のような素早さで、ロスヴィータはドアを閉めた。なかから何度も錠を回す音が聞こえた。

「マイスナーさん！」

僕は何度かドアを叩いてみた。それから耳を澄ませた。死の静寂。おそらく彼女のほうも僕と同じようにドアの向こうに立って、様子をうかがっているのだろう。

「コプリーンのことを話したくないなら」と、僕は言った。「娘さんのことを話しませんか？」

沈黙。

「マイスナーさん、なにがあったのかはわかっています。でも、あなたとお仲間のしていることは、解決にはなりませんよ」

無反応。

「娘さんがそんなことを望んだと思いますか？」

「あんたなんかに……」

そこで声が途切れた。僕は諦めた。ところがそのとき突然、再び錠が回って、チェーンが外れる音がした。ドアが開いた。ロスヴィータ・マイスナーが僕を凝視していた。

「あんたなんかに、私がなにを思りかなんてわかるわけない」


ロスヴィータ・マイスナーは、ずっと新聞配達をしてきたわけではなかった。二十年ほど前、まずまず美しい女性だった彼女は、ウーヴェと出会い、ふたりは人生をともに歩もうと決めた。それはやはり、愛と呼べるものだったのだろう。天にも昇るような心地の恋ではなく、どちらかといえばタイミングと状況が合った結果だったとはいえ。ふたりともすでにじゅうぶん大人で、人生にそれほど大それた望みを持ってはおらず、ヘラースドルフ地区にある居心地のいい三部屋のアパートで結婚生活を始めて、満足していた。夫婦は小さな幸せを手に入れられるだろうと期待していた。大きな幸せなど望んでいなかった。だが娘のカトリンとともに、その大きな幸せがやってきた。

ロスヴィータ・マイスナーは、すべてを捨てずに保管していた。ベビー服、小さな靴、おしゃぶり。カトリンが落書きをした色紙。最初に書いた文字。かわいらしいラブレター。母の日のカード。クリスマスプレゼントのお願いリスト。六冊のファイルいっぱいに、娘が描いたり切り貼りした絵が保存してあった。十二冊のフォトアルバムが写真でいっぱいだった。カトリンとともに生きた一年につき一冊。ロスヴィータはアルバムを僕に手渡し、僕は笑顔に溢れたカトリンの短い人生に目を通していった。誕生日会、休暇旅行、動物園訪問、パイ投げ、大晦日（おおみそか）の鉛占い、歯の抜けた口、三輪車、ローラーブレード、自転車。最後のアルバムをめくる僕の手は、どんどん緩慢になっていった。最後のページにたどり着く前に、僕はアルバムを閉じた。

「なにがあったんですか？」

ロスヴィータ・マイスナーは肩をすくめると、居間の窓にかかったカーテンの向こうの暗闇を見つめた。ずっと遠くで、雨雲が作る非現実的な靄（もや）のなか、テレビ塔の照明が光っていた。

「グルーネヴァルト地区に行ったの。娘は青信号で道を渡った。あのトラックも同じことをした。運転手にはあの子が見えてなかった。音がしたの。いまでもまだ、ときどき聞こえる。あのときは、あの音が直接私の頭のなかに入ってきて、出ていってくれなかった」

ロスヴィータは額にかかった髪をはらうと、足元を見つめた。安物のフェルトのスリッパを履いた、自分の小さな足を。

「あの子、まだ生きてた。それほど長い時間じゃなかったけど。私はあの子の手を握ってた。右手。左手は……もうなかった。あの子、マミー、助けてって言ったのよ。何度も何度も、マミー、助けてって。それから、寒いよ……マミーって」

ロスヴィータの声は、かすかなささやきになっていた。死にゆく我が子の傍らで過ごした最後の瞬間を彼女が追体験するのを、僕は黙ったまま見つめていた。

「いつのことですか?」

「六年以上前」

「で、運転手は?」

「罰金刑」

僕は、手に持っていたアルバムをほかのアルバムのもとに戻した。ロスヴィータは両手で顔をこすった。まるで顔を洗うかのように。目に見えない涙のすべてを——彼女が流してきた、けれど誰も目にしなかった涙のすべてを拭うかのように。

「ドブリ・ミラー」と、ロスヴィータが言った。「百五十ユーロするの。死角が三十パーセントから四パーセント以下に減るミラーなの。法律で義務付けようっていう動きがあったんだけど、実現しなかった。どこかの政治家や、法律をあれこれ捻じ曲げる人間がいつもダメにしちゃって。古いトラックに後からこのミラーをつける義務は法律にならなかったし、新しいトラックに付けられるミラーさえ、ドブリ・ミラー並みの安全基準は満たしていない。下請けの小さい会社は、法律で義務化されない限り、どこもドブリ・ミラーを買ったりしないわけ」

「義務化されていないんですか？」

「されてないのよ。義務化するには、ヨーロッパ全体で統一する必要があるの。いまのところは、普通のミラーを付ける義務しかない。それも、二〇〇七年以降に運行許可の出た新しいトラックにだけ。つまり、少なくともあと十五年は、四つ目のミラーなしのトラックが我が国の道路を走るってわけ」

「どうしてそのドブリってやつをすぐに導入しないんですか？」

「交通省に訊いて。それか欧州理事会に。やつらがずっとやらない言い訳してるんだから。ドブリは安全性にリスクがあるとか。ドブリは視界を狭めるとか、フロントガラスに当たって振動するとか。でもオランダではもう何年も前に導入してるのよ。振動なんてしてない。おまけにオランダの死亡事故は半減した。なのに、この国ではロビイストがいろんな省に自由に出入りしてるから。ドブリみたいなミラーはお金がかかる。そんなお金、どうしてもってならない限り誰も払いたくないのよ」

欧州理事会。ザロメの夫のミュールマンは欧州理事会の顧問だ。あの男の名前は、うまく頭から追い出したと思うたびに、また浮かんでくる。しかも毎回、彼の印象を悪くする文脈で。

ロスヴィータの手は細かった。きっと冷えているのだろう、寒さに震えるかのように手のひらをこすり合わせている。百五十ユーロ。ロスヴィータの娘の死は、事故のせいではなかった。貪欲のせいだったのだ。それに、法を定める者たちにその貪欲さを罰する気がなかったせいだった。

「私、一年間、仕事を病欠した。以前はパン屋の店員だったの。でも、一年たったらとっくに代わりの人が入ってた」

「ご主人は？」

ロスヴィータは黙り込んだ。やがて、アルバムを一ミリ単位できっちり揃えて、ふたつの山にした。

「私たち、乗り越えられなかった。一緒には」

ロスヴィータは立ち上がると、一つ目のアルバムの山を、棚のもとあった場所に運んでいった。

「運転手の裁判は、リッテン通りの州裁判所であったんですか？」

「そう」

「そこでほかの人たちと知り合ったんですか？」

アルバムの山がロスヴィータの手から床に滑り落ちた。拾うのを手伝うために、僕は彼女の側に行って、床にかがんだ。一冊のアルバムは、落ちた拍子にページが開いていた。よりによって十二冊目の、よりによって最後の写真が、空っぽのページの横にあった。それは、長い茶色の髪をお下げにした可愛らしく陽気なカトリンが、新しい自転車の横に立っている写真だった。ハンドルには大きな赤いリボンと、ふたつの風船がくくりつけられていた。風船に描かれているのはポケモンとダンボ。カトリンは輝くような笑顔だった。ロスヴィータはその写真を見つめ、優しくなでると、唐突にアルバムを閉じた。

「そうよ。たくさんの人と知り合った」

「そして、みんなで計画を練ったんですね」

「ううん。私たち……私たちは、お互いに助け合ってたの。折り合いをつけるために。起きたことと折り合いをつけるため、それと、裁判の結果と折り合いをつけるために。それだけよ」

「私たち、とは誰ですか？」

「だから、ほかの人たちよ。もう憶えてない。ずいぶん前のことだから」

「まだ連絡を取り合っていますか？」

ロスヴィータは僕の視線を避けた。ここまでは正直に答えてくれている。だが、これから嘘が始まるのだろう。

「取ってない」

「ほかの人たちの身になにが起きたか、憶えていますか？」

ロスヴィータはため息をついた。

「もう考えたくないの。ねえ、理解するのそんなに難しい？　もうこのことにはケリをつけようとしてるのよ」ロスヴィータは、ほかのアルバムもすべて棚に戻した。「許そうとしてるの」

ロスヴィータは部屋を出ていった。冷蔵庫が開く音、グラスがぶつかる音が聞こえた。狭いアパートだ。一部屋に小さな寝室といったところか。この居間は直接廊下に続いている。そして、その廊下にはさらに四つのドアがあったことを、僕は憶えていた。バスルーム、キッチン、寝室、玄関。廊下は体の向きを変えることさえできないほど狭かった。この居間の棚とカウチは新しくはないが、きちんと手入れが行き届いている。カウチテーブルは、中流の家具店で作られた、堅実な職人仕事だ。ただ、安物のメリヤス織の絨毯と灰色のカーテンだけが、後からこの部屋に持ち込まれたもののように見えた。必要最小限のものしかいらなくなった後に。安いものを買わざるを得なくなった後に。もはや寛げる家庭ではなく、単なる住まいしか必要でなくなった後に。僕は立ち上がると、棚のガラス扉の奥に置いてあるものを眺めた。グラスが数個、フリントガラスの灰皿がふたつ。それに塩入れひとつ。それは白いプラスチック製の塩入れで、四面すべてに青いFの字が印刷されていた。そのFには、見覚えがあった。便箋の左上に、商業ビルの上に掲げられたネオンサインに、そして建築現場を囲う大きな板に、同じロゴを見たことがあった。

ロスヴィータは水を入れた二つのグラスを持って戻ってくると、それをカウチテーブルに置いた。

それからカウチに腰かけて、ジョギングパンツの皺を伸ばした。何度も何度も。僕はグラスを取って、一口飲んだ。

「できるんですか？　許すことが」と、訊いた。

「できるときと、できないときと」

どこにも写真が飾られていないことに、僕は気づいた。ドライフラワー、デジタル気象計、窓台には陶製のハリネズミが二匹。薄黄色の小花模様の付いたコバルトブルーの中国の花瓶、それに、独り身の女性たちが「寛いだ雰囲気」なるものを出すために飾る、つまらない通俗的ながらくた。だが、写真は一枚もない。夫のものも、娘のものも。

「ユルゲン・フェッダーのことですが」僕はそう言って、待ち構えた。ここで真実と嘘のどちらが優勢になるか。「あのとき、なにがあったんですか？」

「偶然だったのよ。私は急いでて、ちょうど角を曲がった瞬間にあの人が車から降りた。それで、私が押してたショッピングカートがぶつかったの。きっとすごく痛かったと思うけど、彼はそんなそぶりは見せなかった」

「それ以前にも、フェッダーの姿を見かけたことがありましたか？　たとえば州裁判所とかで」

ロスヴィータは眉間にしわを寄せて、考えた。

「ううん。ないと思う。自分が突き飛ばした相手が誰だかわかって、自分でも驚いたんだから。フェッダーは、私をそのままパーティーに連れていった。私は本当は嫌だったんだけど。でもあの人は、他人がどう思うかなんて考えるような人じゃなかった」

ロスヴィータはグラスを手の中で回した。フェッダーのことをほとんど知らなかった割には、驚くほどその性格を的確に言い当てている。

「急いで食べ過ぎて、喉を詰まらせたの。恐ろしかった。私の目の前で真っ青になって死んだんだから。私にはなにもできなかった。ただ隣に突っ立って見てただけ。あの瞬間には、彼が死んだことがよく理解できなかった。あんなにあっさり、泥だらけの地面に倒れて死ぬなんて。いつも金持ちは金持ちらしい死に方をするもんだと思ってたから。絹のシーツの上でとか。車をすごいスピードで走らせてるときとか。若くてきれいな女の腕のなかでとか。まさか工事現場で、他人に取り囲まれて独りきりで死ぬなんて」

ロスヴィータの口調には戸惑いがあった。驚きさえも。けれど同情しているようではなかった。ロスヴィータは水を飲み干すと、グラスをカウチテーブルに置いた。

「ユルゲン・フェッダーが、お嬢さんとなんの関係が？」

「なにも」と、ロスヴィータは答えた。

僕は身を乗り出した。彼女は目を逸らして、僕の背後の廊下に、壁に、台所になにかを探した。だが、彼女を助けてくれる人間はどこにもいない。ロスヴィータが再び神経質になるのを僕は感じた。

「信じられませんね。フェッダーが誰なのか、どうして知っていたんですか？　フェッダーがゲルリッツでどんなことをしたのか、どうして知っていたんですか？　マルガレーテ・アルテンブルクから聞いたんですか？　それともオトマー・コプリーンから？」

僕の最後の言葉で、ロスヴィータはびくりと体を震わせた。その視線が、不安げに再びドアへと向かった。だが、僕がここに座っているかぎり彼女に逃げ道はない。

「コプリーンはどういう経緯で、あなたがたの仲間になったんですか？　彼はどうして参加したんですか？　いったいなんのために？」

「あの……あの人は、マルガレーテと一緒に来たの」

「あの人はマルガレーテのことがすごく好きだった。たぶん昔、恋愛関係があったんじゃないかなと思うんだけど。でも、はっきりとはわからない。あの……あのグループにアイディアを持ち込んだのも、あの人なの」

ロスヴィータは再びささやき声で言った。まるで壁に耳が付いているかのように。僕は彼女の言葉をよく聞き取ろうと、身を乗り出した。

僕は深呼吸をした。「殺人のアイディアですね」

「違う」ロスヴィータは否定した。「ただ話をしただけ。それだけよ。確かに一度か二度、想像したことはあるわ。もしも……って。でも私はフェッダーを殺してない。あの人は勝手に死んだの。あっさりと。ときどき、そういうことってあるものよ」

「誰の利益になるのか（クィ・ボノ）？」

「え？」

「フェッダーの死が、誰の利益になったのか。マルガレーテ・アルテンブルクの？　それともオトマー・コプリーンの？」

「誰でもない。さっきから言ってるでしょ」

「マルガレーテとコプリーンは、ふたりで一組だったんですか？　それとも、ふたりともそれぞれの復讐を遂げた？　フェッダーを狙っていたのは誰です？」

「知らない。私はなにも知らない。帰って」

「誰に電話をしたんですか？　電話の相手は誰だったんです？　コプリーン？　マルガレーテ？」

　ロスヴィータは唇を引き結んで、首を振った。もはや僕の目ではなく、足元の絨毯を凝視している。

　これでは埒が明かない。怒りのあまり彼女の肩をつかんで、揺さぶりたいくらいだった。ロスヴィータ・マイスナーはすべてを知っている。計画のすべてを。そして僕は心の奥のどこかで、すでにかなりの部分が明らかだとはいえ、この計画にはまだ秘密が隠されているという感覚にさいなまれていた。五件の殺人。周到に計画され、一部はすでに遂行された。五人の犯人。ところが、六人目がいる。どれほど好意的に考えても脇役だとはとうてい思えない謎めいた人物――オトマー・コプリーンが。コプリーンは本当に、グループのなかでただの傍観者だったのだろうか？　大都市ベルリンでマルガレーテをサポートするだけの人間だったのだろうか？　マルガレーテがフェッダーに対する殺人計画を練るあいだ、傍で支えるだけの人間？　黙って控えめに皆の話に耳を傾け、理解を示すだけの人間？　まさか。

「マイスナーさん」僕はできるだけ穏やかに呼びかけた。「もしいまここで話していただけないのなら、警察へ行きます。そうなると、あなたがたにはまず勝ち目はない。でも、もしここで打ち明けていただけるなら、お力になれるようやってみるつもりです」

ロスヴィータはいまだに床を見ている。だがそこで、ほとんどあざ笑うかのように首を振った。

「誰に電話したんです？」

ロスヴィータが顔を上げた。

「誰にも。すぐにあの場を立ち去った。チラシの入ったショッピングカートがまだ外のどこかに置きっぱなしだったから、見つけないといけなかったの。でも、結局最後まで配ることはできなかった。後で給料から引かれたわ」ロスヴィータは淡々と、まるで暗記した文章を読むように話した。まるでいますでに警察で証言しているかのように。「だから辞めたの。あの仕事、給料は悪いし、支払いもいつも遅れるから。二週間後にアスパラガスの収穫の仕事をもらうことになってる。天気がよければ」

「誰に電話したんですか?」

「電話なんてしてない。ショック状態だったんだから。あの場にいたほかのみんなと同じよ。どうしてほかの人たちに話を聞かないの?」

「彼らのなかには、通りに出てすぐに誰かに電話をかけて、大声で笑っていた人間はいないからですよ」

「笑った?」と訊いたロスヴィータの声は、突然か細く、空虚になった。

「最後にもう一度だけ訊きます」僕は言った。「誰に電話したんですか? あのときその電話をきっかけに、なにが始まったんですか?」

ロスヴィータは跳び上がった。「帰って。いますぐ」

「どうして笑ったんですか?」

ロスヴィータは部屋を出ていこうとしたが、僕はその前に立ちふさがって彼女の肩をつかんだ。

「放して! 痛い!」

「電話で誰と話したんですか、マイスナーさん? コプリーンとですか? 誰に電話したんですか?」

「誰にも電話なんてしてない!」

「誰にです?」

「私にだよ」

その声に振り向くと、目の前にオトマー・コプリーンがいた。それに、ロシア軍のピストルの銃口があった。頭に衝撃を感じた瞬間、薄黄色の花模様がついたコバルトブルーの陶器の破片の雨が、暗い夜に降り注いだ。

五

三月二十一日土曜日、午前〇時四十五分。
ポツダム広場内ソニーセンター。映画博物館でのレイトショーの終映後。

この時間になると、通りはその日最後の賑わいを見せる。解き放たれた羊の群れのように、大勢が通りの狭間から広々した空っぽの交差点へと流れ出てくる。ある者は目的地へ向かってせかせかと、あるものは途方に暮れ、心を決めかねるように。最終の地下鉄に乗るか、それともやはり平凡で個性のないバーのどれかに入るかと迷いながら。そんなバーは、世界中のどこにでもある——東京の空港、ルーヴル美術館のなか、オルデンブルクの歩道。どれも互いに見分けがつかないほど似ている。壁にかけられた細工を施して古く見せかけた白黒写真はすべて似たり寄ったりだし、ブラッディマリーはどこでも退屈な味で、清掃が楽な合板カウンターの奥にいるバーキーパーの深夜特有の無関心な顔まで同じだ。

その女は一瞬、光を反射するドアの前で立ち止まり、客が半分ほどしか入っていない店内に視線を走らせた。バー〈ビリー・ワイルダー〉は、偉大なベルリンの映画監督へのオマージュだということだが、月並みなバーから脱皮できないままでいる。ここポツダム広場にあるほかのすべてもそうだ。個性のないショッピングセンター、うわべだけは優雅なホテル、ファストフードチェーン、ドーナツをどんどんさばくだけの店。人の心をざわつかせる大胆さもなければ、平凡な精神を傷つける可能性のある鋭いエッジもない。このポツダム広場は、大衆の大部分を占める平凡な人間たちのために造られたのであり、その使命は機能的であること、利益を出し金を儲けることだ。それをもたらしてくれるのは大衆であり、個人ではない。

女は結局バーに入るのはやめにして、きびすを返すと、彼が運転するタクシーへと向かってきた。

彼のタクシーは、客待ちの列の三番目に並んでいた。だから彼は、女がわざわざ自分の車を選んだことをいぶかしく思った。彼は、先ほど休憩が終わって、毎晩この時間にするように客待ちの列に並んだときから、女を観察していた。印刷所から出てきたばかりの新しい新聞の見出しをぼんやりと眺めながら、常に歩行者にも目を配っているのだ。女は先ほど、若者たちのグループと一緒にソニーセンターからポツダム通りに出てきた。彼は、いったいあの女はなんの映画を見たのだろうと考えたのだった。なにしろ、興奮したスズメバチの群れのようにほろ酔いで笑いさざめきながら、いまバス停を占領している郊外住まいの子供たちのなかで、女は浮いていたからだ。ボーデ美術館の彫刻コレクションから出てきた人だとしてもおかしくなかった。またはアメリカ記念図書館からでも、ベルリン・フィルハーモニーのコンサートからでも、新ナショナルギャラリーからでも。ただ、どれもこの時間にはすでに閉まっている。

女は彼のタクシーのウィンドーの横に立って、煙草に火をつけた。喫煙者か。これは意外だった。彼はウィンドーを下げた。

「カーロウ・ノルトまで行きたいんですけど」と、女は言った。「煙草、吸いながらでもいいかしら？」

彼は肩をすくめた。カーロウ・ノルトまではこの時間ならせいぜい三十分だ。三十ユーロの儲けを、煙草一本のせいでふいにする馬鹿はいない。

女は車を回り込んで、後部座席のドアを開けた。女が乗り込むあいだに、彼はタクシーメーターを入れて、シートベルトを締めた。

「カーロウ・ノルトのどこへ？」

「近くまで来たら言うわ。かなり郊外のほうなの」

煙草の煙の奥から、女の香水の香りが漂ってきた。温かく重い香りで、なにかの祝い事やオペラ訪問などにふさわしい。必ずしも〈シネマックス映画館〉でのレイトショーに行くためにつけるものではない。

「映画を見たんですか？」

そう訊くと、女は頷いた。彼はウィンカーを出して、バックミラーにちらりと目をやった。

「なにを見たんですか？」

「古いヒッチコック映画。映画博物館がレトロ映画の上映をしてるの。客は私ひとりだった」

彼はうなずいた。彼女はまさにそういう人に見える。夜中に空っぽの映画館で、パチパチ音を立てる古いトーキー映画を見る、もはや流行の最先端とはいえないスーツに身を包んだ、もはやそれほど若くない孤独な女性。

「『マーニー』ですか？」彼は発車した。「『フレンジー』？『裏窓』？」

女は楽しそうに首を振り、窓から外を見たまま、答えなかった。

「『レベッカ』？『めまい』？『北北西に進路を取れ』？」

ついにバックミラーで女と視線が合った。彼は一瞬、道路を見てから、また視線を戻した。

「『ダイヤルMを廻せ！』？『サイコ』？『鳥』？頼みますよ、いま言ったなかのどれかでしょう？」

彼はアクセルを踏んで、巨大な八角形のライプツィヒ広場を突っ切った。暗がりでは女の瞳の色はわからない。運転に集中しなければならないいまこの瞬間にも、女にバックミラーでじっと見つめられているのを感じた。

「『暗殺者の家』？」

「かなりいい線行ってる。ヒッチコックがお好きなの？」

「古い映画が好きでね」彼は答えた。

個人的な趣味を客と分かち合えるとわかると、彼はいつも嬉しくなる。たいていの場合、客との会話は天気やガソリンの値段や、特に夜、男性客を乗せるときには、売春宿の品定めと決まっている。

女が顔を窓の外へと向けた。ライプツィガー通りが過ぎていく。高層ビルの合間を抜けてアレクサンダー広場に近づくにつれて、道はどんどん広くなる。運転は順調だった。道路はほとんど空っぽだ。左の二車線はトンネルへと消え、右手ではフィッシャーインゼルが飛び過ぎていく。モルケンマルクト、向かい側にはニコライフィアテル、そして赤の市庁舎。やがて州裁判所の堂々たるシルエットが現れる。広大なホール、装飾を凝らしたバルコニー、巨大なシャンデリアを備えたヴィルヘルム時代のユーゲントシュティール建築だ。見る者に畏敬の念を抱かせる建物だと、ここを通り過ぎるたびに彼は考える。そして、自分の人生はさまざまな面で変わったというのに、なぜこの建物への畏敬の念だけは変わらないのだろうと自問する。もしかしたら、この街を出て、もう一度、一から始めるべきなのかもしれない。すべてがここよりも美しい、どこかの暖かな国で。

「お客さんは？」気を逸らすために、彼は尋ねた。「なにがお好きですか？」

女はコングレスハレ横での信号待ちの短い時間を利用してウィンドーを下ろすと、煙草の吸殻を車道へと投げ捨てた。

「なにも」というのが答えだった。

どうやら、これ以上話をする気はないようだ。信号が青になったので、彼はアクセルを踏んだ。シェーンハウザー・アレーまで来ると、ここプレンツラウアーベルク地区でいまだに夜遊びしている大勢の人間たちに注意を集中させた。だが、グライフスヴァルダー通りを過ぎたところで人通りはぐっと少なくなり、ヴァイセンゼー地区はすっかり眠りのなかだった。彼は、パンコウ地区を通り過ぎたら少しだけ高速に乗り、カーロウ方面の一つ目の出口から出ようと決めた。女はいつの間にか目を閉じ、頭をそらせている。どうやら眠っているようだ。バックミラーで女のそんな姿を見るたびに、なんだか禁じられたことをしているような気分になる。突然、女が目を開けた。その視線があまりにまっすぐこちらへ向けられたので、彼は思わずハンドルを切り損ねそうになった。

「いま、どこかしら？」

「もうそんなに長くかかりませんよ。もうすぐ着きます」

女は姿勢を正すと、ウィンドー越しに外になにがあるかを見ようとした。車はいま、ベルリンの北のはずれ、廃墟がまばらに散らばるかつての工業地帯を走っていた。

「停まってもらえる？」

「ここで？」

黄色い光に照らされた広い州道が、荒んだ景色のなかに消えていく。ヘッドライトが、排ガスと煤で真っ黒になった枯れた木々の枝を照らしている。側溝にはゴミが捨てられている。

彼は速度を落とした。

「こんなところ、なんにもありませんよ。見渡す限り。カーロウまでは……」

「お願い」

彼は道路の端に車を寄せられる場所を探した。結局、野道への入口を見つけた。穴だらけの道だ。ガタガタ揺れながらその道を十メートルほど走ったところで、彼は車を停めた。エンジンはかけたままにしておいた。

「すぐに戻るから」

女はそう言って、姿を消した。

彼は待った。

タクシーメーターは三十二ユーロを表示していた。彼はエンジンを切ると、耳を澄ませた。州道を一台の車が通り過ぎていく。その音が消えると、彼の耳は静寂に慣れた。どうするべきかと考えた。女が姿を消してから、すでに数分たっている。探しに行くべきだろうか？　気分が悪くなったのかもしれない。彼女がどんな靴を履いていたか、思い出そうとしてみた。とにかくハイキングブーツでないことは確かだ。ヒッチコック。古い映画。突然、自分自身が白黒映画の登場人物になったような気がした。晴れた夜空が街を覆っている。何百万人もの人がこれほど近くにいるというのに、彼はいま、その街のはずれの荒れ果てた地で、ちょうど三十三ユーロに変わったばかりのタクシーメーターを前にしている。

もしかして女は気絶しているのかもしれない。それとも足をくじいたか。彼はウィンドーを下げて、暗闇に耳を澄ませてみた。だがあたりは静かなままで、聞こえるのは、遠くの街の鼓動とも、彼自身の鼓動とも判別のつかない暗いざわめきのみだった。

彼女をこのまま放っておくわけにはいかない。少なくとも見つける努力はしなくては。自分にはその責任がある。女に対しても、ヒッチコックに対しても、それにタクシーメーターに対しても。

彼はドアを開けて、車を降りた。その瞬間、なにかがおかしいと気づいた。彼女は近くにいる。ただ姿を見せないだけで。

「お客さん?」彼は呼んでみた。「どこにいるんですか?」

煙草の煙。彼は道を外れた。道端の斜面はあまりに急で、危うく落ちそうになり、ぎりぎりのところでなんとか踏みとどまった。女は、もはや使い道のなくなった土地に誰かが捨てた古いタイヤの上に座っていた。煙草の先端の光が動き、女が深く吸い込むと同時に大きくなり、二秒間、彼女の顔を照らし出した。

彼は怒って、女に近づいた。

「車のなかで吸えばいい。行きましょう。こんなところにいたら死んでしまう」

彼は女の前に立った。彼女はコートさえ着ていなかった。けれどハンドバッグは持っていた。膝の上に載せたそのバッグに、彼女は空いた右の手を突っ込んでいた。温めるためだろうか。このまま逃げようとしていたようには見えなかった。むしろここで彼のことを待っていたかのようだった。彼が追ってくると確信していたかのようだった。

「死んでしまいますよ」彼は、落ち着かない気分でそう繰り返した。

女性には慣れていなかった。彼に自分を追ってこさせようなどと思う女には、なおさらだ。女性たちがタクシーに乗り込み、料金を払って、また降りていく分には、まったく問題ない。だがときどき、酔っぱらいすぎた女性たち、寂しすぎる女性たちもいた。そういう女性たちからは礼儀正しく距離を置くことにしていた。だが目の前にいるこの女は、酔ってもいなければ寂しそうでもない。この女はおかしい。どこか違う。

女は煙草を吸いながら、言った。「そうね」

彼は着ていた革のブルゾンを脱いで、こわごわと、いつでも即座にひっこめられるよう身構えながら、彼女の肩にかけた。女はされるがままだった。タイヤはふたりで座るにもじゅうぶんな大きさだった。彼は女の隣に腰かけた。女がいつまでたってもぼんやり座って煙草を吸っているので、彼はその肩に腕を廻した。女はそれにも抵抗しなかった。ただ温めてやるだけだ、と、彼は自分に言い聞かせた。ふたりは一緒に、暗い斜面とその背後に広がる晴れた夜空を眺めた。

女がさらに一口、煙草を吸った。「もしかして死神はもう私を迎えに来てるかも。私たちのすぐ後ろに立ってるかもしれない」

彼は思わず身震いした。本当ならロマンティックな雰囲気になってもおかしくないところだ。男と女とひとつのタイヤ、ベルリンのブーフ地区の外れにある空き地、おざなりにコンクリートで固めたゴミだらけの道端の眺め。だが、最初からなにかが引っかかっていた。ロマンティックな女性は、夜中にひとりでタクシーに乗ってカーロウまで行ったりしないし、荒地の真ん中でタクシーを降りて、男が後を追ってくるのを待ったうえで、死のことを話題にしたりはしない。タクシーメーターはいまも動いている。彼は女の体温と、女の震えを感じた。そして心の奥の引っかかりは無視して、そのまま座っていた。

「たぶん、死神はいつもそこにいるんだ」彼は言った。「ただ俺たちが見たくないだけで。みんな、自分は永遠に生きると思ってるからな。ところが——パチン」

自分の顔が赤くなるのがわかった。死のことは話せない。考えることすら無理だ。やってみようとしたことはある。だがそんなことをしても、隕石のようなものが生の上に落ちてきて、すべてを葬り去ってしまった事実は変わらなかった。

「あの女の子のこと、いまでも考えることがある？」女が訊いた。

湿った冷気がシャツの内側に這い上ってきた。彼は女の肩から腕をどけた。

「なんの話だ？」

「事故の話よ」

心臓に杭が打ち込まれた。

「パチンって。そういう感じだったの？　パチン？　で、終わり？」

女は彼のほうに顔を向けた。女の瞳が見えた。冷たく激しい炎のほかにはなにひとつ映さない暗い瞳。

彼は目を逸らした。

「あの自転車は新品だった。長いあいだ楽しみに待っていて、ようやく大人用の自転車を手に入れたの。あの日、あの子はすっかり大人になった気分だった。大きく成長した気分だった。実際には、そんなに大きく成長することは結局なかったわけだけど」

女の態度は穏やかで、落ち着いていた。声は小さかった。非難めいてもいなければ、ヒステリックでもない。それはただ、ひとつの世界の終わりの冷静な要約だった。

「あの子は事故の後も、後部車輪のあいだで、数分間、生きていた。下半身が潰れても人はそう簡単に死なない。ショックで痛みを感じなかったから、泣き叫ぶこともなかった。きっとすごく静かだったんでしょうね、あのとき。あの静寂のこと、憶えている？　鳥さえも歌うのをやめた」

女はここで言葉を切った。まるで、彼がなにか言うのを待つかのように。実際、彼はなにか言おうとしたが、喉から出てくるのは、乾いてかすれた音だけだった。本当は言いたかった――あの静寂が、あれ以来ずっと彼とともにあることを。周りがどれだけうるさかろうと関係なく。そして、だからこそダイビングが好きなのかもしれないことを。深く水に潜ればもうなにも聞こえず、そこでなら安心できるから。水面から二十メートル、三十メートル下、重力もなく水の中に漂うのは、どこか生きたまま埋葬されているような感覚だ。どこか死んだような感覚だ。それに、自分があの日以来、一度も笑っていないことも、あの沈黙が、あの静寂が、自分をゆっくりと蝕みつつあることも、言いたかった。だが、彼はなにも言わなかった。彼女の話はまだ終わっていないような気がしたからだ。

「あの子の母親が傍にいて、娘の手を握ってた。母親には、なにが起きているのかわからなかった。娘の手が冷たくなって、小さな遺体をトラックの下から引っ張り出すのを母親に見せるのは酷だと思われて、どこかへ連れていかれた後も。あなたのトラックのタイヤからあの子の体の一部を剝がした男たちは、その後、医者に行くことになった。あの光景に心をやられて」

ゆっくりと、女はバッグに入れていた手を出した。そして、その手に握られていたライターで、新しい煙草に火をつけた。彼女の手もまた震えているのを、彼は見た。女は素早くまた手をバッグのなかに戻した。

「あんた、誰だ？」

再び、女が彼を見つめた。その視線から、彼は目を逸らすことができなかった。女の視線は突然、ほかのどんなものよりも彼の心の深いところに触れ、彼の心のなかを照らし出した。

彼はその視線に身を委ねた。視線が彼の魂の上を走り、すべてを見るのを許した。すべてを。

「あんた、誰なんだ？」もう一度、彼は訊いた。

「私は最終法廷。最後の質問をする」

この女は正気じゃない。立ち去ったほうがいい。すぐに。まだ間に合ううちに。だが、女の口調が、彼をその場に留まらせた。それは、彼がまさにその最後の質問をずっと待っていたからかもしれない。ついに答えることができるときが来るのを。

「そんな権利(レヒト)、誰にもらった？」

「正義(レヒト)なんてない。千五百ユーロの罰金に二年間の免停。それが正義？」

女は再び、バッグから手を出した。その手には、今度は小型のピストルが握られていた。

「命には命を」

彼はピストルを見つめながら、自分の恐怖感はこのピストルとはなんの関係もないと感じた。思わず微笑みが浮かんだ。この暗闇のなかで、それが彼女に見えていようといまいと、どうでもよかった。

女は最後にもう一口、煙草を吸った。先端の火が明るくなる。彼は女からそっと煙草を取り上げた。彼女は今度もまた抵抗しなかった。彼は苦い煙を肺に吸い込み、咳が出そうになるのをこらえた。それから、吸殻を湿った汚い地面に投げ捨て、足で踏みつけた。

「あれ以来、あのことを考えなかった日は一日もない。それに、あんな罪はどんなことをしても償えないってことも。あの後に残されたわずかな人生の時間じゃ、とても」

金属音が聞こえた。女がピストルの安全装置を外したのだ。突然、心が穏やかになった。

「よく考えたほうがいい。人を殺すと、あんた自身も変わってしまうよ」

「もうよく考えた。そして、私はもう変わってしまっている」

「あんたの心のなかにも、あの静寂が広がることになる」

「もうずっと前からそうよ」

永遠が終わるときが来た。

なんという耳障りな音。黒板をチョークで引っかくような。泥状の苔のような僕の意識のなかをその音は突き進み、そこにわずかな隙間を開けた。ちょうど僕はこの音を知っていると認識できる程度の隙間を。そしてこの音は滅多にいい知らせをもたらさないと。

呼び鈴の音だ。

神経が、すっかり切り離されていた手足の末端になんとかつながった後、僕は体を動かそうとしてみた。結果は、どこにあるのかよくわからない痛みだった。その痛みは呼び鈴がもう一度鳴った瞬間、頭のほうへと上ってきた。ということは、頭はまだついているのか。僕は苦労して体を起こし、自分がどこにいるのか確かめようとした。

そこは、疑いの余地なく僕の自宅だった。目の前には冷凍ピザの食べ残し。いつ食べたんだろう？　昨日？　百万年前？　埃の塊と、もうずっと前から探していたこげ茶色の靴下の片方が見えた。僕は居間の床に横たわっていて、ソファの下を覗き込んでいた。

再び呼び鈴が鳴った。僕は立ち上がり、めまいと吐き気と痛みとを無視しようと努めた。中度の脳震盪（のうしんとう）だろう。なにがあった？　原因は？　ピザを踏んで滑って、三日間意識を失ったままアパートに倒れていたのだろうか？　僕は体を引きずるように廊下へと出て、誰が来たのか確かめもせずに解錠ボタンを押した。それからバスルームへ行って、胃のなかのものをすべて吐いた。吐き終わって口をゆすいで戻ってみると、ザロメが廊下に立っていた。前回と同じデパートの紙袋を手にしていたが、僕の姿を見ると、それをそっと床に降ろした。

「どうしたの？　ひどい有様ね」

僕はわけがわからないまま彼女を見つめた。いまの体調を考えれば、見つめる以上の行為は無理だった。

「八時を少し過ぎたところよ。今日、行くって約束したでしょ」

今晩そっちに行く。

アルタイ。〈最終法廷〉。クラコヴィアク、ヘルデゲン、シャルナーゲル、ロスヴィータ・マイスナー、コプリーン。なにより、あのコプリーンの野郎。ザロメが近づいてきて、僕を抱擁しようとした。けれど僕は拒絶した。とにかく、人との文明的な交流はどんなものであろうとまだ可能な状態ではなかったからだ。まずは頭をはっきりさせなくては。

ザロメに、居間に座って待っていてくれと頼んだ。そしてシャワーブースに入ると、氷のように冷たい水を、冷たさが痛みを制御下に置くまで浴び続けた。そして、乾いていて清潔でまともに見えそうな服をクローゼットから適当に引っ張り出して身につけ、ザロメのもとに向かった。

ザロメはテーブルに食事の準備を整えていた。なんと蠟燭まで持ってきたようだ。僕が入っていったとき、彼女はちょうどその蠟燭に火をつけてマッチの火を吹き消すところだった。

テーブルの上には、小さなフランス製の生乳チーズ盛り合わせと鹿肉のステーキ、野菜を添えたロブスターの半身がふたつ、そしてたったいま栓を抜いたばかりのシャンパンのボトルが並んでいた。

ザロメが僕に期待に満ちた微笑みを向けた。一口ごとにまたバスルームへ直行する羽目になりそうだとはとても言えず、僕は恐る恐る席についた。ザロメは僕の正面に座った。渋めの光沢を放つ黒い絹のブラウスは、ボタンがひとつ多めに外されている。ブラウスに合う流れるようなラインのスカートと、息を呑むほどヒールの高い黒いエナメルのパンプス。髪は緩やかなウェーブを描いて肩にかかり、顔は蠟燭の光に輝いている。この女性のすべてが輝き光沢を放っていて、彼女の目の前にいると、僕は自分を普段よりもずっと不完全だと感じた。

ザロメはシャンパンボトルを手に取って、ふたつのウィスキーグラスに注いだ。僕のキッチンの棚で見つけたグラスに違いない。ザロメは片方を持ち上げると、僕が同じようにするのを待った。

「どうしたの？」僕が動こうとしないのを見て、ザロメが再び訊いた。

僕はバゲットを一切れ取って、皿の上でちぎって丸めながら、言った。

「ロスヴィータ・マイスナーの家に行ってきた」

そう言いながら、ザロメをじっと観察していた。彼女は目をわずかに細めた。だが、それだけだった。礼儀から興味を示す表情だ。あまりにも頻繁に、あまりにも多くを語りすぎてきた人間に向ける表情。

「そうしたら、そこでオトマー・コプリーンに会った。で、殴られたんだ。どうやってここまで来たのかわからない。君が呼び鈴を鳴らしたんでやっと目が覚めた」

ザロメは僕を待つのをやめることにしたようで、シャンパンを一口飲んだ。「理由があったの？」

「もう少しだったんだ。もう少しでロスヴィータは殺人と関わっていることを白状するところだった。それどころか、彼女がフェッダーを殺したのかもしれないんだ。彼女は、フェッダーの側にいた正体不明の女だったんだ。その場にいたんだよ、フェッダーが死んだとき」

「ほかにも何百人もいたんでしょ」

「君に死後解剖の手続きを取ってもらいたい」

ちょうどフランス製生乳チーズをほんのちょっぴり舌に載せたところだったザロメは、一瞬そのチーズを吐き出しそうに見えた。だが結局、飲みこんだ。

「死後解剖？　頭は大丈夫？　トリクシーになんて説明したらいいのよ！」

この件に関しては、トリクシーのことなど心の底からどうでもよかった。僕が口に出すまでもなくザロメはそれを感じ取り、その瞬間、どうやらまた彼女のなかの検察官が目を覚ましたようだった。

「犯罪があったと考える根拠はまったくない」

「ヘルマーの場合もなかった」

「それはまた別の話よ。フェッダーは知名度のある人間だった。彼の死体を死後何か月もってから解剖するのは、発見されてから二日たった死体を調べるのとはまったく違う影響を及ぼすことになる」

「誰に？」

「え？」

「誰に影響を及ぼすんだ？」

ザロメはナプキンを手に取って、必要以上に丁寧に口元を拭った。そして、スカートの上の一、二粒の食べこぼしを拾ってから、グラスをつかむと、一気に中身を飲み干した。

「どうしてマイク・アルテンブルクの書類をごまかした？」

ザロメはグラスを置いた。

「君と、マルガレーテとマイク、それにオトマー・コプリーンは、どんな関係なんだ？」

「完全に正気を失っちゃったの？」ザロメが囁いた。

「それに、ユルゲン・フェッダーとはどんな関係なんだ？」

「なにを言ってるの？」

「それから、ハンス－ヨルク・ヘルマーのことは、憶えていないと言ったな。それに、ヘルデゲン家の事件のことも。ハーケンフェルデ地区での刺殺事件はどうだ？　看護師のマーゴット・ポールは？　グルーネヴァルト地区で小さなカトリンを轢き殺したトラック運転手は？　全部出ていっちまったか？　ここは空っぽか？」

僕は人差し指で自分のこめかみをつついた。

「それとも、空っぽなのはそこか？」

僕は、純粋に解剖学的に見れば彼女の心臓があるはずの場所を指した。

「全部消えちまったのか？　まったく憶えていない？　顔も、名前も？　なにもかも、君たち検察官は素通りか？」

「全部事件でしょう！　個人的な悲劇よ！　確かに私は訴えを取り下げたことがある。司法修習時代に正検事の代理を務めた事件もあったかもしれない。でもね、六年たってるのよ。あなたは六年前の事件の詳細や依頼人を全部憶えているっていうの？」

僕は跳ねるように立ち上がった。突然、ザロメとテーブルを囲むことに耐えられなくなったのだ。だが、すぐに後悔した。痛みが悪意たっぷりに戻ってきたからだ。僕はザロメに背を向けたが、ザロメはすでに僕の後ろにいて、僕の背中を抱きしめた。

「お願い、信じて」ザロメは小声で言った。

首筋に彼女の息を感じた。僕の体に押し付けられた彼女の温かな体を感じた。そのほかにもいろいろ感じて、いますぐ彼女が欲しくなった。けれど、彼女が嘘をついているあいだは嫌だ。これほど大きな嘘をついているあいだは。

「マイク・アルテンブルクの結婚式の写真に写っているはずの花嫁は誰なんだ?」僕は訊いた。「それに、子供はどこにいる?」

ザロメは僕から体を離した。僕が振り返ると、ザロメはテーブルに向かい、携帯とアタッシェケースを手にして僕の横を通り過ぎようとした。僕はその前に立ちふさがった。

「話してくれ」

ザロメは答えず、僕の目をまっすぐ見ることもなく、反対側を通って出ていこうとした。僕は彼女の体を押し留めた。これが彼女に触れる最後かもしれないと知りながら。

「話してくれ。いますぐ」

「話すことなんてなにもない。まったく」

ザロメは僕から離れようとした。だから僕は、彼女にキスをした。

理由などどうでもよかった。僕はこのキスをしたかったし、彼女もそうだった。キスは体感で三時間ほど続き、乱れたままの僕のベッドの上で終わった。そこで僕たちは、地球が創られて以来お互いを知っているかのように愛し合った。まるで太古の昔からともにあったかのように。満ち潮と引き潮のように、太陽と月のように、昼と夜のように、すべての始まりを越え、陸地も水も暗闇も越えて。愛とは、言葉と疑念で摩耗しなければこれほど簡単なものなのだ。ただ自分を委ねさえすればこれほど無垢なものなのだ。明日のことを問わなければばこれほど永遠なのだ。

とはいえ、ひとつの呼吸がふたつの別々の呼吸になるときが、いつかは来る。黙ったまま僕たちは体を絡み合わせて横たわり、やがて彼女は黙ったまま立ち上がって服を着ると、もう一度僕にキスをして、出ていった。

僕は布団をかぶった。彼女がいなくなって、寒くなったからだ。だがこの寒さは、もう一度ゲルリッツに行かねばならないという思いつきから来るのかもしれなかった。すべての秘密が始まった場所へ行かねばならない。ザロメについてなにかを知ることができる場所があるとしたら、それはゲルリッツだ。ザロメと、ユルゲン・フェッダーと、オトマー・コプリーン、それに、罪と罰の輪のなかに足を踏み入れたほかのすべての人間について。結局のところ、いまや問題は彼女が僕を信用することではない。僕が彼女を信用できるかどうかなのだ。

翌朝の僕は、事務所に出勤しても大丈夫だと思える程度には回復していた。ドゥンカー通りの建物の中庭を横切っていて、マルクス・ハルトゥングに危うくぶつかりそうになったのは、午前九時少し前だった。

「フェルナウさん！　ここでお会いできてよかった」

彼にとってはよかったのかもしれない。僕にとっては違った。僕は彼の脇を通り過ぎようとしたが、彼はまたしてもあの大きな青いFのロゴが入った白い封筒を差し出した。僕がそれを受取ろうが、手近なゴミ箱に捨てようが、法的に見ればこれで手紙は配達済みとなる。

「これはなんですか？」

僕がそう訊くと、ハルトゥングは少し苦々し気に笑いかけた。

「和解提案です。ね、おわかりでしょう、我々はあなたが考えているような人でなしじゃないんです。とにかく、ここはなんとかしなければなりません。そうでないとこの建物はそのうち勝手に崩れ落ちますよ。それに、美しく改装してすべてを新しくした住居というのは、あなどれないものですよ」

「で、家賃は？」

「この地域の平均以上にはなりません。贅沢な改装をするわけじゃないので」

「ということは、我々は事務所として賃貸契約を結べるということですか？」

マルクス・ハルトゥングはうなずき、手紙を指した。「とにかく、まずはじっくりとそちらをお読みください。改装後にも誰ひとり不利益を被ることのないようになっています」

優し気に見えて汚れ仕事も辞さないこの男は、きっと猫をかぶっているに違いない。僕はハルトゥングを信用していなかった。特に、この地域の平均的な事務所の家賃を考えると。ここプレンツラウアーベルク地区は、事務所を構える場所として、経済的にはハマーを事務所用の車にするのと同じくらい非現実的だ。

「じゃあ、フライタークさんは？」

「その点も解決策を見つけますよ」

これから言おうとすることを口に出すのは難しかった。非常に難しかった。それでも僕は自分を叱咤激励して、言った。

「猫も一緒でないとダメです」

自分が本当にこんなことを言ったとは、とても信じられなかった。だが、言ったに違いない。なにしろ、ハルトゥングのあまりに早く生え際が後退しかけた秀でた額に、憂いの陰が横切ったからだ。このうえ僕が指図までしようとすることが、まったく気に入らないのだろう。これほど譲歩しているのに、と思っているに違いない。

「我々は、フライタークさんにも、ほかの住民の方々と同じ、この地域の平均的な措置を適用するつもりです。それによれば、二匹以上の猫は無理です。それではよい一日を」

ハルトゥングは僕の横をすり抜けて、逃げていった。僕は建物の共用階段を上り、フライターク夫人のドアの前で一瞬立ち止まった。辛い話だ。ディープゲンとヴォーヴェライトを引き離すなんて。ラウリーンから家を奪うなんて。シュトッペが故郷を失うなんて。もしかしたら、彼らはもうすでにそれを知っていて、いま、魂の平安のための助けを必要としているかもしれない。

だとしても、助けるのは僕ではない。僕はまた階段を上り始めた。

マリー＝ルイーゼはもう来ていて、普段の彼女からすると病的とさえ言える片付け熱にとらわれていた。廊下にはすでにゴミ袋がいくつも積み重なり、部屋からは大音量で音楽が聞こえてくる。それに、なんだか変な匂いがする。

マリー＝ルイーゼは梯子の横にいた。梯子の上には、ペンキの缶のほかにヤツェクまで載っていて、マリー＝ルイーゼの細かい指示に従って、ちょうど壁を塗り始めたところだった。

「おはよう！」僕がドアから顔を覗かせると、マリー＝ルイーゼが挨拶した。

ヤツェクも一瞬振り向き、ポーランド語でなにかつぶやいた。

「どうせフィデスが全部改装するのに、どうしてわざわざ壁を塗ったりするんだよ？」

「フィデスはなにもしない」

マリー＝ルイーゼはズボンで手を拭うと、二つのペンキ缶をまたいで僕のほうへやって来た。

「フィデスは、ここには一歩も足を踏み入れない。この建物を占拠するの。自分でもできるペンキ塗りに一生お金を払うなんてまっぴら。あなたも私たちに倣ってくれると嬉しいんだけど」

僕はマリー＝ルイーゼに封筒を差し出した。

「事務所として賃貸契約を結ぶことを、受け入れるみたいだよ。マークヴァートに電話して礼を言っとけよ」

マリー＝ルイーゼはくるりときびすを返し、もう僕には一瞥もくれなかった。

僕は自分の部屋に逃げ込んだ。ここを占拠したりはしない。賃貸契約に基づいて借りるのだ。僕がこの共同事務所の一員である限り、それは変わらない。とはいえ、マリー＝ルイーゼの激しい片付け熱には、どこか心を打つものがあった。彼女は彼女で、僕たちの約束を果たそうとしているのだ。今度は僕の番だ。

僕は〈アーベントシュピーゲル〉編集部のアルタイに電話をかけて、ロスヴィータ・マイスナーの家での出来事を話した。少なくとも、僕が憶えている限りのことを。

「コプリーンが現れなかったら、ロスヴィータは全部話していましたよ。いったいあの男がどこから現れたのか、いまだに考えてるんですけどね。それとも、ずっと家のなかにいたのかな？」

「ロスヴィータは、フェルナウさんが来ることを知っていたんですか？」

もちろんだ。僕は二百九十六回ほど留守電にメッセージを残したのだから。僕は嫌々ながらも、ロスヴィータがあらかじめ僕の訪問を予想していたことを認めた。

「それなら、きっとすぐにボスに連絡したんでしょうね」アルタイが苦々しく言った。「そしてボスはやってきて、いつものやり方で片をつけた。たどり着いた先がヴェストハーフェンじゃなくて自宅だったことを幸運に思うべきですね。ところで、どうして自宅で目が覚めたのか、なにか推測は？」

「さっぱり」

僕の記憶には断絶がある。コプリーンは僕の体を調べて、身分証明書と鍵を見つけたに違いない。おそらくロスヴィータも手伝って、ふたりで僕を自宅アパートへ運びこんだのだろう。僕は、ロスヴィータにもう一度話を聞きたくてしかたがなかった。彼女がなにをしたにせよ、家を訪ねてきた人間をあんなふうに扱うものじゃない。

「ミルコ・レーマンについて、なにか新しい情報は？」

「ありますよ」アルタイが答えた。「彼は二年前にタクシー免許を取得して、それ以来、冬場はタクシーの運転手をしているんです。夏にはダイビングのインストラクターをしています。いまのところ彼の身にはなにも起こっていません。タクシー会社に連絡して、至急私に電話しろと伝えてくれるよう、頼んでおきました。まだ連絡はないんですが、行方がわからなくなる心配はありませんよ」

少しはいいニュースだ。アルタイはデスクの前から一歩も動くことなく、僕が頭のコブと引き換えに手に入れたあいまいな推測――コプリーンの邪魔さえ入らなければ、ロスヴィータはもしかして、場合によっては、ひょっとしたらフェッダーについてなにか話したかもしれないという推測――よりも多くを手に入れたのだ。

「これから仕事で裁判所なんですが」と、アルタイは続けた。「でも、一緒に昼メシはどうですか？　ヴェディング地区の教会で。どうも素晴らしい豪華炊き出しがあるそうなんですよ。で、ついでと言ってはなんですが、ヘルデゲン夫人――ヘルマーの恋人だったイローナの母親で、事件以来行方がわからない女性です――が、そこで給仕のボランティアをしているそうで」

僕は小さく口笛を吹いた。「ヘルマーはいつもそこに昼を食べに行ってたんですよ」

「じゃあ、その場所を一緒によく見てみましょう」

「今日は無理です」僕は言った。「明日のほうが都合がいいな。もう一度ゲルリッツに行かないとならないんで。役場の婚姻届け出所に」

「おめでとうと言ってもいいのかな?」

「いや、話をしたい人がいるだけです」

「誰です?」アルタイが訊いた。

「シュタイン夫人」僕は答えた。

昼の列車に乗った。静かで快適な旅だったし、婚姻届け出所が閉まる前に到着できることもわかっていた。ゲルリッツの市役所広場に着いて時計塔を見上げると、まだ四時にもなっていなかった。〈ペテロとパウロ教会〉はここから歩いてすぐだ。僕は狭い小路の両側に並ぶ壮麗な建物のあいだを抜けて、短い散歩を楽しんだ。先ほど駅でも街の地図を頭に入れようとしてみたのだが、中世から続く小都市の迷路は、よそ者にはとても見通せなかった。とはいえ、方向は合っていたし、親切な人たちが道を教えてくれた。〈ペテロとパウロ教会〉の周りを四周して、ついに教区事務所の入口を見つけた。

ルートヴィヒ牧師は、慰めを求める信者の魂に寄り添うために、事務所を出た後だった。少なくとも、巨大なデスクの向こうに座るどこか貧相な女性はそう主張した。それほど忙しそうには見えない彼女は、訊かれもしないのに、自分はこの仕事を無償で引き受けているのだと語り、明らかに僕の感嘆の答えを期待しているようだった。彼女は勤勉で、正直な神のしもべでありながら、常に貧乏くじを引かされてきて、少しずつこれまでの自分の行いには意味があったのだろうかと考え始めている。常にお行儀よく、控えめな色のポリエステル製ブラウスを着て、自分の人生を隣人たちへの奉仕に費やし、誰かがそれに気づいてくれるのをずっと待っている。僕は彼女を褒めちぎったばかりでなく、ルートヴィヒ牧師は僕の魂の一番の導き手ですとまで言った。すべて、彼女から次の情報を引き出すためだ。

「シュタインさんの奥さんなんですが」と、僕は言った。「どこに行けば会えるでしょうか？」

「アンナのこと？　受難の主日の準備をしてるけど。大斎節の第五日曜日のこと。たったいま鍵を取りにきたところ」

僕は心から礼を述べて、事務所を出た。そして建物をぐるりと回って、教会の入口にたどり着いた。僕と同時に、マフラーとコートでもはや誰かわからないほど重装備をした小柄な人間もやって来た。

「シュタインさんですか？」

その女性がマフラーを緩めると、冷たい風と健康的な生活で赤みを帯びた丸い顔が現れた。

「なんでしょう？」

シュタイン夫人は手袋を外し、小さな鍵束をコートのポケットから取り出した。

「私のこと、まだ憶えていらっしゃいますか？　ヨアヒム・フェルナウです。マルガレーテ・アルテンブルクさんの弁護士の」

シュタイン夫人は僕に背を向けて、教会の扉を開けた。

「ご一緒してもいいですか？　少しお訊きしたいことがあるんです」

「マルガレーテは亡くなりました。家は教区に遺贈されました。手続きはもう全部済んでます。いまさらなにをお訊きになりたいんですか？」

重い木の扉が、いつ僕の鼻先で閉じられても不思議ではなかった。

「マルガレーテさんのご家族のことで……」

「あの人にはもう家族はいませんでした」

シュタイン夫人は本当に扉を閉め、僕は外に取り残された。

だが、それほど長いあいだではなかった。

僕は勝手に扉を開けて、天井の高い暗い教会に足を踏み入れた。細い柱が、フィリグランを施した丸天井へと延びている。バロック様式の壮麗な金張りの祭壇と聖人像が、秘密めいた輝きを放っている。自分の息のこだまさえ聞こえるほどの静寂。

「シュタインさん？」

僕はあたりを見回したが、教会は空っぽだった。そのとき、豪華な装飾が施された階段の奥で、物音がした。そちらへ向かうと、シュタイン夫人が階段の下に隠された小さな戸棚からさまざまな物を取り出していた。床磨き用のブラシもある。僕が後を追ってきたのは聞こえていたに違いなかったが、それでもシュタイン夫人は顔を上げず、掃除用バケツと簡素な小型の木箱を取り出した。

「お話ししたいことがあるんです。マルガレーテ・アルテンブルクさんとは親しくしていらしたんですよね。それなら、息子さんのマイクが結婚した女性が誰だったのかご存じでしょう。それに、子供がどうなったかも」

シュタイン夫人は喘ぎながら体を起こすと、バケツを手にして、僕には目もくれずに歩き出した。僕は、後陣の奥にある背の低いドアまで彼女を追っていった。ドアの向こうは聖具室だった。簡素な狭い部屋で、必要最小限のものしか置かれていない。飾り気のない樫材の棚に、ダマスク織の布がかかった銀器がしまわれていた。部屋の一隅には洗面台。シュタイン夫人はそこでバケツに水を汲むと、小さな掃除用具入れから取り出した洗剤を少し加えた。

僕のことは無視したまま。

「子供はそう簡単に消えてしまったりしません。いまではもう成人しているはずです。青年か、美しい女性か、いずれにせよマルガレーテさんのお孫さんです。なにか耳になさったことがあるはずでしょう」

「子供なんていません」

シュタイン夫人はそう言って、激しい勢いで蛇口をひねって水を止めると、バケツを床に降ろした。僕は手助けしようと彼女の手からバケツを取りかけたが、彼女は荒々しく僕を押しのけた。

「でも、この目で見たんですよ。アルテンブルクさんの家で。赤ん坊のもの。子供用の上着。玩具。足踏みスクーター。鎖が付いた小さな金の洗礼用指輪。洗礼式があったということじゃないですか」

「マルガレーテの家に入ったんですか?」

そう問う声は丸天井の一番奥まで届き、こだまになって響いた。それほどの怒りの声だった。

「もちろんです。アルテンブルクさんご本人が、着替えを持ってきてくれと僕に頼んだんですから」

シュタイン夫人はバケツを持ってえっちらおっちら先ほどの階段まで戻り、床磨き用ブラシの横に置いた。それから木製の信徒席のひとつに座って、腿のあいだに両手をたくしこんだ。僕は彼女の隣に腰を下ろした。

「すべて私の言うとおりのはずです」と、僕は言った。「そしてそれは、あなたもご存じだ」

シュタイン夫人は、きらきら光るヘーゼルナッツ色の目で僕を一瞥したが、なにも言わなかった。

「不幸に次ぐ不幸」僕は小声で、以前シュタイン夫人がバスのなかで言った言葉を繰り返した。「マルガレーテさんの不幸について、話してくださいませんか」

シュタイン夫人はエプロンのポケットからティッシュペーパーを取り出すと、簡潔ながら悠然とした仕草で鼻を拭った。

「誰もいなくなってしまったんです。ご主人は早くに亡くなったし、息子さんのことはご存じのとおり。そして、息子さんのお嫁さんは、どこかへ逃げてしまった。西側から来たあのフェッダーっていう男と知り合って。彼女の二倍の年齢の男よ。本当は、フェッダーもここの出身なんです。でも、東西統一の後にあの男がここでやったことは、ちょっと異常だった。いまはあちら側に葬られているんですよね。ニコライ教会の墓地に。花輪がたくさん供えてあったわ。まあ、どうでもいいけど」

シュタイン夫人はティッシュペーパーをポケットに戻した。

「で、子供は？」

「堕胎したの。五か月目で。オランダまで行って」

シュタイン夫人は目を細めて、祭壇のほうを見つめた。

僕はずっと、子供は女の子だと思っていた。かわいい子で、学校では優等生。優秀な成績で大学入学資格試験に合格して、いまはどこかの大学に通っているけれど、いつの日かここへ戻ってきて、シッファー小路の祖母の家に引っ越し、たまに家族の古い写真を眺める。引き裂かれていない写真を。そして、祖母から聞いた話に思いを馳せる。ナイセ川の向こう岸にあるラーベンベルクと、カフェ・ローラントの鏡張りのダンスホール。フリードリヒ広場のサーカスと、ハンサムな兵士たちのいた兵営。彼女の祖父も、そのなかにいた。ところがいま僕は、そんな女の子はいなかったのだと聞かされた。体が大人の掌ほどの大きさだったころに、生からもぎ離されたのだと。つまり、マルガレーテがアルテンブルク家の最後のひとりだったのだ。古い記憶を受け継ぐ者はいない。すべてマルガレーテとともに消えてしまった。そして、マルガレーテが川の向こう岸のラーベンベルクのふもとでのダンスのことを語ったとき、その顔にどんな微笑みが浮かんでいたかを記憶に留める者は誰もいないのだ。

「どうして……」ここで咳払いをしなければ、声が出なかった。「どうしてご存じなんですか?」

「マルガレーテが話してくれたからです。亡くなる何週間か前に、初めて。まるで、いま話しておかなければ、すべてをお墓まで持っていくことになるって知っていたみたいに。で、私はこうして、ずっとこの重い話を背負ったままでいるってわけ」

シュタイン夫人は控えめな笑みを僕に向けたが、それはすぐに消えた。

「だから彼は首を吊ったんです。マイクは。あんなに若かったのに。それに、とても愚かだった」

「お嫁さんは流産しただけかもしれませんよ。そういうこともあるものですし」

僕はそう言ってみたが、シュタイン夫人は首を振った。

「私、彼女を見たんです。マイクが自殺した夜に。あの子、もう一度ゲルリッツに来たんですよ。冬の夜でした。あの子がウンターマルクトを歩いていくのが見えたの。みんながあの子のほうを見てた。でも誰もなにも言わなかった。誰も挨拶しなかった。まるであの子にカインの刻印があるみたいに」

シュタイン夫人は再びティッシュを取り出した。だが今回はそれを両手で丸めて、小さな白い球にした。

「あの頃のこの街の雰囲気は……いいとは言えなかった。精密光学の公社はもうなかった。牛乳凝縮公社は閉鎖された。照明器具工場も。それに紡績工場。私たち、最後の最後まで、紡績工場だけは奪われないはずだって信じてた。ところがそこに来たのが、フェッダー。もう終わりだってわかったわ。突然、それまでの人生で重要だったものが、すべてなくなってしまった。なにひとつ残らなかった。少なくとも、産業がひとつくらいは生き残るだろうと期待してたのに。紡績工場は生き残れたはずだった。でもフェッダーは、自分の利益のことしか考えていなかったみたいね。それに、カルメンも」

「カルメン？」

シュタイン夫人は微笑んだ。「カルメン・コプリーン」

「オトマー・コプリーンの娘ですか？」

「彼をご存じなの？」

僕は黙ったまま頷いた。頭のなかには、いろいろな考えが渦巻いていた。カルメンというその女性がマイクの妻だったのなら、そして、マイクを捨てたのみならず子供を堕胎までしたのであれば、すべてはマルガレーテ・アルテンブルクの孫をめぐる話であるのみならず、オトマー・コプリーンの家族の話でもある。それこそが、あのふたりを結び付けたのだ。信仰深い老婦人と、苦り切った灰色の共産主義者とを。ふたりがともに耐えねばならなかった喪失が、最終的にふたりをともにベルリンへと導くことになったのだ。復讐のために。フェッダーに対する復讐？　カルメンに対する復讐？　それともふたりともに？

「はい」と、僕は答えた。「コプリーンさんとは知り合いです。いまはどこに暮らしているんですか？」

「ズゴジェレツに。以前はマリーエン広場に診療所を開いていたんです。数年前にあっちに戻りました。殿堂の向こうに。いまではポーランド語で公民館って呼ばれていますけど。そういうことがまたできるようになったのは、いいことね。また戻れるようになったのは」

「コプリーン氏は医者だったんですか？」

「ええ。診療所を開く前は、紡績工場の専属医だったの。党員で、付き合いやすいとは言えなかった。ガチガチの共産主義者でね。娘のカルメンも、楽じゃなかった。母親はかなり早くに逃げてしまって。だからあの子はほんの十七歳で、最初に捕まえた男と結婚したの。あの子と結婚しようと思うほど馬鹿な男と。とにかく家から逃げるために。それで、マイクとマルガレーテの家に引っ越した。でも、そんなんでうまく行くはずがない。そうよ。うまくなんて行くはずがない」


シュタイン夫人は丸めたティッシュを持ち上げて、ぴかぴかに磨かれた信徒席の手すりを拭いた。この教会がどれほど古いのかは知らないが、おそらく建てられてから何世紀も経ており、幾多の栄枯盛衰を目にしてきたことだろう。結婚式、葬式、洗礼式、それに大小無数の災厄。多くの涙、信徒席の後ろのほうでの、たくさんの祈りの囁き。ちょうど僕たちがいま座っているあたり、ほかの者たちから自分の顔を、自分の痛みを隠せる場所での。

「カルメンがユルゲン・フェッダーに出会ったのは、紡績工場なの。その瞬間から、カルメンはもう婚家には戻らなかった。フェッダーはカルメンの服を全部買ってやらなきゃいけなかったに違いないわ。だって、本当になにも持っていかなかったから。そのままフェッダーの車に乗って、一緒にどこかへ行ってしまったの。さようならとさえ言わずに」シュタイン夫人は意味のない手すり磨きをやめた。「フェッダーはカルメンにとって、トンネルの向こうの光だったの。その光で目がくらんだのよ」

その瞬間、塔の鐘が二回鳴った。四時半だ。婚姻届け出所に行く必要はもうない。マイク・アルテンブルクの妻が誰だったのか、だいたい見当がついていたし、どこに行けばオトマー・コプリーンが見つかるかも知った。だが、まだすべてが明らかになったわけではない。

「通りの敷石に響くカルメンの靴音を、いまでもはっきり憶えてるわ。それに、カルメンの歩き方も。誰の目も見ずにすむように、頭をまっすぐ上げて歩いてた。まるで沈没寸前の船の甲板を、救命ボートの最後の席を目指して歩くみたいに。誰のことも見ずに。ただ目的地だけを見つめて。短い髪は燃えるように真っ赤だった。毛皮のコートを着てた。くるぶしまで届きそうな長さの。カルメンはシッファー小路十七番地までそんなふうに歩いていったの」

シュタイン夫人は一瞬口をつぐんで、記憶を整理しているようだった。ナイセ川の岸辺の大きく湾曲した道。旧市街に立ち並ぶ建物は、崩れ落ちそうな灰色。まだ信号扱所もあったに違いない。それに、いまは川の向こう岸まで歩行者用の橋がかかっている場所を、当時はポーランドの国境警備隊がパトロールしていたことだろう。そこへ向かって、くるぶしまである毛皮のコートを着た赤い髪の女が歩いていく。傾いた庭の門に付いた呼び鈴を鳴らして、誰かが開けてくれるのを待つ。

「カルメンは離婚を望んでた。でもマイクが望んでたのは子供だった。すごく楽しみにしていたの。マイクの人生でたったひとつの成果だったから。でもそのときには、もう子供はいなかった。たぶん、カルメンはあの夜に、マイクにそのことを告げたんだと思うわ。マイクだけに。実際カルメンはほかの誰とも口をきかずに、またすぐに街を出ていった。マイクの母親に話す必要さえ感じなかったみたい。たぶん、それはマイクに任せたんでしょうね。でもマイクはもう部屋から出てこなくて、次の朝には……マルガレーテは孫に会えるのを、長いあいだ待ち焦がれてた。ずっと、孫がいつの日か訪ねてきてくれるって期待していた。カルメンがなにをしたかを知ったのは、ずっと後のことだった」

「いつですか？」

「正確には知らないわ。何年か前。マルガレーテは、カルメンの写真が載った新聞記事を見たの。カルメンが出ていって以来、私たちが彼女の消息に触れたのは、そのときが初めてだった。カルメンはベルリンに住んでいて、再婚していた。三回目か、四回目の結婚。マルガレーテはベルリンまで出かけていった。そして戻ってきたときには、別人になっていた」

「別人とは？　旧約聖書的な意味ですか？」

シュタイン夫人は一瞬考えて、うなずいた。

「カルメン・コプリーンのことで、ほかになにかご存じではありませんか？　いまなにをしているのかとか？　誰と結婚したのかとか？」

「いいえ」

「では、その新聞記事は？」

シュタイン夫人は再び祭壇のほうへ目をやった。まるで、そこから答えが出てくることを期待しているかのように。嘘にならない答えを。

「マルガレーテさんは、あの小さな箱を持ち去ってくれと、あなたに頼んだんですか？　あの日、マルガレーテさんの家に行ったんでしょう？　マルガレーテさんが戻ってこなかったあの夜。オトマー・コプリーンが私を迎えに来たあの夜です。私はあなた方二人にはめられたんですよね？　あの小さな箱は、まだあるんですか？」

ほとんど目に見えないほどかすかに、シュタイン夫人は首を振った。これ以上は意味がない。もう聞き出せることはないだろう。だが、ナイセ川の向こう岸で訊いてまわれば、もしかしたら、かつて紡績工場の専属だったゲルリッツ出身の医師にたどり着けるかもしれない。

「ルートヴィヒ牧師によろしくお伝えください。なにかお手伝いしましょうか？」

「いいえ。掃除をしていると気が紛れますから。ほかにすることもありませんし」

僕たちは立ち上がった。シュタイン夫人は僕を扉まで送ってくれた。僕は彼女に手を差し出した。

「マルガレーテ・アルテンブルクさんの家がどうなるのか、もう決まっているんですか？」

「幼稚園になるんです」シュタイン夫人はそう答えた。

もう一度僕に軽く会釈すると、シュタイン夫人は教会の暗闇のなかに消えた。

重い雲の天井に割れ目ができて、洗い立てのような青空が顔を覗かせていた。冷たい風もやみ、僕は今年初めて、かすかな春の気配を感じた。互いに身を寄せ合う傾いた建物の陰にいるといまだにじめじめして寒かったが、陽光のなかに出るやいなや、太陽がこの何週間もの暗い日々に蓄えてきた力を感じた。

彼女は通りの向かい側、彼女の白いランドローバーの隣に立って、僕を待っていた。もう髪は赤くはなく、コートは毛皮ではなくて例の若草色の柔らかなブークレ生地で、同色の革手袋をはめていた。手袋は新品に違いない。たったいま買ったばかりのように、色がぴったり合っていた。それに靴も、小脇に抱えた鞄までも。僕の視線は、そこより上には行かなかった。彼女の顔を見たくなかったからだ。あの美しくクールな白雪姫の顔と、はるか遠くを見つめる視線を。その視線は、一九九一年一月一日の夜、彼女がマルガレーテの小さな家を目指してウンターマルクトを歩いていったあのときと同じのはずだった。マイク・アルテンブルクがもはや見ることのなかった、新たな時代の新たな一年の始まりの日。

「どうして……」僕はそう訊きかけて、口をつぐんだ。そんなことはどうでもよかった。僕の胸のなかにはいまだに燃える思いがあったが、じゅうぶんな量の無関心を投げ込めば、その火もいつかは消えるだろう。

「事務所のパートナーの方が、あなたがここにいるって教えてくれたの。ゲルリッツで人を見つけるのは簡単だし」

人を失うのと同じくらい簡単だな、と僕は言いたかったが、やめておいた。彼女は道の向かい側にある教会を見つめた。

「それで、探していたものは見つかった？　私の過去の話は終わった？」

僕は答えなかった。

「シュタインのおばさんが話してくれたんでしょ、違う？　私の両親はオペラが好きだった。だからカルメン・ザロメ・コプリーンなの。ノアックは母の旧姓」

僕は彼女に背を向けた。

「どこへ行くの？　なにをするつもり？」

「君のお父さんのところへ行くつもりだ」

「だめ！」

ザロメは僕の腕をつかんで、引き留めた。「父のところには行かないで。どうせ見つけられない。今日はもう遅い。私の車でベルリンに戻りましょう。私たち、ここにはもうなんの用もない」

私たち。僕は結局、覚悟を決めて、ザロメの顔を見た。だが間違いだった。その視線は懇願するようで、僕はどうしても彼女を抱きしめずにはいられなかった。ほんの一瞬の絶望的な時間、僕はもう一度ザロメの体を感じ、頬にザロメの息を感じた。だが結局、僕はザロメを放し、きびすを返すと、その場を立ち去った。

道は下り坂だった。後をついてくるザロメの足音が聞こえた。彼女はすぐに僕に追いついて、ときには歩道を、ときには車道をと位置を変えながら、僕の隣を歩き続けた。しばらくのあいだは、ふたりとも黙っていた。ときどき車が通り過ぎたが、誰もこの不似合いなカップルをよく見ようとスピードを落としたりはしなかった。美しくエレガントな女と、その隣を歩く、やや寝不足気味に見える大柄で黒髪の男。歩行者とすれ違うこともあった。彼らが僕たちに道を譲ることも、僕たちが彼らに道を譲ることもあったが、ザロメのことをまじまじと見る人がいても、視線の先はザロメのコートや靴であって、顔ではなかった。ザロメが誰なのかに気づく人はいなかった。立ち止まってザロメの後ろ姿を見つめる人もいなかった。ザロメの足取りがどこか軽くなるのがわかった。それに、彼女がたまに横から僕をちらちら見ているのも。

「カルメン・コプリーン」と、僕はようやく口を開いた。「いつ名前を変えた？」

「ユルゲンと知り合ったとき」

ユルゲン・フェッダー。彼女の日をくらませた男。来て、見て、勝った男。

「トリクシーは知ってるのか？　夫と君とが……」

「私たちが結婚してたこと？　もちろん。私たちの結婚生活は、長くは続かなかったの。でも離婚の後もずっと友達だったわ。トリクシーは気にしてなかったわ。ユルゲンがベルリンに引っ越してきたときには、私はもうとっくにルドルフと結婚してたし。ユルゲンはしかるべき人間とすぐに知り合いになる必要があったから、私が手助けしたの」

ザロメが僕を手助けして、彼女の柔らかな巣に引っ張り込んだように。彼女は僕の周りにコネの糸を張り巡らせて、もう少しで僕を食いつぶすところだった。ザロメが立ち止まり、建物の壁に手を突いた。靴に小石が入ったようで、僕は彼女が靴を振って小石を取り除くのを待ちながら、心の中で自分のことを、まだ彼女の話に耳を貸すなんてなんという感傷的な阿呆だ、と罵った。

「ユルゲンのお葬式にも参列したのよ。そんなにたくさんの人は来てなかった。というより、はっきり言って近親者だけだった。でも花輪が山ほど送られてきて、家族はどうしていいかわからないくらいだった。教会中が花飾りで溢れ返ってた。リボンだけでもあれだけの量なら、紡績工場がまだあってもよかったのにってくらいだった」

ザロメは軽く笑おうとしたが、うまく行かなかった。

「で、マイクは?」

僕は、少なくともあの亡くなった若者のことは敬意をもって扱ってほしい、マイクの人生の失敗のことまで軽い冗談で済ませてほしくないと願った。ザロメはそれを悟ったようだった。僕たちは市立公園まで来て、ナイセ川の岸辺の柔らかにうねる小道を歩き続けた。

「マイクね。わかった。知りたいのね。あのとき、私は彼に離婚してほしいと頼んだ。西側でずっと暮らしたかったから。妊娠中の人妻だったら、ユルゲンは私のことを連れていってはくれなかっただろうし。まあ、私の言い方が悪かったのかもしれないけど、とにかく、結局のところマイクと別れることはできた。でも、私が想像していた別れ方とは違った。ときどき考えるわ――マイクは絶望からあんなことをしたわけじゃないんだろうって。あの人は、自分が離婚に同意したら私に忘れ去られるってわかってたのよ。でも、あんなことをしたせいで、私の記憶に残った。埃が積もった私の良心の片隅に、暗い記憶としてね。それもまた、不死のひとつの形よね。ああいう無意味な自殺の背景には、往々にしてそういう意志があるものよ」

「子供は」と、僕は訊いた。「女の子だった？」

ザロメは唐突に立ち止まり、頭をそらせて、頭上の裸の木の梢を見上げた。腹を空かせたツグミが一羽、枝から枝へと跳躍していた。と思うと、数メートル先に羽ばたき降りて、昨年の落ち葉を一枚、また一枚と裏返し始めた。

「もう、いつになったら終わるの？　何度も、何度も。子供は、子供はどこって。もう二十年近く前の話なのよ。二十年よ、考えてもみて。それなのに、何度も何度も、同じことを訊かれる。まずはマイクに、それからマルガレーテに、そして今度はあなたに」

怒りの形相で、ザロメは僕をにらんだ。「あれは私の決断だった。私ひとりの。この街で腐っていけばよかったの？　私には、あの一度きりのチャンスしかなかった。マルガレーテにもわかってもらおうとしたわ。あの家の、あのダブルベッドで、私、窒息しそうだった。マイクと結婚したのは間違いだった。道を間違って、袋小路にはまってしまった。もしユルゲンに出会ってなかったら、決してあの環境から抜け出せなかったわ。マルガレーテには、放っておいてほしかっただけなの。私はもうこの街のすべてとなんの関係もないんだから」

「彼女にそう言ったのか？」

「まさか。もちろん、そんな言い方はしなかった。礼儀正しく接したわ。親切に。でも、あんまり時間がなかった。あの人は、なにか私についての新聞記事だかを読んで、州裁判所で私を待ち伏せしてた。子供に会いたいって言った。最初、なんの話かわからなかったわ。子供って？　もうずっと昔の話だから。ずっと、マイクがお母さんに話したものだとばかり思ってた。でもマイクはマイクらしく、そうすることからも逃げたみたい」

「君はずっと、マルガレーテにまったく連絡しなかったのか？　マイクの葬式にも行かなかった？」

「ええ。なんのために行くわけ？　マルガレーテにリンチされに？　マルガレーテは、いくら説明しても理解してくれなかったはず。彼女にとって人間の運命は、神の意思によるものだった。私にとっては、人間自身が決めるものよ」

先ほどのツグミが食料探しを諦めて、飛び去っていった。

「じゃあ、お父さんは？　その後会ったことがあるのか？」

「ええ。でも、ユルゲンのお葬式のとき。父は最後列に座ってた。一番後ろの離れた席に。私たち、ひとことも言葉を交わさなかった。父があの場になにしにきたのか不思議だったわ。だって、ユルゲンのことはとことん嫌ってたから。ユルゲンは父の敵だった。天敵だった。教会でのミサの後、父のところに行こうと思ったら、もういなくなってた」

僕たちは再び歩き始めた。遠くからダムの水音が聞こえてきた。公園を出て、そこからのびる川岸の小道を進んだ。歩行者用の橋までもうそれほど遠くない。

「父となんの話をするつもりなのよ？」ザロメが訊いた。「まさか私の話じゃないでしょうね？　父に訊いてもなにもわからないわよ。ユルゲンと出会ってからの私を父は知らないから。彼にとって、私はもう死んでるの」

ザロメは、まったく気にしていないかのように見せようとしていた。それが失敗に耐える唯一の道なのかもしれない。彼女自身の失敗と、ほかの人たちの失敗に。そういうことは起きるものだし、体に当たっても弾かれてぱらぱらと落ちていくだけの雨粒のように、たいしたことではないというそぶりでいることが。

「いや、お父さんはロスヴィータ・マイスナーを知ってる」と、僕は言った。「ハンス＝ヨルク・ヘルマーのことも。ヘルデゲン夫人や、当時リッテン通りの裁判所にいたほかの人たちのことも。お父さんは、全員を知っているんだ。君は最初から知ってたんだな。僕がお父さんの名前を最初に口にしたときから。どうしてなにも話してくれなかった？」

ザロメは僕より少し先を歩いていた。膨大な量の水が落ちる音が、いまではすぐ近くに聞こえる。数メートル先に、ラーベンベルクへ続く橋があった。この橋を渡ればザロメに会うことは二度とないと、僕にはわかっていた。

ザロメは橋へと続く階段を上ると、欄干に歩み寄って、泡立ちながら轟々と流れる川を見つめた。と思うと、欄干から身を乗り出した。うんと乗り出すので、ほんの一瞬、まるでこのまま川に身を投げそうに見えた。不安が僕の体を駆け上がった。彼女の身に対する不安と、これから彼女についてほかになにを知ることになるのだろうという不安が。僕はザロメに続いて階段を上り、彼女の隣に立った。もし彼女がなにか馬鹿なことをするつもりなら、すぐに手を伸ばせるように。

「マルガレーテはなにが望みだったの？」ザロメが訊いた。「どうして放っておいてくれなかったの？　どうして急に現れて、私に犬をけしかけるような真似をしたの？」

「バカバカしい。マルガレーテひとりじゃなかったからだよ」

「バカバカしい。私になんの罪を着せるつもりだったわけ？ あらゆる不幸を全部私のせいにしたかったの？　マルガレーテの不幸も、ほかの人たちの不幸も。裁判が打ち切られたとか、法律があいまいだとか、弁護士があてにならないとか、それが全部、私のせいなの？　それに、向こう岸のあの男」

ザロメはそう言って、川の向こうのズゴジェレツのほうに頭を振った。立ち並ぶバーのネオンサインが瞬き始め、孤独な人間たちを向こう岸へと誘っている。

「あの男がマルガレーテをそそのかしたのよ。もし彼がヘルマーを殺した犯人だっていうなら、私がこの手で刑務所に送ってやる。誓ってもいいわ。あの男だったのよ。あの男が全員をそそのかして、私に敵対するようけしかけたの。私に」

そのとき、ザロメの目が驚愕で見開かれた。突然彼女の手が僕の腕をつかんだ。その力のあまりの強さに、腕が痛んだ。

「私なんだ。ねえ、わからない？　私なのよ！　彼らが狙っているのは私なのよ！」

僕はザロメの手を取って、そっと僕の腕からどけた。

「彼は君の父親だ。彼が罰を与えたかったのは、フェッダーだよ。君じゃない」

ザロメは僕の手を振りほどくと、よろよろと二歩、後ずさった。またしても欄干に近づきすぎで危険だ。水は彼女の足の下二十メートルで泡立ち、渦巻いている。僕はザロメに近づいて、その身体を支えようとした。だがザロメは恐怖を募らせてますます後ずさり、またしてもよろめいた。ザロメが小道へと続く階段でバランスを崩す前に、僕はようやく彼女を抱きとめて欄干からもぎ離した。

「彼らの狙いは私なのよ」ザロメが囁いた。川の轟音があまりにうるさくて、彼女の言葉はほとんど聞き取れなかった。「最初からずっと、私を狙っていたのよ」

「そんなバカな話があるか！」

僕はザロメの手を取って、用心深く階段へと導いた。若草色の革靴には、黒く醜い傷がいくつも付いていた。この靴は、ゲルリッツの道の敷石のためには作られていない。壮麗な屋敷の広々した入口広間の輝く大理石の床や、高級レストランの磨き上げられた黒い寄木細工の床のための靴だ。市立公園や、狭い小路や、国境の川にかかる橋のためではなく。だが、ザロメは靴のことなどまったく気に留めていなかった。彼女は初めて、自分の外見を気にしていないように見えた。

新たに舗装された広い歩道まで、ザロメの手を引っ張っていった。歩道で、僕たちは立ち止まった。街灯がついた。家々には明かりがともっている。ルネ・マグリットの絵のような、暗い夜空を引き裂く光の列。ザロメは乱れた髪を顔からはらうと、向こう岸にちらりと目をやった。彼女がとうに失った故郷へと戻ってきた父親が生きているはずの場所に。

「父は私の人生のなにを探ってるの。父とほかの人たちは」

「君の話じゃないよ」

「じゃあなんの話よ？　え？　答えてよ！」

正義の話だ、と言ってもよかった。書類記号の、番号の、決められた裁判日数の、解釈を歪めることのできる法律の話、足りないと言われる証拠の話だ、と。閉め切った弁護士部屋での談合と、迅速な出世の話。もしかしたら、振り返りもせずに去ったひとりの女性の話でもあるのかもしれない。十七歳にしてすでに、もうなんの夢も希望もないと信じていたゆえに、他の人間たちの夢と希望を奪った女性の。

　僕の沈黙は、ザロメにとってじゅうぶんな答えになっていたようだ。彼女はうなずくと、若草色の小さな革の鞄のなかをかき回してコンパクトを見つけ、開いた。そして、鏡にちらりと視線をやった。

「父のところには行かないで。もし弁護士資格が惜しいなら、オトマー・コプリーンに接触はしないこと。連邦弁護士規則第七条第五節、第六節」

「本気で言ってるんじゃないよな」

　ザロメはきっぱりした簡潔な動きでコンパクトを閉じた。

「本気よ。それに第四十五条第一節第二項および第四項。弁護士業務外の私的事柄における不適切行為および介入。これは親切心からのアドバイス。脅しじゃなくてね」

　もちろんそうだろう。コプリーン家の人間は、忠告と脅しを隔てる一線を越える必要は決してないというわけだ。

　それ以上は一言も言わずに、ザロメはきびすを返した。だが通りを渡る前に、もう一度振り返った。

「ねえ、その人たちに会いたいわ。明日。全員に。そう伝えて」

「どうやって伝えろって言うんだよ？」

「そんなの私の知ったことじゃない。午後七時に〈最終法廷〉で。彼らの話を聞くわ。そして、この件の本当の背景を知りたい。それに、そのグループの最後の謎の大物が誰なのかも。あなただって、数くらい数えられるでしょ」

僕は長いあいだザロメを見送っていた。ザロメはもう二度と振り返ることなく、狭い小路のひとつに消えた。それから、僕は数え始めた。そして理解した。苛立ちのあまり、目の前の小石を蹴飛ばした。カルメン・ザロメ・ノアック・コプリーン。良心を持たない女。白雪姫のガラスの棺に横たわった悪い妖精。それでもとにかく、彼女はやはり恐ろしいほど優秀な検察官だった。

ベルリンのヴェディング地区にある食料配布所を見つけるのは難しくなかった。教会方面への路面電車を降りて、空っぽの買い物袋を持っている人たちを追っていくだけでいい。そんな人たちは大勢いた。そしていま、教会の教区集会所脇の小さな控室には、数十人の人間がひしめいている。眉間にしわを寄せて、芽の出たジャガイモの箱の前に立っているアルタイの姿もあった。

「こんなの、食べられる人間はいないだろう」

僕はあたりを見回した。間に合わせに造られた棚と大きなテーブルの上に、本日の配布食料が置かれている。賞味期限の切れたヨーグルト、ぐちゃぐちゃになったトマト、しなびたレタス。リンゴは見たところまったく問題なさそうだったが、残りは正真正銘、食べるには勇気がいりそうなものばかりだ。テーブルの前にはふたりのがっちりしたご婦人が立っていて、列に並んでいる者から買い物袋を受け取り、もう誰も買おうとしないためにここへ運ばれてきた食品を詰め込んでいる。僕は棚へと歩いていって、そこに置いてあるパンを見た。少なくとも、パンはおいしそうだ。

「パンは〈カンプス〉のなんですよ」ふたりのボランティアのうち、ひとりが僕にそう声をかけた。先ほどからずっと僕たちから目を離さなかった女性だ。「大きなチェーン店のなかで、毎晩のように三百個のパンを送ってくれるのは〈カンプス〉だけ。しかも売れ残りの数が足りないと、わざわざ新しく焼いてくれるのよ」

「〈カンプス〉だけなんですか？」と、僕は訊いた。

ご婦人はうなずき、惨めな配布食料を指した。「寄付で賄っているんだから見た目を問うてはならないってわけ。今日はいい日じゃないわね。たいていはもう少し選択肢が広いんだけど。ところで、どういうご用件で？　ここの食料は、困っている人のためのものですけど」

「ヘルデゲンさんを探しているんですが」アルタイが割って入った。

すでにかなり前から列に並んでいる、ぼさぼさの白髪頭の太った女性が、僕たちのほうを振り向いた。

「あの人なら、炊き出しのほうをやってるよ。でも一時にならないと始まらないけど。ここを出てもう一度並びなおしな」

女性の後ろには、小柄だがやはりかなりの肥満体の男性が並んでいた。どうやら女性とカップルのようで、擦り切れたビニールの買い物袋をテーブル越しに手渡しながら、悪意のこもった目で僕をにらんだ。

「ここの物では満足できないってか？　でもな、あんたたちみんないつかはここに来るようになるんだ。いつかは来るようになる。みんな」

「コッフィ、もうやめなって」

連れの女性が男を押しのけ、茶色くなったミックスサラダの袋の山をかき回して、まともなものを探し始めた。

テーブルの向こうのご婦人たちは、買い物袋に食料を詰めていく。賞味期限の過ぎたプディング二パック、べたついたニンジン一袋、リンゴ四つ、パンひとつ。それにミックスサラダ一袋。

「今日はチーズある？」

「ない」という不愛想な返事が返ってきた。「チーズはない。ミルクもない。クワルク（フレッシュチーズの一種）もない。明日はあるかも」

「みんなここに来るんだ」コッフィと呼ばれた男がまだわめいていた。「どんどん増える。

全部払えるくせに。仕事も家もあるくせに、ここにあるこんなしみったれた物まで俺たちから奪いやがって」

質素な服を着た若い女性がうつむいた。おそらく彼女の家計は火の車なのだろう。

「ただヘルデゲンさんと話がしたいだけなんです」僕は言った。「どこに行けば会えますか？」

困窮の管理人たるボランティア女性は、コッフィとその連れの女性に袋を返した。それからジャガイモの棚の奥にあるドアを指した。

「食堂で待っていればいいですよ」

「列に並べ！」コッフィが怒鳴った。「みんな列に並ぶんだからな！」

連れの女性がコッフィの腕を引っ張って、外へと引きずっていった。先ほど目を伏せた若い女性の順番が来た。彼女は黒ずんだバナナの房を指した。アルタイが首を振って、最初に部屋を出ていった。

「信じられない」外に出ると、アルタイは言った。「これは記事にしないと。あそこにあるの、全部ゴミじゃないですか。スーパーには最高級のキャットフードが山積みだっていうのに、人間用にはあれしかないって。しかも、定期的にパンを寄付する大手のパン屋が一店だけとはね。たった一店！」

短い廊下を通って、僕たちは、壁に大きく簡素な木の十字架がかかった部屋へと移動した。

食堂だ。だがいま部屋は空っぽで、テーブルは綺麗に片づけられ、飾り気のない椅子はまっすぐ二列に並べられていた。アルタイがその椅子を一脚引っ張り出すと、アタッシェケースを床に置いて、ため息をつきながら腰を下ろした。

「ま、〈最終法廷〉と同レベルってわけにはいかないですね。シチューの匂いがするな」

食べ物の重い匂いが空気中に漂っていた。たったいま目にした光景のせいなのかもしれないが、僕の食欲はどのみちすっかり消え失せていた。僕もやはり椅子を引き寄せて座った。

アルタイがメモ帳をめくるあいだ、僕はもう一度、昨夜僕の眠りを奪った問題について考えてみた。ザロメが一瞬で見つけた事実について――僕たちはつるつる滑る氷の上でいまだに呑気に輪舞を踊っているというのに。

「ねえ、ちゃんと数えたことありますか?」僕は訊いた。

アルタイはメモ帳を読むのをやめて、問いかけるような目で僕を見つめた。

「アルテンブルク。コプリーン。ヘルデゲン。シャルナーゲル。マイスナー。クラコヴィアク」

「六人」と、アルタイが答えた。

「フェッダー、ヘルマー、ポール、イルディリム、レーマン」

「五人」

アルタイがメモ帳を閉じた。

「まさか。ちょっと待ってくれ。我々がなにか見逃したっていうんですか？」

アルタイは一瞬、あたりに目を走らせた。僕たちはいまだにふたりきりだ。それでも彼は身を乗り出して、声を潜めた。

「あと一件、我々が見逃した事件と裁判がある？　そうは思えません。彼ら、それほど厳密にはとらえていないんじゃないですか。たとえば、マルガレーテとコプリーンはふたり一組だとか。その可能性だってあるでしょう？　フェッダーにはふたりとも恨みがあったわけだから。マルガレーテが失敗したんで、コプリーンが代打に立った」

「でも、もしそうじゃなかったら？」

アルタイは舌打ちして、椅子の背にもたれた。そしてメモ帳でイライラとテーブルの角を叩いた。

「もしそうじゃなければ、ひとり足りないことになる。被害者がひとり――いや、加害者か、まあどっちでもいい。なんてこった。ねえ、三日前から私が記事の見出しを思いつけずにいるの、ご存じでした？　そんなこと普段は絶対にないのに。いつもあっという間に思いつく。でもこの件となると……どんなタイトルにしたらいいんです？」

アルタイは、僕たちがいまいる部屋をぐるりと指差した。まるでヴェディング地区の炊き出しが、僕たちのどん詰まりを解消する手助けになるかのように。

「ま、それはいい。五人だろうが六人だろうが。彼らは我々の手中にある。彼らのひとりでもゲロってくれれば、それで全員が手に入る」

ちょうど僕が、前回彼らのひとりがもう少しでゲロってくれそうになったときにどんなことが起きたかをアルタイに思い出させようとしたとき、廊下に続くドアが開いて、配膳ワゴンがカタカタと音を立てながら入ってきた。山積みの皿の向こうから、身だしなみのきっちり整った痩せた女性の姿が現れた。念入りに金色に染めてパーマをあてた髪が、どこか全盛期のドリス・デイ（アメリカ合衆国の女優、歌手。一九二二年―二〇一九年）を思わせる。おそらく五十代前半だろう、非の打ち所のないスタイルの持ち主で、女性らしい柔らかな雰囲気を真っ白いエプロンドレスがさらに強調していた。その女性本人のみならず、このエプロンドレスもまた、僕は一度、目にしたことがあった。病院で。この女性、カティア・ヘルデゲンは、マルガレーテ・アルテンブルクを見舞っていた。

女性は配膳ワゴンを部屋の一番奥へと押していった。それから山積みのスープ皿を取り上げて、テーブルに並べ始めた。アルタイが僕に頷きかけた後、立ち上がった。

「カティア・ヘルデゲンさんですか？」

女性は驚いたように顔を上げた。まずはアルタイを、それから僕を見て、再びアルタイに目を戻し、微笑んだ。

「どこかでお会いしたことがあるような気がするわ」

「アルタイといいます。〈アーベントシュピーゲル〉の。こちらはフェルナウさん。弁護士です」

記憶が突然蘇ったようで、ヘルデゲン夫人の微笑みは凍り付き、深い驚愕に変わった。彼女は残りの皿をテーブルに置いたが、注意が足りなかった。積み重ねられた皿がぐらついて、彼女が受け止める間もなく、一枚が床に落ちて割れた。ヘルデゲン夫人は即座にかがんで、破片を拾い始めた。アルタイが僕をちらりと見てから、彼女に比べればはるかにしなやかさに欠ける動きでやはり床に膝を突いた。

「ハンス－ヨルク・ヘルマーさんの件で来ました。憶えていらっしゃいますか？」

ヘルデゲン夫人は答えない。

「数日前に凍死したとされているホームレスの男性です。きっとその話はお聞きになったでしょう。ここからそれほど遠くない場所でしたから。たしかヴェストハーフェンだったと」

ゆっくりと、ヘルデゲン夫人は立ち上がった。破片をテーブルに置くと、親指を口にくわえた。一滴の血が見えた。切ってしまったらしい指を、深い物思いに沈んだような顔つきでなめている。

「ヘルマー氏はしょっちゅうここに来ていた。違いますか？」

ヘルデゲン夫人は肩をすくめた。

「ヘルマー氏のこと、憶えていらっしゃるでしょう」

夫人は親指を口から離した。「たくさんの人が来るんですよ。ひとりひとりの顔なんて憶えていられません。名前なんてなおさら無理です」

アルタイはアタッシェケースに歩み寄って、一冊のファイルを取り出した。ファイルの中身を僕は知っていた。ヘルデゲン夫人は知らない。アルタイはファイルを開くと、素早くめくって、テーブルの上、彼女の目の前に破片と並べて置いた。

それは、リヒターフェルデ地区の屋敷に入った泥棒のことと、まだ人生が丸ごと目の前に広がっていたティーンエイジャーの死のことを伝える記事だった。ヘルデゲン夫人は記事と目に黒線の入ったヘルマーの写真をじっと見つめた。突然その写真の上に、一滴の血が滴った。

「ごめんなさい」ヘルデゲン夫人はそうささやくと、エプロンドレスのポケットから慌ただしくティッシュペーパーを取り出して、血を拭き取った。太い赤茶色の痕が残った。

「ハンス＝ヨルク・ヘルマーを殺したんですか？」

僕は息を詰め、一瞬肩越しに振り返った。グラーシュの大鍋かなにかの向こうからコプリーンが躍り出てきて、またしても彼一流のやり方で事態に介入してくるのではないかと。

「私が……殺した？」

「私のいま言ったことは正確に理解されたはずですよ、ヘルデゲンさん。あなたは、死んだ人たち全員とどんな関係にあるんですか？」

ヘルデゲン夫人の動揺した視線が、記事の上をさまよった。突然、彼女の足ががくんと折れた。夫人はよろめき、手近な椅子の背に手を伸ばすと、その椅子に座った。ヘルマーの写真から目をそらさないまま。

「死んだ人たち？」と、彼女は囁いた。「私の娘は死んだ。夫も死んだ。そのことを言ってるの？　それなら、彼らは私の家族よ。私の人生の幸せそのもの。それを、この男が壊した」

「それなのに、あなたはヘルマーにスープを与え続けた。彼がここに堂々と出入りするのを平然と見つめてきた。娘さんがもう生きていないというのに、彼が生き続けることにずっと耐えてきた」

ヘルデゲン夫人は感情を見せまいとしていた。だが、その手が震え始めた。本能的に視線がドアのほうを向いたが、出口への道は僕たちが塞いでいた。アルタイがテーブルの向かい側に腰かけた。

「しかも、ヘルマーの人生ときたら。あの男が人生でなにをなしとげたか。ドブに捨てたような人生でしたね。有益なこともせず、ただ漫然と、意味もなく、目的もなく、見通しもなく。あまりに不公平だ。不公正だ。あんな男がのうのうと生きているのに、娘さんはもう生きていないなんて。それなのにまったく気にならなかったんですか？　もしそうなら、あなたは天使に違いない」

「天使？」小声で、ヘルデゲン夫人は言った。「死んだ我が子を腕に抱く人間は、神に忘れ去られた人間よ」

僕はもう我慢できなかった。我慢する気もなかった。連邦弁護士規則などクソ食らえだ。

「だから彼を殺したんですか？　やったと証明されてもいない窃盗の罪を死ぬまで償い続けた男を？　もしかしたら彼はやっていなかったかもしれないのに」

「あの男はあの場にいた」

「彼自身、あの事件を決して乗り越えられなかったんですよ。蠅一匹殺せないような男でした」

「あの場にいたのよ」

「あなたは彼に死刑を宣告した。あなたと仲間たちが。なぜならこの地上には、もうあなた方のための正義はなく、天上の神はあなた方を忘れたと、そう信じたから。そうでしょう？　ヘルデゲンさん、そうなんでしょう？」

ヘルデゲン夫人は両手で顔を覆って泣き出した。それを見て、僕は我に返った。自分はいったいなにをしているんだ、と思った。突然裁判官気取りで、いったいなにを考えているんだ、と。アルタイが僕のほうを向いて、なだめるように両手を上げた。落ち着け、おとなしくしていろ、という合図だ。なにしろ、ヘルデゲン夫人の神経はいま焼き切れる寸前なのだから。

「もし神が本当にあなたのもとを去ったのであれば」と、アルタイは小声で言った。「いったいあなたはここでなにをしているんです？」

僕は彼女のことが心配になった。この場で倒れるのではないか、なにか馬鹿なことをやらかすのではないかと。夫人は全身を震わせていた。ところがそのとき、彼女は唐突に背筋を伸ばした。僕たちに向けられた視線は、先ほどまでとはまったく違っていた。それは力と誇りを、確固とした信念と、決して曲がらない強さを宿す視線だった。僕たちは、確かにヘルデゲン夫人の意表を突いたかもしれない。けれど夫人は、一瞬垣間見せた弱さを克服したのだ。

「主は我々に耐えることのできない重荷は与えません。私に言えるのはそれだけです」

アルタイは腹立たし気に鼻を鳴らすと、壁にかかった大きく簡素な木の十字架を指した。「主ね。主とはね！　主は、自分の領分を人間に荒らされるのが好きじゃない。あなたに主はまだそう伝えにきてないんですか？　それで——あなたは誰を殺したんです？　それから、リストにはあと誰が載っているんです？」

ヘルデゲン夫人は血の流れる親指にハンカチを巻きつけた。「おっしゃる意味がわかりません。失礼します」

そう言うと、テーブルをまわって出ていこうとした。

「コプリーンに電話してください」僕は言った。「それに、お仲間全員に。今晩七時に〈最終法廷〉に来てください。我々があなた方に与える唯一のチャンスです」

ヘルデゲン夫人は立ち止まった。「コプリーンなんて人、知りません」

アルタイが戸惑ったように僕を見つめたが、なにも言わなかった。

「知らなくても電話してください。今晩、店の二階。奥の小さな部屋です」

「コプリーンなんて人、知りません。それに二階ってなんのことかも」

「あなた方がいつも集まっていた部屋です。ノアック検事が来ると、コプリーンに伝えてください。ノアック検事が来ます」

「コプリーンなんて人……」

そのとき、廊下に続くドアが勢いよく開いて、多くの人がなだれ込んできた。そして準備の出来ていないテーブルを見て、苛立たし気に立ち止まった。

ヘルデゲン夫人は彼らのほうを向くと、「少し待って」と言った。「ほんの少しだけ待って！」

だが、部屋に入ってくる人の数は増える一方だった。彼らは押し合いへし合いしながら席を確保し、皿をまわして、ナイフやフォークを取ってくる。彼らは空腹なのだ。社会奉仕勤務（兵役の代替として成人男性に義務づけられた。ドイツでは二〇一一年の兵役廃止とともに廃止）中の若者がふたり、巨大な保温器を持って現れ、配膳ワゴンの横の小さなテーブルの上にどすんと置いた。

「ヘルデゲンさん！」アルタイが、立ち去ろうとするヘルデゲン夫人に呼びかけた。

だが、彼女はもう聞いていなかった。テーブルの奥の持ち場につくと、微笑みながらお玉を手に取り、一枚目の皿を受け取った。

「あれはどういう意味です？　今晩七時？　私のお気に入りのレストランの奥の小部屋で、殺人犯の秘密の集まりがあるっていうんですか？　どうして私はなにも知らされてないいんです？」

アルタイは部屋の外で、ドアの前を行ったり来たりしながら、残り僅かな髪をかきむしった。

「今日は国立オペラ座で、世界の飢餓に心を痛める人たちの大ご馳走パーティーがあるんですよ。大きなイベントで、うちからも人が駆り出される！　だからこっちのイベントにすぐにカメラマンが見つかるかどうかわからない！　それに締め切りまでにストーリーを書き上げるのもまず無理だ！　ちょっとノェルナウさん、我々の取り決めはどうなるんです！」

「わかってる！」僕も怒鳴り返した。「でも、人の命が懸かってるんです！　ピューリッツァー賞どころじゃないんだ！」

「なんだと？　私をどんな人間だと思ってる？」

僕はアルタイにぐっと近づいた。ほとんど鼻先が触れ合うほどに。

「自分の記事のことしか考えない人間だと思ってる」

「それは見損なわれたものだな」

「カメラマンはなし。レポーターもなし。それにノアック検事は、おそらくあなたの姿を見たとたんに部屋から放り出すはずだ」

「ノアック検事？　ああ、そうか。彼女も招待されているわけだ」

アルタイはすでに多くを知りすぎている。ザロメが今晩の集まりに同席することで、事態はさらに法律違反の領域へと近づいていく。近いうちに連邦弁護士規則を詳しく調べてみるのも悪くないだろう。なにしろ規則は検察官にも適用されるのだ。

アルタイは大げさに理解を表す顔でうなずいた。「どんな企みがあるのか、それは見ものだな。まさか彼らが自首するとは思っていないだろう？　それとも彼らは罠におびき寄せられるのかな？」

「ふたりの人間の命が懸かってるんだ。このままではそれほど長く生きられないかもしれない」

「確かに。だが、思い出してもらってもいいかな。これは殺人事件の話でもあるんだ。四重殺人だ。類を見ないほど狡猾な共謀殺人。終身刑に値する罪だ。まさか自分から進んでやってくる人間などいないだろう」

「コプリーンならなんとかする」

アルタイは怒りにまかせて、またしてもうろうろ歩き回った。彼がどちらによりショックを受けているのかはわからなかった。自分が突然部外者になったことか。それとも、僕がこの件にどれほど深く首を突っ込んでいるかを理解しかけたことか。

「コプリーンならなんとかする、か」と、アルタイは僕の言葉を繰り返した。「そういうことなら今晩が楽しみだ。コプリーンがどんなふうになんとかするのか。そもそも、なんとかするのかどうか」


その後、僕はもう事務所へは寄らなかった。マリー＝ルイーゼに電話をしたが、受話器の向こうはすごい騒音で、彼女の声はほとんど聞き取れず、彼女は怒鳴り声で、残った住人の多数が建物を即座に占拠することに賛成したと伝えてきた。プレンツラウアーベルク地区における住居をめぐる最後の闘いの火ぶたが切って落とされたというわけだ。

「後からこっちに来る？　マドモアゼル・ルクレールが今晩コンサートをするの。ケヴィンはケルスティーの誕生日をここで祝うことにして、事務所の同僚をみんな連れてくるのよ。それにマークヴァートにも電話して、招待しておいた。私から連絡をもらってすごく喜んでた」

「行けない」僕は言った。「まだ用があるから」

「誰と会うの？」

六人の殺人犯と白雪姫と。だが、それではあまりに大げさな響きになりそうで、僕はただこう答えた。「たいした用じゃないよ」

「まあいいわ。それが終わったらこっちに来る気になるんじゃない?」

「かもな」僕はそう言って、電話を切った。

通話を終えると、その後はどうしていいかわからなかった。あとほんの五時間弱。おそらくなにをしてもちゃんと集中できないような気がしたので、僕は結局母を訪ねることにした。母と話してみたかった。もし息子の僕が理不尽な目に遭ったら、母がどうするかを知りたかった。母なら復讐と赦しのどちらを優先するのかを。どんな理由でそうするのかを。そういう可能性を母が一度でも考えたことがあるかどうか、知りたかった。簡単に言えば、要するにこういうことだ——僕は、母が僕を愛しているかどうかを知りたかった。

「なんてこと訊くの!」

首を振りながら、母は僕に洗濯機で死ぬほど回されてよれよれの絹のブラウスを差し出した。「どうしてあなたになにか起きたりするのよ?」

僕はブラウスを、洗濯物の重みで倒れそうな物干し台になんとか引っかけた。母は再びかがみこむと、度重なる洗濯に耐えてきたなんとも形容しがたい丈夫な下着の塊をかき回し始めた。

「いつどこで起こってもおかしくないからだよ。最近シェーネフェルト地区に住んでる人に聞いたんだけど、ベルリン国際航空宇宙ショーで小型バスをぶら下げたヘリコプターが彼の家の真上を飛んだんだって。悪いことが起こるなんて夢にも思ってないときに突然小型バスが空から直接頭の上に落ちてきたらって、想像してみなよ」

「小型バスが。空から。頭に」母は絡まり合った二枚の股引をほぐしながら、言った。これをはく人がいるとすればせいぜいウィザーズだろう。「そんなこと以外に悩みがないの？」

「人は計画し、神は笑う。いまこの瞬間にも天井が落ちてくるかもしれないじゃないか。それかあの怪物が母さんを圧し潰すとか」

僕はジョージ・ウィザーズの地獄のような機械を指した。部屋の片隅でいつもこちらをうかがっているかのような機械で、ずっと不気味でしかたなかったのだ。いつ倒れてきて、半径五メートル以内のすべてを、拷問器具「鉄の処女」のように何トンもの錆びついた鉄の棘で串刺しにしてもおかしくない。

「通りに出たら頭のおかしいやつが運転する車に轢かれるとか。郵便局に年金を下ろしにいったら強盗が入ってきて、バーンと撃たれて一巻の終わりとか。なんにも考えずに呑気に映画館に行ったら無差別殺人犯に撃ち殺されるとか。僕がそういう目にあったら、母さんならどうする？」

母はさらに三キロはありそうなツールの靴下を、物干し台の右側に載せた。台は軽いうめき声をあげると、倒れた。僕たちは一緒に、その結果を見つめた。

「新しいのを買うわ」

僕の驚きに気づいたようで、母はすぐに訂正した。「もちろんそんなことしないわよ。もちろん、あんたを悼んで過ごすわ。ちょっと手伝って」

僕たちは一緒に物干し台を起こし、床に落ちた洗濯物を拾い集めた。突然、母が動きを止めた。

「私なら死ぬ」

それから母は、フートさんの濡れたカフタンを一枚、絡まり合った洗濯物の上に広げた。

「どうして死ぬんだよ？」

「子供をなくして生きていられる母親なんていないからよ」

「そんなことないだろ。生き続ければ新しい子供ができたりして、いつかは乗り越えるんじゃ……」

「ううん。生き続けるなんて無理。あんたや私みたいには——あんた、健康なのよね？」

母は検分するように僕をじろじろと眺めまわした。フートさんは買い物に行っている。僕たちが彼女という邪魔者なしに会話することができるのは、もういつ以来だかわからないほど久しぶりだった。

「元気だよ。心配しないで」

僕たちは洗濯物を干し終えて、小さなキッチンに移動した。母はお茶をいれるための湯をわかし、小山になった汚れ物を椅子からどかして、僕に座るよう勧めた。

「で、いったいなにが言いたいの？　私の遺書はナイトテーブルの引き出しのなかよ。もう知ってるでしょ。全部ちゃんとしてあるから。お葬式の費用のことも」

僕はため息をついた。母の葬式のやり方、式次第、かけるべき音楽、招待すべき人のリストは、すべて具体的に聞かされている。母はなにひとつ偶然に任せるつもりはない。自分の葬式という重大な日の計画を、洗礼式や結婚式と同じような綿密さで立てた。人生最後の神聖なるイベントなのだから、なにひとつ偶然に任せるつもりはないのだ。

「でも、そういう話じゃないのよね」母は僕の向かい側に腰を下ろした。「怖いの？」

「いや。僕自身は怖くない」

母は僕をじっと見つめて、なにか言おうとした。そのとき、やかんがかすかなピーという音を立て始めたと思うと、あっという間に甲高い大音量になった。母は立ち上がり、やかんをコンロから降ろして、用意してあったポットに沸騰した湯を注いだ。そしてポットとともにテーブルに戻ってきた。

「なにかするつもりじゃないでしょうね？　ヘンなことしないわよね？」

「母さんならどうするか、知りたかっただけだよ」

母は近所のありとあらゆるコーヒーショップで集めた砂糖の小袋が入った缶を、僕のほうへ押しやった。

「もしあんたが死んだらだなんて。そんなこと、考えることさえしないものよ」

「でも僕は、ここ何週間もずっと考えてるんだ。人は一番愛する者を失ったらどうなるんだろうって」

「意図的な犯罪で？　それとも不注意で？」

僕は晴れ渡った気持ちのいい夏の日のことを考えた。ある夫婦が湖水浴に行き、夫だけが家に戻ることになった日のことを。緩和病棟に入院していて、看護師に負担に思われるようになったのかもしれない老女のことを考えた。自分には孫がいると長年信じ続けた女性のことを考えた。父親から盗みを働き、その父親の手で殺された少女のことを考えた。そして、青信号を信じ、交通規則を信じ、決して公布されることのなかった法律に守られていると信じていた少女のことを考えた。

「意図的な犯罪」と、僕は答えた。「貪欲。依存症。出世欲。過大な要求。誇大妄想」

母はうなずいた。小袋からこぼれてテーブルに散らばった砂糖粒を摘み取ると、考え込みながら指で揉んだ。

「たくさんの罪には、たくさんの赦しが必要よね。でも誰もが赦せるわけじゃない。それは、自分がその立場になってみて初めてわかることよ。神様、そんなことが起こりませんように。ハーヨーと関係がある話なの？」

「ハーヨー？」

母がなぜ、よりによってこの話をヘルマーと結び付けたのか、僕には知る術もなかった。

おそらく、ヘルマーが二度目の人生では不幸の権化のような存在であり、母とフートさんというふたりの女性にさえ、すでになくして久しい保護本能を再びかきたてる人間だったからだろう。

「私たち、あのときどうしてハーヨーがうちに来たのか訊かなかった。ハーヨーもなにも話さなかった」あんたもね、と、母がティーカップの縁ごしに僕に送る視線は言っていた。「でもね、ハーヨーがここに置いていったものがあるの」

その瞬間、フートさんが帰ってきた。彼女の荒い息は中庭の向こうからでも聞こえてくる。急がなければ。

「なに？」と、僕は訊いた。

「あなたに見せるべきかどうかわからないんだけど。ハーヨーは、もし自分になにかあったら墓に一緒に入れてくれって言ってたし」

「ダメだ。墓に入れたりしちゃ。なんだか知らないけど僕に見せてくれ」

母は唇を噛んだ。そもそも僕にこの話をしたことを悔やんでいるのは明らかだ。

「どこにある？　なんなんだ？」

遅かった。レタス二玉と卵の六個入りパックの重みでふらつきながら、フートさんが足を引きずるようにキッチンに入ってくると、瀕死の目つきで三脚のぐらぐらする椅子のうち最後の一脚にどすんと腰を下ろした。

「あら、フェルナウさん」喘ぎながら、フートさんは声を絞り出した。「ほんとに遠いったらありゃしない。このあたり、もうどこにもスーパーがないんだから。アレックス（アレクサンダー広場）まで行かなきゃならないんですからね。このあたりの人間が、保温カップ入りのレモングラス・スープしか飲まないとか、本気で思ってるのかしら?」

フートさんの食料調達の問題は、僕にはどうでもよかった。それでも僕はとりわけ感じよい笑顔を作って、彼女のほうを向いた。もちろん彼女が僕の手に負える相手でないことは百も承知のうえで。

「フートさんじゃありませんか。ねえ、ヘルマー氏はお宅になにを残していったんですか?」

フートさんのボタンのような小さな目が、驚いたように母へと向けられた。母はお茶をかきまぜながら、まるで僕の質問は、空から落ちてくる小型バスのように僕の頭に突然落ちてきたのだといったふうを装っていた。

「それとも、検察に連絡して家宅捜索令状を発行してもらいましょうか? 刑事と鑑識班にここに来てもらいたいですか?」

反応なし。僕は身を乗り出して、ふたりのうち疑いの余地なく手ごわいほうであるフートさんをじっと睨みつけた。

「ハンス-ヨルク・ヘルマーは殺されたんです。だから、あなた方ふたりは証拠を隠匿していることになる。六か月から二年半の懲役にあたる罪です。刑務所ですよ。ふたりとも」

「殺された？」母が囁いた。

フートさんは顔を真っ赤にして、苦しそうに息を切らせ始めた。彼女の得意技で、驚くほど真に迫って見える。だが、長いあいだ練習すれば誰でも身につけられる技だ。

「わかった」僕はわざとらしく鞄のなかをかき回して、携帯電話を取り出した。「お好きなように。十分以内に車が三台やってくる。国家保安局と州犯罪捜査課。青い警告灯が回ってる車ですよ。近所じゅうに知れ渡るでしょうね。いまのうちにいい弁護士を探しておくといい」

「この人に話したの？」

母は、できることならティーカップのなかに隠れてしまいたいようだった。「だって……」

「ヒルデガルト！　ハーヨーの最後の望みだったのに！　あなただって自分の最後の望みは尊重してもらいたいでしょ。私が後から、やっぱり骨壺はなし、樫材の棺のほうがいいからなんて言い始めたら、どう思う？」

僕は拳をテーブルに叩きつけた。ティーカップがカタカタ躍った。

「寄越せと言ってるんだ！」

ふたりの女性は、驚愕の目で僕を見つめた。ほとんどかわいそうになるほどだった。遺言執行者に指名されたというのに、その使命に失敗することになって。そのとき、ゴムボールなみに食えないこの小柄な丸い女性が、僕の人生に招かれもしないのに勝手に入り込んできて以来初めて、言い返しもせずに立ち上がると、僕が要求したとおりのことをした。キッチンを出ていき、しばらくすると油じみた新聞紙に包まれた小さななにかを持って戻ってきたのだ。フートさんは黙ってそれをテーブルの上、僕の目の前に置いた。僕たちは無言のままそれを見つめた。

「ヘルマー氏がこれを預けたのはいつ？」

母が咳ばらいをした。「スクランブルエッグの後。ハーヨーにここに泊まっていきなさいって言ったんだけど、外のほうが気分がいいからって」

「ハーヨーは怖がってた」フートさんが続けた。「でも、なにがどうして怖いのかは言おうとしなかった。で、私たちにそれを預けたの。自分の遺体から発見されることがないようにって。もし自分が死んだ場合に」

「誰にもなにも言わないって約束してくれと頼まれたのよ。もしも自分の身になにかあった場合、秘密は誰にも知られちゃいけないって。お墓に持っていきたいって」

非難がましい目で、ふたりは僕を睨みつけた。僕は包みを手に取った。重い。ゆっくりと、紙をはがし始める。

「でも、ハーヨーの身になにかあったら」と、母が言った。「実際あの人、この通りに言ったのよ――もし自分の身になにかあったら、それはそれで正しいことなんだって」

最後の紙を剝がし取った僕は、息を詰めた。自分の手のなかにある物がとても信じられなかった。母とフートさんが興味津々で身を乗り出し、その瞬間に飛びすさった。

「なにそれ？」と、母が訊いた。

僕は手のなかのそれを、テーブルに置く勇気がなかった。ヘルマーは六年間、これを新聞紙に包んで、肌身離さず持ち歩いていたのだ。緊急受入施設でも、簡易宿泊所でも、駅の慈善所でも、公園のベンチでも、地下鉄の駅構内でも。凍てつく夜にも、灼熱の昼間にも。そしてそれはいまだに、あたかもたったいま最後の息を吹きかけられ、革製の布巾で磨かれたばかりのように見えた。

「なにそれ？」フートさんが母の質問を繰り返した。

僕は興奮ぎみに、彼らにそれを見せた。「ピアジェのエンペラドール・トゥールビヨンだよ」

「時計ね」と、母が僕の言葉を翻訳した。「価値のあるものなの？」

〈最終法廷〉は空っぽだった。珍しいことだと思ったが、すぐにたくさんのテーブルの上に置かれた「予約済み」の札が目に入った。独身生活に別れを告げる結婚式前夜パーティーの予約でも入っているのだろう。それとも会社の設立記念日か。僕がレストランに足を踏み入れると、ユーレが厨房からちらりと顔を出して会釈をくれた。

僕は三つの部屋を突っ切って、螺旋階段を上り、一階とそっくりな空間をまた横切った。

最後の部屋は一番小さく、天井も一番低かった。錫製の皿などの古い食器類が壁にかけられ、木の床はミシミシと音を立てる。部屋の中央にはテーブルが三つ、くっつけて並べられていた。僕は窓際に行って、通りの向こう側を眺めてみた。州裁判所が正面に見える。居心地のいい小さな部屋だ。

足音が聞こえて振り向いた。オトマー・コプリーンが入ってきた。挨拶代わりに僕に向かって軽くうなずくと、帽子を脱いでテーブルの上に放った。上着を脱いでドア横の真鍮のフックに掛けるあいだ、コプリーンは無言だった。僕は再び、窓から空っぽの通りを見下ろした。古臭い街灯が、このあたりに不案内な人間が迷わないで済む程度のわずかな光を投げかけている。

コプリーンは帽子を丸めると、上着の袖に押し込んだ。

「まだ痛みますかね？」コプリーンが訊いた。

「まだ武器を携帯してるんですか？」僕は訊いた。

「今日は持ってませんよ」

コプリーンはドアを背にして、テーブルの短いほうの端に腰を下ろした。逃走経路に一番近い場所を取るのは昔からの習慣なのかもしれない。見た限りでは、彼にはどこも変わったところはなかった。落ち着きはらっている。

僕は腕時計に目をやった。ゆうに三万ユーロはするピアジェではなく、新聞の日曜版の試し購読でもらった広告用の品だ。七時まであと二分。

　コプリーンの表情には、なんの動きもなかった。その灰色の輪郭に、僕はザロメの面影を探した。髪の生え際は似ているかもしれない。ザロメのそれはハート形だが、コプリーンのほうはすでにだいぶ後退している。それ以上の似た点は見つからなかった。コプリーンの人を拒絶するような閉鎖的な表情とは違って、ザロメの表情には炎と情熱と冷たさが同居している。

　コプリーンがメニューを手に取ったと思うと、すぐにまた戻した。「誤審」「交互尋問」「証拠物件」といった名前の料理は、今日のコプリーンの気分にはそぐわないのだろう。再び足音が近づいてきて、コプリーンはドアのほうを振り返った。

　ロスヴィータ・マイスナーとカティア・ヘルデゲンが入ってきた。ふたりはコプリーン同様、ひとことも発しないままコートを脱ぐと、テーブルの反対側の端、コプリーンから一番離れた場所に腰を下ろした。

　小教区教会の鐘が、七度鳴った。ユーレがドアから顔を覗かせて、誰もメニューに触れていないのを見ると、全員に愛想よく微笑みかけた。

「まずは飲み物を注文なさりたい方は？」

「いつものを」と、コプリーンが言った。

　ロスヴィータとヘルデゲン夫人がうなずいた。ユーレはメモ帳をつかむと、それ以上なにも訊かずにメモを取った。

「ビール」と、僕は言った。

ユーレは部屋を出ていき、僕たちはじっと待った。やがて、彼女の姿が見えた。ランドローバーでやってきたザロメは、ずっと向こうのクロースター通りとの交差点あたりに駐車した。もっと近くに駐車場所はいくらでもあったが、ザロメは少し離れたところで車を降りて、しばらく車の横に佇み、まるで初めて見るかのようにレストランの入った建物を眺めていた。

嘘つけ、と僕は思った。

君はここにしょっちゅう出入りしていたはずだ。店のなかがどんなふうかもちゃんと知ってるだろう。トリクシーとフェッダーと一緒にこの店で食事をしただろう。ルドルフとマークヴァートとも。次のサルディニア島での休暇を計画するために、ホーファーとも。いや、それ以上を計画していたのかもしれないな。もしかしたらマルガレーテともここに来たんじゃないのか。誰にも邪魔されることのない静かな場所で彼女と話をするために。声が反響する裁判所の廊下で立ったままではなく、ここ〈最終法廷〉の蠟燭が一本灯ったテーブルの前で、一杯の赤ワインとともに。小声で、理解を求め、説明を試み、言い訳し、そのうち苛立ち始めたんじゃないのか。君はきっと、十七歳だったんだと自分を擁護したんだろう。当時の若さと未熟さを持ち出して、人には自己決定権があると演説したんだろう。だがそのうち、マルガレーテには決して理解してもらえないと君は気づいた。マルガレーテの目には君は殺人者であり、これからもそれは変わらないのだと。だから君は立ち上がり、店を出たんだろう。そしてマルガレーテのことを忘れ、二度と思い出すこともなかった。ある日突然、君の目の前で通りに倒れる彼女の姿を見るまでは。倒れたマルガレーテはピストルを手にしていた。そのピストルで、君ではなく、別の人間を狙った。君が何年も出入りしてきた州裁判所の入口の目の前で。そのとき君は初めて、思っていたほど簡単には逃げられないかもしれないと予感したんじゃないのか。それに、そんな予感を抱くのは自分ひとりではないんだとも。

だが、もしかしたらザロメは、ただ窓の向こうに僕のシルエットを探していただけなのかもしれなかった。ザロメの視線が僕をとらえ、その瞬間、燃えるような熱い鉛が僕の血管を駆け巡った。愛してる、と、僕は突然思った。なにがあっても、やっぱり君を愛してる。

「こんばんは」

僕は思わず飛び上がった。若い男がひとり、部屋に入ってきた。背が高く、痩せている。足首には自転車をこぐ際にズボンの裾をまとめるためのバンドをはめている。男が寒さでかじかんだ手でヘルメットを脱ぐと、黒い鬚に縁どられたほっそりした顔が現れた。その目は落ちくぼんでいて、健康的な印象を与えるとは言い難かった。それでも彼が入ってきたことで新鮮な空気が一気に部屋に流れ込み、全員を活気づけたように見えた。この男はどうやってマーゴット・ポールを梯子から五階下へと突き落としたのだろうと僕は考え、彼の青白く鋭い顔に殺人犯のしるしを探した。だが、男が苦労して抑えつけている不快感以外には、なにも見つけられなかった。男は僕に近づいてきて、空いているほうの冷たい手を差し出した。

「ルーペルト・シャルナーゲルです」

「ヨアヒム・フェルナウです」

「ヘルデゲンさんにお聞きしたんですけど、弁護士さんだそうですね。我々のこの内輪の集まりに、どのようなご用件で？」

「全員が揃うまで待とう」と、コプリーンが言った。

「わかった——やあ、ザビーネ」

金髪をおかっぱにした若い女性が部屋の戸口にいて、飲み物を配るために盆を持って入ってきたユーレを通そうと、脇へどいたところだった。ザビーネ・クラコヴィアクだろう。ほっそりした平凡な見た目の女性で、服装もとことん月並みだ。役所の事務員といった雰囲気。いったいどうすればこんな人間を、トルコ人のみかじめ料徴収人を夜中に駐車場で待ち伏せして鈍器で殴り殺すといった行為に駆り立てることができるのだろう。コプリーンがザビーネに軽くうなずくのが見えた。ほんのささいな仕草だったが、それがザビーネの顔から緊張を解いた。コプリーンは彼らのボスなのだ。彼はなにをすべきかをわかっている。それでじゅうぶんだ。テーブルの端に鎮座するコプリーンの落ち着いた態度を崩せるものなどなにひとつない。このほとんど高慢でさえある無関心な態度は、ほかのメンバーにも伝染していく。

「やあ、ユーレちゃん」

アルタイが息を弾ませながら入ってきた。狭い螺旋階段が彼には辛かったのだろう。ザビーネ・クラコヴィアクは、アルタイの脇をすり抜けて、ロスヴィータ・マイスナーの隣に腰を下ろした。

「皆さんも、いつもので？」ユーレが到着したばかりの三人に訊いた。そして、できる限り縮こまって、まだドアの前にいるアルタイとシャルナーゲルの横をすり抜け、出ていった。アルタイと視線を合わせようとはせずに。

「もちろんだよ、ユーレちゃん」アルタイはそう言ったが、ユーレや僕のようにアルタイのことを少しばかり知っている者なら、彼の腹のなかにどれほどの怒りが渦巻いているかをその声から聞き取ることができた。「いつもので」

アルタイが部屋を見回した。「私、もうかれこれ二十年前からこの店に来てるんですがね、皆さんがここに集まっておられたことは知りませんでした。原稿の締め切り時刻のせいかもしれませんな。普通この時間に食事に来ることはないんで。席は決まってるんですか？」

シャルナーゲルは、ヘルメットをテーブルの下に置くところだった。彼もまたコプリーンとのあいだに席をひとつ分空けていた。そこで僕は、コプリーンとシャルナーゲルのあいだに座った。八つの椅子のうち、いまや六つが埋まっている。ザビーネ・クラコヴィアクは僕の向かい側に座っている。アルタイがザビーネに隣は空いているかと訊き、ザビーネはうなずいた。

コプリーンの左隣の椅子は、空いたままだった。マルガレーテが座っていた席。ザロメが座ることになる席。

「こんばんは」

全員が顔を上げた。ザロメが入ってきて、ドアを閉めた。手袋を外したがコートは着たままで、ひとりひとりの目を覗き込む。ただ、父親の目だけは見なかった。コプリーンの真後ろに立っていたからだ。そしてコプリーンのほうも、親切に振り向いてやりはしなかった。

「アルタイさん、部屋を出ていってください」

「出ていくつもりは毛頭ない！」アルタイは怒りの形相で一同をにらみつけた。「私にはここにいる権利がある。第三条第三節……」

「記者にはいてほしくない」シャルナーゲルがぶっきらぼうにアルタイを遮った。「そもそも、知らない人間にはいてほしくない。いったいなんだっていうんだ？　弁護士に三流記者に、それにあなた、あなたはいったい誰です？」

「ザロメ・ノアックといいます。この件を捜査している検察官です」

「捜査？」シャルナーゲルが訊いた。

「なにを捜査してるんですか？」ロスヴィータが口を挟んだ。そして驚いたように目を見開いて、無垢な視線でザロメを見つめた。「ここには捜査することなんてなんにもありませんけど」

「たとえば私の頭のコブの捜査とか」僕は言った。

ロスヴィータは胸の前で腕を組んだ。「あら痛かった？　それはごめんなさい」

「アルタイさん？」ザロメはこのささいな口論に翻弄されるつもりはまったくないようだった。

アルタイは怒りに震えながら立ち上がった。

「これは私のストーリーだ！　私が調べたんだからな！」アルタイはザロメから目をそらすと、ほかの面々を見つめた。「私に話していただければ、あなたがたがずっと求めていたものがついに手に入るんですよ。つまり、世間の注目が。意趣返しが。あなた方の側に立った報道が」

「アルタイさん！」

ザロメが鞄から携帯電話を取り出した。今日の彼女は、床に届くほど長い黒いコートを着ていた。ブリッツ城でも着ていたコートだ。ベルトをきつく締めているので、ウェストが実際よりもさらに細く、はかなげに見える。今日の彼女の長い髪は、ヘアクリップで後ろでまとめてある。化粧はほとんどしておらず、口紅を薄く引き、かすかにアイシャドウを入れているだけだ。赤い口紅も厚いメイクもなしのザロメは、不自然なほど蒼白に見えた。

「すぐにここから出ていってください。でないと一時的に逮捕します」

「どんな理由で？　誰が逮捕する？　ここに警察でもいるのか？」

「いまはまだいません」

「出ていきなさい」コプリーンが言った。その声には、それほど危険な響きはなかった。親切心からのアドバイス──それだけだ。だがその効果は著しく、アルタイはついに口を閉じ、自分が本当にあまり歓迎されてはいないのを、徐々に理解し始めたようだった。僕はアルタイを気の毒に思った。アルタイは優秀な記者で、彼の書く記事がゴシップ誌のそれと明白に異なるのは、感情の込め方の匙加減が適切だからだ。だが、いまはすでに調査の段階ではない。だから彼はもう傍観者ではいられない。ストーリーの一部になるか──さもなくば出ていくか。

コプリーンが、今度は僕を指した。「彼は残っていい。お前もだ。座れ、カルメン」

スローモーション並みにゆっくりと、ザロメは父親の隣の椅子に腰を下ろした。アルタイが一同を見まわした。誰も言葉を発しなかった。誰も動かなかった。

「わかった。もし皆さんの気が変わったときには──私は下にいますから」

アルタイは自分の荷物を手に取った。彼自身のためにも出ていくほうがいい。僕たちは、アルタイが部屋を出て、ドアを閉めるのを待った。コプリーンが僕に向き直った。

「あんたはなにがしたい?」

僕たちのあいだの厚い氷をわずかでも溶かすきっかけになるようななにか気の利いたことを言おうと僕が口を開きかけたとき、ザロメが本題に入った。

「誰が誰を殺したんですか？」

　全員がザロメのほうを見た。

「それに、どういう理由で？　マイスナーさん。あなたから始めましょう。娘さんのカトリンは、六年前、交通事故で亡くなった。そうですね？」

　ロスヴィータ・マイスナーはほかの皆を見まわしてから、ためらいがちにうなずいた。

「ヘルデゲンさん。あなたもお子さんを亡くされた。手にかけたのはご主人。悲劇的な誤解によるもので、ご主人はそれを乗り越えることができなかった。間違いないですか？」

　カティア・ヘルデゲンはなにも言わなかった。ただ唇を引き結んで、ザロメの背後の壁にかかった錫製の皿に目を向けている。

「ザビーネ・クラコヴィアクさん。お母さまのヘルタ・クラコヴィアクさんは、認知症で寝たきりだった。亡くなった後、何人もの医師が、死因は病院でかかった肺炎だと診断した」

　まるで目に見えない紙に書かれた文章を読むかのように、ザロメの口調はよどみなかった。しっかり準備してきたようだ。それも、僕たちがゲルリッツで別れた後に始めた準備ではない。

「ルーペルト・シャルナーゲルさん。六年前の夏、奥様がシュパンダウ地区ハーケンフェルデのビュルガーアップラーゲ湖水浴場で刺殺された。裁判では、小競り合いの最中の傷害致死だったと判断された。それから、マルガレーテ・アルテンブルクさん——代理人としてフェルナウ氏がここにいるわけですが——の息子は、妻に去られた後に自殺した。私の記憶にある限り、この件では裁判は行われていない」

ザロメは、まるでふたりのあいだに三百冊の書類ファイルが立ちふさがっているかのような徹底的に無関心な目で僕を見た。彼女はなにかを知るためにここにいるのではない。一方的に事実を列挙している。彼女は検察官だ。そのとき突然、これは罠だと僕は気づいた。

「ただ、コプリーン氏に関してだけは、頭を悩ませています。コプリーンさん、なぜあなたがこのグループの一員になったのか、理由をお話しくださいませんか」

コプリーンはザロメの要請には応えなかった。わざとらしいほど無関心な表情で、部屋の向こうの壁の一点を見つめるばかりだ。それ以外の反応が返ってくるとは期待していなかったとばかりに、ザロメは先を続けた。

「どうして皆さん、黙っておられるんですか？　ここには私たち以外誰もいません。お互いのことはよくご存じなんでしょう。さて、どうして私は皆さんのグループでやり玉に挙げられているんですか？　確かに皆さんの事件のうちいくつかは、私が訴訟を担当しました。皆さんのなかには、判決が軽すぎたと思っている方も多いのでしょう。でも、ここは開拓時代の大西部じゃないんですよ、皆さん。我々は法治国家に……」

「お前は関係ない」コプリーンが言った。その視線はいまだにザロメには向けられず、まるで目に見えない訪問者が向こうにいるかのようにザロメの身体を素通りしている。「だが、自分がやり玉に挙がっていると推測はしているとわかって、安心したよ。お前もまだ完全に理性を失ったわけではなさそうだ」

ザロメは椅子の背にもたれかかって、微笑みながら天井に目を向けた。あんたが私のことをどう思おうとどうでもいい、という仕草だ。コプリーンがまだなにか言うかと、ザロメはしばらく待った。だが、彼の口からもう言葉は出てこなかった。自分が皆の注目を集めていると確信が持てたところで、ザロメは背筋を伸ばすと改めて一同を見つめた。

「今朝、法医学研究所からの報告書を受け取りました。それによれば、ハンス－ヨルク・ヘルマーは、催吐剤を服用していたにもかかわらず、自身の嘔吐物で窒息死したわけではありませんでした。誤嚥の可能性はありません。点状出血および胸膜出血が認められることから、他者から危害を加えられたと推測されます。おそらくは上着やそれに類似したものを使って。その上着を、我々は探しています。それに、加害者も」

ザロメはそう言って、ひとりひとりを順番に見つめていった。最後にコプリーンを。

「誰がやったんです？」

沈黙。

「いいでしょう。では次に行きましょう。マーゴット・ポール。元看護師。メルキッシェス・フィアテルにある集合住宅の六階、自宅バルコニーから転落死。複数の目撃者がいて、事故の前にひとりの男性がポールさんの住居を訪れるのを見たそうです。建物管理会社の人間だとか。人物描写によれば、背が高く、痩せていて、三十代半ばから四十代半ば」

ザロメの視線がルーペルト・シャルナーゲルに向けられた。シャルナーゲルはちょうど、退屈そうに上着の袖で自転車用ヘルメットを磨いているところだった。

「被害者の住居はいまでは改装され、新たな住人がいます。それでも我々には、ポールさんの死亡時刻に未知の男がその場にいた痕跡をバルコニーで見つけられると期待する相応の理由があります。アルスラン・イルディリムの場合は、少し状況が違います。彼はなんらかの鈍器で殴殺されました。これまでの捜査では、まだ狙いを定めてたった一度の殴打で相手を殺せるだけの力のない少年の犯行だと考えられていましたが、現在別の方向でも捜査しています。犯人が成人女性である可能性も視野に入れて」

ザビーネ・クラコヴィアクが、カティア・ヘルデゲンの腕をつかんだ。

「ユルゲン・フェッダーの死亡に関しては、死体解剖を要請するべきかどうかまだ決断しかねています。フェッダー氏は殺されたのか？　それとも悲劇的な事故だったのか？　フェッダー氏の死は、一連の死亡事件の先頭を切るものでした。私の推測では、彼の死は一種の起爆剤だったのではないでしょうか。その後、あなた方は本格的に行動を始めた」

ザロメは立ち上がると、ゆっくりと、非常にゆっくりとテーブルを一周した。ひとりひとりの目を覗き込みながら。

「ここなんですね。あなた方はここに集まっていた。ここで話し合った。互いに慰め合った。

一緒に泣いた。抱き合った。互いに支え合おうとした。でも、すべて無駄だった。いくら話してもなんにもならない。怒り、恨み、絶望は、すべてひとつの思いへと収斂(しゅうれん)する――報いを受けさせたいと。通りの向こうの州裁判所では、それはかなわなかった。少なくとも、あなた方が想像したような形では」

ザロメは窓際でしばらく立ち止まった。州裁判所はすでに最後の明かりを落とした後だった。巨大な建物の装飾もない簡素な裏面が、夜空にそびえ立っている。

「しかし、裁判は復讐ではありません。法に則って、法の支配を再構築するものです。確かに不完全な試みです。それでも、この地上で我々が持つ唯一の手段なんです」

コプリーンがあざ笑うかのように鼻を鳴らした。彼にとっては、現世での裁きのほうが最後の審判よりも身近なのだろう。ザロメは彼の不快感の表出を無視して、またテーブルの周りを歩き始めた。冷静で、自制が利き、明晰で、分析的。ザロメはまだ誰のこともうろたえさせてはいない。皆、心の準備をしてきたようだ。こんな状況をもう何百回と頭のなかで想像してきたかのようだ。だがここから、ザロメは本格的な攻勢に入った。かすかな勝利の笑みが、その口の端に浮かんだ。

「いまこの瞬間、皆さんの自宅は家宅捜索されています。友人たちに事情聴取が行われ、車が押収され、家族が尋問されています。明日は皆さんの職場で捜査を続けます。同僚たちを事情聴取に呼び出します。上司も、近所の方々も。ちょうどいま、我々は皆さんのベッドのマットレスをひっくり返し、コンピューターのハードディスクを押収し、通話記録を調べ、私的な通信を押収しているところです。あなた方の生活を隅から隅まで調べ尽くします。なにか見つかるまではやめません。あなた方全員です。我々は、あなた方の犯罪を暴いてみせる。お約束します。ですが、もし我々に協力するなら、状況は少しばかり良くなりますよ」

ザロメはついに、一同に衝撃を与えることに成功した。彼らは事態を理解するのに数秒必要とした。彼らの動揺は、ひとりひとりの顔にはっきりと表れていた。ただ、コプリーンだけは別だった。いまだに灰色の岩のように冷たく、どっしりと座ったまま、ザロメが攻撃を終えるのを待っている。

「もうおしまいなんです、皆さん。ゲームは終わりです」

その瞬間、凄まじい衝撃音とともにドアが破壊された。ヘルメットと防弾ベストを装着した十人以上の男たちが、武器を構えて部屋になだれ込んできた。十秒とたたずに僕たちは制圧され、壁際に立たされるか、テーブルに腹ばいにされて、武器を持っていないか調べられていた。ザロメは数歩離れたところで、逮捕劇が終わるのを待っていた。

両手を上げたまま窓際に立った僕は、なぜレストランのなかにも外の通りにも人がいなかったのか、なぜザロメがここから離れた交差点に車を停めたのかを、ようやく理解した。青い警告灯が、通りに立ち並ぶ家々の壁に躍っている。大量の警察車両によって通りは封鎖されていた。あたり一帯は制服警官でいっぱいだった。アルタイが警察車まで連行されていくのが見えた。彼が身分を証明できること、今晩ここにいた理由としてアイスバインのゼリー寄せ以上の説明を思いつくことを祈った。だが警官たちは、彼女にはまったく注意を払わなかった。ユーレがアルタイの後を追って走りながら、なにか声をかけた。

僕はできる限り落ち着いていようと努めた。最悪の場合でも、一晩身柄を拘束されることになるだけだ。だがほかの面々にとっては、事態はもっと深刻だった。ザビーネ・クラコヴィアクはすすり泣いており、カティア・ヘルデゲンは声に出さずに唇を動かし、シャルナーゲルは、やはり両手を上げてこれ見よがしに自転車用ヘルメットを頭上に掲げながら、武装した特別出動コマンドの男たちを苦々し気な目で見つめていた。

「名前を！」と、シャルナーゲルは怒鳴った。「ちゃんと警察証を見せろ！」

バカバカしい。映画は終わりだ。加害者たちは捕まった。僕は目的を達成した。やはり僕の推測したとおりだったと判明した。ブラヴォー、フェルナウ。よくやった。

「で、これからどうなる？」僕はそう訊きながら、振り返った。

ザロメが指揮官との小声の会話を中断した。そして一瞬考えた後、指揮官にこう言った。

「フェルナウ氏は、身分証明が済んだら帰ってもらってかまいません。でも、いつでも連絡がつくようにしておいてください」

それを聞いた瞬間、僕は果てしなく安堵した。家に帰れる。だがすぐに、自分のなかのなにかが変化したのを感じた。ザロメがここで即興の審理を演じていた、まさにその瞬間に。

「私は残ります」と、僕は言った。

ザロメは指揮官に少し待てと合図をして、僕のほうへやってきた。

「出ていきなさい」僕にそう囁きかける。「弁護士資格が惜しいなら」

「私、証言したいんですがね」そのとき、コプリーンが言った。

「私も」と、ルーペルト・シャルナーゲル。

「私も」と、ザビーネが囁く。

ゆっくりと、非常にゆっくりと、ザロメは彼らのほうに向きなおった。特別出動コマンドは、逮捕された全員がある程度落ち着きを保っているようなのを確認して退出し、地元警察署のチームが現場の安全確保を引き継いだ。そしてそこに、ファーゼンブルク警部がやってきた。

警部は僕に軽くうなずきかけると、ザロメとともに外へ出ていった。

「証言はすべて皆さんに不利に使われます」そのすきに、僕は早口で言った。「どうか、身元を証明するだけして、事件の内容には触れないように。名前、旧姓、住所だけ。弁護士と話すまでは、ほかにはなにも証言しないように。落ち着きを失わないで。皆さん、いまはストレスがかかっている状態です。どんな結果になるか……」

ザロメとファーゼンブルクが戻ってきた。ザロメは先ほど座っていた椅子に腰かけた。ファーゼンブルクはその後ろに立ち、小型の録音機をテーブルに置いた。

「皆さん、お座りください。コプリーンさん、証言なさりたいとのことでしたが？」

「はい。私はユルゲン・フェッダーを殺しました」

すべてに対して心の準備を整えていたであろうザロメも、この発言だけは予測していなかったようだった。だが、これはほんの皮切りに過ぎなかった。

カティア・ヘルデゲンが咳ばらいをすると、言った。「私はハンスーヨルク・ヘルマーを殺しました」

「私はマーゴット・ポールをバルコニーから突き落としました」と、ザビーネ・クラコヴィアクが言った。

ルーペルト・シャルナーゲルもついに両手を下ろして、言った。「私はアルスラン・イルディリムを殴り殺しました」

ザロメとファーゼンブルクは、戸惑ったように顔を見合わせた。ザロメのたとえようもなく美しい紺碧の目が細められて、二本の線になった。

「タヘレスの裏の駐車場で」と、シャルナーゲルが付け加えた。

カティア・ヘルデゲンは、不安げな視線をコプリーンに投げた。するとコプリーンは、ほとんど目に見えないほどかすかにウィンクを返した。

「私、ヘルマー氏に酒の瓶を渡しました。その後、彼を尾行して、窒息死させました。寄付で集まった衣類のなかにあったダウンジャケットで」

「私は……」ザビーネが口を開いたが、ザロメが遮った。

「私をからかっているんですか？」

ザロメは怒りの形相で録音機のスイッチを切った。「男に変装してマーゴット・ポールをバルコニーの柵越しに持ち上げたとでも言うんですか？　コプリーンさん、三百人が出席していた起工式のビュッフェにどう細工をすれば、フェッダー氏が死ぬよう仕向けられたというんです？──連行しなさい！」

ファーゼンブルクが一歩下がった。メモを取っていた刑事が眉間にしわを寄せて、メモ用紙を見つめた。

「尋問を続けないんですか？」

「これは尋問じゃありません！」ザロメは録音機をつかむと、壁に向かって投げつけた。録音機はばらばらになり、破片が部屋中に散らばった。「それに、こんなものは証言でもなんでもない！」

ザロメは我を失っていた。こんな彼女の姿は見たことがなかった。懸命に感情を制御しようとしている。

「聞こえなかったの？　連行しなさい。捜査担当の判事にはもう知らせてありますね」

ファーゼンブルクがうなずいた。

全員が部屋を出ていき、ザロメとファーゼンブルクと僕だけが残った。ザロメは録音機の破片を拾い集めて、ファーゼンブルクに手渡した。

「ごめんなさい。あんなふうに自制心を失ったりして」

「そういうこともありますよ。これからどうします？」

「あの小柄な金髪の女性から始めてください。彼女が一番不安定に見えます。ひとりでも自白すれば、彼らが築いた砂上の楼閣は全部崩れ落ちる」

「鑑識はまだなにも見つけられていませんが」

「なにかは見つかりますよ。とことん探せば、常になにか見つかるものだ」僕はそう言わずにはいられなかった。ふたりはいら立ちもあらわに振り返った。僕は思わず笑った。それは僕の心の最奥からこみあげた笑いで、今晩のような茶番劇はこれまで見たことがないという事実から来るものなのは間違いなかった。僕はなんとか自分を抑えようとしたが、あまりうまく行かなかった。ファーゼンブルクとザロメは、まるで僕が理性を失ったとでもいうかのように、じっと見つめてくる。

「彼らは君たちを嵌めたんだよ」あえぎながら、僕は言った。「見事に、綺麗に嵌めたんだ。あれはあの場で苦し紛れにひねり出した作戦じゃない。これから何か月も、君たちはひとつひとつの事件について、自白した人間が犯行を犯していないことを証明するのに忙殺されるだろうな。で、それをやり遂げても、結局一歩も前進したことにはならない」

　信じがたい話だった。コプリーンと友人たちは、この件に何年も費やしてきた。きっとプランBを細部の細部まで詰めていたに違いない。たった六か月の勾留期間では、絡まった毛糸玉から一本の赤い糸を引っ張り出すのにさえ足りないだろう。

そのとき、無線機が音を立てた。ドアの脇にいた警察官が「出動完了。撤収します」と言って、去っていった。

「了解」と、ファーゼンブルクが答えた。「なにがそんなにおかしいのかわかりませんけどね、ま、その話はまたそのうち。署に戻らないと。警察無線を傍受した記者たちからもう質問が来てるんですよ。話の方向性をそろえておかないと」

ザロメがうなずいた。そして、僕に手を差し出した。

「ご協力ありがとうございました」そう言う彼女の声は、言葉の内容とは正反対のことを告げていた。

そしてザロメは僕を置き去りにして、ファーゼンブルクに続いた。僕は気の抜けたビールの入ったグラスを手に取り、一気に飲み干した。そして空のグラスを手に再び窓際へ行って、外を覗いてみた。ファーゼンブルクとザロメがちょうど別れるところだった。ファーゼンブルクは警察車に乗り込み、ザロメは歩き続ける。僕は携帯電話を取り出して、彼女の番号にかけた。ザロメは足取りを緩めて、携帯を探し、ディスプレイにちらりと目を走らせると、立ち止まった。〈最終法廷〉を振り返り、二階の窓辺にいる僕の姿を見て、電話に出たときには、彼女はもう通りの角のすぐ手前まで来ていた。

「あれで終わりか？」僕は訊いた。

「あれで終わり」ザロメが答えた。

「それでも、六人だ」僕は言った。

「わかってる。最後のひとり、未知の人物。こちらで見つける」

「実の父親に対して捜査することになるんだぞ」

「それなら父の事件は担当を変えてもらうまでよ。すべてが明るみに出ることになる。でも、怖くはない。私の人生に、後悔しなきゃならないことなんてない。一日たりと、一晩たりと。一時間たりと」

ここでザロメはわずかに間を置いてから言った。

「それに、キスひとつたりと」

僕はまた、刺されるような痛みを胸に感じた。ザロメが電話を切ろうとしたが、僕はひとこと付け加えた。そしてその言葉が、誠実に、正直に、僕の意図するとおりに響くことを祈った。

「ルドルフによろしく」

窓際からは見えなかったが、ザロメが微笑んだような気がした。

「夫はいまストラスブールにいる」

「それなら……」

「だめ」ザロメが僕を遮った。「一分も無駄にする時間はないから」

「それでも、やっぱり……」

ザロメは携帯電話を持った手を下ろした。それから、もう一度電話を耳元に持っていくと、言った。

「だめ」

ひとりで家に帰る気にはなれなかった。

そこでドゥンカー通りの事務所に向かったが、ずっと離れたところからもう、マドモアゼル・ルクレールが近隣住民全員を前にして熱唱する声が聞こえてきた。ヴァレリー・ラグランジュの「モナムール・プール・トワ」の非常に独創的なアレンジが、通りに立ち並ぶ建物の壁にわんわん反響し、感傷的なサビの繰り返しが、改装したばかりの光り輝く銅色の屋根の上へとうねうね上昇して、化粧漆喰を塗ったばかりのファサード前を吹き抜け、国際標準規格に沿った二重防音窓を通って、たくさんのハイテク・ロフトや、ぴかぴかに輝く樫材の寄木細工の床を持つシングル用アパートメント、税優遇措置の対象となるセカンドホーム用アパートメントなどへと漂い、決して闇に沈むことのないベルリンの輝く空へと昇っていく。

事務所のある建物の中庭には、五十人ほどが集まっていた。ほとんどが僕の知らない若い人たちで、危機に瀕した建物の住民たちへの連帯感を大量のビール消費という形で強めているところだった。マリー＝ルイーゼが、依頼人である平和活動家たちとともに、フライターク夫人の台所の窓の下にいた。窓のブラインドは下ろされていて、フライターク夫人自身の姿はどこにも見えない。猫たちもいない。

マリー＝ルイーゼは僕を見つけると、グループから離れて、あちこちに置かれた箱のひとつからビールを一本取り、人混みをかき分けながらやってきた。僕はいまだに中庭の入口に立ったまま、たまたまここに漂流してきた人間のようにお祭り騒ぎを眺めていた。

「どこに行ってたの？」

「逮捕劇に参加してた」

マリー＝ルイーゼはライターでビール瓶の蓋を開けると、僕に手渡した。

「その顔を見るに、ノアック検事が一緒だったみたいね。屋根の雀がもう噂をさえずってる。リッテン通りはまるまる封鎖されてるって」

僕はうなずいて、一口飲んだ。ビールはぬるすぎ、小さな渓流よろしく瓶の口から吹きこぼれて床に滴った。

「じゃあ、ザロメは彼らを逮捕したのね」

まるで残念に思っているかのような口調だった。マリー＝ルイーゼはビール瓶を掲げて、僕の瓶と打ち合わせた。

「でも、罪を認めさせたわけじゃないんだ」僕は言った。「しかも今後もそう簡単にはいかないだろうな」

「彼ら、証言を拒んだの？」

「いや、逆だよ。全員自白したんだ。ただ、自分が犯したんじゃない殺人をね」

マリー＝ルイーゼはしばらく考えてから、首を振り、もう一度考え込んでから、訊いてきた。「どういう意味？」

「全員が、自分は罪を犯したと言ったんだ。でも、自白したのは、自分が実際に犯したのとは別の罪なんだ。そうなると警察側としてはどんな手が打てるんだろう。強制拘禁かな。カムフラージュとか犯罪組織結成とかの容疑で。でも、被告たちが頑としていまの方針を貫くならまともな判決には至らないだろうな」

「で、ザロメは？」

マリー＝ルイーゼは、僕の本当の気持ちを表す動きがないかと、こちらの顔を探るように見つめてきた。だがその問いに、僕は答えようがなかった。愛することをやめるのは難しい。いや、不可能だ。僕は、これからの何日、何週間もの時間、彼女に降りかかってくるであろう困難から、ザロメを守りたかった。オトマー・コプリーンとは何者なのか、ザロメのかつての人生になにがあったのかを誰もが知るのは時間の問題だ。アルタイはすでに鉛筆を削って待ちかまえているだろう。その鉛筆でザロメを串刺しにするために。それはザロメの夢が、歓声を上げる公衆の面前で、ゆっくりと、すさまじい痛みを伴いながら死んでいくことを意味する。けれど、ザロメは僕という盾を望んではいないし、必要ともしない。

「残念ながら、しばらくのあいだザロメには会えないだろうな。ところで、ここはどうなってるんだ？」

マリー＝ルイーゼはあたりを見まわした。「別に。ちょっとしたパーティーよ。私の計算では、遅くとも二時間後には警察が来る。なんたってうるさいから。うわっ！」

凄まじいフィードバックとともに、バンドはプラスティック・ベルトランの「恋のパトカー」への驚くべき冒瀆を始めた。中庭じゅうが激しく振動し、通行人や野次馬が通りからやってきて、そのまま留まった。中庭は徐々に人で埋まりつつあった。あまりに人が多すぎる。

そのとき、僕たちの事務所の電灯がついているのが目に入った。

「事務所に誰がいる？」

「ケヴィン。ケルスティーの誕生日のびっくりプレゼントを用意してる」

その瞬間、ほっそりとしなやかな金髪美女が、人混みをかき分けて僕たちのほうへやってきた。僕より頭ひとつ分以上背が高いその女性は、嬉しそうに自分のへそに僕の頭を押し付けた。

「ヨアヒム！　久しぶりね。元気？」

ケルスティーが腕を放したので、ようやくまた呼吸ができるようになった。

「元気だよ！」あたりの騒音に負けじと、僕は声を張り上げた。「誕生日おめでとう！」

「まだよ。あと三十分」

ケルスティーの瞳はきらきら光っていたが、それは幸せだからではなく、たくさんの涙をこらえているからだった。僕が見つめると、ケルスティーは息を吸い込み、顔を伏せた。

「タリンはどうだった?」

「いいところ。とってもいいところよ。このままベルリンに留まるかどうか、まだ決めてないの。ま、とにかく一杯飲ませて」

ケルスティーは僕のビールを取り上げると、一息に半分ほど飲み干した。ケルスティーはあまり酒を飲まないが、飲むとなったら本気で飲む。マリー＝ルイーゼと僕は顔を見合わせた。ケルスティーはビール瓶を口から離すと、盛大なげっぷを抑え込んで、手の甲で口を拭った。

「でもまずはパーティー。こんな端っこに突っ立ってないで、庭に来て」

けなげに笑顔を作ると、ケルスティーは熱に浮かされたように踊っている群衆のなかに消えていった。

「どうしたんだ?」と、僕は訊いた。

マリー＝ルイーゼは肩をすくめて、ケルスティーの後ろ姿を見つめた。「偉大な愛を得るにはまだ若すぎるんでしょ。ふたりとも一生をともに過ごしたいと思えるただひとりの人とこんなに早くに出会ったことで、混乱してるのよ——ていうか、混乱してるのは彼のほうね」そう言って、マリー＝ルイーゼは僕たちの事務所の窓を指した。「かわいいヤナちゃんがそばにいるの」

「誰が招待したんだ？」

「ヤツェク。いまちょうど、あっちの隅で酔いどれてる」

　できればアルタイに電話をして、すぐにお宅の実習生をなんとかしろと言ってやりたかった。だがきっとアルタイはいま、もっと別の厄介ごとで忙しいだろう。

「おお、これこそ本物のパーティーってやつだな！」

　そう声をかけられて、僕たちは飛び上がった。マークヴァートだ。日に焼けた顔、ジェルでオールバックにした黒い髪、誂えのイタリア製スーツといういで立ちのマークヴァートは、この場にいる残りのパーティー客たちにとっての天敵を絵に描いたようなもので、ほとんど危険なほどだった。

「ちょっと寄ってみようと思ってな。メアリー＝ルーが親切に招待してくれたんだから」

　生きたマークヴァートに再び出会うことがあるとは夢にも思っていなかったらしいマリー＝ルイーゼは、必死で笑顔を作った。

「あら、じゃあぜひどうぞ。パーティーに幸運をもたらして。ああ、ご協力ありがとう」

「お安い御用だよ。あ、おめでとうヨアヒム。すごいジャックポットを引き当てたな。ひとりで全部やれるか？」

僕の顔はあまりに疑問符だらけだったようで、マークヴァートは一瞬その陽気な笑みを忘れた。その顔に残った本物の喜びを見るに、彼は僕より多くを知っているようだった。

「へえ、じゃあノアック検事は明日知らせるつもりなんだろうな。すごいことになるぞ。どでかい訴訟だ。たぶん何か月も続く。刑事裁判所が全部、お前ひとりのものだ。お前たちふたりだけではさばききれないぞ。だが、困ったときの友は真の友って言うだろ。俺がいる！

——どっかに飲み物あるか？」

「中庭にある」と、マリー＝ルイーゼが言った。「でもいったいなんの話？」

マークヴァートはあたりを見まわすと、数歩戻って建物の玄関口に入った。そして並んだ郵便受けの横で立ち止まると、僕たちの腕を取って引っ張り寄せた。マリー＝ルイーゼのほうを僕より少々近くに。でもそれは、ひっきりなしに見知らぬ人間が僕たちの横を通り抜けて中庭に向かうせいかもしれなかった。

「今晩のリッテン通りでのことを耳にして、俺はもちろんすぐザロメに電話したんだ。そして協力するって申し出た。もちろん、ここだけの話だぞ」

「あなたの協力ねえ」マリー＝ルイーゼがそうコメントした。

「そうしたら、ザロメ、容疑者たちの代理弁護人にはお前が指名されてるって言うんだ」マークヴァートは人差し指で僕の胸をつついた。

「僕が？」

「逮捕された連中がお前の報酬を支払えるのかどうかは知らんぞ。でも国庫から支出される可能性もあるからな。とにかく、もし手伝いが必要なら……」

マークヴァートはここで一歩下がって、答えを待ち構える目で僕たちを見つめた。僕はたったいま聞かされた話をとても信じることができずにいた。

「じゃ、ビールは中庭にあるんだよな？」

マークヴァートは僕たちににやりと笑いかけると、イギリス人のデザイン専門学校生の一団とともに、中庭に吸い込まれていった。

「事務所に行かないと」僕は言った。

信じられなかった。マークヴァートが大ぼらを吹いて僕たちをからかったのでなければ、いつなんどき電話が鳴り始めてもおかしくない。ザロメが容疑者たちに、親切に僕の携帯電話の番号を教えてやるとは考え難い。僕は人混みをかきわけて中庭を進み、僕たちの棟の入口にたどり着くと、事務所めがけて駆け上った。フライタークス夫人宅の玄関ドアの前にディープゲンがいて、嘆きの声を上げていた。おそらく飼い主同様、フランスのパンク音楽が好きではないのだろう。僕がやってくるのを見ると、ディープゲンは跳び上がって、階上へと逃げていった。

事務所に飛び込んだ僕は、ちょうど廊下にいたケヴィンとヤナを驚かせることになった。ふたりは、まるでなにか悪いことをしているところを見られたかのように、お互いの体を離して飛びのいた。まあ、泣きはらして真っ赤な目をした恋人が、二百人の建物占領者たちのまっただなかでたったひとりで誕生日を祝う羽目になっているのだから、ケヴィンがしているのは確かに悪いことだと言えるだろう。僕は階段を一気に駆け上るという不慣れな運動のせいで、息を切らせて立ち止まった。

「やだ、フェルナウさん」ヤナが蚊の鳴くような声で言った。「びっくりした！」ケヴィンはきまり悪そうに髪を手でなでつけている。ヤナの化粧の半分がケヴィンの顔に移っているせいで、言い訳も否定も無意味だった。

僕は時計を見た。十二時十五分前。

「ヤナ、もうとっくにベッドに入ってる時間じゃないのかな？——君の家のベッドにって意味だけど」念のために、僕はそう付け加えた。

「私の保護観察官かなんかのつもり？」ヤナはぶっきらぼうに言い返した。「だいたいもう新聞の調べものは終わったんだし。あと実習期間も終わりだから。月曜日からは学校に戻るんだ」

見事に化粧の剝げた顔を退屈そうなしかめっ面にして、ヤナはそう言った。

「でもケヴィンは、フェルナウさんたちの事務所の実習生としてキャリアを始めたって聞いたよ。だから私も、〈アーベントシュピーゲル〉で学んだことを考えれば、ここで秋から始めても悪くないよね。そう思わない？」

「君はまさか……」

ヤナが弁護士事務所の実習生になることを真剣に考えているとはとても信じられなかった。実際、有難いことにふとした思い付きに過ぎなかったようで、ヤナの視線は僕を素通りして背後のなにかに向けられた。

「あれ、フェルナウさんの猫？」

開いたままの玄関ドアの前に、ラウリーンが座り込んでいた。水色の目で僕たちをじっと見つめながら、尻尾で床を叩いている。

「いや」

僕はラウリーンの鼻先でドアをバタンと閉めた。

「ケルスティーが下で待ってるぞ。僕なら彼女と仲なおりするほうを選ぶけどな」

ヤナは床に置かれた鞄を手に取ると、出ていった。ケヴィンはぶらぶらとキッチンへと向かう。僕はあとに続いた。キッチンテーブルの上には、手作りの大きなニンジンケーキがあった。ケヴィンが蠟燭の箱を破り、点火すると火花を発する蠟燭をケーキに刺し始めた。

「忠告とかいらないから。口を挟まないでほしいな」

「まさかヤナじゃケルスティーの代わりにはならないだろう」

「おい、教育アドヴァイザーにでもなるつもりかよ？　そういえば、そっちはあの検事とどうなったわけ？　僕の知る限りじゃ、彼女結婚してるよね。僕からもやめとけっていう忠告、いくらでもできるけど。でも僕が一度でもそんなこと言った？　言わないだろ」

ケヴィンは、それがまるで呪いの人形でもあるかのように、罪のないケーキに蠟燭をぶっ刺した。

「ちなみに、ケルスティーは自分から離れていったんだ。僕たちの関係が狭すぎるとか、近すぎるとか、なんだかよくわかんないけどさ。離れたのは彼女のほうだよ、僕じゃなくて」

ケヴィンはズボンのポケットからマッチ箱を取り出すと、怒ったようにテーブルに放った。

「二か月間、彼女が戻ってくるのかどうかもわからないまま待ってたんだぞ。それがある日突然戸口に現れて、僕に両手を広げて歓迎されるって期待するなんてさ！　ヨアヒムならどうした？」

「両手を広げて歓迎した」

ケヴィンは唇を噛んだ。廊下に続くドアが開いて、大音量の音楽と、大いに楽しんでいる大勢の人間たちが発する騒音とがキッチンに流れ込んできた。

「フェルナウさん？　ケヴィン？」

またしてもヤナだ。ケヴィンはヤナに背を向けて、首を振った。もしかしたらケヴィンとケルスティーには、まだやり直すチャンスがあるかもしれない。だがそのためには、この秘密保持能力がメガフォン並みのじゃじゃ馬を、僕がこの場から排除しなくては。

「ヤナとは僕が話す。お前は本当に大切なことをしろ」

ヤナは廊下で待っていて、キッチンから出てきた僕を玄関ドアの外へと引っ張り出した。ヤナの心にいま引っかかっているのは、ケヴィンのことではなかった。

「なんか変な匂いがするでしょ」

僕は鼻をひくつかせた。ハシシュの匂い、煙草の匂い、グリルソーセージの匂い、ビールの匂い。

「ここじゃなくて。下」

ヤナは僕たちの事務所の真下の住居を指した。僕はヤナのあとについて階段を数段下りた。そして次の瞬間、ひたすら怒鳴っていた。「逃げろ！　みんな！」

ヤナは僕をじっと見つめたあと、事態を理解して、階段を駆け下りていった。僕は助走をつけてドアに体当たりした。四回目でようやく錠が壊れた。かかっていたチェーンが留め金からはずれた。何匹もの猫たちが、うなり、咆哮しながら、僕の足元を駆け抜けて外へと走り出ていった。僕はシャツの裾をズボンから引っ張り出して鼻を覆うと、廊下を走ってキッチンへと向かった。フライターク大人が床に倒れていた。蓋の開いたガスオーブンの真ん前に。すでに意識がない。僕は彼女の灰色の頬を何度も叩いた。それから窓へと走っていき、ブラインドを上げようとした。その瞬間、中庭の音楽がぴたりとやみ、何百人もが声をそろえて、

「ハッピー・バースデー・トゥー・ユー……」と歌い始めた。

よりによってこんなときに。よりによってこんなときに。

僕はもう一度シャツの生地越しに深く息を吸い込むと、呼吸を止めてフライタータ夫人を抱き上げた。彼女の体は思ったより軽かった。僕は廊下を通って、玄関ドアの前まで彼女を運んでいった。そこで目に入ったもののせいで、僕の血は凍り付いた。

「やめろ！」僕は叫んだ。

だが、僕の声は中庭からの大音量にかき消された。

「消せ！　ケヴィン！　やめろ！」

ケヴィンは階段の上にいた。二十二本の火花を散らす蠟燭を立てたケーキを手に。

「そいつを外に捨てろ！　ケヴィン！　ケヴィン！」

最後の映像は、スローモーションだった。ケヴィンが振り向く。きらきら光るケーキを両手で持って。どうして僕がフライタータ夫人を腕に抱えているのかと、不思議そうな顔をする。だがその瞬間、匂いに気づいたに違いない。その目が恐怖に見開かれ、ケーキが手から滑り、僕たちのほうへ落ちてくる。ケヴィンはなんとか受け止めようとするが、ケーキは階段を転がり落ちて、粉々になる。蠟燭はまだ燃えていて、突拍子もない模様を宙に描く。僕はよろける足で必死に後ずさり、階段を下りる。そしてフライタータ夫人の体を投げ出して、その上に覆いかぶさる。その瞬間、建物が爆発した。

六か月後

きりりと晴れ渡った九月の朝、空気はまるで洗い立てのように爽やかだった。日が昇るのがあまりに早過ぎた数か月のあいだに続いた暑さで、夏はからからになって消耗し、ついに本気で秋との交代交渉に入っていた。影は長くなり、ゆっくりと平穏が戻りつつある。意外なことに果物農家や野菜農家の収穫ははかばかしく、歩道に並ぶトルコ人青果店のスタンドは色鮮やかな果実の重みで潰れそうだ。テーブルには豊かな食事が並び、僕たちは順調だった。これ以上なく順調だった。

僕たちは、まだ僕が病床にいるうちから早々にマークヴァートを代理人に指名した。僕は軽い擦過傷を負ったほかに、聴覚を少なくとも部分的に取り戻すまで数日を必要とした。

マリー＝ルイーゼはあの場にいたほとんどのパーティー客同様、かすり傷を負っただけだった。ケヴィンはしばらくのあいだ、軽い火傷と一番のお気に入りのジーンズを駄目にしたことから来る心の傷を、あれこれの方法で癒していた。ケルスティーのほうは失恋の痛みを癒していたが、結局次の学期にはベルリンの大学に残ることを決めた。夏のあいだ僕たちはこのふたりとはほとんど顔を合わせなかった。いいしるしだ。

一方、フライターク夫人は、大量の青あざに加えて肋骨(ろっこつ)が二本折れ、ついにまたドイツ西部に暮らす娘と連絡を取るようになった。さらに悪徳保険会社と建物管理会社からの多くの手紙も受け取った。彼女はそれを、建物の安全が確保され、再び郵便受けに近づくことが可能になるやいなや、封も切らずに僕たちの郵便受けに放り込んだ。フライターク夫人から取れるものはまったくなかったので、結局損をしたのは建物の所有者であるトリクシーだった。そのせいで僕たちに対する彼女の好意は、最後の一滴まで干上がった。

建物の外壁は残った。そして爆発のおかげで少なくとも問題がひとつ解決された——改装の問題だ。建物の中はすべてが粉々になった。一番ひどい損傷を受けたのはフライターク夫人の住居だった。何日もたってようやく、ディープゲン、ヴォーヴェライト、ラウリーンが戻ってきた。マドモアゼル・ルクレールが彼らを一時的に預かることになり、愛情をこめて世話をした。残りの猫たちは姿を消した。賢明な判断だ。

消防隊と建築技術者とが僕たちの棟への立入禁止を解除するまで、何週間もかかった。改修工事はさらに何か月もかかるため、僕たちはマークヴァートの事務所の空っぽの物置部屋を一時的に使ってはどうかという彼の申し出を、感謝の念とともに受け入れた。

だがその感謝の念も、僕たちにあてがわれた窓のない正方形の空間と引き換えに、マークヴァートがトリクシーの保険金からたっぷり巻き上げたことがわかるまでだった。とはいえ、マリー＝ルイーゼはクーダムでの「甘い生活」と、バルコニーからロシア人たちのカブリオレに向かってサクランボの種を口から吹き飛ばす日常をおおいに楽しみ、僕のほうも、グラブを振るゴルフプレイヤーをかたどったマークヴァートの万年筆立てを借りて机に置いたうえ、ついに新しい名刺を作った。その見返りとして、マークヴァートは本当にそのときの僕たちには手に余る仕事をすべて引き受けることになった。自分が実際に犯したのとは別の殺人を自白している五人の容疑者の代理だ。そして今日、彼らを勾留しておける期限が切れる。あと二時間でロスヴィータ・マイスナーが釈放される。その後、ルーペルト・シャルナーゲル、カティア・ヘルデゲン、そして最後にザビーネ・クラコヴィアクが出てくる。ファーゼンブルク警部は、どの事件においても犯行を本物の犯人と結びつけることができなかった。

最初に釈放されたのは、コプリーンだった。

僕は茶色いフォード・タウヌスTC76を、モアビート刑務所前の駐車禁止区域のど真ん中に停めて待っていた。おそらくそのせいだろう、コプリーンはあたりを見まわすこともなくまっすぐに僕のところへ歩いてきて、車のドアを開けると、僕の許しも得ずに助手席に乗り込んだ。

「中央駅へ」と、コプリーンは言った。まるで僕がタクシー運転手であるかのように。

僕はギアを一速に入れようとしたが、ギアボックスが情けない音を立てるばかりだった。二度目の挑戦でようやく、あまりに多くのアイドリングガスをまき散らしながら、車はゆっくりと動き出した。

中央駅なら歩いて行くこともできたはずだ。徒歩で十分もかからない。コプリーンは釈放後即座にベルリンを後にするだろうと、僕にはわかっていた。それでも、半年間も黙秘を続けた後なのだから、自由の身になって最初の十分間くらいは心の内を吐露することに使ってはくれないかと期待もしていた。

もちろん、期待は外れた。コプリーンはフロントガラス越しにじっと前を見つめたまま、ひとことも話さない。勾留中に彼がマークヴァートに唯一話したのは、すでに自白した内容の繰り返しだった。「私がフェッダーを殺した」

どうやって、なぜ、いつ、どこで——そういった点に関しては、コプリーンは黙秘を貫いた。さらに、検察はロスヴィータ・マイスナーに焦点を絞って自白させようとしていたため、フェッダーの死後解剖は避けられなかった。どの陣営にとってもリスクの大きかったこの解剖の結果明らかになったのは、フェッダーの死因は彼が食べたモッツァレラチーズであったことだった。それ以外の要因はなかった。こうしてコプリーンのフェッダー殺害容疑は晴れた。ロスヴィータ・マイスナーの容疑も同様だった。ザロメはトリクシーとの友情を失った。

フェッダーの死がどれほどの雪崩を引き起こしたのか、僕には推測することしかできない。彼の死は、素晴らしい偶然に見えたのだろう。そして、彼らが思い描いてきた復讐シーンにあまりにも似つかわしかったのだ。もしかしたらロスヴィータは、少し事実を捻じ曲げて描写したのかもしれない。単なる偶然を自分の手柄に見せかけて、まるで自分が、皆で考えた復讐劇における自分の役割を遂行した最初の人間であるかのように振る舞ったのかもしれない。彼女は電話しながら笑っていた。勝ち誇っていた。フェッダーは死んだ、そして私はその場にいた。「私はその場にいた」と「私がやった」の違いは、ほんの数文字に過ぎない。だがその数文字が、彼女を単なるチラシ配りの女から英雄へと押し上げた。そうしてゲームが始まったのだ。

「ロージーはあなたがたを担いだんですよ」

僕がそう言うと、コプリーンはうなずいた。おそらく、この言葉をもう百回は聞かされてきたのだろう。

僕は以前、拘置所にいるコプリーンに、フェッダーの検視結果を持っていった。彼は読みもせずに、書類を脇へ押しやった。おそらくロージーは僕が自宅を訪ねていった日に、彼女の小さな嘘をコプリーンに告白していたのだろう。だがあの時点では、雪崩の原因がなんだったのかなど、とうに重要ではなくなっていた。

フェッダーの解剖は、ザロメの検察官としての最後の仕事になった。ザロメはその後、事件を手放した。世間の怒りが彼女の頭上で膨れ上がり、嵐を巻き起こしたからだ。アルタイは容赦なかった。本人の当初の懸念とは正反対に、毎日のようにこれ以上なくセンセーショナルな見出しを提供し続けた。アルタイはザロメを公衆のさらし者にした。ザロメを、鋼のような検察官、同情心を持たない女、出世欲に凝り固まった怪物に仕立て上げた。ザロメの夫のルドルフ・ミュールマンさえもが世間の怒りに触れ、たとえば欧州理事会における指針作りの際の助言者としての自身の役割について、世間から深刻な疑問が投げかけられるのに甘んじなければならなかった。僕はなにひとつアルタイに説明する必要はなかった。彼はすべて自分で探り出した。誰にとっても辛かったが、とりわけ僕の心は痛んだ。古い写真が掘り返され、公表された。ルドルフとザロメとホーファーと、すらりとした若い見知らぬ女。法曹界と経済界がそろってヴァカンス。ひとりは、自身が率いるコンツェルンの実用車部門を世界マーケットの一位に押し上げた功績で「年間最優秀マネージャー」に選ばれた男、もうひとりは、交通法とヨーロッパ法の分野で大きな影響力を持つ法律家にして、いくつもの副業を持つ男。サルディニア島沿岸の紺碧の海に浮かぶヨット上で撮られた幸せな四人の輪郭のぼやけた写真を、僕はできれば見たくなかった。連邦憲法裁判所の裁判長であるミュールマンも、きっと見たくなかっただろう。それでも彼は、欧州理事会での地位をいまだに保持していた――いまのところは。

コプリーンは上着のポケットから煙草の箱を取り出すと、一本を抜き取って火をつけ、車の窓を開けた。勾留期間は彼の健康に貢献したようで、以前よりも元気そうだった。健康的に見えた。おそらく規則的な食事と、新鮮な空気のもとでの毎日の運動のおかげだろう。

「さて」と、コプリーンは言って、また口を閉じた。

そもそも話すことなどそれほどないだろう。僕は自分にできる限りのことをしたまでだ。

「あそこで降ろしてくれ」

コプリーンはタクシー乗り場を指した。十台以上のタクシーが絶望的な団子状に絡まり合っている。この駅の設計者たちがまともな車寄せを作ることさえできなかったせいだ。僕は二本の柱のあいだにむりやり車を押し込んで、公安局がいまストライキ中でありますようにと祈った。

「これからどうするつもりです？」と、僕は訊いた。

コプリーンは吸殻を窓から投げ捨てて、言った。「ズゴジェレツに戻る」

「それから？」

コプリーンは肩をすくめた。

僕は彼の前に身を乗り出して、グローブボックスを開けた。

「お返しするものがあるんです」

僕は小さな灰色の紙箱をコプリーンに手渡した。コプリーンはそれを手に取ると、四方を眺めまわした。そしてポケットに入れた。

「君はずっと我々の側だったんだな」

「好きに考えればいいですよ、コプリーンさん。あなたはいまや自由の身ですからね。あなたがまた私に近づく理由になりかねないものを手元に置いておきたくないだけですよ」

「どうして警察に渡さなかった？　立派な証拠物件じゃないか。少なくともあと六か月私を勾留しておく理由になる」

「私にはそれでは足りない。あなたのことは終身刑にしてやりたい。なにしろ、ヘルマーを殺したんですから。私はヘルマーが好きでした」

「私もだよ」コプリーンが言った。「あの男には、どこかとことん人間くさいところがあった。罪を贖(あがな)ったからだろう。私なら赦してやったよ」

「それならなおさらあなたのことが理解できませんね」

「ヘルデゲンさんは赦せなかったんだ。誰をどうして赦すべきかを他人に指図することなどできないだろう。それは誰もが自分で決めることだ。だが他人と協定を結んだからには、自分がなにを手に入れられるかがわかる。そしてそのために自分がなにを支払わねばならないかも」

「ヘルマーの死が、フェッダーの死の報酬というわけだ」

コプリーンはうなずいた。「フェッダーは他人の命を犠牲にのし上がる人間のひとりだった。あの男はひとつの町を殺した」おまけに、カルメンをいまのような人間にした」

その点については、僕の意見は違った。だが、失望のどん底にいる父親は罪を他人になすりつけたがるものかもしれない。

「次は彼女の番ですか？」僕は訊いた。

コプリーンが驚いたように顔を上げた。「カルメンの？」

「あなたがたは、いまだに彼女を狙っているんですか？」

「いや」

　コプリーンは首を振り、滅多に見せない、彼独特の歪んだ、不慣れな、錆びついた笑みを見せた。おそらくとっておきの祭日にしか見せない笑みなのだろう。または、父親よりも娘のことをよく知っているなどという誤った思い込みにとらわれた男をたしなめるときにしか。

「世界があの子を中心に回っていると君が信じているからといって、あの子がこの話の中心にいることにはならない。とはいえ、確かにあの子は磁石だ。ただ、引き付けるのは鉄と鋼だけ。それにあばた面の錆だらけの男と」

「では、マルガレーテ・アルテンブルクは誰を狙っていたんです？」

「それはもうわかっているだろう」

「コプリーンさん、ご友人がたがあなたにすべてを話していたと、本当に確信を持って言えるんですか？」

　コプリーンは、助手席のドアを開けようと伸ばしていた手を下ろした。だが、それ以上の反応を見せることを自分に禁じているようだった。

「マルガレーテ・アルテンブルクは、フェッダーにはなんの恨みもなかった。個人的な知り合いでさえなかった。でもマルガレーテは、フェッダーがあなたという闘牛にとっての赤い布であることを知っていた。そして、フェッダーを使ってあなたをベルリンへとおびき寄せた。〈最終法廷〉での少人数の親密な集まりに。なぜなら、彼女にはもうあまり時間がなかったから。そして、彼女の受け持ちの任務を——つまりヘルマーを殺すという仕事を——果たしてくれる人間が必要だったから。それで選ばれたのがあなただったんですよ、コプリーンさん。だからこそ、彼女は心安らかに死んでいけた。誰かが自分の苦しみの仇を取ってくれると確信していたから。でも、彼女の仇はフェッダーじゃありません」

コプリーンは無関心な様子で袖をまくり上げて、腕時計に目をやった。おそらく列車を逃したくないのだろう。

「コプリーンさん、まだひとり、死者の数が足りないんですよ。あなたとマルガレーテは、ふたりでフェッダーを分け合ったわけじゃない。マルガレーテ・アルテンブルクは、別の誰かを殺したかったんです。誰をだと思います？」

一秒にも満たないほんのわずかな瞬間、コプリーンの目が細められた。僕は図星を突いたのだ。おそらくいま彼は、光の速さで、何か月も前から僕の眠りを奪ってきたのと同じ計算をしているのだろう。

「誰です？　その誰かは、いまだにあなた方の死のリストに載っているんですか？」

コプリーンは車のドアを開けた。「あんたはいい弁護士かもしれん。だが捜査官としては三流だ。ちょうどいま実行されているところだよ。まさにこの瞬間にね」

「まさか、私をからかっているだけでしょう」

「じゃあ、元気で」

「あなた方はまだ全員勾留されている。実行なんてできるわけが……なにをするつもりです？」

僕は混乱して、コプリーンを見つめた。この数か月間、僕はたったひとつの小さな事実にあらゆる方面から光を当てて、さんざん考えてきた。四人が死んだ。ひとりは難を逃れた。だが、最後の未知の犠牲者がいるはずで、その人間は加害者たちにも我々にもまだつかまっていない。容疑者は全員、鉄格子の向こうにいる。復讐の鎖はちぎれたはずだ。それなのに、カウントダウンはいまだに続いているというのか。コプリーンが車を降りようとしたが、僕はその腕をつかんで彼を引き戻した。

「なんだ？」僕は怒鳴った。「我々はなにを見逃した？」

「償いを」コプリーンはひとこと、そう答えた。

そして僕の腕を振りほどいて車を降り、僕の鼻先でドアをバタンと閉めた。

そのとき、ファーゼンブルクの姿が見えた。

それに十人以上の私服刑事たちが、いつの間にか僕たちをぐるりと取り囲んでいた。コプリーンが驚いて立ち止まった。逃げ道はすべて塞がれていると一目で悟って、両手を上げた。ファーゼンブルクがコプリーンに歩み寄って、彼の権利を伝えた。コプリーンは身体検査をされ、刑事のひとりが弾薬の入った小箱を見つけた。別の刑事がコプリーンに手錠をかけた。

僕は運転席にまっすぐ座りなおして、この逮捕劇を前にできるだけ目立たないでいようと努めた。彼らが僕まで逮捕しようなどと考える前に。いまだに思考をまとめられなかった。

コプリーンの声が頭に反響していた。はっきりと、冷静に、彼が言った「ちょうどいま」「まさにこの瞬間」という言葉が。我々は「償いを」見逃した。畜生、いったいどういう意味だ？

ファーゼンブルクが僕のほうへやってきた。僕はいまだに、ここでいったいなにが起こっているのかわからずにいた。だが、きっとすぐに教えてもらえるだろう。

「ここ、駐車禁止区域ですが」

「だからなんです」

「この年代物の車は押収します」

「どうして？　なんのために？　なぜ？」

「我々は盗聴器をもう二セット失ってるんですよ。あなたがまるでシーツを替えるみたいにころころと車を取り換えるせいで。技術部にせめて今回の盗聴器だけは無事に持ち帰るって約束したんです。降りてください」

ファーゼンブルクは車のドアを開けて、待った。僕はわずかな持ち物をかき集めて、命令されたとおりに車を降りた。

「おめでとうございます」と言った。「ということは、コプリーンがさっき言ったことを聞いていたわけだ」

「だからこそこれだけ素早く動いたんですよ。あなたの身になにかあってはいけないと思って」

「私の身に？」

もうわけがわからなかった。「私になにかあるわけないでしょう。コプリーンが言っていたのは、そういうことじゃないんですよ。六人目の殺人犯がいるんです。この事件の構造、まだ理解していないんですか？」

ファーゼンブルクは手を差し出して、僕が車のキーと書類とを手渡すのを待った。

「領収書はもらえますかね？」僕ははったりをかましてみた。

するとファーゼンブルクは、新しい立派な警察車の横に立って熱心に捜索記録になにか書き込んでいる助手らしき男のほうに首を廻した。僕は怒りの鼻息とともに、男へと歩み寄った。彼らはまったくわかっていない。マルガレーテが犯行に使った弾薬をコプリーンの罪にするには、たくさんの幸運が必要だろう。なんとも目覚ましい成果だ。

または、盗聴されていた僕とコプリーンの会話から、新たに起訴を試みることも可能かもしれない。だがその場合も、おそらくかなりの確率で、僕は来年の春にまたコプリーンを駅へと送っていくことになるだろう。容疑者たちはこれからも黙秘を貫くだろうから。復讐の鎖はまだちぎれていない。そしてコプリーンはその鎖の最弱の輪ではない。それどころか最強の輪なのだ。

コプリーンはまだパトロールカーの横に立っていて、手錠をかけられた手で可能な限り素早く煙草に火をつけ、深々と吸い込んだ。この悪習をこれからまたしばらく諦めねばならないと知っているからこそだ。

「で、どこにいるんです、あの女性は……いまはなんという名前でしたかね、ノアック？」

コプリーンが訊いた。そしてわざとらしくきょろきょろとあたりを見まわした。

「大きい逮捕劇があるときには、いつもその場にいるじゃないですか」

コプリーンは、ちょうど弾薬の入った小箱をビニール袋に収めている警察官を指した。

「古い紙箱を所持することが犯罪だとは知らなかったな。罪名はなんです？」

嘲るようににやりと笑うと、コプリーンはさらに一口煙草を吸った。ファーゼンブルクは目をぎゅっと細めてそんなコプリーンを見つめた。ほかの人間なら口をつぐむであろう危険な表情で。だがコプリーンは意に介さなかった。

「ということは、許可なくがらくたを所持していた罪での逮捕は、ノアック女史が出張ってくるほどのものではないわけだ。じゃあ、私からよろしく伝えてください」

コプリーンはくるりと向きを変えて、パトカーに乗り込もうとした。

「検事は休暇中だよ」ファーゼンブルクが言った。「今朝からね。家族だんらんがかなわなくて申し訳ないね。まあ娘さんは刑務所に面会に来てくれるかもしれないぞ」

「休暇？」コプリーンが訊いた。動きを唐突に止めて。「今朝から？」

「サルディニア島だよ」私服刑事のひとりが言った。「いまが一番いい季節なんだと。向こうから絵葉書でも送ってくれるんじゃないか」

その瞬間、それまであり得るとは夢にも思っていなかったことが起こった。コプリーンがくずおれたのだ。我々の目の前で、彼は地面にがくんと膝をつき、あえぐような声を発しながら両手で顔を覆った。肩が震えていた。とてもあり得ないとわかっていなければ、彼は泣いていると誰もが信じたことだろう。

僕たちは呆然とコプリーンを見つめた。コプリーンと話していた刑事が、途方に暮れたようにメモ帳を持った手を下ろした。

「傷つけるつもりはなかったんだ」刑事は言った。「悪かったよ」

コプリーンが嘆きの一声を上げ、僕たちはみなびくりと体を震わせた。それは、撃たれて死にかけた獣の苦悶の咆哮だった。ほかの刑事たちが持ち場を離れて、僕たちのほうに走ってきた。コプリーンはさらに体を丸め、地面に倒れこんだ。そして僕たちに背中を向けてうずくまった。ファーゼンブルクがかがんで、片手でコプリーンの肩に触れた。

「コプリーンさん？」

もう一方の手は、ベルトのホルスターに置かれている。ファーゼンブルクもこの場にいる全員と同じように、この芝居じみた即興の見世物がなにを意味するのかわからずにいるのだ。

「コプリーンさん！」

僕はファーゼンブルクの反対側にしゃがみこんだ。コプリーンはきつく目を閉じている。

左の手首を血が出るまで噛んだまま。僕は彼の両手を顔からどけようとしたが、うまく行かなかった。すっかり自分の殻に閉じこもってしまっている。いまだに人間の喉から出てくるものとはとても思えない音を嘔吐するかのように発するコプリーンを、僕は揺さぶった。

「医者を呼べ！」ファーゼンブルクが怒鳴った。「これは芝居じゃない！」

コプリーンが口のなかのものを吐き出した。唇の端から血が滴った。そのとき突然、彼の目が開いた。まるであらゆる力を失ったような目だった。頭がアスファルトの地面を叩き、コプリーンはそれきり動かなくなった。

「大丈夫か？」ファーゼンブルクが訊いた。驚愕と戦慄が全身に表れていた。「病気なのか？発作が起きたのか？　薬がいるか？」

コプリーンが、必死に体を起こした。そして周りの刑事たちを見まわした。全員が、万一コプリーンが危険な動きをすればいつでも飛び掛かれるよう身構えている。コプリーンはいまだに心配げな顔をしているファーゼンブルクを見た。そして最後に、僕を見た。

「全部自供する」

ファーゼンブルクが立ち上がり、服についた汚れを払った。野次馬たちが突っ立っていた。僕たちは周囲の注目を集めていた。ベルリン中央駅の真ん前では、なにを自供するにも場所が悪すぎる。

「よし」ファーゼンブルクが言った。「やっと観念してくれたようで、よかった。じゃあ、これで終わりだな。これから署へ行って話を聞こう」

コプリーンが立ち上がった。僕は手を貸そうとしたが、不快げに振り払われた。コプリーンは再び状況を支配していた。

「いや」コプリーンは言った。「まだ終わりじゃない。娘を助けてくれ」

六

九月二十一日月曜日、十一時二十七分。北緯40°33'47.15/東経8°09'46 420. サルディニア島、ポルト・コンテ・トッレ・ヌオヴァ。気温二十七度、水温二十二度、晴れ。北北東の風、風力二、海上風力三―四、波高二メートル未満。

彼女はデッキに立って、体を撫でる優しい手のような軽やかな風を感じていた。着ている薄いチュニックは深海の青、紺碧、晴れ渡った空の青――カーポ・カッチアに陽が沈む直前の海の色、世界は青でできていることが証明される時間の色だ。

彼女はテーブルに置かれた双眼鏡を手に取って、入江に向けた。彼女が見つめるボートは、グリフォーニの崖、海底洞窟が無数のダイバーを惹きつける場所、海の青が最も濃い場所にあった。ボートはまるで小さなボールのように波に躍っていた。黒いダイビングスーツを着た男たちは、あまりに重いリュックを背負った二本足の小さな蟻(あり)に見える。ひとりがボートの縁越しに水中を覗き込んでいる。

彼女は双眼鏡を戻すと、デッキチェアに戻った。半分開いた旅行鞄が隣に置いてある。大きな日覆いが陰を作ってくれる。彼女はチュニックを脱いで、黒いビキニの下だけという恰好で、デッキチェアに横たわった。ちょうど体を伸ばしたところで、デッキ下から電話の音が聞こえてきた。大きな音ではないが、気に障る。しばらくは邪魔な音を無視していられた。だが、電話は鳴りやもうとしない。かけてきた相手は、留守番電話にメッセージを残しもしない。ただ、何度も何度もかけてくる。

彼女は携帯電話の電源を切ろうと決めた。そして慎重に階段を下りて、狭いが贅沢なキャビンに滑り込んだ。携帯はナイトテーブルの引き出しのなかだ。電話の鳴る音がどれほど小さかろうと、自分の体がこれほど過敏に反応することに戸惑いを覚えた。ディスプレイにちらりと視線を走らせると、うめき声が出た。もっと早くに電源を切っておかなかったのは失敗だった。またしても電話が鳴り始めた。

乱れたままのベッドに携帯を放り投げると、その隣に腰を下ろした。そして眉間にしわを寄せたまま、相手が今回も諦め、振動と雑音が収まるのを待った。あの男とは話したくなかった。できればもう二度と会いたくなかった。あの男は彼女の犯した過ちだった。彼女が自分に許した唯一の過ち。そしていま、ここまで追いかけてくる過ち。

携帯をつかんで、電源を切ろうとした。その瞬間、電話はまた鳴り出した。よく考える間もなく、条件反射で、彼女は電話に出た。

「もしもし？」

「どこにいる？」

恋しさが募ったという声ではなかった。

「サルディニア島の沖」

「ご主人も一緒か？」

彼女は携帯を耳から離して、舷窓（げんそう）から青い海に目をやった。いつも同じことばかり。いつまでも終わらない。人間という存在のなんと退屈なことか。人間の行動も思考もなんと簡単に予測がつき、なんと柔軟性に欠けるものか。

彼女は再び携帯を耳に当て、「いいえ」と答えた。「なんの用なの？」

「ご主人はどこだ？」

「ダイビングしてる」

「ひとりで？」

彼女は戸惑いを覚えて立ち上がり、キャビンを出た。デッキに向かって歩きながら話した。

「もちろんひとりじゃない。ダイビングは絶対にひとりではしないものなの。みんな、コスタ・デイ・グリフォーニにいる。ダイビングにぴったりのいい天気だから」

「一緒にいるのは誰だ？」

男が彼女の声を聞くためにかけてきたわけではないことが、徐々にわかってきた。ついさっきまでまだ柔らかく優しかった風が冷たくなっていた。体が冷えてきた。彼女は日陰を出て、日の光のもとに踏み出した。小さな雲が太陽を覆い隠したせいで、突然風が強くなったようだった。太陽の光なしでは、海の青は暗く、恐ろしげに見えた。波がうねり、波頭に白く細かい泡が立った。

「アルベルトと一緒にいる。それにガイドと」

「そのガイドっていうのは誰だ？　知ってる人間か？　外見はどんな？」

彼女はテーブルまで行って双眼鏡を取り、目に当てた。

「このあたりの海にすごく詳しい人らしいけど。ルドルフとアルベルトが何日か前に知り合ったの。昨日もふたりを連れてプンタ・ジリオに行った。あのね、悪いけど私、さっき着いたところで」

ボートが見えた。空っぽだ。

「すぐに呼び戻せ。わかったか？　すぐにだ！」

さっぱりわからなかった。だが突如、事態を把握した。

彼女は携帯を手から落とすと、操舵室に駆け込んだ。一目でキーがささっていないのがわかった。このヨットを動かすことはできない。あの男が、先ほどルドルフとアルベルトを迎えにきたときに、キーを抜き取ったに違いない。あれから三十分もたっていない。彼女は男たちを行かせてしまった。デッキから軽い冗談を飛ばし、手を振り、笑い、彼らを見送った。なにひとつ予感せず。なにひとつ知らずに。いまとなっては、もう遅い。

パニックと恐怖に駆られて、彼女はデッキに駆け戻ると携帯を探した。四つん這いになって床を這いまわり、ようやくデッキチェアの下に見つかった携帯は、死んでいた。壊れたのだ。バラバラになって。バッテリーが船尾方向に四メートル離れたところに落ちていた。そのとき、音が聞こえた。

誰かがデッキの反対側でアルミ製の梯子を上っている。感電したかのように全身の毛が逆立つのを感じた。ハッチまでの距離を頭の中で計算し、どちらが先にたどり着くだろうと考えた。相手か、自分か。そのとき、男が手すりを乗り越えるのが見えた。ウェットスーツに身を包んだ黒い人影。顔はゴーグルに隠れていて見えなかったが、あの男だということはわかった。やっぱり思ったとおり、彼らの狙いは私だった――ほんの一瞬だったが自分の推測が正しかったという満足感に全身が満たされた。彼女は急いでハッチまで走ったが、男のほうが早かった。男はナイフを手にしており、彼女をつかまえようと腕を伸ばした拍子に、そのナイフが彼女に触れた。短く歌うような音と同時に焼けつくような痛みを感じた。彼女は足を滑らせ、階段を転げ落ちた。裸の無防備な肌に痛みが走ったが、なんとか立ち上がり、最後の瞬間にキャビンにたどり着いた。叩きつけるようにドアを閉めて、鍵をかけようとした。手の震えがあまりにひどかったせいで、命を救うことになったかもしれない貴重な十分の一秒を無駄にしてしまった。男が蹴ると、薄い木でできたドアが砕けた。彼女はベッドに這い上り、壁際にうずくまった。

男は狭くて低いドア枠の前に立って、ゴーグルを外した。黒い髪が濡れて光っていた。その髪から水が滴り、何本もの小川になって、二枚目の肌のような黒いウェットスーツの上を流れていた。男は大きく、逞しかった。がっちりした筋肉質。そして右手にはナイフを持っている。

「なにが望みなの？」

彼女の声は裏返った。全身のあらゆる細胞がパニックで震えていた。

「あのふたりはどうなったの？　どこにいるの？」

「海のなかだ」男はそう言って、近づいてきた。

彼女は壁にさらに強く体を押し付けた。すりむいた背中に当たる木の壁の冷たさを感じた。切られた腕の傷口から流れる血が白いシーツに滴っていた。彼女はこれまで、あまりに多くの犯行現場写真を目にしてきた。だから、男が彼女を殺したらベッドがどんな様子になるかは、知りすぎるほど知っていた。彼女はふたつ目の枕を手に取って、腹に押し付けた。

「ミルコ・レーマン、こんなことをして逃げられると思ってるの。見つかるわよ。そして今度こそ罰を受けることになる。聞いているの？　罪を償うことになるのよ」

男は彼女をじっと見つめたまま、黙っていた。

「ミルコ・レーマン、あなたはもうおしまい。あなたは死んだの。あの女の子を轢いて以来、死んだまま。いまは彼らに利用されてる。それなのにあなたはそれに気づきもしない。ルドルフもアルベルトも、あなたになにひとつ悪いことはしていないでしょう。どうかしてしまったの？」

男は身を乗り出して、彼女の脚をつかんだ。彼女は悲鳴を上げて抵抗し、ベッドの上を転がって壁とベッドのあいだの細い隙間に落ちた。いまや罠にかかった獣も同然だった。

「どうしてこんなことを？　どうして罪もない人を殺すの？　私があなたになにをしたっていうの？」

男は、再び振り上げていたナイフを下ろした。

「お前は罪のない人じゃない。六年も時間があったんだ」

「時間？」彼女は叫んだ。「なんの時間よ？」

彼女はうずくまり、両腕を顔の前に構えて防御姿勢を取った。

「自分が与えられた権力を使う時間だよ」男が言った。そして空いているほうの手を前に伸ばして彼女の髪をつかむと、自分のほうに引きずり寄せた。

「だが、あんたはそうする代わりに、金を稼いだ」

塩辛い海水の匂いがして、男のごつごつした幅の広い顔が見えた。頬にいくつもの小川ができていたが、流れているのは水ではなく涙だった。彼女は腕を振り回し、足を蹴りだして暴れた。だが男は彼女を引っ張り上げ、ベッドに浅く腰かけさせると、ナイフを振り上げた。

「お前がなにをしたか、俺は知ってる」

「私が？」彼女は叫んだ。「私はなにもしてない！」

「あのおばあさんのこと、いまでも思い出すことがあるか？」

この男は正気を失っている。自分がなにを言っているかわかっていないのだ。彼女は答えようとしたが、唇は血の気が引いてすっかり冷たくなっており、全身が震え、苦いものが喉にこみあげてきた。いまにも嘔吐しそうだ。

「おばあさんの息子のことは？　子供のことは？　俺はお前のことなら全部知ってるんだ。話を聞かせてもらったからな。本当はこんなことをする必要はないんだ。でも俺は、お前に恐怖を味わってほしい。クソほどの恐怖を。死の恐怖を。お前に、一生に一度くらい、なにかを感じさせてやりたい。お前を泣かせてやりたい」

彼女は男の目を見た。そして突然、理解した。突然、すべてがわかった。彼女のこれまでの人生のすべて、男のこれまでの人生のすべてが。なにもかも、これほど簡単なことだったのだ。

そして、これほどあっという間に終わるものだったのだ。

あの日を、僕は永遠に忘れないだろう。

午後のあいだじゅう、ひたすら彼女に電話をかけ続けた。ときどきマリー＝ルイーゼがやってきて、最新状況を教えてくれた。僕が付き添うことは、マークヴァートはほかのすべてを放り出して、コプリーンの尋問に付き添っていた。僕が付き添うことは、とてもできなかった。なんといっても、電話の横に陣取って、かけ続け、待ち続けたからだ。「おかけになった電話番号は、現在おつなぎできません」ファーゼンブルクはインターポールに緊急連絡を取った。イタリアの水上警察と水難救助隊がサルディニア島の海岸を捜索した。コスタ・ディ・グリフォーニ。場所についてのそれ以上詳しい情報を、僕は持ち合わせていなかった。

「コプリーンは全部自供した」

僕はマークヴァートのデスク前の椅子に座っていた。マリー＝ルイーゼはデスクの向こう側の革椅子にどさりと体を投げ出すと、煙草に火をつけた。彼女はひっきりなしに煙草を吸っていた。

「計画のすべてを。ねえ、聞いてる？」

僕は受話器を戻して、なんとか彼女の話に集中しようとした。

「何年か前、マルガレーテ・アルテンブルクは、ゲルリッツでたまたまとある盛大な結婚式についての記事を読んだの。有名な裁判官と美しい検察官の結婚式。カルメン・コプリーンはザロメ・ノアックって名前になってたけど、それでもマルガレーテはすぐに彼女だとわかった。そこでベルリンに向かった。そして、リッテン通りでザロメを待ち伏せした」

「それはもう全部知ってるよ」僕はイライラしながら言った。

そして、いつの間にか暗記してしまった番号をまた打ち込んで、待った。応答なし。ヨットの上でなにがあったんだろう？　いったいどうして彼女は連絡してこない？　バッテリーが空っぽなんだとしても、無線が使えるはずだ。または、照明弾用ロケットを打ち上げるとか。彼女になにが起こったかわからずにいる状態に、僕はもう耐えられそうもなかった。

「〈最終法廷〉での話し合いが、決定打になったの。ザロメはマルガレーテにかなりひどい態度を取ったみたいね。マルガレーテは心身ともにぼろぼろだった。ザロメは〈最終法廷〉で昼食の約束があった。フェッダーとトリクシーと旦那のミュールマンと。四人で店の一番手前の部屋にいた。タイルストーノの横の丸いテーブルに。陽気で楽しそうだった。ミュールマンが憲法裁判所判事に就任したのを祝ってたの。マルガレーテはその隣の部屋にいて、もうなにもかも信じられなくなったみたい」

「それは辛いよな」と、僕は言った。「で、それから？」

「店に来ていたとある女性が、マルガレーテの具合が悪そうなのに気づいたの。それがカティア・ヘルデゲン。ほかの何人かと二階の部屋で待ち合わせしていた。シャルナーゲル、マイスナー、クラコヴィアクと。全員、州裁判所で同じ体験をした人たち。カティア・ヘルデゲンは、マルガレーテを一緒に部屋に連れていった。こうやって、彼らは知り合ったってわけ。で、後からコプリーンが加わった。彼はマルガレーテのことが好きだった。もしマルガレーテがあれほど聖書にどっぷりじゃなくて、コプリーンがあれほど共産主義にどっぷりじゃなければ、あのふたり、うまく行ったかもしれない。とにかく、マルガレーテはコプリーンに、〈最終法廷〉でフェッダーを見かけたと話したの。コプリーンにとっては、それがトリガーだった。天敵に戦いをしかける合図だったわけ。で、そのうちマルガレーテと一緒にしょっちゅうベルリンに来るようになって、少しずつあの陰謀団の指揮権を握っていった。最初はみんな、ただ頭のなかで思い描くだけだったの。でも、そのうち彼らは計画を立て始めた。いろいろな状況を検討したり、仇のことを調べ上げたり、尾行して監視したり。何度も新しい案を作っては、また捨てた。オトマー・コプリーンの指導で、細部まで考え抜いた。でも、すべては単なる机上の空論だった。ある日フェッダーがロージーの目の前で倒れて死ぬまでは。そこからすべてが始まった。あの一連の事件のすべてが」

マリー＝ルイーゼは、小さな煙の輪をひとつ、化粧漆喰装飾の天井に向かって吐いた。

「すべてが順調だった。五番目の殺人までは。ヘルデゲンがレーマンを殺すはずだった。ところがそこで、異変が起きた――ふたりは顔を合わせたけれど、ことは計画どおりには進まなかったの。カティア・ヘルデゲンが、ほかの仇たちには見られなかったあるものをレーマンに見出したから——本物の苦しい後悔の念を。レーマンは、自分の罪を否定しなかった唯一の人間だった。ほかはみんな、裁判が彼らに有利に終わった後、それまでと同じ人生に戻った。ヘルマーさえ、自分の罪を一度も認めず、証拠品を墓まで持っていこうとしていたでしょ。でもレーマンはどん底にいた。彼の人生は終わってた。ヘルデゲンはそれを見抜いたの。そしてレーマンに、自分たちの仲間に加わって六番目の殺人を担当しないかと持ち掛けた」

「ザロメに対する殺人？」

マリー＝ルイーゼは首を振った。「あなたはいつまでもノアック氏のことばっかりね。そうじゃないの。狙いはミュールマンだった。それに、できればホーファーも一緒に。あのふたりの汚職疑惑は、もうずっと前からささやかれてた。アルタイがあの写真を掲載してからじゃないのよ。ドブリ・ミラーの搭載を義務づける道路交通認可規則の変更は、もうとうに実現しているべきだった。でも、何度も何度も却下されてきたの。義務づけの妨害には、ミュールマンが深く関わってた。そのせいで、たくさんの人が轢かれて死んだ。特に体が小さくて、運転手から見えにくい子供たちが。旅行先でシャンパンを飲みながら成功を祝ってたとき、あのふたりが一度でもそのことを考えたことがあるかは疑わしいわね。いずれにせよ、ロスヴィータ・マイスナーはすぐに計画の変更を了承した」

マリー＝ルイーゼは立ち上がって、バルコニーに出ると、竹が植えられた鉢に吸殻を捨てた。

「ザロメがサルディニア島に向かってるって聞いて、コプリーンは怖くなったの。レーマンは目撃者をそのまま放置したりしないだろうってわかってたから。ザロメはむざむざレーマンの手にかかりに行ったようなものだったわけ」

僕は再び電話をかけた。一回かけるごとに、彼女が電話に出ない理由はたいしたものではないと考えるのが難しくなっていく。とはいえ、船の上にいる人に連絡がつかない理由はいくらでもある。もしかして、気を失ったのかもしれない。それとも電波の届かないところにいるのか。または携帯の料金を払い忘れたのかもしれない。それとも、ミルコ・レーマンがやろうとしていることの目撃者になってしまったのか。だがそこから先は、とても考えたくなかった。

メルセデス・ティファニーが、新たに淹れたコーヒーのポットを持って、そっと部屋に入ってきた。一度も使われたことがなさそうな桁外れに大きい暖炉の横の、ルイ十六世様式のテーブルにポットを置くと、隣に置かれた手をつけられていない皿の上のクッキーを並べなおした。すでに十一度目ほどだろうか。

「なにか進展は?」

「ない」と、僕は答えた。

メルセデス・ティファニーがどこまで事情を知っているのかわからなかった。だが、深刻な事態であることは理解しているようだ。彼女は忍び足で部屋を出ていき、僕たちはまたふたりきりになった。その瞬間、電話が鳴った。ディスプレイに表示された電話番号を見て、希望を持ってはならないことがわかった。ルフトブリュッケ広場の警察署からの電話だ。ファーゼンブルクから。どんな知らせでもおかしくない。

マリー＝ルイーゼが問いかけるように僕を見ていた。そして、僕が電話に出る気配がないとわかると自分で受話器を持ち上げた。

彼女は長いあいだ相手の話を聞いていた。冷静でいようと努めてはいたが、それでも彼女の顔はそれが悪い知らせであることを物語っていた。最後に彼女は礼を述べて、電話を切った。僕は判決を待った。

「見つかった」

「誰が？」

「ミュールマンとホーファー。ふたりとも死んだ。ダイビング中の事故だって。少なくとも一見したところは」

「で、ザロメは？」

「消えた」

僕は椅子から飛び上がると、部屋を歩きまわった。この絶望感をどうしていいかわからなかった。

「ふたりとも酸素が足りなかったの。レーマンはどうやら、ふたりを連れてかなり深くまで潜った後、ふたりをそこに置き去りにしたみたい。たぶんもうとっくにどこかに逃げてるでしょうね。港も空港も見張られてるけど、また見つかってない。ヨアヒム、どうしようもないのよ。待つしかないの。ホーファーのヨットは全長十四メートル近いのよ。そんなヨットが簡単に姿を消せるわけない。きっと見つかるから」

「もしレーマンが彼女になにかしたなら……」

「したなら、なに？　どうするっていうの？　あなたがレーマンを殺すの？」

マリー＝ルイーゼは僕の手を取って、デスク前の椅子に僕を連れ戻した。僕は、まるで支えてもらわなければ歩けない弱った老人のように、彼女に従った。実際、そんな老人になった気分だった。足元の床がぐらぐら揺れていた。すべてを失った人間は、こんな感覚を抱くものなのだろうか？　そんな人間は、なにをすることも厭わなくなるのだろうか？

足音が近づいてきたと思うと、マークヴァートが駆け込んできた。そして立ち止まって僕たちを見つめた。それから近づいてくると、マリー＝ルイーゼを抱きしめた。彼女は襲ってきた自然災害に耐えるかのように、おとなしくされるがままになっていた。

「彼女が見つかった」

マークヴァートはマリー＝ルイーゼから離れると、僕に近づいてきた。僕は立ち上がり、よろよろと彼に歩み寄った。

「それで？」と僕は訊いた。

マークヴァートが僕を抱きしめた。

「見つかった。生きてる。レーマンは消えた。逃げる途中で溺れ死んだんだろうと、警察は考えてる」

マークヴァートは彼独特の深く轟きわたる笑い声をあげた。それでこの場の緊張が解けるとでも考えているかのようだ。「ファーゼンブルクが知らせを受け取ったとき、俺はその場にいたんだ。彼女は無事で見つかった。おい、これは祝わなくちゃならんだろう。これからお祝いだ！」

マリー＝ルイーゼはさっきから僕の背後に立っていた。そしていま、自分の手を僕の肩に置いたが、なにも言わなかった。

「どうした？　これから世紀の裁判になるぞ！　そろそろ映像化権のことを考えないとな。ティフィ？　ティフィ！」

マークヴァートは部屋を駆け出していき、僕たちは取り残された。心臓を締め付けていた七つの鉄の輪がひとつひとつ砕けていくのを、僕は感じた。復讐、怒り、絶望、無力感、喪失、残虐、孤独。僕はまたしても切り抜けた。殺人犯にならずに済んだ。

だがそれでも、自分のなかにその可能性が存在することを、僕は知っていた。

ザロメは一週間後に戻ってきた。僕はテーゲル空港で待っていた。ローマ発の飛行機から、彼女は最初に降りてきた。僕たちは地下駐車場で彼女の車に乗り込み、僕がハンドルを握って、彼女を家まで送り届けた。言葉は交わさなかった。ザロメは黒いサングラスをかけていた。だから彼女の目を見ることはできなかった。それでも僕は、ひとりで家に帰らずに済むことに彼女が感謝しているのがわかった。

僕はランドローバーを地下のガレージに入れた。それから彼女の旅行鞄を持って、住居に続く階段を上った。行き方はすでに知っている。ザロメは僕の後をついてきた。彼女もやはり、前回僕たちがこの階段をともに上ったのがいつで、それがどんなふうだったかを思い出していたのかもしれない。

リビングルームに入ると、僕は彼女の鞄を、あの日ミュールマンが座っていた肘掛け椅子の横に置いた。ザロメは僕の手を取って、家じゅうを部屋から部屋へと歩いた。仕事部屋、キッチン、夫婦の寝室。ザロメはクローゼットを開けて中を覗き込み、夫のスーツの匂いを吸い込み、バスルームで夫のシェービングブラシを手に取り、タオルを撫でた。ひとことも発しないまま、ただ何度も僕の手を握りなおした。そうしてリビングに戻ったとき、ザロメは泣く準備ができたのだと、僕にはわかった。

「もう大丈夫だから。ありがとう。いろいろ」

「これからどうするんだ？」

「ベルリンを出る。しばらくのあいだ。経済界から勧誘があるの。公務員のキャリアは私向きじゃなかったのかも」

ザロメは二階の寝室へと上がっていった。僕はしばらく待ったが、結局彼女の後を追うことにした。もしかしたら大丈夫じゃないかもしれない。

ベッドの上に、トランクが置かれていた。僕が入っていったとき、ザロメはちょうどビニールシートに包まれた服を何枚も腕にかけて、ベッドカバーの上に置くところだった。

「また出ていくのか？　いますぐ？」

僕のあまりに単純な質問に驚いた顔で、彼女はこちらを見つめた。「もちろん。もう証言は済ませた。ファーゼンブルクは私の居場所を知ってる。この家は売る。車は持っていく」

ザロメは服を慎重に集めてトランクに入れた。僕はザロメを見つめながら、もうわけがわからなかった。ザロメが背筋を伸ばすと、僕に微笑みかけた。

「ちょっと、ヨアヒム。ここで私にどうしろっていうの？　状況はひっくり返ったのよ。いまではみんな、私の頭が銀のお盆に載せられて差し出されるのを待ってる。でも私にはまだこの頭が必要なの。たとえば、こんなことのために」

ザロメは近づいてきて、僕にキスをした。柔らかく、優しく、とても巧みに。それからクローゼットに戻り、さらに服を取り出し始めた。

「ここにいてくれ」僕は言った。「一緒に弁護士事務所を開こうよ。マークヴァートと僕とマリー＝ルイーゼと。クーダムに。君が一番いい部屋を取るといい」

ザロメは、ゲルリッツでだめにした緑色の革靴を手に取った。しばらくのあいだ眉間にしわを寄せてそれを眺めていたが、結局バスルームに行ってゴミ箱に投げ捨てた。

「クーダムは私には向いてない」ザロメは言った。「私はマディソン・アヴェニューがいいの。昔からそうだった。いまでもそれは変わらない」

「毎回逃げてばかりいるわけにはいかないだろう」

「逃げるんじゃない。先に進むだけ。このふたつには違いがある」

ザロメはトランクを閉じて、ベッドから引っ張り降ろそうとした。僕はそのトランクを彼女の手から取って床に置いた。それから両手をザロメの肩において、彼女に無理やり僕の目を覗きこませた。

「あのとき、なにがあったんだ？」

ザロメの目が細められた。本能的な反応だった。まるでなにか危険なものに触れられたかのような。

「ヨットでの話？　それならもう警察で証言した。レーマンはヘリコプターの音を聞いて逃げた。それだけ。私たち、二言、三言以上は交わさなかった」

「マイク・アルテンブルクが死んだ夜の話だ」と、僕は言った。

ザロメは驚きの声を上げると、僕の手を離れて一歩後ずさった。突然、彼女の目のなかにある深く青い氷河の底に、灼熱の炎がまたたくのが見えた。そこには氷を解かすほどの熱はない。いまはまだ。なぜならそのために必要なのは、問いではなく、認識だから。そしてザロメは、ガラスのように透明な氷河を張り巡らせてその認識から身を守り、忘れようと努力してきたのだ。マルガレーテ・アルテンブルクが現れるまで。そしてザロメがマイクの古い書類を手に入れるまで。

「君は生きているマイクに会った最後の人間だ。あの夜ゲルリッツでなにがあったんだ？」

ザロメはトランクを手に取ると、ドアに向かった。最初、彼女は無言のまま僕を置き去りにするのだと思った。だが彼女は振り向いた。

「人の行いで一番愚かなのは、ものごとを成り行きに任せること。私は昔からずっと、どっちが強いか知りたいと思ってた。成り行きか、私か」

そういうことだったのだ。

後から振り返ってみれば、やはりザロメの意志の勝利だった。彼女はまずミュンヘンに向かい、いくらもしないうちにそこからパリに移った。そして、とある国際的な航空宇宙企業の法律顧問になった。それが、ザロメについてインターネットで見つかった最後の情報だった。

僕はそれからもしばらく検索を続けた。いつか、また理性が優勢になる日が来れば、ザロメのことも忘れるだろう。だが、それまでなんとか耐え抜かねばならなかった。ときどき、ザロメはふたりの人間を殺したのだ、そして彼女にその報いを受けさせる法廷はこの世にはないのだと考えることが、助けになるときもあった。

ベルリンに残った僕たちは、それからもまだかなりのあいだ一連の出来事に忙殺され続けた。裁判の準備には四か月以上を必要とした。その合間を縫って僕たちはぴかぴかに改装されたドゥンカー通りの事務所に戻った。改装は保険会社から下りた保険金で賄われ、賃貸料はほとんど上がらなかった。フライタータ夫人は、ペット禁止の静かで落ち着いた介護施設か、ザウアーラントに住む娘——動物の毛にアレルギーがある——かという選択を迫られ、娘を選んだ。猫たちは僕たちの建物の住民が引き取った。僕たちの事務所には、ラウリーンが来た。僕の抗議は無駄だった。三日後、僕は建物の廊下からラウリーンを抱き上げて事務所のなかに入れた。

ヘルデゲン夫人と僕は、小さな秘密の協定を結んだ。その直後、マークヴァートはほぼ新車のジャガーを、四十年もののピアジェと交換した。どちらの側も手に入れた品物の由来を深くは調べないことにした。僕は一万ユーロを現金で受け取った。その金はヴェディング地区の炊き出し事業に寄付した。その結果、炊き出しに並ぶ人たちは、一、二か月のあいだまともな食事にありつくことになった。一連の事件を語るなかで、最終的にそれが最も意義ある出来事だったかもしれない。

それでもやはり、僕はある日、ヘルデゲン夫人にザロメのことを尋ねてみた。そのとき僕たちはちょうど、カティア・ヘルデゲンがベルリン郊外のブーフ地区の荒地でミルコ・レーマンと話をしたという供述を見直しているところだった。

「それでレーマンは、自分を見逃してくれるのなら、代わりにミュールマンとホーファーを殺すとはっきり表明したんですね？」

すると、カティア・ヘルデゲンはドリス・デイ風の魅力的な微笑みを浮かべた。拘置所で支給される拘置者用の服さえ、彼女が着ていると、洗い立てでアイロンの当たったまともな服に見えた。そもそも彼女は、罪を悔いる犯罪者とは正反対の印象を与えた――ほかの容疑者たちも皆そうだ。たとえ終身刑の判決が出たとしても、模範囚であれば七年半後にはまた外に出られる。無力感と憎悪に支配されたまま一生を過ごすのとは比較にならないと、ルーペルト・シャルナーゲルは僕に語った。

「なんだか私がレーマンに無理強いしたみたいに聞こえますね」カティア・ヘルデゲンが言った。「実際はレーマン自身が絶望的な思いで、罪を償う機会を探していたんですよ。サルディニア島にホーファー氏もいたことは当初の計画には入っていませんでした」

僕は、州裁判所の前で白いランドローバーの後を追っていた黒い車のことを思い出した。彼らは何か月も、何年も、自分たちの標的を監視してきたのだ。標的の生活習慣を知り、罠をしかけ、最終的に冷酷に殺害した。激情に駆られての犯罪ではなく、細部にいたるまで緻密に計画された殺人だった。だからこそ、彼らが計算違いをしたのだとは考えにくかった。

「あなた方のグループは六人だった。何度数えようが、それが事実です。ですが、殺す相手候補は、どれだけ数えても五人しかいない。あとひとり、誰を殺すのを諦めたんですか？」

ヘルデゲン夫人は、彼女がいつも携帯している、拘置所に備え付けの擦り切れた小さな聖書の表紙に優しく触れた。だが、僕の問いに答えようとはしなかった。腕組みをして、まったくの無関心な目つきで虚空を睨んでいる看守を除けば、部屋には誰もいなかった。

僕は身を乗り出して、ささやいた。「マルガレーテ・アルテンブルクと、どんな取引をしたんです？」

「私たちがみんなで交わした約束のほかには、なにも」

「命には命を、でしょう。それは知っています。でも、マルガレーテの人生を破壊したのはフェッダーではなかった」

カティア・ヘルデゲンは、僕が言ったことについて考えるふりをした。だが、僕はなにも新しいことを言ったわけではなかったので、彼女の見え透いた芝居には騙されなかった。

「ザロメだったんじゃないですか？」僕は訊いた。「ザロメ・ノアックだったのでは？」

またしても自分の鼓動が激しく、不規則になるのを感じた。直接ザロメのことを考えたりザロメの名前を口にしたりすると、いつもこうだ。

「ザロメ・ノアックがあなた方の六人目の犠牲者だったんじゃないんですか。違いますか？」

カティア・ヘルデゲンはうなずいた。ほんのわずかに。ほとんど見えないほどに。彼女は聖書を両手で持ち上げると、胸の前にまっすぐに立てて置いた。聖書はまるで小さな壁のように僕たちのあいだに立ちふさがった。僕の問いを跳ね返す盾のように。

「コプリーンがあなた方の仲間に加わったのは、あとになってからだ」僕は続けた。「そしてその瞬間、マルガレーテは変節した。コプリーンの娘を自分がどれほど憎んでいるかを、本人にはとても話せなかった。そこでマルガレーテは、フェッダーを前面に押し出した。するとコプリーンは突然、がぜんやる気になった。そして、あなた方のささやかな互助会を盛大に焚きつけた。違いますか？」

カティア・ヘルデゲンは再びうなずいた。

「そしてコプリーンは望むものを手に入れた。でも、マルガレーテは？　あなたはマルガレーテになにを約束したんです？　あのとき、病院で。憶えていますか？」

カティア・ヘルデゲンは、その明るく優しい瞳で僕を見つめた。マリアンネ・コッホ（ドイツの医師、元女優。一九三一年生まれ）を金髪にしたような彼女にもしカーテンを勧められたら、僕はいくらでも買ったことだろう。ところがそこで、カティア・ヘルデゲンは首を振った。

「終わったんですか？」と、僕は訊いた。そしてもう一度。「ようやく全部、終わったんですか？」

「だって、私たちの誰ひとり、もう塀の外にはいないんですよ」カティア・ヘルデゲンが答えた。だが僕は、彼女が嘘をついているとわかっていた。

カティア・ヘルデゲンは立ち上がると、看守のほうへ歩いていった。看守は礼儀正しくさっと立ち上がり、鍵束をじゃらじゃら鳴らした。

「聖書、お忘れですよ」僕は言った。そして聖書を手に取って、彼女のところに持っていこうとした。そのとき、ページのあいだから一枚の絵葉書が落ちて、ひらひらと舞いながら僕の足元に着地した。僕はそれを拾い上げて、なんとなく目を走らせた。住所が書かれ、切手が貼られ、消印が押してある。だが、便りはひとことも書かれていない。僕は絵葉書を裏返してみた。その瞬間、カティア・ヘルデゲンが僕からそれを奪い取った。

「ありがとうございます」僕に礼を述べた後、彼女は看守のほうに向きなおり、「房に戻りたいと思います」と言った。

カティア・ヘルデゲンは背筋を伸ばし、頭をまっすぐに上げて歩み去った。オーストラリア沿岸のグレート・バリア・リーフの絵葉書を聖書に挟んで。同日のうちに彼女の房が捜索されたが、絵葉書はすでに見つからなかった。

結局、ミルコ・レーマンの行方は、被疑者たちにどれほど尋ねても明らかにならなかった。

晩夏のある日、僕はオペル・アスコナでグリンカ通りを走っていて、フェッダーの最後の建築現場になった場所の前を通った。コンクリートの壁が、すでに通りのほかの建物の軒下の高さまで出来上がっていた。窓になる場所に張られた不透明なビニールシートが風を受けて膨らみ、黒い作業着を着た建築作業員たちが木材運搬車の周りに立っていた。ひとりが上を指した。僕は彼の視線を追って、つい最近まで醜い防火壁があった場所を見上げた。けれど作業員たちがなにを話しているのかはわからなかった。その瞬間信号が青になって、僕は先へ進んだ。あの防火壁とともに、なにか別のものが新しいつるつるの四角い建物の背後に消えていったのだという感覚を抱えたまま。ジャンダルメン広場に着くまで、それがなんだったのか僕は頭を悩ませ続けた。だがアレクサンダー広場まで来たときには、もうそのことは忘れていた。

裁判が始まったのは、一月だった。

僕たちはしっかり準備を整えていた。僕はマリー＝ルイーゼとともに、州裁判所の背の高い正面玄関の前で冷たい風に吹かれながら、マークヴァートを待っていた。ソーセージの屋台はまだ開いていなかった。〈最終法廷〉もだ。一年ほど前、最後に裁判所に足を踏み入れたときのことを、僕は思い出していた。ちっぽけなマルチビタミン・ジュースの瓶を手にエレベーターへと向かってくるザロメの姿を。煙草を吸いに外へ出ていったヘルマーのことを。ヘルマーを待ち伏せしていたマルガレーテ・アルテンブルクのことを。加害者と被害者、罪人たちと無実の人たちのことを――彼らは互いを奈落へと引きずり落とし合い、いまや修復可能なものはなにひとつ残っていなかった。両方の側に完全に配慮した解決策も、本当の意味で公正な解決策もない。最終法廷は存在しない。その事実には、抗っても無意味だった。

だが、それでも試みることはできる。不完全な、つたない試みではある。それでも、それが我々の持つ唯一の手段なのだ。

マークヴァートは手に入れたばかりのジャガーを飛ばして、角を曲がってきた。駐車場への進入口に入る際にスピードを出し過ぎていて少々スリップしたが、なんとか持ちこたえた。

多くの人がやってきては僕たちの横を通り過ぎて、自分たちの用件が扱われる部屋の番号を守衛に尋ねている。弁護士たちが腕にローブを引っかけて、足早に階段を上っていく。アタッシェケースを持った職員たち、いくつもの分厚い郵便物の束を抱えた郵便配達人たち。裁判傍聴中毒のヴァインマイスター氏。ほかにも何人かの常連たち。高いヒールの靴音が聞こえてきて、僕は一瞬、ザロメが来たのだと思った。だがそれはなんとなく見覚えのある記録係の女性で、僕たちは目で軽く挨拶を交わした。

マークヴァートが走ってきた。僕たちは一緒に裁判所に入り、精いっぱいの試みを始めた。

謝辞

オスカー・ワイルドに深く頭を垂れたいと思います。ザロメがヨアヒムの耳にささやきかける言葉は、ワイルドの戯曲『サロメ』（インゼル版ナンバー二四七、一九五九年、フランクフルト・アム・マイン）から引用しました。オーブリー・ビアズリーのシュールで素晴らしい挿絵のあるさらに大きな版を、自身の古書店の地下にある宝物室から持ち出してくれたのは、ミヒャエル・レーアでした。本に対する彼の情熱を上回るものがあるとすれば、それは彼の知識です。あの古書店のような場所と、ミヒャエルのような人間が存在するのは、そしてあのような本たちが存在するのは、素敵なことです。

本書のタイトルのみならず、私の人生最高のアイスバインのゼリー寄せをもたらしてくれた、レストラン〈最終法廷〉のライナー・シュペアリングとクリスタ・シュペアリングに感謝しています。ベルリン最古のこのレストラン（一六六一年に選帝侯の厩務員によって蒸留酒を提供する酒場として開店した）と、それよりずっと後になってからできた州裁判所は、リッテン通りにおいて百年以上、繁栄の歴史をともにしてきました。その繁栄は現在、シュペアリング夫妻によってしっかりと維持されています。この店には、歴代のアメリカ合衆国大統領やドイツ首相、観光客、そしてベルリン市民たちが出入りしてきました。検察官に弁護士、被告、無罪を勝ち取った者、そして単に腹を空かせた者。客は運が良ければ、シュペアリング氏から、州裁判所にまつわる、またはいろいろな料理にまつわる話を聞けることもあります。たとえば、ビル・クリントンが……いえ、この話はシュペアリング氏から直接聞いてください。

ベルリン警察犯罪捜査部のベルンハルト・ショートロヴスキ警部は、今回もまた多くの助言で私を助けてくれました。警部の知識のおかげで、いくつかの間違いを避けることができたと考えています。それでも、もし捜査手法に詳しい読者がいらして、本書を読んで私のひどい間違いに膝を叩いて大笑いしたとしたら、その責任は警部ではなく、私にあります。警部、本当にお世話になりました。ありがとうございました！

また、ペーター・フォルクマン医師に、特別な感謝を捧げます。私の現実の、または思い込みから来るさまざまな病気に、非常に親身に向き合い、慰めてくれる先生は、長年のあいだにかかりつけ医から友人になりました。さらに先生は、「日曜日までに連邦判事を殺さないとならなくて」といった私のふとした言葉に動揺しない人間のひとりでもあります。それどころか、私の言葉に意外な創造性で応えてくれるのです。窒息死か、エキゾティックな催吐剤か──先生の助言はいつも信頼でき、大いに参考になります。その死が空想の域を出ない限り。もちろん、この小説もそんな空想を基盤にしたものです。

ハイケ・シュポーンホルツとヴィリアム・ゲッツは、昼夜を問わず頼りにできる友人たちです。このふたりなしでは、コンピューターのオペレーティングシステムの交換を精神的ダメージなしでやり遂げることはできなかったでしょう。ほかにもたくさんあります……

アンケ・ファイルもまた、〈最終法廷〉の執筆に多くの助言と励ましと、決して変わらぬ情熱をもって併走してくれました。私の編集者であるカトリン・フィーバーと、ウルシュタイン出版の同僚たちにも感謝します。彼らの仕事は素晴らしく、従業員の皆も含めて出版社全体が力強い味方でいてくれるという確信を私に与えてくれます。ありがとう！ それに、余人を持って代えがたい励ましと忠誠をくれる方々に感謝します——ミヒャエル・テーテベルク、マヌエル・ジーベンマン、ゲオルク・ロイヒライン、トルステン・マーンケ。さらに友人たちと家族。そして読者のみなさん。

娘のシリンとその友人のハリン・ユーは、子供たちが「永遠」というものをどうとらえているかを教えてくれました。同僚のケマル・ヒュルは、トルコ人の罵り言葉がドイツ人のそれとはまったく違うと説明してくれました。私の母であり宗教学者であるローニ・ヘルマンは、聖書における法的格言について説明してくれました。それから、ベルリンのシュマーゲンドルフ地区のカール・オルフ小学校五年C組の担任であるクリスティアン・クレンピーン先生は、投資詐欺師と無能な銀行頭取が終身落ち葉掃きの刑罰を何度繰り返すべきかの計算を助けてくれました。パンの大規模チェーン店であるカンプスとは、ときどきパンを買う以外、個人的にはまったくなんのつながりもありませんが、ベルリンの食料配布センターへの支援に対して、この場を借りて私の深い尊敬の念を表明します。どうか、カンプスに続く会社がたくさん現れますように。

本書の登場人物も出来事も、すべて創作です。これは、何度繰り返しても足らないくらい大切なことです。特に本書では。とはいえ、仕事を通して知る事実のなかには、長く記憶に残るものもあります。特に、二〇〇七年九月二十五日の出来事がそうです。私がｒｂｂラジオで報じた交通死亡事故です。翌日、〈ターゲスシュピーゲル〉紙が次のような記事を掲載しました。

「昨日、シュパンダウ地区のブルンスビュットラー・ダムで、十二歳の少女がトラックに轢かれて死亡した。少女は自転車で学校から帰宅する途中だった……プロパンガスボンベを積載した三・五トンのトラックには、初期捜査によれば、規定通りのサイドミラーが付いていたが、死角を減らす（たとえばドブリ・ミラーのような）特別なミラーは搭載されていなかった」

あの日、私は初めて、ドブリ・ミラーとはなんだろうと考えたのでした。そして、そのドブリ・ミラーの義務化がなぜ翌年からなのか、なぜその義務化が二〇〇〇年以降に車両登録されたトラックにしか適用されないのか、なぜ「地域に登録された大型貨物車の改造についての二〇〇七年七月十一日付欧州議会および理事会の指針2007/3/EG」が例外規定だらけなのかと疑問を持ちました。その同じ指針に、年間四百人の事故死者がいること、その大部分がいわゆる死角の犠牲になる交通弱者であることが明記されているにもかかわらず、です。そして最後に私は、我々のこのヨーロッパにおいて、法規制を作るのはいったい誰なのか、他者を妨害したり、ものごとを芽の段階で摘んだりするのは誰なのか、と考えました。そして、それはなぜなのか、なぜこれからもそれは変わらないのかと。

亡くなった少女の名前はリアといいました。事故があった交差点のすぐ向こうが、彼女の自宅でした。

二〇〇八年十二月、ベルリンにて

訳者あとがき

三月だというのに春のきざしも見えない、寒風吹きすさぶベルリン。州裁判所の前で、ひとりの老婦人がホームレスの男に向けて発砲する。直後に老婦人は持病の発作を起こして倒れ、ホームレスは逃げる。たまたま事件現場に居合わせた弁護士ヨアヒム・フェルナウは、殺人未遂という大事件への野心から、とっさに老婦人の弁護士に名乗りをあげる。

発砲した女性はマルガレーテという名で、ポーランドとの国境にある小都市ゲルリッツ在住。信仰深く慎ましい生活を送ってきた。一方、彼女が狙ったホームレスの男ヘルマーは元薬物依存症で、ベルリンから出たことがない。ふたりのあいだにはなんのつながりも見当たらない。マルガレーテはほかの誰でもなくヘルマーを狙ったと認めるものの、発砲の理由は話さない。

マルガレーテの依頼でゲルリッツを訪れたヨアヒムは、不気味な「灰色の男」コブリーンに出会い、事件の背景にはこの男がいると確信する。ところが発作がもとでマルガレーテは亡くなり、担当検事のザロメによって事件は不起訴となる。

納得のいかないヨアヒムのもとに、ある日、姿をくらましていたヘルマーから連絡がある。「灰色の男」につけられていると——

事件の背景を追うヨアヒムは、やがて東西ドイツ統一後にマルガレーテの家族がたどった悲劇にたどり着く。同時に、検事のザロメに対して激しい恋心を抱く。だがザロメには大物判事の夫がいる。ヨアヒムのパートナー弁護士であるマリー＝ルイーゼは、ザロメは男を踏み台にしてキャリアを築く女だと言い、そんな女がなぜヨアヒムのような貧乏弁護士に興味を持つのかと訝る。

本書はドイツの大人気作家エリザベート・ヘルマンによるミステリ「ヨアヒム・フェルナウ弁護士シリーズ」の第三作にあたる。東西ドイツ統一の陰の部分を描き出しながら、罪と罰、法と正義にまつわる根源的な問いを浮かび上がらせる傑作だ。同時に、全編にユーモアあふれるエンターテイメント性抜群のミステリであり、人間ドラマでもある。

諸般の理由で、第一作ではなく本書が日本に紹介する最初のエリザベート・ヘルマン作品となった。シリーズの前二作を知らなくてもまったく差しさわりはないが、ヨアヒム・フェルナウをはじめとする登場人物たちの来歴を知ると、本書をより楽しめるのは確かだ。

シリーズ第一作のDas Kindermädchen（子守の少女）が刊行されたのは二〇〇五年。この作品が大人気を博し、続いて二〇〇七年に第二作Die siebte Stunde（七時間目）、そして二〇〇九年に第三作である本書『最終法廷（Die letzte Instanz）』が刊行された。シリーズは現在まで順調に続いており、二〇二二年夏には最新刊である第七作Düstersee（デュスター湖）が出て、いつものように快調にベストセラーリストを飾っている。

主人公のヨアヒム・フェルナウは、本書『最終法廷』ではちゃちな事件を拾って食いつなぐ貧乏弁護士だが、実は第一作で登場したときには、ベルリンの上流階級を顧客とする高級弁護士事務所で働いており、その事務所の後継者とみなされていた。

上流階級の仲間入りを果たし、富とキャリアを約束されたヨアヒムだったが、とある事件にかかわり、最終的に事務所を去ることになる。そんなヨアヒムを拾ったのが大学時代の同級生マリー＝ルイーゼで、ふたりは第三作の今作にいたるまで共同事務所を構えているというわけだ。

『最終法廷』でのふたりは三十代後半から四十代はじめ、ともに独身。友情とも腐れ縁とも取れる不思議な絆（きずな）で結ばれているが、実は大学時代には一時的に激しい恋愛関係にあったらしい。恋愛がとうに終わった後も、家族にも似た、ある意味家族以上の間柄だ。

このふたりのバディ感と関係性の変遷は本シリーズの読みどころのひとつだが、彼らの正反対の個性には、それぞれの出自が大きく影響している。

貧乏弁護士を続けながらも通俗的な出世欲も金銭欲も人並みに持ち合わせ、穏健な市民的価値観のもとで生きるヨアヒムは、西ベルリンの労働者階級の出身だ。本書でヨアヒムの母が自作の自転車オブジェを前に語ったとおり、かつてフェルナウ一家は自動車を所有していなかった。昨今のドイツの都会では、環境への配慮などからあえて車を所有せず自転車移動を選ぶ人もいるが、ヨアヒムの子供時代である一九七〇年代の西ドイツでは、自家用車を持たない理由は経済的なものでしかありえなかっただろう。

ヨアヒムは父親に大学進学を反対されたが、担任の教師がヨアヒムの知性を見抜き強力に後押ししてくれたことと、ドイツでは大学の授業料が無料であることで無事に進学を果たし、弁護士になることができた。この経緯は、とある学園を舞台に事件が展開するシリーズ第二作で明らかになっている。

一方、学生時代から変わらず理想主義者で、金もうけに興味がなく、世の中がどう変わろうと常に弱者の味方でい続ける社会派弁護士マリー＝ルイーゼは、東ドイツの知識人階級出身。東西ドイツ統一後に二級市民扱いされ、さまざまな差別や理不尽を呑み込んでこざるを得なかった旧東ドイツ人の反骨精神と、国家や社会制度に対する根本的な不信感を体現したような人物だ。だらしがなく、過激で暴走しがちな面もある。本作での役割は限定的だが、シリーズ第一作と第二作ではヨアヒムとともに積極的に事件にかかわるほか、シリーズ第四作Versunkene Gräber（埋もれた墓標）では元恋人のヤツェクとともに事件の中心人物となる。

「ヨアヒム・フェルナウ弁護士シリーズ」のもうひとつの読みどころは、生活感をもってリアルに描写されるベルリンの町とその変遷だろう。本作では副筋として、マリー＝ルイーゼとヨアヒムの共同事務所が入っている建物の買収と改装がテーマになっている。

二〇二二年現在のベルリンは、家賃の高騰と住宅不足とで、市中心部に手ごろな家賃で住居を借りることが一般市民にはほぼ不可能な町となってしまった。すさまじい家賃高騰の始まりは、本書で描かれる二〇〇〇年代。東西分断時代の名残りで比較的価格の低かったベルリンの不動産を、国内外の大資本が相次いで買収し始めたころだ。自由で猥雑（わいざつ）、同時にどこか田舎臭いところを大いに残していた町は、みるみる便利でスマートな「国際都市」に変貌したが、一方で古くからの住人や店が地元から追い出されていった。

特に未改修の建物が多かった旧東ベルリンに属する地域の変貌は顕著だった。この点で非常に興味深いのが、ヨアヒムの母と同居人のフートさんだ。ふたりが暮らしているのはベルリンのど真ん中、文化的に最も先鋭的で刺激的だと言われるミッテ地区。歴史的にベルリンの中心地でもあったこの地域には、統一後、世界中の芸術家たちが安い家賃と自由でアナーキーな雰囲気に惹（ひ）かれて集まった。そんな場所にある「ロフト」で前衛芸術家そのものの生活を送るのが、生まれてこのかた小市民的な生活しか知らなかったヨアヒムの母と、（本書では言及されないが）東ドイツの田舎出身のフートさん。しかもふたりとも七十代と高齢だ。一般的に、このふたりのような年齢と社会階層の人たちは、ベルリンが刺激的な国際都市に変貌する陰で見捨てられ、忘れ去られた人たちだ。本来「負け組」のはずのそんなふたりが、世界的な名声を誇るウィザーズという外国人音楽家と意気投合して、ミッテを代表するかのようなボヘミアン生活を送る様子はなんとも痛快だ。このふたりもまた本シリーズになくてはならない登場人物であり、シリーズを通して大活躍を見せる。

ちなみに、本作で重要な役割を果たすレストラン〈最終法廷〉は実在の店で、やはりミッテにある。古きよきドイツ料理を出す老舗で、資本の波に呑まれることなく、現在も裁判関係者、観光客、地元客でにぎわっている。

大人気シリーズとして現在まで続く「ヨアヒム・フェルナウ弁護士シリーズ」だが、実は第一作は著者エリザベート・ヘルマンのデビュー作だ。一九五九年、西ドイツのマールブルクに生まれたヘルマンは、夜学で大学進学資格試験に合格し、大学を卒業後テレビ局のジャーナリストとして働いた。二〇〇五年、デビュー作の『子守の少女』が大ヒットとなり、その年のドイツ語圏ミステリの優秀作が選ばれる「クリミヴェルト・ベステンリステ」年間ベストリストで六位を獲得、著者は専業作家となった。

二〇一一年にはラジオブレーメン推理小説賞を、二〇一二年には犯罪現場の清掃人を主人公にしたZeugin der Toten（死者の証人）でドイツ・ミステリ大賞第三位を受賞。フェルナウ弁護士シリーズのほかにも、この犯罪現場清掃人をはじめ多くの魅力的なキャラクターを主人公に、いくつものシリーズを執筆している。さらに、ミステリのみならず歴史小説、テレビドラマの脚本も手がけている。

エリザベート・ヘルマンは作品のほとんどが映像化される作家としても知られており、フェルナウ弁護士シリーズもドイツの人気俳優ヤン‐ヨーゼフ・リーファースを主役にドラマ化されている。著者自身が脚本を手掛けた第一作『子守の少女』映像版は二〇一二年のバンビ賞の視聴者賞にノミネートされたほか、本書『最終法廷』の映像版は二〇一四年、ドイツ第二テレビ局の月曜ドラマとして過去最高の視聴率をたたき出した。このドラマの脚本も、やはり著者自身が手掛けたものだ。

大きな事件、名声、経済的成功、有名人との交流など小市民的な夢を見ながら、マリー‐ルイーゼや母親やフートさんといったエキセントリックな女性陣に翻弄されっぱなしのヨアヒムは、情けなくも憎めない「普通の人」で、決して大義のために闘うヒーローではない。けれど、己の良心と利益のあいだで選択を迫られれば、最後には必ず良心を取る矜持（きょうじ）を持つ筋の通った人でもある。だからこそ貧乏から抜け出せず、葛藤はいつまでも続きそうだ。ヨアヒム・フェルナウの悪戦苦闘を今後も追っていきたいと思ってくださる読者がいらっしゃれば、これほどうれしいことはない。

翻訳に際しては、今回も多くの方のお力をお借りした。特に、お忙しいなか内容に関する私の質問に快くお答えくださった著者のエリザベート・ヘルマンさんに感謝したい。また、訳稿を非常に注意深く読み、多くの細かい事実関係をチェックしてくださった校正の方、そしてなにより、数年来の念願だった本書の刊行を実現に導き、編集者として支えてくださった小学館の菅原朝也さんに心からお礼を申し上げたい。

二〇二二年十一月

浅井晶子

本書のプロフィール

本書は、二〇〇九年にドイツで刊行された『Die letzte Instanz』を日本で初めて翻訳したものです。

小学館文庫

最終法廷（さいしゅうほうてい）

著者　エリザベート・ヘルマン
訳者　浅井晶子（あさいしょうこ）

二〇二三年一月十一日　初版第一刷発行

発行人　石川和男
発行所　株式会社 小学館
〒一〇一-八〇〇一
東京都千代田区一ツ橋二-三-一
電話　編集〇三-三二三〇-五一三四
　　　販売〇三-五二八一-三五五五
印刷所――――大日本印刷株式会社

この文庫の詳しい内容はインターネットで24時間ご覧になれます。
小学館公式ホームページ　https://www.shogakukan.co.jp

ISBN978-4-09-407132-0